鮑鵬山 ----- 著

中國人的心靈

-----

三千年
理智與情感

# 目錄

一個民族的情懷 / 001

歷史何以成為散文（上）/ 007

歷史何以成為散文（下）/ 016

道德文章 / 023

人在江湖 / 033

面向風雨的歌者 / 040

言語侍從與御用文人 / 054

冷幽默 / 060

聽那歷史的哭聲 / 066

死亡與愛情 / 073

大地的歌聲 / 084

建安烈士 / 097

生存還是死亡 / 107

良心何在 / 119

南山種豆 / 133

沒安好心 / 153

迷者之歌 / 163

南方和北方的女人 / 170

感傷的青春 / 181

張若虛的夜晚 / 193

誰在台上泣千古 / 204

鹿門幽人 / 210

藝術囚徒 / 216

秦時明月漢時關 / 223

興高而采烈 / 232

一個人如何成為詩聖 / 238

長安花 / 243

永州之野產異文 / 255

百年老鴞成木魅 / 261

無限夕陽 / 267

有人樓上愁 / 276

花開花落 / 284

天地詞心 / 296

大眾歌手 / 307

英雄淚 / 314

醉翁與他的亭 / 324

縹緲孤鴻 / 334

菊花與刀 / 347

野唱 / 353

浪子偉人 / 364

文化豪傑 / 373

不緊要之人 / 380

民間的三國 / 388

快意恩仇 / 397

西遊去 / 406

慾與死 / 416

拍案嘆世 / 425

人為什麼墮落 / 432

繁華憔悴 / 440

天下一聊齋 / 449

心靈死亡 / 457

中國悲劇 / 464


後　記 / 473

# 一個民族的情懷

　　《詩經》對我們而言，是一個謎，它有着太多的秘密沒有被我們揭開。可是，它實在是太美了，使我們在殫精竭慮、不勝疲憊地解謎失敗之後，仍然對它戀戀不捨。《詩經》是我們民族最美麗、最縹緲的傳說，可它離我們那麼近，「詩云」與「子曰」並稱，在相當長的歷史時期內幾乎成為我們日常生活中的聖經，左右着我們的思維與判斷，甚至我們表情達意的方式都蒙它賜予 —— 所謂「賦詩言志」。但它又總是與我們保持着距離 —— 此曲只應天上有，人間哪得幾回聞？我們已經對「子曰」完全歷史化，孔子其人其事已經鑿鑿可信，銘刻在歷史之柱上，而作為「詩云」的《詩經》，卻一直不肯降為歷史 —— 雖然我們也曾認定它與其他經典一樣，是史，但那只是我們的一廂情願。它本來就不是描述「事實」，而是表達「願望」，如果說它是我們的心靈史，那倒很準確。其實，文學史就是心靈史。《詩經》確是反映了周代廣闊的社會生活，堪稱周代社會的一面鏡子，我們也因此為它冠以「現實主義」之名。但它真正的價值是，它表達了那個時代的痛與愛，憤怒與柔情，遺憾與追求 …… 直到今天，我們仍然在痛苦着他們的痛苦，追求着他們的追求。它永遠是鮮活的生活之樹，而不是灰色的理論與道德教條。雖然，從孔子及其門徒開始，我們就在竭力把它道德化；至少從漢代開始，我們就一直在把它學術化，但它永遠是詩，是藝術，是感性的、美麗的，是作用於我們的心靈與情感，並一直在感動我們，而不是教訓我們的。是的，它應該是，也一直是大眾的至愛，是我們心靈的寄託與表達。

一個問題是：《詩經》本來就是詩。為什麼成了「經」？

從政治倫理的角度去解釋，當然可以予以說明。但問題在於，為什麼遠在漢代，我們就把這樣一部基本用四言韻文形式寫成的、以抒情為主的、收錄自那麼廣博的時空中的個性化的創作，與那些朝廷文誥、聖賢語錄、哲學和史學著作，一同列為國家的經典？

從創作論上說，《詩經》是「歷史真實」的產物，也就是說，搜集在這本古老經典中的三百零五首詩，都應該有一個創作背景，都是在特定歷史事實的觸發下創造出來的。

但是，它終究是詩，而不是歷史。它們是經過心靈過濾的。它表達的不是歷史真實，而是創作者的「心理真實」。它是情緒，是情懷，是喜怒哀樂，而且，和我們心心相印、息息相通。對了，正是在這一點上，《詩經》終於成了「經」：它是個性的，卻也是共性的；它是幾千年前的某一些人在特定環境下的獨特體會，卻也是幾千年來直至今天我們所有人的共同感受 …… 它是我們共同道德觀的經典表達，是我們共同政治觀的經典表達，還是我們共同人生體驗的經典表達。一句話，它既是我們民族價值觀的經典表達，也是我們民族博大情懷的經典表達。

因此，我們不從學術的角度，不從經學家的角度，我們從情感的角度去看《詩經》。最後，我們會發現，它仍然是「經」！

是愛情之經，是親情之經，是友情之經，是同情之經，是愛恨情仇之經，是喜怒哀樂之經。

還有更多的具體問題糾纏着我們。這些美麗的詩篇從何而來？什麼人創造了它們？什麼人搜集了它們？又是哪些人在幾百年青燈古卷旁守護它們、琢磨它們，最後把它們聚攏成冊，成為一本凝聚民族情懷的美麗經典？

什麼是風、雅、頌？什麼是賦、比、興？這些至今仍活在我們的書面與心頭

中國人的心靈

的歷久彌新的語彙，有着什麼樣的古老奧義？體現着我們民族的哪些思維特徵？

當這本美麗的大書被編纂成冊之後，它如何成為一個民族的核心記憶？一個民族是如何喜愛它，珍視它，代代傳誦它，研讀它，以此形成自己的文學傳統，並從中找到自己的精神力量？

是的，《詩經》與我們的距離主要體現在我們對它的無知上。事實上，我們無論是對《詩經》本身及其中具體詩篇的解釋，還是對《詩經》的編輯成書、分類標準和意圖，以及它所呈現出的藝術獨特風采，都莫衷一是。莫衷一是的事實表明我們都只是在臆測、在推斷，而不是在證明與發現。是的，我可以稍微武斷一點說，有關《詩經》的現有「學術成果」，大多數是出於推斷與猜測。對《詩經》中的很多問題，我們都各持不同見解而互不相能。即便有些問題看來已經被「公認」，但那也正是全體的無能為力 —— 是全體的無能，從而無力提出更有說服力的結論，便只好就這麼得過且過，大家一齊裝糊塗，往前捱日子。我舉幾個例子。

正如大凡神聖人物總有神秘出身一樣，《詩經》的出身也頗撲朔迷離。關於《詩經》的搜集、編輯，它既是輯錄從西周初年至春秋中葉五百年左右的詩歌，至少其中的十五國風產生的空間範圍又大得驚人 —— 黃河流域、江漢流域及汝水一帶全在其中。那麼，如此漫長的時間和如此遼闊的空間，是什麼人，用什麼樣的方式把這些不同時間、不同地點產生的詩歌搜集到一起的？為了解答這個問題，便有了「采詩說」和「獻詩說」。班固的《漢書·食貨志》，何休的《公羊傳》注，都有「采詩」之說，且都說得極有詩意：

　　孟春之月，群居者將散，行人振木鐸徇于路，以采詩，獻之太師，比其音律，以聞于天子。（《漢書·食貨志》）

　　五穀畢入，民皆居宅，……男女同巷，相從夜績，……從十月盡正月

止，男女有所怨恨，相從而歌，饑者歌其食，勞者歌其事。男年六十，女年五十無子者，官衣食之，使之民間求詩，鄉移於邑，邑移於國，國以聞於天子，故王者不出牖戶盡知天下所苦，不下堂而知四方。(《公羊傳》何休注)

但仔細推敲他們的說法，卻並無任何歷史根據，司馬遷就沒有這種說法，大量記載《詩經》引用的《左傳》中也無這種說法。但我們卻又無力駁斥班固和何休，因為他們的說法雖然只是缺乏證據的推斷，卻是合理的推斷。在那樣的前提之下 —— 時間五百多年，空間遼闊浩渺 —— 那麼，《詩經》之結集，必有這麼一個過程。更重要的是，否定了這個說法之後，我們並不能提供一個更合理的說法。

與「國風」來自於「采詩」的說法相配合的，便是大雅、小雅的來自於「公卿至於列士」的「獻詩」。這種說法也只是《國語‧周語》中「召公諫厲王」一段中的孤證，且這「公卿至於列士獻詩」之「詩」，是否公卿列士們的自作，也成問題。況且，就《詩經》中大雅、小雅部分來看，一些尖銳的諷刺之作，像《小雅‧十月之交》中對皇父等七個用事大臣點名揭批，大約也不是「獻詩」的好材料。更有一些詩，據說是寫於周厲王時期，如《大雅‧板》、《大雅‧蕩》、《大雅‧桑柔》；在厲王以殺人來弭謗的時候，這樣的詩，大約也不好獻上去。

《詩經》的搜集固然是一個問題，然而集中起來的詩，要把它按一定的規則編排成書，也需要有這麼一個人 —— 哪怕這個工作歷經多人之手。那又是哪些人？最後畢其功的人物是誰？司馬遷說此人是孔子，這當然是最好的人選，但司馬遷並沒說明他這麼說的證據，這個說法也受到後人的質疑。

就《詩經》本身看，它的作者到底是些什麼樣的人，是一個更大的問題，但學術界已不把它當作問題，大家一致得過且過了。但這確實是沒有解決的問題。抗戰之前，朱東潤先生在武漢大學的《文哲季刊》上發表〈國風出於民間論質

疑〉等四篇文章，對「國風」是民歌的說法提出理據充分的質疑，卻不見有什麼反響。1981年朱先生又把這四篇文章和寫於1946年的另一篇文章結集重新印發，以《詩三百篇探故》的書名由上海古籍出版社出版，但仍沒見什麼回應。我私下認為朱先生一定頗寂寞，他提出了問題，卻沒有人來與他討論；他扔出了白手套，卻沒有人拾起來。換一個時地，他再扔一次，仍然沒有人應戰。這種尷尬其實很好理解，大家都不願再惹事，得過且過。因為這事惹不起，大家都一齊躲起來了。

但另一方面，上述種種學術上的疑問大都沒有影響我們對《詩經》的欣賞和喜愛。正如一位絕世佳人，她吸引我們的，是她的美麗和風韻，而不是她的身份、背景。我們愛她，只因傾倒於她的風韻和美麗，卻並不是因為了解到她的出身，也不一定是「學術」地探究到她美之為美的原因 —— 事實上，正如蘇格拉底早就警告過的，「學術」在「美」這樣的問題上是無能為力的。正如除非我們的聯姻是為了政治、經濟等利益考慮，我們愛一位美麗的女子並不一定看她的門第和背景。純潔的愛情是沒有背景的，真正的文學欣賞也可能沒有受學術影響的。我們是否被感動、被感染，是文學欣賞是否發生的唯一標準，而我們是否還能被感動，或被感染，正是我們是否具有欣賞能力的重要標誌。正如一個人對他所追求的絕世佳人之身世背景過分關注，會讓我們懷疑他的真正用心一樣，過分學術化的文學研究，也讓我們懷疑他是否有「愛」文學的能力，甚至是否真的愛文學，還是僅僅因為這種「學術研究」能給他帶來世俗的好處。

《詩經》三百零五首詩中的每一首詩，都是特定人物在特定情境下特定情懷的表現，是一個人的情感。但它感動了我們，感染了我們，讓我們感懷萬端。因此，它也成了我們全體的情感。

據《世說新語·文學》的記載，那個東晉名相謝安，曾問謝家的子弟們：《詩經》中何句最佳？他的侄子，後來淝水之戰的主帥謝玄答道：「昔我往矣，楊柳

依依。今我來思，雨雪霏霏。」這是《小雅‧采薇》末章的幾句。這幾句確實很美，但如果謝太傅問我：《詩經》中哪一篇最美？我一定回答說：《陳風‧月出》——

月出皎兮。佼人僚兮。舒窈糾兮。勞心悄兮。

月出皓兮。佼人懰兮。舒憂受兮。勞心慅兮。

月出照兮。佼人燎兮。舒夭紹兮。勞心慘兮。

（月亮出來明晃晃啊，那個美人真漂亮啊。

步履款款身苗條啊，我的心兒撲撲跳啊。）

我們可能只是無意中向窗外的月夜一瞥，卻看見了如此美麗的一幕。美是沒有峭壁的高度，她不壓迫我們，但仍讓我們仰望；她溫暖、柔和，並不刺戳我們，但我們仍然受傷；她如此接近我們，卻又如此遠離我們，如此垂顧我們，卻又如此棄絕我們。這個美麗的女子，她只是月夜的一部分，或者說，月夜是她的一部分，她與月已經構成了圓滿，我們已無緣得預其間。但她如皎月瀉輝般輻射出來的美，還是灼傷了我們的心；對這澄澈圓融的境界，我們能介入其中的 —— 不，能奉獻與之的，也只是這顆怦然而動的心……

明月、美人和我們的心，是這首詩的三個主要意象；一首詩，竟有如此的大圓滿。要知道，自然、美人和我們：天堂也只要這三個元素就夠了。

《詩經》三百零五首，美麗的詩篇觸目皆是，我只是舉了個例子。《詩經》畢竟是「詩」，我們要把它當「詩」來讀。只有這樣，才能挽救被過度學術化，弄得面目可憎的古代詩歌的清譽。

# 歷史何以成為散文（上）

　　我們把先秦記錄歷史大事，王朝政治，重要人物的行為、語言、思想、事跡，及各諸侯國之間糾紛纏鬥的政治、軍事、外交諸多事件的著作，稱為「歷史著作」；因為它們同時具有較高的文學價值，我們又稱之為「歷史散文」。從記言的《尚書》到記事的《春秋》，從所謂「春秋三傳」、《國語》到《戰國策》，在先秦，史官隨時筆錄的枯燥的政府檔案經過幾個傑出人物的如椽巨筆，終於定格為彪炳千秋的史冊，這些史學著作不僅是那個時代的歷史記錄，而且是那個時代哲學思想和文學成就的反映。其豐富的文化含量使其成為中國傳統文化的基本元典，成為歷代學子的必讀書目。

　　《尚書》的「佶屈聱牙」我們可以放過，但孔子的《春秋》卻有費點口舌的價值。「春」與「秋」為一年四季中的二季，春種秋收，春生秋殺，春秋代序為一個週期、一年，所以「春秋」合稱就是指時間的運轉。古代史最初的體例是編年的（按時間順序依年編纂），故以「春秋」作為史著的通稱。《春秋》則特指據說是孔子根據魯國史料編纂而成的一部編年體史書。該書記事從魯隱公元年（前 722 年）至魯哀公十四年（前 481 年），共二百四十二年，此間的各國大事，都簡要記錄在其中了。

　　但這部記錄二百四十二年間大事的史書，文字卻僅有一萬六千多字。二百多年各諸侯國大事，其間糾結纏繞，勾心鬥角，因果相連，人事相攪，多少複雜繁難，以一萬六千餘字當之，定須簡潔而謹嚴，要言而不煩，一以當十。這就形成了《春秋》的「微言大義」。微言者，言語簡潔而精省也；大義者，內涵豐富且包孕着主觀傾向性也。這對事、對人之「主觀傾向性」褒貶，又往往是

暗示而非明宣的，此所謂「春秋筆法」。《孟子·滕文公下》：「世衰道微，邪說暴行有作，臣弒其君者有之，子弒其父者有之；孔子懼，作《春秋》。」顯然，孔子作《春秋》不僅為客觀記敘史事，為後人索隱，更為表達自己的政治道德觀點，並以之矯正世道人心，故《春秋》微言之中，有褒貶在焉。所以，「孔子作《春秋》而亂臣賊子懼」。

但用一萬六千餘字寫二百四十二年歷史，可以想見其疏略簡陋，這不是語言的錘煉所能避免的。所以，實際上，《春秋》並不能真正完成對春秋時期的歷史記錄，它只是一部「歷史提綱」。王安石更直接批評它是「斷爛朝報」。從敘述事實角度看，它實際上沒有敘事，因為它沒有「敘」，只有「記」，它只記錄事件的孤零零的結果，而無起因、發生、發展之過程，更遑論其間的諸種因素的交互影響，包括各類人物的不同作用。就對事件的評論看，它亦沒有論事，因為它沒有「論」，只是過分依賴、迷信語言的多義性、豐富性，濫用其模糊性，在能指和所指之間增加無約束，甚至無規則的隨意聯繫，這給我們真正理解作者的思想傾向增加了難度。如「王正月」之「王」，在與「正月」連用時增加了它所指的義項，使之具有「尊王」的意味，就有些勉強。再如同為弒君，有的記為「人」（如文公十六年：宋人弒其君杵臼），有的則無此「人」（如成公十八年：晉弒其君州蒲。文公十八年：莒弒其君庶其）。有「人」者表示「少數人」，被弒之君罪不該死，而這「少數人」倒有弒君之罪；無「人」者表示「舉國共殺之」，君乃罪有應得。這樣費琢磨，也不夠明確。至於某些為尊親者諱的用詞，更值得商榷。如「踐土之盟」時，晉文公為盟主，召集諸侯大會，也通知周天子到會，主弱臣強，天子竟被諸侯呼來喚去，形同被挾，實為周天子一大恥辱。但孔子記曰「天王狩於河陽」，用一「狩」字，為之遮醜，這樣做，能否起到「尊王」的作用，還很難說，而這種做法，遮蓋了歷史真相，倒是真的。實為史家所不宜取也。

《春秋》既有這些敘事和論事上的不足和缺點，就需有人對之闡釋。後人稱為「春秋三傳」的《左傳》、《公羊傳》、《穀梁傳》就是傳釋《春秋》的著作。

這三部著作中，《穀梁傳》（魯人穀梁赤作）、《公羊傳》（齊人公羊高作）乃是闡釋《春秋》的微言大義的，是彌補《春秋》「論事」之不足，對《春秋》的「微言」做深文周納的注釋和闡釋，有時不免穿鑿附會。這兩部著作實際上已不再是史學著作，而是政治學、倫理學著作。《左傳》則補《春秋》「敘事」之不足，史料既豐富多彩，格局又規模宏大（十九餘萬字），史學價值與文學價值都堪稱一流。

《左傳》原稱《春秋左氏傳》，若標點為《〈春秋〉左氏傳》，可明白地看出它與《春秋》的關係：它是以《春秋》一萬六千餘字為經、為綱，而以自己為傳、為目，補敘其歷史原委的著作。當然，兩者之間也不能做到事事對應，《春秋》中的有些經文《左傳》並未注解；《春秋》中沒有記載的事件，《左傳》卻也有補寫。所以，也有人據此認為《左傳》是獨立著作，與《春秋》無關。如宋人黃震《黃氏日鈔》卷三十一就說：「《左氏》雖依經作傳，實則自為一書。甚至全年不及經文一字者有之，焉在其為釋經哉？」但即便如此，《左傳》「依經作傳」的事實卻是大家都承認的，而且左氏對歷史事件、歷史人物的評價，在政治立場、倫理倡導等價值取捨方面也與《春秋》基本一致。至於在作傳過程中，對歷史事件的記錄，左氏自己有所取捨，甚至在事實材料的基礎上，有些自己的見解，也未嘗不可。左氏於為經作傳之時，漸生自創一體的雄心，也在情理之中。

《左傳》的作者，司馬遷和班固都認為是魯太史左丘明，但唐代以後，即有人對此說法提出懷疑。我們可以籠統地說，這部著作成書於戰國初年，其作者已不可確考。

《春秋》是編年體的斷代史，依經作傳的《左傳》當然也是此種體例。它的記事上起魯隱公元年（前 722 年），下迄魯哀公二十七年（前 468 年），比《春

秋》多了十三年，共二百五十五年。另外，《左傳》最後還有一節附記，署曰「悼之四年」，但所敘事跡至韓、魏滅智伯，已是魯悼公十四年（前454年）左右的事。所以也可以說《左傳》記事下迄魯悼公十四年。《左傳》不是專史，但凡此二百六十多年間，各諸侯國的政治、經濟、軍事、外交、文化、風俗、人物諸多狀況，在《左傳》中皆有生動而具體的反映。要了解此間的歷史，《左傳》是最翔實、可信的材料。

由於《左傳》是在「敘事」上下功夫，這就使它有可能在敘事、寫人及語言諸方面達到相當高的水準，取得與之相關的文學成就。事實上，《左傳》在中國古代文化典籍中，不僅是以其巨大的史學成就為人重視，也因為其巨大的文學成就，對後來的文學史產生巨大影響，從而為歷代所推崇。

如果說《春秋》是對歷史事件「結果」的記錄，並用謹慎選用詞語的方法含蓄地表達對歷史事件的評價，那麼，《左傳》則是對歷史事件「過程」的記敘，並在記敘過程中「於敘事中寓褒貶」。一個值得我們注意的、有趣的現象是，相較於《左傳》對歷史事件過程的生動、翔實的記敘而言，其對歷史事件結果的記錄反而顯得草草 —— 事實上，由於對歷史事件過程的敘述已足夠充分，對事件原因、發生、發展過程的描述已足夠細緻具體，其「結果」往往已是不言而喻 —— 不需要太多的「言」即可「喻」之於讀者。很顯然，相較於《春秋》對歷史事件結果的過分重視，《左傳》的作者更關注對歷史事件「原因」的探究。這種對「因果」的追尋，可以說是深入到了史學的本質。也就是說，《春秋》可以說是檔案（歷史事實的堆積），而《左傳》則不僅是「史」（歷史事實的堆積），而且是「學」（對歷史的研究）。《左傳》作者對歷史「因果」的關注與追尋，使得史學真正成為科學。由此觀之，《左傳》作者在對史學的理解上，對史官（家）職責和素質的理解上，遠超孔子，而《左傳》的史學價值也遠遠超過《春秋》。

而且，由於《左傳》熱心於對歷史刨根究底，熱心於對歷史事實做細緻的觀

察並記錄在案，這又出乎意料地使《左傳》具有極高的文學價值。其文學價值主要體現在它敘事的成就上。它善於敘事，精於剪裁，詳略得當，而且細節描寫也大放異彩。在細節描寫中，作者刻劃了人物的性格，洞悉了事件發展的隱微動機。其對戰爭描寫的擅長及取得的成就，更是歷來為人稱道。我們前面說到了，《左傳》更關注對歷史事件的「因果」的追尋，所以它寫戰爭，並不把重點放在戰爭結果上，而是把關注點放在戰爭的背景、起因，交戰各方戰前的準備、政治、經濟狀況、人心向背、兵力部署、外交情況、將帥的性格與士兵的士氣、戰略戰術的運用等因素上。圍繞這些問題，作者把大量的歷史事實網羅了進來並組織起來（這也就實現了對歷史的記錄）。組織這些材料，並委婉周詳、生動活潑地加以敘述，使之有跌宕起伏的情節、錯綜複雜的矛盾、張弛有致的節奏、突出明確的中心，兼之謹嚴而巧妙的結構、清晰而相扣的層次，《左傳》的敘事藝術也就自然地凸顯出來。

與敘事藝術緊密相關，《左傳》在寫人的藝術上也取得了很高的成就。顯然作者認識到了，作為歷史主體的人 —— 尤其是當事人，其品性、人格、性情、修養、見識等方面，對歷史事件的發展起着重要的導向作用。所以，《左傳》寫人，也是為了「敘事」，為了更好地敘事，更好地說明事件發生的原因、發展的經過。

《左傳》寫人的方法，約略有四。一是通過人物的語言和行動來表現人物的性格。實際上，「說什麼」和「做什麼」是一個人性格的主要表現。二是把人物放在矛盾衝突之中，通過描寫人物如何應對矛盾衝突，以其在矛盾衝突中的行為、思想、心理來展現人物性格。「如何做」、「如何說」—— 也即「方式」的選擇，是人物性格的又一突出表現。三是通過對比手法來襯托人物性格，把不同人物的不同性格對比着寫，從而使各自性格特徵在對比襯托中更加明顯。四是細節描寫，它可以使我們對人物性格有更深入、更細緻、更深刻、更近距離的了解。

《左傳》敘事、寫人之成就，可以舉隱公元年「鄭伯克段于鄢」為例說明。《春秋》在此年月下只一句：「夏，五月，鄭伯克段于鄢。」只是把事件中的「結果」繫於年、月，而整個事件的過程及起因、發展則付諸闕如。《左傳》則以一「初」字領起追述，一下子就把事件起因追溯至四十年前（按：鄭武公娶於申在武公十年〔前 761 年〕，武公十四年〔前 757 年〕莊公「寤生」，武公十七年〔前 754 年〕生共叔段，公元前 743 年莊公即位，公元前 722 年，即隱公元年，莊公克段於鄢。此據司馬遷《史記·十二諸侯年表》及楊伯峻《春秋左傳注》），而三十六年前莊公出生時的「寤生」（難產），乃是這一件歷史大事的近乎微不足道的「因」，真令人感慨！不僅統治者內部所謂的神聖倫常之愛被撕下了面具，甚至歷史理性也會因此受到懷疑。

就敘事言，《春秋》中的「鄭伯克段于鄢」六個字，到了《左傳》，就變成了七百多字的大文章：事件的起因、發生、發展，情節曲折而生動，具體而翔實；人物性格鮮明而突出。其寫情節，自「莊公寤生」引起姜氏厭惡起，接敘姜氏「欲立」共叔段，為之請制，請京，收貳，完聚，將襲鄭，莊公伐京，段出奔共，潁考叔獻計，莊公母子隧而相見 …… 環環相扣，層次清晰。故事的展開、矛盾的發展、人物的出場，都有條而不紊。其寫人，則姜氏之偏執自私、乖戾狹隘，共叔段之飛揚跋扈、有恃無恐、無知愚蠢而野心勃勃，都在情節展開中自然地顯示出來。尤其是鄭莊公，其行事之周密，用心之險惡，處心積慮而不動聲色，欲擒故縱而貌似忠厚，果斷斬決而善待機會，深謀遠慮而委曲求全，在其行事及語言中得到了淋漓盡致的表現。令人發粲的是整個事件結束後的最後一句「遂為母子如初」，一個「初」字，照應了全文開頭的「初」，也讓我們自然想到：這對母子，他們之間的「初」是什麼樣子呢？「如初」不過也仍然是內懷怨毒、爾虞我詐、互相拆台罷了。這齣「其樂也融融」、「其樂也泄泄」的「隧而相見」

　　　　　　　　　　　　　　　　　　　　中國人的心靈

鬧劇，只不過是掩了天下人耳目，莊公得以保持「孝悌」之名，而姜氏仍可以養尊處優，過着寄生的貴婦人生活而已。這篇七百多字的奇文，以「初」始，以「初」終（後面一節「君子曰」與全文情節互不相關，其思想傾向又近於畫蛇添足，置之勿論可也），首尾可對照，可對接，完然自足。文章結構之精妙，令人驚嘆！

《左傳》藝術成就的第三個方面，是其語言上的特色。其敘述語言典雅、平實、簡練豐潤、含蓄暢達、曲折盡情。其人物語言，與人物的性格、修養、身份及處境、在事件中的地位，十分貼切。其行人辭令（外交辭令），更是歷來為人稱道。我們看魯僖公三十年（前 630 年）的「燭之武退秦師」一節中燭之武對秦穆公的一段說辭：

> 夜縋而出，見秦伯曰：「秦晉圍鄭，鄭既知亡矣。若亡鄭而有益于君，敢以煩執事。越國以鄙遠，君知其難也。焉用亡鄭以陪鄰？鄰之厚，君之薄也。若舍鄭以為東道主，行李之往來，共其乏困，君亦無所害。且君嘗為晉君賜矣。許君焦、瑕，朝濟而夕設版焉。君之所知也。夫晉何厭之有？既東封鄭，又欲肆其西封。若不闕秦，將焉取之？闕秦以利晉，唯君圖之。」

面對着兩個超級大國的圍攻，弱小的鄭國當然沒有軍事上的任何優勢，燭之武在談判桌上也可以說沒有一點籌碼。所以，他先坦率地承認，若秦晉再圍攻下去，鄭國必亡，鄭國人自己也知道並準備接受這種結局。坦承自己國家的處境，讓人覺得他老實而誠懇。然後燭之武話鋒一轉，「若亡鄭而有益于君，敢以煩執事」，亡鄭固然對鄭國是個災難，但秦國能從中得到什麼好處呢？這一轉折，就使得燭之武此番說辭，好像並非為鄭國打算，而是在為秦君謀劃。接着他站在秦國立場上，先就秦鄭關係展開分析：亡鄭，對秦而言，有百害而無一利；「舍鄭」

（放鄭國一馬），對秦而言，有百利而無一害。於是，秦鄭關係不應該是敵對關係、你死我活的關係，而應該是戰略夥伴關係，或至少應該建立戰略夥伴關係，雙方存在着共同利益和廣闊的軍事合作前景。下文寫到秦穆公退兵後，留下了杞子、逢孫、楊孫「戍之」，實際上，是在鄭國建立了軍事基地，既可兩面夾擊鉗制晉國，又可將鄭國作為秦國爭霸中原的跳板。秦國確實是從「舍鄭」中得到了巨大的好處。

在談完了秦鄭關係、化敵為友之後，燭之武又話鋒一轉，對秦穆公指出秦晉關係的脆弱性、秦晉兩國根本利益的尖銳對立性。他也從兩個方面分析：從過去看，晉負秦（晉惠公曾對秦穆公失信，晉人過河拆橋、忘恩負義的行為，秦穆公當然沒有忘記）；從未來看，晉闕秦。晉要強大、爭霸中原必先抑制秦國，使無後顧之憂；而秦要東向，也必先越過晉國這一關口。秦晉之間正因為根本利益互相對立，所以雖是鄰居，常常搞些「秦晉之好」的聯姻之類的雙方心照不宣的把戲（穆公就是晉文公的岳丈），但世世交惡、相斫不休的事實是不能掩蓋的。三年以後（僖公三十二年、三十三年），秦謀襲鄭，晉設伏於崤，使秦全軍覆沒，即可為燭之武預言的注腳。

上述事實客觀存在，只不過穆公一時糊塗而未能了然。燭之武也只不過是給穆公提個醒，指出這個格局罷了。而在迷途中的穆公經燭之武的當頭棒喝，幡然猛醒，結果是「秦伯說，與鄭人盟。使杞子、逢孫、楊孫戍之，乃還」。由此觀之，燭之武對穆公所言皆是事實，且果然是於鄭於秦，皆大歡喜。這類外交辭令，當然是最值得推重的，與後來縱橫捭闔之徒的徒逞口舌、播弄是非、設阱陷人、構隙成奸、務為自利而損人的做法，有本質區別。

從文法言，這段說辭，層次清晰。先退一步，為一層；談秦鄭關係，為一層；談秦晉關係，又為一層；最後兩句「闕秦以利晉，唯君圖之」是總結性的話，也為一層。凡四層，層層相續相扣。就燭之武立論的核心言，則不外乎「利

害」二字。穆公何許人也？唯「利害」可以動之。所以，燭之武開口便是「有益于君」的「益」，中承「君亦無所害」的「害」，閉口則是「闕秦以利晉」的「闕」和「利」。一大段滔滔不絕之後，以四字收束：「唯君圖之。」此君「圖」什麼？──唯「利」是「圖」而已。秦穆公「圖利」，燭之武乃說之以「利」，如此才能句句入耳，聽之無厭，聞之心悅，最後言聽計從，「與鄭人盟」。而對與女婿昨日同盟，一旦決裂竟毫不介懷、毫無愧疚，亦可見穆公英雄加流氓的本色。再驗之以三年以後（僖公三十二年、三十三年），穆公利用鄭人信任而謀襲鄭，亦毫不受信諾之約束。後來藺相如廷斥秦王嬴政：「秦自穆公以來，未嘗有堅明約束者也。」（《史記‧廉頗藺相如列傳》）言之鑿鑿有據也。

# 歷史何以成為散文（下）

　　《戰國策》是先秦歷史散文中文學成就最高的一部。它是一部獨特的歷史著作，與《國語》一樣，是國別體史著，按戰國時期秦、齊、楚、趙等十二國的次序，輯錄與十二國有關的史事四百九十七條，三十三卷。記事年代起於戰國初年，迄於秦併六國之後，約當公元前 452 年至前 216 年之間，約二百四十年的歷史。

　　它可能是秦漢間編纂的史書，作者及成書的具體年代已不可考。原來可能只是戰國時期史官們記錄下來的史料，和縱橫家、策士們用於揣摩、演練口才的文稿。這樣的拼盤形式的東西，名稱也極多。有《國策》、《國事》、《事語》、《短長》、《修書》等名稱，後經劉向整理，並定名為《戰國策》，這一堆蕪雜而錯亂的文稿才變得流暢可讀。

　　劉向把該書定名為《戰國策》，是極好、極準確的。首先，「戰國」二字說明了這是一部與戰國的史事有關的著作；其次，「策」字則兼含二義：策士與策士們的策論。事實上，《戰國策》確實有史書與子書的雙重特徵。

　　就史書言，它是敍事的，而且所敍的乃是「史事」，至少它的作者是把它當「史」來傳播的。但它記事不記年月，且往往誇張甚至虛構事件，這就嚴重損害了它的史學價值。就子書言，它往往有大段縱橫捭闔之辭（如「蘇秦以連橫說秦」等）；這些說辭或諫辭，可能出自當時策士之手，是他們簡練以為揣摩的範本，就其文采、結構、修辭而言，與先秦子書實屬同儔。

　　　　　　　　　　　　　　　　　　　　　　　　　中國人的心靈

《戰國策》之虛構文章，最有名者莫過於〈魏策四〉中的「唐雎為安陵君劫秦王」一節（鮑彪注）：

　　　秦王使人謂安陵君曰：「寡人欲以五百里之地易安陵，安陵君其許寡人！」安陵君曰：「大王加惠，以大易小，甚善。雖然，受地於先王，願終守之，弗敢易！」秦王不說。安陵君因使唐雎使於秦。

　　　秦王謂唐雎曰：「寡人以五百里之地易安陵，安陵君不聽寡人，何也？且秦滅韓亡魏，而君以五十里之地存者，以君為長者，故不錯意也。今吾以十倍之地，請廣於君，而君逆寡人者，輕寡人與？」唐雎對曰：「否，非若是也。安陵君受地於先王而守之，雖千里不敢易也。豈直五百里哉？」秦王怫然怒，謂唐雎曰：「公亦嘗聞天子之怒乎？」唐雎對曰：「臣未嘗聞也。」秦王曰：「天子之怒，伏屍百萬，流血千里。」唐雎曰：「大王嘗聞布衣之怒乎？」秦王曰：「布衣之怒，亦免冠徒跣，以頭搶地耳。」唐雎曰：「此庸夫之怒也，非士之怒也。夫專諸之刺王僚也，彗星襲月；聶政之刺韓傀也，白虹貫日；要離之刺慶忌也，倉鷹擊於殿上。此三子者，皆布衣之士也，懷怒未發，休祲降於天，與臣而將四矣。若士必怒，伏屍二人，流血五步，天下縞素，今日是也！」挺劍而起。

　　　秦王色撓，長跪而謝之，曰：「先生坐！何至於此！寡人諭矣：夫韓魏滅亡，而安陵以五十里之地存者，徒以有先生也。」

　　這是先秦時期的一場「不對稱戰爭」，一場在大國的武力與布衣之士的口舌與佩劍上發生的戰爭。秦王仗勢凌人而終於自取其辱、自挫於人，唐雎不屈不撓、氣蓋強嬴。如果說，秦王的不可一世是因為他背後強大的軍事力量，那麼，唐雎的道義之勇則來自於當時士階層的自信。當秦王說出「天子之怒，伏屍百萬，流血

千里」這樣視天下如草芥的下流話時，他不是如他所願，嚇住了唐雎，而是激怒了唐雎。這是「布衣之怒」，是道義之怒。自「專諸之刺王僚」至「挺劍而起」，真是寫得如火如荼，殺氣騰騰。這段文字根本不是史實（吳師道《戰國策校注補正》、林雲銘《古文析義》、繆文遠《戰國策考辨》都考訂此事為虛構）。文中的「挺劍而起」，使臣上殿而能帶劍，更不符合事實。但我們試從文字角度看，在唐雎那一段「俊絕、宕絕、峭絕、快絕」（金聖嘆語）的言辭之後，接之以「挺劍而起」的動作，是何等風流、何等英雄，又是何等具有觀賞性！

我們還要考慮的是，作者為何要虛構出這樣一段充滿激情的故事？事實上，它正是激情的體現。這種激情，是作為士階層的自豪、自信、自尊，甚至自大的表現，是他們道德上的自足與才智上的自信。他們本來是無可憑依的一群，但在戰國這樣的大時代大風雲中，他們發現，正是他們，才是真正的風雲人物，才是真正的時代之子，才是真正的當代英雄！他們是策士，是謀士，是俠士，是壯士；他們進取不息，奮鬥不止，尚氣任俠，輕生重義。他們沽名釣譽，追名逐利；他們藐視傳統，糞土王侯；他們槓桿天下，推動歷史。他們一怒而天下震，安居而天下息 —— 是的，他們就憑藉他們的權變、機智、膽略與三寸不爛之舌，把一個時代變成了他們表演的舞台，把王侯將相都變成了他們的傀儡……

《戰國策》記事的特點，不僅有誇飾乃至虛構成分，還體現在它對史事的選擇上。從《春秋》到《左傳》，作為記事（或以記事為主）的歷史著作，其所選記之事，必是歷史大事或有歷史學意義的事件；而《戰國策》則站在寫人的立場上，所敘寫之事，往往與歷史意義較遠，而與人物形象較近。

如〈齊策·齊人有馮諼者〉一節，敘馮諼願為孟嘗君門客時與孟嘗君的對話，及三彈劍鋏以求待遇提高事：

> 齊人有馮諼者，貧乏不能自存，使人屬孟嘗君，願寄食門下。孟嘗君

曰：「客何好？」曰：「客無好也。」曰：「客何能？」曰：「客無能也。」孟嘗君笑而受之，曰：「諾。」左右以君賤之也，食以草具。

　　居有頃，倚柱彈其劍，歌曰：「長鋏，歸來乎！食無魚。」左右以告。孟嘗君曰：「食之，比門下之客。」君有頃，復彈其鋏，歌曰：「長鋏，歸來乎！出無車。」左右皆笑之，以告。孟嘗君曰：「為之駕，比門下之車客。」於是乘其車，揭其劍，過其友曰：「孟嘗君客我！」後有頃，復彈其劍鋏，歌曰：「長鋏，歸來乎！無以為家。」左右皆惡之，以為貪而不知足。孟嘗君問：「馮公有親乎？」對曰：「有老母。」孟嘗君使人給其食用，無使乏。於是馮諼不復歌。

　　《戰國策》中的這段文字，作者想誇耀馮諼的才能，所以有「孟嘗君為相數十年，無纖介之禍者，馮諼之計也」之說。但我們感興趣的，可能更在文章的前半部分。這篇文章前半部分輕鬆，後半部分嚴肅；前半部分遊戲，後半部分認真；好看的當然在前半部分。當然，這樣說只是相對的。若和《左傳》、《國語》相比，我們可以說《戰國策》的這段文字通篇都是在遊戲：前半部分是馮諼在戲弄孟嘗君，後半部分則是馮諼導演，與孟嘗君一起戲弄齊湣王君臣。

　　而最為人們所熟知的，大概要算馮諼彈鋏而歌這一段了。這一段戲劇性太強，已經有了一些誇張的味道，但惟其如此，馮諼、孟嘗君的性格才尤為突出。馮諼有大自信，所以才會有如此大表演；孟嘗君有大胸襟（當然也需要有大家產），所以才有如此寬容。他連雞鳴狗盜之徒都能藏污納垢，為什麼不能容忍一個行為有些乖張的馮諼呢？況且他心裡也在納悶：這傢伙說不定是真英雄！且忍忍看！

　　從著史的角度看，這樣的事，這樣的敘，已與史無關輕重，孔子、左丘明定是棄而不取，而《戰國策》作者卻於此津津樂道，且敘得津津有味。可見《戰

國策》作者記事之目的乃不在記史，他的興趣亦不在探究歷史因果；但這樣的事，卻與凸顯人物性格與形象關涉極大，這樣的敘，其用意亦在誇飾人物及其成功。可見《戰國策》記事之目的乃在寫人也。若言先秦歷史散文中，《左傳》記事，《國語》記言，《戰國策》記人，當不為太錯。當然，左氏記史事而連類及人，是事終不可離人而獨成事，故左氏筆下，春秋之際傑出人物亦能栩栩如生；《戰國策》敘人物而自然涉史，是人終為史中之人，並終以其個人活動而影響歷史。

就敘事寫人的生動性而言，《左傳》當然不及《戰國策》。因為《左傳》有兩點限制：一是編年體，這種按時間而編排事件的體例，往往人為地割斷了敘事的脈絡，只能把事件按時間段拆散零售，從而影響了事件的戲劇性、情節和我們閱讀的連貫性。二是《左傳》的作者是謹遵史學實錄精神的老實人，他嚴格按照真實的歷史事件本來面目來記錄，他是歷史的書記官。歷史事件中嚴肅的偏多，而戲劇性、趣味性並不時時發生，更何況一個戴着道德眼鏡去觀察歷史的老實人，在他的篩汰下，《左傳》謹嚴、厚重，道德意味濃，而藝術趣味僅能次之。

相較之下，《戰國策》就不同了，這是不老實人寫的，它的作者可能並非史家，職業訓練、職業修養不夠（如記事不記年月），甚至罔顧職業道德，誇飾甚至虛構、編造「史實」，這就嚴重損害了該書的史學價值，但卻又因此而增加了它的文學性 —— 我們甚至可以懷疑《戰國策》的作者乃是小說家。記事不記年月，則事可顛倒次序，從而可以倒因為果、倒果為因地為人物吹噓，而神其事、神其人；務求炫人耳目、聳人聽聞，誇飾乃至虛構事實，當然可以增加其戲劇性和文學趣味。可以說，《戰國策》是以損害史學價值的代價，取得了它極高的文學成就。它的敘事較《左傳》更生動，更曲折，更波瀾迭起，更扣人心弦。它的結構更巧妙，人物更生動，語言更活潑，它在擺脫史學規範約束之後，自由無

礙、為所欲為地「創造歷史」。它一掃《左傳》的古樸、典雅、厚重,而代之以新鮮、活潑、浪漫。一種新的風格已經形成,並將對後來產生影響。

《戰國策》不僅是先秦史學著作的重大發展,是先秦歷史散文的翹楚,而且它還更直接地影響了《史記》,在很多方面都是《史記》的先驅。

首先,《戰國策》思想通達而不拘束於儒家倫理。通達的、寬容的思想和開放的、欣賞的眼界,對一個史學家來說很重要。古人常說《左傳》言義,《戰國策》言利,並以此批評《戰國策》「壞人心術」,但這種評價是明顯有偏見的,事實上《左傳》何嘗不言利?如前所敍,燭之武退秦師,通篇一個「利」字。《戰國策》又何嘗不言「義」?即使馮諼,也講究知恩圖報,也講究「為民父母」。事實上,《戰國策》的作者,眼界比《左傳》的開闊一些,其所欣賞、所讚賞的對象比《左傳》更寬泛一些。後來司馬遷「多愛」,顯然與《戰國策》一樣思路。在司馬遷筆下,不僅有天子、諸侯、忠臣、孝子、將軍、學者,還有商人、醫卜、刺客、遊俠;有這種眼界與胸襟,才能撰一部通史,囊括天下英雄豪傑、販夫走卒,而成一人類生活全圖。

其二,如果說,《左傳》使史學成為科學,那麼《戰國策》就是使史學變成人學,從而也就成為真正的文學。《戰國策》寫人,凸顯傑出的個人在歷史中的作用,與《史記》紀傳體,以人代史有明顯的傳承關係;而《戰國策》寫人的種種手法,如在矛盾衝突中寫人,通過語言、行動寫人,通過細節寫人,通過對比寫人,通過對環境的渲染凸顯人,諸如此類,也為《史記》所繼承和發展,歷史著作從而兼具了史傳文學的特點。所不同者,《戰國策》所寫的人比較單一,大都為王侯將相、策士豪傑,而《史記》則推而及之於社會各階層的傑出人士。

其三,從文字風格上講,《戰國策》的浪漫氣息、恣肆文風也對《史記》產生了很大影響。《左傳》、《國語》的文風是古樸而典雅的,而《戰國策》的文風則顯得華麗而活潑、自由而灑脫。《史記》文風的省淨、靈動、自由,是對《戰

國策》的直接繼承。可以說，《戰國策》是《左傳》、《國語》與《史記》之間的橋樑、過渡，它標誌着古典的、樸實的，帶有一定艱澀意味的古典歷史散文的衰落，而充滿浪漫氣息，文風流暢多變、生動活潑的新型歷史散文開始出現，並由《史記》把這種文風發展到空前絕後的高峰，成為中國古典散文的典範作品，影響深遠，滋溉久遠。

# 道德文章

　　孟子（約前 372 年至前 289 年），名軻，字子輿，鄒（今山東鄒城東南）人，相傳為孔子之孫孔伋（子思）的門人，是孔子之後儒家的重要人物，被稱為「亞聖」。他主張人性本善，並在此基礎上提出了「王道」、「仁政」的政治理論。他還說「民為貴，社稷次之，君為輕」，對古代民本思想做了最簡潔、最經典的概括。他個性熱情、自信，又咄咄逼人，不遺餘力地維護孔子，排拒楊墨，以好辯著稱。《孟子》一書，收錄的就是他與人辯論的文章，共七篇，又各有上下。在先秦諸子中，孟子和莊子最偏激，最鑽牛角尖，但他們的文章也因此最好看。如果說，莊子是人生的悟者，那麼，孟子就是人生的迷者。悟者的文章因為超脫與透徹而好看，迷者的文章因為熱情與天真而好看。如果用孔子對人的分類來說，莊子是狷者，孟子是狂者，要讀一流的文字，「必也狂狷乎」！

　　孟子既以好辯著稱，他在辯論上就必有自己的特色。平心而論，孟子辯論的最大特色，不在於在學理上窮究不已，卓識不凡，新見迭出，引人入勝，而在於他論題之外的功夫：揣摸對方心理，窺測對方思路，巧設陷阱，暗佈機關，引人入彀，而後一劍封喉 —— 等對方明白上了圈套，卻已沒了「喉」—— 最後一句總是他說的，所以他就是勝利者了。另外，他是一個極端自信而又熱情洋溢的人，他有充沛的道德上的自負，以及由此而來的目空一切的勇氣，他總是認為真理永遠在他這一邊，所以，他與別人辯論時雖然設了不少圈套，但不顯得心機陰暗，相反，倒顯得他機智能幹。從這方面看，他是一個極天真的人。我們欣賞他

的文章，往往不是為他的道理所折服，而是被他的聰明機智所吸引。

我們來看看他與齊宣王的一段辯論：

> 齊宣王問曰：「齊桓、晉文之事可得聞乎？」
>
> 孟子對曰：「仲尼之徒，無道桓、文之事者，是以後世無傳焉，臣未之聞也。無以，則王乎？」（《孟子·梁惠王上》）

齊宣王是一個頗有心機的人，他問齊桓公、晉文公之事，表面上是在談歷史，實際上卻是在藉歷史表明自己的「所欲」：他要像齊桓公、晉文公一樣成就霸業。當然，他一定知道孟子是倡「王道」而反「霸道」的，所以，他不能直接與孟子談「霸道」問題，於是把這種想法打扮了一番，以談歷史人物的面貌出現，若孟子不察他的用意，與他大談齊桓公、晉文公，孟子可就上了他的圈套了。

但孟子豈能在這樣的地方掉以輕心，對他的真實用心疏忽大意？他看穿了齊宣王的用心，只一句「仲尼之徒，無道桓、文之事者，是以後世無傳焉，臣未之聞也」，就輕輕地把對方的招數化解了。注意，孟子這句話實際上是綿裡藏針的。「仲尼之徒，無道桓、文之事者」云云，實際上是在警告齊宣王：我是仲尼之徒，你拿這個問題問我，是失禮不敬的！但若話就此打住，語氣就太生硬、太衝撞了，雙方就僵住了，所以，下面又接以「是以後世無傳焉，臣未之聞也」，好像前面所說的，不是警告，而只是證明自己不能談（注意，不是不願談——孟子就是要巧妙地把不願談轉化為不能談）的原因。但我們知道，實際上這個藉口是孟子編造的，仲尼之徒何嘗不談桓、文？就是孔子，也大談桓、文，《論語》中孔子就談及齊桓公、晉文公，更多的還談到了管仲，並以「仁」許之。這一點，齊宣王也未必不知道，但孟子既已嚴肅地這樣說，他也莫可奈何。孟子化解了對方的進攻後，順勢乘虛而入：「無以，則王乎？」——不能談霸道了，我們

今天談談王道如何？把主動權、話語權都搶了過來，孟子的這種做法，倒真有些「霸道」，這正是他的一貫作風。

> 曰：「德何如，則可以王矣？」
> 曰：「保民而王，莫之能禦也。」
> 曰：「若寡人者，可以保民乎哉？」
> 曰：「可。」（同上）

齊宣王當然不甘心就這樣繳械投降，在孟子提出「保民而王」的正面主張後，他突然問了一句：「若寡人者，可以保民乎哉？」這句話也是暗含圈套的。他知道孟子對他的施政方針是不滿意的，對他個人的道德評價也是不高的，所以他問這個問題，內心一定是在等着否定的回答，他也一定以為等到的肯定是否定的回答，而一旦得到否定的回答，他就可以乘機脫身而去：既然我的資質不能保民而王，我還是逞武而霸吧！但他萬萬沒想到孟子的回答那麼乾脆利落，並且幾乎不容間隙：「可。」—— 一下子就堵住了宣王的退路。孟子豈是容易落入圈套的？當然，這一聲「可」的回答也不僅僅是權宜之計，而是孟子的一貫主張。主張人性本善的孟子，有一名言，叫「人皆可以為堯舜」，這地方的「可」，也就是「人皆可以為堯舜」的「可」。當然，這一「可」，不是「行」，而是「可能行」，只是一種可能性，孟子所肯定的也只是可能性，而不是現實性。

> 曰：「何由知吾可也？」（同上）

宣王顯然對孟子的武斷自負很為厭煩，對自己被對方識破、脫身的後路被堵更為惱火。—— 你憑什麼說我行？

在一段短兵相接式的交手後（這「短兵」，也就是語言的短小利落了），孟子有意調整一下節奏；齊宣王已經很惱火，也要適當調整一下他的情緒，所以孟子沒有直接回答，而是平靜地敘述了一個事件 —— 齊宣王以羊易牛的故事。

> 曰：「臣聞之胡齕曰，王坐於堂上，有牽牛而過堂下者，王見之，曰：『牛何之？』對曰：『將以釁鐘。』王曰：『舍之！吾不忍其觳觫，若無罪而就死地。』對曰：『然則廢釁鐘與？』曰：『何可廢也，以羊易之。』不識有諸？」
>
> 曰：「有之。」（同上）

孟子敘述這個事件，既是為了回答宣王，展開下文，同時這一敘述也拖延了時間，從而緩解了緊張的氣氛。等到孟子敘述結束時，齊宣王回答「有之」，他顯然怒氣未消，但已不那麼一觸即發了。

> 曰：「是心足以王矣！百姓皆以王為愛也，臣固知王之不忍也。」
>
> 王曰：「然。誠有百姓者。齊國雖褊小，吾何愛一牛？即不忍其觳觫，若無罪而就死地，故以羊易之也。」
>
> 曰：「王無異於百姓之以王為愛也。以小易大，彼惡知之？王若隱其無罪而就死地，則牛羊何擇焉？」
>
> 王笑曰：「是誠何心哉？我非愛其財。而易之以羊也，宜乎百姓之謂我愛也。」
>
> 曰：「無傷也，是乃仁術也，見牛未見羊也。君子之於禽獸也，見其生，不忍見其死；聞其聲，不忍食其肉。是以君子遠庖廚也。」
>
> 王說曰：《詩》云：『他人有心，予忖度之。』夫子之謂也。夫我乃行之，反而求之，不得吾心。夫子言之，於我心有戚戚焉。此心之所以合於王者，

　　　　　　　　　　　中國人的心靈

何也?」（同上）

注意孟子的回答「是心足以王矣」這一句，我們若把此句以下一直至「於我心有戚戚焉」刪去，直接接以「王曰：『此心之所以合於王者，何也』」，就「論理」的角度說，毫無損失，且簡潔明白，暢達了許多。那麼，此間「百姓皆以王為愛也，臣固知王之不忍也」至「於我心有戚戚焉」有什麼意義？──它的意義在於通過對齊宣王到底是吝嗇還是仁慈的辨析，得出宣王有「惻隱之心」的結論，並由此讓齊宣王「心有戚戚」，在心理上徹底打垮齊宣王，在情感上俘虜齊宣王，使他俯首帖耳，言聽計從。孟子先是順手一推，讓齊宣王落水，「百姓皆以王為愛也」，讓齊宣王處在全國人嘲笑議論的尷尬中，並使之不能自救，在「是誠何心哉」的自問中不能自圓其說，萬分委屈與煩惱卻又無可奈何，然後又援之以手，救他上岸：「無傷也，是乃仁術也！」通過「見牛未見羊」的心理分析，讓宣王擺脫窘境，同時又水到渠成地證明了齊宣王「不忍之心」的真實存在，從而「有效」地證明了齊宣王確實「可能」實行王道，現在只看他自己是否願意了。通過這麼一打一拉，打一耳光又揉一揉，使齊宣王對孟子救他出困境而萬分感激，從而在感情上俘虜了他，使他言聽計從。孟子果真是辯論的高手！再看下面這一節：

曰：「鄒人與楚人戰，則王以為孰勝？」

曰：「楚人勝。」

曰：「然則小固不可以敵大，寡固不可以敵眾，弱固不可以敵彊。海內之地方千里者九，齊集有其一。以一服八，何以異於鄒敵楚哉？蓋亦反其本矣。今王發政施仁，使天下仕者皆欲立於王之朝，耕者皆欲耕於王之野，商賈皆欲藏於王之市，行旅皆欲出於王之塗，天下之欲疾其君者皆欲赴愬於

王。其若是，孰能禦之？」（同上）

從「王發政施仁」起，一連串用了五個排比句，寫出了天下歸心的大局面，真有百川歸海、風起雲湧之感。這顯然又與孟子對自己理論的自信，以及因此而來的充沛的激情、浪漫的情懷有關。他文章的氣勢足以感人，而這氣勢確實如他所說，是來自於他內心道德上的「浩然正氣」的。像孟子的這種辯論特色，更多地顯示出其個人性情及文學性的一面，我們從中讀出了辯論雙方的心理活動，主動與被動的轉換，攻與守的變化，機關與陷阱的埋設與避讓，自我情緒的表現與對對方情緒的控制，說話分寸恰到好處的把握，在排比、比喻、反詰、寓言故事等眾多修辭手法中體現出來的文章的氣勢，以及說理的形象性、生動性、情感性。這些無疑大大增加了《孟子》一書的文學價值。

另一方面，我們必須注意到的是，雖然孟子在辯論時耍了一些花招，但他所說的，都是「正當的道理」，是光明磊落的道德之言，所以我們不會覺得他狡詐，只會佩服他的智慧。這又是《孟子》一書的道德價值。

但與之相應的則是，作為一部論理著作，《孟子》的邏輯性、說理的嚴肅性、真實性卻有相當的問題。即如上文所引的「鄒人與楚人戰」一節而論，後面一大段排比句所描繪出的天下歸心的「德政」理想確實很有鼓動性，以至於弄得齊宣王也要「嘗試之」；前面由「鄒人與楚人戰」而得出的「小固不可以敵大，寡固不可以敵眾，弱固不可以敵強」也是正確的；但再由之推導出齊「以一服八」而必敗的結論，卻無論是從理論上還是從現實上都不大靠得住。我們知道秦也是佔有一州，而「以一服八」，以武力制六合為一的。仔細再看，孟子在這裡耍了一個小小的花招，首先，他把齊與其他諸侯國力量的對比只簡化為一個因素的對比 —— 土地的大與小，再把這種對比高度抽象為「一」和「八」，從而給我們一種錯覺：一小八大，一不能勝八。但是，事實上，這裡的「八」不是一個整一

的「八」，而是「八」個分散的一，齊完全可以各個擊破，如秦以後所做的那樣。

這種有意或無意的邏輯錯誤，在《孟子》中有不少，比如下面：

> 天時不如地利，地利不如人和。三里之城，七里之郭，環而攻之而不勝。夫環而攻之，必有得天時者矣；然而不勝者，是天時不如地利也。城非不高也，池非不深也，兵革非不堅利也，米粟非不多也；委而去之，是地利不如人和也。故曰：域民不以封疆之界，固國不以山谿之險，威天下不以兵革之利。得道者多助，失道者寡助。寡助之至，親戚畔之；多助之至，天下順之。以天下之所順，攻親戚之所畔，故君子有不戰，戰必勝矣。（《孟子·公孫丑下》）

得道多助，失道寡助，從價值認定的角度說，是不錯的。我們應當義不容辭、義無反顧地去做一個有道的人，而不能成為一個無道的人（當然，孟子這裡原是指有道之君和無道之君）。而且，得道的人，應當在「得道」的同時，「得到」眾人的幫助和支持；失道的人，也理當為人摒棄而使之付出「失道」的代價。

但這裡只是說「應當」、「理當」，只是一種道德訴求，而不能說「一定會」。道德訴求並不總是轉變為客觀事實。事實上，道德及道德行為並沒有一個預設的好結果在前方等着。即以孔子、孟子自身而論，他們算是得道之人了吧，但他們一生的遭遇又如何呢？還不是處處碰壁，為人所拒？何曾多助過？不得道者，也不一定就寡助。大盜跖手下的人據說也有「三千」，和孔子打了個平手（莊子說他「盜亦有道」，但此「道」與孟子的「道」不能混淆）；魯哀公不能算是得道明君吧，但魯國人誰敢不服從他？孔子恰恰是帶頭恭敬他、抬舉他、輔助他。誰不敬愛他，孔子還特生氣。

所以，孟子這一段正氣浩然的道德之論，雖有極大的感染力，以至於幾千年

來成為對莘莘學子進行思想教育、道德培養的必讀章節，但邏輯上卻不大講得通。「天時不如地利，地利不如人和」的層層論證，更缺少基本的邏輯關聯。「然而不勝者」，可能有多種原因，不一定就是沒有地利；反過來，有地利沒有天時也不行。所以，也可以說「地利不如天時」。孟子論證「地利不如人和」，更是一廂情願地先假定他要貶低的「不重要」的條件（地利）都具備，然後再證明因他要推崇的「重要條件」（人和）缺乏而失敗，從而證明自己的觀點。這種做法，是十足的蠻不講理。「萬事俱備，只欠東風」，難道能證明「萬事不如東風」嗎？其實，一物之實現，條件往往有多個，缺一不可。這「多個」條件的任何一個，都不能說比其他條件更重要。

其他如對一些歷史、地理知識，孟子也往往不大較真，他所描述的歷史，往往是他想像中的歷史，而不是真實的歷史，他所提及的地理，也有不少錯誤。奇怪的是，這種粗枝大葉的毛病，雖然損害了他文章的科學性、嚴肅性與學理上的正確性，卻不僅無損於他文章的文學性，更有助於他的文學性；不僅無損於他的學術人格，反而增添了他的人格魅力。

孟子證明客觀真理，總顯得勉強而力不從心，他邏輯不嚴密，證據也不充分。但他一涉足倫理學領域，便雄辯滔滔。因為道德倫理的建立往往是一種信仰的建立，而不是客觀科學的證立。建立一種道德信仰，需要的是一種價值估定，而價值往往是由人為判斷的；證立客觀科學，需要的是嚴密的邏輯推理和事實支持。如「魚我所欲也」這一節：

> 魚，我所欲也；熊掌，亦我所欲也，二者不可得兼，舍魚而取熊掌者也。生，亦我所欲也；義，亦我所欲也，二者不可得兼，舍生而取義者也。生亦我所欲，所欲有甚於生者，故不為苟得也；死亦我所惡，所惡有甚於死者，故患有所不辟也。如使人之所欲莫甚於生，則凡可以得生者，何不用

也？使人之所惡莫甚於死者，則凡可以辟患者，何不為也？由是則生而有不用也，由是則可以辟患而有不為也。是故所欲有甚於生者，所惡有甚於死者，非獨賢者有是心也，人皆有之，賢者能勿喪耳。（《孟子·告子上》）

孟子是要建立一種「捨生取義」的文化信仰，他只需要說明為什麼必須這樣就可以了，也就是說，他不需要證明「捨生取義」為「真」，他只要證明「捨生取義」為「善」。在這一點上他做得非常成功。他反問我們：假如沒有什麼東西比生更重要，那麼，不就凡是可以得生的手段都可以使用麼？同樣，假如沒有什麼比死更可怕，那麼，凡是可以避死的事不都可以做麼？這兩個「凡是」，必使人類墮落而無止境。所以，為了人類的崇高和自尊，人類必須建立一個道德底線：在任何情況下，都不能不擇手段，都不能無惡不作。那麼，自然就必須有一種東西比生更重要，更值得我們珍視，那就是「義」；必須有一種東西比死更可怕，更要我們避開，那就是「不義」。

孟子用兩個假設、兩個反問，就證明了這麼偉大的倫理學命題，顯示出的，不僅是他做文章手段的高超，更是他思維縝密、直達事物核心的大本領。對人、物有透徹的認識，對世界有是非判斷力，是做文章的最高秘訣。

如果說，莊子說明了天道的偉大與高渺難測，那麼，孟子就證明了人類的道德尊嚴與精神崇高。這是孟子最偉大的貢獻。

孟子是一個唯心的人，所以他的文章師心自用；是一個純任意氣的人，所以他的文章意氣風發。他嫉惡如仇，道德感極強，所以他對他看不慣的人與事動輒惡言相加，拔刀相向。他無論罵諸侯、罵學者，都毫不留情，連對他極關照、極尊敬的齊宣王，他也絲毫不假以顏色。他只認天理正義、公道良心，不講什麼人情世故。所以，他是真君子，用他自己的話說，是「大丈夫」。他對邪惡有不可遏止的殺伐心，所以他的文章有殺伐氣，他把這種氣質稱為「浩然之氣」。他

可能就是從自身的道德良知與道德勇氣裡，找到了人類的希望與信心，發現了墮落人類獲得救贖的途徑。於是，他到處與人辯論，鼓吹自己的救世之道。他可能相信，只要他不停止他的吹噓（吹噓的本意是吹枯噓生，即給枯死者吹以生氣，使之重生），這世界的末日就不會到來；他工作一日，這世界的末日就會推後一日，且一息生機會漸漸轉來。所以，當有人批評他「好辯」時，他回答說：「予豈好辯哉？予不得已也！」他自信天已將大任降到他的肩上。所以，他的工作，給他崇高感、偉大感、成就感。「如欲平治天下，當今之世，舍我其誰也？」這樣的人，這樣的性情，怎能沒有這樣的文章？他的人，是天地精華；他的文章，是天地奇觀。

# 人在江湖

一

　　往昔有人，名曰莊周。周之奇不知其所以然也。化而為書，名曰《莊
子》，書之妙不知其所以然也。是書也，出於意想之外，而游於溟涬之初。
吾烏乎讀之？句與為句乎？字與為字乎？庸詎知吾之所謂句即《莊》之所謂
句，吾之所謂字即《莊》之所謂字邪？文與為文乎？義與為義乎？庸詎知吾
之所謂文即《莊》之所謂文，吾之所謂義即《莊》之所謂義耶？（張潮《讀
莊子法小引》）

以上這段仿莊子的文字，乃是清代學者張潮讀莊周時讀出的感受。我看得出
來，張潮先生讀《莊子》是到了這樣的境地了：愛不釋手卻又終難釋義，不能
釋義卻又終於不能釋懷。古往今來，不知多少人像張潮一樣，被莊子弄得進退兩
難，無所適從。

　　讀莊子的人，定知道那是多層的愉快。你正在驚異那思想的奇警，在那
躊躇的當兒，忽然又發覺一件事，你問那精微奧妙的思想何以竟有那樣湊巧
的、曲達圓妙的辭句來表現它，你更驚異，再定神一看，又不知道那是思想

那是文字了，也許什麼也不是，而是經過化合作用的第三種東西。(聞一多《古典新義·莊子》)

當一種美，美得讓我們無所適從時，我們就會意識到自身的局限。「山陰道上，目不暇接」之時，我們不就能體驗到我們渺小的心智與有限的感官，無福消受這天賜的過多福祉麼？讀《莊子》，我們也往往被莊子播弄得手足無措，有時只好手之舞之，足之蹈之。除此，我們還有什麼方式來表達我們內心的感動？這位「天仙才子」(李鼎語)，他幻化無方，意在塵外，鬼話連篇，奇怪迭出。他總在一些地方嚇着我們，讓我們充斥經驗、知識以及無數俗念的心靈惴惴不安，驚詫莫名。等我們驚魂甫定，便會發現，呈現在我們面前的，是朝暾夕月，落崖驚風。我們的視界為之一開，我們的俗情為之一掃。同時，他永遠有着我們不懂的地方，山重水複，柳暗花明；永遠有着我們不曾涉及的境界，仰之彌高，鑽之彌堅。造化鍾神秀，造化把何等樣的神秀聚焦在這個「槁項黃馘」的哲人身上啊！

二

莊子釣於濮水。楚王使大夫二人往先焉，曰：「願以境內累矣。」(《莊子·秋水》)

先秦諸子，誰不想做官？「一朝權在手，便把令來行。」「在其位，謀其政。」「君子之仕，行其義也。」誰不想通過世俗的權力來槓桿天下，實現自己的烏托邦之夢？莊子的機會來了，但莊子的心已冷了。這是一場有趣的情景：一邊是濮水邊心如澄澈秋水、身如不繫之舟的莊周先生，一邊是身負楚王使命、恭敬

不怠、顛沛以之的二大夫。兩邊誰更能享受生命的真樂趣？這可能是一個永遠聚訟不已、不能有統一志趣的話題。對幸福的理解太多樣了。我的看法是，莊周一定能掂出各級官僚「威福」的分量，而大小官僚永遠不可能理解莊周「閒福」對真正人生的意義。這有關對「自由」的價值評價。這也是一個似曾相識的情景 —— 它使我們一下子就想到了距莊子約七百多年前渭水邊上發生的一幕：八十多歲的姜太公用直鉤釣魚，用意卻在釣文王。他成功了。而比姜太公年輕得多的莊子（他死時也大約只有六十來歲），此時是真心真意地在釣魚，且可能毫無詩意 —— 他可能真的需要一條魚來充實他的轆轆飢腸。莊子此時面臨着雙重誘惑：他的前面是清波粼粼的濮水以及水中從容不迫的游魚，他的背後則是楚國的相位 —— 楚威王要把境內的國事交給他了。大概楚威王也知道莊子的脾氣，所以用了一個「累」字，只是莊子要不要這種「累」？多少人在這種累贅中體味到權力給人的充實感、成就感？這是生命中不能承受之「重」。

　　莊子持竿不顧。（同上）

好一個「不顧」！濮水的清波吸引了他，他無暇回頭看身後的權勢。他那麼不經意地推掉了在俗人看來千載難逢的發達機遇。他把這看成了無聊的打擾。如果他學許由，他該跳進濮水洗洗他乾皺的耳朵了。大約怕驚走了在魚鉤邊遊蕩試探的魚，他沒有這麼做，從而也沒有讓這二位風塵僕僕的大夫太難堪。他只問了兩位衣着錦繡的大夫一個似乎毫不相關的問題：楚國水田裡的烏龜，它們是願意到楚王那裡，讓楚王用精緻的竹箱裝着它，用絲綢的巾飾覆蓋它，珍藏在宗廟裡，用死來換取「留骨而貴」呢，還是願意拖着尾巴在泥水裡自由自在地活着呢？二位大夫此時倒很有一點正常人的心智，回答說：「寧願拖着尾巴在泥水中活着。」

莊子曰：「往矣，吾將曳尾於塗中。」（同上）

你們走吧！我也是這樣選擇的。這則記載在〈秋水〉篇中的故事（司馬遷在《史記》中複述了這個故事，文字略有出入），不知會讓多少人暗自慚愧汗顏。這是由超凡絕俗的大智慧中生長出來的清潔的精神，又由這種清潔的精神滋養出拒絕誘惑的驚人內力。當然，我們不能以此懸鵠，來要求心智不高、內力不堅的芸芸眾生，但我仍很高興能看到在中國古代文人中，有這樣一個拒絕權勢媒聘、堅決不合作的例子。是的，在一個文化屈從權勢的文化傳統中，莊子是一棵孤獨的樹，是一棵孤獨地在深夜看守心靈月亮的樹。當我們都在大黑夜裡昧昧昏睡時，月亮為什麼沒有丟失？就是因為有了這樣一兩棵在清風夜唳中，獨自看守月亮的樹。

一輪孤月之下一株孤獨的樹，這是一種不可企及的嫵媚。

## 三

莊子就這樣帶着他特有的神秘莫測的微笑，從俗人的世界中掉轉了頭。有人說，莊子到自然中去了，到江湖中去了。但若再細心一點，我們會發現，莊子的自然是神性的自然，而不是後來山水田園詩人的人性的自然。他的自然，充滿靈性，充滿神性，充滿詩性，超絕而神秘，清涼而溫柔；它離俗人世界那麼遠，而離世界的核心那麼近。用現代哲學的話說，他走近「存在」了。語言是存在的家。這話說得真是太好了。在莊子的語辭密林裡，「存在」如同一隻小鳥，在裡面做巢。莊子是在永恆的鄉愁中追尋着「家園」。追尋就是構築。莊子用他的「無端崖之辭」、「荒唐之言」、「謬悠之說」構築着家園。這是一個天仙被貶謫到無聊混亂人間後，對理念世界模糊記憶的追蹤。雖然無奈，但仍執着，在固執的

回憶中，他把頭腦中模模糊糊、影影綽綽的理念世界幻象捕捉到文字中。這是在我們意料之外的另一個世界，這裡雲山蒼蒼，天風蕩蕩，處子綽約，嬰兒無邪。在這裡活動的都是一些「大有逕庭，不近人情」的高人，這是一些身上的塵垢秕糠都能陶鑄出堯舜的高人：

> 在縹緲遙遠的姑射山上，有個神人居住。他的皮膚潔白如冰雪，體態輕妙如處女。不食五穀雜糧，吸清風飲甘露。乘雲氣駕飛龍，遨遊於四海之外……這個神人啊，這樣的德行啊，將混同萬物而為一……這樣的人啊，沒有什麼能傷害他，滔天的洪水也不能淹沒他；天下大旱，金石都被融化、土山都被燒焦，而他卻不感到灼熱。
>
> （藐姑射之山，有神人居焉。肌膚若冰雪，淖約若處子。不食五穀，吸風飲露。乘雲氣，御飛龍，而遊乎四海之外……之人也，之德也，將旁礡萬物以為一……之人也，物莫之傷，大浸稽天而不溺；大旱金石流、土山焦而不熱。〔〈逍遙遊〉〕）
>
> 聖人的生就是天道在運行，聖人的死就是與物同化。安靜時他們與陰氣同寂，活動時他們與陽氣同步……無自然之災害，無外物之累贅。沒有人的非議，沒有鬼的責難。他的生如同漂浮，他的死如同休歇……他的睡眠沒有夢，他醒來也沒有憂愁。他的精神純淨精粹，他的靈魂優遊安逸。他虛空而恬淡，合乎自然之道。
>
> （聖人之生也天行，其死也物化。靜而與陰同德，動而與陽同波……無天災，無物累。無人非，無鬼責。其生若浮，其死若休……其寢不夢，其覺無憂。其神純粹，其魂不罷〔疲〕，虛無恬淡，乃合天德。〔〈刻意〉〕）

「禮樂囚姬旦，詩書縛孔丘」，可能囚縛得住這些人？儒家的「聖人」是人倫之

聖。莊子的「聖人」則是人格之聖。這是衝決一切束縛的人生,這是莫之夭閼的人格。這是一個無情的世界,又是一個大情大義的世界。這些人超凡脫俗,這些人又激情滿懷。他們或擊缶而歌,或憑几而噓;或形為槁木,或心如死灰;有時躊躇滿志、洋洋四顧,有時或歌或哭、不任其聲;有時南首而臥為高士,有時卻又拊髀雀躍做頑童。「不失其性命之情」(〈駢拇〉),「恢恢乎遊刃有餘」(〈養生主〉)。他們「無不忘也,無不有也,澹然無極而眾美從之」(〈刻意〉),「天地與我並生,萬物與我為一」(〈齊物論〉),他們「乘天地之正,御六氣之辯,以遊無窮」(〈逍遙遊〉)。他們如此遠離我們,卻又如此吸引我們!他們那麼無情,卻又那麼富於激情;他們那麼醜陋其形,卻又那麼美妙其神。他們對人間那麼不屑,卻又那麼富於同情心,對人世間存有那麼多的憐憫 —— 一部《莊子》,一言以蔽之,就是對人類的憐憫!莊子似因無情而堅強,實則因最多情而最虛弱!莊子代表人類最脆弱的心靈,最溫柔的心靈,最敏感因而也最易受到傷害的心靈……

## 四

胡文英這樣說莊子:

> 莊子眼極冷,心腸極熱。眼冷,故是非不管;心腸熱,故感慨萬端。雖知無用,而未能忘情,到底是熱腸掛住;雖不能忘情,而終不下手,到底是冷眼看穿。(《莊子獨見》)

這是莊子自己的「哲學困境」。此時的莊子,徘徊兩間,在內心的矛盾中做困獸之鬥。他自己管不住自己,自己被自己糾纏而無計脫身,自己對自己無所適從、

無可奈何。他有蛇的冷酷犀利，更有鴿子的溫柔寬仁。對人世間的種種荒唐與罪惡，他自知不能用書生的禿筆來與之叫陣，只好冷眼相看，但終於耿耿而不能釋懷，於是，隨着諸侯劍鋒的殘忍到極致，他的筆鋒也就荒唐到極致；因着世界黑暗到極致，他的態度也就偏激到極致。天下污濁，不能用莊重正派的語言與之對話，只好以謬悠之說、荒唐之言、無端崖之辭來與之周旋。他好像在和這個世界比誰更無賴，誰更無理，誰更無情，誰更無聊，誰更無所顧忌，誰更無所關愛，誰更赤條條來去無牽掛，從而誰更能破罐子破摔 —— 只是，我們誰看不出他滿紙荒唐言中的一把辛酸淚？對這種充滿血淚的怪誕與孤傲，我們又怎能不悚然面對、肅然起敬、油然生愛？

魯迅先生曾說，孔夫子是中國的權勢者捧起來的。科舉制度建立後，孔孟之道是應付考試的必讀書，是敲開富貴之門的敲門磚。老莊哲學則全憑莊子的個性魅力（如前文所說，此魅力包括莊子的魅力與《莊子》的魅力）吸引着一代又一代的士子，並經過他們，進入我們民族記憶的核心。可以說，孔孟之道是朝廷的，老莊哲學是民間的。民間的莊子構成了我們民族心理中最底層的基石。所以魯迅先生又說，研究中國人，從道家這一角度去考察，就較為了然。林語堂先生也說，街頭兩個孩子打架，拳頭硬的是儒家，拳頭軟的是道家。我們說若朝廷是拳頭硬的，民間不就是拳頭軟的麼？古代那些溫習功課準備科考的士子，他們桌子上擺着「四書五經」之類的高頭講章，但若我們去翻翻他們枕頭底下，一定是放着一本《莊子》。有莊子墊底，他們的心裡踏實多了。考中的，便高談闊論、高視闊步地去治國平天下，做儒家；考不中的，回到陋室，淒淒涼涼，頭枕《莊子》，做一回化蝶之夢，或南柯之夢，也是一劑鎮痛良方。夢醒之後，悟出「世事莊周蝴蝶夢」，齊貴賤，等生死，則眼前無處不是四通八達的康莊大道，身旁無處不是周行不殆的造化之機 —— 莊周莊周，本即是康莊大道周行不殆之意也！

# 面向風雨的歌者

一

屈原是一本大書，可以讓我們代代翻閱而不能盡其意；或者如胡適所說，是一個大「箭垛」，讓我們人人都可以在他那裡射中心中所想；或者，如我曾經比喻的，是一個大大的「滾雪球」，當他在時光的坡道上滾過一代又一代時，一代又一代的人都可以在上面附着上自己的東西：既是對屈原的新發現，也是價值的增值。是的，物理存在的屈原在公元前 278 年即已死去，但精神的屈原卻永在生長，且日益枝繁葉茂，碩果纍纍，庇蔭着吾國吾民的精神家園，滋養着我們的精神力量。

比經學家把《詩經》學術化、意義化而使其失去了生動鮮活更嚴重的，是學者們對屈原的所作所為。首先是對屈原作品的種種猜疑。學者們用他們各自不同的判斷標準，對哪篇作品是或不是屈原所作下了種種結論。現有屈原的所有作品，包括〈離騷〉，是否為屈原所作，都曾被懷疑過。我承認他們工作的嚴肅性與重要性，容不得我這個沒學問的人說三道四，但我不耐煩他們的爭論，遠避而去，總還是我的自由。套用一句古人的話：「何苦將兩耳，聽此寒蟲號。」當然，現在的學者早不是「寒蟲」，在鼓勵學術的政策下，他們都暖洋洋的。

更令人氣悶的是，學者們還挑起了一場「歷史上有無屈原」的爭論，弄得東

瀛日本國的學者們也來湊熱鬧,直讓我們懷疑他們的用心。以我這個頭腦簡單的人的想法,「屈原」本就是一個符號。它代表着一個人,不錯,但卻是一個早就死去的人 —— 據說還是投江而死的人,也就是說,作為一個「物理事實」,他早已消失。我們今天講的這「屈原」,乃是一個「人文事實」。不管歷史上 —— 實際上也就是在楚懷王、楚頃襄王時代 —— 這個人物是誰,或根本不存在這個人,但至少從漢代賈誼、劉安開始,這「屈原」兩個字就已作為一個「人文」符號而存在,並在不久後得到了大史學家司馬遷的認可且為之作傳。在賈誼、劉安和司馬遷那裡,「屈原」代表的是一種命運,一種精神,一種品性,這些東西引起了他們的共鳴。這些東西是抽象的,也就是說,他們感興趣的就是這些「抽象」出來的東西,而不是那個已經消亡的肉體。自那時起,我們民族的記憶中就有了「這個人」,並且「這個人」還在漫長的歷史時期裡施加了他的影響;也就是說,隨着歷史的發展,「這個人」的文化內涵越來越豐富,他的「抽象」意義越來越豐富,而成了一個無可否認的「人文事實」。這個事實是否定不了的,而那一個所謂的「物理事實」,即那個血肉之軀,是張三還是李四,甚至是否存在,則無須否認,也無須堅持,因為無論如何,「屈原」這個符號在當時是指「這一個」還是指「那一個」,甚或如論者所說,不存在,都無關緊要,因為「它」實際上已經不存在了,存在的只是一種精神性的東西。

它對我們的意義,不是來自於那麼一個物理性存在的「個體」,那麼一個由血型、指紋、DNA、身份證、戶口本、職工登記表等生物或社會體系認定的具體的「那一個」;恰恰相反,對我們有意義的是這麼一個「人文事實」,這個事實是由其文化內涵決定的,比如忠貞、堅定、愛國愛民、冤屈等等,都是一些抽象概念。這種「文化內涵」是由文化史派生的,在文化發展過程中不斷堆壘、附着而成的,比如「愛國」、「改革」就是很後來才附着上去的。說白了,從本質上講,它無關乎「事實」,而與「價值」有關。我把屈原稱為「滾雪球式人物」,

意思也就是說，「屈原」這兩個字所包含的意義、價值、精神等等，是在文化史中被不斷附着上去的，正如一個雪球，我們若層層剝開它去尋找所謂的事實，則最終仍不過是雪塊而已 —— 所謂的「真正的事實真相」不存在。極言之，文化史上眾多人物與文化現象何嘗不是一直滾動，滾到今天，滾到我們面前的雪球？當他們從我們這兒滾過時，若我們能在上面附着上什麼東西，就功德圓滿了，何苦要拿着「學問的鑿子」硬鑿下去，要找出所謂最後的「真相」？待到最後，一切剝落，「真相」會令我們失望：原來什麼也沒有，而且我們還糟蹋了歷代的文化成果，把它弄成一堆碎渣。

二

　　屈原的代表作〈離騷〉，若從其具體主張上講，實際上並不見得有多高明，這話定會讓很多人惱火，但我懇求他們讓我誠實地說出我誠實的看法。〈離騷〉的訴說有三個對象：對君，對自己，對小人。簡單地說，對君是忠，屈原標誌着對士之朝秦暮楚式自由的否定，對士之「棄天下如棄敝屣」的自由的否定，也標誌着另一種觀念的建立 ——「忠」。這與荀子是一致的，比起孔、孟，荀子特別強調這個「忠」。在孔、孟那裡，「忠」的對象是普泛的，甚至更多的是指向一般的人際關係，「為朋友謀而不忠乎？」以及「忠」、「恕」並稱即是例證。孟子就其個性而言，那種對君主的「忠」，他是撇嘴表示不屑的。但荀子特別強調的就是對君主的「忠」。荀子比屈原稍晚，而且就待在楚國，這是有消息可尋的。

　　忠而見疑，便是怨。這怨之來處，即是「忠」。由忠而見疑所產生的「怨」，是很近於「妾婦之道」的，是頗為自卑而沒出息的。更糟糕的是，〈離騷〉還把自己的被委屈、被疏遠、被流放歸罪於小人對自己光彩的遮蔽、對自己清白的污染。這小人很像第三者，插足在自己與君王之間，導致自己被棄。不可否認的

是，中國文化傳統中，失意官僚普遍存在的棄婦心態，就是從屈原開始的。

對外在權威的皈依和依恃，導致先秦士人自由精神的沒落。屈原的選擇標誌着路已只剩下一條：在絕對君權下放棄自己的主體選擇，除了獲得一個特定的君主的認可之外，不能有更多的自由空間。這幾乎是一條絕路。賈誼、晁錯式的悲劇早已在屈原那裡發生，難怪賈誼獨獨心有戚戚於屈原。

好在〈離騷〉中還有對自我的充分肯定與讚揚，大致上洗刷了「忠君」帶來的污垢，而保持住了自己的皓皓之白。這可能是因為先秦士人主體精神的強大基礎尚未坍塌，屈原尚有精神的支撐。令人稍感吃驚的是，正是在屈原這樣一位向君權輸誠的人那裡，這種桀驁不馴的個性精神表現得尤其強烈和突出，除了孟子外，大約還沒有人能和屈原相比：他那麼強調自己、堅持自己、讚美自己（有不少人就據此認為〈離騷〉非屈原所作 —— 他們的根據是：一個人怎能這樣誇獎自己）。而且他一再表明，為了堅持自己，他可以九死不悔，體解不懲。正是這種矛盾現象，使得屈原幾乎在所有時代都會得到一部分人的肯定，又得到另一部分人的否定。我想提醒的是，在我們大力宣揚屈原忠君愛國愛民的精神的同時，一定不要忘了他張揚個性的一面。這後一點，也許是屈原最可貴的東西。誰能像他那樣，讓自己的個性直面世界的碾壓而決不屈服？誰能像他那樣，以自己個性的螳螂去擋世界的戰車？誰能像他那麼悲慘？誰能像他那麼壯烈？誰能像他那樣成為真正的戰士？

在中國古代，優美的抒情作品實在太多了，但像〈離騷〉這樣的華麗的交響樂則太少。單從篇幅上講，它就是空前絕後的；全篇三百七十二句、二千四百九十餘字，是中國古代詩歌史上最長的一篇，幾千年來沒有人能打破這個紀錄。其結構的繁複、主題的豐富、情感的深厚，更是令人嘆為觀止。作為抒情詩，而能展開如此宏大的篇章，不能不令人嘆服屈原本人思想和個性精神的深度及廣度。同時，我們也必須注意到他形式上的特點，正是由於他自設情節，使得一首

抒情詩才能像敘事詩那樣逐層打開而逐層深入，深入到精神的深處，遊歷到精神之原的開闊地帶。抒情詩而有了「情節」，也就必然是象徵的、隱喻的，所以象徵和隱喻也是〈離騷〉的主要藝術手法。比起《詩經》的比、興，屈原「香草美人」的系統性設喻與上天入地、求女占卜等等自設情節的使用，是一次巨大的歷史飛躍。

不管怎麼說，屈原仍然是歷史上第一位偉大的詩人。我們可能聽這類表述太多了，但我是認真地說這話的。「第一位」，蓋因他之前尚無稱得上偉大的詩人，甚至連「詩人」也不易覓得。《詩經》中可考的作者也有多位，有幾位還頗有幾首詩保存在這被稱為「經」的集子中，但我總覺得，《詩經》之偉大，乃是整體之偉大，如拆散開來，就每一首詩而言，可以說它們精緻、藝術、有個性，但絕說不上「偉大」。「偉大的詩人」，須有絕大的人格精神，可以沾溉後人；須有絕大的藝術創造，可以標新立異，自成格式，既垂範後人，又難以為繼。應該說，在這兩點上，屈原都當之無愧。就前一點而言，屈原已成為一種精神的象徵，雖然對他的精神價值，根據不同的時代需要，代代有不同的理解，比如有時我們理解為「忠君」，有時我們理解為「忠民」，有時我們又理解為「愛國」。總之，他已是我們在不同歷史時期的精神力量來源，重要的思想資源，人格精神的誘導。

就後一點說，「屈平辭賦垂日月，楚王台榭空山丘」，他在後半生的人生絕境中數量不多的藝術創造，已勝過楚國王族 —— 也是他的祖先 —— 幾百年創下的世俗政權的勳業。他寄託在他詩歌創造中的志向與人格，「雖與日月爭光，可也」—— 這是劉安和司馬遷的共同評價。我們知道，司馬遷對歷史人物的評價，是一言九鼎的。屈原的藝術創新，「軒翥詩人之後，奮飛辭家之前」，超經越義，自鑄偉辭，「衣被詞人，非一代也」—— 這又是中國歷史上最傑出的文論家劉勰對他的評價。一個史界的司馬遷，一個文論界的劉勰，兩個在各自領域中

的頂尖人物，對他的精神與藝術、人格與風格，作這樣至高無上的推崇，屈原之影響人心、折服人心，於斯可見。

三

其實，屈原作品的數量並不多。班固在《漢書‧藝文志》中列出的數目為二十五篇，劉向的已散佚的《楚辭》及王逸的《楚辭章句》中列出了這二十五篇的篇名，它們是：〈離騷〉一，〈九歌〉十一，〈天問〉一，〈九章〉九，〈遠遊〉、〈卜居〉、〈漁父〉各一。一篇被梁啟超稱為「全部楚辭中最酣恣、最深刻之作」的〈招魂〉，不在此列，我頗為遺憾。近世有不少學者力主此作仍為屈原的作品，我雖拙於考據，但從情感上說，我很希望這篇作品的著作權歸於屈原。多年以前，我支邊去青海，一待十七年之久，常起故鄉之思（我本楚人）。每吟那「外陳四方之惡，內崇楚國之美」的〈招魂〉，尤其是那結尾三句，即不任感慨之至：

> 湛湛江水兮上有楓，
> 目極千里兮傷春心，
> 魂兮歸來哀江南！

我們知道這「哀江南」後來被那羈留北方的江南人庾信敷衍成一賦〈哀江南賦〉，其賦其序，都是文學史上的名篇。

除此之外，即便在二十五篇之列的〈遠遊〉、〈卜居〉、〈漁父〉，也有不少人否認為屈原作品。作為學術研究，他們說什麼自有他們的根據，但要讓我來做這樣的判斷，我則沒有心情 —— 我不大喜歡他們的「根據」，因為那「根據」

本身即不算穩固。我還是依我的「心情」，這三篇，仍為屈原作品。你看這樣的句子，多麼好：

> 惟天地之無窮兮，哀人生之長勤，
>
> 往者余弗及兮，來者吾不聞。(〈遠遊〉)

這是何等杳不可及、一往不復的寂寞？一個人好像突墜一個深黑無底的宇宙黑洞，捫天叩地，寂無回音。近千年後，幽州台上的陳子昂，還在唱這樣的調子。再看這樣的句子：

> 誰可與玩斯遺芳兮？長向風而舒情！(同上)

誰？誰與我一同賞玩芳草？我只長向風雨，舒我情懷！這樣的句子，除了屈原，除了這個被命運的風雨播弄得死去又活來的人兒，誰能寫得出？

〈卜居〉乃屈原卜自己以何居世，這樣的大問題，似乎也只有屈原才發問。屈原向太卜鄭詹尹一口氣問了十八個涉及人格、人品、人生策略與人生道德原則的大問題，把鄭詹尹問得啞口無言。是的，這樣深刻的問題，誰能回答出？

> 世溷濁而不清，
>
> 蟬翼為重，千鈞為輕；
>
> 黃鐘毀棄，瓦釜雷鳴；
>
> 讒人高張，賢士無名。
>
> 吁嗟默默兮，誰知吾之廉貞？(〈卜居〉)

如果說，〈卜居〉是寫公共生活中，人以何種面目面世；那麼，〈漁父〉則是寫在私人生活中，人如何背轉身來，面對自己。漁父給出了一種隨波逐流、與世推移的人生策略，但屈原則不能忍心於以自身的皓皓之白，蒙世俗之塵埃。這確實是不可調和的矛盾。人的倫理責任確實大大障礙着我們自身的逍遙。但在屈原身上，我們也看到了，正是這種倫理責任壓力，使得屈原精神之流的壓強增大，使他的人格不斷向上，使他臻於偉大之境。

## 四

屈原的二十五篇作品，可以分成三類：〈離騷〉、〈九章〉、〈遠遊〉、〈卜居〉、〈漁父〉為一類，是屈原政治生活、社會生活的記錄，是他公共生活形象的寫真，是他的心靈史、受難史、流浪史，是他生的偉大、死的光榮的見證；〈九歌〉十一篇為第二類，這是一組深情綿渺的情愛類作品，本之於楚國巫風中的娛神歌曲，屈原把它們改造了，變成了他自己的獨創，因為他把自己那一往情深的心靈寄託在了裡面；第三類只有〈天問〉一篇，這是一篇獨特的作品，不僅在屈原作品中是獨特的，在整個中國詩歌史上都是獨特的、怪異的，又是令人震驚的。全詩一千五百多字，三百七十多句，呵問一百七十多個問題，「懷疑自遂古之初，直至百物之瑣末，放言無憚，為前人所不敢言」（魯迅〈摩羅詩力說〉）。其實，屈原在問「天」之前，已問過「人」：他問過太卜鄭詹尹，問過漁父，問過靈氛，問過女嬃，問過虞舜 …… 但無「人」能回答他「天」大的問題、「天」大的委屈、「天」大的痛苦、「天」大的不幸，所以他只能仰而叩問着天，只有「天」才能回答他那一百七十個至今也沒有答案的問題！只是 ——

天意從來高難問，況人情易老悲難訴！（張元幹《賀新郎》）

「海水呀，你說的是什麼？」

「是永恆的疑問。」

「天空呀，你回答的是什麼？」

「是永恆的沉默。」（泰戈爾《飛鳥集》）

是的，屈原就是那躁動不息的大海，他為那些「永恆的疑問」所折磨、所苦惱，他的〈天問〉永存天地之間，成為「永恆的疑問」。天空對這些疑問，大概也只能抱以「永恆的沉默」。

關鍵還不是這一百七十多個問題，而是這種疑問的精神與勇氣。這種精神與勇氣實際上是人類精神的象徵。人類精神總是通過人類最傑出的分子 —— 人之子，來作最集中的體現。

在他的第一類作品中，我們可以看見他的痛：

日月忽其不淹兮，春與秋其代序。

惟草木之零落兮，恐美人之遲暮。

……

老冉冉其將至兮，恐修名之不立。

……

長太息以掩涕兮，哀民生之多艱。

……

亦余心之所善兮，雖九死其猶未悔。

怨靈修之浩蕩兮，終不察夫民心。

……

忳鬱邑余侘傺兮，吾獨窮困乎此時也。（〈離騷〉）

這是〈離騷〉中的句子，充斥着「恐」、「太息」、「哀」、「怨」、「忳」（憂愁）…… 騷者，哭也！為時光哭，為生命短暫哭，為短暫的生命裡不盡的痛苦、失意哭。注意，他詩中的「民」，也就是「人」，「民生」即「人生」，「民心」即「人心」。他開始從「人」的角度、「人」的立場來表達憤怒，提出訴求。我們知道，《詩經》中的憤怒，往往是道德憤怒，是集體的憤怒；而屈原的憤怒，雖然也有道德的支撐，但卻是個人的憤怒。屈原很執着地向我們訴說他受到的具體的委屈：他政治理想的破滅，楚懷王如何背叛了他，楚頃襄王如何侮辱他，令尹子蘭與靳尚如何讒毀他 …… 他起訴的是這些人對他個人的傷害與不公。他指責他們的不道德，指責他們沒有責任心，指責他們道德上與智力上的雙重昏聵，但這都出自他很自我的判斷。更重要的是，我們從他的詩中讀出了人生的感慨，讀出了人的命運，讀出了一個不願屈服的個人，所感受到的人生困窘，一個保持個性獨立意志的個人，在集體中受到的壓迫甚至迫害。如果說，講究「樂而不淫，哀而不傷，怨而不怒」的《詩經》，其人生感受的尖銳性大有折挫而略顯遲鈍的話，那麼，怒形於色，被班固批評為「露才揚己」的屈原，則以其「發憤以抒情」（〈九章·惜誦〉）、「自怨生」（司馬遷）的詩歌，向我們展示了當個性在面對不公與傷害時，是何等的鋒利而深入。這種鋒利，一方面當然是對社會的切割，更重要的，是把自己的內心血淋淋地剝開。偉大的個性，就從這血泊中挺身立起。

> 曾歔欷余鬱邑兮，哀朕時之不當。
> 攬茹蕙以掩涕兮，霑余襟之浪浪。（〈離騷〉）

我們在〈離騷〉、〈九章〉等作品中，看到一個淚流滿面的詩人；看到一個時時在掩面痛哭的詩人；看到一個面向風雨「發憤以抒情」，又對人間的邪惡不

停地詛咒的詩人;一個顏色憔悴、形容枯槁、行吟澤畔、長歌當哭、以淚作詩的詩人。可他並不脆弱,並不告饒,並不退卻,並不招安 —— 不,決不。他已從人群中上前一步,成為孤獨而傲慢的個體,與全體對立,他絕不再退卻:

> 亦余心之所善兮,雖九死其猶未悔!
> ……
> 雖體解吾猶未變兮,豈余心之可懲!(〈離騷〉)

《詩經》的俗世精神很了不起,但從另一方面講,這種俗世精神恰恰消解了個人的意義,消解了個性與社會的對立,從而障礙了個性的偉大。它入世的深度恰恰減少了個性的高度。由於屈原已被主流社會拋棄 —— 他的被流放是一個很有象徵意義的事件,而他的〈遠遊〉則正是他精神的自我流放 —— 他有深刻的孤獨。在以孤立的、不堪一擊的個體面對命運時,個性在絕望中顯示了它的高度、深度與完美。我們來看看,除了屈原,還有哪位詩人能寫得出這樣的詩句:

> 經營四方兮,周流六漠。
> 上至列缺兮,降望大壑。
> 下崢嶸而無地兮,上寥廓而無天。
> 視儵忽而無見兮,聽惝恍而無聞。
> 超無為以至清兮,與泰初而為鄰。(〈遠遊〉)

個人從來沒有以這樣嶙峋的面目面對世界,世界也從來沒有向我們展露出它如此崢嶸的色相。面對天地玄黃,面對宇宙洪荒,人站在哪裡不是深淵?人站在哪裡不面臨懸崖絕壁?這是中國文學史上最為孤絕的人格,空前而絕後。莊子有

屈原的「大」，卻似乎缺少他的決絕，缺少他自絕於世界的慘烈。

## 五

劉勰說《楚辭》是「氣往轢古，辭來切今，驚采絕豔，難與並能矣」。魯迅說《楚辭》是「逸響偉辭，卓絕一世」，並且較之《詩經》，說它「其言甚長，其思甚幻，其文甚麗，其旨甚明，憑心而言，不遵矩度」。這一「憑心而言，不遵矩度」，就唱出了個性。屈原是被人群拋棄的，有人會說拋棄他的只是楚懷王、楚頃襄王父子，但從對體制高度認同的屈原來說，被這一對肉頭父子拋棄，就足以使他有「國無人莫我知兮」（一國中沒人知道我）的孤獨感。假如屈原是一個脆弱的人，或者說，他的個性還不夠堅定，他可能會試圖改變自己，再回到人群中去，但偏偏他是一個倔強而不肯有一絲遷就的人，一個純潔而不受一絲污濁的人，一個九死不悔的人，於是，便出現了這樣驚心動魄的對峙：一邊是世俗的強大權力及權力控御下的人群及其思想，一邊是孤獨無依卻一意孤行、絕不屈服的個人。屈原的偉大，即體現在這種對峙之中。他的失敗，就因為他取對立的立場而不曾屈服；他的成功與輝煌，他的光榮與夢想，也是因為他取對立的立場而不肯屈服。所以，我曾在〈屈原：無路可走〉一文中說：「屈原之影響後代，乃是因為他的失敗。這是個人對歷史的失敗，個性對社會的失敗，理想對現實的失敗。」屈原的作品，是中國歷史上第一次有關一個具體的活生生的血肉之軀，與社會、文化發生衝突並招致毀滅的記錄，是有關人類自由、幸福的啟示錄。所以，如果我們說《詩經》是北方世俗生活的記錄，它反映了周代社會生活的方方面面，並因此被冠以「現實主義」的名目；那麼〈離騷〉，則是一個苦難心靈的記錄。《詩經》反映的是生活中的衝突，〈離騷〉則由生活中的衝突深入到內心的衝突。「離騷者，猶離憂也」（司馬遷），「離，猶遭也，騷，憂也，明已遭憂作

辭也」（班固）。是的，「離騷」乃是一個強悍不屈的個性心靈的痛苦心聲。它體現了個性的深度、痛苦可以達到的深度，它是自我的覺醒、自我的堅持、自我的抗爭，是追求自由、幸福與個人信仰的曙光。

所以，我說，屈原的作品，數量雖然不多，但卻幾乎都是「大詩」，有大精神，大人格，大境界，大痛苦，大煩惱，大疑問。大愛大恨，大悲大喜，他直往個性的深處掘進，絕不淺嘗輒止，絕不「怨而不怒，哀而不傷，樂而不淫」；他就往這不「中庸」的狂狷的路上走，絕不回頭，直至決絕而去，一死了之。他對邪惡，怨而至於怒了；他對自己，哀而至於傷了。較之《詩經》的節制，他的文學形式，他的篇幅與情感，真的是「淫」（過分）了。所以，我上文說，《詩經》中任何一首詩，單列出來，都略顯渺小，它們靠的是群體的分量而佔有文學上的一席之地。屈原的作品，如〈離騷〉、〈天問〉、〈招魂〉，以及〈九章〉中的那些傑出的篇目，是可以單獨地自立於詩歌之林，單獨地成為一道風景，稱得起「大詩」的。即如他的〈九歌〉，寫苦寫痛，寫愛寫癡，寫戀寫愁，寫盼寫思，無不一往情深，直叫人有驚心動魄之感：

帝子降兮北渚，目眇眇兮愁予。
嫋嫋兮秋風，洞庭波兮木葉下。（〈九歌·湘夫人〉）

直讓人在那心靈深處，突然升起一腔柔情蜜意，不擁入懷中不能自已。可那裊裊秋風，已不知從何處悄悄襲來，讓洞庭生波，讓木葉飄零，讓山河變色，讓我們心底生涼……

秋蘭兮青青，綠葉兮紫莖。
滿堂兮美人，忽獨與余兮目成。

入不言兮出不辭，乘回風兮載雲旗。

悲莫悲兮生別離，樂莫樂兮新相知。(〈九歌‧少司命〉)

　　較之《詩經》中的愛情詩，〈九歌〉的境界更高，意味更深，情韻更永。事實上，《詩經》中的愛情詩都來自具體的「愛情事件」，即它們都是具體的愛情經歷的記錄。而〈九歌〉中的愛情詩，則沒有這樣的背景，它們純粹出自於對愛情的想像。所以，它們更抽象，更哲學，是哲學化的愛情，也更有象徵的意味。如果說，《詩經》中的愛情詩讓人覺得親切，讓人戀上俗世的溫暖與幸福；那麼〈九歌〉中的愛情詩，則讓人飄忽，讓人惆悵，讓人懷疑獲得俗世幸福的可能性與愛情的真實性。屈原是悲劇性的，無論是他的人生，還是他的藝術，他有直探世界悲劇本質的洞察力。即使是溫暖的愛情，他在寫出它的溫馨與令人哀哀欲絕的柔情的同時，卻也寫出了圍繞在它四周的寒涼，使其不可駐如夢，不可掇如月，不可攬如雲，不可止如水……他的這一組寫情愛的詩足以上升為哲學，成為哲學寓言。本來，他就是寫對神靈的崇拜與愛慕，是人對上帝的愛，對自然的愛，對世界的愛……

　　屈原的作品，被稱為「楚辭」。何為「楚辭」，我用一句話來說，「楚辭」即是 ── 楚國詩人屈原等人在吸收楚國民歌藝術營養的基礎上，而創作出來的帶有鮮明楚國地方語言色彩的新體詩。「楚國詩人」、「楚國民歌」、「楚國地方語言色彩」，說明了「楚辭」中的「楚」字；而「新體詩」，則說明了此「辭」並非《詩經》式的舊體詩，它不再是四言體式，而是自由奔放的雜言詩，篇幅長大宏闊，情感深沉博大，思慮曲折深刻，「衣被詞人，非一代也」(劉勰《文心雕龍‧辨騷》)，「其影響於後來之文章，乃甚或在三百篇以上」(魯迅《漢文學史綱要》)。

# 言語侍從與御用文人

「賦」，原先只是一種描寫的手法，《詩經》中「賦、比、興」並列，表明「賦」只是與「比」、「興」一樣，是抒情、狀物的手法之一種，朱熹《詩集傳》說「賦」乃「敷陳其事而直言之也」。具體地說，一切敘事，寫景中的白描，抒情中的直抒胸臆，都屬於「賦」，因為這幾種手法都是「直言之」，而沒有中介或借助。後來荀子作品中有〈賦篇〉，這可以說是以賦名篇的最早作品（至於傳說中宋玉的一些作品，如〈高唐賦〉、〈登徒子好色賦〉等，未必真是宋玉作品，姑存疑）。屈原的作品，原只稱「辭」（楚辭），但與《詩經》相比，規模宏大，鋪張揚厲，抒情和狀物都趨精細，實為漢代賦作的最直接母體。後來「辭賦」並稱，屈原之「辭」與漢人之「賦」，體制上原先並無不同。

需要區別的是，「漢賦」與「漢代的賦」並不是一回事。質言之，「漢賦」只是「漢代的賦」之一種。漢代的賦，有從漢初即出現、綿延至漢末而不絕的、脫胎於屈原楚辭的所謂「騷體賦」，以抒情為特徵，我們可以稱之為「抒情賦」；有在漢武帝時成熟並蔚為大觀的漢大賦（即為漢賦）等等。漢大賦的代表人物就是枚乘、司馬相如、揚雄、班固、張衡等人。其中的張衡，後來也是抒情小賦的代表人物。

漢大賦是特定歷史時期政治、倫理和審美風尚的產物。枚乘〈七發〉肇其始，而司馬相如〈子虛賦〉定其形制。後來的大賦作家，幾乎是在司馬相如繪製的格子裡填空。

司馬相如，字長卿，蜀郡成都人，年輕時讀了不少書，尤其是對怪僻生冷的字感興趣。他後來著〈凡將篇〉，通小學，這都可見他學問的趣味。他被列為漢賦四大家之首。他是中國歷史上第一個純種文學家、作家（此前的先秦諸子，包括屈原，以及漢初的陸賈、賈誼等等都是政治家或思想家），以擺佈文字、玩弄技巧沾沾自喜。他羨慕藺相如從賤人一躍而為卿相，便也用了人家的名，叫司馬相如。他父母用盡家財為他買了一個郎官，到漢景帝那裡做了一名騎馬的衛士。不久，梁孝王劉武來朝見景帝，隨身帶來了幾個大名鼎鼎的文章高手，鄒陽、枚乘、嚴忌等，司馬相如與他們一見如故。到梁孝王回梁國的時候，他也辭了職，去了梁國。在梁國，他做的是孝王的門客，與那班文朋詩友，整日遊玩飲宴，登高作賦，尋章摘句，推敲雕琢，此前認識的生冷字、怪僻字全都派上了用場。這幾年中他的成績便是做出一篇名聞遐邇，後來也名震古今的滿篇生冷怪僻字眼的〈子虛賦〉。〈子虛賦〉裡有三個假託的人物，分別叫子虛先生、烏有先生、亡（無）是公。子虛與烏有先生分別誇耀楚王和齊王的田獵生活，而亡是公則誇飾天子的田獵威風。文勢一浪高過一浪，後者壓倒前者，就這樣把文章推向了高潮，這是司馬相如的模式。後來這一模式一再被人模仿，司馬相如也就成了祖師。

　　一個時代的審美風尚真是不可思議。那時代就喜歡堆砌和填滿，看這〈子虛賦〉，如同類書，寫山的一段，全是用「山」字部首組成的字佈列在一起，一眼看去，只見群山峨峨，怪石嶙峋，負下爭高，令讀者心折骨驚。寫樹的一段，是林無靜樹，風聲蕭蕭；寫水的一節，又似川無停流，流波浩浩。獸則驚慌哀號，東西奔竄，青面獠牙，應弦而倒；人則興奮叫囂，南北合圍，駿馬利箭，弓不虛發……一篇〈子虛賦〉，合綦組以成文，列錦繡而為質，一經一緯，一宮一商，控引天地，錯綜古今，包舉宇宙，總攬人物。司馬相如的看家本領，吃奶力氣，全用在這篇文章中了。據說他寫這篇文章時，是「意思蕭散，不復與外事相

關……忽然如睡，煥然而興，幾百日後而成」。這種散體大賦的創作，往往都是曠日持久，連年累月，甚至有十年乃成者。賦的這種創作過程，實際上已經表明，它更多的是學問，是技術，而不再是藝術。因為這個過程，沒有靈感和情感的介入，有的只是經營和算計。

漢武帝劉徹即位後，愛好辭賦。司馬相如把他的〈子虛賦〉上半部分給他的同鄉楊得意，讓他找個適當的機會呈給武帝。武帝讀完〈子虛賦〉後，大為欣賞，立即召見司馬相如。司馬相如到了長安，聽武帝稱讚他的〈子虛賦〉寫得好，便說：「那算不了什麼，只是寫寫小諸侯們的自得其樂罷了。如您允許，我可以為您寫一篇描寫天子遊獵的賦，那才是天地壯觀呢。」武帝便命令尚書給他搬來筆硯與木簡，司馬相如裝模作樣地在武帝面前一揮而就 —— 其實是默寫出〈子虛賦〉的下半部 —— 亡是公言天子田獵的事，只不過是巧妙地把武帝正在轟轟烈烈地修築的上林苑加了進去，寫成了田獵的場所。[1]

---

1　〈子虛賦〉的最後部分，即在亡是公誇說天子田獵的一段裡，提到了漢武帝時才圈建的上林苑（上林苑修於武帝建元三年，即公元前 138 年，而司馬相如的這篇賦則是寫於公元前 143 年之前）。所以，雖然《史記》、《漢書》把它們當作一篇，到了《文選》就把它們分成了兩篇：子虛和烏有先生相互辯難的部分為〈子虛賦〉，被當作寫諸侯田獵之樂，而亡是公言辭的部分則為〈上林賦〉，是司馬相如見武帝後的作品。但我以為這樣的分法也欠妥，原因是，文章的開頭，在寫了「子虛過姹烏有先生」之後，赫然就是一句「亡是公存焉」（亡是公在場）。所以，這文章的最後一部分，亡是公談上林苑的一段與上面的部分應是一次寫成。同時，就賦的一般結構而言，也一般是有這樣逐層展開的三部分的。這就涉及這篇賦是何時寫成的問題了。由於寫到了上林苑，後人遂疑這篇賦就是司馬相如見武帝後所奏的〈天子遊獵賦〉，而〈子虛賦〉當別有一篇。日人瀧川資言說：「愚按《子虛》《上林》，原是一時作，合則一，分則二。……相如使鄉人奏上篇，以求召見耳。」（《史記會注考證》）瀧川的話雖然沒能說明為何在公元前 143 年前作成的賦中，就有了後來的上林苑的提法，但仍給我以很大的啟發。我以為，所謂〈子虛賦〉、〈上林賦〉，原確是司馬相如在梁時所作的一篇賦，只不過原中寫到天子遊獵時，沒有「上林」一詞。後來，司馬相如截取文章的前半部分，讓同鄉狗監楊得意奏上，而留下後半部分，以俟召見時冒充當場作文。當武帝召見他時，他說要寫一篇天子遊獵賦，實際上就是默背出他的舊作。只不過根據現實情況，漢武帝的上林苑正在隆重施工，他就在裡面添上「上林」一詞而已。這點手段，於他而言，易如反掌。

賦成，「奏之天子，天子大悅」。馬上任命他為郎官。

司馬相如為郎官以後，還寫過一些賦，如〈長楊賦〉，勸阻武帝勿拿生命當兒戲，應少冒險射獵；〈哀二世賦〉，感慨胡亥持身不謹，信讒不寤，以致亡國失勢，宗廟滅絕。但這一類東西他寫得沒什麼深度與特色。他確實有「不能持論，理不勝辭」（曹丕評孔融）的毛病。倒是他的另一篇〈大人賦〉，是他後來最出色的作品。〈大人賦〉寫成，奏給武帝，「天子大悅，飄飄有凌雲氣，遊天地之間意」。

據《漢書‧藝文志》載，司馬相如的賦有二十九篇，但今日傳下來的只有六篇，其中〈長門賦〉與〈美人賦〉是騷體賦。但細讀〈長門賦〉，我們感到他只是在描摹痛苦，而不是在體驗痛苦。他把痛苦作為對象，作為不關痛癢的客體，而不是作為主體的感受。質言之，他面對痛苦，正如他面對田獵的場面，面對山川林木，然後，他調動技巧描摹它，而不是調動感情感受它。甚至，我們可以說，他是在別人的痛苦中磨拭自己刀筆的鋒利。他不是在表現陳皇后的痛苦，而是在炫耀自己刻劃痛苦的技巧。他不能感受陳皇后的痛苦，這正如一個腦筋急轉彎的題目：針扎在哪裡不感到疼？答案：扎在別人身上。現在武帝絕情的針扎在陳皇后身上，他司馬相如正享受着武帝的恩寵，他不感到疼。陳皇后的痛苦不能感動他，不能引起他的同情心，倒是喚起他的表現慾。眼睛盯着「痛」這個字，與眼中有根刺的真痛，感覺是不同的，司馬相如就用滿篇的「痛」字來糊弄我們的眼睛，糊弄我們的「痛覺」。這篇賦前有一篇序，假如那真是相如自己作的，倒很符合他沾沾自喜、誇誇其談的天性。他在序中說：看！我把陳皇后的不幸和痛苦描寫得多麼感人！連武帝都回心轉意了！可是司馬遷的《史記》告訴我們，陳皇后被貶入長門宮後，並沒有再次獲得武帝的寵幸。這至少說明了，連他的文學崇拜者武帝都沒有被他的這篇賦感動。

班固把司馬相如列入「言語侍從之臣」（〈兩都賦‧序〉），後世的賦家，如

揚雄、班固、張衡、左思，都一面模仿他，一面又批評他、輕視他。他的文字技巧確可讓人佩服，甚至成為模範；但他的為人處世，卻平庸得很。他是一個思想平庸、精神也庸俗的人。他是一個「為藝術而藝術」的作家，可是他對藝術的理解大約相當於工藝，對於真正的藝術，他還缺少悟性。他文字功夫極佳，但藝術悟性極差。他不關心政治，不關心民生，他在武帝身邊從沒有在這方面建言獻策。他對那個時代的苦痛毫不關心。所以，就人格言，他遠遠不能望陸賈、賈誼、晁錯、董仲舒等人的項背。

他除了缺乏賈誼等人的良心與責任心，他也缺乏東方朔的那種對社會人生的洞察力。在他的作品中，有一些「勸百」之外的「諷一」，但這微不足道的「一」，與其說是他諷諫別人，不如說是他試圖表明他還有起碼的良知，向我們表明他在最起碼的價值判斷面前還站在我們這邊，以此獲得我們對他作品的道德認可，甚至奢望着我們的歡呼（這一點他成功了，歷代都有人對他歡呼）。但實際上，在奢靡與節儉之間作出選擇，這實在不是一種需要較高判斷力的選擇題，他即便選對了，我們也不必給他判高分，更何況他的真正用意與真正興趣還不是節儉呢！他只是順便給我們一點安慰、一點麻痺罷了。

在他的作品中，我們看不到痛苦。他既不為別人痛苦，也不為自己痛苦。我們在他的作品中找不到文學最本質的東西：憐憫。他既不憐憫被殘殺的動物，也不憐憫在專制車輪碾壓下的人民。他描寫帝王的田獵場面時，他的判斷力 —— 甚至可以說他的所有感官，包括視覺與聽覺，都已經失去。他分不清哪些是被圍獵的野獸，哪些是圍獵的士兵，人與獸全都成了帝王抖威風的材料，也成為他鴻文中的抽象符號。這符號是王權的象徵，也是御用文人對王權忠心的象徵。

當然，作為文人，司馬相如是劃時代的。他是一個重技巧，尤其是重文字技巧的作家；他是一個求形式之美而輕視求道德之善的作家；他是一個不重詩情而重畫意的作家；他是一個不關心人，不關心人類生存，而只關心自己的「藝術」

的作家；他是一個對社會背過身去，卻又去屠宰自然的作家。這一切，都使他與前輩作家割裂開來，也與一切偉大作家拉開絕大的距離，自成一道風景。我們讀他的作品，可能會驚嘆，但不大會被感動，因為他只讓我們的感官驚駭，卻無關於我們的心靈。

# 冷幽默

　　東方朔在歷史上是以滑稽傳名的，司馬遷就把他列入〈滑稽列傳〉，與歷代俳優放在一起。班固說他是「滑稽之雄」，以至於後世好事者往往把一些奇談怪論都附會給他。其實，他心冷得很，眼毒得很，有非常傑出的社會觀察力。他有兩篇傑出的賦〈答客難〉、〈非有先生論〉和一篇四言韻文〈誡子〉。這三篇文章在中國歷史上都有特殊的意義。

　　〈答客難〉假定有一個「客」向東方朔問難，然後由東方朔解答。客人問，「蘇秦、張儀一當萬乘之主，而身都（居）卿相之位，澤及後世」，而你東方先生呢，「修先王之術，慕聖人之義，諷誦《詩》《書》百家之言，不可勝記，著於竹帛」，「自以為智能海內無雙」，「悉力盡忠，以事聖帝」，何以至今還只做個小小侍郎呢？大概還是品行上有問題吧！

　　東方朔的回答是：

　　　彼一時也，此一時也，豈可同哉！夫蘇秦、張儀之時，周室大壞，諸侯不朝，力政爭權，相擒（鬥）以兵，並為十二國，未有雌雄。得士者強，失士者亡，故談說行（得行其道）焉！……今則不然。聖帝流德，天下震慴，諸侯賓服，連四海之外以為帶，安於覆盂（言不可動搖），天下平均，合為一家，動發舉事，猶運之掌（言治天下易如反掌），賢與不肖，何以異哉？

人才的地位，取決於社會需求。戰國紛爭時代，人才往往決定着諸侯們的興衰成敗，所以，他們不得不尊重人才。而今天下一統，於皇帝言，無人與他爭權奪利，無人與他爭地爭城，當然也就無需什麼才與不才、賢與不肖。於人才言，以前有多個僱主，尚有選擇的自由，背離一個國君而投奔另一個國君，如同扔掉一雙破鞋子；而今卻只有一個僱主 —— 中央政府，除此以外，別無混飯吃的地方。主動權現在轉到皇帝手上了，對文人，他 ——

> 綏之則安，動之則苦；尊之則為將，卑之則為虜；抗之則在青雲之上，抑之則在深淵之下；用之則為虎，不用則為鼠。

幾乎是皇帝想怎麼折騰就怎麼折騰。當然，歷代皇帝也不能說就全憑自己的喜怒而不重人才，至少漢武帝就重人才。畢竟封建社會還是「家天下」，天下是他「家」，他也不至於對自己這個「家」完全不負責任。但 ——

> 天地之大，士民之眾，竭精馳說，並進輻湊者（像車輪中的車軸全都向着軸心一樣），不可勝數，悉力慕之（盡全力來慕用他們），困於衣食（沒有足夠的俸祿），或失門戶（沒有足夠位子）。使蘇秦、張儀與僕並生於今之世，曾不得掌故（掌管禮樂舊事的小官），安敢望侍郎乎？…… 故曰：時異事異。

天下之大，人才之多，出路卻只有一個。車軸很多，但軸心卻只有一個。千軍萬馬擠獨木橋，落水者、相踩踐而死者當然不可勝數。一元時代來了，文人的悲劇也就開始了！

這是多麼透徹的洞見！

東方朔還有一篇很有意思的賦體文章，叫〈非有先生論〉。這個在吳王宮中

「默默無言者三年」的非有先生，有什麼樣的高論呢？就是那非有先生再三感慨的四個大字：「談何容易！」

韓非子的〈說難〉，是理智冷靜的分析，是對遊說經驗的總結，也是對遊說者指導門徑，其目的乃是積極的 —— 增加遊說的成功率。而東方朔的「談何容易」，則是對血的教訓的感慨，也是對言談者的告誡，其目的則是消極的 ——要人們三緘其口。這是東方朔對自己時代的觀察。

東方朔的另一篇意義非同尋常的文章是四言韻文形式〈誡子〉篇。它提供了一種非同尋常的處世之道 —— 遊世：

> 明者處世，莫尚于中，優哉游哉，與道相從。首陽為拙，柱下為工。飽食安步，以仕代農。依隱玩世，詭時不逢 …… 聖人之道，一龍一蛇，形見神藏，與物變化，隨時之宜，無有常家。

這種「遊世」哲學，是封建集權時代很多顢頇官僚的護官符。你看，既可尸位素餐，饕餮天下，中飽私囊，又可遊手好閒，心地嫻雅似神仙；既像國之棟樑，一言九鼎，宰割天下，因而名利雙收，又像山中隱士，名節俱全。體現在這篇文章中的冷幽默，是藝術上的一大特色。

揚雄與司馬相如、班固、張衡並稱為「漢賦四大家」。他又作《太玄》，模仿《周易》；作《法言》，模仿《論語》；還作方言專著《方言》。

揚雄的有文學意味的文章，有兩篇，一是〈逐貧賦〉，一是〈解嘲〉。

〈逐貧賦〉是揚雄賦中極特別的一篇。揚雄之作，多模仿別人，唯這一篇，卻讓後人模仿他。魯褒〈錢神論〉、韓愈〈送窮文〉，都從此脫出。另外，韓愈〈進學解〉之正話反說，詼諧幽默，寓莊於諧，也學的是〈逐貧賦〉。〈逐貧賦〉讀起來，確實有讓人忍俊不禁的地方，這是最古老的黑色幽默。他寫自己貧窮，是：

人皆文繡，余褐不完。人皆稻粱，我獨藜飧。……徒行負笈，出處易衣。身服百役，手足胼胝。或耘或耔，霑體露肌。朋友道絕，進官凌遲。厥咎安在？職汝為之。

看來，這個「窮神」還真害他不淺。於是他想躲開這個「窮神」，而「窮神」卻纏住他不放：

　　舍汝遠竄，崑崙之顛。爾復我隨，翰飛戾天。舍爾登山，巖穴隱藏。爾復我隨，陟彼高岡。舍爾入海，泛彼柏舟……我行爾動，我靜爾休。

最後是這個「貧」跟主人講了一通「貧」的好處：

　　處君之家，福祿如山。忘我大德，思我小怨。堪寒能暑，少而習焉。寒者不忒，等壽神仙？桀跖不顧，貪類不幹。人皆重蔽，子獨露居。人皆怵惕，予獨無虞。（同上）

　　明人張溥說：「《逐貧賦》長於《解嘲》，《釋愁》《送窮》，文士調脫，多原於此。」（《漢魏六朝百三家集題辭》）王世貞云：「子雲《逐貧賦》固為退之（韓愈）《送窮文》梯階。」這種獨特的幽默，確為子雲獨創，而為後人承續。

　　漢人本來質樸務實，追逐富貴在他們看來自然而然，並不像在後世那樣，總是面臨道德審判的危險。司馬遷在〈貨殖列傳〉中對各種追逐富貴的行為，甚至包括一些不光彩的行為，一概予以寬容──天下熙熙攘攘，皆為利來利往。東方朔、司馬相如這樣的文人，也一概赤裸裸，毫不掩飾地追名逐利，而至於不擇手段，而至於不以為恥，反以為榮。班固批評司馬遷「崇富貴而羞貧賤」，殊不

知這正是那時代的風氣。與之相關，誇耀富貴而不像後世那樣財不外露，也是那時代的一大特色。《陌上桑》寫羅敷，《羽林郎》寫胡姬，《孔雀東南飛》寫劉蘭芝，都用濃墨重彩寫她們衣飾的華貴，這都正是漢人樸實本色。

揚雄〈逐貧賦〉則顯示了一種新的態度。那就是對貧窮 —— 物質匱乏的態度。在他酸溜溜的口氣中，我們能發現中國人「一分為二」思維方式對生活本身產生的影響。在這種思維方式裡，關鍵不在於我們怎樣生活，或生活得怎樣，而在於我們如何解釋生活，解釋得怎麼樣。這種典型的唯心主義生活觀後來構成了我們文化傳統的重要部分。我們看揚雄，他的虛弱無力、無可奈何在這裡表現得很充分：他沒有能力過上更好的生活，他便設法把不好的生活解釋為好的生活；他試圖找出貧寒生活的優點，找出富貴生活的不足。這種努力，後來在道德層面上得到了完成，那就是：富貴的，總是不道德的，至少是道德可疑的；貧寒的，則往往是因為道德高尚。富貴變成了道德負號，貧寒則成為道德正號。於是，精神的獎勵就彌補了物質的匱乏，甚至成了我們生活中的畫餅。揚雄的這篇〈逐貧賦〉，它可能就暗示着我們民族文化心理的這一深刻轉捩。

張溥說揚雄善於解嘲。揚雄恰好有篇賦，題目就叫〈解嘲〉。

這篇賦，模仿東方朔〈答客難〉的地方很多。它們都是剖析中央集權時代知識分子的處境的。不過，細細揣摸，兩者仍有差別：東方朔雖在體制之內，但滿身縱橫家氣息，桀驁不馴，目空一切。雖則不得志，但絕不認輸，尤其不承認自己無能，而只斥責社會無道，用人者無目。揚雄則滿身書卷氣，溫文爾雅，謙恭退讓。他自認失敗，故甘心自守學問一隅，滿紙都是無奈與虛弱。他比東方朔更悲哀，更絕望。比如揚雄一開始，借客嘲笑自己後，便是這樣的句子：

揚子笑而應之曰：「客徒欲朱丹吾轂，不知一跌將赤吾之族也！」

巧妙地利用「朱」、「赤」的同義與多義，把爬得高跌得重的專制官場的一般規律揭示了出來。這也是歷史經驗的總結，是血的教訓的寫照。從漢高祖殺功臣，到漢景帝殺晁錯，再到漢武帝殘酷誅殺大臣，多少權傾一時的人物被滅族？朱丹其轂者，往往接着就是赤族之家！

　　當今……言奇者見疑（被懷疑），行殊者得辟（被殺頭），是以欲談者宛（捲屈）舌而固聲（閉嘴），欲步者擬足而投跡（循前人的腳印走）。

一言一行，一舉一動，莫不如履薄冰，膽戰心驚。大膽的思想沒有了，新穎的創造沒有了，專制政治的最終結果，正是消滅個性，從而扼殺一個民族的生機。揚雄敏銳地看出了漢代大一統之下的社會，與先秦諸子時代的社會有着截然不同的風貌！

在這樣的大一統之下，我們不可能有大智大勇，我們也不可能堂堂正正。我們所有的，就是那種絕對委瑣的保身之術與蠅營狗苟的可憐生態：

　　炎炎者滅，隆隆者絕。……攫拏者亡，默默者存。位極者高危，自守者身全。是故知玄知默，守道之極。爰清爰靜，游神之庭。惟寂惟寞，守德之宅。

最後，揚雄表明他不能與前代成功人物比，「為可為於可為之時，則從；為不可為於不可為之時，則凶」。時代不同了，他只能「默然獨守吾《太玄》」。

漢賦，從枚乘、司馬相如的空洞無物、凌空蹈虛，到東方朔、揚雄對當代問題的深刻思考，顯示出賦這種文體的生命力。〈答客難〉、〈解嘲〉、〈逐貧賦〉諸作，是漢賦對原罪的自贖。

# 聽那歷史的哭聲

天漢二年，公元前 99 年，漢廷發生了一件震動朝野的大事：名將李廣之孫李陵率數千步兵，深入匈奴，先勝後敗，而救兵不至。在走投無路的重圍之中，這個家世悲慘、滿懷光宗耀祖志向的年輕人，不甘心就此在失敗中了斷一生，他做出了最為恥辱的決定：投降匈奴。對他而言，他只是想「留得青山在」；在現代人看來，在犧牲自己也不能改變戰局的情況下，投降而成為戰俘，也是無違紀律與道德的正常選擇。但在那個時代，在特別寡恩的漢廷，這個有「國士之風」的青年將軍卻就此徹底地鑄定了自己的悲劇命運。

更令人唏噓的是，這件事竟然也徹底鑄就了另一個人的命運，這就是曾經與他共事過的司馬遷。他們倆一文一武：當李陵在沙場上為漢廷浴血奮戰時，司馬遷也在書房中奮筆疾書，他在為這個大時代，為「明主賢君忠臣死義之士」樹碑立傳。此刻，遠在漠北惶恐絕望的李陵絕不會想到，司馬遷，這個他雖然認識，卻從未有過交往，「未嘗銜杯酒，接殷勤之餘歡」的一介文人，為了援救李陵一家老小的生命，在為他辯護，從而冒犯武帝，被下獄，第二年，公元前 98 年，被判死刑。

同樣不甘心就此「輕於鴻毛」地死掉，「沒世而名不稱」，司馬遷也選擇了活下來，為此不惜接受最為恥辱的宮刑。

人類的悲劇是文學的溫床。這件事引出了漢代最傑出的兩封書信：李陵的〈答蘇武書〉和司馬遷的〈報任安書〉。

〈答蘇武書〉讓我們記起了一個被自己的民族拋棄、被大漠淹沒的人的絕望。

而〈報任安書〉，則寫盡了一個人被自己的政府羞辱，被人群歧視，在瀕臨崩潰的邊緣，如何獨力支撐，為了某種希望，所能承受的人生恥辱的極限 ── 用司馬遷自己的話說，在人生的所有恥辱中，「最下腐刑極矣！」

這封書信，顯示了作者內心在巨大的打擊和恥辱感下深重的矛盾痛苦，以及在對抗這種痛苦中顯示出的堅韌的個性力量，讀後有一種震撼人心的感受。它是散文體的〈離騷〉；它與〈離騷〉一樣，都展示了個體與強大體制的對抗及其悲劇性後果，而且它們都站在個體的立場，對冷酷的體制與強權進行道德審判，並給以足夠的輕蔑。事實上，就這一點而言，〈報任安書〉甚至比〈離騷〉更傑出：因為它的作者司馬遷最終以個人的堅韌完成了自己的名山事業。所以，如果說屈原是失敗的英雄，司馬遷則是成功的偉人。屈原的死是偉大的，因為它表明作者對荒謬世界的背叛，個體以「死亡」的形式保持自己的「皓皓之白」，顯示自己最終沒有屈服，用海明威的話說，是「可以被打敗，但不可能被征服」；司馬遷的忍辱不死也是偉大的，因為它體現出韌性的戰鬥，並且給我們以樂觀的啟示：偉大而頑強的個性可以在對體制的激憤與抗爭中完成自我的使命，實現自我的意志，個性甚至是不可以被打敗的。

是的，在極辱中完成的《史記》，是司馬遷勝利的旗幟！

大約在公元前 90 年左右，《史記》橫空出世。它的偉大創作者，司馬遷的行蹤卻消失了。

那死去的孤絕的生命，在《史記》中得到永生。

說司馬遷是一個偉大的史家，當然不會有人懷疑。但對於他為什麼偉大，人們卻有不同的見解。這正說明他在諸多方面都是偉大的，所以在後人所涉足的地方，都發現了他的偉大與創造。

他筆下的歷史，是「活的歷史」。在孔子傳統下的中國史家，大都是用他們

頭腦中固有的價值觀念 —— 主要是社會主流意識形態 —— 儒家的價值觀念來考據歷史，記錄歷史，評價歷史。史家必須兼具書記員和審判官雙重職能。在他們看來，歷史是一個事實，但卻是一個已經「過去了」的、塵埃落定的事實；是一個經歷，卻是人類「曾經有過」的經歷。它對我們的意義與價值，乃在於為我們提供一種道德案例。我們關注的乃是這些已經過去的事實中，透析出的道德意義，而不是事實本身。這樣，作為對象的歷史，就是被我們判為死亡的東西。歷史學家們面對歷史，如同屍檢官面對一具屍體，只是解剖它，判定其死因，寫出屍檢報告，而不必對死者表示尊敬與哀輓。

但司馬遷則異乎尋常地為我們展現了另一種對歷史對象的處理方式：他撫屍痛哭，為歷史招魂，讓歷史復活。他讓歷史的幽靈飛臨我們現實的天空，與我們共舞。他為我們展現的，不是歷史邏輯，不是歷史理性，不是一切理論性的灰色的歷史結論，而是歷史本身，是原生態的歷史，或者說，是歷史的原生態。他用「再現」的方法，讓「曾經的事實」變成了每一個閱讀者「當下的現實」。——當我們翻開《史記》的冊頁，我們就會聽到那些歷史人物的聲音，看到他們生動的面容。

同時，他雖然也滿懷無奈與感喟地承認，歷史的必然性並在其著作中對之加以勾隱索微，但他真正的興趣，則是關注着人類天賦中的自由精神、原始的生命激情、道德勇氣下義無反顧的心靈；關注着歷史人物的血性、氣質、性情，以及那種衝決邏輯的意志力量。一個不相信、不承認、不尊重歷史必然性的史家，不是一個老實的、心智健全的史家；但僅有歷史必然性而沒有自由精神，僅有邏輯而沒有意志，僅有理性精神而沒有宗教崇高，匍匐在必然性法則之下而不能歌頌個體生命對必然性的抗爭，必不是一個偉大的史家。這種偉大的史家必具有一種無與倫比的悲劇精神，所以也往往是偉大的悲劇家。我們在古老的史詩中可以仰望到這樣的人物，像荷馬及荷馬史詩。史與詩的結合，就是歷史必然性和個人自

　　　　　　　　　　　　　　　　　　　中國人的心靈

由意志的結合。在史詩中，歷史必然性與個人自由意志的永恆衝突，就是其作品內在張力與其無限魅力的來源。

可能是由於司馬遷認識到了，歷史總歸是「人」的歷史，不是天的意志史，不是神的歷史，也不是哲學家們所想像的「觀念」（或「理念」、絕對理念等等）的歷史，以「紹聖《春秋》」為使命的司馬遷拋棄了孔子既定的歷史紀年法 —— 編年體，而改用紀傳體。這絕不僅僅是一個技術問題，而是觀念問題。拋棄編年體，就是對所謂包含歷史必然性的「歷史進程」的蔑視，是對「時間」的過程、「時間」的整體有序性的放棄，對「人」的命運、「人」的生命歷程的重視。他對那冰冷的歷史巨輪投以輕蔑的一哂，然後滿懷慈悲地去關心輪子下面的那些泣血的生靈，從而我們看到，一代一代的人物以及他們對歷史必然性的反抗，對自身命運的體認，構成了《史記》中最絢爛、最悲壯、最華麗、最哀婉的主色調。史學成了人學，必然性成了戲劇性，邏輯的鏈條崩解了，生命的熱血噴湧而出……

司馬遷紀傳體之「以人代史」、「以人敘史」，實際上乃是歷史觀念的偉大覺醒：沒有人，便沒有歷史，歷史的主體正是那形形色色的人及其命運；而歷史的意義也恰好就是人的意義，而不是抽象的道德觀念。

是的，司馬遷是一個自覺的「人類的史學家」，而不是「天」或「絕對理念」的賬房先生。

司馬遷似乎很缺少孔子那樣的史家往往具有的價值自信與道德自負。他對很多東西似乎不夠確信，他更多的是懷疑與猶豫。是的，他的思想並沒有定格，他只是一直在「思想」，卻又一直不敢下結論。在這兒，我是在動詞的意義上使用「思想」這個詞的。他一直在思，在想，他如同一個頂尖的棋手，面對歷史的錯綜風雲，一直在長考，而舉棋不定。這就使得《史記》具有一種動態的思想狀態。《史記》作為歷史著作，幾乎成為歷史本身。《史記》是蓋棺而不能論定的歷

史人物的 party，是死而不能瞑目的歷史人物的訴訟。是的，《史記》裡有一雙雙死而未瞑的眼睛，有太多死不服輸的殺氣，還有死而未絕的相思與柔情，死而未絕的憐憫與牽掛⋯⋯

我說《史記》是歷史本身，就是說，《史記》就是人類生活本身。這裡有偉大的帝國和威嚴的帝王，不可一世的將軍及他的坐騎和寶劍，情不自禁的詩人及他的酒壺和禿筆，卑鄙的政客與仗義的俠士，顯赫的官僚與江湖的隱士，趨炎附勢的門客與俠肝義膽的遊俠⋯⋯

還有陰謀與情慾，屠戮與招安，武夫壯志，政客宏願，詩人的靈感，哲人的思想⋯⋯

司馬遷明白，人性的複雜遠超歷史的複雜，於是，他並不是通過歷史給我們一個結論，而是與我們一同思考，他寫出他的懷疑、驚訝、徬徨與苦悶，他幾乎就是一個誤入歷史迷宮而走投無路的迷失者，試圖拉住我們，讓我們一同幫他走出思想的迷惘。這類帶着強烈的反思與主觀意見的文章，當然無法在「編年體」中得到充足而自由的騰挪空間。我僅舉一例：〈伯夷列傳〉。劉大櫆說：「太史公《伯夷傳》可謂神奇。」這一篇確實與其他傳記不同，因為它基本上不再是「傳」，而是「論」。如是「傳」的寫法，當從文中的「伯夷、叔齊，孤竹君之二子也」始。此篇一開始就是議論，顯然，在下筆之前，司馬遷已是感慨萬端，有滿腔鬱積的話語需要發洩，所以，他握筆臨案，不能自控，驟然發之，滿紙煙雲。一番傾吐過後，再以「其傳曰」引起二人生平，給讀者的感覺是，對傳主的生平敘述已退居二線，只是為作者的議論服務，成為議論的「論據」。這種寫法完全打破了他自己確立的紀傳體格局，並且在後來歷代採用紀傳體的正史中難得一見，實在是一個非常突出的「另類」。可說它是「論」，卻又是並無定論，而只是司馬遷的滿腹狐疑，以至於滿篇的「疑問」：「由此觀之，怨邪非邪？」「是遵何德哉？」「倘所謂天道，是邪非邪？」「閭巷之人⋯⋯惡能施於後世哉？」

幾乎每一「問」，都是一個關涉歷史正義、現實良知和人類德行的大問題。他卻沒有給我們一個結論。這說明他並不想用一種既定的價值觀念予歷史人物以鑒定，而希望我們在更寬廣的道德視野、人性觀照中做多角度的思考。

司馬遷創作《史記》，其最大宏願以及其為自己定下的偉大目標，乃是「究天人之際，通古今之變，成一家之言」。「究天人之際」是哲學，「通古今之變」是史學，他確實非常傑出地完成了這兩項使命而「成一家之言」。但顯然，《史記》的成就還不僅僅在這兩方面。司馬遷對人的重視，對人的意志的高揚，對人的情感與理想、痛苦與歡樂、成功與失敗、性情與才華、智慧與激情的濃厚興趣和出色描摹，以及他投入其中的充沛的個人激情、個性化特徵，又使《史記》成就為一部無與倫比的文學華章。

以「人」及人之性格、命運作為自己寫作的目的和使命，最終決定了《史記》不僅是哲學、史學，還是文學。《史記》中記錄描摹的歷史人物，不僅僅是「歷史」的對象，而且是審美的對象。我們從那些人物身上不僅了解了歷史，而且甚至更多地了悟了人及人類的命運、世界的悲劇性、人生的荒謬性；了悟了人性的美與醜、偉大與卑微。《史記》不僅讓我們了解了那一段歷史，領會歷史的必然性、規律性，更多的倒是激起了我們內心巨大的審美感慨。讀《史記》中的人物傳記時，我們往往不是那種研究歷史時常見的冷靜、客觀的心態，恰恰相反，我們是常常處於情緒的巨大波動中的，我們在歷史中感悟人性，感慨人生。一句話，讀《史記》的過程，不僅僅是溫習歷史的過程，更多的倒是一個審美的過程。

司馬遷對人的命運的關注，與他自身的經歷有關。遭受李陵之禍，使他感受到個體生命在強大的體制面前的渺小脆弱與不堪一擊，感受到個人的意志、人格、精神力量在命運面前的無奈；同時，他又一定被人性的東西感動，對人的自由意志無比推崇。魯迅說《史記》乃「史家之絕唱，無韻之《離騷》」，劉鶚《老殘遊記‧序》說「《離騷》為屈大夫之哭泣 …… 《史記》為太史公之哭泣」，都

以〈離騷〉這樣的純個人抒情作品來比擬《史記》，這說明《史記》雖為史書，但卻確實是有鮮明的個性色彩。這個性色彩不僅是指其語言風格、敘述風格，而更主要的是指其中所蘊含的司馬遷基於個人經歷的個人感受，以及獨特的個人情感特徵。這種個人感受、個人情感特徵使《史記》帶上了強烈的抒情色彩，個人性與抒情性是《史記》文學特徵的重要表現。

通過《史記》，我們洞悉了司馬遷內心忍受的痛苦，以及在忍受侮辱時他內在的強大與自尊。《史記》是他恥辱與痛苦的結晶，卻變成了他尊嚴與崇高的象徵。是的，《史記》首先是他的光榮，然後又成為我們民族的光榮，成為我們這一偉大的文化傳統中最為耀眼的光環。

尼采說：「一切書中，我愛那以血寫成的。」

《史記》就是用重重的血寫成的：歷史的血、歷史人物的血，再加上司馬遷自己的血⋯⋯

尼采還說：「我愛這樣的人：他創造了比自己更偉大的東西，並因此而毀滅。」

我們也因此愛司馬遷。

# 死亡與愛情

　　在歷史學家那裡，公元 2 世紀中後期 ── 具體一些說，漢桓帝、靈帝時代，是一個讓他們搖頭不迭、感慨萬端的時期。東漢開國之君光武帝開始剝奪相權而集於皇帝一身，其結果恰恰造成東漢綿延十幾代的皇權旁落。野心家一茬又一茬，小人成群結隊，而君子則血流成河。在桓帝、靈帝任內，數年之間，接連弄出兩次「黨錮之禍」，大批清流知識分子被殺，只是矛盾的合乎邏輯的演化罷了。

　　在這個時代，除了清流、宦官、外戚與皇帝，還有那麼一批人，雖被排除在大舞台之外，但他們的敏感的心靈感應着那個時代，並用他們的禿筆記錄在案。這就是那被鍾嶸稱為「驚心動魄」的《古詩十九首》。這組收錄在蕭統《文選》中的十九首無名氏的古詩，是一份經過心靈過濾的時代備忘錄，無論何時，只要我們打開它，那個時代的黃昏便瀰漫開來，漸漸把我們包圍。

　　現在學界一般認為《古詩十九首》是桓、靈之際的作品。桓帝延熹九年（166年），第一次黨錮之禍；靈帝建寧二年（169 年），第二次黨錮之禍。這兩次黨錮之禍幾乎把正直官吏和太學生羅織殆盡，把國家的生氣撲滅殆盡，知識分子終於認識到漢統治已不可救藥，並最終棄它而去。這種拋棄是雙向的：走在末路上的漢朝廷也不再需要知識分子。

　　《古詩十九首》的作者即是這種社會與政治的「多餘人」，既已被現行政治體制排除在外，絕望於生命的對象化，他們便開始關注生命自身。他們高唱「何

不策高足，先踞要路津」，但他們自己都知道，這只是空談。他們雖不放棄「先踞要路津」的希望，在冷酷的現實面前，他們還是冷靜而安分守己的。所以，我們在《古詩十九首》中看不到真正的政治熱情，看不到河清海晏的政治理想，也看不到負責任的政治諷諫。面對權勢者的朱門酒肉與五馬翠蓋，他們甚至都少有憤怒，只是遠遠地一邊豔羨，一邊認命地嘆息。他們所寫的，是逐臣棄妻，朋友闊絕，遊子他鄉，死生新故，偏偏不談政治。他們不言志，不載道，只緣情。社會已經無道，他們已經無志。所剩的，只是那一絲對自己生命的惻隱之情。他們偶爾有一兩句議論，也離現實政治很遠，卻又與傳統倫理道德大相逕庭，甚至，離經叛道得讓我們張皇四顧。他們說話，已成自言自語（他們不曾得到過話筒與講壇），至多是二三至交的對床夜語或促膝心語、對酒醉語，所以也盡可以不負責任，一任自己的一念之真，所行於衷腸傾訴，所止於無話可說。可以理解，當知識階層激越的清議之聲被朝廷的誅殺之聲壓制下去之後，政治已不再是他們實現理想個人與理想社會的手段，而是權勢者們壓迫人民、殺戮異己的工具。這個時候，他們只能背對朝廷，甚至遠離大都市，在孤館春寒或深窗秋怨中默默消磨他們的生命與熱情。一邊消磨，一邊枉自嗟呀，自憐自愛，承受着物質上的窮乏與精神上的不平衡，體驗着個體生命被拋向孤獨一隅的失意與痛苦。

在《古詩十九首》裡，我們第一次心驚肉跳於生命本質的痛苦，以及由這痛苦反撥出的「及時行樂」的合奏：

　　人生天地間，忽如遠行客。（《青青陵上柏》）

　　人生寄一世，奄忽若飆塵。（《今日良宴會》）

　　人生非金石，豈能長壽考？（《迴車駕言邁》）

　　四時更變化，歲暮一何速？（《東城高且長》）

　　浩浩陰陽移，年命如朝露。

人生忽如寄，壽無金石固。(《驅車上東門》)

這是他們對死亡的理性認識，確定而無疑，冷靜而無奈。生命真相的冷酷對他們而言，已經是「司空見慣渾常事」，但他們這樣反反覆覆地強調，卻不免讓我們「痛斷刺史腸」。還有一些對死亡情景的具體描寫，那種陰森慘淡，更使我們驚悚不安：

驅車上東門，遙望郭北墓。
白楊何蕭蕭！松柏夾廣路。
下有陳死人，杳杳即長暮。
潛寐黃泉下，千載永不寤。(《驅車上東門》)

去者日以疏，來者日以親。
出郭門直視，但見丘與墳。
古墓犁為田，松柏摧為薪。
白楊多悲風，蕭蕭愁殺人。(《去者日以疏》)

這是對死亡的感性體驗。使我們害怕的，不是物，而是我們關於物的思想和想像。嚴格來講，這裡所寫的，不是「死亡」，而是「死亡之後」。從「陳死人」來寫死亡，從被人遺忘的墳墓來寫死亡，寫得那麼冷，冷徹我們骨髓。「墳墓」乃是生命的終結，是集體拋棄個體的「罪證」。這「郭北墓」與城內的高樓大廈對峙着，但這「城外土饅頭」（王梵志的妙喻），卻是每一個城內人都不可推辭的，「縱有千年鐵門限，終需一個土饅頭」（范成大）。莎士比亞在《哈姆雷特》中，也藉兩個小丑之口，把墳墓稱為「最長久的建築」，因為它可以讓我們一直

住到世界末日。但這還不是對死亡最透徹的體認。這「土饅頭」一般的墳墓，就可以永久嗎？我們能從中得到永恆的睡眠嗎？ ——

> 古墓犁為田，松柏摧為薪。（《去者日以疏》）

這才是大虛無！是生與死的大虛無！它揭示出，不僅「生」將不復存在，並連「死」也不復存在。「生」作為一個「事實」，被「死」抹走了，「死」去的生命作為一個「曾經有過的事實」，卻又被另一些「生」抹走了。當我們的墳墓都被毫無同情地掘開、蕩平時，我們曾經活過的、曾經來到過世界的事實，都被人否定。人類集體拋棄我們的罪證也被毀滅了 —— 因為我們根本不曾存在過。而這，正是絕大多數人的生命真相，是世界與人生荒謬的鐵證。這是把「死」的意義發揮到極致的思想。這裡有人心的大冷酷，有生者對死者的大冷酷。死者是生者的死者，死者是從生者的心中與記憶中死去的。沒有生者的抹殺，便沒有死亡與死者，從而也就沒有這種人生的大無聊、大寒冷、大荒誕！

　　生命的終點有死亡，死亡之後卻無來生。那只好「且趣當生，奚遑死後」（《列子·楊朱》）。這「趣當生」，在《古詩十九首》的作者那裡，便是「及時行樂」。這「時」，既可分解為每一個當下的時光，也是人之一生的總和 ——

> 斗酒相娛樂……聊厚不為薄。
> 驅車策駑馬，遊戲宛與洛……
> 極宴娛心意，戚戚何所迫。（《青青陵上柏》）

> 何不策高足，先踞要路津。
> 無為守窮賤，坎坷常苦辛。（《今日良宴會》）

不如飲美酒，被服紈與素。(《驅車上東門》)


晝短苦夜長，何不秉燭遊！

為樂當及時，何能待來茲？(《生年不滿百》)


很顯然，這「及時行樂」，只是苦中作樂，或只表達了一種憤懣的情懷而不能 —— 應該說是沒有條件付諸實施的。「斗酒」是少量的酒，顯然他們還不具備後來正始名士們的社會地位與經濟實力，也不能像後者（如阮籍）那樣喝公酒，所以不能如後者一般豪飲。斗酒即可，聊相為樂。驅車卻不能策肥馬，而是一匹「駑馬」，就這樣窮開心去宛、洛。去那兒幹什麼呢？那兒當然沒有他們的事業，沒有他們的餐桌，所以他們說是去「遊戲」，這頗近黑色幽默。可一「遊戲」，又看到了權貴們的豪奢生活，這對他們是一個不小的刺激。弄得他們「戚戚」不安，有很大的心理壓迫。

而《今日良宴會》中的「何不策高足，先踞要路津」，顯然是尚未策高足、未踞要路津；「無為守窮賤，坎坷常苦辛」，顯然現在還在守窮賤，且已經很長時間了，一直是坎坷與苦辛。

因之，《古詩十九首》中的「及時行樂」，還僅僅是一種願望，是對人生苦短的反撥，是對社會不公的反抗，是憤激且感傷的「口頭享樂派」。

但他們如此藐視傳統倫理道德觀念，如此公開唱着及時行樂的調子，就構成了歷史上的一道獨特的人文風景。他們被社會遺棄，被生命遺棄，他們便破罐子破摔，索性當起了傳統的叛徒、社會價值的挑戰者、倫理道德的嘲諷者。而「及時行樂」與「人生短暫」聯袂而出，又使得它具有了強大的邏輯支撐。無怪乎鍾嶸驚嘆：「文溫以麗，意悲而遠，驚心動魄，可謂幾乎一字千金！」(《詩品》)

很顯然，這種對生命黯淡卻又入木三分的感覺，是那個黯淡的、無一絲生命

氣息的時代造成的。他們身處王朝末，偉大的、不可一世的漢帝國昔日的聲威煙消雲散，**轟轟**烈烈的場面已人去樓空，喧囂一時的時代及那個時代中煊赫一時的人物都化為塵埃，現在只剩下末世的悲涼、黯淡和寂寥，看到的是墳墓 —— 一個終止符。那些偉大的人物現在都已進了墳墓，變成了為人疏忘的「陳死人」。時代相同而脾氣不同的趙壹，寫過一篇言辭激烈的〈刺世疾邪賦〉，賦中有詩曰「河清不可俟，人命不可延」，可謂是概括那個時代知識分子感受最深的兩件事情：現實是黑暗而無意義的，生命是短暫而無價值的。無論是社會，還是個人，都是無望的；無論是公共價值，還是私人價值，都是不存在的。

這是一個沒有熱情的時代，沒有理想的時代，沒有目標和方向的時代。歷史的馬車在一個氣息奄奄、朝不慮夕的朝廷的有氣無力的鞭影下，向着夕陽走下坡去。在這種沒落的氣氛中，即使他們想有所作為，也是「可憐無補費精神」。於是，他們的思慮自然是沉下去，沉下去，越沉越深，越來越收縮，最後便只凝於深深的一點，只有這一點才是那麻木不仁的時代中，唯一真實可觸的感覺 —— 那就是個體生命對這個寂寞而寒冷的世界的獨特體驗。這世界對他們漠然無視，他們對這個世界也就無所關心，他們只能關心自己的生命，並由驚訝於自己的一頭風霜而驚心於生命的流逝，而後又由慨嘆自己的苦難生涯而猛醒這一切的不值，「及時行樂」的思想油然而生。

死與愛，是文學中最有魅力的兩大主題。《古詩十九首》的作者們，在驚心動魄地描寫死亡的同時，又勾魂攝魄地寫出了情愛，寫出了愛的忠貞與恐懼，愛的弱小與強大，愛的專一與易變，愛的難得與巧遇。愛，就是愛的能力，是愛人的能力，是承受愛的能力。古詩的作者在痛感自己的虛弱，痛感自己面對「世界」的無力時，發現自己竟然還有愛的能力！這是人性死灰中的餘燼，是古墓中的穀種，是冬日的殘荷，是夏日的最後一朵玫瑰；還像是走夜路而膽怯的人的口哨。這是顫抖的愛，懼怕的愛。《涉江采芙蓉》、《行行重行行》、《冉冉孤生

竹》……十九首中，竟有十一首直接寫到了愛與愛的牽掛！這一絲牽掛，是他們留在這世界的唯一理由，是他們生命的唯一價值，是世界給予他們苦難生命歷程與愁苦心靈的唯一安慰和報償。於是，他們把愛寫得百般溫存，萬種柔情，令人惻然心傷而又溫馨無比。他們幾乎使我們相信，他們是那個時代的最後體溫！

> 冉冉孤生竹，結根泰山阿；與君為新婚，兔絲附女蘿。
> 兔絲生有時，夫婦會有宜。千里遠結婚，悠悠隔山陂。
> 思君令人老，軒車來何遲？傷彼蕙蘭花，含英揚光輝；
> 過時而不采，將隨秋草萎。君亮執高節，賤妾亦何為？
> （《冉冉孤生竹》）

這是愛之怨，但溫柔得讓人無所措手足。我發現，《古詩十九首》中的愛，一點也不浪漫，不刺激；恰恰相反，是那麼家常，那麼平實。它不是刺激我們的感官使之亢奮，而是撫慰我們的心靈使之安寧；它不是激起我們的熱情，而是撫慰我們的創傷。這是一種使人安寧的愛、使人平靜的愛，是一種浸透着親情的愛。我們不是有那麼多的「戚戚」與不平衡嗎？我們不是有那麼多的憂慮與恐懼嗎？這愛讓我們平靜，讓我們心平氣和，讓我們與世無爭、逆來順受，讓我們拋別世界的繁華而獨守愛巢，並從中找到滿足。

這種愛怨，如柳梢之風，吹面不寒；如杏花之雨，沾衣欲濕。就那麼緩緩地，一點點深入，一點點浸潤，最後深入我們的骨髓，深入我們的心房，讓我們骨折心驚！

中國古代詩歌常常是以日常普通生活為基本素材的。詩歌不是對生活以外或生活之上的東西的仰望與想像，也不是一些與眾不同的人物的生活反映，一般情況下，也少見一小撮精神貴族孤絕的精神之旅 —— 這樣的作品當然有，比如

屈原的一些作品，但尚不能改變中國古代詩歌的整體的日常性特徵。即便是屈原這樣獨處時代台階的最高端，獨自成為一國之人的另類的詩人作品，除卻〈九歌〉、〈天問〉，大多數作品，包括〈離騷〉，仍是以他自己的生活為素材的。在中國人的觀念裡，詩歌是生活的伴侶，甚至就是我們的日常生活，它不但不遠離我們的生活，事實上，它就是我們生活的一部分，也是我們豐富的生活內容。比如說，假如我們今天要去赴朋友的約會，在約會時我們會交談、宴飲、遊玩；興致來了，我們也許還會寫詩、吟唱，或者，在活動安排裡早就有了這一項。值得注意的是，這寫詩吟唱也就是今天諸多活動中的一項而已，它並不特殊，並不高於其他項活動，比如交談、宴飲。

於是我們就可以這樣來解讀中國詩歌史：它既是我們的精神史、心靈史，也是我們的生活史；既是我們內心隱私、情感的表達與精神的流露，也是我們日常生活的反映。

在這樣的大背景下，我們就能理解中國古代詩歌的一些常見題材了，比如田園題材、山水題材、戰爭題材、婚戀題材等等，我們必須承認，它們確實是日常社會生活的基本內容。在婚戀題材中，包括了有關女性題材的基本內容。女性在文學中的出現，也大多作為婚戀的對象，且常常是被動的、軟弱的，甚至常常是被戕害的、被侮辱的，而這就是生活，是生活的習以為常的惡，是我們熟視無睹的惡。但文學的銳眼與正義也在這裡：當社會把她們當作弱者來欺凌的時候，文學則成為她們的喉舌。

在這類題材中，棄婦詩與思婦詩（又可稱作「閨怨」）是最具代表性的兩類。棄婦當然是被她的男人所拋棄；而思婦往往又是為她的男人所疏遠與輕忽，甚至遺忘，遺忘在一個他不會再回去的角落，而她，就在這個角落等待與思念。是的，當男人因為各種原因或各種理由而離家外出時（常見的當然有兵役、徭役、經商與遊宦），獨守空房的妻子就成了一個寂寞的思婦，尋尋覓覓，冷冷清清，

淒淒慘慘戚戚。我們不要小看了這個主題，因為它就是生活之痛，就是人性之痛。曠夫怨女也是悲慘世界之最常見的世相，他們也是苦難人生的人證。正如棄婦往往是人性醜惡的人證，思婦則往往是人生苦難的人證。他們都以小見大地指向一個深遠厚重的話題。

在中國傳統詩歌中，思婦是極其常見的，每一個時代的詩頁上都有她們的淚珠與嘆息。這與中國古代的社會情景是相符的。我要特別說明一下，中國古代詩歌中的思婦詩、棄婦詩，其作者往往倒是男人，是一種擬代體的作品。這是否可以看作是男性在對女性集體犯罪之後的良心懺悔，我不敢說。但這一類擬代體的作品確實在揣摩女性的心理與苦痛，我們可以把它們看作是女性的自述。漢末《古詩十九首》中的《行行重行行》一詩，當是它們中的代表作 —— 可能是她的周圍瀰漫着那個日落帝國的暮靄，使她的形象比其他時代的思婦有更多的內涵、更多的外延，能更多地調動我們的道德情懷與審美情愫：


行行重行行，與君生別離。相去萬餘里，各在天一涯。

道路阻且長，會面安可知？胡馬依北風，越鳥巢南枝。

相去日已遠，衣帶日已緩；浮雲蔽白日，遊子不顧返。

思君令人老，歲月忽已晚。棄捐勿復道，努力加餐飯。


在這個以思婦口吻敘述的詩歌裡，「她」與她的那個「他」，既有「相去萬餘里」的空間暌隔，更有「相去日已遠」的曠日持久。「她」不僅有深刻的相思之苦，以至於「衣帶日已緩」，巧妙地借衣帶之寬緩描畫出人之憔悴消瘦；且「日已」二字，又寫出這是經日累月的消磨與煎熬，如油枯燈乾。而且，「她」還有深重的擔憂之情 —— 藉「浮雲蔽白日」的比興，見出「她」之猜測與憂慮：「他」是否在外面另有所歡，以至於「遊子不顧返」？而「她」呢，雖然一邊是「相去日

已遠，衣帶日已緩」，獨居之時，無奈於時光之遲緩；一邊卻又驚覺「思君令人老，歲月忽已晚」，攬鏡自照，震驚於青春之倏忽。青春消逝去，容顏老去，又使得未來更顯絕望。我們設想一下，一個獨守空房卻又毫無獨立的政治、經濟地位，眼巴巴地盼望着丈夫歸來的「她」，心思裡會有些什麼？不外乎對對方的相思之苦，對對方另有所歡的擔憂之情，對自己青春流逝的恐懼之心，當然還有努力保養自己，以使青春暫駐以待所歡的苦心。這曲曲折折的心事，淒淒婉婉的心情，溫溫柔柔的心靈，總之，這一份承擔太多的苦心，全在這短詩中得到了體現。

人們常用「溫柔敦厚」來評價《古詩十九首》的風格，這當然十分正確。但我們要知道，這種風格來自於作品中主人公情感的纏綿與溫柔。即如這一首，「她」擔憂對方變心，焦慮自己變老，一切都會變，但她自己的溫柔不變，對對方的深情不變。這是絕望中的堅持，絕情中的深情，冷酷中的溫柔。

綠草蔓如絲，雜樹紅英發。無論君不歸，君歸芳已歇。

（謝朓《王孫遊》）

靈心秀口的謝玄暉，寥寥二十字，就寫出了女性的絕望。這首短詩可以和《行行重行行》一起來讀：不是一直在眺望大路盡頭盼着「他」歸來嗎？不是為了延緩衰老、強保青春以待「他」而「努力加餐飯」嗎？太久了，歲月的風霜已經落上了額際，現在，即使「他」歸來了，「她」也已經人老珠黃，青春不再，「他」再也不會愛「她」了！

這世界往往無聊，而男人，往往無情。但女人的愛，以及她們的痛，讓男人良心發現，從而不致墮落。正如歌德所說，永恆之女性，引導男性上升。

《古詩十九首》中的女性，不僅要人愛，而且，她們能愛人，會愛人，她們

中國人的心靈

是男人的故鄉。可是，男人們的回鄉之路，往往那麼漫長，漫長得花落人老。讀這一類的詩，我們確實可以體驗到傳統女性的愛心與苦心，為她們的愛心而感動，為她們的苦心而惻然。她們心柔，心苦，而這世界呢？往往太生硬，太冷酷！

> 客從遠方來，遺我一端綺。
> 相去萬餘里，故人心尚爾。
> 文彩雙鴛鴦，裁為合歡被。
> 著以長相思，緣以結不解。
> 以膠投漆中，誰能別離此。(《客從遠方來》)

　　遠方的「他」給她捎來了並不特別珍貴的一塊絲綢，竟讓她感動得潸然淚下。被感動了的她越發癡情，並且到了失去現實感的程度：她沒有用這絲綢做衣服，而是用它縫製了雙人合用的「合歡被」，並以長相之思（絲）縫綴，以不解之結結之！她一邊做被子，一邊內心暗自發狠：我倆如膠似漆，膠漆融合，誰也分不開我們！

　　她已經完全忘記了自己的真實處境（離別），而生活在虛幻的心理空間裡。在這個空間裡，她與她的那個「他」，長相思，結不解，完全沒有分離過！她已經完全癡傻了。有了這顆心，這相去萬里的苦苦相思是值得的，為他憔悴、為他蒼老是值得的，只要他心依舊（尚爾）。是的，感動我們的，就是她所提到的這顆「心」，故人心未變，她的心更癡，人心未死，人心未死啊！我們一下子觸到了那遙遠時代的心跳，體味到了一千八百多年前的溫熱……

# 大地的歌聲

「樂府」作為一個詞，一個概念，它首先是政府官署的名稱。這種官署，據說在秦時即有，但史籍所載，卻是始於漢，尤其盛旺於武帝時。武帝是個雄才大略卻又不失浪漫情懷的君主，他堅忍殘酷卻又頗有藝術情調。據說他希望樂府這個機關能為他做點事，「觀民風，知厚薄」，但這大概還是滿腦冬烘的班固的道德猜想。

> 武帝定郊祀之禮……乃立樂府，采詩夜誦，有趙、代、秦、楚之謳。以李延年為協律都尉，多舉司馬相如等數十人造為詩賦，略論律呂，以合八音之調，作十九章之歌。(《漢書·禮樂志》)

在這客觀的記錄裡，我們可以想見武帝當時的神采，都尉而名之曰「協律」，或因協律而設「都尉」。這使我想起曹操曾將他組建的專業盜墓隊的首領，封官為「摸金校尉」，事雖不類，卻都極有幽默感，是大手筆的創造，是體制的掌控者自己拿體制的嚴肅性開玩笑。

這李延年都尉自從有了這個官辦的藝術公司，就把當代著名作家司馬相如等人拉到旗下，成為簽約作家與歌手，加以包裝，此後的官方政治活動裡，就有了經常性的演出活動，古代「禮樂」政治在大漢復活了。據說，在一次大型祭祀天神的活動中，七十個童男女組成的童音合唱團，從黃昏一直唱到天亮，嘹亮的歌

聲引得神光天降，聚集祠壇，武帝遙望而拜，參加祭祀的數百文武官員都肅然起敬，又驚又怕。真正是「天人感應」了。——當然，這又可能只是班固筆下的道德神話。

但這一類《郊祀歌》、《安世房中歌》是沒有什麼意義的。正如今天的大型合唱團，所唱所演，除了具有儀式的意義外，藝術的感染力往往不足，娛神的成分多，娛人的成分少。武帝本人除了在這種神人同歡、天人同慶的場合，大約也不會去欣賞。我們注意這段話裡有「采詩」一說，《漢書‧藝文志》也有「孝武立樂府而采歌謠，於是有趙代之謳，秦楚之風，皆感於哀樂，緣事而發」。至於民間採那些「感於哀樂，緣事而發」的歌謠，才是樂府機關最有價值的工作，武帝大約也最看重這部分，以他的個性，他最喜愛的也應該是這些趙代之謳、秦楚之風。

有關《詩經》成書的「采詩說」，乃出於猜測與臆斷，而漢樂府機關的「采詩」，卻是實實在在的政府行為，且有專門的機構主其事。有意思的是，班固在「采詩」的後面，還有兩個字「夜誦」，為什麼要「夜誦」呢？顏師古的解釋是：「夜誦者，其言辭或秘不可宣露，故於夜中歌誦也。」這「見不得陽光」的東西卻要採來，還要夜誦，可見其魅力。但又是什麼使這些詩歌「秘不可宣露」呢？不外乎兩點：一是於國家政治有衝突，有暴露性、抨擊性、批判性；二是於國家道德有衝突，有破壞性、誘惑性、示範性。既是感於哀樂，緣事而發，當然是個人的、人性的，所以一方面它與現有價值體系有不盡相符之處，甚至有大衝突，另一方面卻有極大的藝術誘力。

這協律都尉李延年及各屆樂府令、樂府工作人員，都大有「雪夜閉門讀禁書」的大快樂呢！

魏晉以後，人們就直接把由樂府機關搜集、整理、演唱的這些詩歌，徑稱為「樂府」了。「樂府」二字的意義，至此一變而為一種入樂的詩體的名稱。

我們現在一般都說《詩經》中的「國風」乃民歌，但這並不能讓所有的人都認同。「國風」中的情感與生活，確實往往並不是下層人民的。但漢樂府中的民歌，確實是民歌，因為它的內容就是下層人民的生活與情感。在漢樂府中有三分之一屬於敘事詩（這也與《詩經》基本屬於抒情詩有大不同），而這些敘事詩所敘之事，並非朝廷國家之事，而是小民日常之事：

> 婦病連年累歲，傳呼丈人前一言。當言未及得言，不知淚下一何翩翩。
> 「屬累君兩三孤子，莫我兒飢且寒，有過慎莫笪笞，行當折搖，思復念之！」
> 亂曰：抱時無衣，襦復無裡。閉門塞牖，舍孤兒到市。道逢親交，泣坐不能起。從乞求與孤兒買餌，對交啼泣，淚不可止：「我欲不傷悲，不能已。」探懷中錢，持授交。入門見孤兒，啼索其母抱。徘徊空舍中，「行復爾耳！棄置勿復道。」（《婦病行》）

被生活如此煎熬而至於走投無路、夫妻父子不相保的，必是下層細民。從藝術上看，敘事時口吻親切而至於囉唆碎屑，真實而至於口吻紊亂，這正是原生態的民歌。其中體現出來的漢代政治的殘酷，也頗能讓我們明白這些詩只能「夜誦」的原因。

與此相近的還有《孤兒行》與《東門行》。《孤兒行》的囉唆碎屑、層次混亂比《婦病行》有過之而無不及。藝術是最難以言說的東西，最無規則的東西。一般而言，囉唆碎屑、層次混亂是最不堪的，但在這裡，恰恰成為它魅力的成因。從這首詩中我們可以看出在講究悌道的漢代兄弟鬩牆的故事，孤弱的弟弟在失怙之後，簡直成了兄嫂的奴僕。——這是道德的崩潰。

《東門行》不囉唆不碎屑，層次也清晰了，但語氣上還是疙裡疙瘩，像「咄！行！吾去為遲！」讀起來不像詩，唱起來大概更不成調。但這也正是民間的聲

　　　　　　　　　　　　中國人的心靈

口。其內容則是寫一個鋌而走險的丈夫與其逆來順受的妻子的一段對話，從中我們可以看出下層人民已到了不反抗無以生存的地步。—— 這是政治的黑暗。

　　有意思的是，《孤兒行》的結尾是「兄嫂難與久居」，《東門行》的結尾是「白髮時下難久居」。一是道德崩潰，家不能居；一是政治黑暗，國不能居。國雖在，卻已無小民的生路；家雖在，卻已非孤兒的庇護，這是隱藏着的國破家亡。堂堂大漢，泱泱中華，煌煌文明，卻「內瓢裡盡上來了」。這樂府機關搜集的民歌，對漢武帝的文治武功，有莫大的嘲諷。

　　當然，漢樂府中並不全是這種橫眉冷對、苦大仇深之作，字字頓挫血，聲聲哽咽淚。更多的，是風情搖曳之作，浪漫風流之調。這可以看出吾民族在強盛時代的浪漫情懷與樂觀精神，以及這個民族內在的精神力量與氣質：


　　　　青青園中葵，朝露待日晞。

　　　　陽春布德澤，萬物生光輝。

　　　　常恐秋節至，焜黃華葉衰。

　　　　百川東到海，何時復西歸？

　　　　少壯不努力，老大徒傷悲。（《長歌行》）


　　　　青青河畔草，綿綿思遠道。

　　　　遠道不可思，宿昔夢見之。

　　　　夢見在我傍，忽覺在他鄉。

　　　　他鄉各異縣，輾轉不相見。

　　　　枯桑知天風，海水知天寒。

　　　　入門各自媚，誰肯相為言！

　　　　客從遠方來，遺我雙鯉魚。

呼兒烹鯉魚，中有尺素書。

長跪讀素書，其中竟何如：

上言加餐食，下言長相憶。(《飲馬長城窟行》)

秋風蕭蕭愁殺人，出亦愁，入亦愁；座中何人，誰不懷憂？令我白頭。
胡地多飆風，樹木何修修。離家日趨遠，衣帶日趨緩。心思不能言，腸中車
輪轉。(《古歌》)

這是多麼流暢婉轉的歌！它們確實不像《詩經》那樣高貴雍容，但它們有自己的
平易與親切。這是普通人的情感。沒有更多的國家價值負載，這使得它們更加純
粹，如同人類的童心，絕假純真，最初一念。

《詩經》中的抒情也往往帶有道德意味，有倫理的訴求在。我們可以比較一
下《詩經》中的第一首《關雎》和漢樂府中的《江南》。先看《關雎》：

關關雎鳩，在河之洲。窈窕淑女，君子好逑。

參差荇菜，左右流之。窈窕淑女，寤寐求之。

求之不得，寤寐思服。悠哉悠哉！輾轉反側。

參差荇菜，左右采之。窈窕淑女，琴瑟友之。

參差荇菜，左右芼之。窈窕淑女，鐘鼓樂之。

「關關雎鳩，在河之洲」！何等自然活潑，但馬上就被「窈窕淑女，君子好逑」
這樣的道德之言代替。「參差荇菜，左右流之」，何等自由放任！但「窈窕淑女，
寤寐求之」卻又顯得沉重壓抑，並且暗含着道德上的象徵意義。尤其是最後接連
出現的「窈窕淑女，琴瑟友之」和「窈窕淑女，鐘鼓樂之」。「琴瑟」與「鐘鼓」，

明顯地引入了社會價值。

漢樂府的《江南》則一任真心流動，毫不節制，毫不慚愧：

　　　江南可採蓮，蓮葉何田田！魚戲蓮葉間。

　　　魚戲蓮葉東，魚戲蓮葉西，魚戲蓮葉南，魚戲蓮葉北。

「採蓮」者，採憐也，找對象也。魚戲蓮葉者，男女調情相戲也。可驚異的是，後面四句只說這調情一事，既可見江南水鄉男女風情，也可見作者津津樂道唯此一事，而不知其他。道德意味的淡化，日常情趣、大眾情懷的表達，成為漢樂府區別於《詩經》的一大特徵。

《詩經》的倫理美使其成為民族的經典，成為「大我」的情懷。漢樂府中的抒情詩，一看便知，純屬那種最個性的「小我」的瞬間情懷：

　　　有所思，乃在大海南。何用問遺君？雙珠玳瑁簪，用玉紹繚之。聞君有
　　　他心，拉雜摧燒之。摧燒之，當風揚其灰。從今以往，勿復相思！相思與君
　　　絕！雞鳴狗吠，兄嫂當知之。妃呼豨！秋風肅肅晨風颸，東方須臾高知之。
　　　（《有所思》）

先是愛如火，後是恨似刀。一件愛的禮物，幾乎是用愛心裝飾而成；而一旦決絕，折斷它，摧毀它，焚燒它，便是灰燼也要當風揚盡，不留一絲痕跡。這豈是傷心？這簡直是毀心，即使心如死灰，還要揚走這份成灰的心。這是真正的愛與愛之痛，沒有一點比興，沒有一點隱喻，她就說她的愛。

再看《上邪》——「上邪」者，「天啊」也，這是少女籲天錄：

上邪！我欲與君相知，長命無絕衰。

山無陵，江水為竭，冬雷震震，夏雨雪，天地合 ——

乃敢與君絕！

這是一首直抒胸臆的詩歌，一位大膽潑辣、熱情如火的少女，向她所愛的男子發出了熾熱的愛的誓言：「我要和你相愛！」「我欲」二字，不僅見出她的主動，而且還看得出她很自我的個性。這一「我欲」還包含着「我要，誰能阻擋」的意思。後面用一連串絕不可能出現的假設，來作為「與君絕」的條件，不僅邏輯上否定了「與君絕」的可能，而且從思想意識上講，這樣的表白，簡直置天翻地覆於不顧，完全的愛情至上。對她而言，只有愛是不能忘記的。

這種激烈、剛烈，甚至使得《詩經》中類似的詩歌相形見絀。使《詩經》相形見絀的，還不僅體現在對這種被恩格斯稱為最個性的情感 —— 愛情的描寫上。生命意識在漢樂府裡也達到了新的深度。《詩經》裡沒有直接的生命詠嘆，只有含蓄而輕描淡寫的類似「今我不樂，日月其除」（《唐風·蟋蟀》）的表述。以下兩首在漢代流行的喪歌，卻讓我們在《古詩十九首》之前，就已「驚心動魄」：

薤上露，何易晞！露晞明朝更復落，人死一去何時歸！（《薤露》）

蒿里誰家地，聚斂魂魄無賢愚。鬼伯一何相催促，人命不得少踟躕！（《蒿里》）

也許有人會覺得這歌詞太簡單了，但感動人的東西往往就是簡單的。震撼我們，使我們幡然猛醒的，往往就是那一掌猛擊：這簡單的歌詞喚醒了我們內心的恐懼、遺憾、不平以及無奈，還要什麼繁華？死亡的微笑已使所有的似錦繁花瞬間

飄零。

據《後漢書》卷六十一〈周舉傳〉記載，東漢末年外戚梁商在洛水邊大宴賓客：

> 商與親暱酣飲極歡，及酒闌倡罷，繼以《薤露》之歌，坐中聞者，皆為掩涕。

我們不知道這《薤露》的樂調是什麼樣子、怎樣唱法了，但讓酒酣耳熱、極歡盡樂的一幫權貴樂極生悲、愴然涕下，豈非是因了這歌詞的那種直透人心的大悲涼？

雖然死如秋葉之嘆息，生卻仍能如夏花之絢爛。我們讀過了漢樂府中的恨，漢樂府中的愛，漢樂府中的死，現在我們來看看漢樂府中的「美」——那是生命的華麗，是華麗的生命。是生的熱烈、生的絢爛，是青春之火的燃燒，如此美豔，又如此只可遠視而不可褻玩——我是說漢樂府中最膾炙人口的《陌上桑》——你看這題目，就是春天的氣息，就是生命的氣息，就是田野上的風與陽光。是的，此詩就是與太陽一同開始的：

> 日出東南隅，照我秦氏樓。秦氏有好女，自名為羅敷。羅敷喜蠶桑，採桑城南隅。青絲為籠繫，桂枝為籠鉤。頭上倭墮髻，耳中明月珠。緗綺為下裙，紫綺為上襦。行者見羅敷，下擔捋髭鬚。少年見羅敷，脫帽著帩頭。耕者忘其犁，鋤者忘其鋤。來歸相怨怒，但坐觀羅敷。
>
> 使君從南來，五馬立踟躕。使君遣吏往，問是誰家姝。「秦氏有好女，自名為羅敷。」「羅敷年幾何？」「二十尚不足，十五頗有餘。」使君謝羅敷：「寧可共載不？」羅敷前置辭：「使君一何愚！使君自有婦，羅敷自有夫。」

「東方千餘騎，夫婿居上頭。何用識夫婿？白馬從驪駒。青絲繫馬尾，黃金絡馬頭。腰中鹿盧劍，可值千萬餘。十五府小吏，二十朝大夫，三十侍中郎，四十專城居。為人潔白皙，鬑鬑頗有鬚。盈盈公府步，冉冉府中趨。坐中數千人，皆言夫婿殊。」

這是中國文學畫廊中最美的少女，是體態美與道德美的完美典範。但若僅僅如此，她還不算特別，她的特別在於她充溢的青春活力、機智、頑皮、活潑、單純。面對醜惡，她正義在胸卻並不動用正義，道德在側卻並不依仗道德 —— 她幾乎是憑藉自己天賦的聰明和與美麗俱來的自信，就挫敗了強大的對手。我要強調說，她並不需要社會道德體系維護她，她有足夠的自衛能力，談笑間，檣櫓灰飛煙滅。如果貞潔是美麗的最好伴侶，她擁有了。但我還要說，這並不重要。這首詩並不要表達這樣的意見。這首詩不是在高唱道德讚歌；它既不歌唱道德對好人的庇護，也沒歌唱好人的道德，它高唱的是美的讚歌。在全詩三疊裡，描寫羅敷美貌的第一疊是作者寫得最賣力也最精彩的，簡直是眉飛色舞、興高采烈 —— 作者對此興致最高、興趣最大，所以，寫起來文采也最為濃烈。是的，這首詩的可愛處，正在於它不是一個道德題材 —— 這正是我說的漢樂府與《詩經》區別的最好例證。漢樂府把這麼好的、嚴肅的道德題材都弄成輕喜劇了，它的價值取向可見一斑。《詩經》是孜孜不倦地在日常小事中找尋道德意義的。

當美麗的羅敷在眾目睽睽之下，自信甚至自得地展示自己的美麗時，她是反傳統的，她自豪於她的美，也自得於她的美顛倒眾生。當她碰到太守時，她實際上面臨着雙重的考驗：道德的考驗與智慧的考驗。她作為一名普通人家的少女（她後面的誇夫乃是出自虛構：我們無法想像一位「朝大夫」的私眷能獨自一人去採桑，且還能讓那麼多不相干的下層人來圍觀），她有可能憑着美貌攀龍附鳳，趨炎附勢，犧牲正常的、自然的情感去「愛」一個猥瑣醜陋的老男人。但她

經受住了這種一般人都難以經受的道德考驗。這本來是一個大題目，是一個正大光明的題目，是一個可以大做文章，使之成為道德典範事例的事件，但作者卻輕易地棄擲了，並不想在這個主題上有什麼作為。相反，作者把重點放在了「智慧的考驗」上。我們知道，弱勢者反抗強勢者的侵凌，往往是悲劇結局（而這悲劇結局正為道德家所津津樂道）。羅敷反抗太守，自然也面臨這樣的危險。但她卻似乎根本沒有在意這種危險：太守在羅敷的美貌面前尚且有所退避，他沒有自己上前，而是派了一個小吏前來探口風；而羅敷則直接走到太守面前，嚴詞斥責之後，依樣畫葫蘆地對他嘲諷與調侃：你有權勢，我的丈夫也有。只不過，我丈夫是一個相貌堂堂的、皮膚白皙的、美髯飄飄的 …… 美男子啊！你撒泡尿照照自己的猥瑣破碎、黑不溜秋、連鬍子也不長的嘴臉吧！

你看，羅敷並沒有對太守做明確的、過多的道德審判，並且也決不對自己的品行做道德誇耀，一句「使君自有婦，羅敷自有夫」，輕輕提起旋又丟在一邊。我羅敷就算愛有權有勢、既富且貴的男人，我也已有這樣的丈夫了。我還愛美的丈夫呢！我也有了。你怎麼着？就你這小樣兒？

這鄉下小女子，不是在斥責太守的道德水平，而是在嘲諷他的體貌醜陋！太守雖然自得於自己的權勢，在美麗的少女面前，卻不能不自卑於自己的長相！

這是美對醜的勝利，智慧對權勢的勝利，這是以弱勝強的著名戰例。而且，這美麗而聰慧的小女子在取勝時，並沒有動用正義、道德等公共武器。她是孤膽英雄 —— 這是她一個人的戰爭，一個人的勝利，一個人的光榮，一個人的美麗。

但另一方面，那麼一位單純、活潑、青春、像陽光一樣的女孩，面對來自權貴的調戲，表現得如此非凡 —— 我是說智力與道德的雙重非凡，不僅讓我們驚訝於她的個人天賦，甚至對人性的高貴都生出了信心。我們似乎已經習慣於在悲劇作品中體會人性的崇高，在喜劇作品中調侃人性的弱點，但《陌上桑》卻讓我

們有了新的經驗：它是喜劇的，但它的目的顯然不是為了諷刺那個可憐又可鄙的太守的道德醜陋，而是要展現一位少女的人性美麗。是的，它不是為了撕破醜，而是為了表揚美——雖然它是喜劇。從這個角度看，它又是獨特的。

《陌上桑》是美的喜劇。漢樂府中最偉大的作品《孔雀東南飛》——它是中國古代詩歌史上最長的敘事詩，被《藝苑卮言》稱之為「長篇之聖」——，同樣美麗無雙的少婦劉蘭芝，則以自己柔弱的生命演繹出英雄般的大悲劇。羅敷是個社會角色相對單純的少女，而與羅敷不同的是，劉蘭芝則是社會角色相當複雜的少婦。在中國傳統的家庭中，這個角色確實是過於複雜了——「少婦」有這樣多重的身份以及相應的責任與義務：如妻子、兒媳、嫂子等等。並且，在這些身份裡，「兒媳」的角色是最為重要的，也就是說，做好「兒媳」比做好「妻子」更重要，不幸的是也更難。漢代盧江府的小女子劉蘭芝及其父母，顯然深知這一點，所以，在她做少女時就為將來做個好媳婦而刻苦學習，其學習的知識範圍包括當代的一切女紅，甚至還擴大到了傳統文化、詩書禮樂等等「素質教育」的範圍：「十三能織素，十四學裁衣，十五彈箜篌，十六誦詩書。」然後，十七歲時，好像取得嫁人資格的她嫁給了盧江府小吏焦仲卿。用她母親的話說是「謂言無誓違」——自以為這樣終於沒有什麼可擔心的了。值得提醒的是，她做妻子是很成功的，成功到她的丈夫焦仲卿認為，在其他方面不大成功也不大可能成功的他，唯一感到幸運的是「幸復得此婦」，並且要和她「結髮同枕席，黃泉共為友」。也就是說，要和她生生死死在一起，最後還真的以死殉情（順便說一下，這樣的好男人在傳統中國絕對是稀有元素）。當然，更要說明的是，她做家族的媳婦也是盡心盡力且成功的：她勤勞（「雞鳴入機織，夜夜不得息」）、能幹（「三日斷五匹」）、順從（「奉事循公姥，進止敢自專」）。她被驅遣之後，仍然謙恭地與驅遣她的婆婆告別，語涉關心；與小姑的告別更可以見出她平日與小姑相處時相親相得之狀，以及離別時的難捨難分真情。但即便如此，劉蘭芝仍然在

焦家是「心中常苦悲」，並在委曲求全幾年後，終於被驅遣。現代學者極力想分析焦母驅遣劉蘭芝的心理原因，但這並不十分重要。因為，只要一個婆婆有了這樣的權力，她就不管出於什麼原因，只要她不喜歡，她就可以這樣做，而不喜歡往往是沒有什麼擺得上桌面的原因的。比如後來陸游母親所做的那樣。因此，具體的原因並不重要，重要的是權力。正如我們所看到的，焦母在對待劉蘭芝時是孤立的，是不得人心的，連家族中的人心也不得。但她仍然可以為所欲為，因為她作為家長有「順我者昌，逆我者亡」的權力。劉蘭芝的兄長也有這樣的權力。所以，這一悲劇的意義，在於揭示出中國古代封建家庭內部的道德危機，揭示出封建社會的家庭道德內蘊含的不道德與殘忍。在漢代「七出之律」裡，在《禮記·內則》裡，這些以道德律令形式存在着的、在世俗世界中發揮着至高無上的現實作用的觀念，確實包含着嚴重的不道德。這種殘忍的、不道德的屠刀，現在砍殺的乃是如此美麗、可愛的妻子與如此忠厚篤誠、知冷知熱的丈夫。他們那麼善良，那麼熱愛生活，那麼與世無爭、與人為善，這是一對人性的可人，並蒂的人性的花朵。一邊是屠刀，一邊是美善，如此強烈的反差就會產生強烈的悲劇效果。當這對年輕恩愛的小夫妻完全合禮合法地被踐踏時，除了詩人的同情與憤怒，社會毫無愧怍，當事者毫無罪惡感，亦不受任何懲罰 —— 無論是法律的還是道德的，這是令人震驚的。我們也就有可能在震驚過後，在悲劇過後，認識一些真理 —— 其實，真理往往就是一些常識，也就是一些基本的人性和對人性起碼的尊重。

非常有意思的是，與羅敷一樣，劉蘭芝同樣是一個內心極有分寸的女子。就像羅敷知道她如何獲勝一樣，劉蘭芝則知道她無法取勝 —— 無論對婆婆還是對兄長。他們背後的社會資源與體制支持太強大，而她，只有愛情與個體的尊嚴。但是，最後劉蘭芝還是發現了比制度更強大的力量：那就是「死」。是的，「死」可以使她獲得尊嚴，可以使她重申自己的意志，可以保護她的愛情與婚姻，還可

以表示她對社會道德體系的蔑視與反抗。於是，愛與死與美，得到了最完美的結合：劉蘭芝身穿絢麗的嫁妝，上身是繡夾裙，下身是單羅衫，「腰若流紈素，耳着明月鐺，指如削蔥根，口如含朱丹」—— 注意，這是多麼美豔鮮活的生命啊 —— 然後她攬起裙擺，脫去絲履，玉足一點，舉身赴清池。這又是何等驚豔的一跳！我們發現，她赴死的動作在詩人的筆下是如此燦爛優美，照亮了那個寂靜的夜晚；如此令人目眩神迷，拂去了我們心中的陰霾。我們幾乎忘了這是死亡，而驚呆於這極美的一瞬 —— 這是生命最絢爛的一瞬，這是美豔的生命最美豔的一瞬。然後，她那美麗的靈魂從水中升起，與她的所愛，一樣殉情而死的忠厚的焦仲卿 —— 順便問一句，陪伴劉蘭芝這樣絕代佳人的，除了忠厚，還有更好的品行嗎？ —— 變成鴛鴦，雙雙對對，「仰頭相向鳴，夜夜達五更」。死亡變成了新生，死門變成了生門，通過死亡，他們蛻變成鴛鴦，擺脫了人間的桎梏，獲得了自由。

這是美，是愛，是死，是自由。一首詩而呈奉出這樣的主題，非「偉大」一詞，不足以當之。

漢樂府中的羅敷與劉蘭芝，兩個中國文學中最美的女人，一個是我們的喜，一個是我們的悲；一個讓我們樂，一個讓我們痛；一個是我們的日出，一個是我們的月落。她們都是我們的愛。我們記住了羅敷陽光般的前額，我們也記住了劉蘭芝那些晶瑩透明的淚水。是的，最後我想提醒讀者的是，在讀《孔雀東南飛》的時候，好好地注視劉蘭芝的淚水，用我們的人性去溫熱它們。

# 建安烈士

　　公元 196 年至 220 年，是所謂的漢獻帝的建安年間。這是獻帝最長的年號，也是他比較穩定的二十四年的帝王生涯。說比較穩定，那是因為在這二十四年裡，他「做穩了奴隸」；而此前，從初平元年他十歲時被董卓立為帝，到他十六歲被曹操迎於洛陽，是他「想做奴隸而不得」的生涯。說一個皇帝是「做穩了奴隸」地位的人，可能有點聳人聽聞，但我是說實話。對獻帝來說，這二十四年，固然比以前好，但卻也是一個傀儡，且是一個忍氣吞聲的傀儡，那時的大權，在他的丞相兼大將軍曹操手裡。曹操才是北方的實際統治者，他在對中央政權的實際控制力、對無法無天的天下軍閥的威儡力、對一塌糊塗的混亂世道的整頓力等方面，全面超過這位年輕的小皇帝。曹操的這些力量又來自於他近乎無與倫比 —— 至少在他那時代，他確實無與倫比 —— 的自身才具。他是大政治家、大軍事家，同時，我們還要說，他還是那時代的大文學家。他幾乎在所有的領域都是出類拔萃、壓倒他人的。套用恩格斯的一句名言，這是一個需要天才而又產生了天才的時代。是的，曹操迎獻帝於洛陽，又遷都於鄴，從而開創了建安時代。這個建安時代，既是一個政治時代、軍事時代，也是一個文學史上旗幟一般的時代。以「建安」命名的「文學」，以及「七子」、「風骨」等等，成為中國文學史上最為閃亮的字眼，也是歷代文人筆下最頻繁使用的褒義詞彙。建安時代是一個流血的時代、混亂的時代、苦難的時代，但卻成了歷代文人嚮往的時代。而曹操，當之無愧地，成為這個文學時代的開創者。

鍾惺《古詩歸》卷七說曹操：「老瞞生漢末，無坐而臣人之理。然其發念起手，亦自以仁人忠臣自負。」我們看曹操的《蒿里行》、《苦寒行》，知道他深感痛苦的不是那生命盡頭的死亡，而是生命當下所體驗到，現實的倫理痛苦與倫理關懷：社會崩潰，生靈塗炭，以及他自己作為該時代的獨特分子所體味到的種種艱辛。這種價值取向，正是建安文學的偉大之所在：

> 關東有義士，興兵討群凶。初期會盟津，乃心在咸陽。
> 軍合力不齊，躊躇而雁行。勢利使人爭，嗣還自相戕。
> 淮南弟稱號，刻璽於北方。鎧甲生蟣蝨，萬姓以死亡。
> 白骨露於野，千里無雞鳴。生民百遺一，念之斷人腸。
> （《蒿里行》）

是什麼讓他念念不忘，痛斷肝腸？是萬姓的死亡，是生民的塗炭，是「白骨露於野，千里無雞鳴」的現實。這首詩充分體現了對現實人生的倫理關懷，而且還剔除了漢末以來一般文人的憤世嫉俗與尖刻不屑，是大慈悲、大關懷；不是清高文人遠避骯髒、潔身自好的冷眼神，而是介入當時紛爭，為理想而戰的戰士的熱心腸。

他對生命流逝的感受同樣是尖銳的，「造化之陶物，莫不有終期」。但這既已是不可更改之自然鐵律，「聖賢不能免，何為懷此憂？」「陶陶誰能度？君子以弗憂。」他畢竟是有內在大堅定、大執着的人，他把這惱人的問題 —— 惱了兩漢多少聰明人 —— 輕輕地拂過一邊，只是嘆息「年之暮奈何，時過時來微」（《精列》）。留給自己的生命已然不多，可要做的事又太多，這才是他真正憂慮的。能說明他思想上，這種由憐惜自我轉向憐憫廣大眾生的苦難的最好例子，正是他的兩首樂府舊題詩：《薤露》與《蒿里行》。這兩首漢代的輓歌在他那裡一

變而為記時事、憫亂傷時的「詩史」。《蒿里行》已上見，我們再看他的《薤露》：

> 惟漢廿二世，所任誠不良。沐猴而冠帶，知小而謀強。
>
> 猶豫不敢斷，因狩執君王。白虹為貫日，己亦先受殃。
>
> 賊臣持國柄，殺主滅宇京。蕩覆帝基業，宗廟以燔喪。
>
> 播越西遷移，號泣而且行。瞻彼洛城郭，微子為哀傷。

這裡有着曹操的傲慢，憑他的智謀，他也確實有資格一筆抹殺桓、靈以來的各色人物。即便是道德上，他又何嘗不能傲視群雄？

曹操最為人所知的作品當數《短歌行》其二，在這首「跌宕悠揚，極悲涼之致」（陳祚明《采菽堂古詩選》卷五）的詩歌裡，充分表現了他的英雄情懷：

> 對酒當歌，人生幾何？譬如朝露，去日苦多。
>
> 慨當以慷，憂思難忘。何以解憂？唯有杜康。
>
> 青青子衿，悠悠我心。但為君故，沉吟至今。
>
> 呦呦鹿鳴，食野之蘋。我有嘉賓，鼓瑟吹笙。
>
> 明明如月，何時可掇？憂從中來，不可斷絕。
>
> 越陌度阡，枉用相存。契闊談宴，心念舊恩。
>
> 月明星稀，烏鵲南飛，繞樹三匝，何枝可依？
>
> 山不厭高，海不厭深。周公吐哺，天下歸心。

曹操「不戚年往，憂世不治」（《秋胡行》其二），在他那裡，人生短暫的痛苦轉化為功業未建的痛苦，且這種功業還是一種社會責任心與倫理責任心。他的《短歌行》，一開始即是「對酒當歌，人生幾何？譬如朝露，去日苦多」，頗似頹

唐，以至於唐人吳兢就誤以為這首詩寫的仍然是《古詩十九首》的主題：「言當及時行樂。」（《樂府古題要解》）直到清代的沈德潛，也還在這樣閉目胡說（《古詩源》卷五評《短歌行》：「言當及時為樂也。」）。但曹操「慨當以慷，憂思難忘」之「憂」，卻不是「譬如朝露」的人生，而是功業未建、賢才未附，故他的結論不是「及時行樂」，而是要像「山不厭高，海不厭深」那樣胸襟寬廣、廣納人才（李斯《諫逐客書》云：「太山不讓土壤，故能成其大，河海不擇細流，故能就其深，王者不卻眾庶，故能明其德。」），更要像歷史上的周公那樣（「周公吐哺，天下歸心」），虛心降志，謙虛謹慎，招致人才，從而「早建王業」（張玉穀《古詩賞析》）。難怪張玉穀要嘲弄他們「何其掉以輕心！」吳淇評此詩是全篇「曲曲折折，絮絮叨叨，若連貫，若不連貫，純是一片憐才意思」（《六朝選詩定論》）。而風格則是「跌宕悠揚，極悲涼之致」（陳祚明《采菽堂古詩選》卷五）。

這首詩共分八解。第一解由此刻當下「對酒當歌」之樂（「當」可理解為「合當」之「當」，也可理解為「對當」之「當」，與「對酒」之「對」同義）而突悟「人生幾何」之悲，正是樂極生悲。此「悲」，在第二解又轉為「憂」，正是這一轉，體現了建安詩人由生命本體之「悲哀」轉向關注社會之「憂患」。可以說，這是一個偉大的轉折，瀰漫於漢末的頹廢、消極、無奈、無聊被一掃而空，積極向上、努力當下的新世風渙然形成。所以，我們可以說，曹操《短歌行》的主題，實際上就是一個時代的主題。「老漢朝」正在死去，「新漢代」（也就是曹操掌控的建安時代）已經出生。栖栖遑遑於一己生命短暫的老調子已經唱完，兢兢業業於社會重建的主旋律已響亮奏起。「蒼天已死，黃天當立」，這黃巾的造反謠言，已經成為事實。

為了更好地說明這一點，我們繼續往下看，看看曹操「憂」的是什麼。

接下去第三、第四解兩引《詩經》成句，關念「子」，牽掛「君」，歡宴「嘉

賓」，乃是在提示我們，他之「憂」，是由於對一些人的思慕，是外向涉他的，而不是內向內省自涉的；他的「憂」，來自於自身之外的關注。

第五解明白地告訴我們：正是這些美好如月、難掇如月的人，使他念念不忘，「憂從中來」，且「不可斷絕」。

那麼，他所思慕的到底是什麼樣的人呢？

第六解沒有回答，而是寫出了在想像之中他已與他思慕的這些人「契闊談宴，心念舊恩」了。在這看似虛幻的描寫裡，恰恰可以體現出他對他所思慕的人的強烈渴求。

然後，在第七解，他用一個非常傳統的比興告訴了我們他所思慕的是什麼人：他用「良禽擇木而棲」來喻「賢才擇主而事」，從而我們明白，他所思慕的，就是在那樣的紛爭時代最稀缺也最重要的人才！他的憂，就是懼怕這些南奔北走、棲遑不定的人才不來投奔他！

至此，第八解的一個比興，一個典故，其用意也就昭然若揭：他是在表達他對人才的容納與禮遇，以期天下人才歸之如百川之歸海。以儒家的大聖人周公自比，除了表明他要做忠臣、聖臣，不做篡臣，向天下表明心跡外，也是自我勉勵。同時，還可以看出他對事功的重視，入世的精神。

與此相類似的，當然還有那首描寫大海的名作《步出夏門行‧觀滄海》。值得注意的是，在那樣的亂世之中，曹操仍然抱持着政治上的理想，有廓清天下、重整乾坤、拯救生靈的道德上的目標，並為之奮鬥。他的《對酒》、《度關山》表達了大致相同的政治理想：國家統一，君主賢明，執法公正，民人不爭，百姓安樂，五穀豐登。顯然，他的這種精神、情懷影響了圍繞在他周圍的建安作家，從而，建安的文人們，又都對那個血腥的時代抱持着莫大的希望。是的，是希望，是帶着希望的道德追求與道德實踐，使建安的作家們獲得了尊嚴與光榮。

譚元春評曹操《蒿里行》說：「聲響中亦有熱腸。」（《古詩歸》卷七）吳淇

評《短歌行》說：「從來真英雄，雖極刻薄，亦定有幾分吉凶與民同患意 …… 觀魏武此作，及後《苦寒行》，何等深，何等真。所以當時豪傑，樂為之用，樂為之死。今人但指魏武殺孔融、楊修等，以為慘刻極矣，不知其有厚道在。」(《六朝選詩定論》卷五)這「熱腸」，這「厚道」，既真且深，「以仁人忠臣自負」的他意識到了自己的責任，並由這份責任心而生出時不我待的急迫感。良心一旦主動，便成為責任心，責任心一旦強烈到某種程度，又會成為一種心理的焦慮。建安詩人就是循着這條合乎邏輯的倫理關懷之路，把個人的建功立業和社會重建緊密地結合在一起，而不是那種單純的個人的榮升或成就。

曹植作為一個詩人，其成就可以說是臻於極致，他之前的詩人大約也只有一個屈原能壓得過他。但相對於「立言」，他更看中「立功」。由於他後半生的遭際，他對建功立業的渴望愈發強烈而執着；從曹丕即位一直到明帝曹睿，他耿耿而不能釋懷的，就是他失去了追求現世事功的機會。他後期的痛苦，全在這一點上。正是對現世功業的追求及其痛苦，構成了他詩歌中的「風骨」。

他早年的《白馬篇》是那麼自信、自豪，充滿英雄主義精神，既是對自己德行與才華的雙重肯定，又是對自己志向洋洋自得的表述。我們看到，他的個人志向是與時代的主題相融的。「捐軀赴國難，視死忽如歸」(《白馬篇》)，這是對死亡的道德意義的肯定，這是《古詩十九首》中所沒有的境界。《古詩十九首》是發現了死亡對道德的破壞與否定，而曹植顯然發現了，當生命用於道德的目的時，死亡便有了道德價值。所以，對他而言，「閒居非吾志，甘心赴國憂」，「國仇亮不塞，甘心思喪元」(《雜詩》)，他對死不但不怕，反而有了一種潛在的期待 —— 我們知道，他是期待着用生命來玉成現世的功業。

　　驚風飄白日，忽然歸西山。
　　圓景光未滿，眾星燦以繁。

志士營世業，小人亦不閒。(《贈徐幹》)

這裡不但沒有生命短暫的無奈和哀傷，倒頗有《易經》的「天行健，君子以自強不息」的精神氣度。人總有一死，所以他追求一個重於泰山的死法。他「甘心喪元（首）」、「視死如歸」，能否用自己的這顆頭顱去「赴國難」、「赴國仇」，換得人生功業，這才是他的真心病。

　　希冀以「立言」來傳名於後從而在精神上「不朽」的，可以曹丕為代表，我們看他的議論：

　　蓋文章經國之大業，不朽之盛事。年壽有時而盡，榮樂止乎其身。二者必至之常期，未若文章之無窮。是以古之作者，寄身於翰墨，見意於篇籍，不假良史之辭，不託飛馳之勢，而聲名自傳於後。
　　……
　　古人賤尺璧而重寸陰，懼乎時之過已。而人多不強力，貧賤則懾於饑寒，富貴則流於逸樂，遂營目前之務，而遺千載之功。日月逝於上，體貌衰於下，忽然與萬物遷化，斯志士之大痛也。(《典論·論文》)

如此絮絮叨叨，不厭其煩，不外兩個意思，一是人生短暫，忽然與萬物遷化；二是須重寸陰而賤尺璧，通過「無窮」的文章而使聲名傳於後，這樣就可以人死而精神長存了。他只活了四十歲。他似乎已經意識到了，生命的價值在於質量而不在於數量，在於它所達到的高度而不在於它所延伸的長度。這是對「人生短暫」的真正有哲學價值的超越與昇華 ——

　　行年已長大，所懷萬端，時有所慮，至通夜不瞑。志意何時復類昔日？

已成老翁，但未白頭耳！……少壯真當努力，年一過往，何可攀援？古人思秉燭夜遊，良有以也。（〈與吳質書〉）

「秉燭夜遊」這句《古詩十九首》中的話，在這裡被賦予了全新的內容。三十多歲即認為自己「已成老翁」，這是一種焦慮的心態，為此，他「通夜不瞑」，寫自己的文章或編朋友們的遺集。他不曾料到自己只能活四十歲，但他為死神的隨時到來做好了準備。曹丕在他死時，已寫出了足以讓他不朽的作品，其中包括中國文學史上最早的完整的七言詩《燕歌行》，以及中國歷史上最早的文學批評專論《典論·論文》。當死神不期而至時，他應該可以嘲弄它：我已經搶在你到來之前收拾好了，我們走吧！能跟死神這樣說話，應該是人生最完美的終結。長壽與否，倒在其次。

曹氏父子三人，不僅自己是文壇高手，曹操還「設天網以該之，頓八紘以掩之」，把天下文人收羅在自己周圍，且能「體貌英逸」，反對「文人相輕」。所以，他們的「區宇之內」，「俊才雲蒸」。圍繞「三曹」而以之為核心的，是「七子」。

今之文人，魯國孔融文舉，廣陵陳琳孔璋，山陽王粲仲宣，北海徐幹偉長，陳留阮瑀元瑜，汝南應瑒德璉，東平劉楨公幹。斯七子者，於學無所遺，於辭無所假，咸以自騁驥騄於千里，仰齊足而並馳。（曹丕《典論·論文》）

他們「人人自謂握靈蛇之珠，家家自謂抱荊山之玉」（曹植〈與楊德祖書〉）。這是一種歷盡苦難後的意氣風發，是長期受壓抑後終於噴薄而出的激情。

觀其時文，雅好慷慨，良由世積亂離，風衰俗怨，並志深而筆長，故梗概而多氣也。（劉勰《文心雕龍・時序》）

　　生活在末世與亂世，目睹種種淋漓的鮮血，被迫直面慘淡的人生，但紛亂的社會也刺激了他們重整乾坤的興趣與雄心壯志，黯淡的感傷與寂寞的無奈一掃而空。他們忽然發現自己正面臨一片荒野，拓荒的慾望與自豪油然而起。

　　竊慕負鼎翁，願厲朽鈍姿。
　　不能效沮溺，相隨把鋤犁。（王粲《從軍行》其一）

　　出於對曹操的敬慕與信賴，王粲要學那「負鼎調五味」（《韓詩外傳》）而後成為商湯賢相的伊尹，竭盡自己的駑鈍來效力於曹操、效力於時代，而不願學那隱居不仕的長沮、桀溺。「七子之冠冕」的王粲，他的這種心態也可以代表其他七子，甚至代表當時北方的一般文人。

　　《古詩十九首》對生命短暫的體認在這裡仍然是延續的，並且在亂世淋漓的鮮血與縱橫的白骨中，更加突出而刺痛人心。所不同的是，在面對這一永恆困惑的挑戰時，建安作家所採取的態度不再是那種用高密度、高強度的個體靈肉享樂，來試圖增加生命密度，以相對延長生命的消極對抗，而是採取了一種新的、較為可信的方式。他們認識到，人的物質生命是有限的，但精神的影響卻可以流芳千古；換句話說，人可以通過短暫的現世努力，建立永久的精神之流，從而不朽。這種「不朽」，是必須建立在社會認同的基礎上的，沒有社會的認同，就沒有社會與他人的傳佈；沒有他人與社會的傳佈，精神之流就會中斷，不朽也就成了一句空話。所以，「不朽」的前提，即人對社會的參與和融合，是人對社會有所供奉後獲得的褒獎。

惟日月之逾邁兮，俟河清其未極。冀王道之一平兮，假高衢而騁力。
懼匏瓜之徒懸兮，畏井渫之莫食。步棲遲以徙倚兮，白日忽其將匿。（王粲
〈登樓賦〉）


騁哉日月逝，年命將西傾。

建功不及時，鐘鼎何所銘。

收念還房寢，慷慨詠墳經。

庶幾及君在，立德垂功名。（陳琳《遊覽》其二）


　　建安詩人的生命意識不再是無可奈何的浩嘆或內心默默的體味，而是溢於言
表的「焦慮」，是按捺不住的激情。建安詩人是痛苦的，但痛苦的原因或為之痛
苦的對象，已由人生短暫的生命本體痛苦，轉向功業未建或文章未顯的生命功能
痛苦，為此，他們顯示出集體的焦慮。這種焦慮，像一片籠罩的雲氣，涵蓋了他
們的作品，甚至也涵蓋了那個時代，使得那個時代整體地顯示出一種力爭上游的
氣象。建安七子，包括魏文人圈子以外的諸葛亮，都呈現出這樣的焦慮氣象。諸
葛亮晚年的「知其不可而為之」、「鞠躬盡瘁，死而後已」，更是這種精神氣象的
最感人體現。與《古詩十九首》的作者相比，他們已由「多餘人」而變為「烈士」
（曹操自稱「烈士」），悲懷壯烈，自強不息。直至「烈士暮年」，仍然「壯心不
已」。

# 生存還是死亡

王業須良輔，建功俟英雄。

元凱康哉美，多士頌聲隆。

陰陽有舛錯，日月不常融。

天時有否泰，人事多盈沖。

園綺遁南嶽，伯陽隱西戎。

保身念道真，寵耀焉足崇。

人誰不善始，鮮能克厥終。

休哉上世士，萬載垂清風。

這是阮籍《詠懷》其四十二。前四句宛然建安時代：俊才雲蒸，英雄雲集，可謂一時之盛。「陰陽」以下四句則百花凋殘，一派蕭瑟，給人以「溪雲初起日沉閣，山雨欲來風滿樓」之感：陰陽舛錯，天時否泰，人事盈沖，變故在須臾。魏明帝曹睿臨死詔命八歲的齊王曹芳繼位，以曹爽與司馬懿夾輔幼主，曹魏政權急驟衰落。正始十年正月，司馬懿發動高平陵之變，從而使大權落入中國歷史上最殘忍的家族之手。曇花一現的建安時代消失了，代之而起的是正始時代。上古名臣「八元」、「八凱」式的「建安烈士」不見了，代之而起的是商山四皓與老聃一類的隱士 —— 保身、念道、服藥、飲酒、佯狂避世的正始名士與竹林

名士。

　　正始名士的代表人物是何晏和王弼，竹林名士的代表人物是阮籍和嵇康。他們也代表了當時的知識分子。《晉書》阮籍本傳載：

> 籍本有濟世志，屬魏晉之際，天下多故，名士少有全者，籍由是不與世事，遂酣飲為常。

現實逼得他們不能再像他們父輩那樣（阮籍就是「建安七子」之一的阮瑀的兒子）有很大的抱負，而只是喝酒、彈琴、談玄，打發無聊時光。統治上層矛盾激化，分裂為勢不兩立的兩大派，政治權力之爭演變為最極端的對對方肉體的消滅。偏偏是握有實權的一方（司馬氏家族）最殘忍、黑暗與無道。文人們保曹無術又不願依附司馬氏，從而在政治上無所憑依，失去了「建安七子」曾經有過的那種友朋式的政治後台。同時，統治上層對外建功立業的抱負也為對內爭權奪利所取代而消解，他們不再具有曹操那樣的對天下的責任心，而只關注自身的政治地位與權力之爭；這也必然導致文人的精神因無所着落而漸趨頹喪。在現實的百無聊賴中，玄談成為他們打發生命、打發才華的時髦行為。這種玄談和高壓政治結合便流為清談，並以清談代替了建安作家的實際抱負和政治批評、社會批評。比如阮籍，就只是「發言玄遠」而「口不論人過」。唯一敢於「非湯武而薄周孔」、藉歷史來進行社會政治影射式批評的嵇康，被棄身東市，時政批評已成為禁區。

　　由此，正始文人已由建安文人的哀社會民生之多艱，而變為哀個人人生之多艱。哀社會的建安作家致力於社會改造，要重整乾坤，有廓清天下之志，要建立的是事功；而哀人生的正始作家則沉湎於人生的哲學思考，有退避山林或求仙之想，要躲避的，恰恰是政治。政局的黑暗，使得他們從道德上鄙視政治；政局的凶險，又使得他們從自身安危的考慮上遠離政治。政治的離心力出現了。

如果說，《古詩十九首》是為生命短暫而痛苦，建安作家又為「去日苦多」、功業未建而痛苦，那麼，正始作家則是為如此短暫的生命中，偏又充滿艱辛與屈辱而痛苦。生命本已短暫，卻連這短暫的天年都不能盡，而且，生命過程偏偏充滿着對生命尊嚴的侮辱，這當然是難以為懷。阮籍的八十二首五言《詠懷》詩，其突出的價值及其在文學史上的地位，就是因為它們對生命荒誕性的前無古人的思考，並給出悲觀的結論。在阮籍那裡，生命既不能用來及時行樂（如《古詩十九首》所宣揚），更不能用來建功立業（如建安作家所表達），生命存在的意義已蕩然無存，只是體味痛苦、侮辱，甚至只是恐懼地等待外來的暴力結束這生命：

> 嘉樹下成蹊，東園桃與李。秋風吹飛藿，零落從此始。
> 繁華有憔悴，堂上生荊杞。驅馬舍之去，去上西山趾。
> 一身不自保，何況戀妻子！凝霜被野草，歲暮亦云已。
> （其三）
> 一日復一夕，一夕復一朝。顏色改平常，精神自損消。
> 胸中懷湯火，變化故相招。萬事無窮極，知謀苦不饒。
> 但恐須臾間，魂氣隨風飄。終身履薄冰，誰知我心焦！
> （其三十三）

　　生命至此，已無意義與自身尊嚴。一日復一夕，一夕復一朝，生命只是恐懼地等待着暴力的降臨，生命只是以自身的生物存在為唯一關心事，這是生命的墮落，已墮落到連動物都不如的地步！動物的生命比起這樣的生命，尚有兩點尊嚴：其一是，動物的生命仍有繁衍後代延續物種的使命；其二是，動物並不為生命的死亡而困擾。所以，阮籍一方面憂生懼死，另一方面又不免覺着這樣活着太無聊。

前者出自生命的自我保護意識，是動物性的；後者出自對生命尊嚴的理性思考，是人性的。所以他發出疑問：

　　　　人言願延年，延年欲焉之？（其五十五）

這樣活着有什麼意義？延續生命為了什麼？人的生命若沒有尊嚴，怎能自詡它有方向與目的？人類的生命若沒有目的，它從哪裡獲得意義與價值？被這些矛盾糾纏，思想在現實與精神的牢籠中衝突而不得出，他焉得不痛苦？痛苦又不能明白地傾訴，焉能不怪誕，焉能不抓住一切可以甚至不可以放聲大哭的機會，以一泄胸中塊壘？所以，在《晉書》本傳中的他，才如此怪誕：

　　　　時率意獨駕，不由徑路，車跡所窮，輒痛哭而返。
　　　　母終 …… 舉聲一號，吐血數升。及將葬 …… 直言窮矣。舉聲一號，又
　　　吐血數升。毀瘠骨立，殆致滅性。
　　　　兵家女有才色，未嫁而死。籍不識其父兄，逕往哭之，盡哀而還。

《世說新語‧任誕》也有類似的記載：

　　　　籍鄰家處子有才色，未嫁而卒。籍與無親，生不相識，往哭，盡哀
　　　而去。

自由與人的自由意識有關，自由意識越強烈，對自由的追求就越強烈，對不自由的感受就越強烈而至於不能忍受。阮籍就是個自由意識極強的人。竹林人物中，除嵇康外，劉伶也屬於這一類人。劉伶「志氣放曠，以宇宙為狹」（李善注《文

選》引臧榮緒《晉書》），以宇宙之大，尚不足以稱自己自由心靈之意。他脫衣裸體室中，自云是「以天地為棟宇，屋室為褌衣」（《世說新語·任誕》）。這些略顯變態的行為，正見出自由心靈遭受壓抑後的正常反應。他的《酒德頌》寫大人先生，是：

> 以天地為一朝，萬期為須臾，日月為扃牖，八荒為庭衢。行無轍跡，居無室廬。幕天席地，縱意所如。

這是對大空間、大時間的渴望。阮籍〈大人先生傳〉在這點上幾乎如出一轍，他說大人先生是：

> 以萬里為一步，以千歲為一朝。
> 行不赴而居不處，求乎大道而無所寓。

空間大到「萬里為一步」，時間大到「千歲為一朝」，猶嫌不足，因為「萬里」、「千歲」仍是約束，於是乾脆「不處」而「無所寓」，這樣才能徹底擺脫時空的約束。像阮籍、劉伶這樣對大空間、大時間的追求，凌越莊周而空絕後代，正可以看成是那個不自由的時代對自由心靈壓抑後，心靈產生的過激反應。這種心靈顯然是變態的、病態的，這種自由也是自由的變態。

中國文學史確實太豐富了，豐富得讓人奢侈，讓人不懂珍惜。很多傑出的詩人及其詩作，我們都隨手放在一個地方，以後就讓他一直待在那個地方，而不是對他另加鑒定，為他重新確定在文學史框架中的地位。由於他一直待在那個地方，在我們的觀念裡，他便幾乎是先天性地屬於那個地位，不管他在這個地位是否委屈。

我的這段議論是由阮籍引起的。讀阮籍是從二十多年前開始的，隨着時間的推移，我對他的認識也在深化。我曾對他的個性不大欣賞。我喜歡剛烈的人物，比如阮籍身邊的嵇康。因此，在一些發表過的文章中對他有些貶低與揶揄。但我現在認識到這是由於我自己的寬容不夠 —— 我當然沒有資格說去寬容阮籍這樣傑出的詩人，我是說我對人性的豐富性還缺少更寬廣的認知與同情。知識的狹隘會導致精神的狹隘，而精神的狹隘會導致欣賞趣味的狹隘。我太喜歡他身旁的嵇康了，以致老拿嵇康的優點去比他的缺點，殊不知這「缺點」正是他的特點 —— 正是最正常不過的人性，且是人性優點的另一面。欣賞嵇康與欣賞阮籍需要不同的眼光。

阮籍絕對應該有一個比現在人們給他的更高的地位。他的八十二首五言《詠懷》詩在某種意義上是前無古人的。我們知道，在阮籍之前五百多年，有一個偉大的詩人屈原，阮籍當然不能與他相比，無論是從詩體的創立還是從人格的崇高上，他應該是遜色的。在他之前二十多年，是旗幟一般的建安時代，那個時代有氣韻沉雄的曹操與風流自賞的曹植，他們在那個血與火的時代所體現出來的陽剛氣質與朗暢風格，使陰柔晦澀的阮籍也顯得黯淡。但阮籍的價值也正在這裡，正是他天性中的陰柔氣質使他能洞悉人生中陰暗的東西，直至深入黑暗的核心，揭示出黑暗的本相；正是他的懦弱性格，使他認識到人在面臨世道的黑暗與人生的荒謬時是無能為力的。是的，如果外向的建安作家寫出了他們面對世界時的自信與自大，寫出了他們對世界的信心與對價值的堅持，寫出了他們維護道德與掃除邪惡的勇氣；那麼，內向的、敏感而多疑、脆弱而怯懦的阮籍，就寫出了他在面對世界時的惶恐與不安，寫出了他對世界的悲觀與對價值的懷疑，寫出了他在面對邪惡及其對正義的凌辱時的無奈與惶恐，還寫出了他在自感無力時放棄堅持、放棄尊嚴時的深深失落。在他的眼裡，這世界是荒謬的、悲劇性的 ——

> 木槿榮丘墓，煌煌有光色。白日頹林中，翩翩零路側。
>
> 蟋蟀吟戶牖，蟪蛄鳴荊棘。蜉蝣玩三朝，采采修羽翼。
>
> 衣裳為誰施？俛仰自收拭。生命幾何時，慷慨各努力。
>
> （其七十一）

他一口氣寫出的，都是美好卻又短命的東西：木槿花朝開暮落，蟋蟀命不過冬，蟪蛄不知春秋，蜉蝣三日而死。「生命幾何時，慷慨各努力」，在面對各自命定的悲劇命運時，它們還要做無謂的「努力」，這是一種無奈的掙扎，是「可憐無補費精神」。阮籍在此表現出來的，與「天行健，君子以自強不息」是兩種完全不同的精神狀態與內在情緒。對於生命，對於造化給予我們的命運，阮籍是悲觀的。

駱玉明先生非常敏銳地發現了阮籍對世俗觀念中「種種可以視為解脫途徑，可以作為人生追求目標的東西」的否定：財產、名聲、美女、親朋，甚至生命自身（見駱玉明《簡明中國文學史》中有關阮籍的章節）。事實上，這些否定就是對人生意義與價值的否定，對這些東西的懷疑就是對人生價值的懷疑。由是，阮籍幾乎成了徹底的悲觀主義者，在他的筆下，充滿了對世界及人生不確定性的憂慮：

> 從容在一時，繁華不再榮。
>
> 晨朝奄復暮，不見所歡形。（其三十）
>
> 朝生衢路旁，夕痿橫術隅。
>
> 歡笑不終晏，俛仰復欷歔。（其五十九）

人生有什麼東西可以使我們確信，可以使我們信任依賴，從而，值得我們去堅持

並付出我們的熱愛？如果上舉兩例還不足以給人們深刻印象的話，那我們再逐首看起：

> 如何金石交，一旦更離傷？（其二）
> —— 朋友靠不住。
> 繁華有憔悴，堂上生荊杞。（其三）
> —— 繁華不常駐。
> 朝為媚少年，夕暮成醜老。（其四）
> —— 生命挽不住。
> 娛樂未終極，白日忽蹉跎。（其五）
> —— 快樂留不住。
> 布衣可終身，寵祿豈足賴？（其六）
> —— 高貴不可恃。
> 四時更代謝，日月遞差馳。
> ……
> 願睹卒歡好，不見悲別離。（其七）
> —— 親朋飄零去。

試問，在阮籍之前，甚至在他之後，有誰如此集中地表現這個世界的不可信賴與人生的無法堅持？除了阮籍這樣氣質的詩人，除了他這樣稟賦的哲人，誰能如此久處黑暗核心並在此吟唱？誰會如此長久糾纏其中不能脫身？如此重大的主題，如此深入的認知，不是長期廝磨，如何能體會？

「視彼桃李花，誰能久熒熒？」（其十八）在阮籍的詩裡，這世間所謂美好的東西，要不得不到，要不保不住；要不不存在，要不不長久。所以他感嘆於「變

化」——

> 存亡從變化，日月有浮沉。（其二十二）
>
> 陰陽有變化，誰云沉不浮。（其二十八）
>
> 胸中懷湯火，變化故相招。（其三十三）

在這些無窮無盡、不息不止的「變化」裡，「萬事無窮極，知謀苦不饒」（其三十三），世界多變，世事多變，而吾智有限，奈何？吾生也有涯，而知也無涯，我們有限的心智，如何應對這世界的多變？

事實上，世界的變化是一個客觀的存在，在真正的道家眼裡，成就是毀，毀也是另一種成。「成也，毀也。」（〈齊物論〉）一種狀態，可變壞，也可變好，所以，無所謂悲觀與樂觀。但在阮籍的眼裡，變化都是在向壞的方向變化。這就是他看世界的基本眼光，而我們也由此知道了他思維的基本特徵 —— 他確實偏執於一端，偏向於悲觀的一端。正因為如此，他在這一端上才走得遠，看得徹，想得深 —— 直達黑暗的心臟。而這，就是他的價值，就是他的偉大 —— 他是偉大的悲觀主義者、厭世主義者、批判主義者、懷疑主義者。我們看他的這一首：

> 出門望佳人，佳人豈在茲？
>
> 三山招松喬，萬世誰與期？
>
> 存亡有長短，慷慨將焉知？
>
> 忽忽朝日隤，行行將何之？
>
> 不見入秋草，摧折在今時？（其八十）

全詩都在問，這是微型的〈天問〉。一問是一痛，一問是一恨；一問一絕情，一問一死心。直問到斬盡殺絕，心如死灰。

> 獨坐空堂上，誰可與歡者？
> 出門臨永路，不見行車馬。
> 登高望九州，悠悠分曠野。
> 孤鳥西北飛，離獸東南下。
> 日暮思親友，晤言用自寫。（其十七）

空堂獨坐，慰我者「誰」？長路遠眺，寂寥無人，九州登覽，一片空曠。從堂上到長路到九州，這偌大的世界空無一人，而阮籍獨坐，獨語，獨詠懷抱。

有意思的是，阮籍在他的散文類作品中簡直是肆無忌憚地、張狂萬狀地鼓吹「大」的東西 —— 大人格，大精神，鼓吹狂放無狀的行為做派；但在他的詩歌裡，他卻顯得那麼小心翼翼，躲躲閃閃，遮遮掩掩，以至於讓人發出「厥旨淵放，歸趣難求」（《詩品》上）、「文多隱避，百代以下，難以情測」（《文選》注）的感嘆。如果我們承認，〈大人先生傳〉之類的散文作品是他的壓抑的想像力的爆發或昇華，那麼，《詠懷》詩就是他匍匐的精神的寫照。在專制暴力的現實生活中，一切浪漫都不易想像，除非有拼卻一死、決不苟且的大勇氣，而這勇氣，阮籍尚不具備。但他有這樣的朋友，那就是嵇康。

嵇康在那個近乎嬉皮士的時代顯得有些特別。他高貴、單純，不願作踐自己，更不願委屈自己的良心與判斷力。所以，他「輕肆直言，遇事便發」，「無萬石之慎，有好盡之累」。這種性情固然最終招致殺身之禍，但他的內心卻因這種無所顧忌的宣泄而較為寧靜。王戎說，與嵇康比鄰而居了二十年，不曾見到他的喜怒之色（《世說新語·德行》）。這則記載與嵇康的一貫作風頗為不合，或

者嵇康厭惡王戎的人品，不在他面前流露真性情也未可知。

　　有意思的是，與阮籍相比，嵇康把他的想像力表現在詩歌裡，而讓他的散文成為匕首與投槍，在現實中絞殺。阮籍在散文裡虛構現實中沒有的自由與自由的人物，而嵇康卻在詩歌裡這樣幹。這使得嵇康的一些詩歌成為那個灰暗的詩歌視野裡，難得的陽光地帶。我們看他的《贈秀才入軍》：

> 良馬既閑，麗服有暉。
> 左攬繁弱，右接忘歸。
> 風馳電逝，躡景追飛。
> 凌厲中原，顧盼生姿。（其九）
> 息徒蘭圃，秣馬華山。
> 流磻平皋，垂綸長川。
> 目送歸鴻，手揮五弦。
> 俯仰自得，遊心太玄。
> 嘉彼釣叟，得魚忘筌。
> 郢人逝矣，誰與盡言。（其十四）

這是寫亂世艱險中的理想生活。他知道在黑暗中仰望光明，在骯髒中嚮往純潔，所以他不頹喪，不隱忍，不苟且，不賴活，不陰毒而痛快，不自卑而自尊。生活的太不自由，使得他愈加想往自由，他不僅是一位自由意識極強的人，還是一位精神力量極強的人，上引的兩首詩不就是一種自由的暢想麼？生活太沉重，所以他寫輕鬆，「風馳電逝，躡景追飛」；精神太沉重，所以他寫放逸，「俯仰自得，遊心太玄」。這些都讓我們心儀於他風度上的瀟灑飄逸，心靈上的自由舒張。而「目送歸鴻，手揮五弦」的心態，則竹林名士中唯他獨有了。誰的心靈能有他那

麼純淨？誰的精神能有他那麼超拔？我們尊敬嵇康，就是因為他的這種骨氣與傲氣，以及由此而派生的逸氣。有此骨氣、傲氣與逸氣，便是司馬昭的屠刀，也不能剝奪他的精神尊嚴。阮籍缺少的正是這種傲氣，他在感嘆命運的強大時忘記了人性的強大，所以，儘管他睜大眼睛去外求，率意獨駕去尋找，他仍然找不到值得追求的東西，以至於他懷疑還有什麼值得堅持。他身邊最好的朋友，嵇康，則有更大的自信：一切美好的價值，就存在於我們自身的堅持之中。只要我們不放棄，不投降，不叛變，正義就不會泯滅，人類就依然擁有未來。當然，這往往需要我們有捨生取義、殺身成仁的精神。

當嵇康在刑場上顧視日影，索琴而彈時，他是何等孤獨。誰能待在這種孤獨的境地中而仍能瀟灑沉着如嵇康？一曲終了，他長嘆：「《廣陵散》於今絕矣！」乃引頸就戮，顏色不變。這刑場，就是一種高度。阮籍就到不了這種高度。是的，阮籍有他的深度，但嵇康有他的高度。當代兩位最傑出的思想家、詩人，有這樣不同的取向，很好。這個苦難而卑鄙的時代，卻同時又是風流而浪漫的時代，端的就是因為有了他們二位：一個代表了時代的深度，一個代表了時代的高度。哲人往往以一己的精神提升整個時代。

# 良心何在

一

正始之後，有元康。殺戮依然凶殘而頻繁，並且那帶血的刀鋒最終指向了司馬氏家族內部。這期間的文人有所謂的「三張二陸兩潘一左」，有什麼賈謐的「二十四友」，還有那由當代豪富、才情也勃發的石崇主持的，盛極一時、熱鬧非常的「金谷詩會」——西晉的皇室雖然沒有文化與教養，其開國之初的文壇倒也熱鬧。連劉勰也讚美說：「晉雖不文，人才實盛：茂先搖筆而散珠；太衝動墨而橫錦；岳、湛曜聯璧之華；機、雲標二俊之采；應、傅三張之徒；孫、摯、成公之屬，並結藻清英，流韻綺靡。」（《文心雕龍・時序》）從人數而言，從聲勢而言，從文的自覺與作品的數量而言，不僅為一時之盛，而且可以說是超越前代了。

但非常可惜的是，文學是以質量勝而非以數量唬人的。與建安、正始的凜凜風骨颯颯風力比，元康之際的作家們很像是文學市場上的趕集者、打群架者、賣弄風情者。在政治上，在為人上，他們的表現更為糟糕，完全是孔子所鄙視過的「患得患失」的「鄙夫」：

子曰：「鄙夫可與事君也與哉？其未得之也，患得之。既得之，患失之。

苟患失之，無所不至矣。」(《論語‧陽貨》)

是的，為了「得」，他們爭；為了保住所得，他們也往往真是「無所不至」，不擇手段。他們的才華可能並不比前代詩人差，但他們的心胸與境界和他們朝廷的道德水準一樣，和前代有不小的差距。他們的創作，既是炫耀自己的才華，展示自己的才華，卻也因此糟蹋了自己的才華。他們大量製作擬詩，擬古人、擬樂府、擬形式、擬題材，這表明他們對現實生活的規避。對現實生活而言，他們是一群超級鴕鳥。更可怕的是，他們對現實感受能力的退化與喪失：他們已經無法在現實世界中找到感動與感觸了，從而現實生活中的苦痛與歡樂便從他們的文學題材中消失了，現實生活竟然不再是他們文學的對象。他們把文學雅化了，把文學變成了象牙塔中的智力遊戲，而文學創作則成了一種與古人和與朋友之間的智力競賽。比如陸機，在他的所有作品中，我們找不出他經歷過的眾多社會政治大變故的影子，倒是找出了一大堆的擬詩。他的生活是那麼一團糟，危機四伏，朝不慮夕，但他的詩卻那麼超然 —— 他那麼矜持地表現自己趣味的高雅和智力的高超，大家只要去讀讀他的〈文賦〉及〈演連珠〉等等，就可知我言不虛。

對了，除了擬詩，還有朋友之間的唱和。是的，這也是一個唱和詩大量湧現的時代。他們需要在不斷的唱和中給自己壯膽，更兼吹吹拍拍，把彼此都弄得舒舒服服。文學，在他們看來，是一種貴族化的修養，是他們貴族沙龍的身份證，「金谷雅集」與「二十四友」都是有門檻的，只有會玩文學這一手的，才能廁身其間。他們既有着曹丕曾經批評過的「文人相輕」的毛病，又染上了更可惡的「文人相拍」的惡習，拉幫結派，自造聲勢，自抬並互抬身價。他們的才華就在這些近乎無聊的互相炫耀中被葬送掉了。

中國人的心靈

# 二

　　《詩品》評張華詩云：「兒女情多，風雲氣少」，「巧用文字，務為妍冶」。實際上這可以看作是此時作家的普遍習性。張華在那個時代算是木秀於林的人物了，他的文學趣味尚且如此，何況他人？悲懷壯烈的功業感慨沒有了，哀感流涕的憂生之嗟也沒有了，一切都在轉向麻木與平庸。道德的麻木與思想的平庸往往是孿生的時代之子。這確實是一個麻木與平庸的時代，沒有大思想家（倒有幾個鬼聰明式的沾沾自喜的人物），文壇上也沒有大作家（有的是一些小白臉式的風流才子）。沒有大思想家、大作家的時代是黯淡的，寂寞的，無個性的，大家都在追求平庸中的小玩意、小花樣，並沾沾自喜。

　　「兒女情多，風雲氣少」，這是思想上的轉變，一變而為無志向；「巧用文字，務為妍冶」，這是興趣上的轉變，一變而為沒出息。可以說，他們都是在掩耳盜鈴式地小心避開倫理上的痛苦，而沉入感性形式的歡愉。但無道德痛苦感的人是無道德感的，沒有良心的刺痛也不會產生責任心，試圖避開倫理上的痛苦必然降低他們作為作家的價值。因此，他們大多數不獨不讓我們尊敬，甚至連同情也勉強了，雖然他們的遭遇甚是悲慘 —— 死於殺戮的就有張華、陸機、陸雲、潘岳、石崇、劉琨……但除了張華與劉琨外，他們中的絕大多數都不是為了正義而死，甚至也不是為了他們自身抱持的價值而死。也就是說，他們是不專一的、無執着的，除了張華、劉琨等極少數幾人外，他們遭遇的悲慘使我們惋惜，但他們人品的卑賤也讓我們厭惡。可以說，這簡直是一個「一塌糊塗的泥塘」。

　　這些作家中，在藝術上可以稱得上是阮籍《詠懷》詩的延續的，只有左思。而能夠在思想與人格上與阮籍、嵇康相比的，則一個也沒有。他們既沒有阮籍的深度，更沒有嵇康的高度。他們拒絕痛苦而追求享樂，不願讓思想在痛苦中沉潛，不願讓人性在苦難中淬煉，哪裡能來深度？他們不願有道德的堅持與不妥

協，哪來的高度？

　　與此同時，在與現實的關係上，他們沒有嵇康、阮籍的反映現實的力度、反抗現實的強度，更無論嵇、阮在污濁世界中表現出來的風度。我們常說「魏晉風度」，實際上，魏有風度，而且是絕世的風度；晉哪裡還有什麼風度？司馬氏的恐怖政治已經壓碎了文人的骨頭，他們已經沒有了脊樑。沒有「風骨」，就一定沒有「風度」。他們倒是有了「文的自覺」，文人 —— 知識分子的身份自覺卻沒有了。古代士人的那種「仁以為己任」、「以道自任」的精神，沒有了；漢末黨錮群英們身上表現出來的救世精神與崇高道德，沒有了。

　　我們舉陸機一段論「死」的文字，看看他們是如何小心地避開恐懼與痛苦，為自己尋找心理安慰的：

　　　　夫死生是失得之大者。故樂莫甚焉，哀莫深焉。使死而有知乎，安知其不如生？如遂無知邪，又何生之足戀？(〈大暮賦〉)

這顯然是對生（生存現狀 —— 社會現實苦難）的委婉控訴。但他的着力點卻從這一層上滑開去，而滑入自我安撫中了。他們確實有拒絕對象而熱衷自慰的傾向。這一時代的作家大都是寧願自欺欺人，也不願直面慘淡人生的。

　　如果說，建安作家有志氣，他們志深筆長，梗慨多氣；竹林名士有思致，他們滿懷憂生之嗟、憤怨之情；那麼，西晉的名士們則既無志，也少思。這是一個沒有志向也缺乏思考的時代，他們隨世道之波逐流，與政治之舟沉浮，聽慾望之令蹉跎。他們哪有反思的閒暇？黑暗的現實不但不能激發他們的志向，反而勾起了他們的慾望。人欲淹沒了人心，思想便成了多餘的與可笑的。在那浮華世風的浸染之中，以身殉利還來不及，還要什麼思想！

　　我們來看看，建安時期，曹操有「對酒歌，太平時」的理想，而司馬氏「三

祖」（司馬懿、司馬師、司馬昭）包括晉武帝司馬炎有什麼？曹操有「生民百遺一，念之斷人腸」的悲天憫人之心，有「烈士暮年，壯心不已」的壯美情懷，司馬氏又有什麼？他們只有殺戮與權慾！以殺戮來滿足權慾，是這個家族（可能司馬炎在殺戮異己上與乃祖不同，顯得比較寬容）的祖傳心訣。這是一個政治毒瘤一般的家族，一個反人類的家族。這個家族從殺政敵、殺異己起家，到家族自相殘殺的「八王之亂」，他們一直在嗜血。

　　這樣的政治實體還有什麼政治信念與理想？於是，自上而下地，肉慾之徒取代了慷慨之士，西晉的政壇成了饕餮天下的餐桌，百姓成了魚肉，而西晉的文壇竟然毫無文學的良心，反而跟在嗜血的權貴之後啜食其殘羹冷炙，並以此作為他們的世俗追求。而「文學」，則只是他們的「玩意兒」。

　　「竹林七賢」本來就是一個偶然相合、終當必分的鬆散群體。現在有人懷疑這個稱謂及其所指稱的集體在當時是否真的存在，很有道理。嵇康、阮籍這樣的真名士，與山濤、王戎甚至向秀在人生態度上有着極大的區別。嵇、阮不特反對司馬氏，他們還有着對世俗富貴的蔑視。這可能是他們與山濤等人的最大、最本質的區別。阮籍〈大人先生傳〉言：

　　　　故與世爭貴，貴不足尊。與世爭富，富不足先。

他追求的是「超世而絕群，遺俗而獨往」。嵇康也宣傳「外榮華而安貧賤」（〈答難養生論〉）。應該說，他們二人，在思想境界上，是相稱的。

　　而那個被嵇康絕交的山濤何許人也？他早年即對其妻說：

　　　　忍饑寒，我後當作三公，但不知卿堪公夫人不耳？（《晉書·山濤傳》）

其人生追求及為人趣味，與漢代小丑朱買臣一個腔調。山濤可能不貪財（他死時「舊第屋十間，子孫不相容」），但他太慕勢，不富而貴。

王戎之貪鄙，更是入了《世說新語·儉嗇》，該篇記述王戎貪鄙之狀，竟有四條。一條說他姪子結婚，他送了一件單衣，後來忍不住心疼，又要了回來。豈獨對姪子？自己的親生女兒向他借了錢，回娘家來他就板着臉，女兒知道他的毛病，趕緊還了他的錢，他的臉色才好轉，這簡直就是果戈理筆下的文學人物 ——《死魂靈》中的潑留希金。他最大的快樂，是用象牙為籌，算計自己的家資。這又像莎士比亞筆下的守財奴夏洛克。

> 戎好治生，園田周遍天下。翁嫗二人，常以象牙籌晝夜算計家資。（王隱《晉書》，《世說新語·儉嗇》引）

他甚至有鑽李核之舉：

> 王戎有好李，賣之，恐人得其種，恆鑽其核。

難怪王隱的《晉書》說他：

> 戎性至儉，不能自奉養，財不出外，天下人謂為膏肓之疾。（《世說新語·儉嗇》引）

這類不可思議的慳吝行為，發生在一個「既貴且富，區宅僮牧，膏田水碓之屬，洛下無比」的大富大貴者身上，令人驚奇。這是既要貴又要富的人物。

向秀同樣崇尚富貴而與嵇康相反。他說「崇高莫大於富貴」（〈難養生論〉）。

於是，歷史進入元康，嵇康就戮，阮籍憂死，而一幫貪鄙之徒則在朝廷引路人的引領下，昂首闊步進入新時代。歷史在經過優汰劣勝之後，一批老滑頭、老貪鄙與新生代的新新人類，共扇浮華之風。一邊是何曾、何劭父子，日食萬錢、二萬錢，一代勝過一代；一邊是王愷、石崇二貴，鬥富比闊，一個更比一個牛。末日狂歡開始了！

## 三

此時的政治，正如阮籍曾惡詬過的，是一條破爛骯髒、散發惡臭的棉褲襠，只有蝨子才能從中找到安逸的感覺。而此時的文人們還真從中找到了安適 ——不，「安」沒有，「適」則是真的。末日狂歡本來就是過把癮就死，所以只要一時適性快意，「安」早就不要了。陸機、潘岳、石崇……他們都對自身處境不「安」過，但仍離不開這個「適」。這是他們的無奈，也是他們人格墮落的證明。說他們無奈，是因為他們不得不生活在其中；說他們墮落，則是因為他們涉足政壇如入鮑魚之肆，久而不覺其臭，並且說服自己的良心，不斷對自己的良心重複：這就是生活！然後還能從中發現美。

晉以殺戮而得天下，其誕生之初，便無道德上的自足感；其既生之後，更無道德上的理想。當然，也不能說這時代文學的顏面掃地以盡。因為我們還是發現了落魄者左思與覺醒者劉琨。事實上，時代的文學尊嚴，往往在時代的棄子那裡得到保持，這是一個令人感傷的話題。

左思（約 250 年至約 305 年），字太沖，臨淄人，出身寒微，相貌醜陋又口吃，生卒年不可確考。但他文章寫得好，相傳他用十年時間寫成的〈三都賦〉，曾弄得「豪貴之家，競相傳寫，洛陽為之紙貴」（《晉書‧左思傳》）。但即便如此，由於出身庶族，在那「上品無寒門，下品無勢族」的士族制度下，他要在官

場上出人頭地，是不大可能的。但偏他自恃才高德美，對此頗不服氣，並為之上下鑽營：先是因其妹左棻以才入宮，他也舉家遷京師，曾官秘書郎；後是投靠賈謐，得預「二十四友」之列。從皇帝到權臣，可以說，他都用了功夫。但人力雖勤，天命難違，他的升遷之志一再受挫。雄心難酬，他的內心鬱積了不少怨氣，並由這怨氣轉變為傲氣、骨氣，自卑也一變而為自尊，從而使得他成為那個時代少有的、有着強烈的自我肯定的人物，成為那個時代唯一一個張揚個體，並膽敢以個體的傲慢蔑視社會、蔑視強大體制的人物。有了這樣傲慢的個體精神氣質，文學所特別需要的高貴特質也就庶幾具備了。

可見，左思並不是一個道德自律、潔身自好的人物，他是很熱衷於功名富貴的，是很眼紅於他人的春風得意的，但他由於出身庶族，很難擠上時代的餐桌分一杯羹，於是他變得憤憤不平、憤世嫉俗。而他的詩，恰因「憤憤不平」而呈現出所謂的「左思風力」，為後人特加褒獎，謂之繼承「建安風骨」；又因其「憤世嫉俗」，而被我們標榜為批判現實。當然，他詩中對門閥制度的痛恨，出自一個受其侮辱和傷害的個體之口，我們可以看成是個體對自身權利和尊嚴的維護，是對強大而冷酷體制的反抗 —— 有了這樣的內涵，文學的骨頭也就有了。

有了文學的高貴，有了文字的骨頭，在各方面都不傑出的左思，出人意料地獲得了文學史上的地位。

非常有意思的是，《晉書‧左思傳》幾乎用光了所有的文字來記敘與誇獎他的〈三都賦〉，卻隻字不提他的《詠史》詩及其他詩歌作品。我們要知道，〈三都賦〉是他向社會、向體制輸誠的作品，無論在價值觀還是文學的審美觀上，這篇在當時為上流社會廣泛認可與讚譽的作品，都是在向士族的世界觀獻媚。而他的《詠史》詩則相反：這是他在遭受士族社會的折辱之後，向其發泄不滿、不屑，並從人格上與之劃清界限的宣言。

在中國文學史上最早作「詠史」詩的，要數史學家班固，但他那被鍾嶸評為

「質木無文」（《詩品》序）的《詠史》詩，實際上不過是用韻文寫成了「史」罷了，何嘗有什麼「詠」？也就是說，班固的《詠史》詩，只是歷史原物，而沒有經過心靈的「過濾」，哪裡能算得是詩。班固究竟不是一個詩人。直書史實，毫無感慨詠嘆，是史家本色，而非詩人風格。以後又有王粲、阮瑀的《詠史》詩，曹植的《三良》詩，但都不能別開生面，創為一體。

左思的《詠史》，就既有「史」又有「詠」，「史」只是「詠」的材料罷了。到此，「史」就成了「詩」了。從此，「詠史」之作才有了自己的面目與主腦，而成為詩史上一大題材，也成為詩人借古諷今、抒情言志的一大手段。我們先看他的第一首：

> 弱冠弄柔翰，卓犖觀群書。著論準〈過秦〉，作賦擬〈子虛〉。
> 邊城苦鳴鏑，羽檄飛京都。雖非甲冑士，疇昔覽〈穰苴〉。
> 長嘯激清風，志若無東吳。鉛刀貴一割，夢想騁良圖。
> 左眄澄江湘，右盼定羌胡。功成不受爵，長揖歸田廬。

這一篇哪能叫作「詠史詩」？是徹頭徹尾的「敘志詩」，從頭至尾都是在說自己，都是以第一人稱的口吻在自敘、自詡與自許，呈才、敘志、誇德乃一篇之大要：前八句寫自己文才武略俱備，接六句則寫自己報國之志，實際上也就是個人的自我實現之志；最後兩句則又把自己打扮成為一個「功成身退」的道德模範。這樣的詩，實在是不能叫作「詠史」的。裡面雖然也提到幾位古人，不過是引之為喻罷了。可見左思雖然大書其題曰「詠史」，但他眼裡哪裡有「史」？他只有一肚皮的牢騷，一肚皮的炫耀，一肚皮的不服氣，一肚皮的不合時宜。有了這開篇第一首的自詡，下面的自傲與不服便有了根據：這樣德才兼備的人物卻「困之於勢」而不能成就功名，這世道還像話嗎？先讚自己，再罵社會，高揚自我，蔑視

社會，這就是他的《詠史》八首的基本主題與價值所在。現在我們來看其二：

> 鬱鬱澗底松，離離山上苗。以彼徑寸莖，蔭此百尺條。
> 世冑躡高位，英俊沉下僚。地勢使之然，由來非一朝。
> 金張藉舊業，七葉珥漢貂。馮公豈不偉，白首不見招！

詩明顯地分為三層，每四句一層。第一層寫自然現象，是賦中兼比，且對比鮮明。最後一層寫歷史現象，也是對比鮮明。但無論自然現象、歷史現象，都不是作者真正要寫的，他真正要寫的是中間一層 —— 社會現象，世冑與英俊的對比，勢與才的對比，這才是他的牢騷所在。「地勢使之然，由來非一朝」兩句承上啟下，且籠罩全篇，作者的憤鬱不平之氣，力透紙背。公正地說，雖然左思此作只不過是抒一己之憤慨，但因他所指斥的現象代代皆有，從而能引起後人廣泛共鳴。他的詩亦因其對不公正歷史和荒謬現實的揭露、批判，而成為當代最強音。

最能表現出他的傲慢與自尊的可能是其五：

> 皓天舒白日，靈景耀神州。列宅紫宮裡，飛宇若雲浮。
> 峨峨高門內，藹藹皆王侯。自非攀龍客，何為欻來遊？
> 被褐出閶闔，高步追許由。振衣千仞岡，濯足萬里流。

前面六句寫王侯豪宅，似有誇耀之意。但卻是俯瞰的態勢而自居高遠。他曾經從皇帝到權臣都有所巴結，現在他決絕而去了。七、八兩句似乎有「覺今是而昨非」（陶淵明〈歸去來兮辭〉）之意。九、十兩句物質的貧寒與道德的高超相對照，顯示出一種「貴者雖自貴，視之若埃塵。賤者雖自賤，重之若千鈞」（其六）

的自我肯定。最後兩句更有「不可一世」之慨。當社會對一些群體做整體性的道德與智慧上的否定時，最好的反抗不就是他們的自我肯定嗎？

左思《詠史》之超越前人處，主要在於以己為主，而以史為輔；以今為主，而以史為證。前者擺脫了班固的敘事格局而入於抒情，是史向詩的過渡；後者則借古諷今，使詠史成為諷喻的手段，從而入於詩學正統 ── 自《詩經》以來，「美刺」已成詩之主要功能。我前文提到左思時用了兩個詞「憤憤不平」、「憤世嫉俗」，前者即指其抒情性，後者即指其諷刺特徵。

## 四

西晉文士中另一位在最後終於獲得我們尊敬的，是劉琨。他本也是那幫浮華子弟中活躍的一員，他既參加過石崇的「金谷雅集」，又是著名的 ── 惡名昭彰的 ── 賈謐「二十四友」之一。用他自己的話說：「昔在少壯，未嘗檢括，遠慕老莊之齊物，近嘉阮生之放曠，怪厚薄何從而生，哀樂何由而至。」（〈答盧諶書〉）劉琨之可敬，在於他後來由象牙塔回到了生活中，並且他在那樣長期的花天酒地、燈紅酒綠中，竟還沒有喪失對現實生活，尤其是生活中苦難的感受力，還沒有喪失對家國的責任心。他曾醉生夢死，荒唐萬狀，但一旦家國有難，馬上就能喚醒他的良心與責任心。殷紅的時代之血從杯酒中濡散開來，他的醉眼被刺痛了，他幡然醒來。永嘉元年（307 年），他出任并州刺史，此時，那些曾與他一起痛快飲酒、風流快活的人物大都已飲刃而入鬼簿：石崇、潘岳、陸機、陸雲 …… 左思也失意落魄而去了冀州，即使還沒有死，也是一病不起，苟延殘喘。而劉琨在赴并州途中，看到了什麼呢？是他們以前從未矚目留意過的下層百姓：

　　　　流移四散，十不存二，攜老扶弱，不絕於路。及其在者，鬻賣妻子，生
　　相捐棄。死亡委危，白骨橫野……（〈上懷帝請糧表〉）

原來麗天白日之下，竟有此等受蹂躪的生靈！他開始向朝廷為這些生靈請求糧食
與布帛，對他們安撫與慰勞，好像只有他才想起，朝廷還有這樣的道德義務。這
時，他才感到，人生一世，原不僅為一己之風流快活也。而一己之風流快活，又
是何等易碎也。

　　當然，由於劉琨「素豪奢，嗜聲色」，又加上常年放浪生活形成的不良習
慣，「雖暫自矯勵，而輒復縱逸」（《晉書》本傳），信任並放縱通音律的徐潤，
又殺了性情忠直的令狐盛，迫使令狐盛之子令狐泥投奔劉聰，而劉聰遣子劉粲及
令狐泥攻拔晉陽，劉琨父母遇害；後又困於石勒，窮蹙難安；與段匹磾為兄弟，
共保晉室，又為段所猜疑而下獄。此時，他終於走到人生的絕境了 ——

　　　　國破家亡，親友凋殘。塊然獨坐，則哀憤兩集。負杖行吟，則百憂俱
　　至。（〈答盧諶書〉）

此時他的經歷與心境，就類似於建安諸子了 —— 我們豈不是也可以說，由曹操
收拾安定的北方山河，又被司馬氏家族拖入戰亂，從而西晉末年的「八王之亂」
生靈塗炭，絕似漢末的董卓之亂、軍閥混戰，使得西晉末年的文人面臨着漢末的
知識分子（如「建安七子」）極其相似的話語情境 —— 不過，建安諸子是滿懷
希望，而劉琨則只有孤獨與絕望。建安諸子在苦難裡顯「風流」，而晉世文人則
是由「風流」而入苦難。兩個「風流」，本不是一回事。好在，這「苦難」對劉
琨「玉汝於成」，使他成為一位志士、一位烈士。他的詩，也慷慨悲涼，絕似建
安詩歌，我們看看他的《扶風歌》：

朝發廣莫門，暮宿丹水山。左手彎繁弱，右手揮龍淵。

顧瞻望宮闕，俯仰御飛軒。據鞍長嘆息，淚下如流泉。

繫馬長松下，發鞍高嶽頭。冽冽悲風起，泠泠澗水流。

揮手長相謝，哽咽不能言。浮雲為我結，飛鳥為我旋。

去家日已遠，安知存與亡？慷慨窮林中，抱膝獨摧藏。

麋鹿遊我前，猴猿戲我側。資糧既乏盡，薇蕨安可食？

攬轡命徒侶，吟嘯絕巖中。君子道微矣，夫子故有窮。

惟昔李騫期，寄在匈奴庭。忠信反獲罪，漢武不見明。

我欲竟此曲，此曲悲且長。棄置勿重陳，重陳令人傷。

所不同者，面臨天下魚爛河決的局面，曹操有的是周公東征式的悲慨與壯美情懷，有的是幽燕老將般的氣韻沉雄；而劉琨則只有英雄末路的窮途悲吟，是失敗者的絕唱，是委屈者的怨曲。

這樣的詩，與曹操的《苦寒行》，風格、境界都十分相似。我們比較一下：

北上太行山，艱哉何巍巍！羊腸坂詰屈，車輪為之摧。

樹木何蕭瑟，北風聲正悲。熊羆對我蹲，虎豹夾路啼。

谿谷少人民，雪落何霏霏！延頸長嘆息，遠行多所懷。

我心何怫鬱，思欲一東歸。水深橋梁絕，中路正徘徊。

迷惑失故路，薄暮無宿棲。行行日已遠，人馬同時飢。

擔囊行取薪，斧冰持作糜。悲彼《東山》詩，悠悠令我哀。

應該說，是劉琨，而不是左思，才是建安精神的真正傳人。

我們再看看他《重贈盧諶》一詩中的最後一節，它仍然那麼像建安詩歌，直

讓我們有「一聲何滿子，雙淚落君前」的感傷 ——

　　　功業未及建，夕陽忽西流。
　　　時哉不我與，去乎若雲浮。

這不就是建安麼？可惜的是，建安詩人是感慨之後多作為，而劉琨則是夢醒以後無路走：

　　　朱實隕勁風，繁英落素秋。
　　　狹路傾華蓋，駭駟摧雙輈。
　　　何意百煉鋼，化為繞指柔。

秋風吹落了果實，秋霜打殺了鮮花。華蓋傾覆，無路可走；沉舟側畔，無復來者。將軍一去，大樹飄零。

　　　曹劉坐嘯虎生風，四海無人角兩雄。
　　　可惜并州劉越石，不叫橫槊建安中。（元好問《論詩絕句》）

　　建安是一個英雄雲集的時代，生在那時，當不孤獨。西晉末年則是一個庸人攢聚的時代，末路英雄劉琨，只有「抱膝獨摧藏」—— 他那些曾經的朋友，早已墮落。

# 南山種豆

一

　　陶淵明（365 年至 427 年），字元亮，後更名潛。潯陽柴桑（今江西九江）人。其曾祖陶侃出身貧寒，後以軍功發跡，官至大司馬。此後陶淵明的祖父、父親都做過太守。但到陶淵明時，由於幼年喪父，家道衰落。他自己，曾做過江州祭酒，但不久歸隱。後來又斷斷續續地在江州刺史桓玄、鎮軍將軍劉裕等人門下做過參軍，並最終出任彭澤縣令。在任八十餘日，宣稱「不為五斗米折腰」，棄官歸隱。時年四十二歲。自此以後直至老死，一直躬耕隱居，拒絕仕宦。

　　「元康之英」過後，有作為的便是東晉末年劉宋初年的陶淵明和謝靈運了。陶是「古今隱逸詩人之宗」，田園詩的開山；謝是「元嘉之雄」，山水詩的鼻祖。他們是試圖從體制中解脫自己的一代。由漢末黨錮、《古詩十九首》到建安、正始以迄太康，痛苦得太久了，而且他們的實踐幾乎都證明着這一點：要想在實際的政治生活中有所作為，實現自己的人生價值，是近乎徒勞的，甚至，「僅免刑」也難得，往往倒是「天下多故，名士少有全者」（《晉書·阮籍傳》）。從漢末至西晉，除了短暫的建安時期外，知識分子走的是一條為保命而不斷退卻的路。他們放棄了道德，放棄了正義，放棄了良心，最後甚至放棄了是非判斷力，放棄了現實感受力（如果還有感受力，就往死裡喝酒以求麻木），他們僅想退守活命的一隅，

把自己變成沒腦子、沒心肝，只有高度發達的腸胃和過分亢奮的性器（如果不亢奮就猛吃春藥）的豬玀。但豬玀就更是屠殺的對象了，而且還被殺得毫無尊嚴與價值。太康的作家們雖然不像嵇鍟、不像正始作家那樣在政治生活中堅持正義感與道德感，卻也不免於在忽左忽右、變化莫測的政治陷阱中紛紛滅頂。沒有正義的政治當然也就沒有穩定，沒有穩定的政治當然會使人的命運難以逆料。建功立業的希望破滅了，而官場，以其骯髒險惡倒着實教育了他們，於是他們不再像左思那樣熱衷於仕進了。「密網裁而魚駭，宏羅制而鳥驚。彼達人之善覺，乃逃祿而歸耕。」（陶淵明〈感士不遇賦〉）他們恍然大悟，終於「鳥倦飛而知還」（陶淵明〈歸去來兮辭〉），掉轉頭去，向自然尋求了。陶淵明找到了樸實寧靜、充滿人間溫情的田園，謝靈運則縱情於清新神奇、一塵不染的山水。這是一種逃避、一種遠遁，同時也是一種對現實叛變的姿態，他們的行為反證着現實的黑暗。

這裡固然有逃避倫理責任的味道，我們也盡可以批評他們把世界及世界上可憐的百姓，毫不憐憫地拱手讓給暴君亂臣而獨善其身，但孤單的個人在那個時代實際上也只有這一條路。他們不能改變社會的骯髒與險惡，但他們以自己的行為標示出一片潔淨與寧和；他們不能反抗普遍存在且不可動搖的專制與黑暗，但他們在山水田園中保持了自己的自由個性。這種潔淨，這種自由個性，不絕如縷地為中華民族提供理想生活的範式，從而使人知道在「踐踏人，侮辱人，不把人當人」（馬克思語）的專制之外，還有別樣的生活，從而帶着希望去反抗現實，追求未來。這就是他們的價值之所在。


二


朱熹曾經說：「晉、宋人物，雖曰尚清高，然個個要官職，這邊一面清談，那邊一面招權納貨。陶淵明真箇能不要，此所以高於晉、宋人物。」實際上，在

　　　　　　　　　　　　　　　　　　　　　　中國人的心靈

我們的文化傳統中（不僅是道家，甚至是儒家）都給予潔身自好、隱遁避世以極崇高的文化褒獎，把這種行為看作是個人修養的最高境界。既有這樣的文化大勳章懸掛在那裡作誘惑，便少不了有人要假惺惺地去做隱士，來領這枚勳章。而領到了這枚勳章，又如同獲得了特別通行證，餘下的關節便可一一打通。所以，隱逸，更多的是一種手段，以這種手段求名求利，甚至最後來了個邏輯上的自相矛盾：求官。——這就是所謂的「終南捷徑」。這種文化怪胎的邏輯思路是這樣的：因為他不願為官而隱居，所以他德行高尚；因為他有了這樣高尚的德行，所以他應該為官，甚至為大官。所以，在中國，歷代都有隱士，同時，歷代朝廷又都去山中徵召隱士，隱士與朝廷共同上演這樣一齣文化喜劇與鬧劇。

正是在這樣的文化背景下，我們來認識陶淵明及其行為的意義。與眾不同的是，在他那裡，隱居不是一種手段，而是一種生活方式，他喜歡這種生活方式，隱居本身即是最後之目的。雖然後世人都把陶淵明看作隱士，比如鍾嶸就稱他為「古今隱逸詩人之宗」，但他自己，卻沒有把自己當作隱士，他只是在按照自己喜歡的方式「生活」而已。你看他說的話，「結廬在人境」，不是隱居，而是「結廬」；「昔欲居南村，非為卜其宅。聞多素心人，樂與數晨夕」，不是故作姿態，欲作名士，不是為了要彰示自己的道德化的生活，並以此與社會對立，而是「欲居」，要與那些素心人生活在一起，過一種平平淡淡的日常生活（數晨夕）。結廬也好，居家也罷，他是在尋找一安身之所。這一安身之所不在高山之上、崖穴之下，不是那種遠離人世的高人姿態，而是在「人境」，在「南村」做一個普普通通、泯然眾人的人，有「鄰曲時時來」，「而無車馬喧」。他從官場上「歸去來兮」，是歸來了，回到自己的老家宅院，他不是在尋找一種姿態，而是在回歸一種生活，回歸自己喜歡的那種生活方式：

引壺觴以自酌，眄庭柯以怡顏。倚南窗以寄傲，審容膝之易安。園日涉

以成趣，門雖設而常關。策扶老以流憩，時矯首而遐觀。雲無心以出岫，鳥倦飛而知還。景翳翳以將入，撫孤松而盤桓。歸去來兮，請息交以絕遊。世與我而相違，復駕言兮焉求？悅親戚之情話，樂琴書以消憂。農人告余以春及，將有事於西疇。或命巾車，或棹孤舟。既窈窕以尋壑，亦崎嶇而經丘。木欣欣以向榮，泉涓涓而始流。喜萬物之得時，感吾生之行休。已矣乎！寓形宇內復幾時，曷不委心任去留？（〈歸去來兮辭〉）

全篇洋溢着欣喜之情。這是快樂的生活，是平常的生活，而不是什麼有故意的寓意的生活，有道德負載的生活。生活就是生活呵，每天就這麼快快活活、輕輕鬆鬆呵，心裡哪有那麼多的仇恨與決絕？哪有那麼多的牽掛與糾纏？天地給我以「生」，我便輕鬆地「活」。萬物得時，我亦得生，但時易逝、生將休，寓形宇內有幾時？為什麼不好好享受當下？

當然，他講到了「世與我違」，講到了「息交絕遊」，還講到了「吾生行休」。但這顯然不能僅僅看作是陶淵明對他那個時代及人物的失望與決絕。因為，什麼樣的時世才不與「我」相違？有多少「交遊」真正知心？這是人生荒誕的一般事實，有這種荒涼感的，豈止晉末宋初的陶淵明？所以，把這些看成是陶淵明對時代的反抗與失望，還不如這樣來認識：陶淵明從自己的體驗出發，從自己的時代出發，發現了人生荒謬的基本事實，從而超絕而去。他不再沉淪於人生的悲劇本質，而是盡量享受人生的樂趣：天倫之樂，田園之趣，出遊之快，對了，還有悟透人生之後，心靈的寧靜。

再看他的詩：

孟夏草木長，繞屋樹扶疏。眾鳥欣有託，吾亦愛吾廬。
既耕亦已種，時還讀我書。窮巷隔深轍，頗回故人車。

歡然酌春酒，摘我園中蔬。微雨從東來，好風與之俱。

泛覽《周王傳》，流觀《山海圖》。俯仰終宇宙，不樂復何如！

（《讀山海經》其一）


讀了這樣的詩，如果我們還不能傾慕他的那種生活，可有心靈上的疾患？我們看到，他不是生活在崇高的道德境界中，以自苦為極，他是生活在閒適的藝術境界中，以自樂為美。他確實不是一般意義上的隱士，我看古人或聽今人說他是隱士，感覺怪怪的。我們真的誤會他了，我們自以為拔高了他，其實是貶低了他，貶低了他的境界。我們想讓他可敬，卻損害了他的可親可愛。一般而言，隱士是使生活道德化，而陶淵明卻努力使自己的生活藝術化。道德化的生活指向崇高，藝術化的生活指向美與和諧；道德化的生活指向無，是一種否定式的生活，而藝術化的生活指向有，是一種肯定式的生活。我們看陶淵明的生活：人有屋廬，鳥有樹枝，人歡鳥欣，酒香蔬美。又，道德化的生活指向「敬」與「怒」，藝術化的生活指向「愛」與「樂」：陶淵明豈止愛這八九間的草廬，他愛他觸目所見的一切；他豈止聽到了鳥的啁啾，他甚至一邊讀書，一邊聽他耕種過的地方的莊稼萌葉拔節的聲音。有春酒，有園蔬，微風來，好雨俱，而《穆天子傳》、《山海經》又把靈魂帶到那遙遠而神奇的地方，讓他做一回美妙的精神之旅，不樂復何如！

　　他一連用了「欣」、「愛」、「歡」、「樂」這樣明白無誤的詞，來表達他從內心中情不自禁地湧現出來的愉快。他不僅屏絕道德說教，「既耕亦已種」──生活中功利的一面也一筆帶過，現在他要在這鳥鳴成韻、綠蔭覆蓋的北窗之下讀書了。而他的讀書，也是他一貫的方式：泛覽，流觀，心無芥蒂，不求甚解，每有會意，便欣然忘食。好在，他還沒有忘記作詩，為我們留下這千古一快！

少無適俗韻，性本愛丘山。誤落塵網中，一去三十年。

羈鳥戀舊林，池魚思故淵。開荒南野際，守拙歸園田。

方宅十餘畝，草屋八九間。榆柳蔭後園，桃李羅堂前。

曖曖遠人村，依依墟里煙。狗吠深巷中，雞鳴桑樹顛。

戶庭無塵雜，虛室有餘閒。久在樊籠裡，復得返自然。

（《歸園田居》其一）

他告訴我們他的「愛丘山」本性及官場的污濁凶險，從正反內外兩方面把他推離官場、返回田園。實際上，「歸園田居」，從語法上講，即暗示着「從官場歸園田居」的語義。這是一篇感情傾向特別明顯的作品。寫官場，用的是「塵網」、「羈」、「池」、「塵雜」、「樊籠」等等這樣否定性的詞，且用「誤落」、「久在」這樣厭惡性的詞來描寫自己斷斷續續十三年的官場生活。而寫田園，則用的是「舊林」、「故淵」、「自然」這類充滿懷舊依戀意味的詞，更有「愛」、「戀」、「思」、「返」這樣表達強烈依戀情感的詞。而中間一層（從「開荒」至「餘閒」）對田園生活的細節描寫，不僅寫出了田園生活的情趣，而且表現了作者的性情及理想：他的性情是淡泊自守、拒絕庸俗的，他的理想則是追求和平寧靜的生活。蘇軾說陶詩是「質而實綺，癯而實腴」。「榆柳蔭後簷，桃李羅堂前」，桃紅李白，榆青柳碧，不着一色彩語而滿眼春色，豈不是「質而實綺」！「曖曖遠人村，依依墟里煙。狗吠深巷中，雞鳴桑樹顛。」在純乎白描的寫景中又給我們以安詳寧靜的感覺，他寫的是景，卻讓我們想到生活，想到生活的安然從容，從而愛上這樣的生活。生活有條不紊，心情閒逸淡泊，且還暗中對比着官場，對比着官場與田園相反的特質：壓抑，陰暗，日以心鬥，患得患失。如此豐富的內涵，豈不是「癯而實腴」！

三

栖栖失羣鳥，日暮猶獨飛。徘徊無定止，夜夜聲轉悲。

厲響思清遠，去來何依依。自值孤生松，斂翮遙來歸。

勁風無榮木，此蔭獨不衰。託身已得所，千載不相違。

（《飲酒》）

好一個「託身得所，千載不違」！他曾如一隻失羣獨飛的鳥，現在終於找到了庇蔭之地：田園。在詩歌中，在散文辭賦中（如〈歸去來兮辭〉、〈與子儼等疏〉），他詳細而津津樂道地描寫了自己田園生活的樂趣與稱意，他對他的生活給予了由衷的讚美。荒謬的人生一變而為圓滿的人生，這是田園的賜予，是大自然的賜予，更是他心靈的成果。他認識到了，人作為自然的產物，只有與自然一體，過自然的生活（人之本性亦自然之物），才能超越荒謬性而返璞歸真。人的荒謬性起源於人心 —— 人心是自然的產物，卻又是自然的反動，只有經過否定之否定，讓人心回歸其本初，為老子所言的赤子之心，嬰兒之性，才能消弭荒謬。

我們看他的《飲酒》其五：

結廬在人境，而無車馬喧。

問君何能爾？心遠地自偏。

採菊東籬下，悠然見南山。

山氣日夕佳，飛鳥相與還。

此中有真意，欲辯已忘言。

「結廬在人境」，顯示他與一般隱於高山之上、崖穴之下，刻意去做「隱士」的人不同，「而無車馬喧」則表現出他自己是高於「避人」又高於「避世」的「避喧」，是「避」的最高級。然後自設一問：「問君何能爾？」再傲然作答：「心遠地自偏。」從而引出全文之髓：心。身之所處，乃心之所戀；手之所採，乃心之所慕；目之所見，乃心之所想；智之所悟，乃心之所求。是的，他的生活已經心靈化，已達到心外無物之化境，他的一舉一動，一語一默，一念一靜，都出自這一遠離塵囂、遠離庸俗、遠離低級趣味的「心」。此詩是寫日常生活，更是寫心靈生活，寫這顆悠閒心、淡薄心、高貴心。結尾「此中有真意，欲辯已忘言」，有心領會這一切，何用言語？所以，結語仍是寫心。心靈從「山氣日夕佳，飛鳥相與還」中領悟到的，大約也就是「我是誰？我從哪裡來？我到哪裡去？」這樣的人生大問題的答案吧！

　　陶淵明顯然不是中國歷史上第一個隱士，但他是第一個把隱居生活寫得如此美好、如此充滿魅力的。他以前的隱士似乎在追求艱苦的生活，並樂意於向人們展示他們的艱苦生活，以便顯示自己道德的崇高。陶淵明不想向人們作任何表示，這是他自己的生活，他只求自己滿意。如果不違背道德，我們可能不需要特別地委屈一下自己來向道德獻媚。實際上，我們過分的、矯情的、違背人性的苦行，對道德而言，實在是不必要的。我們高高興興快快活活地活着，有什麼不對嗎？陶淵明就這樣給我們活出了一個樣兒。我們可以說他是屈原、莊周之後最偉大的詩人。而他們三人真有着一些邏輯上的關聯。屈原是天真的、純潔的，是被命運播弄得死去活來而仍然懵懂的、不得要領的、至死也沒能大徹大悟的人。他的偉大與可愛都正因為他的執着、愚拙，看不穿命運的把戲，不明白人生的荒謬。他一直與之糾結纏鬥，不依不饒，不屈不撓，絕不承認「生活就是這樣」。他的心裡，有一理想的社會在，有一理想的人生在，他堅決認為一切都應該是合理的，對現實中的混亂無道與他自己遭際的非道德因素，覺得不可理解，從而絕

不認可，絕不妥協，絕不讓步。這是屈原的偉大，一種悲劇性的偉大，一種毀滅性的偉大，是理想主義者的偉大。

而莊子則是生活的冷眼旁觀者，他睿智、通達，對人生的荒謬和社會的混亂無道洞若觀火，但他不介入。他雖然感慨萬端，不參與是非之爭，他置身事外，以此置身世外。對事，對世，他只是遠遠地指手畫腳，冷嘲熱諷。他罵這世界骯髒，他自己卻站在乾淨地 —— 他通過遠離生活來遠離荒謬。但他是無奈的，是悲涼的，因為他遠離生活的生活方式，是生活荒謬性的又一證明。如果說屈原是迷者，他就是悟者。但無論是迷者，還是悟者，他們都生活在荒謬之中而不能自拔，正如無論是看穿了命運還是迷失於命運，都被命運播弄，而無可奈何。至少，他們在自己的生活中，是沒有找到快樂的，他們的生活，與一般所言的「幸福」，是互不相關的。

陶淵明的意義從這個角度去看，就比較明白了：他是唯一能在生活之中而又能使生活回歸人性，從而可以避開荒謬的大智者。他使生活即是人心、人心即是生活，從而使主體與客體，不僅在理論的層面上，而且真正從生活 —— 尤其是平常的、日常生活的層面上，合二為一了。當他回歸田園時，田園不僅是他的生活環境、作詩寫文的「語境」，還是委心任去留的「心境」；田園、自然與他的心合一了，他生活在田園中，就是生活在自己的心靈中。生活而能得此大境界、大圓滿，遍觀中國古人，靖節先生一人而已！

是的，他最先影響我們民族的，是他的這種生活方式、生活姿態，以及他樂觀而從容的心態，然後才是他的詩藝。他詩的魅力則可能正是得之於他生活與心靈的魅力，三者密不可分。欣賞他的詩，實際上就是在欣賞他的生活，欣賞他這個人。我們的歷史，甚至可以沒有他的詩歌藝術，但卻不能沒有他這個人。他是我們民族文化的精品。人們最先注意到他，就是他這個人，而不是別的。沈約的《宋書》把他歸入〈隱逸傳〉；蕭統喜歡他，是因為他的懷抱「曠而且真」，

直到唐代房玄齡等著的《晉書》，他仍在〈隱逸傳〉。對這一點，文學史家常常憤憤不平，但我以為，對陶淵明而言，他的人格魅力確實在他的詩歌魅力之先，如果不是更大的話。而他作品中的很多精彩篇章，可以看成是田園生活的廣告。田園生活之樂趣，經他闡發，更是深入人心。雖然他同時代的人都為人生病態的華豔所障目，而不能追隨他，但至唐宋，尤其是宋代，在那樣一種沉靜的文化氛圍中，蘇東坡等人確實是從陶淵明那裡得到一種眼光與視角，得到一種靈感與境界，然後再去尋覓自然之美，體味平淡生活的真味。實際上，中國傳統文化中的自然與田園，就是陶淵明式的。陶淵明以他的心靈之光照亮了田園，而田園即着陶之色彩。

四

陶淵明是對比的大師。他的田園就是對比官場的。很多人批評他美化田園，但他美化田園不正是為了反襯官場的醜污嗎？而且這也是他的自我安慰：在這污濁的世界上，生命簡直找不到一塊潔淨而寧靜的安恬之處。正如他說的「勁風無榮木」——世道的蕭瑟秋風刮走了人生的綠葉，我們的靈魂無處蔽蔭。但「此蔭獨不衰」——田園給了他最後的安頓與最終的補償。於是他甚至不惜自欺欺人一般地美化田園。他不美化田園簡直無法平靜自己的內心，他美化田園就是說服自己：人間尚有可居之處。這是荒謬人生的桃花源。

實際上，田園生活並不總是充滿詩意，往往有它艱辛的一面。不僅一般的農人通常是貧困而飢寒交迫的，即便是陶淵明自己，在他田園生活的後期，也一再陷入窘困，以至於餓得白天盼天黑，夜裡盼天亮：

天道幽且遠，鬼神茫昧然。結髮念善事，僶俛六九年。

弱冠逢世阻，始室喪其偏。炎火屢焚如，螟蜮恣中田。

風雨縱橫至，收斂不盈廛。夏日抱長饑，寒夜無被眠。

造夕思雞鳴，及晨願烏遷。在己何怨天，離憂悽目前。

吁嗟身後名，於我若浮煙。慷慨獨悲歌，鍾期信為賢。

（《怨詩楚調示龐主簿鄧治中》）

生活變成了腸胃與時間的較量，他惻然地回顧自己五十四年的生平，他發現，就世俗生活而言，竟毫無幸福可言，只是一連串的不幸與艱辛。我們知道，了悟大道的人在回顧自己生平時，總是能感受到生活的逼迫、命運的播弄，不像一般得志小人那樣，沾沾自喜，誇誇其談，以炫其成功。更何況陶淵明時代是一個不可能有什麼個人成功的時代，一個不可能既不違背道德與人性而又能有所作為的時代。生活是那麼無聊，無意義，無價值，甚至物質貧乏到了連肉體存在都變成了問題。這時，官場那邊又總有人在不斷地向他招手，贈以粱肉；鄰居這裡也有人不斷地勸他「一世皆尚同，願君汩其泥」。家裡妻子更是抱怨生活的窮困。但他仍然堅定不移：吾駕不可回。誰能像他這樣在四面楚歌中悠然見南山？

和凶險而骯髒的官場相比，田園生活至少沒有性命之憂 ——「常恐霜霰至，零落同草莽」（《歸園田居》其二）。對莊稼收成的擔憂，與「密網裁而魚駭，宏羅制而鳥驚」（〈感士不遇賦〉）的對死亡的恐懼相比，畢竟是輕鬆愉快的。且躬耕隴畝的生活比起官場傾軋、盤剝百姓，其道德上的自足是不言而喻的。

當然，他也有他脆弱的一面。在極度的貧困中，他也曾慨嘆「人生實難，死如之何！」（〈自祭文〉）這時，他就眺望着他的南山上的「舊宅」了：

家為逆旅舍，我如當去客。去去欲何之，南山有舊宅。

（《雜詩八首》其七）

他死後可能即葬於此「舊宅」中，那可能是他家族的墓地吧。據說現在那兒還有他的墓。

在一個專制的社會裡，在一個權力肆虐而秩序混亂的社會裡，一個人要正派地生活確實是比較艱難的，他真的必須有陶淵明式的堅定、堅韌與對苦難的容忍。在這個意義上，追求生活的自然適性的陶淵明，出乎意料地又成了道德的模範。實際上，中國傳統文化中對退隱生活的道德褒獎，其另一面，即隱含着對專制體制的道德貶低，這可能是文化本性對專制體制的一種天然敵意。陶淵明無意中表現了這種敵意而體現了文化人的公意，於是大家一致推崇他為道德英雄。

其實這是很無謂的。我倒覺得，與其說陶淵明為我們樹立了一個道德理想，倒不如去肯定他為我們建立有關幸福的信仰與觀念。這種幸福，與世俗慾望的滿足無關，而與心靈的境界有關。陶淵明把人的幸福與人的道德境界聯繫了起來：一種合乎道德的生活未必是幸福的生活，而幸福的生活一定合乎道德。這種帶有明顯唯心色彩的幸福觀，後來成為中國傳統文化對幸福的基本詮釋並深入人心。

不過陶淵明自己可沒想這麼多。他只是到田園中找他的歸宿，找符合他本性的自然和純真的生活。當他「晨興理荒穢，帶月荷鋤歸」時，他就是一個地道的農夫，他哪裡想到自己還有那麼重大的道德承擔，更沒想着去成為一種文化符號。他是認定他一死，就會被人忘記的 ——

親戚或餘悲，他人亦已歌。死去何所道，託體同山阿。

（《輓歌詩》其三）

—— 你看他對他身後的哀榮，是多麼眼冷心冷。所以他只要好好地活在現

在——

　　雖留身後名，一生亦枯槁。死去何所知，稱心固為好。

　　（《飲酒》其十一）


　　——田園就是他的稱心的伊甸園，在這裡他找到了生命的安全，良心的平
靜，人性的完整。所以他為他的這種復歸欣喜不已，也自豪不已。雖然一度窮困
潦倒，以至於乞食於人，但他再也沒有反悔過，而是在農村一待就是二十多年，
直到仙逝。物質窮乏了，精神卻豐富了。他覺得這才是人的生活。

　　從正始到元康，精神泅沒如泥牛入海，至陶淵明才又如小荷出水，且如此清
清淨淨，出淤泥而不染。他不再追求「先踞要路津」，也失望於「建功立業」。
我們看他的詩：「桑麻日已長，我土日已廣。常恐霜霰至，零落同草莽。」（《歸
園田居》其二）他真的有所謂常常存在的「恐懼」嗎？他這是在自豪啊。我們比
較一下以前阮籍的詩：「但恐須臾間，魂氣隨風飄。」一個是常恐桑麻遭霜，一
個是但恐生命有殃，孰輕孰重，不是一目了然了嗎？「四體誠乃疲，庶無異患干」
（《庚戌歲九月中於西田獲早稻》），這是陶淵明式的自豪。詼諧，坦蕩，機智，
明瞭而又含蓄，得意卻故出反語。這是一種輕鬆的心境才能具有的特徵啊！我們
從漢末黨錮至建安至正始至元康至陶淵明，二百多年了，很久沒這樣輕鬆與從
容了！

　　對官場的逃避實際上就是對體制的逃避。體制是以權力來維持的，而權力天
然具有反民眾、反人性的屬性。中國古代的隱士現象，我們可以看成是一種個人
的道德選擇，但一些隱士對體制的避之唯恐不及，實有避免體制約束的原因在。
另一方面，在中國古代，個人的所謂「建功立業」，往往是指當世事功，更多的
時候更直接體現為個人在體制中的地位：官職的高低、權力的大小等等。所以，

合乎邏輯地，一個人要保有自己的個性自由，逃避體制，他就必須連帶否認功名。在陶淵明的時代，要追求功名，不僅要犧牲個性，出讓自由，甚至要搭上性命 —— 淋漓的鮮血與紛紛滾落的人頭，一再把這個事實展示出來。回歸田園的陶淵明終於擺脫了瀰漫士林的生命恐懼，他可以待在家裡，靜等生命大限的到來。他退出體制而「縱浪大化中」，所以能「不憂亦不懼」。他坦然而從容的三首輓歌及一篇自祭，見出他對自己的生命是多麼有把握，〈與子儼等疏〉對後事的從容安排，足見他心靈的平靜。對於死亡，他是哀傷的，但不再是恐懼的。他的生命，是他與自然大化之間的約定，別人不得干預了。

回歸田園在陶淵明看來，實際上是從官場上、體制中贖回了自己，使自己重獲自由。那能擁有自己的人有福了。陶淵明就是這麼一個有福的人。幸福不是取決於一個人有什麼，而是往往取決於一個人沒有什麼。如果從「有什麼」的角度來看陶淵明，那陶淵明所擁有的太少了：名聲、地位、財富，他都缺乏。但這並不妨礙他成為一個令後人無限羨慕的幸福的人。因為他「沒有」我們一般人所不能摒棄的庸俗之心、趨利之心、得失之心、榮辱之心 —— 一句話，那一切使我們大不起來的「小」人之心，他都沒有。我很喜歡漢語中「安心」這個詞，它比「安身」更重要。安頓好我們這顆心，對人對事安好心，對自己安平常心，做到了這些，我們也就有福了。陶淵明實際上也就一直在與自己談「心」，又對我們交「心」。他告訴我們「心遠地自偏」的道理，他說他「心念山澤居」，他還自得地說「虛室有餘閒」。什麼叫「虛室」呢？莊子有言「虛室生白」，意思是說，清空而無世俗慾念的心靈才能充滿陽光。心靈充滿陽光，可不就得大從容、大安寧、大幸福？可不就是一個高尚的人、一個純粹的人、一個脫離了低級趣味的人？陶淵明就是這樣一個人，這樣一個幸福的人。

# 五

有一點我必須提到，那就是，陶淵明與他的那個時代的衝突，並不像我們文學史家們所想像所描述的那樣激烈。他斷斷續續地在官場上十三年，雖然他自己說「性剛才拙，與物多忤」，但這極可能只是一句推脫之辭，至多表示他自身對體制的不適應。實際上，我們沒有發現他與哪一位上司特別不和，也不見他在官場上受過什麼特別的打擊與排擠。他一開始做官，就做州祭酒，據逯欽立先生考證，這不算是小官，起點頗高。並且在後來，只要他願意，他似乎隨時有官做，官場上的人對鐵了心回歸田園的他，也一直很眷顧，給他送酒錢，送粱肉，並虛位以待。應該說，他的人生歷程，是比較平順的，所以，他的心態，也是比較平和的。劉克莊《後村詩話》云：

> 士之生世，鮮不以榮辱得喪撓敗其天真者。淵明一生惟在彭澤八十餘日涉世故，餘皆高枕北窗之日。無榮惡乎辱，無得惡乎喪，此其所以為絕唱而寡和也。（轉引自《文淵閣四庫全書》集部二《陶淵明集‧總論》）

他沒有追求過榮，當然也就無所謂辱；他沒有得，當然也就沒有失（喪），而無得失榮辱的人生磨難，其本性的天真也就沒有被挫傷。看他的詩文，確實是一派溫敦氣象，即便是「金剛怒目」的作品，如《詠荊軻》，實際上也是內熱烈而外不露聲色。他的詩，除了四言就是五言，沒有雜言，沒有樂府，擬古也不是真擬古，這在那個時代是很特別的。四言是詩歌中最安詳靜穆的形式，五言是詩歌中最從容不迫的形式，它們與陶淵明人生的從容、心態的安詳相脗合（情感不平衡、內心心理能量大的詩人，往往喜歡用雜言，句式的長短錯落一如其情緒的高下低昂，如鮑照、李白）。在《詩經》之後寫作四言，是必須有極強的平衡能力

的，或有對平衡的強烈追求慾望。愛寫四言的曹操、嵇康與陶淵明恰恰都是竭力追求平衡、竭力維持自己內心平衡的人。只不過曹操與嵇康求之不得，陶淵明則是求仁得仁。曹操是「憂思難忘」，他如何能求得平衡？嵇康是「狂顧頓纓，赴湯蹈火」，也最終失去平衡。只有陶淵明，做到了「縱浪大化中，不憂亦不懼」。於是，他真的平穩地站住了。

當然，在談陶淵明的幸福與安詳時，必須提到的是，陶淵明的內心往往又是悲涼的，他的人生觀，是建立在悲劇意識之上的。他那篇熱烈而陽光的〈歸去來兮辭〉的最後，就已經告訴了我們：委心任去留的曠達，是因為認識到了人生短暫 —— 寓形宇內能幾時？是因為看到了自己生命的易逝 —— 感吾生之行休。木欣欣向榮，泉涓涓涓始流，天之行健，萬物得時，而人亦當順時委命，縱浪大化。對生命的悲觀意識構成了他人生幸福的平台，這一點也不矛盾，一點也不難理解。恰恰相反，幸福的觀念與感受必須建立在有節制的、理性的、客觀的認識論基礎上，必須建立在對人生整體悲劇性的了悟上。

> 久去山澤遊，浪莽林野娛。試攜子侄輩，披榛步荒墟。
> 徘徊丘壟間，依依昔人居。井竈有遺處，桑竹殘朽株。
> 借問採薪者：「此人皆焉如？」薪者向我言：「死沒無復餘。」
> 「一世異朝市」，此語真不虛！人生似幻化，終當歸空無。
> （《歸園田居》其四）

這是寫人生如夢，終歸於空無。本來，一片廢墟，可能是一個很具體的悲劇 —— 一場很具體的苦難導致一戶或數戶人家「死沒無復餘」。但陶淵明超越這一層面，而直達一般人生的悲劇本質，從而引起我們的感慨、憐憫之情，且是感慨、憐憫我們自身。「井竈有遺處，桑竹殘朽株」，讓我們想起生命曾經的存

在，以及這些生命個體曾經的生活。這些生活曾經是熱烈的、紅紅火火的、有情有義的，有喜怒有哀樂，有追求有嚮往，但在生命歷程的最後，卻是歸於空無，一片荒蕪，一聲嘆息，一滴清淚。這是人生荒謬的典型案例。陶淵明不能不感懷萬端，不能不面對這一真實而殘酷的人生真相。但正由於他能在理性上承認這種荒謬的必然性或不可避免，他又能節制自己的情懷。他的感慨是深沉的，卻又是平和的，而不是激烈偏執的，是體認的而不是控訴的。他與人生的荒謬性相安無事了，然後他才能有餘暇從容不迫地安享當下生活的種種趣味與快樂。

> 白日淪西河，素月出東嶺。
> 遙遙萬里輝，蕩蕩空中景。
> 風來入房戶，夜中枕席冷。
> 氣變悟時易，不眠知夕永。
> 欲言無予和，揮杯勸孤影。
> 日月擲人去，有志不獲騁。
> 念此懷悲悽，終曉不能靜。（《雜詩》其二）

這一首則又寫出了人生的寂寞，「欲言無予和，揮杯勸孤影」。落寞寡歡的詩人形象如在目前。值得注意的是，到了後面，竟憤憤不平起來，以至於「終曉不能靜」。「欲言無予和，揮杯勸孤影」時，還是平和的，感傷的，容忍的，詩的風格也是「靜穆」的。一想到「日月擲人去，有志不獲騁」，生命流逝，而曾經的志向泯沒無成，就滿懷悲悽，而至於「終曉不能靜」，這就頗有些「金剛怒目」的樣子了。這是真實的陶淵明的又一面。人之親切與可愛，往往不在於他的優點，而恰恰常在於他的一些缺點或不足。看到如此通達的靖節先生也有憤憤不平時候，我們會會心一笑，莫逆於心。確實，陶詩平淡自然的風格之外，另有

「金剛怒目」一類。《詠荊軻》之作，正是作者憤憤不平、憤世嫉俗的表現：

> 燕丹善養士，志在報強嬴。
>
> 招集百夫良，歲暮得荊卿。
>
> 君子死知己，提劍出燕京。
>
> 素驥鳴廣陌，慷慨送我行。
>
> 雄髮指危冠，猛氣充長纓。
>
> 飲餞易水上，四座列群英。
>
> 漸離擊悲築，宋意唱高聲。
>
> 蕭蕭哀風逝，淡淡寒波生。
>
> 商音更流涕，羽奏壯士驚。
>
> 心知去不歸，且有後世名。
>
> 登車何時顧，飛蓋入秦庭。
>
> 凌厲越萬里，逶迤過千城。
>
> 圖窮事自至，豪主正怔營。
>
> 惜哉劍術疏，奇功遂不成！
>
> 其人雖已沒，千載有餘情。

此詩顯示出陶淵明的內心仍積聚着大量的心理能量，雖然他那麼善於疏導自己。不公正的社會總是要在人心中積聚大量的不良心理能量。這種不良心理能量，若體現在強梁身上，便是暴力；而體現在陶淵明這樣的文人身上，便是一種文字上的昇華 —— 昇華為對暴政的控訴和反抗，對反抗的讚美與期待。這是最能體現陶淵明「金剛怒目」風格的作品。

但陶淵明終究是關懷人生的。在苦難重重、世風澆薄的時代，他嚮往着和平

寧靜的世道和和睦淳樸的世風。這體現在他的名作〈桃花源記〉中：

　　晉太元中，武陵人捕魚為業。緣溪行，忘路之遠近。忽逢桃花林，夾岸數百步，中無雜樹，芳草鮮美，落英繽紛。漁人甚異之，復前行，欲窮其林。林盡水源，便得一山。山有小口，彷彿若有光，便捨船，從口入。初極狹，才通人。復行數十步，豁然開朗。土地平曠，屋舍儼然。有良田、美池、桑竹之屬。阡陌交通，雞犬相聞。其中往來種作，男女衣着，悉如外人。黃髮垂髫，並怡然自樂。見漁人，乃大驚。問所從來，具答之。便要還家，設酒殺雞作食。村中聞有此人，咸來問訊。自云先世避秦時亂，率妻子邑人，來此絕境，不復出焉，遂與外人間隔。問今是何世，乃不知有漢，無論魏晉。此人一一為具言所聞，皆嘆惋。餘人各復延至其家，皆出酒食。停數日，辭去。此中人語云：「不足為外人道也。」

　　既出，得其船，便扶向路，處處誌之。及郡下，詣太守，說如此。太守即遣人隨其往，尋向所誌，遂迷，不復得路。

　　南陽劉子驥，高尚士也。聞之，欣然親往，未果，尋病終。後遂無問津者。

文中所記述的桃花源，即使在那個時代可能有類似的地方，也不能否認陶淵明虛構的特點。這種理想化的社會，可以上溯至老子的「小國寡民」理想，又明顯帶上了陶淵明自己心靈的色彩。「有父子，無君臣」，人與人之間沒有了階級、國家、體制等的社會關係，而只有建立在血緣基礎上的淳樸的道德關係。這是對「家」的肯定，更是對「國」的否定。這是心造的世界，是美的世界、善的世界，卻不是「真」的世界。「真的世界」就是「外人」的世界，是包括陶淵明自己在內，漁人、太守、劉子驥以及所有人的世界，這個世界卻是醜的，惡的，混亂無

道的，弱肉強食的，道德敗壞的。在對桃花源作詩意描寫之後，我們可以想像到的是，陶淵明擲筆於地，一聲浩嘆！

## 六

　　種豆南山下，草盛豆苗稀。晨興理荒穢，帶月荷鋤歸。

　　道狹草木長，夕露沾我衣。衣沾不足惜，但使願無違。

　　（《歸園田居》其三）

　　我注意到了這首詩中的三個圓形意象：豆、露、月。它們代表了陶淵明生活中的三種境界：豆代表着現實生活的圓滿，露代表着道德上的純淨，而月則代表着精神世界的高超。梭羅在他的《湖濱散記》中問自己：「我為什麼喜歡種豆？」然後他自答：「只有上帝知道。」假如有人問：陶淵明為什麼喜歡種豆？我會回答：我知道。只是，欲辯已忘言。

# 沒安好心

　　謝靈運（385 年至 433 年），陳郡陽夏（今河南太康）人。東晉名將謝玄之孫。襲封康樂公（入宋後降為康樂侯），故世稱謝康樂。又因小時曾寄養他家，稱「客兒」，人又稱「謝客」。又與謝朓並稱「大小謝」，而單稱「大謝」。曾任永嘉太守、侍中、臨川內史等職，後因起兵反叛被殺於廣州。他是第一個大力模山範水的山水詩作家，對掃蕩「淡乎寡味」的玄言詩有莫大功勞，在詩歌形式的探索上也有相當貢獻。

　　文學史家喜歡強調陶淵明與謝靈運的不同，是的，他們的為人風格與為文風格都有極大的不同。由於陶淵明的傑出成就與崇高地位，把謝靈運與他放在一起比較，本來就不大公平。況且他們倆風格既不同，以讀陶之眼光與趣味來讀謝，當然格格不入。葉嘉瑩教授就提到過，不能用欣賞陶詩的方法來欣賞謝詩。清之沈德潛在《古詩源》中也提到，陶詩之不可及處在真、在厚，謝詩之不可及處在新、在俊。真而厚，是合乎中國詩審美的傳統的；新與俊，則是突破了傳統。大謝費了不少力去突破，卻不大討得好。當然這是指從趙宋至今。趙宋以前，尤其是他生前，他的詩名是了不得的，他在老家始寧寫詩，一傳到京城，貴賤莫不傳寫。連皇帝見到他，都要先問他最近又有什麼新作。京城裡那一幫附庸風雅之徒、詩歌愛好者，更是伸長脖子等待他的大作傳來，他的新作出現之日成了京城人的節日。那時候，除了會稽郡的謝大詩人，誰還知道在廬山腳下的潯陽柴桑，有一位自稱「五柳先生」的陶潛也在寫詩？陶淵明與謝靈運，這兩個同時代的詩

人，在文學史上的地位，如同在玩蹺蹺板：這個上來那個就下去，這個下來那個就上去。當初謝靈運高高在上，陶淵明簡直低得沒了影兒；趙宋以後陶淵明上來了，謝靈運卻一直沒能抬頭。他一生都憤憤不平，若死後有知，這一點不知會令他多麼憤慨。

在我看來，陶與謝之最大區別，在於陶已安好他那顆心，而謝則沒安好心 —— 這話有點歧義，不過有點歧義正好。他既沒有安頓好自己這顆心，從而這顆心永在浮躁，使得他「多愆禮度」，「猖獗不已，自致覆亡」（《南史·謝靈運傳》），同時，他在有些時候也真是對人對事不安好心。比如，他既不能夠拋官不做，卻又不好好做官，在做永嘉太守時，就只顧自己「肆意遊遨」，而「民間聽訟，不復關懷」，這樣不關心民間疾苦，大概不能算是好官，好人也算不上。（我們不要求他有終極關懷了，承擔社會良心與公理了，即以最基本的要求看，「不在其位，不謀其政」，他在其位，也不謀其政，如此不負責任，輕忽職責，他能算好人？）徐九經說，當官不為民做主，不如回家賣紅薯。這話送給他正合適。

他豈止不關心民間疾苦？他有時簡直是地方一霸。他因父祖遺產，生業甚厚，本來已是養尊處優，鐘鳴鼎食，衣輕策肥，卻還是不知饜足，不斷鑿山疏湖，功役無已。為擴充田產，他甚至不惜破壞生態，剝奪民生。他竟通過宋文帝，讓會稽太守孟顗把會稽郡東面的回踵湖放了水，讓他做良田。孟太守因此湖離城很近，「水物所出，百姓惜之」，堅決不給他。他又要另外一個湖，孟太守也犟上了，還是不給。他就攻擊人家，說孟不是愛惜百姓，而是因為自己信佛，不願傷害湖中水族生命。我想，這件事顯然是謝詩人不對。孟太守不管動機如何，保住這兩個湖，對當地老百姓而言，還是有好處的，誰知道有多少百姓賴湖而生呢！孟太守的動機可能不是愛護百姓，但他這樣做的客觀結果，卻確實是有益於百姓，而謝詩人這樣做，定是不愛惜百姓，有害於百姓。所以我說謝靈運沒

安好心。

　　後來孟告他有「異志」，圖謀不軌，擺出要逮捕他的架勢，嚇得他趕緊進京，伏闕上書，可憐兮兮地稱自己是一介文人、隱士，歷史上哪有這類人造反的？文帝不殺他，卻也不讓他再回會稽，讓他做臨川內史。到了新地方，舊態卻不改，依然是遊放不止，又為有司所糾，要逮捕他。這次他自己大約都厭煩自己，乾脆拉起旗子造反。兵敗被捕並流放廣州，不久在廣州被殺。

　　從這件事可以看出，孟說他有「異志」，那是誣告；但他沒安好心，倒是真的。一個大詩人，談起玄理佛法，頭頭是道，最後卻為爭一湖而送命，說是「貪夫徇財」亦未嘗不可。所以謝靈運的境界，比起陶淵明，確實差了一截。

　　要說對體制的不適應，謝靈運比陶淵明更甚。陶雖不適應，但其性格尚不至於如謝那樣驕躁。他有些事還有得商量，比如在彭澤縣當縣令，公田一百畝，他一開始要全種上秫，以便釀酒，說：「吾嘗得醉於酒足矣。」但他妻子固請種稉，他也就五十畝種秫，五十畝種稉，向妻子讓步。《責子》詩前面痛斥五個兒子不肖，但最後卻是這樣的兩句：「天運苟如此，且進杯中物。」打孩子的手又收回來，端起了酒杯了。王弘要見他，他不願意見，但王弘在路邊擺酒誘他，他就酒也喝了，人也見了，並不為忤。自家釀酒，酒熟，手邊無漉酒的工具，便從頭上解下葛巾漉酒，漉畢，再把葛巾盤回頭上。他好像無可無不可。他知道很多事並非你死我活，非要斬盡殺絕不可。所以，他與世道人心的衝突也就比較平和，其間還有較大的周旋餘地，這餘地，就夠他逍遙了。

　　謝靈運則不然。他皎皎易污，嶢嶢易折。他與劉裕不合，與劉義符不合，與劉義隆還不合 —— 三個皇帝他得罪完了。而他們卻都還想籠絡他。他又「構扇異同，非毀執政」，與徐羨之等人結仇。他與孟顗不和，與御史中丞傅隆不和，與臨川郡上上下下不和 …… 他總是與人衝突，且他與別人的衝突又總是太尖太銳，事情又總是做得太絕，所以結果總是大挫大折。他的性格缺少彈性，他的為

人處世缺少迴旋空間。他做什麼事都往極端的路上走，這種彈性的缺乏和空間的逼仄，是他一生的悲劇。

這又正好形成他詩歌的特色 —— 繁複。景物繁複，意象繁複，詞彙繁複，甚至用字他都喜歡筆畫繁複的。讀他的詩，我們感到壓迫，有時有喘不過氣來的感覺。他的詩中，空間太逼仄了，不像陶淵明那樣疏疏朗朗，有透氣感。詩境的繁複與他內心中對這個世界的繁難感受有關。實際上，我們可以把他的詩歌看成是他追求彈性空間的心靈記錄：山水的搜尋，乃是心靈對空間渴求的外化；談玄奉佛，則是他試圖增加自己性格彈性的努力。

但奇怪得很，他的這種努力竟然也是貪得無厭而走上極端的：他對山水的搜尋，像是一個瘋子 —— 在永嘉做太守，竟然「肆意遊遨，遍歷諸縣，動逾旬朔。民間聽訟，不復關懷」。在朝廷做秘書監，天子眼皮底下，他也竟然「出郭遊行，或一日百六七十里，經旬不歸。既無表聞，又不請急（假）」。在老家賦閒，他帶着百多位義故門生加僕從，「尋山陟嶺，必造幽峻，崖嶂千重，莫不備盡」。他曾從始寧南山出發，「伐木開徑，直至臨海」，把臨海太守王琇嚇了一大跳，以為來了一群山賊。他就這樣毫無節制，「遊娛宴集，以夜續晝」（以上引文皆出《宋書‧謝靈運傳》）——《古詩十九首》作者所豔羨的那種生活，他是過上了。可惜他毫不快活。這樣無節制地搜求山水，我們看得出他內心的燥熱。他實際上已不是在從容地遊山玩水，而是在迫切地尋找一種能使他心靈平衡的東西。這東西怎能外求？它是一種自我調節的能力，是一種「安心」的功夫。可惜的是，他缺少的就是這樣一種能力和功夫。

我們從謝靈運的行為和他的詩作及其中大量充斥的玄理中，可以看出他為了「安心」是如何努力，但卻不見其努力的結果。他說他已經「安心」了，他說「持操豈獨古，無悶徵在今」。但他真的有這樣的操行嗎？真的能做到「遁世無悶」嗎？不要說我們不相信，他自己怕也不信。對陶淵明，我們覺得他可愛可

敬，還可羨可慕，但對謝靈運，有時我只覺得他可憐。他把自己弄得首鼠兩端，東奔西突，四面出擊，直至疲憊不堪，卻最終也沒有突出一條生路。他永不停歇地尋找 —— 是的，陶淵明的生活與心態都以「靜」為特徵，而他則是永無休止的「動」，窮折騰，不，富折騰 —— 可折騰到最後，仍然兩手空空，心中空空，他自己都失望，都厭煩，他活膩了。他遊山玩水，竟然一日百六七十里，這哪裡還是遊玩，這簡直是在賽跑，是和自己煩躁的心賽跑，想把它丟在後面。他這樣瘋跑，既是在向未知的快樂追尋，又是對此在的生活的逃逸：他永遠生活在別處。他不能安心，此在也就不能安身。陶淵明是安於現狀的。謝靈運則不能有片刻的安歇，此在的一切都讓他心煩，他要跑起來，在跑動中抖落一身煩惱。但最後，他跑不動了，他自認失敗，乾脆自殺性地打起叛旗。他哪裡是在和別人較量衝突？他是在和自己較量衝突。哪裡是別人殺了他？他是自殺的。

我們大談陶謝之不同，那主要是他們倆在性情上的不同、修養上的不同。在思想層面上，他們是有大相同的：他們在價值追求上是相同的。不管謝靈運實際上對功名富貴多麼嚮往，在價值層次上，他仍然贊成對世俗富貴的超越。他詩中有些句子，和陶淵明如出一轍：

| 謝詩 | 陶詩 |
|---|---|
| 慮淡物自輕，意愜理無違。<br>（《石壁精舍還湖中作》） | 問君何能爾，心遠地自偏。<br>（《飲酒》其五） |
| 羈雌戀舊侶，迷鳥懷故林。<br>（《晚出西射堂》） | 羈鳥戀舊林，池魚思故淵。<br>（《歸園田居》其一） |
| 虛館絕諍訟，空庭來鳥雀。<br>（《齋中讀書》） | 戶庭無塵雜，虛室有餘閒。<br>（《歸園田居》其一） |

這是隨意撿出的幾句，未做全面和細緻的檢點，但已足可見出兩人的共同思考。他們倆是沒有交往的（陶年齡也比謝大二十歲），他們倆生活的差異更是迥若雲

泥。但詩中的相似點這麼多，確實令人驚訝 —— 謝的《齋中讀書》與我們上文曾引述過陶的《讀山海經》（「孟夏草木長」）更是通篇立意相近，取象相似。我們只能說，面對同一個時代，一流詩人在感受上是相同的。對體制的警惕，對個人自由的維護，是他們倆共同的價值堅持。

說謝靈運是一流詩人，應該是沒有問題的（不過可能有不少文學史家不同意）。從中國文學史上講，像他這樣開拓一種詩題材，並在形式上有多方面探索，從而標誌着審美理想的一個轉折 —— 這個轉折的轉向指示牌直指唐詩 —— 的詩人，中國歷史上不多。唐人貶低六朝，但是對謝靈運很尊重（這些純學術的話題此處不贅）。從傳統道德觀念的標準看去，他的人格不很高尚，他作詩抒情也不很真誠，但像他這樣性格的人，造假作偽也破綻多多，甚至赤裸裸而無遮無掩。看他大言不慚、高談闊論，並還以為別人真信了他，也有天真可愛處。他好歹不是大騙子，他只是好說大話，好吹牛。這話頭也暫時按下不提，這裡只特別點出他的山水詩說一說。

我們先看看他的一首名作《登池上樓》：

> 潛虯媚幽姿，飛鴻響遠音。
> 薄霄愧雲浮，棲川怍淵沉。
> 進德智所拙，退耕力不任。
> 徇祿反窮海，臥痾對空林。
> 衾枕昧節候，褰開暫窺臨。
> 傾耳聆波瀾，舉目眺嶇嶔。
> 初景革緒風，新陽改故陰。
> 池塘生春草，園柳變鳴禽。
> 祁祁傷豳歌，萋萋感楚吟。

索居易永久，離群難處心。

持操豈獨古，無悶徵在今。


這是謝靈運最出名的一首詩，作於他任永嘉太守之時，時在景平元年（423 年）春天。他是頭一年的秋天，受徐羨之的排擠，出為永嘉太守的。晉宋易代，於晉有大功勞的謝氏家族受到抑制打擊，謝靈運由康樂公被降為康樂侯，生性高傲的謝靈運對劉宋政權心懷不滿是必然的。問題是，他還讓這種不滿變成明顯的，甚至是公開的，於是，劉宋的幾任皇帝，他都得罪了，掌握朝政大權的權臣，他更是結怨了。於是，君臣聯手收拾他，幾乎是必然的結果。

朝廷變成了他的煩心地、傷心地，山水就自然成為他舒憂解悶的第一選擇。所以，去風景秀麗的永嘉，於徐羨之等人而言，當然是對謝靈運的懲罰，但對謝靈運而言，未必不是他之所願。總是不會處理人際關係從而人事緊張的謝靈運，與山水為伴，應該是一個不錯的選擇。可惜的是，他處理自己與山水的關係同樣並不成功。他太自我中心了，太刻意了。我們來看看這首詩 —— 不，看看他與永嘉的山水之間的關係。

此詩很明顯地分為三層：一層敘事，從開頭至「褰開暫窺臨」；一層寫景，從「傾耳聆波瀾」至「園柳變鳴禽」；最後一層六句是議論。敘事乃敘自己進退失據的矛盾心境：仕不如飛鴻而隱不及潛虬，用飛鴻之遠音響徹來比喻飛黃騰達，用潛虬之幽姿自媚來比喻遁世無悶，是典型的比興手法。但問題在於他這兩者都做不好：謀求官場發達，他智力不足；退隱田園躬耕，他體力不夠。看這幾句話，他挺謙虛的。但謝靈運從來不會謙虛，他一謙虛，我們就要小心：他是在說牢騷怪話，是在冷嘲熱諷，是在用私下裡的嘀嘀咕咕報復別人對他的排擠與貶抑。當然，他自己知道，像他這樣的大詩人，私語總會變成公共話語，被他嘀咕的人就會成為大眾（包括當代的和未來的）的笑料甚至敵人。所以他那兩個看似

自我反省的字，「愧」和「怍」，實際上是針對他人的「怒」與「恨」—— 是的，謝靈運是有一些小人的德性的。

接着，他說到，他終於在窮海之地，做永嘉太守，卻又一病一冬，臥床不起。他又說這是在「徇祿」，是追逐祿位，故意把自己說得不堪，好像是在自嘲，卻顯示出他的做作。他是希望我們在轉幾個彎子之後，得出他此時清高而又無奈的結論。清高是他的品格，無奈是他的遭際。既表彰了自己，又醜化了政敵。他作為一個有着高超語言技巧的詩人，目的應該是達到了。到此時，大家應該看得出來，謝靈運的內心是充滿塊壘的，需要有消除塊壘的東西，那就是山水了。這就自然過渡到下一層。

在一冬不起之後，某一天，也許是在別人的提醒與建議下，他無聊賴地拉開窗簾，卻有意想不到的收穫：他的感覺恢復了，精神復活了，甚至病也好了 —— 他遠眺青山，遙聞海濤，觀池塘青草之生，聆園柳黃鶯之鳴，終於引發感慨，對人生有一番徹悟。寫景中的「池塘生春草，園柳變鳴禽」，是他的名句，他自己得意，後人也激賞。葉夢得《石林詩話》說：「此語之工，正在無所用意，猝然與景相遇，藉以成章，不假繩削，故非常情所能到。」姜夔《白石道人詩說》曾說詩有四種高妙，其四是「非奇非怪，剝落文采，知其妙而不知其所以妙，曰自然高妙」。謝靈運這兩句，就是這種「自然高妙」吧。鍾嶸《詩品》「顏延之」條引湯惠休的話說「謝詩如芙蓉出水」。鮑照也有類似的「謝公詩如初發芙蓉」的議論（《南史》）。事實上，謝靈運的詩從總體上看是頗雕琢的，感情也是頗不自然、頗不真誠的。像這一首詩，真的就這兩句出於自然。其他的描寫並不清新，更不自然。而第三部分的議論，就給人言不由衷之感。這種生硬近乎蛇足的議論，帶着明顯的情緒，卻說着「無悶」的高調，不僅是抒情上的矯情，而且是議論上的假大空，被後人稱為「玄言的尾巴」，招致一片批評。

就全詩來看，事、景、情的結合並不十分自然，尤其是從「池塘生春草，園

柳變鳴禽」的春光怡人，突然轉入「祁祁傷豳歌，萋萋感楚吟」的「傷感」，是了不相關而強作高明。「持操豈獨古，無悶徵在今」的自我稱許，也只會讓讀者掩口而笑。堆砌辭藻、雕琢失真的弊病也不免。且全詩除了「衾枕昧節候，褰開暫窺臨」外，都用偶句，平板少變，滯澀不暢。「祁祁傷豳歌，萋萋感楚吟」兩句用典，卻只為表出「歸」之一字，也顯得賣弄得太笨太費力氣。

總之，就題材開創和形式創新而言，謝靈運雖差可與陶淵明比肩，但若論單篇質量和總體藝術成就，如情、景、理的圓融無礙，人格與詩格的渾然一體，他怕還不能望陶之項背。

不過，我們必須指出的是，謝靈運雖然在縱情山水時仍然不忘「飛鴻響遠音」（《登池上樓》），以至於山水不足娛其情，名理不足解其憂，但他畢竟用他遊蕩在山水之間的身影指出了一個方向，那就是和凶險的社會相對立的和諧而可親近的生機盎然的自然山水。自然在建安詩人那裡是兇惡的，是社會兇惡的陪襯和幫兇，一如曹操在《苦寒行》和曹植在《贈白馬王彪》中所描寫的。一直到陸機，我們看他的《赴洛道中作》，自然也是令人厭惡的，是令人退避的，是人生險途的徵兆。但在謝靈運那裡，自然卻是心靈的益友了：「清暉能娛人，遊子憺忘歸。」（《石壁精舍還湖中作》）不但能由迷戀而忘歸，而且還能啟發心智，安慰心靈：「觀此遺物慮，一悟得所遣。」（《從斤竹澗越嶺溪行》）應該說，他是第一個發現山水的美感的。他雖然沒有說山水「可居」，但他指出了山水的「可遊」，並在山水的美感與人的心靈之間，架起了第二條山水與人之間互通的橋樑（第一條橋樑是孔子架設的）。

在這之前，一些哲人談到過山水，比如孔子，他就說過「仁者樂山，智者樂水」之類的話。但孔子的山水往往是倫理道德的象徵，孔子由此架起了人與山水相通的第一道橋樑，即山水的「以形媚道」與人內心的道德情操之間的橋樑。在中國歷史上，總有一些人隱於山水。但隱於山水的原因正是看中了山水的兇惡，

因為山水的兇惡恰可襯顯隱者的道德崇高。山水在這些隱者那裡是沒有美感而只有道德感的，也就是說，他們和孔子一樣，是只有第一道橋樑的。如首陽山上的伯夷、叔齊，阮籍所遇的蘇門山上的無名氏真人「蘇門先生」，嵇康所遇的汲郡山上的孫登。伯夷、叔齊至採薇而食終於餓死，阮籍所遇的蘇門先生的全部生活資料也只是「有竹實數斛，杵臼而已」（劉孝標注《世說新語‧棲逸》引《魏氏春秋》）。這些都是通過山水的兇惡來反襯隱者的道德的。這種道德化的山水，及其以自身的凶險對人所做的道德考驗，我在上一篇談陶淵明時也有涉及。正如陶淵明不是去描寫田園生活的艱辛而是描寫田園生活的美一樣，謝靈運向我們展示的，也是山水之美。雖然他不至於真正歸隱山水，但山水之美經他闡發卻深入人心了。也就是說，他架設了人與山水相通的又一橋樑：孔子的是倫理的橋樑，他的卻是美學的橋樑。倫理的山水使我們敬畏，而美感的山水卻可供我們退避棲身。

# 迷者之歌

　　鮑照是和謝靈運齊名的詩人，我這樣說好像是鮑照沾了謝靈運的光，其實，在「元嘉三大家」裡，若按詩歌創作的成就排名，應該是鮑照第一，謝靈運第二，顏延之第三。但謝靈運是多麼有身份的人啊，他是康樂公、康樂侯，是有爵位的。那時代，皇帝都輪流做，走馬燈似的，但這王、謝兩大家族，卻是常青的不老松，誰當皇帝誰都要依賴着這兩個家族。所以，他生前雖不得意，或者說，不如他的意，但他卻仍然是煊赫的、為人注目的。由於他開創了山水詩的傳統，在文學史上他也是被人不斷提及而臉特熟的。鮑照則是一個下層庶族小地主，「才秀人微」，「取湮當代」（《詩品》中）。當謝靈運的詩篇萬眾傳誦、「貴賤莫不傳寫」之時，鮑照寫完詩，卻要謙恭萬分地「貢詩言志」，把詩獻給臨川王劉義慶，冒着「輕忤大王」的風險，才有可能得到賞識。好在他的詩還真的得到了愛好文學的劉義慶的稱奇，並「賜帛二匹」（《南史‧鮑照傳》）。他哪裡能比得上謝靈運的風光？這真是鮑照所憤憤不平的 ——「才之多少，不如勢之多少遠矣！」（〈瓜步山揭文〉）

　　有了這樣大的生活上的差異，思想上的差異也就在所難免。比如謝靈運是豪奢的，對貴族化的東西往往是生活在其中、享受在其中，而又流露出不屑與否定的。鮑照卻是「身地孤賤」（鮑照〈拜侍郎上疏〉），並對貴族的豪奢生活流露出無限豔羨而又不加掩飾的。這又使他與左思劃出一個界限來。左思出身庶族，但他的世界觀、價值觀則宛然是士族的，雖然骨子裡十分熱衷仕進，追名逐利，但

嘴上卻不斷地說着淡泊，鼓吹着「功成身退」。而鮑照則真正是庶族思想與價值觀的代表：不滿所處的地位，迫切地要求改變，熱切地追逐富貴。這是鮑照文學的重要意義之所在，典型意義之所在。與此同時，他也就顯得比左思更為真誠而真實。在「詩言志」的基本原則下，鮑照的詩，也就有了更加充沛的激情 —— 因為他是寫他內心真實湧動的情感與追求，而沒有矯情。事實上，如果說，在那個淡乎寡味的玄言詩大行其道的時代，陶淵明以田園詩與之對抗，謝靈運以山水詩與之對抗，而鮑照，則是以自己的激情重現了文學的本質，重現了文學的魅力。相對於陶淵明、謝靈運的以題材勝，鮑照的激情，才是當時文學最為缺少的東西。

我們看他寫自身的潦倒：

> 湮沒雖死悲，貧苦即生劇。
> 長嘆至天曉，愁苦窮日夕。
> 盛顏當少歇，鬢髮先老白。
> 親友四面絕，朋知斷三益。
> 空庭慚樹萱，藥餌媿過客。
> 貧年忘日時，黯顏就人惜。
> 俄頃不相酬，恧怩面已赤。
> 或以一金恨，便成百年隙。
> 心為千條計，事未見一獲。
> 運圮津塗塞，遂轉死溝洫。
> 以此窮百年，不如還窀穸。（《代貧賤苦愁行》）

鮑照存詩二百多首，樂府詩有八十多首，而這首詩雖名曰「代……」，一不小

心，還以為又是樂府舊題，其實「貧賤苦愁行」並不見於《樂府詩集》，可見是他的自創，自創而曰「代」，又可見「貧賤苦愁行」是他心中耿耿不能忘懷的人生之痛。開首「湮沒雖死悲，貧苦即生劇」，結尾「以此窮百年，不如還窀穸」，總是申述人生貧賤苦愁，還不如一死了之。而中間所寫的貧苦尷尬之狀，也「非身歷者不能道」（蕭滌非《漢魏六朝樂府文學史》）。可見他雖然也偶然以儒家思想自寬慰，「自古聖賢盡貧賤，何況吾輩孤且直」（《擬行路難》其六），但他是不甘的、不願的、不服的。

> 瀉水置平地，各自東西南北流。
> 人生亦有命，安能行嘆復坐愁？
> 酌酒以自寬，舉杯斷絕歌路難。
> 心非木石豈無感，吞聲躑躅不敢言。（《擬行路難》其四）

心非木石，豈能無感於人生窮愁，無感於世道不公？只是因為「不敢言」，而「吞聲躑躅」而已！

我們再看看他在詩中表現出的對富貴的豔羨和貪戀 —— 這是一般人都要加以掩飾而他卻大言不慚的 ——

> 一身仕關西，家族滿山東。
> 二年從車駕，齋祭甘泉宮。
> 三朝國慶畢，休沐還舊邦。
> 四牡曜長路，輕蓋若飛鴻。
> 五侯相餞送，高會集新豐。
> 六樂陳廣坐，組帳揚春風。

七盤起長袖，庭下列歌鐘。

八珍盈彫俎，綺餚紛錯重。

九族共瞻遲，賓友仰徽容。

十載學無就，善宦一朝通。（《數名詩》）

除了最後兩句有些憤怨（其實也夾雜着更多的豔羨）外，那種對車騎、宴飲、歌舞等物質享受的充滿嘆慕的描寫，對「家族滿山東」、「休沐還舊邦」、「九族共瞻遲，賓友仰徽容」的成就感及虛榮心的滿足等等，都全不似傳統士人的口吻，而完全出於一般市井人的心理。這是典型的下層人、普通人的眼光與理想，在中國古代詩人那裡，我們很少看到這樣的眼光與趣味 —— 不是他們沒有這樣的眼光、趣味與追求，而是他們都掩飾了這種趣味，也就是說，從道德價值觀上說，我們的傳統知識體系與價值體系是貶低這些的，是把個人的富貴追求看作是低層次的追求的，所以，人們總是掩飾自己的這種追求。左思說：「功成不受爵，長揖歸田廬。」（《詠史》其一）這才是傳統的價值體系肯定與讚賞的，也是對我們的要求 —— 一方面要我們立功，所謂「君子之仕也，行其義也」（《論語·微子》），另一方面又要我們拒絕個人富貴，免得這種個人的利益追求玷污了、損害了公益的追求。

可是鮑照的趣味就是下層的，因而是活潑潑的、真實的，我們看他的《代白紵舞歌辭》其二：

桂宮柏寢擬天居，朱爵文窗韜綺疏。

象床瑤席鎮犀渠，雕屏匽匝組帷舒。

秦箏趙瑟挾笙竽，垂璫散佩盈玉除。

停觴不御欲誰須？

你看他筆下的事物，哪一樣不金碧輝煌、流光溢彩？《詩品》說他「險俗」，固是確評。他就是俗，他的世界觀、他的審美觀、他的趣味都是「俗」，而且那麼理直氣壯，俊逸、壯麗、豪放，「如餓鷹獨出，奇矯無前」（《敖陶孫詩評》），「發唱驚挺，操調險急，雕藻淫豔，傾炫心魂」（《南齊書·文學傳》）。他就熱愛這些俗豔的東西，富貴的東西，感性的東西，物質的東西。

我們再看他的《擬行路難》其一：

> 奉君金卮之美酒，瑇瑁玉匣之雕琴，
>
> 七彩芙蓉之羽帳，九華蒲萄之錦衾。
>
> 紅顏零落歲將暮，寒光宛轉時欲沉。
>
> 願君裁悲且減思，聽我抵節《行路》吟。
>
> 不見柏梁銅雀上，寧聞古時清吹音？

寫人生的華麗與心底的悲涼。他鋪排華麗之時，早已心如死灰，但他心如死灰之時，仍舊鋪排華麗！這就是生命力！

就題材言，鮑照不僅寫出了自己的人生歷程，而且他還創作了大量的邊塞詩和宮體詩。他的邊塞詩是中國邊塞詩史上重要的一環，他是唐朝邊塞詩前最值得珍視的作家。他還創作了大量的豔情詩，寫女性的情與態，寫情慾，寫體貌。大膽而露骨 —— 他筆下的女子，也是富於激情的。他的這些豔情詩，又是梁陳宮體詩的前聲。一個熱心於江山塞漠的人也醉心於宮廷閨闈，這似乎不大和諧，其實卻十分合乎邏輯。因為無論是邊塞，還是閨闈，都是最能激發生命衝動的地點；無論是敵人，還是美人，又都是最能讓人熱血沸騰的對象。鮑照是一個生命力特別強大的人，是一個激情澎湃的人，他需要殺戮與征服，需要死亡與愛戀 —— 馬背與女人的玉胸，是他的天堂。而死亡與生殖，最能攪動他的熱血。

我們選一首他的豔情詩看看，《代淮南王》其二：

> 朱城九門門九閨，願逐明月入君懷。
> 入君懷，結君佩，怨君恨君恃君愛。
> 築城思堅劍思利，同盛同衰莫相棄。

你看這樣的女子，是不是柔情似水更熱情似火？

就體裁言，鮑照亦有大貢獻。其一，是他的「樂府詩」創作成就非凡。蕭滌非《漢魏六朝樂府文學史》第五編「南朝樂府」中為之單列一章：「第四章，漢樂府大作家鮑照」，稱讚鮑照的樂府詩在南朝「猶之黑夜孤星，中流砥柱」，並比較當時三大詩人陶淵明、鮑照、謝靈運說「以詩言，陶鮑謝三家，後先鼎足，以樂府言，則當讓鮑照獨步」。蕭滌非把鮑照稱為「漢樂府大作家」，乃是因為「明遠樂府，其意識體裁，皆與兩漢感於哀樂，緣事而發者為近，而與當時（南朝）蕩悅淫志、暄醜之制實相遠」。

其二，是他在七言詩創作上的貢獻。可以說，七言詩到了他，不僅被大量使用，而且幾乎成熟。他可能僅僅想尋找一種新節奏來宣泄他的感情，七言詩這種一挫三折的新節奏較之五言的平穩，更多一種流轉與頓宕，而這與他內心充沛的激情是相宜的。所以我們這樣說：七言不是他的試驗物，而是他心靈的自然反映，所以，對於七言，他幾乎是一用便自然，便流暢，便成熟。他之用七言，正如李白之用古風，是外在的形式契合了內在的心靈。對了，說到李白，我有必要點一下，李白的看家本領，即來自於鮑照。

在鮑照的那個時代，陶淵明轉向了田園，謝靈運遊蕩於山水，他們對這個世界，一個是淡泊相忘，一個是厭惡相煩，他們給這個世界的，是背影。他們是那個時代的「悟者」，他們看穿了，看厭了，也就心冷了。可是，詩人都遠離了

去，還有誰對這個世界、對人生、對人的生活保持着那一份關注與追陪？此時的鮑照，就顯得非常重要了，他是一個名副其實的「迷者」，迷戀着這個世界上的一切光怪陸離，一切花花綠綠。世道紅塵滾滾，鮑照情慾深深。而且他在才華上、藝術上又如此毫不遜色。那時代的三支筆，一支寫田園，一支寫山水，一支寫社會；一支寫兩相忘，一支寫兩相煩，一支寫兩相纏。有淡泊的，有厭惡的，他們都想抽身而出，但這邊還有一個羨慕的，他卻投身而入，他是面向世界的。陶淵明說「密網裁而魚駭，宏羅制而鳥驚，彼達人之善覺，乃逃祿而歸耕」（〈感士不遇賦〉），他寫出了世道的凶險與骯髒，為了全身，他退出了。而鮑照則正相反：「凌燋煙之浮景，赴熙焰之明光。拔身幽草下，畢命在此堂，本輕死以邀得，雖糜爛其何傷，豈學山南之文豹，避雲霧而巖藏」（〈飛蛾賦〉），輕死邀得，死而不悔，以身殉利，堂皇不慚。「君子樹令名，細人效命力，不見長河水，清濁俱不息。」（《行京口至竹里》）這是一種蓬勃的生命力，世道雖然黑暗，但並不是所有的生命都雌伏以避，還是有強韌者搏擊其中：「颭戾長風振，搖曳高帆舉，驚波無留連，舟人不躊竚。」（《代棹歌行》）人生風波固然險惡，但君子仍然自強不息。鮑照向我們展示了來自下層的活力，這是一個社會不死的保障，是生活之河不會停滯的保障，當上層社會對人生厭倦時，下層社會仍然充滿着對人生的渴慕；當上層社會對一切醜陋麻木，並從中獲益，或對之絕望而「懷寶迷邦」時，下層社會的反抗就是社會進步的動力。我們看到當陶淵明描寫着他的淡泊無爭，謝靈運在竭力表達着他的遁世無悶時，鮑照在他的詩歌裡表達着他的憤怒，因為他對這個社會還在生氣，所以，不僅他的作品虎虎有生氣，而且也顯得這個社會尚有生氣。當「悟者」（陶謝都自稱是「悟者」）抽身而去，棄世界如棄敝屣時，「迷者」如鮑照，就成了這個世界中真正的戰士。他歌唱的，才是真正的戰歌。他可能不夠純潔，但是，這個世界有時候不需要純潔的嬰兒，而需要血污斑斑的戰士。

# 南方和北方的女人

學者的文學史，往往是寫得冷靜、客觀而面目嚴肅的，但我們看看這一段：

> 人類情思的寄託不一端，而少年兒女們的口裡所發出的戀歌，卻永遠是最深摯的情緒的表現。若游絲，隨風飄黏，莫知其端，也莫知其所終棲。若百靈鳥們的歌囀，晴天無涯，惟聞清唱，像在前，又像在後。若夜溪的奔流，在深林紅牆裡聞之，彷彿是萬馬嘶鳴，又彷彿是松風在響，時似喧擾，而一引耳靜聽，便又清音轉遠。他們輕唱，輕得像金鈴子的幽吟，但不是聽不見。他們深嘆，深重得像餓獅的夜吼，但並不是怖厲。他們歡笑，笑得像在黎明女神剛穿了桃紅色的長袍，飛現於東方時，齊張開千百個大口對着她打招呼的牽牛花般的嬉樂。他們陶醉，陶醉得像一個少女在天陰雪飛的下午，圍着炭盆，喝了幾口甜蜜的紅葡萄酒，臉色緋紅得欲燃，心腔跳躍得如打鼓似的半沉迷、半清醒的狀態之中 …… 總之，他們的歌聲是永久的人類的珠玉，人類一天不消滅，他們的歌聲便一天不會停止。

這是鄭振鐸先生《插圖本中國文學史》中的一段話，評論的是南朝樂府詩。顯然，他面對以下這些詩句，有些情不自禁 —— 面對這樣的詩句，我們誰又能無動於衷？

宿昔不梳頭，絲髮被兩肩。婉伸郎膝上，何處不可憐。

始欲識郎時，兩心望如一。理絲入殘機，何悟不成匹？

今夕已歡別，合會在何時。明月照空局，悠然未有期。

年少當及時，蹉跎日就老。若不信儂語，但看霜下草。

誰能思不歌，誰能飢不食。日冥當戶倚，惆悵底不憶？

夜長不得眠，明月何灼灼。想聞散喚聲，虛應空中諾。

儂作北辰星，千年無轉移。歡行白日心，朝東暮還西。

（以上《子夜歌》）


淵冰厚三尺，素雪覆千里。我心如松柏，君情復何似。

塗澀無人行，冒寒往相覓。若不信儂時，但看雪上跡。

寒鳥依高樹，枯林鳴悲風。為歡憔悴盡，那得好顏容？

炭爐卻夜寒，重袍坐疊褥。與郎對華榻，弦歌秉蘭燭。

（以上《子夜四時歌·冬歌》）


還有如：


黃葛生爛熳，誰能斷葛根。寧斷嬌兒乳，不斷郎殷勤。

（《前溪歌》其三）

碧玉小家女，不敢攀貴德。感郎千金意，慚無傾城色。

（《碧玉歌》）

桃葉映紅花，無風自婀娜。春花映何限，感郎獨採我。

（《桃葉歌》）

聞歡去北征，相送直瀆浦。只有淚可出，無復情可吐。

（《丁督護歌》）

寡婦哭城頹，此情非虛假。相樂不相得，抱恨黃泉下。

（《懊儂歌》）


在中國文學史上，南朝樂府民歌是太獨特了。在一個重理抑情、重禮義而輕人心的文化傳統中，出現純粹以男歡女愛為主題的歌吟，幾乎是個奇跡。在南朝樂府的三百多首作品中，一切社會問題、人生問題全不涉及，而唯情愛是歌，我們完全可以把南朝樂府 —— 郭茂倩《樂府詩集》、馮惟訥《古詩紀》稱為「清商曲辭」—— 稱為「愛情聖經」，因為它就是一組愛情詩專輯。在當時的長江中下游，以建業（今南京）為中心的「吳聲歌」、「神弦歌」，出於荊、郢、樊、鄧之間的「西曲歌」（三者是「清商曲辭」中的主要成分），雖然出處不一，但以男女情愛為唯一歌吟對象則出於一轍。這當然與當時的風氣有關 —— 按：風氣往往是自上而下的 —— 與採編者的興趣、目的有關，但南方魚米之鄉、繁華之都盛產愛之歌詠，卻也是不爭的事實。這好像是一個感情特別豐富的時代，而約束相對寬緩；表達特別大膽而直率的時代，而講究相對較少。我們知道這時代儒學相對淡出，並且南方的政權由皇族和世家大族共同把持。這些代代相傳的貴族之家，講究的是從容、逍遙、享受與詩意的樓居，南方的秀麗山水與豐富物產構成了他們的生存背景，而經濟發達的新興城市也孕育着膨脹的情慾，他們需要消遣自己過分優雅而優裕的生命，更需要消費那種瀰漫全社會的情慾與浪漫情調。問題是，他們的生活方式、藝術興趣、審美情調、理想追求，自然成為全社會的範式和追求。於是，在長江流域那些新興的、繁榮的、享樂氣氛濃郁的城市裡，男歡女悅既已成為生活時尚，談情說愛自然成為文學主題。《詩經》、《楚辭》中的愛情題材，是眾多題材之一；而南朝樂府中的愛情題材，則成了唯一。在長江中下游的這些新興城市中青年男女的歌唱（需要說明一下：南朝民歌不是產生於

鄉村，而是出於城市），如帶着朝露的野花，真實、自然，帶着原生態的特徵。
你看這樣的詩：

　　　歡若見蓮時，移湖安屋裡。芙蓉繞床生，眠臥抱蓮子。
　　（《楊叛兒》）
　　　春林花多媚，春鳥意多哀，春風復多情，吹我羅裳開。
　　（《子夜四時歌·春歌》）
　　　朝登涼台上，夕宿蘭池裡，乘月採芙蓉，夜夜得蓮子。
　　（《子夜四時歌·夏歌》）
　　　開窗秋月光，滅燭解羅裳，含笑帷幌裡，舉體蘭蕙香。
　　（《子夜四時歌·秋歌》）

極色情卻又極純潔，極性感卻又極稚樸，極挑逗卻又極天真，極放蕩卻又極單
純 —— 這些對立的雙方如此統一，在文人那裡很難達到這種境界，比較一下文
人的宮體詩就能明白：什麼叫愛情，什麼叫色情。愛中一定有色，如上引的南朝
樂府民歌；色中卻未必有愛，如宮體詩。順便交代一下，南朝樂府在藝術上的一
個突出特徵，就是廣泛地使用諧音雙關的手法，像上引詩中的「蓮」就是「憐」，
「憐」就是愛啊。「蓮子」，當然就是「愛你」，就是「愛人」、「情人」。而「芙
蓉」，乃「夫容」，是那純潔秀美如蓮花的女子的鍾情對象。有意思的是，南朝
樂府的敘事抒情主人公十之八九乃女子，那些撩人心旌的情詩，十之八九皆女子
口氣，齒吻絕肖。她們自稱「儂」，而稱她們的情人為「歡」、為「郎」，向他
們表達她們的一腔癡情，當然，也有怨情，而且，難得的是，她們從來不掩飾她
們對性愛的渴望與沉湎：

打殺長鳴雞，彈去烏臼鳥。

願得連冥不復曙，一年都一曉！(《讀曲歌》)


　　在中國文學史上，還從來沒有像在南朝樂府民歌中看到的那樣，男人的女人在整體上那麼柔情，那麼深情，那麼癡情，那麼依戀男人、熱愛男人、纏綿男人。南朝樂府民歌中的女人，是中國文學史畫廊中最自然的女人，最真實的女人，最有女人味的女人，最美的女人，最令男人心旌搖蕩的女人，最值得男人愛戀與保護的女人。她們不是道德的偶像，供男人敬仰和自豪；也不是男人生活中的牧師，總是一邊愛護男人，一邊教導男人；不是管家婆，不是賢妻良母 —— 當然也不是不賢良，只是她們不是這樣的社會角色。不，她們是男人的初戀，是男人的女友，是男人的情人，是男人月下的伴、花前的侶、床笫的歡、桑間濮上的樂。她們是男人的情感生活，而不是男人的道德生活；是男人的自然生活，而不是男人的社會生活 —— 她們幾乎只是男人的自然關係而不是男人的社會關係，是男人的心靈而不是男人的理智，她們讓男人享受生活與生命，享受青春與愛慾，而不是讓男人修身齊家治國平天下 —— 她們要男人成為情人、愛人，而不是忠臣、孝子，更不是偉人、聖人。她們要把男人拉入她們的世界，與她們共浴愛河。可是，男人往往在名韁利網中，追求所謂的成功與成就；或者，在體制的控御下，官事鞅掌，從而不能遂她們的願，倒是常常拋別她們：


　　聞歡下揚州，相送江津灣。願得篙櫓折，交郎到頭還。

　　(《那呵灘》)


她們捨不得男人，情不能抑。可男人常常為了什麼藉口與理由，冷靜 —— 冷酷地揮手作別：


　　　　　　　　　　　　　　　　　　　　　　中國人的心靈

篙折當更覓，櫓折當更安。各自是官人，那得到頭還？

（《那呵灘》）

於是，她們的愛裡，便浸潤了太多的淚：

啼着曙。淚落枕將浮。身沉被流去。（其七）

啼相憶，淚如漏刻水，晝夜流不息。（其十二）

相送勞勞渚。長江不應滿，是儂淚成許？（其十九）

（以上《華山畿》）

甚至，以死殉情：

懊惱不堪止。上床解要繩，自經屏風裡。

（《華山畿》其六）

最後，我們一定要讀讀這一首，《長樂佳》八首中的一首：

紅羅復斗帳，四角垂朱瑞。玉枕龍鬚席，郎眠何處床？

美麗的、柔情似水的女人們，讓這世界如此華麗，她們為男人準備了如此舒適的婚床，讓世界成了歡愛之所，而男人，卻睡在何處？ —— 睡在名利場，睡在官場、商場、科場、戰場，甚至賭場。只是，正如龔自珍發問的：溫柔不住，住何鄉？

這首詩短短四句，前三句鋪敘婚床之華麗與舒適，最後一句卻一個突轉，如

同當頭棒喝，醍醐灌頂，讓男人在人生紛擾、孜孜矻矻中突然住手，回頭是岸；或者茫然四顧，又不知所措。唉，這女人的柔情讓男人心醉，這女人的苦心讓男人心碎，而郎呵，你是否已溢滿了眼淚？

> 江陵去揚州，三千三百里。已行一千三，所有二千在。
> （《懊儂歌》其三）

也許，男人離女人的距離，就是離幸福的距離，好在，男人在女人的召喚下，已經啟程回家。

> 永恆之女性，引導我們走。（歌德）

當南方的女子在低吟她們的愛情時，北方，一群自稱「我是虜家兒，不解漢兒歌」（《折楊柳歌辭》）的男女，也唱出了自己的悲涼和慷慨。

北朝的民間樂府，保存在梁代的樂府機關裡，所以稱「梁鼓角橫吹曲」，有六十六曲，另外，在《雜曲》、《雜歌謠辭》中亦有少量保存，其數量遠不及南朝。蓋因北朝不文，亦無人搜集採編整理，今所見之「梁鼓角橫吹曲」，可以說有不少是翻譯作品 —— 是從「虜歌」譯為「漢語」的。

但與南朝樂府相比，雖然它的數量少，但題材卻極廣泛，舉凡那個時代、那個社會的主要痛苦與矛盾、愛慾與追求，都可以從中找到影子。

> 驅羊入谷，白羊在前。老女不嫁，蹋地喚天！（《地驅歌樂辭》其二）

> 門前一株棗，歲歲不知老。阿婆不嫁女，那得孫兒抱？（其二）

敕敕何力力，女子臨窗織。不聞機杼聲，只聞女嘆息。（其三）

問女何所思，問女何所憶？阿婆許嫁女，今年無消息！（其四）

（以上《折楊柳枝歌》）

　　這是純粹的求偶之聲，其表現為，其愛慾並無一特定的、具體的對象，而是泛對一切異性。這是北朝女子面臨的問題：大約是北方久罹戰禍，男子或死或戍，而男女比例嚴重失調，致使嫁人很難。而男子或死或戍之後，有女子之家庭，為經濟計，亦會滯留已成年之女性於家中，使其可以操持生計，從而使她們不能適時而嫁。這樣的閨情作品，就有了兩個值得注意的特色。（一）如果說，南朝那些有特定對象（歡、郎）的閨情詩，唱的是「愛」的話，北朝的這些作品，毋寧說唱的是「慾」，是本能的原慾衝動，是人的自然生理慾求。它可能不夠高尚，但人的自然生理慾求是天賦的生物指令，人為原因造成其壓抑，甚至是全社會普遍的壓抑，就必須反抗與譴責。（二）這類詩歌，就其主題來說，已不單純是情愛作品，而是可以把它們看作是社會題材的作品，其透視出的社會問題與人間苦難令人難以平靜。

男兒千凶飽人手，老女不嫁只生口！（其一）

天生男女共一處，願得兩箇成翁嫗！（其二）

小時憐母大憐婿，何不早嫁論家計？（其四）

（以上《捉搦歌》）

　　好像她們在同這個社會講道理，講女性的天賦人權與神聖追求。這第一句的意思是：男人再凶蠻，也是養家活口的依靠，女子不嫁，豈不只是一張吃白飯的口！（也有人認為「只」字音義皆同「無」，「只生口」即不能生兒育女之意，亦

可通。）

　　我們再來看看下面的詩，看看它們的風格是何等迥異於南方的柔弱，而顯示出蒼涼，顯示出世界的荒涼和我們內心的悲涼。


　　　　隴頭流水，流離山下。念吾一身，飄然曠野。（其一）
　　　　朝發欣城，暮宿隴頭。寒不能語，舌捲入喉。（其二）
　　　　隴頭流水，鳴聲幽咽。遙望秦川，心肝斷絕！（其三）
　　　　（以上《隴頭歌辭》）


　　當然，在北方的厚地高天處，往往更能顯示人與大地的關係，更能見出人對土地的大深情。見於《雜歌謠辭》中的《敕勒歌》，是千古絕唱：


　　　　敕勒川，陰山下，
　　　　天似穹廬，籠蓋四野，
　　　　天蒼蒼，野茫茫，
　　　　風吹草低見牛羊。


這是人與土地關係的頌歌，人與自然關係的頌歌，據說，當北齊大將斛律金在宴坐之時高唱此曲時，北齊神武帝高歡「自和之，哀感流涕」（《北史·齊高祖紀》）。確實，這樣的詩歌，可以用來評價它的，不是筆墨，而是淚水。

　　當然，北朝樂府最偉大之作品不能不推《木蘭詩》（《樂府詩集》收有兩首木蘭詩，我們指的是題曰「古詞」的第一首）。


　　　　唧唧復唧唧，木蘭當戶織。不聞機杼聲，唯聞女嘆息。問女何所思，問

女何所憶。女亦無所思，女亦無所憶。昨夜見軍帖，可汗大點兵。軍書十二卷，卷卷有爺名。阿爺無大兒，木蘭無長兄。願為市鞍馬，從此替爺征。

東市買駿馬，西市買鞍韉，南市買轡頭，北市買長鞭。旦辭爺娘去，暮宿黃河邊。不聞爺娘喚女聲，但聞黃河流水鳴濺濺。旦辭黃河去，暮至黑山頭。不聞爺娘喚女聲，但聞燕山胡騎聲啾啾。

萬里赴戎機，關山度若飛。朔氣傳金柝，寒光照鐵衣。將軍百戰死，壯士十年歸。

歸來見天子，天子坐明堂。策勳十二轉，賞賜百千強。可汗問所欲，「木蘭不用尚書郎。願借明駝千里足，送兒還故鄉」。

爺娘聞女來，出郭相扶將。阿姊聞妹來，當戶理紅妝。小弟聞姊來，磨刀霍霍向豬羊。開我東閣門，坐我西閣床。脫我戰時袍，著我舊時裳。當窗理雲鬢，對鏡帖花黃。出門看火伴，火伴皆驚惶：同行十二年，不知木蘭是女郎。

雄兔腳撲朔，雌兔眼迷離。兩兔傍地走，安能辨我是雄雌？

這首詩給我們充滿哀怨女人的文學史提供了一個傑出的另類。在中國文學史上，女性形象基本都是與愛情、婚姻以及各種性事件有關，且往往是弱者和被動者，是受損害的形象。而木蘭的形象則與一般愛情婚姻題材無關，與性無關，而且，在整個事件中，她已是一個主動者、一個強者的形象。

但有意思且值得我們佩服的是，作者並不刻意寫木蘭的強悍與好勇，恰恰相反，他刻意表現的倒是木蘭的女兒本色。按照中國的傳統觀念，木蘭是一個忠孝雙全的人物。她為國出征是為忠，代父從軍是為孝。十年征戰，功勳卓著，「策勳十二轉」，是為勇；不慕官爵，不貪賞賜，是為廉。如上所言，她是一個令人敬的人物。但她又存一顆女兒心，出征途中，有對爺娘的深切思念；回歸以後，

她迫切想過的是和平的生活，是一家人相互廝守的和睦生活。「木蘭當戶織」，見其勤勞；「當窗理雲鬢」，見其愛美。本質上，她乃是一位令人愛的少女。所以，作為「典型人物」的木蘭的「典型環境」不在邊塞與戰場，這樣的場景作者只用「萬里赴戎機，關山度若飛。朔氣傳金柝，寒光照鐵衣。將軍百戰死，壯士十年歸」寥寥數句三十字，近乎敷衍。木蘭的「典型環境」在「家庭」，在家人環繞的庭院。而她，不過是這個家庭的女兒、阿姊，是鄰家眼裡的小妹。更有意思的是，這個「策勳十二轉」的英雄，她自視也不過是一個「女兒」，她珍重且急於恢復和呈現給眾人的，也是女兒身。

　　大勇之人，往往就是胸中有愛之人。平淡的日子，愛父母，愛親人，愛鄰人，做平淡的人。關鍵時刻，突然站出來，成為英雄。木蘭就是這樣的英雄。但是啊，私下裡，我們知道，她不過是家中的女兒、阿姊，是我們民族最可愛的女兒。

# 感傷的青春

　　唐初二十年的詩壇了無足觀，高祖、太宗算是有魄力的人物，但「稍遜風騷」卻也是定評。雖然太宗是一個南征北戰的大英雄，雖然《全唐詩》開卷第一題即是他的《帝京篇》十首，且第一首首二句即是「秦川雄帝宅，函谷壯皇居」，讓人感覺到一種大形勢，但總體而言，他的藝術趣味卻頗為「小女人」，為此還遭到手下大臣虞世南的委婉批評。讀這樣大英雄筆下的小女人味十足的詩歌，頗令人發噱。

　　這類小女人味十足的東西，是從六朝脂粉氣十足的宮廷中滋生並蔓延至唐的。唐太宗的武功掃除了天下英雄，讓版圖一色，但其「文治」，卻竟然降心屈志低首於他戰刀下雌伏的南人。他的詩歌，整體而言，仍然是南朝宮體的餘緒。

　　真正可以稱得上為「唐詩」——唐人自己的詩，應以「四傑」為始。駱賓王（619 年至約 684 年）、盧照鄰（約 634 年至 689 年）、王勃（650 年至 676 年）、楊炯（650 年至約 693 年）。我這是以年齡來為他們排序。文學史上的一般排序是「王楊盧駱」，是根據所謂成就。但據說楊炯就不滿意，他說「吾愧在盧前，恥居王後」。我的意見是，盧照鄰的成就確實不應排在第三，超過楊炯應不成問題。

　　有時候喜歡一個人，說起因緣來卻非常簡單，簡單到沒什麼說服力。我喜歡盧照鄰，就是因為第一次讀他的《長安古意》而為之擊節 —— 他那語言的節奏太美了，讓我們不能不為之擊節。在這首傑作裡，他為我們展示了大唐長安的形

形色色與滾滾紅塵，而他，則是一雙冷眼，甚至帶有一絲仇視地注視着他筆下的各色人物，甚至詛咒他們最終的幻滅與蓬勃生命的枯萎。原因可能很簡單：他自己，由於得了可怕的疾病，已經失去了追逐享樂的可能。

長安大道連狹斜，青牛白馬七香車。
玉輦縱橫過主第，金鞭絡繹向侯家。
龍銜寶蓋承朝日，鳳吐流蘇帶晚霞。
百丈游絲爭繞樹，一群嬌鳥共啼花。
啼花戲蝶千門側，碧樹銀台萬種色。
複道交窗作合歡，雙闕連甍垂鳳翼。
梁家畫閣天中起，漢帝金莖雲外直。
樓前相望不相知，陌上相逢詎相識？
借問吹簫向紫煙，曾經學舞度芳年。
得成比目何辭死，願作鴛鴦不羨仙。
比目鴛鴦真可羨，雙去雙來君不見？
生憎帳額繡孤鸞，好取門簾帖雙燕。
雙燕雙飛繞畫梁，羅幃翠被鬱金香。
片片行雲著蟬鬢，纖纖初月上鴉黃。
鴉黃粉白車中出，含嬌含態情非一。
妖童寶馬鐵連錢，娼婦盤龍金屈膝。
御史府中烏夜啼，廷尉門前雀欲棲。
隱隱朱城臨玉道，遙遙翠幰沒金堤。
挾彈飛鷹杜陵北，探丸借客渭橋西。
俱邀俠客芙蓉劍，共宿娼家桃李蹊。

娼家日暮紫羅裙，清歌一囀口氛氳。

北堂夜夜人如月，南陌朝朝騎似雲。

南陌北堂連北里，五劇三條控三市。

弱柳青槐拂地垂，佳氣紅塵暗天起。

漢代金吾千騎來，翡翠屠蘇鸚鵡杯。

羅襦寶帶為君解，燕歌趙舞為君開。

別有豪華稱將相，轉日回天不相讓。

意氣由來排灌夫，專權判不容蕭相。

專權意氣本豪雄，青虬紫燕坐春風。

自言歌舞長千載，自謂驕奢凌五公。

節物風光不相待，桑田碧海須臾改。

昔時金階白玉堂，即今唯見青松在。

寂寂寥寥揚子居，年年歲歲一床書。

獨有南山桂花發，飛來飛去襲人裾。


　　聞一多在〈宮體詩的自贖〉一文中盛讚盧照鄰的《長安古意》：「在窒息的陰霾中，四面是細弱的蟲吟，虛空而疲倦，忽然一聲霹靂，接着的是狂風暴雨！蟲吟不見了，這樣便是盧照鄰《長安古意》的出現。」他說盧氏這首詩「顛狂中有戰慄，墮落中有靈性」。聞一多先生是站在對宮體詩的批判的立場上，在詩歌發展的坐標上來闡釋和估定盧照鄰這首傑作的價值和地位的。他說，「比起以前那光是病態的無恥」，「如今這是什麼氣魄！對於時人那虛弱的感情，這真有起死回生的力量」，「我幾乎要問《長安古意》究竟能否算宮體詩」，「盧照鄰只要以更有力的宮體詩救宮體詩，他所爭的是有力沒有力，不是宮體不宮體」。用「有力」與否來談《長安古意》，聞一多先生具有的，不光是學術的見識，更是藝術

的直覺 —— 他直覺到了這首詩中鼓脹的生命力及其在重重壓力下形成的巨大壓強。當然，還有極其重要的詩歌本身的節奏以及由此形成的語言的張力。

看詩歌的題目，好像是說長安「古意」，似乎是懷古或詠史，其實，這首詩既不懷古，也不詠史，而是實實在在地描摹長安的現實，是展現長安的「今況」。唐人老是以漢代唐，在他們那裡，此前的朝代裡也只有一個漢還能入他們的法眼。這是一幅長安市井生活圖：街道繁華，車馬縱橫，大道小徑，四通八達。五劇三條三市，南陌北堂北里，處處熙熙攘攘，時時熱熱鬧鬧。人心則輕躁多慾，趨炎附勢，追名逐利，行有華輿，住有豪宅，衣食華麗而奢靡，行徑荒唐而恣意。這裡有王族公主，有輕薄少年，有懷春少女，有妓家娼婦，有俠客流氓，有官僚權貴。當然，還有寂寞的學者。他們共同組成了長安的形形色色，他們一起攪和成中世紀的滾滾紅塵……

這是慾望的淵藪：物慾、權慾、情慾，人慾橫流。這是名利的戰場：追逐、排擠、競爭、勾心鬥角。好熱鬧的世界！好墮落的社會！在繁華中有腐敗，在腐敗中有生氣，這不就是春？一個瘋狂生長的春。卻也到處都有霉變與腐爛。「御史府中烏夜啼，廷尉門前雀欲棲」，是呵，這是春天，一個萬物復甦而瘋長的季節，焉用約束？焉用肅殺？一切都被放縱了，一切都被默許了，一切崩潰，一切再生，一切墮落，一切崛起。「得成比目何辭死，願作鴛鴦不羨仙」，縱做不成鴛鴦，只要能在長安，就不羨仙，長安豈不就是我們一切慾望的放縱之地？豈不就是人生理想的達成之所？豈不就是人間天堂？我們已無須來生，我們也不求彼岸，生命在慾望之火中燃燒，卻看不見灰燼。—— 此刻即是永恆，還是永恆已被我們握在手中？

　　自言歌舞長千載，自言驕奢凌五公。（《長安古意》）

風月固然無邊，而富貴真能不磨，歌舞能醉千載？

且慢！在這熱鬧繁華的世界，一個偏僻而被人遺忘的冷清角落，有一雙冷眼在覷覬、陰冷、刻毒，卻洞徹着我們的命運，看到了我們那可怕的未來。他 ——

> 看到了那匹灰色的馬
> 騎在馬上的人叫作死
> 相隨在馬後的
> 是陰間的冥府

他就是盧照鄰。秉性耿介，而體弱多病。曾任鄧王府典簽，後調新都尉，因染風疾（麻瘋病）去官，避居太白山，服食丹藥中毒，病情轉重，足攣，一手又廢，乃去具茨山下，買園數十畝，疏穎水圍行舍周。復豫為墓，偃臥其中。這樣不幸的人，我們指望他有什麼樣的心態與眼光？世界繁華，而他枯萎；物質豐盈，但他卻沒有能力。他因為失意而嫉妒，他因為失去了享受的能力而對一切享受之物抱有仇恨，他對他不能吞嚥的東西唾以唾液，於是，世界熱鬧，但他心冷、眼冷。

在漢代的長安，這雙冷眼是揚雄，「炎炎者滅，默默者存」是揚雄的詛咒，所以他只年年歲歲一床書，枯坐青燈，冷對外面的紅塵滾滾。在初唐的長安，這雙冷眼，是盧照鄰。他比揚雄更痛苦：揚雄面對的是將亂將亡之世；而在他眼前燈紅酒綠、歌舞昇平的，是將興將盛之世。對行將滅亡前的末日狂歡，揚雄容易冷眼旁觀；而對着盛世歡歌、萬方樂奏，他盧照鄰只能臨淵羨魚，這次第，怎一個愁字了得？

他比揚雄更不合時宜：高宗當朝時重視吏治，他卻是儒；武后推崇法家，他

卻是道；再後來，皇帝封禪泰山，下詔廣求賢士，他卻已殘廢 ── 他得風疾，手足攣緩，不能行走已十年。在具茨山下，他為自己造了一個墳墓，躺在裡面，這真是令人驚恐的生活，「每春歸秋至，雲壑煙郊，輒輿出戶庭，悠然一望」。這一望，他是否就望見了長安那邊的紅男綠女，寶馬香車，市聲喧囂着活力與慾望？他定是心如沸水！絕望之感攫住了他：

覆燾雖廣，嗟不容乎此生；
亭育雖繁，恩已絕乎斯代。(〈釋疾文〉)

這個時代，固然是千帆競發，萬木爭春，而他卻如病樹，枯盡根本；又如沉舟，永淪海底！他已無法平息自己的內心痛苦，生命既已成了災難，並且還要耳聞目睹其他生命的盛筵，還不如死掉！他於是與親屬訣別，自沉潁水。死時才四十歲，正是大好年華。

我們再來聽一聽他的詛咒，這淒厲而哀傷的調子千年不絕：

節物風光不相待，桑田碧海須臾改。
昔時金階白玉堂，即今唯見青松在。(《長安古意》)

繁華的世界，與這個世界冷清一隅的寂寞的失意的詩人，這種對峙本身就有意味。一邊是大賦式地鋪排人間慾望的滿足，享樂的大宴，讓我們體會生命的大快樂與生活的大繁華；一邊卻又安置了一雙冷眼，小瞧這一切，一張刻薄的嘴，詛咒這一切，讓我們明瞭一切的空無與最終的憔悴。一邊讓我們在感官的歡娛中沉醉，一邊又讓我們在理智的判斷中警醒，並認識到生命的脆弱與生活的本質。「他是宮體詩中一個破天荒的大轉變。一手挽住衰老了的頹廢，教給他如何回到

健全的慾望，一手又指給他慾望的幻滅。這詩中善與惡都是積極的，所以二者似相反而相成。」（聞一多）是的，盧照鄰在行使着他否定的否定：他用新時代旺盛的生命否定了舊時代萎靡的精神，卻又用終極的大虛無把一切生命的火焰罩滅。這是真正的詩：因為它的洞徹力，因為它的毀滅力，因為它的實有，因為它的虛無。

他還有一首《行路難》正是寫「枯木」的，我們要知道，這「枯木」就是他自己 ——

> 君不見長安城北渭橋邊，枯木橫槎臥古田。
> 昔日含紅復含紫，常時留霧亦留煙。
> 春景春風花似雪，香車玉輿恆闐咽。
> 若箇遊人不競攀，若箇娼家不來折？
> ……
> 巢傾枝折鳳歸去，條枯葉落任風吹。
> 一朝零落無人問，萬古摧殘君詎知？
> 人生貴賤無終始，倏忽須臾難久恃。
> 誰家能駐西山日？誰家能堰東流水？

立意與結構都與《長安古意》相似。看來，外界生活的繁華與自身生命的殘廢，是如此深刻地影響到了他的思想與心靈，他就在這種煎熬中結出他的思想、他的詩歌。

客觀地說，盧照鄰的詩都還粗糙而不夠純粹。無論是思緒還是語言，《長安古意》有些繚亂，有些語無倫次，顛三倒四，這一首毛病更多，比如「巢傾枝折」與「條枯葉落」就顯得捉襟見肘，濫竽充數。「誰家」兩句也有此弊。唉，

七言歌行作得好，真如長江滔滔，哪怕泥沙俱下，漂殘流枯，也盡有那浩浩湯湯的氣魄。但文以氣為主，浩浩湯湯的，也就是作者的「氣」。氣不足，則局促；才不足，則寒磣。這一類詩本不大好作，體弱多病的盧照鄰有如此成績，已足可讓我們欽敬。他的粗糙，恰使他有別於六朝的精細。他的「粗大」（語言的粗糙感與篇幅之長大）與六朝的「細小」（語言的精細感與篇幅的小巧），是一大變異。不管怎麼說，規模有了，氣派有了，魄力有了，有了大框架，就不怕沒有大成就。在六朝的後花園裡我們看夠了精緻的小男人，現在見到這麼一個滿臉風霜苦難的男人，粗豪地吼出這麼一嗓子，令我們耳目一新。唐詩的剛健，已有消息在此中。

「四傑」中的駱賓王，則有《帝京篇》、《疇昔篇》，那是五言、七言交錯的長篇歌行，與盧照鄰主題小異而對人生的感慨則大同。比如這樣的句子：

> 古來榮利若浮雲，人生倚伏信難分。
> 始見田竇相移奪，俄聞衛霍有功勳。
> 未厭金陵氣，先開石槨文。
> 朱門無復張公子，灞亭誰畏李將軍。
> 相顧百齡皆有待，居然萬化咸應改。
> 桂枝芳氣已銷亡，柏梁高宴今何在。
> 春去春來苦自馳，爭名爭利徒爾為。
> 久留郎署終難遇，空掃相門誰見知。
> 當時一旦擅豪華，自言千載長驕奢。
> 倏忽摶風生羽翼，須臾失浪委泥沙。（《帝京篇》）

而《疇昔篇》更其長大，是一千四百多字的牢騷與不平。如果能短一些，可

能會精氣凝聚些，現在這個樣子，拖沓了。

四傑中名聲最大的是王勃，他的那首《滕王閣詩》則不能不提：

> 滕王高閣臨江渚，佩玉鳴鸞罷歌舞。
> 畫棟朝飛南浦雲，珠簾暮捲西山雨。
> 閒雲潭影日悠悠，物換星移幾度秋。
> 閣中帝子今何在？檻外長江空自流。

這樣的悠悠歌唱，真可以讓我們一手持酒杯，一手拍檻欄，反覆吟詠，面對「落霞與孤鶩齊飛，秋水共長天一色」的景色，「天高地迥，覺宇宙之無窮；興盡悲來，識盈虛之有數」（《滕王閣序》），然後不知是因酒而醉還是因文而醉，或者都不是，讓我們醉的，正是那無窮宇宙與盈虛之數。總之，他們的局面大了，「由宮廷走上江山塞漠」（聞一多語），空間闊了，空氣也清新了，雖然也傷感生命，但不是醉生夢死了，而反讓我們心曠神怡。

值得我們注意的是他們為什麼都有這種繁華易逝的感受？是離六朝不遠的原因嗎？我想起阮籍的名句「繁華有憔悴」（《詠懷》其三），可阮籍身處亂朝，「天下多故，名士少有全者」（《晉書‧阮籍傳》），眼見的正是一派肅殺與憔悴，嵇康那樣華麗的、如玉山如青松的生命，不就是在阮籍眼前被殺滅的麼？阮籍有此感慨，可以理解。初唐人普遍存有這樣脆弱的心思，個個都有天荒地老的感慨、勘破人生的荒涼，讓我頗費思量。這應該是青春期感傷一類的情感吧！

天寶末年，大唐的太陽已然西斜，老年的唐玄宗，登上勤政樓，讓梨園弟子唱幾曲散散心。沒想到一曲終了，竟讓玄宗淒然淚下 ——

> 山川滿目淚沾衣，富貴榮華能幾時？

不見只今汾水上，唯有年年秋雁飛。

玄宗問，這是誰的詩啊？有人告訴他是李嶠的作品，玄宗說：「李嶠真是才子啊。」又過了一年，安史亂發，玄宗幸蜀，登白衛嶺，覽眺良久，低吟李嶠此詩，末了，再嘆說「李嶠真才子啊」，旁邊的高力士老淚難禁。

讓玄宗感慨萬千的，就是李嶠（約 645 年至約 714 年）的《汾陰行》，那可是初唐的作品，是霞光萬道、朝日初升時的作品 ——

君不見昔日西京全盛時，汾陰后土親祭祠。
齋宮宿寢設儲供，撞鐘鳴鼓樹羽旂。
……

我省略的部分是描寫漢時朝廷祭祀汾陰后土的熱鬧情景，那是壯盛，是榮耀，是聲威，是豪情，是夏花的燦爛。可是 ——

自從天子向秦關，玉輦金車不復還。
珠簾羽扇長寂寞，鼎湖龍髯安可攀？
千齡人事一朝空，四海為家此路窮。
豪雄意氣今何在？壇場宮館盡蒿蓬。
路逢故老長嘆息，世事回環不可測。
昔時青樓對歌舞，今日黃埃聚荊棘。

玄宗是從中看到了自己及大唐命運的讖言？一年後他的經歷又成了李嶠詩意的驗證，他不能不感觸於心。

何謂「才子」？才子即是在生命之花繁盛之時能窺見生命悲劇本質的人。才子即是能悟出「繁華有憔悴」的人。

西京長安如此，東都洛陽又怎樣呢？

> 洛陽城東桃李花，飛來飛去落誰家？
> 洛陽女兒惜顏色，坐見落花長嘆息。
> 今年花落顏色改，明年花開復誰在？
> 已見松柏摧為薪，更聞桑田變成海。
> 古人無復洛城東，今人還對落花風。
> 年年歲歲花相似，歲歲年年人不同。（劉希夷《代悲白頭翁》）

前兩句真有「春城無處不飛花」之感，春光撩人，春花滿眼，洛陽城裡美麗的少女，也正在她的花季。可是，正如鮮花終將凋落，青春也轉眼即逝。這蓬勃飛揚、不可一世的繁榮，卻正隱藏着衰敗的機運。一聲長長的嘆息，嘆出下面驚心動魄的詩句：「今年花落顏色改，明年花開復誰在？」據說劉希夷寫出這兩句，把自己嚇了一跳：這兩句太像詩讖了！與石崇（當為潘岳）寫出「白頭同所歸」，而最終與金谷詩會的朋友們一同被殺太相似了！他膽戰心驚地刪去此一句。可待寫下「年年歲歲花相似，歲歲年年人不同」時，更驚嚇萬分：這不比前句更像詩讖嗎？這些句子怎麼就跳到筆下了呢？想再刪去，卻又捨不得，轉而一想，死生有命，由他去吧！於是就把這兩聯都保存了下來。

我們不知道這個記載是否真實，但它卻顯示出這兩句詩的那種直達事物核心的藝術穿透力，察見淵魚者不祥！勘破造化機密者，不祥！果然詩寫好後不久，劉希夷即為奸人所殺。這殺他的人，《唐才子傳》說是劉希夷的舅舅宋之問。宋之問讀了劉希夷的這首詩後，特別喜歡「年年歲歲」這一聯，知道劉希夷還沒

有示人，就要求劉希夷把這兩句的著作權送給他，算是他寫的了。劉希夷先答應了他，後來又捨不得，宋之問就讓家丁用土袋把劉希夷活活壓死了，死時年不到三十。

說到這個人品極壞的宋之問，還要提一下同樣惡劣無行的沈佺期，這兩人在文學史上被稱為「沈宋」，在推進近體律詩的成熟、定型方面有大功勞。唉，完成近體格式的竟是這一對活寶，為「文人無行」又添一證。

「山雨欲來風滿樓」，盧照鄰來了，王勃、李嶠來了，劉希夷來了，群星燦爛之中，一輪圓月即將升空，那就是張若虛的《春江花月夜》。

# 張若虛的夜晚

張若虛的《春江花月夜》誕生之時並沒有「石破天驚逗秋雨」的聲勢。相反，在唐初至明初這一漫長的時間裡，她倒像是一個「養在深閨人未識」的絕代佳人。除了作為一首樂府詩，她幸而得以保存在郭茂倩的《樂府詩集》中而流傳後世外，在明初高棅《唐詩品彙》和「後七子」領袖人物李攀龍的《古今詩刪》外的諸多選本裡，我們找不見她的倩影；《歷代詩話》及其續編也沒有對她的一句議論。她同她主人的名字一樣，長期沉默在冷清的書角裡。但「天生麗質難自棄」，《春江花月夜》最終要放射出其奪目的光彩，並且隨着覆蓋她的歷史塵埃的逐步褪去，她的光彩愈來愈明麗，終於升騰為一輪皎然獨照的明月。人們漸漸感受到了她不可迫視的光芒。高棅在《唐詩品彙》中還把她列入「旁流」（他的《唐詩正聲》未收《春江花月夜》，可見他還不認為她是正聲），至清末王闓運就稱之為「大家」了；聞一多先生更稱之為頂峰上的頂峰、詩中的詩。

藝術作品內涵的豐富性和深刻性，往往連作家本人也不能把握，他的筆往往不自覺地反映了生活的本質或某些本質。正如曹雪芹無意中揭示了封建末世的沒落命運一樣，《春江花月夜》也在有意無意之中唱出了迎接封建盛世的讚歌。

讓我們把目光投向這樣一個闊大神秘的景象吧 ——

春江潮水連海平，海上明月共潮生。

這如江海大潮般湧來的詩句和神秘雄奇的宇宙，使我們大受震撼、大飽眼福：潮漲海平，洪波浩蕩，橫無際涯。在這樣一個浩渺神奇的境界之中，月亮「生」出來了！月亮從浩浩蕩蕩的大海裡水淋淋地誕生了！我們頓時想起「日月之行，若出其中；星漢燦爛，若出其裡」的宏偉，但同時又感到惶惶不安，躁躁欲動，感受到這境界的撲朔迷離的神秘。人們死水般平靜的靈魂受到了驚擾，泛起波瀾。歷史好像又回到了神話的時代，又回到了那人神雜居相處的，熱烈、奮發、好奇、好動的人之初年！詩人一開始就借用神的力量喚醒了人們沉睡的思考，把人們習以為常的惰性擊得粉碎，讓人們在歷史的疲倦和慵懶中奮發起來，重新像初民一樣對這些宇宙現象感到新奇和恐怖，覺着宇宙的神秘和高深，激發起探討和思考的興趣、慾望。人們麻木的神經被刺痛了，矇矓的眼神放出了驚異的光彩，於是，詩人抓住時機，橡筆一橫，把人們剛驚醒的注意力從垂直的方向 —— 深、高的方向，引向平行的方向 —— 遠、寬的方向：

　　灩灩隨波千萬里，何處春江無月明。

詩人不讓人們激發起來的興趣和智慧在玄秘的高空中迷失，他要讓人們的思想隨着月下春江的灩灩之波，想像千里之外、萬里之遙的月明之夜；想像着同在這千里萬里的月光下的人們。如果說這裡是寫水把粼粼的月光漂向遠方，倒不如說是詩人想借水把人們的思想和注意力漂向遠方，漂向遠方的、共患共難的同類。隋煬帝的「流波將月去」或可是本句的導源，但是張若虛這裡沒有了冷漠不關己的「去」，而加上了熱切關注的「隨」和「何處」，這就表現了一種企圖，一種把人們的注意力從神性的高空引向人性世界的企圖。下文詩人的思維從對天發問到對人生關注的轉機，其暗流在這裡就已經遙遙地潛伏着了。他藉助宇宙恐怖神秘的震撼，把沉睡的人們喝醒，然後又指給他們思考和探索的方向。我們的視線經過

幾次周折，現在終於回到了眼前切身的、親切的境界：

> 江流宛轉繞芳甸，月照花林皆似霰，
>
> 空裡流霜不覺飛，汀上白沙看不見。

由前面的大筆揮掃，橫空萬里，而轉入輕吟低唱，曼語纏綿。水繞芳甸，月照花林，空似流霜，汀如迷沙 …… 多麼溫柔嫵媚，情意綿綿啊！神性的宇宙和人性的現實像一對迷醉了的戀人，靜謐而又熱烈地偎依在一起了 …… 多麼愜意的疲倦和苟且啊！讓我們也沉醉吧！讓我們重新躺回由於糜爛而生發溫熱的歷史上睡去吧！ —— 整個六朝不都在迷醉中嗎？整個六朝不都依偎在婦人的懷裡嗎？ …… 然而，不能！低首之際，猛一仰天，我們不禁又大吃一驚：

> 江天一色無纖塵，皎皎空中孤月輪。

江天一色，因月明愈見其迷茫；孤月一輪，因江闊更顯其伶仃。它們並沒有因為對方而消釋了自己，它們並不是融化在對方的懷裡、渺然不可分了，而是在對立之中更確切、更實在、更理想、更完美地顯示着自我，證實着自我的獨立存在。這是多麼闊大而淒清的意境，澄潔而惆悵的情緒啊！「皎皎空中孤月輪」，月亮被「孤」起來了！僅這一點就有多大的歷史跨度！王堯衢說「皎皎月輪，獨照萬古，故見是孤」，他還只見到自然歷史中的月亮，沒有見到人類社會歷史中的月亮、人化的月亮。月亮，作為人化的自然現象，她何曾獨照過？她何曾冷靜過？在兩晉六朝時，她不總是在閨房裡、在胭脂裡浸泡着嗎？不總迷醉在酒酣耳熱的絲竹噪聲和鬼影似的舞姿中嗎？現在，她終於掙脫了出來！從纏綿的夢裡和昏醉的酒中醒來，躍上高空，大夢初醒般地、冷峻而深刻地注視着人生的悲歡離合，

悔恨、檢討着歷史，思考着人生的真諦。歷史開始清醒了，開始疑惑和探問了！哲學家式的詩人並不停足於對宇宙作外觀的審美。他還要從歷史的角度去深入地探索宇宙的本質。他的思想是那樣的廣博和精刻；他的眼光是那樣的深邃和遠大：他從月之現在，忽然想到了月之初生，又想到了月之終結：

> 江畔何人初見月？江月何年初照人？
> 人生代代無窮已，江月年年只相似。
> 不知江月待何人，但見長江送流水。

—— 這是一連串多麼令人於神秘之中，產生恐怖和震動的問題啊！從屈原〈天問〉的「日月安屬，列星安陳」，「夜光何德，死則又育，厥利維何，而顧菟在腹？」到張若虛這裡的思考，再接下去是李白和蘇軾的把酒相問，宇宙規律一直是中國詩人們探索的對象。如果說屈原的〈天問〉顯示出先秦理性精神在南方的萌芽，李白的問月是盛唐人睥睨一切、凌駕宇宙的氣概的表現，蘇軾的問月又表露了對人生缺憾認命似的深深的痛悼的話，那麼，張若虛《春江花月夜》的問月則是從魏晉南北朝之亂到隋的短命覆亡之後，初唐人走向封建盛世的先聲。他從孤月獨照，過渡到江月照人。人出現了！人，這個渺小的生靈，在大宇宙籠蓋的清輝下，影影綽綽而又實實在在地出現了！歷史的焦距終於對準了人！這又是多麼巨大的歷史跨度！詩人不經意的輕鬆寫來的「皎皎空中孤月輪」和「江月何年初照人」兩句，卻是歷史經過了多少艱難才走完的歷程！月之出，是為了照人；月之永恆，是為了待人。因人方才有月。這種解釋在客觀真理上是荒謬的，但它不同時在肯定人生價值、追求人本身的世俗幸福這一點上，又極有其深刻的合情合理的哲學含義嗎？藝術有時可以違背具體的科學事實，但卻不能違反哲學。人生是短暫的，月亮是永恆的，但是，作為人類而存在的人生，不也是「無

窮已」的永恆嗎？這種人生無窮已的認識，必然導致人生價值的發現。六朝人的人生觀總有貶值的意味，因為他們強調現時的享受，卻否定了人對於歷史和社會的責任，因而也實際上否定了人生的意義和價值。托名之作《楊朱》就是這種思想的典型表現。《春江花月夜》所透露的，是多麼使人為之一振的歷史曙光呵！隨之而來的，必然是生機勃勃的、開拓一切的盛唐。歷史的氣息啟動了詩人的情思，《春江花月夜》是歷史造就的傑作！從月始月終過渡到人生思考，詩人的腦子是博大精深的。但博大精深的腦子往往比庸常的腦子憂苦得多。所挾持者遠，其憂必遠；所瞻望者殷，其苦必殷。最倔強者往往是最孤獨者；最深刻的人往往是最寂寞的人。作者從廣漠的宇宙中看到了人類的孤獨；從自然的永恆中看到了人生的短暫。《春江花月夜》正深刻地表現了這種執着者的迷茫和深刻者的孤獨：在人生無窮已的永恆另一面，個人的生命又是短暫的，是不可能窮盡宇宙的奧秘的。這種意識一旦閃現出來，便足以令詩人悵然起來。是的，我們也隨之悵然起來。於是，詩人和我們都在深刻而緊張的思考之後，疲倦地喟嘆一句：「但見長江送流水。」人的智慧能達到之領域的可能性是無限的，但其現實性卻是有限的。每一個時代的人由於歷史的局限和壽命的局限，只能切身地完成本時代的任務。單個的人，更是只能實現一些有限的願望，魚和熊掌是不能兼而得之的。詩人對此有很深的惋惜，有很深切的感慨。念天地之悠悠，他也不免欲愴然而涕下。他不滿意這一點，但理智地接受了，吞下了欲出的淚水。他知道在人生中總要用一些失去的東西來償付得到的東西，他的時代已不是六朝玄思的時代，他屬於實幹的時代，不能因為觀念的東西而忘掉現實的東西。因此，他理智地把自己和自己這個時代鑄為歷史階梯上的一個新的石級。這對於既有着強烈的探討慾望而又有着博大精深的心智的他來說，是痛苦的，甚至是不平的。但他還是用一聲深長的嘆息打發了痛苦，用理智的態度接受了歷史的不盡如人意的託付。

如果說漢末《古詩十九首》的「生年不滿百，常懷千歲憂」，由於不能控制

住對永恆歷史的迷茫，從而對現實生活的意義和價值產生了懷疑的話，那麼，《春江花月夜》則正是由於理智地控制住了面對廣漠宇宙而產生的虛無主義的思想苗頭，才使她獲得了面對現實的信念。同樣，如果說《古詩十九首》用極端的個人享受的態度肯定了人作為個體的價值和權利，從而把個人擺在一切之上；那麼，《春江花月夜》就是從儒家的經世哲學出發，指出了個人作為人類組成部分的價值和責任，從而把個人有機地組織進歷史的鏈條和網絡中。《古詩十九首》正因為把個人擺在一切之上，使個人脫離了群體，從而覺得孤獨和徬徨，找不到光明的出路；《春江花月夜》又恰因為把個人融入了整個社會人生，才使她充滿着溫存和希冀，充滿着創造歷史的信心和勇氣。—— 現在讓我們休息一下吧，讓我們把飛得高而遠的思想收回來吧！人生短暫的發現使我們更執着於生命的價值，人生無盡的認識又使我們認識到我們作為漫漫人生一鏈的責任。把人們博大精深的智慧引向對人類自身幸福的探求，這才是時代的要求，是歷史應有的轉折。這不正是下面詩人思維方向轉折的契機嗎？我們向下看吧：

> 白雲一片去悠悠，青楓浦上不勝愁。
>
> 誰家今夜扁舟子，何處相思明月樓。

詩人的胸懷是寬廣的，又是細膩的；他的心靈是崇高的，又是親切的。他是揚州人，有着南方人的溫柔和細膩。他不僅高踞一切之上思考宇宙的規律，而且躋身於人眾之中關切人的命運；是哲學家，又是父兄。在他那裡，天道和人道是和諧的；哲學和人學是一致的。他終於把對天道的探索轉成對世俗人生的關注；把哲學的玄思引進倫理的責任 —— 在他深刻而緊張地思索着宇宙的奧妙時，他並不曾忘卻人生的苦難和呼求。一片悠悠而去的白雲，竟引出他無限的聯想，並由這種聯想生出無限的同情。白雲自去，何干詩人情思？浦上愁人，卻纏繞詩人的心

靈；在這明月高懸的夜晚，多少人扁舟天涯，又有多少人離恨高樓？曠夫怨女，都在他溫暖的心胸中掛念着：

　　可憐樓上月徘徊，應照離人妝鏡台，
　　玉戶簾中卷不去，擣衣砧上拂還來。

詩人唯其有了深厚的同情心和責任感，才能如此真切地想像着閨婦的離愁。白雲已逝，遊子不歸；簾子易捲，月華難收；擣衣砧上，拂去還來。一邊是固執的月亮，一邊是無可奈何的愁人。如果說開首的「海上明月共潮生」的「月」還是神秘的神，「皎皎空中孤月輪」的「月」又過於冷峻和渺然的話，那麼，這時她正是親切而又有點可惱的人！月亮也從高空走向世俗人間，和人們的思想感情完全融合了！

　　至此，月亮改換了三次位置，經歷了兩段巨大的歷程：她從六朝宮廷醉生夢死的濃胭膩脂中，跳上了冷峻而清醒的高空，經過了一連串深刻的反省、思考和探索，終於又擯棄了神性的誘惑，認識到人生最深刻的意義和責任，帶着人性的親切走向人間，去撫慰人間那些痛苦的靈魂，激發人間的嚮往。這裡的「月」，已不是浸泡在陳後主、隋煬帝宮宴酒中的月了，而是一輪已經走向人間，與人間苦難的人為友的月亮了。「孤月」是離開脂粉的必經之路，因為昏醉了幾個世紀的月亮只有在孤寂的空中，才可能對生活進行思考；但「孤」絕不是目的，走向人間才是目的。這裡的月是溫柔的，但已不是六朝式肉感的溫柔，而是純淨的感情和澄潔的思想的表露。這位思婦意識到了月之可親可信，她深情地說：

　　此時相望不相聞，願逐月華流照君。

她的愛情是純潔的，月華也是純潔的，讓純潔的愛情隨着純潔的月光流照着對方吧！但這不過是少婦天真的幻想，她自己也知道這是幻想：

> 鴻雁長飛光不度，魚龍潛躍水成文。

鴻雁自去，而月光並未隨之去；魚龍潛躍，亦不過紋圓之波，波靜則月華亦斂。逐月流照，已是失望，而現實卻還真真地存在着：

> 昨夜閒潭夢落花，可憐春半不還家。

「可憐」者，猶情人也。春已過半（或者寓有青春年華過半的象徵和感喟？）情人不歸，這怎能不日思夜夢呢？

到了這時，我們剛才還被宇宙神秘所困擾和恐怖的思想，終於由於傾注到這位少婦身上而踏實、溫暖起來。一個平凡的少婦所代表和象徵的人世間的痛苦和嚮往，正是詩人對宇宙、歷史、現實進行思考和探索的出發點和歸宿！現在，詩人為他的智慧和勇氣找到了這塊未開墾的處女地，且安營紮寨，準備開拓吧！但是面對着荒蕪的現實，他仍然有不盡的迷茫：

> 江水流春去欲盡，江潭落月復西斜。
> 斜月沉沉藏海霧，碣石瀟湘無限路。

江水流春欲盡，而一夜的好月也西斜了。終於在西天的海上，霧濛濛地不見了 —— 從「海上明月共潮生」到「斜月沉沉藏海霧」，思考、思戀、幻想、痛苦，終於是「碣石瀟湘無限路」。他站在茫茫荒原上，無限悠遠的惆悵和戰鬥正

中國人的心靈

未有窮期的鬥士之情同時湧上心頭。月生月毀宇宙規律的哲學思考,月升月落現實圖景的審美關注,無始無終的歷史探求,短短一宵的審美體驗,交替描寫,呈疊加結構,把宇宙和現實人生融為一體。但是對宇宙的探索最終還是為了世俗人間的幸福,於是,偉大的月亮退場了,而平凡的、一個為離愁所苦的女子卻楚楚地出現在我們的面前,抓住了我們的思考,壟斷了我們所有的同情和興趣。我們終於為我們的智慧和精力找到了關注的對象;歷史終於為自己尋到了發展的方向。作者寫月正是為了寫人。讓月亮「生」出來,正是為了讓月亮「沉」下去。因為月亮不過是一個偉大主題的引子。它自始至終都是具體的,又是象徵的。從月生到月在高空,從月斜到月落,這是具體的月,自然的月。從開始的宇宙美的象徵,到中間宇宙本質的象徵,再到最後一層對人間苦難憐憫的象徵,它是美,是真,是善。康德說,使我們震驚的,是我們頭頂的星空和心中的道德律。張若虛的《春江花月夜》,使我們震撼的,就是他給我們呈現那一特定夜晚的星空和他心中的道德善!

到了這時,詩人廣博而深刻的思想匯成了一條月下春江,帶着他淡淡的花香般的憂鬱情懷,粼粼而下,澆灌、陶冶了一代又一代人的心靈,這確實是「詩中之詩,頂峰上的頂峰」!她有着六朝的柔情,卻絕沒有六朝的頹廢和墮落。詩人極寫夜的溫柔,但卻不讓我們迷戀夜的溫柔,他最終把我們的思想引向明天的生活中去了;他極寫月之多情,但不讓我們陶醉於月之多情,而最終使我們盼望着「海日生殘夜」(王灣《次北固山下》)的那一刻;他極寫相思的纏綿,但卻不讓我們纏繞於這種纏綿,而最終把我們引向腳踏實地的堅韌的奮鬥。比起「愴然而涕下」的陳子昂,他似乎更含蓄,更深沉,更富有內在的力量。陳子昂在他面前都似乎很幼稚、很淺露了。他卻似一個少年老成的人,既有着少年人的勇猛,又有着老年人的深刻和穩重。在纏綿悱惻的溫柔中隱藏着深刻冷峻的思考,包蘊着不可抑制的勇力,在憂愁傷懷的喟嘆中有着激人奮起的吶喊,在溫情的月夜下呼

喚着時代的曙色。這正是這首詩的內在精神和魅力！也是她的價值所在！

是的，我們的詩人是多情的，是人道的，他還不忍心就這麼結束了，在碣石瀟湘的無限路上給人以無限悠遠的悵望。因而他接着寫道：

> 不知乘月幾人歸。

乘月有歸人，這是多麼偉大的一筆！這是多麼偉大的樂觀！這是時代的恩賜啊！我們在六朝的那些閨怨詩中尋得到這種樂觀的精神嗎？歷史學會了同情，歷史也就要進步了。但是，詩人又是實際的，不願說廉價的安慰話，所以在「乘月」前加「不知」表疑問，在「歸」前加「幾人」表其少。詩人是矛盾的，這種矛盾正是那個時代的矛盾：歷史雖然已經開到了拓荒的前緣，但面對的曠野卻正是一片荒蕪。不過若說這兩句透露出詩人矛盾的心理，倒不如說是透露出詩人調和矛盾的願望。他既想安慰自己又不想欺騙自己，正如他既想安慰別人又不想欺騙別人。詩人的思想是惆悵的，但卻不是絕望的、頹廢的。面對着充滿矛盾而又洋溢着希望的現實，他隱瞞現實的缺陷正是因為他憎惡現實的缺陷，美化現實卻又是基於想改變現實。詩人對於現實的軟弱正是因為他對現實的執着和熱戀，對於現實的惆悵正是由於他有了面對現實的勇氣。這種直面慘淡人生的勇氣，在六朝的宮廷詩中同樣是找不到的。迷惘而不失執着，軟弱卻依然倔強，這正是一個時代前進的條件。最後他寫道：

> 落月搖情滿江樹。

全詩由緊張而舒緩，由開闊雄偉而纏綿溫柔。宇宙、歷史、現實的緊張思考，到這裡化成了一片溫情（這是世俗之情和倫理責任感的結合呵），躁動不安的思想

和感受得到了安撫和平靜。一串串的矛盾在心理上得到了調和，一簇簇強烈的思維火花柔和了，終於，輕輕落下，落在詩人的詩箋上，成就了這樣一篇絢麗多彩、永垂不朽的詩篇！

「什麼時代產生了詩人？那是在經歷了大災難和大憂患以後，當困乏的人民開始喘息的時候」（狄德羅《論戲劇藝術》）。張若虛生逢其時，他正處在自漢末黃巾至隋末這幾百年的大亂過後的喘息甦生的時刻。時代玉成了他，他也報答了時代。他以他的《春江花月夜》出色地喊出了時代的呼聲，出色地表現了時代的憧憬。如果李白、杜甫可以代表盛唐，那麼，張若虛可以毫無愧色地代表初唐。他的《春江花月夜》在當時是一種預言，是一種消息，一種盛世降臨前的消息；在以後，直至現在、將來、永遠，是一輪明月，是一輪照耀萬古的明月！

# 誰在台上泣千古

　　大約在 684 年的長安大街上，突然出現一個賣胡琴的人，要價百萬。長安城裡的王公貴族、豪門大姓都被驚動了，大家把胡琴在那裡傳看，卻無人識貨，無人敢買。突然，一個人從人群中走出，對跟隨的左右說：「用車拉一千串錢來，買下它。」面對大家的吃驚疑問，此人說：「我善於演奏胡琴。」大家都說：「我們可以聽聽嗎？」此人說：「明天大家都到宣揚里來，我在那兒恭候大家。」第二天，大家如期前往，發現美酒佳餚早已擺好，那把胡琴也擺放在那裡。酒足飯飽後，大家都等待着主人演奏。只見主人捧着胡琴對大家說：「本人乃蜀人陳子昂，有文章百軸，奔走京城，卻碌碌塵土不為人知。這把樂器不過是下賤工匠的作品，為什麼反而讓大家如此留心？」說完，舉起琴，摔碎在地上。在大家驚愕之中，這個自稱陳子昂的人，拿出他的文集，遍送與會的人。一天之內，陳子昂名聲大噪。

　　這則記載在《唐詩紀事》裡的故事頗見陳子昂的性情。以千緡之價，買來了自己的名聲與身價，也是物有所值。那個賣胡琴的人說不定也是陳子昂安排的「雙簧」，那就更見出他的策略了。這件事見出他做事的魄力與能力，他有對世俗的蔑視、批判與挑戰，但他的目標卻是成為世俗的領袖，得到世俗的尊崇與承認，而不是自居對立的一方，與之分庭抗禮。他是征服者，是拉斯蒂涅和于連式的人物，而不是巴爾札克。

　　他不是如盧照鄰那樣的冷眼旁觀者、冷嘲熱諷者，而是一個自信心極強、能

力極突出的競爭者、分一杯羹者。他也不像駱賓王那樣道德感極強，從體制外鬧革命，另立中央，自封自官，他要的是豪貴的承認，他的政治立場說明了這一點，他就不站在傳統道德的一方反對武則天，而是與之合作。他要在這個世俗社會中證明的，是自己的價值與才幹，而不是自己的品性與道德。對自己的才幹，他十足地自信，不比盧照鄰之自卑絕望、自絕於世，王勃之一蹶不振、自暴自棄。他又是強悍的、粗魯的，不比劉希夷、張若虛等人溫柔細膩。他自信是龍種，但他並不要獨往獨來，他要人雕琢。請看他的名作《修竹篇》：

> 龍種生南嶽，孤翠鬱亭亭。峰嶺上崇崒，煙雨下微冥。
> 夜聞鼯鼠叫，晝聏泉壑聲。春風正淡蕩，白露已清泠。
> 哀響激金奏，密色滋玉英。歲寒霜雪苦，含彩獨青青。
> 豈不厭凝冽，羞比春木榮。春木有榮歇，此節無凋零。
> 始願與金石，終古保堅貞。不意伶倫子，吹之學鳳鳴。
> 遂偶雲和瑟，張樂奏天庭。妙曲方千變，簫韶亦九成。
> 信蒙雕斲美，常願事仙靈。驅馳翠虬駕，伊鬱紫鸞笙。
> 結交嬴台女，吟弄昇天行。攜手登白日，遠遊戲赤城。
> 低昂玄鶴舞，斷續彩雲生。永隨眾仙逝，三山遊玉京。

這個「龍種」，最終要的不是道德與審美的所謂「堅貞」，而是要伶倫子雕琢它，使之成器並把它吹出鸞鳳之音，與雲瑟為偶，奏樂天庭，在天庭事奉仙靈，並「永隨眾仙逝，三山遊玉京」。陳子昂的俗世情懷，功名心切，於斯可見。這詩前有一序，是陳子昂的名作，我們把它看成是陳氏的詩歌革新的宣言：

> 東方公足下：文章道弊五百年矣。漢魏風骨，晉宋莫傳，然而文獻有可

微者。僕嘗暇時觀齊梁間詩，彩麗競繁，而興寄都絕，每以永嘆。思古人，常恐邅迤頹靡，風雅不作，以耿耿也。一昨於解三處，見明公《詠孤桐篇》，骨氣端翔，音情頓挫，光英朗練，有金石聲。遂用洗心飾視，發揮幽鬱。不圖正始之音，復睹於茲，可使建安作者，相視而笑。

在這篇序裡，他提出了詩歌須有「興寄」、「風骨」，所以這首詩所寫的「修竹」，也是寄託他自己的志向。他的志向如何？就是要像這種修竹，要從山林到天庭，從江湖入魏闕。他是一個果斷斬截的人，做事從不拖泥帶水。他是富家之子，史傳說他「與遊英俊，多秉權衡」（交遊的都是握有大權的人物，見《唐才子傳》）；再看他在長安宣揚里集聚權豪博取賞識，正可見他的志趣。他年少時任俠尚氣，打獵賭博，一副紈綺模樣，十八歲時尚不會寫字。十八歲後的某一天，他遊逛鄉郊，聽到裡面孩子的琅琅書聲，忽然醒悟，乃與此前的流氓朋友一刀兩斷，折節讀書，痛下決心自我修煉，精心研讀古代經典，尤其沉湎於黃老、易象。光宅元年（684年），他來朝廷上一奏札，勸阻將高宗靈柩遷移長安，武則天召見他，奇其才，遂拜麟台正字。看他能放縱，能收斂，放得開，收得攏，他確實是一位極有個性又極有自制力的非凡人物，唐代詩人中，自我膨脹的不少，但像他這樣真有將相之才的不多。

萬歲通天元年（696年），契丹攻陷營州，武則天派建安王武攸宜前往征討，陳子昂隨軍參謀。武攸宜一再顯示出其無能與輕率，次年兵敗，舉軍震恐。陳子昂慨然進言，提出戰略，請求分兵萬人以為前驅，武攸宜不允。第二日，他又去進諫，且「言甚切至」（盧藏用〈陳氏別傳〉），觸怒武攸宜，被降職為軍曹。陳子昂滿腔憤怒，登上幽州台，寫下了傳誦千古的《登幽州台歌》：

前不見古人，後不見來者。

中國人的心靈

念天地之悠悠，獨愴然而涕下。

詩的形式已脫落殆盡。除了大約整齊的句式外，押韻都不要了。一般登臨之作，
總先寫登高遠望所見，再接以見後所感，景與情都有了。陳子昂的這首，卻是
登高之後，一無所見：前不見古人，後不見來者。這前後古今，豈是轉頭就可見
的？這古人來者，豈是登高就可見的？真是無理得很。他做事常不按牌理出牌，
他作詩思想也沒有一個常道。原來他登幽州台，不是要觀風景，是要找知音，找
古往今來的明君賢臣。他的心胸已然高出我們之上，超出我們平庸的期待之上。
他要在這幽州台提供的空間坐標上，找尋時間的過客。噫！無理之極！但這正是
「詩」的思路。難怪他「不見」，活該他「不見」，他怎麼就不知道他的這種登覽
企圖有多愚蠢？是別人把他氣糊塗了，還是他在愚弄我們？

我們讀了那「登幽州台歌」的題目，是滿心以為他要寫出他的登高所見，來
與我們共賞的 —— 卻不料他另有企圖，且是注定沒有結局的企圖。幽州台下滿
目的風景全都不見了，不，他胸中本來無物，他目中本來無人，他站在那裡發
愣：我怎麼就沒看見那些明君賢臣？歷史上曾經有過的，如燕昭王與樂毅一般
的，哪兒去了？未來也還會再有，可我怎麼也看不到？他怔在那裡，他，陳子
昂，站在幽州台上，把自己弄得糊塗了：人都到哪裡去了？

此時他已全然忘卻自身的環境和處境，一切消逝，沒了背景，只餘自己和天
地宇宙：「念天地之悠悠」—— 他在獨語，他在玄想，天地悠悠，過客匆匆，我
在何處？「獨愴然而涕下」—— 終於熱淚奪眶而出！一個「獨」字，正是一篇之
魂。古人吾不見，來者不見吾，今人何屑屑？天地何其大，時光何其久，唯我獨
立；胸中有萬古，眼前無一人，唯我獨尊。這是孤獨，不也是自大？

陳子昂一直是自大的。我是在中性甚至褒義的色彩上用「自大」這個詞。在
這首詩裡，他好像寫出了個人之渺小、無助，讓自己面對如此宇宙洪荒，荒到

人蹤絕滅，然後再潸然淚下，這正是他內心極堅韌弘博、極自尊自負的表現。渺渺眾生，茫茫萬有，都已不能做他伴侶，甚至不配做他陪襯，在面對無邊無際無始無終的宇宙時，它們都如潮水般退去，只餘他一人獨立廣漠，他的背後已無世俗支撐，他只有自己的心靈與意志。──蒼茫的時空與獨立的人影，其巨大的反差，本來就是一幅英雄主義的畫面。

陳子昂的詩與初唐其他詩人不同的是：其他人是順承六朝的，而他是上接漢魏的。唐人貶六朝而褒漢魏，他是宗祖。他對自我的強烈關注，對自我實現的強烈訴求，也與其他詩人抒發一般人生感慨不同。別人是橫向拓展的連類而及，因為對生活苦痛的關注由己及人而呈現一種人道的精神與世俗關懷；而他則是縱向開掘的，他向自己個性的深處掘進，發掘出強大個體的獨立精神與自我實現的頑強意志。這樣的個體當然是孤獨的，是與社會不合拍甚至衝突的，不僅他的《登幽州台歌》，他的一組《感遇》更是這種主題的集中體現。就藝術特色而言，順承六朝的「四傑」、劉希夷、張若虛等人，是文采繁縟而稍欠骨骼的；而他的詩則正相反，是骨骼嶙峋而稍欠風韻的。

從盧照鄰到張若虛，他們都是平面展開的，他們的詩情是氾濫的，他們有濫施同情的傾向，有對人生苦痛的過敏反應和過度開掘。同時，他們讓我們感覺到在面對人生苦痛時，個體的無奈和脆弱。讀他們的一流作品，真如平疇遠風，良苗懷新；又如長江起波，漫漫浩浩。他們教給我們同情，教給我們對人生有了一副悲哀仁慈的眼光。讀他們的作品，我們是感懷萬端的，擊節三嘆的，那是一種暢達的感受，我們內心中鬱積的情感隨着他們流暢的歌行而一瀉無餘。但陳子昂不一樣了，他不大用歌行體了。歌行體是適合於「歌」唱的，但不大適於「行」動。陳子昂是一個行動的人，他可能認為感慨人生的苦難不如創造人生的幸福，坐而論不如起而行。讀他的詩，我們開始覺得個體的自尊傲慢，覺得個體在命運面前尚有可為。韓愈說：「國朝盛文章，子昂始高蹈。」子昂給我們指出了向

中國人的心靈

上的一路，我們開始攀升，往高處走了。如同一個年輕人，在青春期的迷戀、感傷和過分的多情之後，在浪漫甚至荒唐、純潔甚至脆弱、善善惡惡甚至尖刻頂撞之後，開始不驕不躁，腳踏實地，向着一個既定的人生目標前進。失去了一些純善，卻多了一些寬容；精神的穿透力鈍了些，但語言的尖刻也少了些；心胸豁達了許多，為人處世通達了不少。一個度過了激情歲月的青年，走上了他理性睿智的盛年，是的，盛唐就要來了，我們接着往下看吧。

# 鹿門幽人

　　唐人的山水田園詩來源於六朝，陶淵明、謝靈運的田園詩與山水詩，一直延展至唐。我已指出過，陶之後的田園詩，即帶陶之色彩；大謝之後的山水詩，亦有大謝風範。但對陶淵明，唐人似乎還未從歷史性的麻痺中醒來；或者，陶所處的時代，與盛唐大相逕庭，故不宜有共鳴。謝靈運則一再為唐人所稱道，連李白這樣傲視千古的人物，也對他表示相當的敬意。這可能又是因為謝出身士族，物質之豐厚和性格之豪奢與盛唐文人的生活相契合。

　　但唐人不提陶淵明並不表示他們不受陶淵明的影響。正如我們講生存條件，往往提及衣食住行，而忘了提及空氣。其實，空氣是不能一刻沒有的。況且陶淵明之影響後世，除詩外，更多的是人格，是他「隱」的行為及其所昭示的處世之道。盛唐有孟浩然（689年至740年），就是一個終身未仕的隱士，他的詩，就頗受陶之影響。像他的《過故人莊》中的「開軒面場圃，把酒話桑麻」，就顯然來源於陶的「相見無雜言，但道桑麻長」（《歸園田居》其二）。

　　我們就來看看孟浩然的這首詩：

> 故人具雞黍，邀我至田家。綠樹村邊合，青山郭外斜。
>
> 開軒面場圃，把酒話桑麻。待到重陽日，還來就菊花。

此詩頗得淵明之致，在平常小事中見情趣、性格與愛好。開首兩句，「故人」而

中國人的心靈

又是「田家」，正可見孟夫子平常交往，和淵明拒絕與官場上人來往（「窮巷寡輪鞅」）而與農民「披草共來往」一樣，都是淳樸的「素心人」（陶淵明《移居》其一）。與他們聚話，當然會是李贄所說的哑哑有味之言，不會語言無味，面目可憎。

這樣的人一「邀」，孟夫子即「至」，欣然之狀宛然在目。「雞黍」乃農家本色，風味醇正；「具雞黍」之舉，見出主人殷勤招待之誠。赴這樣故人的「雞黍」之請，心情是輕鬆而無負擔的，所以，當孟夫子悠然前去赴會時，方有那一份愉快的閒心顧盼那遠近的景色：「綠樹村邊合，青山郭外斜」── 消消停停，指指點點，說說笑笑。就寫景言，一近一遠，一密一疏，而在對景色指指點點之間，親切之情亦在不言之中。「合」與「斜」二字，化靜為動，且引導我們的視線忽遠忽近，極為傳神，但又是信手拈來，妙手偶得 ── 靈感之出現，也正需要輕鬆愉快的心情。

「開軒面場圃，把酒話桑麻」，視界是開放的，人與自然環境是融合的、和諧的，且此時的場圃上定是一派豐收景象。場圃上有滿缽滿囷的收穫，主人才有滿心滿意的歡喜，才有邀客之心，也才樂於面對場圃而展示自己的豐收，客人才能有一份輕鬆的吃喝之心。這種「癯而實腴」的手法，正是陶淵明的嫡傳。「把酒話桑麻」，話題輕鬆愉快，與農家的「酒」、農家的「雞黍」一樣津津有味。這樣的閒飲、閒話真是人生大快！且這快樂還是可以延續的：「待到重陽日，還來就菊花。」此次還未結束，已預約了下一次，此樂可常，盛筵可再！

孟浩然的田園詩，來自於淵明，卻又較淵明多一層韻味。蓋淵明生當亂世，終不能脫一「貧」字，而浩然則能無此局促。淵明之境界乃是在一片黑暗之中憑一己之心力刻意營造，有慘淡經營之苦、勉強、矻矻；而孟浩然筆下之境界，乃盛世太平景象之一隅，殊無勞心竭慮之苦。陶之田園，與外面的世界是隔膜的；孟之田園，與外面的世界是相通的。陶於艱苦中堅守，見其堅韌；孟於豐足中自

得，見其風流。陶於世道，有否定，於官場，有厭棄；孟於世道，有肯定，於官場，有豔羨。陶之境界與心志，與他那個時代是疏遠的；孟之情趣與心志，與他這個時代是親近的。所以，陶是誤落塵網十三年仍被後人抬舉為道德模範；孟則身處盛世終身未仕，後人卻只愛他的詩酒風流。陶顯美麗於清貧，見卓絕於艱苦，如青松傲雪，苦難風流；孟浩然則白首松雲，風流蘊藉，如好花逢春，乘時而開。蓋道德須經苦難玉成，而浩然所缺者，正此耳。

聞一多先生稱孟浩然的詩：「淡到看不見詩了，才是真正孟浩然的詩。」其實，這裡面是有原因的。在我看來，關鍵在於孟浩然描寫的這種田園生活本身即具有無限魅力，這種生活本身因為其符合人之本性，雖不能說具備了幸福生活的一切條件，卻已具備了基本因素。而且，更重要的是，這種生活還摒除了那些常在的與幸福有害的東西，比如生活中的壓力、競爭、安全感缺乏、患得患失的心境等。總之，孟浩然筆下的這種田園生活本身即具有感動人心、俘獲人心的力量，孟浩然用老實的筆老實地寫出來，即已完成了對生活本身魅力的「複製」。比如說，上述《過故人莊》一詩的魅力就主要來自這種生活的魅力，孟浩然文字的傳神和韻味倒在其次。謂予不信，我們仿作一首：

> 故人具海鮮，邀我至酒家。大廈街邊合，立交遠處斜。
> 開軒面鬧市，把酒話股市。待到發財日，還來喝早茶。

你看，韻味頓失，不僅沒有了孟浩然的「清」氣，還瀰漫着難耐的濁氣、俗氣。可是，我們基本上保持了孟詩的形式，他用得巧妙的詞我們也保留了，我們只是改變了幾個名詞 —— 是的，正是這些「名」的改變，讓我們也改變了「實」。孟浩然的「名」，指稱田園，而我們這改詩中的「名」，則指稱現代都市的生活。這樣的置換，使我們知道，孟詩《過故人莊》的魅力，確實主要來自於他描繪的

中國人的心靈

那種生活本身。而我們改詩所描繪的生活中，一些潛在的危機和不穩定、不確定因素破壞了我們此時的心情和對未來的期待。重陽會如期而至，菊花到時會開，股市則凶險莫測，發財更只在兩可之間，且這種慾望之壑永遠難填，賺足多少時，我們才有那一份滿足而嫻雅的心境？節奏的快速，市聲的嘈雜，話題的沉重，我們的心靈已不堪重負，詩意早已在人間蒸發。古代田園詩中的幸福感、美感來自於生活本身的相對穩定和生活因素的可預期性。而我們現在所處的是一個患得患失的社會 —— 唉，正如有人預言的，山水田園詩將會消失 —— 不，已然消失……

可是，我們怎能失了那一份閒暇？沒有這一份閒暇，我們如何去感受生活？

> 春眠不覺曉，處處聞啼鳥。
> 夜來風雨聲，花落知多少？（《春曉》）

第一句寫「閒」，第二句寫「趣」，如果我們沒有了這份閒，每日行色匆匆，趕著上班，如何有這份「趣」？「夜來風雨聲，花落知多少？」夜裡能聽聽風雨而不用擔心誤了睡眠不能早起，這是多大的「福」？有了這種閒福，才會有「花落知多少」的敏感與多情！才能讓我們的心靈與宇宙一息一微息息相關！

孟浩然存詩二百多首，有《孟浩然集》四卷，絕大部分是五言短篇。他的五言短篇確實是好，如《宿建德江》：

> 移舟泊煙渚，日暮客愁新。
> 野曠天低樹，江清月近人。

澄澈的宇宙與惆悵的心靈妙合無間，美妙而不可言傳，感傷而只可心會。

他的七言也很棒。《夜歸鹿門山歌》是我百讀不厭的：

> 山寺鐘鳴晝已昏，漁梁渡頭爭渡喧。
> 人隨沙路向江村，余亦乘舟歸鹿門。
> 鹿門月照開煙樹，忽到龐公棲隱處。
> 巖扉松徑長寂寥，惟有幽人自來去。

一種置身世外的無聊，自絕於人民與為人所棄的寂寥，情感的落寞與精神的自尊，一種恰到好處的酸 —— 沒有一絲酸味，梨子就不大好吃，孟浩然有時太淡，但這首裡面摻進了一絲絲的酸，使我們的舌苔有些刺激，有些興奮。這個分寸不好掌握，但孟浩然做到了，這首詩讓我們回味無窮。

詩中的「鹿門山」是他的一種標榜或姿態，並非他的常住之所。他的家在襄陽城南郊外，峴山附近，漢江西岸，名曰「南園」，又叫「澗南園」，而鹿門山則在漢江東岸，與他的「南園」隔江相望。他之所以與「鹿門山」有了緣分，其緣來自漢末隱士龐德公。龐曾拒絕朝廷徵辟，攜家隱居於此，鹿門山也就有了文化上的隱逸意味。孟晚年謀仕不成，回到故鄉後便在鹿門山築一住舍，偶爾去住住，以示追蹤先賢。不管孟氏此舉是否做作，總之，鹿門山與襄陽、峴山成了盛唐山水田園詩的聖地之一，則是無疑的。

平心而論，孟浩然的山水田園詩尚非完全成熟，仍處於蛻化的某個階段中，他的一些詩仍有謝靈運的特點。謝靈運的山水詩往往只是記遊詩，然後再加上生硬的議論 —— 此被後人譏為「玄言的尾巴」。他的詩，從結構上看，有這樣一種模式：敘事至寫景至議論（說理或抒情）。敘事部分寫遊歷的背景、起因；寫景部分寫遊歷中所見；議論部分說一番道理或發一通感慨。而孟浩然的山水田園詩亦往往不能免於斯累。如《臨洞庭湖贈張丞相》：

八月湖水平，涵虛混太清。氣蒸雲夢澤，波撼岳陽城。

欲濟無舟楫，端居恥聖明。坐觀垂釣者，徒有羨魚情。

前四句寫景，後四句說理（干謁），前後轉折突兀而不自然，意脈不通，境界亦前後不倫。此詩大類謝靈運，我們不能只見他前四句寫景氣象不凡，不察他後四句狗尾續貂。再看他的《與諸子登峴山》：

人事有代謝，往來成古今。江山留勝跡，我輩復登臨。

水落魚梁淺，天寒夢澤深。羊公碑字在，讀罷淚沾襟。

前四句議論兼敘事，與謝靈運《登池上樓》如出一轍。此詩雖免於「玄言的尾巴」，卻又戴上了大謝的帽子。我們說，成熟的山水田園詩，是既斷玄言的尾，又斬大謝的頭，而讓山水田園成為主體，甚至全部。我們看成熟以後的山水詩的開頭：王維《終南山》的「太乙近天都」；李白《望廬山瀑布》的「日照香爐生紫煙」，《望天門山》的「天門中斷楚江開」；杜甫《望嶽》的「岱宗夫何如」，《同諸公登慈恩寺塔》的「高標跨蒼穹」，《登高》的「風急天高猿嘯哀」；孟郊《遊終南山》的「南山塞天地」；柳宗元《登柳州城樓寄漳汀封連四州刺史》的「城上高樓接大荒」……無不開篇即寫景狀物，而又並不感覺突兀，不覺得不周到，為什麼？因為題目中已寫足了，若詩中再細敘因由，就重複了。所以，他們把題目也放在內容之內，既惜墨如金，又使詩歌整體純粹渾樸。細讀孟浩然的詩，他真正用來描摹山水的句子是很少的，往往也就兩句（如上引《與諸子登峴山》）或略多，而把大多數篇幅留給了敘事、議論。到了王維就發生了很大的變化，寫景的句子明顯佔了主體的地位，甚至全篇寫景。山水田園詩，到了王維，才是完成了漫長的蛻變過程，由蛹變成美麗的蝴蝶了。

# 藝術囚徒

　　孟浩然身處中國歷史上最開明的盛世卻終身布衣，他的身上確有一種鄉村野老的氣味，王士源《孟浩然集‧序》說他「骨貌淑清，風神散朗」，可見他的氣質。與他齊名的另一位大詩人王維（約 701 年至 761 年），則多了一些貴族式的雅致與精細。王維雖然仕途亦稍有挫折，但總的來看比較順遂，這可能與他那不溫不火的性格有關。王維的詩好，但王維的性格卻有點沉悶。雖然他也寫過一些頗為慷慨的作品，如《夷門歌》、《觀獵》、《少年行》等，但總的來說，他一挫即不能復，一蹶即不能振，到了後來，甚至有了明顯的自閉傾向，什麼「中年好道」、「晚年好靜」，鼓吹佛教「無生」，都與他懦弱而內向的性格有關。這樣一個性格肉頭的人，又過着所謂「半官半隱」的生活 —— 順便說一句，這「做官無官官之事，處事無事事之心」的所謂境界，自晉以來，便是自私自愛而不負責任的官僚的道德遮羞布 —— 由於不大與人衝突，不大有所堅持，凡事拎得清，升遷反而總是伴隨着他們。說實話，就做人言，我不大喜歡王維，他是批評過陶淵明的，這是他一生聰明中最大的愚蠢，是一種聰明過頭的失誤。當他從陶淵明身上來試他自鳴得意的人生聰明之劍時，他不可能不折斷。陶淵明是自稱為「守拙」的。陶之偉大，正因為他不「聰明」，這種以拙的形態顯示出來的大德行、大智慧，是「達人」的「直覺」，而不是聰明人的機靈。王維與陶相比，到底差一個檔次。但我們明白的是，陶淵明的那種缺衣少食、求助於人的尷尬，王維確實不會有，他算計得精明，他不會讓自己弄成那

樣。他不僅無法有陶淵明式的真名士之風流，連孟浩然的境界也不及。做人不可太聰明，對王維來說，他太聰明了，以致沒有人發現他有太多的不可愛。他在長安失陷時，迫受偽職，卻又寫下「萬戶傷心生野煙」一詩，以明心跡。後來在唐軍收復長安後，他果然因此詩而僅作降職處理，並且很快又得升遷。誰知道他當初作此詩是不是有意在為自己留後路呢？唐氏王室一直寬厚，不大以小人之心度人。就讓我來做一回小人吧，反正這千年之後的羅織，不會陷他於羅網。

　　文學史上對他的詩評價特別高，很長時間中他一直排在李杜後面，名列唐代第三大詩人。由於題材上的關聯，我們把他與孟浩然並列，卻又把年輕的他排在年老的孟浩然前面，叫「王孟」，顯然是認為他的成績較孟浩然為大。就詩歌創作而言，他確實比孟浩然內容豐富，涉及面廣，藝術成就更高而手法多樣。但把他與李白、杜甫一比，就馬上可以看出其間的差距。李白、杜甫是「大」的，他顯然是「小」的。大小之差的原因在於：有沒有承擔。承擔的越大，境界當然就越大。李杜是以自己的心靈去承受這個世界的苦難與折磨的，他們甚至主動地把世界的荒謬與民生的不幸承擔到自己身上，直至使自己的心靈不堪重負。此時他們發出的，就是震撼人心的黃鐘大呂之聲。王維則一直在推卸，他連自己個人的一些生活挫折都難以承受，都要想方設法地躲避，直至最後躲到空門 —— 當然，他也沒有力量承受真正空門的清苦，他只是一個在家的居士；正如他無法真正過一個清苦隱士的生活，而要亦官亦隱 —— 家也要，官也要，禪也要，隱也要，在追求精神的同時，物質的一切也不願放棄。既然如此，他的精神之旅所能達到的區域就有限了，不像李杜那樣無遠弗屆。李白一生求「出」，「大道如青天，我獨不得出」，他是躁動的，一刻不閒的，永遠生活在別處的，這一點他很像謝靈運。杜甫一生求「入」，他「朝扣富兒門，暮隨肥馬塵」，不惜「殘羹與冷炙，處處潛悲辛」，就是要進入圈子，得入魏闕，從而「致君堯舜上，再使

風俗淳」（《奉贈韋左丞丈二十二韻》），而「會當凌絕頂，一覽眾山小」（《望嶽》），乃是他對自己終當能入台閣的信心。李杜二人，無論是「出」，追求自由無礙，還是「入」，追求世俗成功，都顯示出對生命、對人生的熱愛與執着，以及為了追求而付出的精神歷練與承擔。而王維則追求一個「歸」字，這在盛唐，實在是較為罕見：

> 斜光照墟落，窮巷牛羊歸。
> 野老念牧童，倚杖候荊扉。
> 雉雊麥苗秀，蠶眠桑葉稀。
> 田夫荷鋤至，相見語依依。
> 即此羨閒逸，悵然吟《式微》。（《渭川田家》）

日歸於淵，牛羊歸欄，野老候歸，雉雊蠶眠，田夫荷鋤歸，相見語依依 …… 句句寫歸；後接「即此羨閒逸，悵然吟《式微》」，寫自己受此感染，而欲歸隱。實際上，王維的心理中，總有一種回歸平衡、平靜、安適的衝動。他生於盛唐，不可能不受世風影響，所以他亦對外在世界頗有興趣。但他內心總有一種不安全感、不可靠感，在試探性向外的同時，總在回首着退路，總在尋找那歇腳地。他後來皈依佛教，也是他內心缺少安全感的緣故。除了上引《渭川田家》外，我們再看幾首詩：

> 太乙近天都，連山到海隅。白雲迴望合，青靄入看無。
> 分野中峰變，陰晴眾壑殊。欲投人處宿，隔水問樵夫。
> （《終南山》）

結尾兩句，化崇高為優美，化陌生為熟悉，化對峙為和諧，化可遊為可居，化遙遠為親切。整首詩先寫可遊可觀，最後他仍要可居，要有一「宿」處安頓自己。

> 單車欲問邊，屬國過居延。征蓬出漢塞，歸雁入胡天。
> 大漠孤煙直，長河落日圓。蕭關逢候騎，都護在燕然。
> （《使至塞上》）

此詩整體結構與《終南山》一樣，前面弘放，後面收斂：前面眼界向外，飽覽自然壯觀，為外部世界的精彩喝采；後兩句則從壯觀的自然景觀中收回目光，由自然轉入人事，由人對自然的欣賞轉入人與人的融洽，由大漠壯觀轉入人情溫暖。事實上，即使在他興高采烈地觀賞大自然的壯觀時，他內心裡仍一直在關心着、尋找着一個晚上安頓的地方 —— 他碰到了巡邏的騎兵，他們告訴他大軍駐地所在，且河西節度使正等着他，可以想見，晚上，將有一場歡迎宴會在等着他。像他這樣的人，總是要先安頓好身體，然後才能讓自己的精神溜出去小逛一會兒，並趕緊回來。他是一個在相當程度上精神依附於肉體的人，用陶淵明的話說，是「心為形役」的人。精神力量強大的人，往往會精神駕馭肉體，肉體在精神的駕馭下疲憊不堪，形銷骨立；而肉體慾望強烈的人，則往往肉慾、物慾駕馭精神，使得精神委頓空虛，麻木不仁。王維當然還沒有到這一步，他畢竟是一個有着豐富內心世界並且能對外在世界做出曲折細緻反應的人。但他的精神更多地受制於肉體，則是一個可見的事實。再看他的《送元二使安西》：

> 渭城朝雨浥輕塵，客舍青青柳色新。
> 勸君更盡一杯酒，西出陽關無故人。

西出陽關無故人，一種無着落感使他驚恐。這與他一貫的安全感缺乏有關。比較一下高適《別董大》「天下誰人不識君」，可見二者心理狀態的差異。

到了晚年，他的山水詩不再是外出遊覽式的，而是居家靜觀式的。把他的詩和李白的比較，我們可以看出，對於山水景物而言，李白是遊人，又性喜吹噓誇大，故寫其驚，炫其見，壯其觀，以動他人視聽（《望天門山》、《望廬山瀑布》、《夢遊天姥吟留別》等）。而王維是居人，又天性收斂安詳，故寫其幽，述其得，悅其悟，以愉自己幽懷。不僅他的《輞川集》，他的《皇甫岳雲谿雜題》，即便是《山居秋暝》也顯然是靜觀了悟所得。

因此，王維的山水田園詩，便是文人式的，而不再是純自然的。他的山水田園是經過他心靈過濾的，是文人隱居悟道之所，而不是農民耕耘謀生之所，是帶着格物式的理趣與禪味的，而沒有了實際生活的煙火氣。這與後來宋代范成大的田園詩形成了極大的反差 —— 范成大是把田園又還給了農民的，范成大山水田園詩中的主人是農民，思想情感也是農民的，或為了農民的。

讀王維的山水田園詩，是要先把自己的趣味文人化的。或者說，文人一般都會喜歡他的山水。一個農民如果讀讀《千家詩》之類，則可能更喜歡范成大。那種「畫出耘田夜績麻，村莊兒女各當家」（《四時田園雜興》）的描寫，才是原生態的田園。

王維懂音樂 —— 他一出道做的官，是太樂丞，懂繪畫，所以他的山水田園詩總是「詩中有畫」，且充滿音樂的美感。他的名作太多了，我們隨意選一首《山居秋暝》：

　　空山新雨後，天氣晚來秋。明月松間照，清泉石上流。
　　竹喧歸浣女，蓮動下漁舟。隨意春芳歇，王孫自可留。

這首詩，可以用「空故納萬境，靜能了群動」概括之。一座「空」的大山，卻容納着如此豐富的人生色相和自然色相：清泉、冷石、明月、青松、浣女、漁夫、蓮葉、竹林⋯⋯ 果真不是「頑然無知之空」，而是生機包孕之所，同時又有無數生動的形體和聲息：浣衣歸來的少女，忙於生計的漁夫，流動的泉水和顫動的蓮葉，少女的嬉鬧和泉水淙琤。可驚異的是，我們在這一片熱鬧中卻聽出了寂靜，這寂靜能平息我們內心的躁動和創傷，使我們安詳恬靜⋯⋯

正如孟浩然的生活、詩歌與峴山的緣分一樣，王維與終南山也有不解之緣，而輞川則成了盛唐山水田園詩的又一聖地：

空山不見人，但聞人語響。

返景入深林，復照青苔上。（《鹿柴》）

獨坐幽篁裡，彈琴復長嘯。

深林人不知，明月來相照。（《竹里館》）

木末芙蓉花，山中發紅萼。

澗戶寂無人，紛紛開且落。（《辛夷塢》）

這樣的詩，是天籟，是佛音，讓人悠然神遠。這裡面，是消歇中的生機，安詳中的激情，寂靜中的熱鬧，蕭條中的繁華，無中的有。禪宗不就是在否定中肯定麼？這些詩中，沒有人事，沒有社會，也沒有由此而牽連的心靈煩躁，甚至連人生感慨都沒有。摩詰是否真得道，不知道，但可以肯定的是，此時的他，真的是「晚年唯好靜，萬事不關心」（《酬張少府》），而專心格物參禪了。

王維不僅是山水田園詩寫得好，他還有不少邊塞詩。在這方面光那「大漠孤煙直，長河落日圓」的名句就足以讓人記住他。我們上引的《使至塞上》也屬於這類。他有出塞的經歷，當然會有詩來記錄和描寫。以他的藝術天賦，也定會有

描摹的佳作 —— 但顯然，我們發現，在這類題材上，他又無法和高適、岑參相比，缺的還是那種大眼光、大胸襟、大關心、大承擔。唉，王維是藝術的天才，卻是思想的矮子；藝術的感受力、創造力一流，而精神的穿透力、承受力三流。他是一個被精神牢籠囚禁的藝術囚徒。

# 秦時明月漢時關

　　劉宋時的鮑照，就熱衷於寫邊塞詩，我們知道他是一個生命力極強卻又被時代壓抑住了的人物。那種險仄的語言氣流是他衝突的精神慾望的體現。其實呢，鮑照時代的「邊塞」已不是在國之「邊」，也無有「塞」。「北伐」是那個時代的主題，但除了個別雄桀之士如劉裕、桓溫，坐擁江南溫柔的南朝是缺少曹植式的「幽并遊俠兒」（《白馬篇》）與鮑照的「但令塞上兒，知我獨為雄」的丈夫的（《代陳思王白馬篇》）。「馬毛縮如蝟，角弓不可張」（鮑照《代出自薊北門行》）的邊塞苦況，是令江南人士閉目惶拒的。來自北方的王謝大家族，一家專攻書法，一家雕章琢句，名士取代了英雄，儒雅風流，迷戀江南，樂不思鄉。他們被「文」化了，也弱化了，再沒有「西北望」的勇氣與興致了。

　　這種情況到唐人那裡有了大的改觀。初唐的楊炯就已寫出了「寧為百夫長，勝作一書生」（《從軍行》）的豪放之語，後來高適更寫出了「大笑向文士，一經何足窮」的英雄之言。南朝的崇文貶武傾向一變而為揚武卑文。就連十分內秀與懦弱的王維，也有過「單車欲問邊，屬國過居延」（《使至塞上》）的英雄式行為，並寫過一些頗有質量的邊塞詩，數量也有三十多首。「孰知不向邊庭苦，縱死猶聞俠骨香」（《少年行》），何等雄邁？「大漠孤煙直，長河落日圓」，更是千古流傳（《使至塞上》）。這只能看作是時代之賜了。這是一個奮發向上的時代，一個熱氣騰騰而使人熱血沸騰的時代，一個外向的時代，一個由宮廷走上江山塞漠、由內心體驗走向外部世界的時代，一個小橋流水人家與鐵馬秋風塞北合為一

體，六合一統、四海為家的時代，一個詩、酒、山水、金戈鐵馬交響的時代。

蒲桃美酒夜光杯，欲飲琵琶馬上催，

醉臥沙場君莫笑，古來征戰幾人回。（王翰《涼州詞》其一）

是悲愴，卻也灑脫；是感嘆，卻更豪放。連戰死沙場也是以美酒與音樂為伴，浪漫到了骨子裡。

被稱為「七絕聖手」的王昌齡（約 698 年至約 757 年），寫此類詩似更出色，請看《從軍行七首》中的幾首：

烽火城西百尺樓，黃昏獨坐海風秋。

更吹羌笛關山月，無那金閨萬里愁。（其一）

琵琶起舞換新聲，總是關山舊別情。

撩亂邊愁聽不盡，高高秋月照長城。（其二）

青海長雲暗雪山，孤城遙望玉門關。

黃沙百戰穿金甲，不破樓蘭終不還。（其四）

是的，從這些詩人的詩裡，我們知道唐人的視野與胸懷。他們的世界是那麼廣大，那麼高遠，不僅是外延上的，而且是內涵上的：這世界是豐富的、多姿多彩的，主題複雜，形態多樣，他們的內心世界也因此而充實，充實而廣大。

王昌齡的七言絕句「無一篇不佳」（楊慎《升庵詩話》），在唐人中只有李白一人能稱敵手。不論什麼題材，不論何種情感，王昌齡都能用二十八字表達之，且曲曲折折又淋淋漓漓。以下的這一首，足抵一篇史論：

秦時明月漢時關，萬里長征人未還。

但使龍城飛將在，不教胡馬度陰山。（《出塞》其一）


時空交錯。時間如風中流沙，掠過關塞；關塞之上，碧空中的那輪孤月，荒涼已久。可是啊，那萬里長征的人仍未歸來。我們好似那深閨中的栖栖遑遑、楚楚可憐的女子，從秦望到漢，從漢盼到唐，而伊人不歸。邊境千年，戰氛難靖。種族要生存、要繁衍，文化要保持、要發展，我們的壯士萬里戍邊，一去不還。為什麼民族與民族之間總是兵戎相見？總是「上疆場彼此彎弓月」？廣袤的邊塞，為什麼總是「流遍了，郊原血」？總是「沙頭空照征人骨」？為什麼不能「不戰而屈人之兵」，實現民族之間的相安？在一連串的疑問之後，幾乎是應和着我們的期待 ——「但使龍城飛將在，不教胡馬度陰山」—— 終於寫出了這種願望：對戰爭的厭倦，對瀰漫着硝煙的人類歷史的悲憫，對「和平」的祈禱。

王昌齡除了邊塞詩外，還寫了數量可觀、質量上乘的描寫女性的詩。他使那些美人的美永恆定格了。戰爭與女人，對男人而言是夠刺激的題材，王昌齡是興味盎然的。但好戰而能歸於和平，好色而能歸於憐惜，王昌齡終於是一個有境界、有高格的男性詩人。

唐代薛用弱《集異記》卷二曾記有一則王昌齡與王之渙、高適「旗亭畫壁」的故事：


開元中，詩人王昌齡、高適、王之渙（按：原文稱「王渙之」）齊名，時風塵未偶，而遊處略同。一日，天寒微雪，三詩人共詣旗亭，貰酒小飲。忽有梨園伶官十數人，登樓會讌。三詩人因避席偎映，擁爐火以觀焉。俄有妙妓四輩，尋續而至，奢華艷曳，都冶頗極。旋則奏樂，皆當時之名部也。昌齡等私相約曰：「我輩各擅詩名，每不自定其甲乙，今者可以密觀諸伶所

謳，若詩入歌詞之多者，則為優矣。」

俄而一伶，拊節而唱，乃曰：「寒雨連江夜入吳，平明送客楚山孤。洛陽親友如相問，一片冰心在玉壺。」昌齡則引手畫壁曰：「一絕句。」尋又一伶謳之曰：「開篋淚霑臆，見君前日書。夜臺何寂寞，猶是子雲居。」適則引手畫壁曰：「一絕句。」尋又一伶謳曰：「奉帚平明金殿開，強將團扇共徘徊。玉顏不及寒鴉色，猶帶昭陽日影來。」昌齡則又引手畫壁曰：「二絕句。」之渙自以得名已久，因謂諸人曰：「此輩皆潦倒樂官，所唱皆巴人下里之詞耳，豈陽春白雪之曲，俗物敢近哉？」因指諸妓之中最佳者曰：「待此子所唱，如非我詩，吾即終身不敢與子爭衡矣。脫是吾詩，子等當須列拜床下，奉吾為師。」

因歡笑而俟之。須臾，次至雙鬟發聲，則曰：「黃河遠上白雲間，一片孤城萬仞山。羌笛何須怨楊柳，春風不度玉門關。」之渙即揶揄二子曰：「田舍奴，我豈妄哉？」因大諧笑。諸伶不喻其故，皆起詣曰：「不知諸郎君何此歡噱？」昌齡等因話其事。諸伶競拜曰：「俗眼不識神仙，乞降清重，俯就筵席。」三子從之，歡醉竟日。

這真是一個令人神往的時刻，這個時刻只能鑲嵌在那個浪漫而明朗的時代。那是我們民族的春天。

王之渙（688 年至 742 年），字季凌，《全唐詩》僅存他的詩六首，但據說他的詩多「歌從軍，吟出塞」，是一個典型的邊塞詩人。這句「黃河遠上白雲間」，即是王之渙那首被譽為唐人絕句壓卷之作的《涼州詞》：

黃河遠上白雲間，一片孤城萬仞山，
羌笛何須怨楊柳，春風不度玉門關。

　　　　　　　　　　　　　　　　　　　　中國人的心靈

絕句能寫得風浪蘊藉，已是神品，而要寫得氣勢磅礴，又從氣勢磅礴再轉為幽深綿緲，實在是眾多高手措手不及的。這首絕句卻做到了。唐代的詩人，創造了太多的神話。或者，我應該說，那個時代，孕產了太多的神話一樣的詩人，他們使不可能變成了現實，使詩歌創作變成了神話的誕生。

王之渙更有名的可能是《登鸛雀樓》：

> 白日依山盡，黃河入海流，
> 欲窮千里目，更上一層樓。

日月不息，江河滔滔，天行健，君子以自強不息！這是唐人的日月，唐人的山河，唐人的眼光，唐人的精神！

唐人邊塞詩的大家，首推高適（約 702 年至 765 年）與岑參（715 年至 770 年）。高適的代表作是《燕歌行》，一首樂府舊題詩。高適，字達夫，他的個性確也有孔子所謂「無可無不可」式的通達，莊子的無是無非的隨緣。他寫詩，「多胸臆語」（《河岳英靈集》），「以氣質自高」（《舊唐書·高適傳》），「雖乏小巧，終是大才」（《吳禮部詩話》引時天彝評）。舊傳說他年過五十才留意篇什，不知有什麼根據，而據我們今天讀到他的作品，好詩則恰好都在五十歲之前，五十歲以後他官位漸高，好詩漸少，反沒有什麼值得稱道的大作了。他的詩題材多樣，邊塞詩僅是其中的一個方面，但他以一首《燕歌行》而成了唐代邊塞詩的領軍人物，並與另一位純粹的邊塞詩人岑參並稱「高岑」。

> 漢家煙塵在東北，漢將辭家破殘賊。
> 男兒本自重橫行，天子非常賜顏色。
> 摐金伐鼓下榆關，旌旆逶迤碣石間。

校尉羽書飛瀚海，單于獵火照狼山。

山川蕭條極邊土，胡騎憑陵雜風雨。

戰士軍前半死生，美人帳下猶歌舞。

大漠窮秋塞草腓，孤城落日鬥兵稀。

身當恩遇恆輕敵，力盡關山未解圍。

鐵衣遠戍辛勤久，玉箸應啼別離後。

少婦城南欲斷腸，征人薊北空回首。

邊庭飄颻那可度，絕域蒼茫無所有？

殺氣三時作陣雲，寒聲一夜傳刁斗。

相看白刃血紛紛，死節從來豈顧勳。

君不見沙場征戰苦，至今猶憶李將軍。

這詩作於開元二十六年，那時他雖然生活困頓，但畢竟正當三十五歲的壯盛之年，生命力旺盛而氣質澎湃，有這樣的氣勢滔滔的作品正當其時。此詩雖序曰為張守珪為契丹所敗而作，但並不專詠一事，而是對那個時代邊事的全面概括與反思。即此一點就可知高適的心胸之寬廣與手眼之高卓。此詩揭示了幾組矛盾 —— 民族矛盾、將卒矛盾以及戍邊士卒的內心矛盾（報國之志與思鄉之情的矛盾）；刻劃了一干人物 —— 上至天子，中至將帥，下至士卒及閨婦；描摹了一串場景 —— 出師之際，交戰之間，邊塞的生活風俗圖與風景畫。描繪時既粗獷又細緻，抒情時有自豪有憤怒，議論時既雄壯又悲惋。蒼涼深沉，雄健高亢，有直截了當的對比 ——「戰士軍前半死生，美人帳下猶歌舞」，怒形於色，有指桑罵槐的揶揄 ——「君不見沙場征戰苦，至今猶憶李將軍」，幾乎把唐代邊疆那些雄桀不可一世的強梁將帥一筆抹殺。當然高適寫此詩時尚未依人為幕府，所以他能如此超然，如此平視那些起起武夫。到他後來依哥舒翰以後，他的腔調也就一

變蔑視而為崇拜了。余恕誠先生把唐代邊塞詩分為「戰士之歌」與「軍幕文士之歌」兩類，蓋高適在入幕之前所寫的邊塞詩為「戰士之歌」，用戰士之眼光抒戰士之情感。而後期，則一文士 —— 一有人身依附關係的文士耳。

高適的名作，還有作於四十八歲（天寶十載，751 年）的《封丘作》。這是最能體現他個人氣質的作品，藝術上也很圓熟，敘述式的賦體，應是他最拿手的，最能體現其渾灝流轉、磊磊落落的個人氣質。他的送別詩頗有特色，人人熟知的送別董庭蘭的《別董大》中的名句「莫愁前路無知己，天下誰人不識君」，正是他性格中曠達一面的典型體現：「不愁前路」。他半生蹉跎，一事無成，卻從來沒有焦慮，這真是一個有着特別心志與氣質的人物。這樣的人物，也是那個時代的特產吧。那個時代也沒有虧待他，他的人生之路在後半生終於柳暗花明，在年近五十時「豁然開朗」，直接坐到了部長級的寶座。「有唐已（以）來，詩人之達者，唯適而已」（《舊唐書·高適傳》）。莊子說「嗜欲深者，其天機淺」，像高適這樣無可無不可的人物（他甚至求丐自給也不以為意），正是天機深者。且看他的《送別》：

昨夜離心正鬱陶，三更白露西風高。
螢飛木落何淅瀝，此時夢見西歸客。
曙鐘寥亮三四聲，東隣嘶馬使人驚。
攬衣出戶一相送，唯見歸雲縱復橫。

《唐詩解》卷十六析此詩曰：「此敘不忍別之情。夫念離而憂，思深如夢，候鍾而起，聞馬而驚，當未別之時已不勝情矣，況既別之後所見為歸雲，能無惆悵乎？」但此詩最讓人難忘的還是從中體現出來的高適個人的性情，他「離心鬱陶」之時，仍然那麼灑脫奔放，不黏不滯。「攬衣出戶一相送」，我們看到的是瀟灑

俊爽，是豪放曠達，拎得起，放得下，似乎纏綿難斷，卻又似一絲不掛。似乎濃於酒，卻又似乎淡如水。他的情懷中，真是無小兒女態。

與高適齊名的岑參，若就邊塞詩而言，其成績應在高適之上，他是屬於余恕誠先生分類「軍幕文士之歌」中的最典型代表。就其自身情感特徵及文體風格言，他與李白很相似，只是他尚有藩籬，尚有規矩，尚有分寸，不像李白那樣無法無天，沒大沒小。岑參若再狂放一些，比如酒量再大一些，酒後大言狂言再多一些，再不着邊際一些，眼界再廣一些，再眼高於頂、目中無人一些，氣量再大一些，性情再真實一些，他就是李白了。但這都不可能，李白的出身與他的出身差異很大，李白的狂放豪奢有其家庭物質基礎，而岑參少年喪父，靠自己勤奮出人頭地。所以李白一生只求事業，只求所謂建功立業，而不知產業家業；而岑參則把功成名就與改變「貧賤」聯繫在一起，「花門樓前見秋草，豈能貧賤相看老」（《涼州館中與諸判官夜集》）與李白的「天生我材必有用，千金散盡還復來」（《將進酒》）是有不同的追求取向的。蓋李白的志向為實現人生價值，完成自身的最大發展；而岑參的志向則與改變自己的生活狀況與社會地位緊密相連，所以，岑參在幕府不免諛主，有小鳥依人之態；而李白則視萬乘亦若僚友，「天子呼來不上船，自稱臣是酒中仙」，此則岑參萬不及李白處。

但若以詩言，岑參自有自己的特色與貢獻，他的天性中，最特殊的一點是「好奇」。杜甫《渼陂行》說「岑參兄弟皆好奇」，好奇的人往往也好炫耀，他就是這樣的人，他把邊塞的艱苦化為「奇」，再以炫耀的口吻向人道出：

　　北風捲地白草折，胡天八月即飛雪。
　　忽如一夜春風來，千樹萬樹梨花開。
　　散入珠簾濕羅幕，狐裘不暖錦衾薄。
　　將軍角弓不得控，都護鐵衣冷猶著。

瀚海闌干百丈冰，愁雲慘淡萬里凝。

中軍置酒飲歸客，胡琴琵琶與羌笛。

紛紛暮雪下轅門，風掣紅旗凍不翻。

輪台東門送君去，去時雪滿天山路。

山迴路轉不見君，雪上空留馬行處。（《白雪歌送武判官歸京》）

《白雪歌送武判官歸京》寫雪、寫寒、寫送別，《走馬川行奉送出師西征》寫風、寫寒、寫戰爭，都不是厭惡與悲傷，而是驚奇與驚喜，也因此才有那有名的梨花之喻。白雪天山，荒涼奇寒，在岑參心中，不是一大心病，而是一大驕傲！他的內心裡，為自己設定的潛在讀者，一定是內地之人，未有出塞經驗之人，他在向他們炫耀：這邊塞的種種奇觀，種種怪異，種種神奇；邊塞將士們的種種偉大，種種艱苦，種種卓絕，種種浪漫與豪情，種種俠骨與柔腸。他的潛台詞是：這一切發生在邊荒的人生風景，你們知道嗎？他在向他們宣告：我來了，我看見了！

岑參的詩，正是以他親身經歷為素材，也讓我們「看見了」。

# 興高而采烈

　　李白，就其人生理想來說，是失敗而不幸的，這從他那臨終之作、悲愴絕望的《臨路歌》中可以看出。但就其生命過程及每一個當下生存狀態來說，則是生動活潑、生龍活虎、濃墨重彩、尋歡作樂的。也就是說，他的生命過程，實在是快快活活的，隨心適意，肆意為歡。用他自己的話說是「人生得意須盡歡，莫使金樽空對月」，其實呢，他是在「得意」時盡歡，在不「得意」時創造「得意」也要盡歡。「人生在世不稱意」時，他不也一樣「對此可以酣高樓」？這個「此」，不過就是謝朓樓上極目所見之景罷了。他是「平生不下淚」的，雖然偶然「於此泣無窮」，但只是一瞬間，他永遠如同一個孩子，臉上還掛着淚珠，卻已在那裡興高采烈了。對了，李白的人生，是興高采烈的；他的詩文，亦是興高采烈的 —— 他永遠有「高」的興致，所以他也就有了那麼「烈」的文采。

　　在中國這樣一個有着「憂患」傳統的文學歷史中，找到李白這樣一個人實在不容易，他是一個另類，但這是多麼偉大的一個另類啊！他從不作嚴肅狀，不作憂心忡忡狀，不作忠臣孝子之態。對仁義禮智信，他不反感，卻也不掛作招牌。他嘲魯叟，笑孔丘，他視萬乘若僚友，合則共事，不合則去。他不拘檢而縱逸，不小心而大意。他「華而不實，好事喜名，而不知義理之所在。語用兵，則先登陷陣不以為難；語遊俠，則白晝殺人不以為非」（蘇轍〈詩病五事〉）。他大談政治，卻似縱橫家；談軍事，卻是書生倜儻之論。看他「但用東山謝安石，為君談笑靜胡沙」、「指揮戎虜坐瓊筵」、「南風一掃胡塵靜」（《永王東巡歌》），令

人掩口胡盧而笑，但這不是恥笑，我們是覺得他可愛。他那麼自信自大，把自己的政治熱情與政治理想當成了政治才能，把自己個人發展的慾望當成自己的實際才幹，天真也好，幼稚也罷，總之是坦蕩磊落，大言不慚。像他這樣毫無心機的人，為什麼不讓人喜愛？他的人生是藝術的人生，正如杜甫的人生是政治的人生。李白把政治、軍事都弄成了詩歌藝術了，又正如杜甫把詩歌寫成了政治批評，如果我們不得不向杜甫表示尊敬，那我們更不能不打從心眼裡喜歡李白。

　　李白是一個徹頭徹尾的享樂主義者，他把自己的生命，一用作自我實現，二用作尋歡作樂。用作自我實現，須藉助世俗權力，但他一挫於玄宗，二惑於永王，直至被肅宗流放 —— 順便調侃他一句：他流放的地方亦是以「自大」出名的夜郎 —— 只能歸之於失敗。而用作尋歡作樂，則只需要自己有一顆為樂之心，一顆無拘無束、無所憑依的自由心靈。理想的破滅，上進之路被堵死，不但不使他心緒頹敗，反倒給了他尋歡作樂以足夠的道德支持。我們看他的《將進酒》：


　　　　君不見黃河之水天上來，奔流到海不復回。

　　　　君不見高堂明鏡悲白髮，朝如青絲暮成雪。

　　　　人生得意須盡歡，莫使金樽空對月。

　　　　天生我材必有用，千金散盡還復來。

　　　　烹羊宰牛且為樂，會須一飲三百杯。

　　　　岑夫子，丹丘生，將進酒，杯莫停。

　　　　與君歌一曲，請君為我傾耳聽。

　　　　鐘鼓饌玉不足貴，但願長醉不用醒。

　　　　古來聖賢皆寂寞，惟有飲者留其名。

　　　　陳王昔時宴平樂，斗酒十千恣歡謔。

主人何為言少錢，徑須沽取對君酌。

五花馬，千金裘，

呼兒將出換美酒，與爾同銷萬古愁。


此時的李白哪裡有什麼「得意」？但他仍自以為得意，仍要「盡歡」，我用「尋歡作樂」來形容李白的生活態度，證據就在這首詩裡。你看他說的「烹羊宰牛且為樂」，注意「樂」是「為」出來的，而且要代價：不僅要羊、牛，且還要烹、宰，五花馬、千金裘也要搭上。人生本苦，苦中作樂，誠為不易！

全詩由悲（悲白髮）到歡（盡歡）到樂（為樂），漸入狂放，漸入憤激。歡而且謔，並且是恣意為之。人生悲苦的底色太濃，不如此肆意塗抹，如何蓋得過？在一番狂歡放蕩之後，突然的一句：與爾同銷萬古愁！猛然收束，令人驚愕，令人頓悟：原來這一切，都不過是為了消愁，且是萬古之愁，何其深重，何其積重難返！此時我們才想起開頭的那兩個氣勢磅礡的長句，原來他早已把生命短暫的「驚心動魄」的真相，作為他人生的前提。


夫天地者，萬物之逆旅也；光陰者，百代之過客也。而浮生若夢，為歡幾何？古人秉燭夜遊，良有以也。況陽春召我以煙景，大塊假我以文章。……開瓊筵以坐花，飛羽觴而醉月。不有佳詠，何伸雅懷？……（《春夜宴從弟桃花園·序》）


「天地不仁，以萬物為芻狗。」（老子）但，另一方面，又給我們以豐富的饋贈：「陽春召我以煙景，大塊假我以文章。」況「造化鍾神秀」，像李白這樣的「神秀」、傑出之士，生命歷程定不寂寞，定不枯燥，定不索然寡味。是的，這人生固然如夢如煙，固然「為歡幾何」，但我們仍可以活得開開心心，活得熱熱烈

烈，活得濃墨重彩，活得有滋有味。我們可以在花叢中開瓊筵，可以在朗月下飛羽觴 —— 李白早告訴了我們：「清風明月不用一錢買，玉山自倒非人推。」……好的，我們就來看看他的《襄陽歌》吧 ——

落日欲沒峴山西，倒著接䍦花下迷。
襄陽小兒齊拍手，攔街爭唱《白銅鞮》。
傍人借問笑何事，笑殺山翁醉似泥。
鸕鷀杓，鸚鵡杯。
百年三萬六千日，一日須傾三百杯。
……

這樣的詩，真令我們心花怒放。這是一種徹底的享樂主義，享樂得如此心安理得，如此張揚而大放厥詞，不僅自己沾沾自喜，洋洋自得，而且對別人津津樂道，眉飛色舞。「百年三萬六千日，一日須傾三百杯」，直把人生的所有時光，人生的所有追求與價值，都與「酒」—— 這一享樂的代表 —— 連在一起，而且還大有捨此豈有他哉的味道。古來聖賢，歸於寂寞；功名富貴，歸於煙滅。羊公善政美名，遺忘於人心；襄王雲雨風流，淘盡於江流。沒有永恆，沒有明天，只有當下歡樂，千秋萬歲名，不如即時一杯酒。若分析這首詩的構成元素，大約有三分癲狂，三分嘲弄，三分玩世，再加一分沾沾自喜，自我欣賞。他甚至說出「舒州杓，力士鐺，李白與爾同死生」的話來，真讓人跌足長嘆！

讀這樣的詩，若不被感染得意氣橫生，不能被激發出對生命的熱烈的愛，反而蹙眉作「道德」狀，說李白消極享樂，真是該死！

杜甫曾疑惑李白：「縱飲狂歌空度日，飛揚跋扈為誰雄？」不為誰，就為了他自己這副可愛德性。他天生才雄，天生狂放，天生好酒量、好詩才，天生一

副尋歡作樂的脾氣與福氣,他要「興酣落筆搖五嶽,詩成笑傲凌滄洲」(《江上吟》),我們有什麼辦法?

為了不受約束地逞才盡性,他最喜歡的體裁是那不論句式、不論篇幅長短的古風與歌行(實際上,古風與歌行在體制上並無明顯區別)。但另一方面,也許是為了有意識地控制自己的天才和絡繹奔會、應接不暇的靈感,李白在詩歌形式上給自己設置了一些障礙和頓挫。他有意識地通過句式的變幻拗斷那過度的流暢,一詩之中,四言、五言、七言交錯出現。他可能想通過變換步幅與節奏來增加拗折。有時,在流風回雪、輕便婉轉之中,在美女肌膚一般的潤滑之後,突兀地橫在我們面前的,是散文化的句子,突然地增加了頓挫與語言的骨感,然後又是綢緞一般的流暢,水銀一般地輕瀉,這般倏忽變換,仍能氣脈流暢。我們看他的《灞陵行送別》:

> 送君灞陵亭,灞水流浩浩。
> 上有無花之古樹,下有傷心之春草。
> 我向秦人問路岐,云是王粲南登之古道。
> 古道連綿走西京,紫闕落日浮雲生。
> 正當今夕斷腸處,驪歌愁絕不忍聽。

有時,他還在一派流暢之中,突然出現一個單句,故意打破平衡,或對上文起急收作用,或讓我們的閱讀期待猛地頓住,如勒奔馬,如斷急流。如此頓宕,就避免了平滑。一味流暢則易入於「滑」,一味阻滯則易顯得「澀」。李白詩不滑不澀,流暢而頓宕,充滿了張力與彈性。我們見杜甫在沉鬱中有頓挫,不可不知李白在輕便中亦有頓挫。沉鬱而頓挫,是同質相成;輕便而頓挫,則是相反而相成,尤為難得。

李白有直透人生悲劇本質的大本領，所以他的詩總是能由具體與個別而直達抽象與一般，以形象的語言表達抽象的人生感悟。他花天酒地，歡天喜地，一派繁華：可就在這一派似錦繁華之中，在灑脫無待、一絲不掛、一意孤行、一往無前之時，他又那麼一往情深，他時時陷入悲涼之中而一往不復 ——

> 青天有月來幾時？我今停杯一問之。
> 人攀明月不可得，月行卻與人相隨。
> 皎如飛鏡臨丹闕，綠煙滅盡清輝發。
> 但見宵從海上來，寧知曉向雲間沒。
> 白兔搗藥秋復春，嫦娥孤棲與誰鄰？
> 今人不見古時月，今月曾經照古人。
> 古人今人若流水，共看明月皆如此。
> 唯願當歌對酒時，月光長照金樽裡。
> （《把酒問月·故人賈淳令余問之》）

蘇東坡式的徹骨悲涼與自我安撫，已遙伏在李白的語言花叢之中。

大凡天才，內心中總有一種不可名狀的悲涼。這悲涼大約來自天才智力上的穿透力：穿透了一切繁華表象，看到了生命那悲哀的核。

# 一個人如何成為詩聖

　　李白使詩歌變成神曲,而杜甫使詩歌成為人歌。李白總是往一般化、抽象化上靠,而杜甫則總往具體化、形象化上靠。讀李白的詩,使我們感受到人生宇宙之中的莫名大寂寞;而讀杜甫詩,則使我們頗感身處人間的種種具體的煩惱 —— 不論這煩惱有多大,由於是具體的苦難與不幸,相對於那種生命本質上的苦痛,它是在質上為小的。是的,李白總是大鵬一般,精神遨遊天上;而杜甫則時時注目人間,他為那些聲聲入耳的悲聲和絲絲入目的苦形所牽掛、所苦惱,憂心忡忡,而又不知所措。

　　與李白對具體的人事不感興趣正相反,杜甫則對日常生活中的悲歡離合傾注了極大的關注與關心,這可能正是他人格上日臻於聖人境界的途徑,聖人就是「即凡而聖」的。一部《論語》,其中多少哲理,全來自日常生活的觀察,孔子的學問,其最值得我們尊敬的也即在此 —— 人倫之聖孔子和詩歌之聖杜甫,其精神特質及昇華之途徑,確有同構之處。非常有意思的是杜甫在面對日常生活中的悲歡離合時,他選擇的不是感慨,這一點他與李白正相反,李白總是把日常生活中的事件看成是人生悲劇的例證而發出感嘆,並使之成為詩的主體,而杜甫是描述。他的詩甚至因此變得有些瑣屑,而這正是他的特色,不僅是他的詩歌藝術的特色,而且是他思維的特徵,我們正是如此,又把他的詩稱為「詩史」—— 他是記錄的、描述的、客觀的,正如他在《石壕吏》中所表現的那樣,不,像他在整個「三吏三別」、整個安史之亂之際所寫的那一類詩一樣,全是敘述,而且細

節摹寫生動,人物音容笑貌刻畫生動。他甚至因此被後人稱為一個袖手旁觀者,冷漠無情,殊不知這正是他詩歌的特色,他要保持客觀與冷靜,他要不介入,從而使事件正常地發生發展,不因干擾而改變方向,從而有真實可信的結果。這時候,面對對象,他更像一個科學工作者,而不像一個容易激動的詩人。

看李白沉湎於酒的境界,真像一個酒神。但有意思的是,他酒醉之後倒不是與別人打成一片,醉成一團,撕扯不開,而是心遊萬仞。他此時的眼光是向上的,看到的是長風萬里送秋雁,想到的是欲上青天攬明月,而不是與人糾纏。他醉後倒似乎更有洞徹力,更有穿透力。他的醉眼似乎更冷峻,更把一切不屑。

杜甫則是冷靜的,這是指他的客觀判斷力。若論及他的主觀態度,更常常是冷峻,一種冰冷的、嚴厲的、難以靠攏的精神形式。他寫過《飲中八仙歌》,我們該知道,這是醒者的詩 —— 只有醒者,才能如此細緻地觀察 —— 不,觀賞。他就這樣八人皆醉我獨醒地觀賞他們,描摹他們的醉態,並對他們發出由衷的讚美,他暗中很羨慕他們的境界,但他注定是另一種人。他的良心太敏感,因而時時被驚醒,或者被痛醒,不大能在醉態中酣睡。杜甫也是飲酒的,但他寫醉酒很少,他是在冷靜時寫作的,他的作品出自他的理智,以及他仁愛的內心,不像李白那樣出自澎湃而不可抑制的熱情與激情,他的大作品《自京赴奉先縣詠懷五百字》、《北征》等,其推進展開,不是熱情的蔓延,而是事件過程的自然發展。前人早就正確地區分過李白的《經亂離後天恩流夜郎憶舊遊書懷贈江夏韋太守良宰》為「書體」,而杜甫《北征》為「記體」(陳僅《竹林問答》)。所謂「書體」,乃議論;而「記體」,乃敘事。同為長篇,李白為長篇大議論,杜甫為長篇大事記。

李白總是把個人的遭際縱向地上升到人生,杜甫則總是把一己的不幸橫向地聯繫到社會。所以李白更像一個哲學家,杜甫則是一個政治評論家,他的詩更像是社會評論。李白是對人生感懷萬端、情不能已的,而杜甫則是對社會苦難憤慨

不平、唏噓不已。如果要控訴這人間的罪惡，那麼，李白可能是滔滔不絕的公訴人，而杜甫則是目擊證人。他發誓他在現場，他所說的一切都是真實發生的。

李白的大本領是議論，雖然他並不願多動腦筋思考，但「斗酒詩百篇」的他要發議論，而且是不着實際社會邊際的議論，他總能思如泉湧，妙語連珠，且讓我們隨之手之舞之，足之蹈之。杜甫的大本領是描摹與敘述，他描摹的功夫在自來詩人中可稱第一。我們知道中國古代詩歌多為抒情詩，敘述與描摹在這類詩歌中只是點綴與補充，從而這種功能因久被閒置而幾乎廢殆。但在杜甫的詩中，無論敘場景的描摹（如《羌村三首》），還是寫風景的描摹，甚至寫心理的描摹，他都能「使筆如畫」。他天生一雙仁慈的眼光，天生一雙善於捕捉細屑的眼光，他常在細枝末節中發現大問題，他常被細小的情節感動。他就把它們描摹下來，不是花很多筆墨，而是用經濟卻傳神的筆墨。

李白是破壞的力量，杜甫是建設的力量。李白代表那種衝決一切束縛的、嚮往自由的、蓬勃發展的精神，而杜甫則代表那種建立規矩、遵從規範的紀律。李白古風、樂府最好 —— 這是說，他在這種體裁中的好詩最多，而不是說他擅長或不擅長哪種詩體 —— 事實上，李白哪種詩體都能玩得轉，玩得絕。誰能說他的五、七言律、絕詩不行？我們只能說他更喜歡用哪種方式來抒發他那不羈之情 —— 對了，因為他的情是「不羈」的，所以，他愛用古風，因為古風在形式上是最少約束的，除了一般的押韻和節奏，其他都可模糊。李白的天性是「君子善假於物」，在他眼裡，那麼多詩體，簡直是宇宙之間豐盛的大餐，他只取來饕餮、享用，他可不想去烹飪。杜甫則如同一個孜孜不倦探求烹飪技術的廚師，他不停地在那裡試驗新的配方與配料，講究火候與色香味，所以他是詩體的大師，他幾乎在各種詩體上都做過勤奮試驗，元稹說他是「盡得古今之體勢，而兼人人之所獨專」，可能稍有溢美，但基本情形卻也差不多。

當然，杜甫取得的最大成績，我以為還在七律上。他的《秋興八首》真是極

錘煉之功。情感的沉鬱和音節的頓挫，內涵的豐富複雜與語言的歧義模糊，思慮的滯澀艱深與用詞的沉重黏稠，諸如此類，密不可分地結合在一起，真讓人有體用不二之嘆。也許他一些傑出的單篇會受到挑戰，但他的這八首組詩則是文學史上空前絕後的交響樂，它們源自杜甫聖人般憂患重重的慈悲胸懷，這是一種境界，是人格修煉的成果，不僅僅是詩藝上的琢磨。

> 玉露凋傷楓樹林，巫山巫峽氣蕭森。
>
> 江間波浪兼天湧，塞上風雲接地陰。
>
> 叢菊兩開他日淚，孤舟一繫故園心。
>
> 寒衣處處催刀尺，白帝城高急暮砧。（其一）

> 聞道長安似弈棋，百年世事不勝悲。
>
> 王侯第宅皆新主，文武衣冠異昔時。
>
> 直北關山金鼓振，征西車馬羽書馳。
>
> 魚龍寂寞秋江冷，故國平居有所思。（其四）

> 瞿塘峽口曲江頭，萬里風煙接素秋。
>
> 花萼夾城通御氣，芙蓉小苑入邊愁。
>
> 珠簾繡柱圍黃鵠，錦纜牙檣起白鷗。
>
> 回首可憐歌舞地，秦中自古帝王州。（其六）

以下則是被胡應麟《詩藪》稱為「精光萬丈」，推為「古今七言律之冠」的《登高》：

風急天高猿嘯哀，渚清沙白鳥飛回。

無邊落木蕭蕭下，不盡長江滾滾來。

萬里悲秋常作客，百年多病獨登台。

艱難苦恨繁霜鬢，潦倒新停濁酒杯。


　　季節之秋和生命之暮在夔州重陽節重疊了。前四句寫季節之秋，寫登高遠望中所見秋景，而「無邊落木蕭蕭下」中也有生命之葉正在凋落的悲涼，隨着「不盡長江滾滾來」的，也正是那無邊無際、不可斷絕的憂愁。後四句視線收回自身：羈旅之意，思鄉之情，遲暮之感，多病之憂……羅大經《鶴林玉露》說「萬里悲秋常作客，百年多病獨登台」二句，是「十四字之間，含有八意」，這種緊湊、凝練、豐富與複雜，正是老杜晚年艱難苦恨、百憂叢集在藝術上的體現。

　　杜甫有很「俗」的一面。比如他可以在長安「朝扣富兒門，暮隨肥馬塵」（《奉贈韋左丞丈二十二韻》），可以在成都毫不慚愧地靠老朋友如高適等人接濟，如果對方忘了，他可以主動催要（《因崔五侍御寄高彭州一絕》），希望他們來「救急難」。他可以進三大賦以求用：一邊自詡「竊比稷與契」（《自京赴奉先縣詠懷五百字》），且要「致君堯舜上，再使風俗淳」（《奉贈韋左丞丈二十二韻》），一邊卻又可以毫無羞恥地自比古代文學弄臣枚皋、揚雄，一再懇求玄宗「哀憐」（〈進雕賦表〉）。可能因為他一生在經濟上不能瀟灑，在政治上不能得志，影響到他人格上的拘謹與一絲委瑣。這種庸俗的一面，與他「詩聖」中「聖」的一面（此「聖」乃指他精神上偉大的博愛與推己及人的慈悲）似乎很不和諧，但卻如此真實地出現在一個人身上。事實可能正是因為杜甫自己對生活的艱辛與種種尷尬有切身的體驗，他才能體諒他人的苦難與辛酸。這可能正是杜甫由凡入聖、由俗入聖的邏輯之路。

# 長安花

唐德宗貞元十二年（796 年），四十六歲的苦吟詩人孟郊終於考中了進士。

> 昔日齷齪不足誇，今朝放蕩思無涯。
> 春風得意馬蹄疾，一日看盡長安花。（《登科後》）

你看他的那股張狂勁。可是，這已是「秋風生渭水，落葉滿長安」的季節了，在這暮氣重重的長安，還能有什麼嬌豔的花呢？

我曾寫過兩則短短的〈晚唐軼事〉，其中第二則是這樣寫的：

> 渭水不竭，涇水不竭。幾番涇以渭濁，幾番渭以涇濁，秋風便鬱鬱地吹來了。
>
> 有消息說杜甫死於洞庭了。代宗有些悲哀，望望殿前烏柏之秋聲，有人報御餐備好了。
>
> 傍晚，長安大道黃葉堆積。幾個鬥雞童子在樹下玩耍。幾個白頭宮女坐於階前，閒說玄宗之玉液池，閒說玄宗之蜀道。而貴妃的馬嵬只有孤月伴寐了。
>
> 在李白長嘯出城之埡口，李商隱騎馬踟躕而來，似乎有些落魄。杜牧在揚州很久沒有消息了。老孟郊卻張狂地一日看盡小巷女兒躲閃之花容。

賀知章金龜換酒處，店家易主。王之渙賭唱之旗亭中，伎女雲散。他們拍拍肩膀，濁酒一杯，無聲地默望終南山遙遠的餘雪，城中暮寒更深了。

這是關於中晚唐的一些錯綜印象的片段。我只是想寫出我的傷感，寫出那種人生的寒涼。一個偉大的時代演完了它的輝煌，關上了它的大門，繁華遠逝，功業不再，雄心衰頹。那些後來者、遲到者只能坐在緊鎖的時代大門外，嘆息。

可是，長安，曾經是有過花的，在那迷人的夏季。那是人類歷史上最鮮豔的花朵，與愛情、藝術，甚至一些撩人的緋聞糾纏在一起。

當然，這已不是被蘇軾譏為「寒」、被元遺山嘲為「囚」的孟郊所能見到的了，花已經開過，並且在他四歲時就已凋落塵埃了。

連最風流倜儻、輕薄無行的採花高手元稹，都只能隔着時代嘆息。元和十三年（818 年），元稹寫下了他一生中最重要的詩作：《連昌宮詞》。他這樣無限嚮往、可憐巴巴地向六十多年前的長安眺望聆聽：

> 上皇正在望仙樓，太真同憑闌干立。
> 樓上樓前盡珠翠，炫轉熒煌照天地。
> ……
> 初過寒食一百六，店舍無煙宮樹綠。
> 夜半月高絃索鳴，賀老琵琶定場屋。
> 力士傳呼覓念奴，念奴潛伴諸郎宿。
> 須臾覓得又連催，特勒街中許燃燭。
> 春嬌滿眼睡紅綃，掠削雲鬟旋裝束。
> 飛上九天歌一聲，二十五郎吹管逐。
> 逡巡大遍涼州徹，色色龜茲轟錄續。

李謨擫笛傍宮牆，偷得新翻數般曲。

平明大駕發行宮，萬人鼓舞塗路中。

百官隊仗避岐薛，楊氏諸姨車鬥風。

……

　　原諒我引得這麼多。不這麼着見不出那盛大的場面與氣氛。讀盧照鄰的《長安古意》，在那生龍活虎般的律動裡，我們見得出那人生慾望的驕躁；讀杜甫《憶昔》其二，在那長吁短嘆的口氣中，我們見得出那物質世界的豐盈；而讀元稹的這首《連昌宮詞》，在那無限豔羨和企望的心理中，我們見得出藝術世界的華美。長安！你可不就是後人想像中的天堂？

　　這三人中，盧照鄰憤世嫉俗，又患有人見人怕的麻瘋病，他命定被關在天堂之外。杜甫生性嚴肅，愛給自己找一些沉重的東西背在肩上，即使在天堂（三人中也只有他趕上了那好時光），他也是天堂中怨聲載道的清潔工。只有元稹，你看他那沾沾自喜，你看他那輕薄無行，你看他那風流倜儻、詩才敏捷、好出風頭、享樂主義……他最該在天堂中！可他晚到了。他出生時，盛唐都已過去四分之一世紀了，到他寫這首《連昌宮詞》時，已是六十多年 —— 一個花甲之年過去了。他只能惻然地眺望與感傷，在追憶與想像中做一回白日之夢。

　　這是一連串有關長安與音樂的神奇傳說。六十多年了，這傳說愈發撲朔迷離，如夢如煙，似真似幻，此情可待成追憶，只是當時已惘然。我發現，盛唐以後的中晚唐詩人，除了心性極堅韌極冷酷極道學如韓愈等少數人外，大都有夢囈的特徵。他們是否還有夢遊的毛病？能在夢中遊回那讓他們魂牽夢縈、「中心藏之，何日忘之」的盛世長安嗎？現在，且讓我們與元稹同做一夢，在夢中回到六十多年前的盛唐去 ——

　　玄宗在宮樓下大宴士民已多日了。場面越來越熱烈，人群越來越激動，歌吹

彈唱，起坐喧嘩，醒者鬧，醉者叫，連琵琶演奏大師賀老（懷智）華美動人的琵琶演奏都沒人要聽了，負責場面程序的嚴安之、韋黃裳已經束手無策，只能報以苦笑。玄宗叫來高力士，耳語幾句，但見高力士大聲喊道：「現在我們請念奴唱歌，讓二十五郎邠王李承寧吹笛伴奏，你們要聽嗎？」場面果然頓時安靜下來，玄宗與貴妃一笑。大家都在等着美麗的女歌手念奴出場，可念奴在哪裡？高力士滿頭大汗，大聲呼找，台下有人起哄：「念奴大概正偷偷陪着御林軍中的那些英俊少年睡覺吧？」全場粲然。終於找到了念奴姑娘，她正輕籠薄翼般的紅綃睡覺呢！一聽滿場都在等她，她輕攏亂鬢、略施粉黛，很快就打扮好了。在寒食節禁煙火時，玄宗特許在大街上燃起蠟燭，給念奴姑娘照路。念奴趕到了，飛一般飄落宮樓之上，對着台下熱烈的場面，輕啟朱唇，美妙的音符飛翔在長安城的夜空……

在二十五郎的笛聲伴奏下，念奴姑娘唱了一曲又一曲，唱完了一整套的涼州大曲，又盡情地唱起了龜茲音樂，邊歌邊舞，歌聲婉轉輕妙，舞姿翩翩若仙，觀眾如癡如醉，如癲如狂……

夜深了，意猶未盡的玄宗帶着幾個隨從在大街上漫步。一家小酒館裡傳出美妙的笛聲，玄宗一聽，大驚失色：這不是我昨晚在上陽宮才譜出的新曲嗎？原來，當玄宗在上陽宮揣摩推敲新曲時，一個叫李謨的吹笛少年正在天澤橋上賞月，聽到宮中度曲，就悄悄記下了曲譜……

第二天，天一亮，玄宗的大駕從行宮出發，他看到了這樣一幕盛世場景：萬人鼓舞途路中……

這是一個藝術的時代。這時代的兩個領頭人物是楊玉環和李隆基。不僅他們兩人都是藝術大師與藝術鑒賞大師，而且，他們幾乎憑着血緣關係就能聚集一個頂尖的藝術沙龍：貴妃的姐妹一個個如花似玉，歌美舞妙；玄宗的兄弟一個個擅長樂器，英俊瀟灑。女人美麗又多情，男人風流而多才。這是一個怎樣讓人心儀

的時代呵！

　　楊玉環把一個政治的、軍事的、道德的唐朝變成了藝術的唐朝，一個音樂、歌舞、遊戲的唐朝。開元二十八年（740年）十月，玄宗第一次見到她，她以兒媳的身份給玄宗進奏《霓裳羽衣曲》，舞姿翩翩。從此，《秦王破陣樂》的時代過去了。她把玄宗由廟堂引進了床幃和梨園，把大唐引進了藝術的天國。

　　除了賀懷智、念奴、二十五郎、李謨外，還有一些人物也必須提到。

　　首先是李龜年與李白。他們倆合作完成了樂府新聲《清平調》三首，李白作詞，李龜年配樂並親自演唱，歌詞是獻給這時代最美的女人的，歌頌她的絕世風采。

　　韋濬《松窗雜錄》這樣記敘這件盛事：

　　　　開元中，禁中初重木芍藥，即今牡丹也……會花方繁開，上乘照夜白（馬名），太真妃以步輦從。……李龜年以歌擅一時之名，手捧檀板，押眾樂前，將歌之。上曰：「賞名花，對妃子，焉用舊樂詞為？」遂命李龜年持金花箋，宣賜翰林供奉李白立進《清平調辭》三章。白欣然承旨，猶若宿酲未解，因援筆賦之……龜年以遽辭進，上命梨園弟子約略調撫絲竹，遂促延年以歌。太真妃持玻璃七寶盞，酌西涼州蒲桃酒，笑領歌意甚厚。……

名花，美女，一曲新辭酒一杯。

　　最美麗而靈慧的女人，最偉大而風流的君王，最傑出的音樂家，最浪漫的天才詩人。啊！僅這四人，不就足以組成一個小小的天堂麼！

　　　　名花傾國兩相歡，長得君王帶笑看。

　　　　解釋春風無限恨，沉香亭北倚闌干。（李白《清平調》其三）

驪宮高處入青雲，仙樂風飄處處聞。

緩歌慢舞凝絲竹，盡日君王看不足。（白居易《長恨歌》）


人生的無限憂愁都在這藝術氛圍中被釋解了。剛性的東西被軟化了。玄宗在楊妃天使般的微笑與歌舞裡，發現自己的內心原來這麼柔軟，這麼脆弱，這麼不堪一擊而需要撫慰。他本來是何等人物？機智明智，冷靜冷酷，鐵腕鐵血，誅滅韋氏集團，掃除太平公主，他何曾心軟過？現在，他變成了一個與人為善、寬柔以教、不報無道的好老頭兒。他越來越不像政治家，不像從前的他了，他越來越像藝術家，越來越像李後主。何意百煉鋼，化為繞指柔！

多少文人詛咒楊妃，詛咒她帶壞了玄宗。這些人真是很冬烘。他們不知道，只有在楊妃那裡，玄宗才回到真正的人！才意識到人性！至少，他人性的豐富性，人性中可愛的一面、溫柔的一面才得以發揮！

美人讓我們溫柔，蠢人讓我們粗野。這世界多一個美人，我們就會多一份溫柔；多一個蠢人，我們就會多一份粗魯。美人往往是藝術家，喜歡玩一些戀愛遊戲，惹出一些緋聞，讓我們粲然又心醉，當然，有時也會玩得我們心碎，但我們仍然溫柔，碎了也溫柔。蠢人往往是道德家，愛搞一些政治的把戲，惹出我們的殺身之禍，或惹出我們的殺心，讓我們憤然又心煩，甚至搞得我們全沒了心智。如果我們很偏激，很狹隘，不大氣，那是因為我們沒福氣碰見美人，卻常常碰見蠢人。讀中國的史書，我們就常常碰見蠢人在欺侮美人，如同流氓在攔路劫色，劫不成便毀她的容。我們只能袖手旁觀。上天保佑，讓這類事少發生一些。

楊玉環對政治權力沒有興趣。這與此前此後有她一樣地位的女人，如呂雉、武則天、韋皇后、西太后大不相同。她是一個純粹的女人，她只要藝術與愛情兩樣。當然，她是一朵嬌貴的花，藝術與愛情也是嬌貴的花，都需要一個溫室，一個花房，需要雨露的滋潤和陽光的照拂。而玄宗、大唐王朝的宮廷恰好能提供

這些。她命定只能生活在宮殿中而不能生活在山野，她需要綾羅綢緞來襯托她絕世的丰姿，但她不能親自去浣紗。她不是西施。西施出苧蘿山下，入吳宮，又跟范蠡泛五湖去了，她無所不可。而楊妃養在深閨，活在宮闈，如果讓她出唐宮，只能香消玉殞。我們現在看是陳玄禮等人殺了她，其實是她逃不出命運的邏輯。我們誰能想像讓她去經風雨，受冰霜？她是盛唐之花，漁陽鼙鼓敲響了盛唐的喪鐘，她也只能如風中之燭，隨風而逝。喪鐘為誰而鳴？出奔的楊妃肯定已經聽出不祥之聲。

讀杜甫的《麗人行》與《憶昔》，真是一副傖父面孔。敢情老杜在那熱鬧繁華的時代是什麼也沒沾上邊，沒有人在盛世大筵邊給他一個座位、一雙筷子 —— 李白在宮廷中乘醉聽簫鼓之時，他還在齊魯那邊遠遠地對着泰山發狠呢。等李白玩膩了，罵咧咧出了長安城，他才貿然而來，卻毫無李白進城時的光榮與夢想，他只能是朝扣富兒門，暮逐肥馬塵。殘羹與冷炙，處處潛悲辛。在盛世，在藝術天國，竟也有這樣淒涼的詩人。他那栖栖遑遑的樣子，把長安城都搞得人心惶惶，看他那倒霉樣，就知道大唐要倒運塌台了。他沒衣穿，沒飯吃，沒官做，老婆遠在奉先縣，久曠不室，又生性拘謹，不會風流，所以，他看美女，是只看見那堆金砌銀的妝飾，與那混雜着嫉妒與慾望的肉感，全看不見丰姿神韻。我們把他的《憶昔》與李白的《清平調》一比，就可知兩人的格調。看盛世繁華，他也只看見那積案盈箱滿倉滿囷的大米白麵 —— 典型的餓漢心理，村學究見識。他餓怕了呵！把他的《麗人行》與元稹的《連昌宮詞》一比，就可知兩人的眼界。他敢情是個實打實的現實主義者，把風流浪漫全讓給了別人。唉！杜甫是個大詩人，但在很多時候，他十分缺乏藝術家的氣質。如果他不是寫出了一首《觀公孫大娘弟子舞劍器行》，他對這個盛唐就要交白卷了：

昔有佳人公孫氏，一舞劍器動四方。

觀者如山色沮喪，天地為之久低昂。

爥如羿射九日落，矯如群帝驂龍翔。

來如雷霆收震怒，罷如江海凝清光。

……


開元五年（717 年），杜甫六歲，在郾城觀看公孫大娘跳《劍器》、《渾脫》舞。瀏漓頓挫，獨出冠時。五十年後，大曆二年（767 年）十月十九日，飽經憂患、已走近人生盡頭的杜甫在夔府別駕元持的官宅裡，又驚又喜又悲地看到了一齣似曾相識的劍器舞。一問，舞者是臨潁李十二娘，公孫大娘的弟子。杜甫的眼淚奪眶而出。「五十年間似反掌」，他在李十二娘身上看到了當初公孫大娘的影子，又由公孫大娘而悲不自禁地想到了玄宗：


先帝侍女八千人，公孫劍器初第一。


又是一個與玄宗有關的風華絕代的佳人！

盛唐之時，有二美女，足可為盛唐的代表：一為公孫大娘，一為楊家玉環。公孫代表着盛唐的精神，楊妃代表着盛唐的生活。公孫代表着精神世界的飄逸，楊妃代表着現實生活的魅力。公孫似梅花，楊妃是牡丹。有此健全的精神又有此豐裕的生活，唐人幸甚至哉！此二女俱為玄宗所有，玄宗幸何如哉！而此二女又終棄玄宗而去，玄宗痛何如哉！

世間最美的形體，乃美人與書法。公孫大娘矯健的舞姿，還真的催生出一朵絢麗的書法之花 —— 張旭的「狂草」。這個被稱為「草聖」的張旭，其「狂極」，正如同公孫大娘之劍器舞。

《新唐書·文藝傳》：

> 旭，蘇州人，嗜酒，每大醉，呼叫狂走，乃下筆。或以頭濡墨而書。既醒，自視以為神。

這「神」是從哪來的呢？

> 自言，始見公主擔夫爭道，又聞鼓吹而得筆法意，觀倡公孫舞劍器而得其神。

書法本就是紙上的舞蹈。公孫大娘的舞魂劍氣全落在張旭紙上了。

另外，杜甫詩歌的「沉鬱頓挫」，不也得自公孫大娘的「瀏漓頓挫」麼？

公孫大娘與楊妃一樣，都是藝術之神。

有一個胡人，也以他獨特的方式，加入到這藝術沙龍裡來。

安祿山，胡人，突厥巫女之子。性情殘忍好鬥，不斷挑起邊釁。可他一到歌舞昇平的長安，面孔為之一變：呆頭呆腦，憨誠可愛。

他肥胖異常，肚子特大，自言腹重三百斤。走路都需要有人攙扶，乘馬須乘能馱得起五石土袋的健馬，一般馬會讓他壓趴下。鞍前還得另置一小鞍，專門來盛放他的肥肚。玄宗逗他玩，問他肚中何物？他也逗玄宗玩，答曰：更無餘物，只有赤心。玄宗大笑。

奇怪的是，他挺着這樣的大肚子，走路都難，但一跳起胡旋舞，卻旋轉自如，「其疾如風」。

天寶二年正月，他對玄宗說：「去年七月，營州境內出現了害蟲，蠶食禾苗。臣焚香祝天說，臣若操心不正，事君不忠，願使蟲食臣心；若不負神祇，願使蟲子消散。忽然來了一群鳥，把個蟲子吃光光。」

玄宗又笑。他未必不知道安祿山在說謊，但這還不是為了討他的歡心？這片

孝心還是挺可愛的。

他比楊妃大十八歲，卻硬要裝小撒嬌，做她的養兒。每次入見，先拜楊妃再拜玄宗。問之，答曰：「胡人先母後父。」玄宗又粲然一樂。

天寶十年正月，安祿山生日，照例為母者要為兒沐浴。楊妃用錦繡做了大襁褓包着他，宮人用彩輿抬着他，戲謔歡呼，聲徹內外，弄得玄宗都來看熱鬧，還賜洗兒錢。大家覺得他傻乎乎的可愛，把他當猴耍；他越發裝得傻。他真是一個大藝術家，是政治藝術，陰謀藝術。

遊戲該結束了。四年後，天寶十四年十一月八日，安祿山發動叛亂。

一開始，唐軍還佔了優勢，把安祿山困在河南西部一隅之地，動彈不得。後來玄宗指揮失誤，哥舒翰兵敗降賊，潼關失守，長安門戶洞開。玄宗只得倉皇奔蜀。

> 漁陽鼙鼓動地來，驚破霓裳羽衣曲。
> 九重城闕煙塵生，千乘萬騎西南行。（《長恨歌》）

走到馬嵬坡，流血事件發生了。扈駕的六軍將士殺了楊國忠及其子楊暄，韓國夫人、秦國夫人也同時遇害。但他們仍不歇手，他們怕楊妃日後報復，他們要斬草除根。

> 六軍不發無奈何，宛轉蛾眉馬前死。
> 花鈿委地無人收，翠翹金雀玉搔頭。
> 君王掩面救不得，回看血淚相和流。（同上）

不僅玄宗掩面，據說，聽到楊妃死訊，安祿山在洛陽也為之灑淚。這個胡人有些

性情，有些人的心腸，不像後來那些一臉道德的文人。

這個時代的花朵凋落了。

第二年，罪魁禍首安祿山死。死得很慘。「養子」逼死養母，他也被自己的兒子安慶緒買通宦官殺死，也算是老天有眼。宦官李豬兒手執大刀，乘安祿山熟睡，在他那大肚子上猛砍一刀。安祿山大叫，血與腸子流出數斗而死。

公孫大娘、張旭，大約也在這前後，辭世。

第七年，即 762 年，四月，玄宗死。冬，李白死。

在最後的六年裡，玄宗只有回憶。

他從成都歸來，即派人祭悼楊妃，又想把她改葬，被李輔國制止。他又密令宦官移葬，宦官掘開當初草草安葬的墳墓，屍首及裹屍的紫褥皆已朽壞，只有楊妃胸前紫繡香囊中還有一粒冰麝香，宦官交給玄宗，玄宗大哭，把它佩在胸前。

他讓人圖畫貴妃的畫像，把它掛在宮裡，朝夕對之哀哭。

他的幾個老臣親信也被清洗：

高力士以「潛通逆黨」罪，被遠流巫州。

陳玄禮被勒令致仕（退休）。

他的妹妹玉真公主被迫出居玉真觀。

舊時宮女、梨園弟子盡行遣散。肅宗另選後宮百餘人，為他照料生活。


　　西宮南內多秋草，落葉滿階紅不掃。

　　梨園弟子白髮新，椒房阿監青娥老。

　　夕殿螢飛思悄然，孤燈挑盡未成眠。

　　遲遲鐘鼓初長夜，耿耿星河欲曙天。

　　鴛鴦瓦冷霜華重，翡翠衾寒誰與共。（同上）

我們能熟悉這個世界，理解、接受這世界，熱愛留戀這世界，乃是由於這熙熙攘攘的世界裡有那麼一兩個人，為我們所熱愛，所不捨，所依戀。是他（她）們使這個世界看起來嬌豔如花，體味起來溫柔如夢，撫慰我們如春風，照臨我們如秋月。一旦這一兩個人去了，這一兩個最疼我們並且也為我們所珍愛的人去了，我們只能如夏天的最後一朵玫瑰，或秋天一池萍碎中的殘荷，這個世界已不適宜我們再待下去了⋯⋯

　　寶應元年（762 年）四月，玄宗在無限的痛苦中死去，終獲解脫。

　　這年冬，李白病勢沉重，作《臨路歌》而卒：


　　　　大鵬飛兮振八裔，中天摧兮力不濟。

　　　　餘風激兮萬世，遊扶桑兮掛石袂。

　　　　後人得之傳此，仲尼亡兮誰為出涕？


　　又八年，歷盡人生艱辛的杜甫死於江湘，也獲解脫。

　　李龜年流落江南。與杜甫在大曆五年（770 年），也就是杜甫生命的最後一年，在長沙相遇。我以為這是上天的安排，上天一樣在為人間流淚。


　　　　岐王宅裡尋常見，崔九堂前幾度聞。

　　　　正是江南好風景，落花時節又逢君。（《江南逢李龜年》）


　　天荒了，地老了。花落了，人沒了。李龜年晚年，每遇良辰勝景，為人唱數闋，座中聞之，莫不掩泣罷酒（《明皇雜錄》）。

　　那一群風流人物中，天意讓李龜年活到最後，讓他為所有人唱最後的輓歌。

# 永州之野產異文

唐永貞元年（805 年）十一月，在極目一片肅殺之中，憔悴而驚恐的柳宗元向着「極南窮陋之區」的永州跚蹣而來。

柳宗元（773 年至 819 年），少精敏，於學問無不通達。貞元九年（793 年）二十一歲登進士第，二十五歲又中博學鴻詞科。曾做集賢殿書院正字、藍田尉等職。永貞元年，唐順宗即位，王叔文執政，奇其才，擢為禮部員外郎，成為王叔文、王伾的所謂「外黨」，積極參與改革。「二王」在歷史上的名聲不佳，但這實在是因為「歷史是勝利者寫的」的原因。實際上，即便在《新唐書》、《舊唐書》和《資治通鑒》中，二王雖然輕躁專權而遭人嫉恨，卻弄權而不作惡。他們當權時的作為，大都是對國事有益而不是有害的。他們的這次革新是短命的。順宗年初即位，至七月太子監國，僅六個月左右，且王叔文在六月已因母喪而去位，王伾失據，八月，即貶王伾開州司馬、王叔文渝州司戶，伾不久病死貶所，第二年，叔文賜死，而柳宗元、劉禹錫等亦「一斥毀終身」。過錯如此輕微而處分如此嚴厲，唯求死灰不燃，實為有唐以來罕見。柳宗元在〈與蕭俛書〉中說：

> 僕當時年三十三，甚少。自御史裡行得禮部員外郎，超取顯美，欲免世之求進者怪怒媢嫉，其可得乎？

永貞元年九月，柳宗元被貶邵州刺史，在赴邵州途中，因為「朝議」自員外

郎貶為刺史「貶之太輕」，再貶永州司馬。在此前後被貶的共有八人：柳宗元、韓泰、程異、韓曄、劉禹錫、陳諫、凌准、韋執誼。這是被王安石稱為「天下之奇才」（〈讀柳子厚傳〉）的人才集團。那些在朝中「議論」的、怪怒媢嫉的、草菅人命的，是一些什麼樣的貨色？

柳宗元調轉方向，向永州而來。「俊傑廉悍」、「踔厲風發」的柳宗元，為這六個月的得志，將付出一生的代價。當他在赴永州的途中蹉跎時，面對隆冬肅殺，他的內心，更是一片荒涼。

永州到了。這是多麼荒涼、陌生的所在啊：

　　　自余為僇人，居是州，恆惴慄。

這是他當時的處境與心境。處境：僇人，貶謫之人、罪人。心境：恐懼，憂讒畏譏。他不知道那些朝中的人還會加給他什麼樣的罪名與打擊。王伾已病死貶所，王叔文已經被賜死。凌准、韋執誼亦相繼死在貶所。風聲鶴唳、危機四伏、朝不慮夕、如履薄冰。同時，我們注意「是州」這個詞：這個州，用「是」來稱謂永州，見出他對此州的陌生感、排斥感、疏離感。此詞在此段最後再次出現：「以為凡是州之山水有異態者。」一種外來客的心態。

　　　日與其徒上高山，入深林，窮迴溪；幽泉怪石，無遠不到。

這是焦慮心態的寫照，一顆受傷的心靈來此僻壤，急切要尋找安慰。

　　　到則披草而坐，傾壺而醉。醉則更相枕以臥，臥而夢。意有所極，夢亦同趣。

此處醉，不在酒，亦不在山水，而在心中難消之塊壘。山水與酒，皆不足解其憂、澆其塊壘。「意有所極，夢亦同趣」，意者，不平也，夢者，期待也。

　　覺而起，起而歸。

前面「上高山，入深林，窮回溪」，何其大張其勢，直欲尋一精神避難所。結果則如此虎頭蛇尾，冷清寂寥。何其失落、失望！這一「歸」字，歸於無聊賴也。
　　這些是他的名作「永州八記」第一記〈始得西山宴遊記〉中描述自己到永州後處境與心境的文字，極其曲折豐富：處境之尷尬，心境之慘淡，山水之寥落，盡在筆下。但作者不甘心如此，乃尋乃求，而結果卻總是失落與失望。永州永州！真柳宗元身之所不得不居而心之所迫切欲離者也！
　　身心矛盾要統一，主（自己）客（永州）距離要拉近。唯山水可以彌合此矛盾，拉近此關係，而那真能慰藉心靈的山水在何處？「凡是州之山水有異態者，皆我有也」，柳宗元懷着焦慮浮躁的心情，近乎神經質地搜尋奇山異水、幽泉怪石，搜尋了整整四年了！而結果皆失望！

　　今年九月二十八日，因坐法華西亭，望西山，始指異之。

他鄭重地記下日期，一切將從此時重新開始。一座青山，一個遷客騷人，一篇〈始得西山宴遊記〉，開始了中國散文史的新時代。

　　遂命僕過湘江，緣染溪，斫榛莽，焚茅茷，窮山之高而止。

仍是一如既往的迫切不耐之狀，已失望多次了，此次如何？真是患得患失，近山

情更怯 —— 作者此時對永州的耐心已到了極點了，這次若再失望，則永州如何可居？貶謫生活的日月如何打發？

它果然不辜負詩人四年來的苦苦追尋，它高出塵世之上。當我們在它上面「攀援而登，箕踞而遨」時，我們發現：

> 凡數州之土壤，皆在衽席之下。……然後知是山之特出，不與培塿為類。

登西山之高而騁目，呼噓大氣，柳宗元只覺得：

> 悠悠乎與顥氣俱，而莫得其涯；洋洋乎與造物者遊，而不知其所窮。

這是孟子、莊子的境界。孟子的境界，乃正氣在胸，浩然之氣，充塞乎天地之間。莊子的境界，與造物者遊，乘天地之正，御六氣之辯，以遊無窮。此句上承孟、莊，下啟蘇軾，〈前赤壁賦〉之「浩浩乎如馮虛御風，而不知其所止；飄飄乎如遺世獨立，羽化而登仙」即本於此。

> 引觴滿酌，頹然就醉，不知日之入。

對照上文之「傾壺而醉」，可知此時柳宗元才有後來歐陽修在滁州的感覺：醉翁之意不在酒，在乎山水之間也。

> 蒼然暮色，自遠而至，至無所見，而猶不欲歸。

對照上文「覺而起，起而歸」，心境之不同，昭然若揭。

心凝形釋，與萬化冥合。然後知吾嚮之未始遊，遊於是乎始。

心靈安寧而不再焦躁，焦慮過去了，換得一片寧靜！寧靜是心靈之大美，是心靈渴慕的最高境界！「形釋」乃放浪形骸之外，無拘無束之意，作者至此如釋重負，得大解脫。

故為之文以志。是歲，元和四年也。

珍重地記下此一刻，此一刻是他心靈的涅槃，是他的浴火重生。他滿懷感激。

感恩此時，感恩此地：永州。

我們來看看他的題目：「始得西山宴遊記」。一個「始」字，寫出心中喜悅之情。正文中用反襯手法，一再出現「未始知西山之怪特」、「始指異之」、「向之未始遊」、「遊於是乎始」等點題，可見，這一「開始」對柳氏的重要 —— 他也從此開始了他在永州的全新的生活：永州不再是陌生的、可惡的，而「開始」可愛起來。

「得」—— 得到，我得到了，我擁有了。發現西山後的喜悅之情，對西山的感激之情（唯西山可撫慰他的心靈），皆從此一字可見。

永州，受難之所；永州，亦是昇華之所！無永州，安有「永州八記」？柳公卓異之心胸，浩蕩之正氣，唯永州山水能激發之，玉成之。柳公之塊壘，亦唯永州山水能消解之。故柳公於永州，別有一番感激恩愛在焉。永州山水之得遇於柳公如椽巨筆，不亦絕代之奇緣！山水勝絕，人物卓絕，因緣奇絕！

凡零陵花草泉石經先生題品者，莫不為後世所慕，想見其風流。（張敦頤《柳先生歷官記·序》）

　　子厚居愚溪幾十年，間中捨尋遊山水外，往往沉酣文字中。故其文至永（州）尤高妙。（錢重〈柳文後跋〉）

　　子厚居永最久，作文最多，遣言措意最古。（趙善惈〈柳文後跋〉）

「但使主人能醉客，不知何處是他鄉。」這是李白的詩，寫酒之移人。山水勝境亦可移人如此，使居異鄉僻壤如在故土乎？然。柳宗元「永州八記」可證，「八記」之一的〈鈷鉧潭記〉結句云：「孰使予樂居夷而忘故土者，非茲潭也歟？」則永州山水，自西山而後，使柳氏如在故鄉也。

　　從此以後，柳宗元一口氣寫下了四篇連貫的遊記。兩年多以後，元和七年，他又寫下了與之相連貫的四篇，是為「永州八記」。「永州八記」標誌着中國古代山水遊記的成熟期 —— 一種文體自由的、風格個性化的、抒情性很強的遊記體，宣告誕生。

# 百年老鴞成木魅

　　李賀「細瘦通眉，長指爪，能苦吟疾書」，這是李商隱〈李長吉小傳〉上的話。如何「苦吟疾書」？《新唐書》說他「每旦日出，騎弱馬，從小奚奴，背古錦囊，遇所得，書投囊中……及暮歸，足成之」。中唐以後，這一類苦吟詩人不少，這種把自己的日常生活都搞成詩的活動的詩人亦不少，像賈島、孟郊等都如此，但李賀尤為特別，尤為引人注目，這可能還與他那特異的長相及短命有關。

　　終日把自己的精神都放在尋章摘句上，如同敲擊火石一樣不斷地敲擊自己的腦力，使之產生靈感的火花，一個個句子、一個個意象地搜集起來，再「足成之」，是中唐以後不少詩人共同的創作路數。走幽怪之途以避熟路，發奇險之聲以避俗套，也是不甘在前人面前亦步亦趨的中唐詩人，力求自成一格的努力。就走新路、拓新境而言，李賀上承韓愈而下開李商隱。上承韓愈，是說，總體而言，他的詩也是一個變格，但他畢竟不是韓愈。韓愈的一些「詩」──實際上只是用漢賦的敷衍再加上文字的險怪，是想震懾我們和恐嚇我們，他太想讓我們耳目一新了，在我們的審美疲倦中，突然來這樣的一種純感官刺激的東西，也能讓我們喝彩。但這些所謂詩（如《陸渾山火》、《石鼓歌》），如果真像有人說的，不可無一，那我敢說，也定不可有二。韓愈好像是在一邊寫着他的怪詩，一邊自言自語：你李杜王孟高岑雖然光焰萬丈長，但你們總沒寫過自己的壞牙、人家的眼屎吧？我的壞牙和我朋友張籍的眼屎就是我對詩神的新貢奉。而且，我還要用

佶屈聱牙的句子磕磕碰碰，非碰掉讀者的美學「牙齒」不可。還好，李賀沒有成為韓愈之二，而是成為了自己，且比起韓愈那些莫名其妙的「詩」，他的文字真的是詩了，而且那麼美。雖然是非傳統的美，但正因此才別具一格，是淒美，淒厲的美，冷豔的美，令人恐慌的美。但畢竟是美，不像韓愈那樣只一味怪。李賀的第一手段是其渲染的功夫。我們看他的《將進酒》：

> 琉璃鍾，琥珀濃，小槽酒滴真珠紅。
> 烹龍炮鳳玉脂泣，羅帷繡幕圍香風。
> 吹龍笛，擊鼉鼓；皓齒歌，細腰舞。
> 況是青春日將暮，桃花亂落如紅雨。
> 勸君終日酩酊醉，酒不到劉伶墳上土！

傷感、絕望，但卻寫得熱烈。幾個短句錯雜其間，如瘋狂地舞蹈時急促的喘息聲。再看《李憑箜篌引》：

> 吳絲蜀桐張高秋，空山凝雲頹不流。
> 江娥啼竹素女愁，李憑中國彈箜篌。

這前四句的次序也可以換成這樣的次序 —— 而這也是正常的次序：

> 李憑中國彈箜篌，吳絲蜀桐張高秋。
> 空山凝雲頹不流，江娥啼竹素女愁。

效果立馬可以比較出來。原詩好就好在一連三個句子，寫得江山易顏風雲變色

（與下面「石破天驚」正相呼應），然後才把畫面拉近，原來是「李憑中國彈箜篌」！而且這個地點也驚心動魄 ——「中國」，好大的舞台！一切都消逝了，一切都席捲而去了，天地一片蒼涼，在這風起雲湧的中心，一個叫李憑的女子，手撥箜篌如醉如癡，如瘋如狂，生機勃勃又殺氣騰騰⋯⋯

> 崑山玉碎鳳凰叫，芙蓉泣露香蘭笑。
> 十二門前融冷光，二十三絲動紫皇。
> 女媧煉石補天處，石破天驚逗秋雨。
> 夢入神山教神嫗，老魚跳波瘦蛟舞。
> 吳質不眠倚桂樹，露腳斜飛濕寒兔。

　　李賀因其愛寫與死亡有關的物象，被人稱為「鬼才」，他的精神中應有這一種鬼氣在。杜牧《李賀集・序》說：「荒國陊殿，梗莽邱壠，不足為其怨恨悲愁也；鯨吸鰲擲，牛鬼蛇神，不足為其虛荒誕幻也。」李賀內心中的怨恨悲愁，就是他鬼氣的源頭。由於他善渲染，所以他常常把那鬼的境界寫得陰森恐怖，頗為瘆人。「嗷嗷鬼母秋郊哭」（《春坊正字劍子歌》），這是鬼哭；「秋墳鬼唱鮑家詩」（《秋來》），這是鬼唱；「百年老鴞成木魅，嘯聲碧火巢中起」（《神弦曲》），這是鬼（魅）嘯；「鬼燈如漆點松花」（《南山田中行》），這是鬼遊；「呼星召鬼歆杯盤，山魅食時人森寒」（《神弦》），這是鬼飲。「蟲棲雁病蘆筍紅，回風送客吹陰火」（《長平箭頭歌》），令人膽戰；「茂陵劉郎秋風客，夜聞馬嘶曉無跡」（《金銅仙人辭漢歌》），令人心驚⋯⋯

> 南山何其悲，鬼雨灑空草。
> 長安夜半秋，風前幾人老？

低迷黃昏徑，裊裊青櫟道。

月午樹無影，一山唯白曉。

漆炬迎新人，幽壙螢擾擾。（《感諷五首》其三）

這是他寫鬼境鬼語的代表作。那種陰森森的氣氛令人悚懼。李賀的心態是守墓人的心態，蒼老、荒寒、幽森，離生人的世界遠，離死人的世界近。他寫詩，喜用「鬼」、「冷」、「泣」、「瘦」、「枯」、「硬」、「老」、「死」，這是人都注意到了的。但我還注意到他又特別喜歡用「古」字，他出行不就是背着「古錦囊」麼？這是典型的懷舊。在他筆下，不僅有「古壁」、「古祠」、「古劍」、「古礎」、「古台」等別人也會用的詞彙，他竟然還有「古血」：

漆灰骨末丹水沙，淒淒古血生銅花。（《長平箭頭歌》）

還有「古水」：

荒溝古水光如刀，庭南拱柳生蠐螬。（《勉愛行二首送小季之盧山》）

甚至那無形的香味也是從遠古飄裊而來的：

山頭老桂吹古香，雌龍怨吟寒水光。（《帝子歌》）

這些用法真令人拍案叫絕。

他不僅寫死，他還會寫生，我們看他筆下的春天：

桃花滿陌千里紅。(《送沈亞之歌》)

東方風來滿眼春。(《三月》)

楊花撲帳春雲熱。(《胡蝶舞》)

桃花亂落如紅雨。(《將進酒》)

飛香走紅滿天春。(《上雲樂》)

這是一個動態的春，十分的熱烈，十分的躁動，十分的色彩，甚至還有十分的飛揚跋扈，霸道得不留一點分寸。

這種充滿而外溢的詩意，正是韓愈《陸渾山火》、《石鼓歌》等詩中缺少的。韓愈給了我們一桌文字的冷盤，盡有色彩，盡有花樣，盡有排場與佈局，但沒有香，沒有味，還佶屈聱牙。我們可以不向韓愈要求道德意義與價值，但既然你是詩，我們有權要求詩意。我說李賀上承韓愈，就是指他也是在別人不注意的地方特別注意，在別人不經心的地方特別經心，在別人不經營的地方刻意經營，終於經營出了濃郁的詩味。這正是他超越韓愈的地方。後來的李商隱則是一個更加徹底的蛻變，一變而為唯美，從而開拓了唐詩的新疆域。

天河夜轉漂迴星，銀浦流雲學水聲。

玉宮桂樹花未落，仙妾采香垂珮纓。

秦妃捲簾北窗曉，窗前植桐青鳳小。

王子吹笙鵝管長，呼龍耕煙種瑤草。

粉霞紅綬藕絲裙，青洲步拾蘭苕春。

東指義和能走馬，海塵新生石山下。(《天上謠》)

這首詩在李賀集子中是如此的特別。如此輕靈，如此陽光，青春，純潔，這是

愛，超凡脫俗的愛，如夢如煙，如癡如醉，這是他的理想國。陶淵明的桃花源在人間，他的理想國在天上。並且，他就是王子。

在他的集子中有這樣的詩，正如同在寒冷的孟郊的集子中有溫暖的《遊子吟》。欠缺的就是追求的。

當然，李賀是有缺點的，杜牧早就指出了他在「理」上的欠缺。質言之，他有「理不勝辭」的毛病，他在渲染上的功夫是一流的，但渲染過後，卻沒有一個拎得起來的理路，所以，最後往往令我們的期待受挫。他的藝術感覺極佳，但思想較為貧乏，感性強而理性弱，對人生、社會的穿透力不夠。虎頭蛇尾是他所有詩的通病。《李憑箜篌引》，前面寫得那麼劍拔弩張，風起雲湧，後面「吳質不眠倚桂樹，露腳斜飛濕寒兔」頗為不類；《雁門太守行》前面的鋪墊如此隆重盛大，後面出場的「報君黃金台上意，提攜玉龍為君死」，令人氣煞。他更多的詩則往往給人以剛開頭卻又煞了尾的感覺，好像他寫着寫着，突然厭倦了，便投筆而去，留下我們在那裡發愣：這算怎麼回事呀！是的，他缺少縮束全詩、提升境界的能力。所以他的很多詩，都給人匆匆而來又潦草結束的感覺。有辭少意，有句無篇，這中唐不少詩人的毛病，在李賀這裡也更為突出。

不過，他還真的寫着寫着，就厭倦了，投筆而去。他在嘔心瀝血之際，突然撒手。二十七歲的他，就此升天，做了上帝的秘書。

# 無限夕陽

晚唐詩在中國詩史上是別有風韻的花枝，其特有的風流蘊藉，委婉紆徐，體貼入微，形成了特別的魅力。借用一句流行歌曲的句子：「特別的愛給特別的你」，我們對晚唐詩確實具有一種特別的愛。

其實呢，晚唐詩也分前後兩段，後一段如杜荀鶴、聶夷中等，已是絕望的哀樂與刻骨的仇恨，如同自知必死而不可告饒之後發而為之的怒罵，逞快泄憤有餘，精緻韻味幾無，屬於典型的冷峻而尖刻的批判現實主義。而我們講的「晚唐詩」則更主要指前期的「小李杜」——李商隱和杜牧的詩。他們的詩，是屬於感傷的浪漫主義，而且別有創造與特色，構成了唐詩花園中的獨特一枝。

「小李杜」之稱乃是承襲「李杜」之稱而來的，「李杜」李在前，杜在後，「小李杜」便也只好這麼個順序。「李杜」中，李比杜大而成績相若，這麼個順序當然無人置喙。而「小李杜」中，杜牧比李商隱大十歲，這樣排，有些委屈了杜牧。當然，若論成績，若論詩藝上的獨創，我認為李商隱當然遠大於杜牧。

杜牧（803 年至 852 年）的詩歌仍是傳統的。我們知道，中唐以後，有在詩壇上出人頭地想法的人大都別有蹊徑，如韓愈走險怪一途，元白入輕俗一流，郊寒島瘦，李賀鬼氣氤氳。他們都力圖有所開拓，或在語言上，或在題材上，或在風格上，或在思維上。杜牧則顯然在詩藝上有天才而無追求，他似乎沒有文學上的野心，他讀書，留意兵甲、財賦，注《孫子》，上〈罪言〉，談王霸，論藩鎮（〈原十六衛〉、〈戰論〉、〈守論〉等）。他對經世致用之學的興趣遠大於詩藝。

即使論文，他也重立意而輕辭采，重氣質而鄙章句（〈答莊充書〉）。他喜歡的古代作家是杜甫和韓愈，「杜詩韓集愁來讀，似倩麻姑癢處搔」（〈讀韓杜集〉），蓋杜甫詩與韓愈文，都政治、倫理色彩濃，功利目的明確，與他的心志與興趣相近。他畢竟出身於「舊第開朱門，長安城中央」（《冬至日寄小姪阿宜詩》）的貴豪之家，祖父杜佑歷相三帝，主宰十年，他豈能沒有紹承祖業之志？所以他連大家一致佩服的周瑜也不放在眼裡，他只是在苦惱：我亦文才武略，萬事俱備，但我的「東風」在哪裡？他的「東風」不來，他便只好去尋揚州的十里「春風」。他從大和二年（828 年）十月至開成三年（838 年），「十年為幕府吏」，由祖父的主宰天下至自己的「每促束於簿書宴遊間」（〈上刑部崔尚書狀〉），豈無家族淪落之感與自身落魄之愧？「十年一覺揚州夢」是他的名言，其實他在揚州只待了兩年（833 年至 835 年），所以這句名詩應該理解為十年幕府生活如同一夢，而此夢中最典型的，乃是「揚州夢」！這種徵歌逐笑、倚紅偎翠的生活適足以看出他在內心痛苦中醉生夢死之狀。但他在揚州時腦子並不糊塗，他的政治名論〈罪言〉即寫成於此時，他由這一句「十年一覺揚州夢」而成為所謂「風流文人」的代表，其實很冤枉。他不是那種沒心沒肝的好色之徒，他有大志向在。這正如他的詩歌，我們今天讀他的詩，總覺得風流蘊藉，俊爽暢達，一片春色，其實呢，那只說明他有文學的天才，而不能說明他有文學的愛好、追求與雄心。

他的詩寫得最好的是絕句，很多已佈在人口，七律大都不太好，像《九日齊山登高》這樣的好作品不多，長篇如《張好好詩》、《杜秋娘詩》、《感懷詩》、《郡齋獨酌》都有敷衍之病，使人不耐竟讀。這也從另一個角度說明了他不大喜歡把精力用於文字上的經營。我們還是看他的幾首絕句吧：

千里鶯啼綠映紅，水村山郭酒旗風。
南朝四百八十寺，多少樓台煙雨中。（《江南春絕句》）

寫景如畫，萬端感慨盡在不言中。

折戟沉沙鐵未銷，自將磨洗認前朝。
東風不與周郎便，銅雀春深鎖二喬。（《赤壁》）

詠史，卻也詠懷，勃郁不平之氣，隱隱而在。他因為自信自負，也因為傲慢，喜歡作一些翻案文字，與古人比比高低。這兒他看不起周瑜，那有什麼？他還看不起項羽呢！那是何等的英雄！可他卻說他不是男兒，且看他的《題烏江亭》：

勝敗兵家事不期，包羞忍恥是男兒。
江東子弟多才俊，捲土重來未可知。

這也是一篇有名的翻案之作。

煙籠寒水月籠沙，夜泊秦淮近酒家。
商女不知亡國恨，隔江猶唱後庭花。（《泊秦淮》）

傷時，卻又罵時，不知亡國恨者，皆商女之流，罵人亦刻薄。再看他一首罵世罵人之作：

無媒徑路草蕭蕭，自古雲林遠市朝。
公道世間唯白髮，貴人頭上不曾饒。（《送隱者一絕》）

直有「時日曷喪，予及汝皆亡」的味道。這種怨，不僅怨，簡直毒了。

其他如傷別之詩《贈別二首》，風流之作《遣懷》、《寄揚州韓綽判官》，風景之作《山行》，都有名言佳句傳播後世，我們是否可以說，他是繼盛唐王昌齡、李白之後的絕句大師？

他的七律作品數量不少，但好的不多，《九日齊山登高》是其中的佼佼者。

　　　江涵秋影雁初飛，與客攜壺上翠微。
　　　塵世難逢開口笑，菊花須插滿頭歸。
　　　但將酩酊酬佳節，不用登臨恨落暉。
　　　古往今來只如此，牛山何必淚沾衣。

人生風霜之中，自有一番灑脫倜儻，小杜果然俊爽。

他的七律比不上他的七絕，與他的性格有關。七絕可以是一個靈感、一個意象、一個名句就可撐得起來，像杜牧這樣才賦的人物，使用起來幾不用力即可運斤成風。七律則往往有些許轉折、些許安排、些許佈置，須得有一番經營功夫。這等耐心與熱心，杜牧沒有。我們看他的七律，也往往只是有一兩個好句子，其他的句子幾近草率 —— 他對女人，是薄倖的，對詩，也是薄情的，不用心的。而他的那幾個長篇，只說明他感慨萬端，下筆不能自休，要說到謀篇佈局、起承轉合，也不大有成績。

晚唐的真光榮不得不歸於李商隱。李商隱（約 813 年至 858 年）與杜牧個性極不同。杜牧是一個熱情洋溢而又掉首不顧、熱烈殷勤卻又了無牽掛的人，而李商隱才真是一個為情所困而難以自拔的詩人。我們舉他們倆寫的「樂遊原」詩，可以比出他們的個性。

這是杜牧的《將赴吳興登樂遊原一絕》：

清時有味是無能，閒愛孤雲靜愛僧。

欲把一麾江海去，樂遊原上望昭陵。

這是他於宣宗大中四年（850 年）離長安到湖州（即吳興）任刺史時所作。前兩句直寫自己胸懷浩蕩，瀟灑無滯。後兩句卻是一個轉折：朝廷閒職甚是無聊（此時他任吏部員外郎），便請求外任，出守外郡，又把湖州刺史任說成是江海，讓人聯想到江湖，仍是瀟灑。但後面一句「樂遊原上望昭陵」卻使我們看穿了他的真正內心。昭陵者，唐太宗陵也！「登樂遊原而欲望昭陵，追懷貞觀，有江湖魏闕之思」（俞陛雲《詩境淺說續編》）。原來他「處江湖之遠則憂其君」、「身在江湖之上，心存魏闕之下」，他骨子裡仍是一個政治家，一個事功主義者！「平生五色線，願補舜衣裳」（《郡齋獨酌》），時代的衣裳雖破，但尚可補，且他自己也把自己頗當回事 —— 至少當成了「五色線」。能補舜這樣的大衣裳的「五色線」，當然是不凡的。

他還有一首《登樂遊原》：

長空澹澹孤鳥沒，萬古銷沉向此中。

看取漢家何事業，五陵無樹起秋風。

前二句何等傷感？但他仍惦記着「事業」，「五陵」就是一種輝煌事業的遺跡。秋風蕭瑟，並樹亦無，真沉鬱頓挫，悽愴滿懷，但仍然寫得豪放，寫得俠氣，頗似那無名氏的傑出詞作《憶秦娥·簫聲咽》。總之，杜牧雖然也有情懷難抑之時，但他的感慨往往出於理智，出於道德判斷、政治判斷。而李商隱則迥然不同，他是真的完全沉沒在自己的情緒之中了 ——

向晚意不適，驅車登古原。

夕陽無限好，只是近黃昏。(《樂遊原》)

這首短詩中找不到具體的有涉社會政治、倫理判斷的內容，純是一片瀰漫無可奈何花落去的情緒。此時他心中，定沒有什麼頭緒，沒有什麼分曉，所以也沒有什麼具體指涉，但又可以指涉一切，正如前人指出和我們感受到的，這正是大唐沒落時的意境。

「詩家總愛西崑好，獨恨無人作鄭箋。」(元好問《論詩三十首》)沒錯，李商隱難以索解，因為用「鄭箋」的方法 —— 傳統的方法無法讀懂李商隱。李商隱的詩是全新的，全新的方法，全新的意境，全新的審美類型。他本無具體的指涉，他只傳達那一種無可名狀的意緒和境界。那種以索隱為目的的「鄭箋」方法，如何用得着？

他的難懂，與阮籍的不同。阮籍是身處亂世，名士少有全者，為了避禍，而故意隱蔽了自己。就是說他確實是有所隱瞞，我們的任務，就是要通過詩與史的印證，把他隱瞞的東西揭示出來。李商隱是身處末世，他只有一腔欲哭無淚又不可名狀的悲涼，怕的是連他自己也「剪不斷，理還亂」。就是說，他本沒有隱瞞，他寫出的，就是全部，或者說，他所有的，就是這一團混沌的東西。我們如何要強作解人？好像吳經熊先生說過的話：對一個美人，我們只需愛她就行了，為什麼一定要了解她的身世？

天生的敏感之外，李商隱還有更多的精神創傷：科考的屢試不中；後經令狐楚的推薦得中進士，這份人情賬後來也成了他的巨大精神負擔，牛李黨爭中被雙方不信任甚至被目為忘恩負義；與妻感情甚篤，卻在三十九歲盛年時痛失愛妻；「一生襟抱未曾開」，在政治上一直沉淪落魄……這些不幸，若落在別人身上，可能轉為憤怒，轉為激烈，轉為尖刻(李商隱確實有一絲不易察覺的尖刻)，轉

為筆走偏鋒、孤傲罵世，轉為極端主義，但天性過敏而又內向、內秀、隱忍、懦弱的李商隱，則把這些創傷記憶轉變為對人生的狐疑、對生命的哀傷、對生活的恐懼、對時代的失望，還有對愛情的巴望與無望……日薄西山的時代與坎坷多舛的個人命運一齊向他壓迫，把他逼回內心，使他的內心超乎尋常的敏感而細膩，銳利而脆弱。如果我們把社會與時代的氣息、環境、氛圍、氣象等情形比喻為一個物理的場，那麼，李商隱的內心便如同最為敏感的儀器，能對這個場中最微妙的變化作出反應，或者說，這個時代的「場」中的總體氣象與氛圍以及微妙的變化，都能在他的內心引起強烈的波動，這種波動，便是他詩的由來。

前人評李商隱詩，多有說他學老杜者。若就七律言，就七律中輾轉騰挪、翻奇出新、頓挫有致言，義山確與老杜有一番較量。但二者在詩境上的重大區別，可能被人熟視無睹了。杜甫是一個有政治理想的人，所謂「致君堯舜上，再使風俗淳」，他所寫的乃經過道德審視的，他在用詩執行道德批判和政治批判。而義山雖說有政治抱負，想有所作為，想改變一下晚唐政治的現狀，但他顯然沒有道德上的目標，或者說他並沒有理想政治的標準。他更多的時間是束手無策亦無目標。所以，他所寫的，乃是對這個社會與人生的「感覺」，而不是「事件」，不是社會、人生本身。他的詩歌中，不像杜甫那樣有那麼多的「事件」，他是無事的（這也是「鄭箋」的方法在他的詩歌中無所措手足的原因）。他所寫的，乃是經過心靈過濾的，一切具體的、事件的纖維、固態物盡皆濾去，只剩下那浸潤的湯汁。他的心靈就浸泡在這毒性的汁液中。換句話說，杜甫乃批判社會，義山乃感慨人生。這是境界上的提升，還是現實中的退縮？這是認識世界的智識上的超越，還是改造社會的能力上的退化？

　　浪笑榴花不及春，先期零落更愁人。
　　玉盤迸淚傷心數，錦瑟驚弦破夢頻。

萬里重陰非舊圃，一年生意屬流塵。

前溪舞罷君回顧，並覺今朝粉態新。

（《回中牡丹為雨所敗》其二）


一樹穠姿獨看來，秋庭暮雨類輕埃。

不先搖落應為有，已欲別離休更開。

桃綬含情依露井，柳綿相憶隔章台。

天涯地角同榮謝，豈要移根上苑栽？

（《臨發崇讓妅紫薇》）


一歲林花即日休，江間亭下悵淹留。

重吟細把真無奈，已落猶開未放愁。

山色正來銜小苑，春陰只欲傍高樓。

金鞍忽散銀壺漏，更醉誰家白玉鉤。

（《即日》）


竹塢無塵水檻清，相思迢遞隔重城。

秋陰不散霜飛晚，留得枯荷聽雨聲。

（《宿駱氏亭寄懷崔雍崔袞》）


　　他自己不就是這樣聽雨的枯荷？他曾說杜牧「刻意傷春復傷別」，這是他錯讀了杜牧。不錯，杜牧有些傷春詩，有更多的傷別詩，但他似乎並不刻意，且他真正傷的既不是春也不是別，而是由春與別折射一些社會政治內容，感慨興衰無常。真正傷春傷別的，是他李商隱自己。他喜歡寫花，喜歡寫夢，這是他詩中的

兩大常見意象，從中我們可以窺見他詩的消息。

> 來是空言去絕蹤，月斜樓上五更鐘。
> 夢為遠別啼難喚，書被催成墨未濃。
> 蠟照半籠金翡翠，麝薰微度繡芙蓉。
> 劉郎已恨蓬山遠，更隔蓬山一萬重。（《無題四首》其一）

還有那著名的《錦瑟》：

> 錦瑟無端五十弦，一弦一柱思華年。
> 莊生曉夢迷蝴蝶，望帝春心托杜鵑。
> 滄海月明珠有淚，藍田日暖玉生煙。
> 此情可待成追憶，只是當時已惘然。

　　若說杜牧的七絕可以上比王昌齡、李白，那麼李商隱的七律則唯老杜可壓一頭。而且，就我的觀察，若就好詩的比例，則李商隱似更在老杜之上 —— 我是說在李商隱集中幾乎篇篇都好，而老杜則不能盡然。老杜確實有不少詩，頗乏詩味，他有時太像歷史的書記員，或道德法庭的審判員，而李商隱則永遠是一個詩人 —— 永遠用詩的眼光來觀察，寫出來的就永遠是詩。

# 有人樓上愁

## 《憶秦娥·簫聲咽》

與此篇並行於世的還有一篇《菩薩蠻·平林漠漠煙如織》。胡應麟說這兩首詞是「晚唐人詞，嫁名太白」（《少室山房筆叢》卷四十一）。嫁名太白，是北宋的文人幹的，北宋文人偶然發現這兩首詞，覺得其境界闊大，胸襟慈悲，非太白不能當之，就把著作權給了李白。這種做法後來受到懷疑：在李白時代會有這麼格式成熟而藝術高超的詞麼？這是疑古派的撒手鐧：他們總是以某一時代該有什麼不該有什麼來判定真偽，而一個時代該有什麼不該有什麼，卻由他們說了算。其實他們不比宋人高明，宋人的思路是這樣的：這種境界的詞，除了李白，還有誰能寫得出？宋人的這種思維方式不科學，但那有什麼關係呢？我們在談與心靈有關的藝術。我們就把它當成李白的作品吧，同時還要說這是晚唐的作品。我今天就這麼不講理一回，和學者們的「學術規範」開一回玩笑。他們把藝術講成殭屍，講成庸俗膚淺的政治經濟學與夫似通實不通的考據學，把作家講成只會簡單條件反射的低級生物（他們「考據」出一個作為條件的「事實」，然後認定古代作家必會因此做出他們指定的反射），他們把這稱之為嚴肅、科學、合乎規範的「學術」。可我覺得這即便是「學術」，也已沒有了文學。過分的「學術化」是藝術與心靈的終結。今天我不講「學術」，我們來講講藝術，講講藝術對我們心靈的觸動。

簫聲咽，秦娥夢斷秦樓月。

秦樓月，

年年柳色，灞陵傷別。


簫聲響起，如月如霜，悲哀欲絕而未絕，一縷猶存如嗚咽。只是，這從時空的裂隙中銳利地襲來的簫聲，會怎樣地刺痛我們的思想？音樂是精神的誘拐者，它常常在意想不到的地方出現，讓我們一怔，然後我們的思想便走了魂似的，癡癡地隨它逃逸此在而去了另外的時空，待我們回過神來 —— 回到此在時，我們已經過了一次精神流浪。這秦娥，長安美女，她的簫聲，會帶我們去何方？她是被明月驚醒的，被自己的夢驚醒的。而我們，在懵懵懂懂的世俗生活中，會不會被她月夜中如霜的簫聲喚醒？

實際上，這秦娥只是李白心頭一個感傷的幻影，這淒美的幻影背後，是「年年柳色，灞陵傷別」—— 秦娥及她嗚咽一般的簫聲，引出的，是我們對人生的了悟，以及了悟後的感傷。也許我們剛才還興高采烈，在浮世的追逐與滿足中自得，但簫聲的突然逸入，帶走了我們的思想，帶我們看到了世道的本相，讓我們驚悟遍佈華林的人生悲涼。傷感豈獨秦娥？人人都存遺憾。我們總是在不斷揮手道別，挽留不住。

下闋忽然轉入縱向 —— 我們也在與歷史、與先人離別，且是未經我們送行的、不告而別的，我們還未到來，他們卻已走了：


樂遊原上清秋節，咸陽古道音塵絕。

音塵絕，

西風殘照，漢家陵闕。

「樂遊原」是一切美好之象徵,「清秋節」又是使凡此一切美好凋零之象徵。那麼,在樂遊原的春天 —— 那些奢靡而繁華的盛世,它擁有過怎樣的美好呢?秦皇漢武的車輦,國色天香的妃子,儀仗飄飄翠華搖搖,熙熙紅男攘攘綠女。作者用了「音」,用了「塵」,妙。我們的聽覺復活了,我們的視覺甚至嗅覺復活了。我們聽到了王那隆隆碾響的車輦聲,我們嗅到了妃那絲絲浮動的香水味。我們聽到了那萬頭攢動萬民鼓舞的盛世音樂,看到了那些閃閃爍爍、如黑色枝丫上點點花瓣的已逝紅顏………但是呵!李白又讓這些一閃即「絕」。他讓我們在一瞬間患於得,又在接下來的一瞬間患於失:他猛地撩開時光裙裾的一角,讓我們驚瞥千年繁華,然後又迅速抹去幻影,讓我們承受千年風霜。在昔日的光榮、夢想、繁華的廢墟上,現在所剩的,是西風颯颯,殘照凄凄。瞬間經此二患,瞬間我們衰老。我們的心靈滿是孑遺感,歷史的風霜落在我們的額頭。是的,我們作為古國子孫,一生下來,就已一頭風霜,一臉滄桑。我們生長滾爬在先輩的丘墓之間:他們有輝煌,我們只有回憶;他們有雄心,我們只有殘夢。還有,插科打諢一下:他們有事業,我們有旅遊業。

## 《菩薩蠻·平林漠漠煙如織》

和《憶秦娥·簫聲咽》一樣,《菩薩蠻·平林漠漠煙如織》也被認為是李白的作品。

> 平林漠漠煙如織,寒山一帶傷心碧。暝色入高樓,有人樓上愁。
> 玉階空佇立,宿鳥歸飛急。何處是歸程?長亭更短亭。

「傷心碧」,悲。「有人」,慈。在那滿目「無我之境」的語詞中,忽插入一強烈

主觀語「傷心」，真的有一下子擊傷我們心靈的力量。那遠望中的、使人觸目傷心的一帶碧色呵！我們所希望的，都在那邊。它是一道門檻，我們過不去。它是我們慾望的焦點，卻又是我們能力的極限。「平蕪盡處是春山，行人更在春山外」，歐公（陽修）把這傷心寫白了，反沒有這兩個字耐咀摸。

　　暝色，則是時間的終結，是我們等待的結果。等待，是人類的宿命，是人類和時間無保障的契約。望歲是等待。望夫石是等待。望子成龍是等待。等待就是潘多拉盒子中僅剩的「希望」。當希望變成弱者的「巴望」時，那被等待的、被巴望的，就變為「殘忍」，成了主宰：它使我們心靈受虐，卻又是我們的精神支柱。「等待」是一個陰險的媒婆，她捏合了施虐狂和受虐狂。我們就是這樣萬劫不復的受虐狂。我們等待，耐心等待，最後等來的是暮色。（誰能擺脫這一宿命？）我們望眼欲穿，我們望穿秋水，最後卻只能望洋興嘆。（誰的人生不僅僅是望梅止渴？）李白是這樣表述的：時間已經終結，而空間依然空洞無物；希望已隨時間死去，絕望卻與空間並呈；玉階連着長亭短亭，等待者心已碎，被等者沒動靜。菩提本無樹，明鏡亦非台。本來無一物，何苦要等待？文字至此，已非文字，是一片大慈悲。

## 白居易《長相思》

　　寫女子相思，李白開出如此境界，我們再看白居易的境界。

　　他的《長相思》全詞如下：

　　　汴水流，泗水流，流到瓜州古渡頭。吳山點點愁。

　　　思悠悠，恨悠悠，恨到歸時方始休。月明人倚樓。

白居易的這首詞足以使我們享受着閱讀的快感，並隨着這輕快的節奏體味到若有若無的惆悵，我們的內心也隨之充滿了惆悵而澄澈，澄澈得有些透明的感傷 —— 不，確切地說，是同情。他的技巧是不容置喙的，「汴水流，泗水流」對應着「思悠悠，恨悠悠」，物象和情緒之間有着巧妙的暗示（喻）。但一句「恨到歸時方始休」卻讓我們的閱讀期待大受挫折。有「歸」還有「休」，了無餘味，了無趣味，雖是虛擬，卻已沒了李白的大空虛。空才能包納萬境啊！白居易終究貧乏不能自存。這首小令因之充滿了小女人味的生活理想，還帶着她們常有的智商有限卻好議論、情緒膚淺卻易氾濫的特點。

把它拿來和李白的上面兩首詞相比，它喚起的是我們的同情，而不是悲憫。此詞讓我們關注了對象，甚至關心了對象，但不能讓我們反觀自身。白居易是一個關心弱勢群體的人，這本來很可貴，很值得提倡，但他是高高在上的，並把這種關心看成是自己的道德光榮。他不能從他「關懷」的對象那裡看出自身同樣被奴役的命運，反而看出了自己身份的高貴和道德的高尚，從而覺得自己能擺脫那種命運。「關懷」只是對公眾、對文化價值傳統的表態，而不能成為他的生活方式。在個人的私生活上，他是一個庸俗得很的人。與李白相比，他缺少超越的東西。李白也在人群中廝混，他的精神與興趣有時也能與人打成一片，但卻可以隨時摶扶搖而上者九萬里，背負青天而莫之夭閼。白居易雖然偶爾也有鸞鳳之音，讓我們「如聽仙樂耳暫明」，並感慨「此曲只應天上有，人間哪得幾回聞」，但大多數時候，他只能在地下，不能在天上。這很像是列寧評論人物時的妙喻：鷹有時比雞飛得還低，但雞永遠飛不到鷹那麼高。

李白的境界是「無」，白居易的是「有」。無為萬物之母，有僅是「小成」。道隱於小成。成也，毀也。成了小，毀了大。白居易大不起來。

把他和李白比有點為難他，其實他不算太差，在地下也不算壞。最壞的是在底線下：下流。我們接着看。

# 溫庭筠《菩薩蠻》

溫庭筠是詩人，他現存詩還有三百三十多首，並與另一個大名鼎鼎的李商隱齊名，被人稱為「溫李」。但他又是中國歷史上第一個傾大力氣作詞的人，大約詞這種「豔科」的東西很適合他的個性，於是他便一發不可收地寫了下去。文學史上很多事是有偶然的。詞要出現，在各種適合的條件下，可能是必然的，但第一個以詞出名的人是誰，大約只能從此人的個性中去找。溫庭筠先生在晚唐，在那一片「刻意傷春復傷別」的末世悲涼裡，乾乾脆脆、清清楚楚地墮落，一點也不覺得難為情。晚唐人都有墮落的衝動的，並且還很強烈。杜牧多麼墮落？十年一覺揚州夢。李商隱也被人稱為刻薄。但杜牧、李商隱二位先生仍有所關心，有我們今人所謂的終極關懷。他們墮落，有反抗的意味，至少墮落得很悲痛。而溫庭筠先生則在滿懷的雄心受挫之後，徹底地拒絕崇高，並以此自得。對着滿目瘡痍，他搖搖不尊貴的頭，撇撇不關門的嘴，掉頭而去。去幹什麼？去「身體寫作」。而且還「零度情感」—— 因為他只有慾了。

我們看看他的這首選家必選之作：

> 小山重疊金明滅，鬢雲欲度香腮雪。懶起畫蛾眉，弄妝梳洗遲。
>
> 照花前後鏡，花面交相映。新帖繡羅襦，雙雙金鷓鴣。

「平林漠漠煙如織」的作者是登高望遠的；「汴水流，泗水流」的作者是臨水送目的；而「小山重疊金明滅」的作者在哪裡？ —— 在某一個縫隙中。他是一個偷窺者，此刻正滿足着那病態的慾念，流着一丈長的口水。這是怎樣的一個下流胚子的下流態啊。而被他偷窺的「美人」又如何呢？以我的趣味來看，伊實在不美。身體的倦怠鬆弛和精神的空虛無聊，不僅使伊毫無青春氣息，毫無生活氣

息，連生命氣息都沒有了，只有一種壓抑而變態了的情慾，在那裡悄悄地腐蝕。末二句是所謂的「點睛之筆」，點出伊的求偶之意，正合偷窺者的心理，假如讀者無此「雅興」，也不會因此興奮（插一個不大雅的笑話，我以前改高考作文，一個考生把「興奮」錯寫成「性奮」，令我又好氣又好笑。此刻真想用彼之「性奮」來取代我之「興奮」）。我就很不喜歡這首詞，因為我很不喜歡這個女人。這種女人不要說讓我情動，連「性奮」都不會。我不喜歡性壓抑而氣色不佳、臉色灰暗的女人，哪怕她多麼騷情。是的，我從這首詞中，看出兩個不大可愛的唐人：有偷窺慾的溫先生和有性壓抑的某女士。一個是窺隱有喜，一個是搔首弄姿。

張岱曾有一名言，說：「多情者必好色，而好色者未必盡屬多情。」那麼，好色者中，除了多情者，「未必屬多情」的傢伙們為了什麼好色呢？我的結論是因為「多慾」。溫飛卿先生幫助我得出這個結論。有多情的好色者，有多慾的好色者（還有，即在一個人身上，也會有此次是因了多情而好色，移時卻也會僅因了多慾而好色）。多情之好色是憐香惜玉，有一種貴族氣質；而多慾之好色則是偷香竊玉，呈下流之態。晚唐人漁色遠勝過盛唐（人生百無聊賴，便賴肉慾）。李商隱是好色的，他的那麼多曲折吞吐的情詩便是證據。但他是屬於「多情必好色」的，所以他的詩中，與女人「心有靈犀」類的「心交」多，肉慾的「性交」（僅僅性的交往）少。與李商隱齊名合稱「小李杜」的杜牧先生，有着成箱的漁色記錄（李德裕的手下做的），但我總覺得杜牧先生不是真好色，他真好的，是政治（「平生五色線，願補舜衣裳」）、是軍事（在這一點上，注過《孫子兵法》的他頗不服氣大家都服氣的周郎）、是經濟（他一直屬意財賦之事）。但這些經國之大業人家不讓他沾手，他只好把手伸向揚州的女人，把女色當成解憂的工具，聊好一回色。他未對他所好的色動過情，所以，他在揚州妓院沉湎消磨，青春付與，卻只贏得「薄倖」之名，不像後來的柳七，在妓院裡如魚得水，與娼妓們弄得魚水情深。杜先生無情無義，寡情薄義，色自然也不喜歡他。但他可能也因此

　　　　　　　　　　　　　　　　中國人的心靈

沒有那種饞涎的醜態。而與李商隱並稱「溫李」的溫庭筠先生毫不好政，專門好色，對色呢，也是毫不好情，專門好肉，自然也就好出專寫女色的色情文學。

好了，現在我們可以做個小小的總結：李太白是神，白樂天是人，溫飛卿是獸 —— 僅就這一首詞而言。

李太白讓我們內心充滿慈悲，白樂天讓我們內心充滿同情，溫飛卿只是想喚起我們的情慾。

再說一個小小的問題：為什麼溫飛卿先生的這首詞凡選家必選？ —— 據說是因為文字技巧高超。

就技巧言 —— 純形式技巧言，這幾首詞的排名是這樣的：

溫先生第一，白先生第二，李先生第三。

# 花開花落


## 一、屈指西風幾時來

後蜀廣政三年（940年），趙崇祚《花間集》編竣。中國文學史上第一個詞派 —— 花間派在經過多年的熱鬧創作後，終於以整體的面貌與大致相同的風格，集體包裝面世。

這是被稱作「豔科」的詞在集中描寫「豔情」之後開出的第一朵豔花。這朵花在中國的大西南，那被稱作「芙蓉國」的成都冉冉開放，豔驚天下。

> 鏤玉雕瓊，擬化工而迴巧；裁花剪葉，奪春豔以爭鮮……則有綺筵公
> 子，繡幌佳人，遞葉葉之花箋，文抽麗錦；舉纖纖之玉指，拍按香檀。不無
> 清絕之辭，用助嬌嬈之態。……

這是歐陽炯為《花間集》作「敘」中的句子。這部收錄十八家詞作的《花間集》，除溫庭筠、皇甫松、和凝、孫光憲外，都是西蜀的詞人。他們奉「善為側豔之詞」的溫庭筠為鼻祖，可見他們的趣味也並不高，我們知道溫是頗為輕佻而不為時人所重的。好在，西蜀政壇，並沒有一個莊重人，且看那前蜀後主王衍，在宣華苑中，讓宮伎穿得花枝招展，號「醉妝」，自己頭裏尖如錐的小巾踉蹌而行，

且行且唱自製的《醉妝詞》：

> 者（這）邊走，那邊走，
> 只是尋花柳。
> 那邊走，者邊走，
> 莫厭金杯酒。

活像一個小丑。

　　後蜀後主孟昶，命人在成都城牆遍植芙蓉。深秋花開，望之如錦繡。他們確實很藝術，很懂享受生活。

　　我在〈長安花〉一文中提到，楊玉環使政治的唐朝變成了藝術的唐朝。這藝術的唐朝的精神傳人，便是這五代十國時期的南方政權：無論是西蜀還是南唐，他們已沒有政治，他們把生活全部藝術化了，而且這「藝術」，不僅僅是享樂的藝術。生活在他們眼裡就是窮奢極慾的享樂。肉體的享樂與精神的享樂。肉體的享樂不僅武裝到牙齒——進口，甚至武裝到出口——孟昶的七寶裝飾的溺器。精神的享樂則就是這聲色歌舞，詞就是那音樂的歌詞，是按照那音樂「填」進去的——這有點象徵意味：填詞填詞，敢情這詞就是他們享樂生活的「填充物」。我們現在人常批評他們過分講究形式的錯彩鏤金，其實，連溺器他們都這樣鑲嵌，何況是歌詞？這些人真夠「藝術」的——連溺器都高度藝術化了。但他們卻完全沒有大唐的氣度與責任感。他們偏安，他們也安偏——安於這「偏」，並且以「偏」為「安全」的屏障，在這「蜀道難」的地方，他們自得其樂。他們樂什麼？他們沒有道德之樂，沒有事業成就之樂，他們就只樂這美酒、名花與美人。他們「者邊走，那邊走」，到這世上來一番奔走，只是尋花柳，只是厭那金杯酒。江南物質的富庶、女人的美豔、風俗的悠閒，正合他們的脾氣：

人人盡說江南好，遊人只合江南老，春水碧於天，畫船聽雨眠。

爐邊人似月，皓腕凝霜雪。未老莫還鄉，還鄉須斷腸。

這是那流落江南的京兆杜陵人（今西安）韋莊的《菩薩蠻》詞。他入蜀時已六十六歲，且愛妾為蜀主王建所奪，按說他並不得意，但「滿耳笙歌滿眼花」（韋莊《陪金陵府相中堂夜宴》）的江南還是讓他迷戀。他作為北方人，為江南的富饒美麗與多情所折服，本篇即是帶着極熱戀的心情寫出的江南讚歌。

這首詞結構頗奇特，上闋的前兩句與下闋的後兩句應放到一起讀，這是議論；上闋的後兩句與下闋的前兩句應放到一起讀，這是描寫。描寫部分中，上闋兩句是寫江南的風景美，下闋的兩句是寫江南的風情美，景美、俗美、人美、情美，江南之美，盡在筆底。他的詞風格直率顯豁，如他這首詞中的四句議論；同時他的語言清麗自然，如他這首詞中的四句寫景。

既然是《花間集》，那我們就看他們寫花：

木棉花映叢祠小。（孫光憲《菩薩蠻》）

東風滿樹花飛。（毛熙震《清平樂》）

路入南中，桄榔葉暗蓼花紅。（歐陽炯《南鄉子》）

一庭春色惱人來，滿地落花紅幾片。（魏承班《玉樓春》）

門外柳花飛，玉郎猶未歸。（牛嶠《菩薩蠻》）

春日遊，杏花吹滿頭。（韋莊《思帝鄉》）

還似花間見，雙雙對對飛。（張泌《蝴蝶兒》）

翻開《花間集》，真是「雜花生樹，群鶯亂飛」。根據統計，《花間集》中「花」出現達一百五十五次，這還不包括如杏花（三十一次）、桃花（二十次）、荷

中國人的心靈

（十五次）（高鋒《花間詞研究》），另外還有木棉花、柳花等等。這「鶯」就是美麗妖嬈的女子，在「花間」幹什麼？除了「花間一壺酒」，也就是花前月下的美人之約了。除了讓我們眼花繚亂、亂花迷人眼，觸目的就是蛾眉、嬌眼、香腮、朱唇、酥胸、皓腕、玉指、纖手、金臂、雪肌、柳腰、紅面。裝飾她們的是芙蓉帶、繡羅襦、石榴裙、碧玉冠、玉釵、金釵、鳳釵、燕釵、金爐玉盤、錦屏繡帷，還有那頗有性寓意的鴛鴦被、鴛鴦枕……然後就是她們生活的背景：金扉玉樓、金井玉殿、畫樑繡戶、香閨繡閣、雕欄紅牆、綺窗鳳樓……

　　這雕續滿眼讓我們一邊頗生審美疲勞，卻也驚嘆他們生活的物質之豐盈，以及在這飽暖中鼓脹的淫慾之思。好了，我們且不為這種男女之情慾做道德判斷，但這種情慾，與刻骨銘心的愛情有些區別還是應該指出的。這種區別正如同此前我指出過的，溫庭筠與李商隱兩者情愛詩的區別：多慾與多情的區別，也是我在〈南方和北方的女人〉中指出的宮體詩與南朝樂府的區別。我們發現，這種情慾，是在物質的軀殼中被禁錮的心靈於空虛中產生的壓抑的、過度的情慾。其對象往往是所有的異性而非特定的個體，所以它與愛情無關。但從另一方面講，集中地、無所顧忌地描寫男女之情慾，描寫愛慾心理與性心理，在中國文學史上自有其特殊的意義，並且以其大膽直露、直逼人性本真的藝術勇氣成為中國文學史上「一個古怪的詩的熱力的中心」（鄭振鐸《插圖本中國文學史》）。這「熱力」，就是因為對人本性中享樂衝動的大膽撩撥與反覆歌吟。它是反傳統的、非道德的，卻又是理直氣壯、毫不慚愧內疚的。除了極個別的詞，如鹿虔扆《臨江仙·金鎖重門荒苑靜》，他們真的不作憂國憂民狀 —— 我是說，他們可以一邊沉湎於慾望之中，一邊假作正派，但他們沒有 —— 他們就一味地在那裡尋歡作樂，並且大張旗鼓、明目張膽地用詞這種文學樣式宣傳這種歡樂。是的，他們操練的是詞，而詞本來就可以不作道貌岸然語。詞出人意料地成為一個民族擺脫道德面具而抒發真內心、真性情的工具。你看這樣的詞：

玉樓冰簟鴛鴦錦，粉融香汗流山枕，簾外轆轤聲，斂眉含笑驚。

柳陰煙漠漠，低鬢蟬釵落。須作一生拼，盡君今日歡。

（牛嶠《菩薩蠻》）

把偷情做愛都寫到詞中去了，而且寫得如此讓人心旌搖蕩，不僅把柔情寫成了豪情，而且把這樣的床上豪情，寫得如此大義凜然，如此英雄豪氣，不僅不下流，不骯髒，甚至還讓人讀後而生崇高感。真可比「醉臥沙場君莫笑，古來征戰幾人回」。在熱烈慾火中燃燒的，不僅是一對男女，還有一切世俗的羈絆。怪不得王國維極賞此詞的後兩句。此女子真可以說是色貌如花，柔情似水，肝腸似火！她的生命與精神都是飽滿的，生機勃勃而不可屈撓、不可扼殺的，悲痛沉着，豪情縱放，她沉醉在生命的快樂裡，而藐視人間的戒律。這種生命意志，本來即是文學應該着力表現的主題。

這樣的詞作，在宮體詩裡是找不到的：宮體詩大都是暗示的、藏頭露尾的、偷偷摸摸的，哪裡有這般發露、這般沉着、這般狂放、這般坦蕩！

當然，《花間集》中更多的是深情綿緲之作 —— 體現的仍是「溫柔敦厚」、含蓄蘊藉的民族性格。我們看牛嶠的侄子牛希濟的兩首：

峭碧參差十二峰，冷煙寒樹重重。瑤姬宮殿是仙蹤。金爐珠帳，香靄畫偏濃。

一自楚王驚夢斷，人間無路相逢。至今雲雨帶愁容。月斜江上，征櫂動晨鐘。（《臨江仙》）

春山煙欲收，天淡稀星小。殘月臉邊明，別淚臨清曉。

語已多，情未了。回首猶重道：記得綠羅裙，處處憐芳草。

（《生查子》）

一種帶着社會與自我雙重壓抑的情懷，柔柔膩膩的、幽幽怨怨的。藕斷絲卻連，巴望不絕望。這是對愛情心理的多層次、多角度的揭示，且在這種揭示與描寫中可以透視出民族、時代、社會的道德與風尚。

## 二、風裡落花誰是主

那些生活在秦嶺以南前、後蜀的文人們以及兩個短命王朝的小皇帝，一方面自恃天險而以為無虞，一方面獨擁物產而以為享樂，所以，我們在他們的詞裡，是很少讀到什麼憂患的。他們花天酒地、酒綠燈紅、紅男綠女、女愛男歡。正如前蜀後主王衍所宣揚的：「月華如水浸宮殿，有酒不醉真癡人。」（《宮詞》）主人如此提倡與鼓勵，臣子、文人與清客何樂而不恣意逞歡？這兩個小朝廷都極短命，只二傳便終結，但卻一無亡國之思，除了鹿虔扆《臨江仙‧金鎖重門荒苑靜》有一些隱微不宣的「暗傷亡國」外，其他人都似全無心肝。他們的情感，都在男女之情上用盡了。

在南唐，卻顯示出不同的氣度。南唐這邊的詞人主要有南唐二主 —— 李璟、李煜父子及李璟的宰相馮延巳。這三人從身份上看，便與花間諸人不同。花間諸人乃是不負責任的小文人，而南唐的這三位，卻擔着天大的干係，國家興亡都在他們手裡。雖然他們不算是積極有為、勤勉國事、深謀遠慮，但他們總要被這國事糾纏而不得不面對「山雨欲來風滿樓」的境況。王國維稱馮延巳「堂廡特大」，就正是因為他的詞中有了一種不得不面對國事孤危時，無力、無奈、無助的心態。是的，馮正中的詞比起花間諸人，我們看得出，擬代體少了，男子作閨音少了，即便是寫男女，也往往有了象徵意義。他的詞中，他自身的影子重了，

我們可以從中看出他真實的內心了：

誰道閒情拋擲久？每到春來，惆悵還依舊。日日花前常病酒，不辭鏡裡朱顏瘦。

河畔青蕪堤上柳，為問新愁，何事年年有？獨立小橋風滿袖，平林新月人歸後。(《鵲踏枝》)

「獨立小橋風滿袖」，這儼然是一個憂患深深的宰相形象。「山雨欲來風滿樓」、「黑雲壓城城欲摧」，他不可能無動於衷，哪怕是為了保住自己的享樂生活（他有「年少年少，行樂直須及早」〔《三台令》〕之語，可見他有朝不慮夕之感），他也要為延續國祚而操心。但在那一派靡爛與享樂中，他不免孤獨：

獨立花前，更聽笙歌滿畫船。(《採桑子》)

黃昏獨倚朱欄，西南初月眉彎。砌下落花風起，羅衣特地春寒。(《清平樂》)

山如黛，月如鉤，笙歌散，魂夢斷。倚高樓。(《芳草渡》)

淚眼倚樓，頻獨語。(《蝶戀花》)

笙歌放散人歸去，獨宿江樓。(《採桑子》)

這種寂寞無助之感，顯然是他自身的形象，而與他的身份地位及所擔負的責任有關。在他的詞中顯露出來的這種深沉的、瀰漫的、無時不在的孤獨感與憂患意識，是花間派詞人所缺乏的。這是他的新東西，也是使他「大」起來的東西。是的，有承擔，才有胸襟；有胸襟，才有境界。他那堂廡，大過花間諸彥，正為如此。

中主的一首《攤破浣溪沙》，更有「眾芳蕪穢，美人遲暮」之感，而為王國維所激賞：

　　　　菡萏香消翠葉殘，西風愁起綠波間，還與韶光共憔悴，不堪看。

　　　　細雨夢迴雞塞遠，小樓吹徹玉笙寒。多少淚珠何限恨，倚闌干。

先是馮正中讚其「小樓吹徹玉笙寒」（《南唐書》卷二十一），後是王安石嘆其「細雨夢迴雞塞遠，小樓吹徹玉笙寒」（《苕溪漁隱叢話》），再到王國維賞其「菡萏香消翠葉殘，西風愁起綠波間」（《人間詞話》），而葉嘉瑩偏又對上下闋結尾之句慧眼獨賞：「如就悲慨之沉鬱及深摯而言，則自當推前後片兩處結尾之句最為明白有力」（《靈谿詞說》）。一首詞，所有的句子，都被人給以逐次拔高的評價。而我以為王國維從中看出「眾芳蕪穢，美人遲暮」，正是具有「史」的眼光。—— 我的意思是說，《花間詞》中的花，是正在開放的，是生活之富貴、閒逸、享樂的象徵，是女性的象徵，是性的象徵。南唐的「花」，則是「落花」，是衰敗、凋零的象徵，蜀主孟昶已有「屈指西風幾時來」（《玉樓春》）的隱憂，但這西風在南唐詞人那裡則是已然吹來，且摧殘得「菡萏香消翠葉殘」。這「西風愁起綠波間」，是否暗示着來自北方的強大政權的覬覦？於是，我們看到，在馮延巳的詞中出現的「花」，其姿態風韻與花間派筆下的花已大不同 ——

　　　　砌下落花風起。（《清平樂》）
　　　　亂紅飛過鞦韆去。（《蝶戀花》）
　　　　金鳳花殘滿地紅。（《南鄉子》）
　　　　惆悵落花風不定。（《應天長》）

花之意象，在南唐詞人那裡，不但不是當下享樂的背景與象徵，反而成了生命苦痛的象徵，成了人生無常的象徵。「日日花前常病酒，不辭鏡裡朱顏瘦」（馮延巳《鵲踏枝》），「淚眼問花花不語」，這花正是無奈、無力、無聊的象徵。「蕭條風物正堪愁」（馮延巳《芳草渡》），花引起的，不是我們享樂的慾望、生命的激情，而是給我們「獻愁供恨」的，它提醒我們一切美好事物都將凋零，從而在我們「對酒當歌」之時，突然給我們當頭一棒，提醒我們「人生幾何」。李璟就是如此呆問：

　　　　風裡落花誰是主？（《山花子》）

這是聲淚俱下的一問，是驚心動魄的一問，是石破天驚的一問，是讓我們膽戰心驚、心如死灰的一問，是讓我們禪心頓作沾泥絮的一問。接下來的，便是五代最傑出的藝術家，最純潔的主觀抒情詩人，被王國維稱為「有釋迦、基督擔荷人類罪惡之意」的李煜。「花」在他眼裡如何？

## 三、流水落花春去也

　　他也曾有花下之約，他的一首大約寫他與小周后幽會的《菩薩蠻》，浪漫熱烈、抒情縱慾，其大膽與叛逆，不亞於前引牛嶠寫性愛之《菩薩蠻》。

　　　　花明月暗籠輕霧，今宵好向郎邊去。剗襪步香階，手提金縷鞋。
　　　　畫堂南畔見，一晌偎人顫。奴為出來難，教郎恣意憐。

他當然敢於「恣意」地笑納小周后放肆地奉獻的肉體與精神之愛。他是一個好情

人。同時以他的藝術修養與敏感細膩、溫柔多情的內心，他最有資格欣賞女人的種種風情。況他以一國之主的身份，也可以領受眾多美麗女性對他的愛的奉獻。可是，上帝是嫉妒的，也是公平的，他這種美滿的生活只能是曇花一現：

> 林花謝了春紅，太匆匆！無奈朝來寒雨晚來風。
> 胭脂淚，相留醉，幾時重？自是人生長恨水長東！（《相見歡》）

「愛」之餘溫尚在，「恨」已如影隨形而來。這就是人生。不僅是他的人生，而且是所有人的人生。李煜之傑出處，在於他能把自己的不幸上升為一般意義上人生的命運。他本來只能引起我們同情，卻竟然引起了我們的共鳴。從這個意義上講，他真是太成功了。即如這首《相見歡》而言，我們一般讀者固然沒有什麼國主之位可以丟失，但我們不是也在生命歷程中不斷地和一些美好的東西揮手告別，而且任我們如何挽留也屬徒然？

我們告別了童年、少年、青年，走向壯年、老年，我們人生的每一看似上升的台階，卻都有青春的代價，我們就這樣不知不覺中丟了青春，我們人生的歷程就是不斷丟失的過程：我們丟失了兒時的玩伴，丟失了故鄉，丟失了一些朋友，丟失了曾經的戀人，丟失了曾經的理想、曾經的追求、曾經的青春激情與浪漫情懷……當我們回首來路，在暗夜裡懷想着那些丟失的一切美好，我們是不是也會長嘆一聲：林花謝了春紅，太匆匆！我們是不是也會借酒澆愁，然後和淚長吟：自是人生長恨水長東！

甚至，不僅人與人生，即便是自然萬物，豈不也是盛衰存亡，花開花落，春榮秋凋？葉嘉瑩在《靈谿詞說》裡極準確地說此詞是敘寫由「林花紅落而引發的一切有生之物的苦難無常之哀感」，讀這樣的詞，而不起浩嘆，不生慈悲心、寂滅心，不生萬念俱灰心，也難！

春花秋月何時了，往事知多少！小樓昨夜又東風，故國不堪回首月明中。

　　雕欄玉砌應猶在，只是朱顏改。問君能有幾多愁，恰似一江春水向東流！（李煜《虞美人》）


　　由對春花秋月的迷戀到對之厭倦，希望其早日了結。而小樓夜來東風，這本來應該讓人心曠神怡的事竟也讓他不勝厭倦。為什麼？因為它們勾起了「往事知多少」！因為這東南方吹來的風，是從那早被攻滅的故國吹來的風！「往事只堪哀，對景難排！」

　　王國維說：「詞至李後主而眼界始大，感慨遂深，遂變伶工之詞而為士大夫之詞。」（《人間詞話》）眼界大者，蓋李煜本性絕純絕善，而由一己之不幸頓悟人生之無常、自然之生殺；感慨深者，亦因他天生具有慈悲心，而不能面對一切寂滅無動於衷。不僅李煜，南唐三詞人馮延巳、李璟、李煜的詞作，其變伶工之詞為士大夫之詞的貢獻在於，使詞有了較好的聲譽，可以引來眾多高手的參與，從而使詞登上高雅之堂並提升其文化品格、藝術品位，為主流文化所認可（詞為主流文化所認可，確實有一個過程，這從北宋初年眾多「士大夫」官僚如晏殊，包括皇帝宋仁宗對柳永的輕蔑可以看出），從而為詞的繁榮奠定了道德上的根基。

　　對照西蜀花間派詞人及其詞作，南唐三詞人的詞，還有另一層意義 —— 他們詞作中對人生的悲劇意識，大致上償贖了花間派的輕佻與委瑣，並且向我們昭示：個人生命的享樂雖然可以不理會道德的陳詞濫調，或者說，道德上的理由不足以否定人可以盡情享受生命的命題，但是，自然的法則卻能無情地終止我們的享樂，因為，一切都在流逝，沒有什麼可以長駐。

流水落花春去也，天上人間！（李煜《浪淘沙》）

花開西南，花落南唐。偏安而富貴的小朝廷一個個覆滅。北方的兩個強梁，摘走了南方的花枝：宋太祖趙匡胤收娶了孟昶的花蕊夫人。（好一朵花，好一個蕊！）十多年後，太平興國三年，太宗趙光義又強暴了李煜的小周后。據說趙匡胤曾叫花蕊夫人吟詩，花蕊夫人當即揮淚吟誦：

君王城上豎降旗，妾在深宮那得知。
十四萬人齊解甲，更無一個是男兒。（《述國亡詩》）

那些在花間醉生夢死的人，當然更無一個是男兒。

# 天地詞心

　　魯迅先生曾說：「我以為一切好詩，到唐已被做完。」確實，如果我們不是學術地為宋詩找自身的特色與成就，就憑一讀而產生的印象，宋詩真的已失去唐詩那種感動人心的力量。宋詩太平庸了，這平庸主要來自於宋詩的過分生活化、敘事化、議論化，弄得好多詩像是押韻的記敘文與議論文。唐詩也有生活化的，像杜甫的不少詩，就是很生活化的，但即便是杜甫，他的那些太生活化的詩，也不能算好詩。他的《羌村三首》，若僅從自身藝術上講，也不見得多高明，但他有一個大背景：這小小的羌村，以及他哀哀一家數口，是整個中國的象徵，是整個中國人口的象徵。如果不是和這一個龐大的東西能對接起來，這三首詩也就未必能有那麼大的藝術感染力。比較而言，宋人如陳師道的《別三子》、《示三子》之類，除了事可悲哀，詩文卻無甚可道。唐詩也有敘事化的，像李白、岑參的作品，如《將進酒》、《宣州謝朓樓餞別校書叔雲》、《夢遊天姥吟留別》，像《白雪歌送武判官歸京》、《走馬川行奉送封大夫出師西征》、《涼州館中與諸判官夜集》，都是與一些具體的事件與人物相聯繫的，但關鍵是，他們在敘事時充滿了激情。這是激情敘事，事為輔而情為主，所以，我們看到他們在慷慨激昂，在感慨萬端，在手之舞之、足之蹈之，在呼號叫嘯而仍不足以舒其懷。他們的詩使生活藝術化了，意義化了。可悲的是，宋人正缺少這樣的激情。他們在敘事時，只是偶然有一些小感觸、小領悟，然後又竭力把這一點點的東西做大，這就形成了他們所謂「以議論為詩」的特色：他們喜歡從敘

事中，用「昇華」的法子，從生活瑣碎中，找出一點領悟、一點哲理。但這實在並非詩之特質，並非詩意之所在，也並不是詩之功能與特長。「昇華」是一個特別需要警惕的手法，它常常帶給我們的是假大空，是矯情做作，連杜甫這樣的大師，在使用「昇華」不得當時，都不免有「虛偽」之嫌。問題還在於，「昇華」的結果，往往不是濃郁了詩情，而僅僅是發現和鼓吹了道理，從某種意義上說，「道理」等等，與詩歌又有何干？我們看蘇軾的「不識廬山真面目，只緣身在此山中」，朱熹的「問渠哪得清如許？為有源頭活水來」，若從哲理角度講，當然常為人所激賞和引用，但探究其詩味，卻寡淡得很。與唐人王之渙的「欲窮千里目，更上一層樓」相比，很明顯地可以看出，唐人是先詩意，然後再哲理的，是激情所至，義理不期而隨之的。所以，宋人的詩，毛澤東說是「味同嚼蠟」，可能過於嚴厲，卻基本正確。

總之，宋人較之唐人，最大的區別是激情消退，理想色彩褪盡，面對外在世界的好奇心盡失，英雄主義精神喪失，慷慨豪放的情懷不再，而代之以纏綿不盡、深曲幽隱的內向性格；而表現這樣的內向情懷，「境闊」而意象疏略的詩，就不及「言長」而意象綿密的詞。詩的意象是跳脫的、疏離的、並置的，意象與意象間的空間較大；而詞的意象是緊密的、蟬聯的、連接的，其間的空間極小。我們看歐陽修的《踏莎行》：

> 候館梅殘，溪橋柳細，草薰風暖搖征轡。離愁漸遠漸無窮，迢迢不斷如春水。
> 寸寸柔腸，盈盈粉淚，樓高莫近危闌倚。平蕪盡處是春山，行人更在春山外。

我們從中不僅可以體味到意象的綿密，而且還能看出，這綿密的意象，與他們

的內向細膩的性格有關。他們喜歡「思量」，喜歡這樣曲曲折折、反反覆覆的忖度。另外，「離愁漸遠漸無窮，迢迢不斷如春水」，「平蕪盡處是春山，行人更在春山外」，可見他們注力於某一點，一往而不復、一往而情深的思維特徵。這種遞進層深之筆，像范仲淹的「山映斜陽天接水，芳草無情，更在斜陽外」（《蘇幕遮》），像張炎的「常疑即見桃花面，甚近來，翻笑書無？書縱無，如何夢也無」（《渡江雲》），都是宋人情懷幽深的表現。

　　幽深綿密的情懷表現出來的不再是激情，而是深情；不再是慷慨激昂，而是思慮深深，不再是感受生活，而是領悟生命。給予讀者的，也就不再是情緒的感動激發，而是思慮的引伸；不再是讓我們的熱血沸騰，恰恰是讓我們熱血冷卻，代之以幽深的體悟與反思。就生活情景而言，唐人寫的是當下，當場現在進行式、行動式，當下參與；而宋人往往寫事後，過去完成式、沉思式，事後回味。是的，唐人更天真，就在眼前滿足，卻過後不思量；宋人更理性，卻總在事後思量，但又往往慨嘆當時已惘然：

　　　　群芳過後西湖好，狼藉殘紅，飛絮濛濛，垂柳闌干盡日風。
　　　　笙歌散盡遊人去，始覺春空。垂下簾櫳，雙燕歸來細雨中。
　　　　（歐陽修《採桑子‧群芳過後西湖好》）

他的注意力、着力點是「笙歌散盡遊人去」以後；他要表達的情懷，是「始覺春空」的荒涼感。而「笙歌」之盛，群芳正開之時，卻被他輕輕帶過。再看同組的另一首：

　　　　平生為愛西湖好，來擁朱輪，富貴浮雲，俯仰流年二十春。
　　　　歸來恰似遼東鶴，城郭人民，觸目皆新，誰識當年舊主人。

（歐陽修《採桑子‧平生為愛西湖好》）


　　他二十年前首知潁州，愛戀潁州西湖美景，乃在六十五歲辭官後買田退居於此，而有此十首《採桑子》。在一切繁華過後，一切人生煙雨過後，他獲得了感悟與寧靜，卻也滿腹惆悵和感傷。觸目皆新的環境中，唯他是一件老舊之物。再看晏殊的《浣溪沙》：


　　　　一曲新詞酒一杯，去年天氣舊亭台。夕陽西下幾時回？
　　　　無可奈何花落去，似曾相識燕歸來。小園香徑獨徘徊。


我們應該注意到，寫當下情形的，只有第一句「一曲新詞酒一杯」，然後便轉入對過去的懷想與對生命的思考。「新詞」之美，比不上「舊」的一切更引起他的關注與沉思。

　　在古代作家中，像晏殊這樣一生順遂者很少見。當我們對生活不滿意時，我們為生活苦惱；當我們的生活已經相當完美而夫復何求時，我們還有沒有苦惱？有，我們為生命苦惱。晏殊的這一首《浣溪沙》就是寫這種感受。

　　「一曲新詞酒一杯」，你看他的生活，是何其富貴而嫻雅。他的生存，似乎只是為了享受生活的盛宴，而且就這樣日復一日，年復一年。可「去年天氣舊亭台」，生活老這樣也會厭倦是不是？況且，哪怕今年和去年相比，什麼都不曾改變，什麼都不曾損失，我們在年終結算時，除了計其所得，是否也記住把自己的生命減去一年，然後嘆息一聲：「夕陽西下幾時回？」

　　這真是「對酒當歌，人生幾何」。所以，下闋接以「無可奈何花落去，似曾相識燕歸來」，就極貼切。生命之花在凋落，我們只能袖手旁觀，無可奈何。燕子歸來，似曾相識，生活好像在循環，生命則是線性流逝，青春的小鳥一去不

還。悟出如此煞風景的念頭，新詞有何趣，美酒有何味？只能悄然從熱鬧場中抽身出來，獨去後園，在香徑之中，獨自徘徊，體驗生命的落寞。

由第一句「一曲新詞酒一杯」的享受生活，到最後一句「小園香徑獨徘徊」的體驗生命，由富貴繁華、歌舞熱鬧到小園幽徑、思心徘徊 —— 此間的消息，值得玩味。

再看張先的《天仙子》：

> 時為嘉禾小倅，以病眠，不赴府會。
>
> 《水調》數聲持酒聽，午醉醒來愁未醒。送春春去幾時回？臨晚鏡，傷流景，往事後期空記省。
>
> 沙上並禽池上暝，雲破月來花弄影。重重簾幕密遮燈，風不定，人初靜，明日落紅應滿徑。

張先高壽，且生命不息，風流不止，八十五歲時竟還納妾，蘇軾還贈詩「詩人老去鶯鶯在，公子歸來燕燕忙」。我們不必責備他荒唐，倒佩服他精力過人。這是講究享受生活的典型人物，其他方面無甚可取，也無甚劣跡，且看他的開頭一句「《水調》數聲持酒聽，午醉醒來愁未醒」，你不得不佩服他真會享受，他也真有福氣，他生活在北宋數十年承平之際，而北宋人又確實會享受生活。唐人生活豐富多彩，宋人生活卻極狹隘，但「鷦鷯巢於深林，不過一枝；偃鼠飲河，不過滿腹」，生活的愜意，不在豐富，而在自足。宋人只取生活中的一點：溫柔、和諧、享樂。這種生活的唯一不足是，生命自身的短暫易逝與脆弱難任，所以，弄到最後總是「送春春去幾時回？臨晚鏡，傷流景」。盛宴當前，只恨肚皮太小，美色滿眼，可惜張詩人垂垂老矣。雖然老，仍花心不死，「沙上並禽池上暝」，還是讓他心有戚戚焉。「雲破月來花弄影」是他的名句，一個「弄」字，擬人，

寫出花之孤芳自賞。而「明日落紅應滿徑」，其間當然包含着對生命的珍惜。

　　讀北宋人的詞，比較唐人詩，頗有一些味道。唐人開放，宋人收斂；唐人外向，宋人內向。唐人的世界是江山塞漠，是用眼光來打量，用腳步去丈量，用胸膛來面對的。宋人的世界是夢與樓台，是閉上眼睛，用想像來思量的。唐人去自然中欣賞自然，宋人只是在盆景中想像自然。「明日落紅應滿徑」與「夜來風雨聲，花落知多少」相比，孟浩然雖然也足不出戶，但外面世界的氣息已滲透進來，「處處聞啼鳥」；而宋人則拒絕外面世界，心懷叵測地猜測外面的世界。如果唐人說「外面的世界很精彩」，那麼宋人定會說「外面的世界很無奈」。

　　晏殊和張先都是人生順遂之人。晏殊只有晚年官職有些謫降，但也只影響尊貴，不影響富有。悠閒自在生活的保障，恰不在權勢上的尊貴，而在財富與時間上的雙重富裕。所以，我們讀這二位的詞，都有富貴相，有慵懶相，有風流態，有自得狀。晏殊還好一些，畢竟曾身居高位，荷負重責，對人生的領悟正如馮延巳一樣，可以由此超越一般不負責任的小文人，而在胸襟見識上達到一種較高境界，從而使其詞作在一派富貴嫻雅與傷春感懷中，自有一種更高遠的意境可以讓讀者去做多種聯想。而張先則終生耽於逸樂，陷溺其中而不知自拔，其詞在境界上當然亦難以自振 ── 既不能向上，亦不能向下：向上者，如馮延巳、晏殊、歐陽修、蘇軾，意境超拔，內蘊渾厚，可令人浮想聯翩，直達人生的種種境界；向下者，愈益深入，愈益尖銳，愈益狹窄、險隘，直達人心之小九九與大悲涼，這向下的代表人物，便是晏幾道、賀鑄、秦觀。

　　「向上的一路」，是詞向詩靠攏，越來越詩化，使詞成為社會政治興觀群怨民生疾苦的傳聲筒；而「向下的一路」，則堅守詞之本職，使詞更多地成為人們心靈的舞伴 ── 我們知道，詞本即是配樂的。

　　晏幾道在慢詞開拓者柳永之後約四十年，但他仍執着於小令的傳統，而不屑於慢詞。他的《小山詞》，大多是為友人沈廉叔、陳君龍家裡的歌妓蓮、鴻、

雲諸人所作的歌詞,當廉叔下世,君龍臥疾,歌妓雲散之後,他又滿懷惆悵地追憶:

> 追惟往昔過從飲酒之人,或壟木已長,或病不偶。考其篇中所記悲歡合離之事,如幻如電,如昨夢前塵,但能掩卷憮然,感光陰之易遷,嘆境緣之無實也!(《小山詞‧題跋》)

這些追憶之作,成了婉約小令的「登峰造極」(吳調孚《中國文學名著講話》)之作:

> 夢後樓台高鎖,酒醒簾幕低垂。去年春恨卻來時。落花人獨立,微雨燕雙飛。
>
> 記得小蘋初見,兩重心字羅衣,琵琶弦上說相思。當時明月在,曾照彩雲歸。(《臨江仙》)

上片寫人去樓空無聊賴,下片寫當初與小蘋一見鍾情。晏幾道對這位叫小蘋的歌女真可謂一往情深。

「落花人獨立,微雨燕雙飛」原是晚唐翁宏《春殘》詩中的句子,全詩為:「又是春殘也,如何出翠幃?落花人獨立,微雨燕雙飛。寓目魂將斷,經年夢亦非。那堪向愁夕,蕭颯暮蟬輝。」在詩中這兩句並不出色,一入於詞,卻極貼切、渾成。這不是晏幾道有點鐵成金的功夫,而是此二句的那種迷惘沉思的意味,與北宋小令的整體追憶式格調更為相合。僅僅挪動了一下位置,就讓兩個氣息奄奄的句子熠熠生輝,獲得蓬勃的生命,這倒是晏幾道的功德。

晏幾道為貴人暮子(他為晏殊第七子),早年養尊處優,不知民生之艱,無

有生計之慮。此類人往往向兩極發展，或為高衙內之流，極下流無恥；或為賈寶玉一類，品性極高，淳善多情而善體貼他人。李後主、晏幾道即是此類人物，後來的納蘭性德也是。黃庭堅《小山詞‧序》說他有「四癡」，其中之一「人百負之而不恨，已信人終不疑其欺己」之「癡」，正是他本性淳厚的表現。此類人因本性之純、善，又因對社會世態人情之無知幼稚而極天真，一旦遇世之逆、惡、醜，往往較他人更敏感、更痛苦，又往往不能自拔地深陷，往往對此百思不得其解：怎麼會這樣？此時的晏幾道就深陷在對往昔的懷念之中不能自拔：他懷念那如幻如電的過去時光，那是他青春的見證；他懷念老朋友，懷念那四個美麗的少女。如果說，溫庭筠及花間諸彥筆下的女子往往出於虛構，那麼，晏幾道筆下的則都是具體的人，都是在他的生命歷程中刻下印記的人。如果說溫庭筠及花間詞人筆下的女人是色的象徵，是慾的象徵，是他們人生享樂的象徵；那麼，晏幾道筆下的這幾個女孩子，則是美的象徵、情的象徵，是他人生溫暖甚至人生意義的象徵。這種過於具體與確定固然使他的作品缺少外延上的延展與聯想，從而意境不能如馮延巳、李後主、晏殊等人般寬闊，卻能使人深陷。他與李後主天性上頗相近，人生逆轉也相近，華屋山丘、盛衰今昔之詠嘆亦相近。但李煜是有意識地淡化背景，而只出之以感慨；他卻是執着地指定對象，固執地告訴我們他思慕與感慨的具體人物。李煜是把自己的不幸昇華了，昇華為人類甚至宇宙一切有生命之物的共同的命運無常、繁華凋零之悲哀；他卻就依附於自己悲傷的一點，不願須臾分離。所以，李煜最終是提升了人性感知的高度；而他，則是掘出了人性執着的深度。李煜是拓寬了詞之疆域，拔高了詞境；他卻是讓詞境在更狹隘的地域深潛，使我們領會到詞可以多麼深入地表達一個人的痛苦與深情。李煜的詞，有人生無常的大感慨，並把我們一網打盡，把一切有生之物斬盡殺絕，不留一絲安慰與幻想，從而我們與他在人生境遇上是平等的，我們同是荒誕人生與荒涼世界的被害人、見證人與匆匆過客，我們沒有心理上的優勢。但我們只有具有足夠的

領悟力與慈悲心腸，具有足夠開闊的胸襟與純淨的心靈，才可以產生深廣的聯想，才可以在那麼高的境界上與他晤對，相視一笑，莫逆於心。而晏幾道的對具體人事的追憶與懷想，對具體人事的留戀難捨，則可以直接在情感上對我們產生觸動。他似乎近乎蠻橫地告訴我們：他就只在乎那幾個人，其他的一切與他無關。這是深情的冷酷，或冷酷的深情。他通過漠視其他人來提高他的愛人，他高度收斂自己的關注與情感，使其凝聚於一點，所以，他固然因之缺少廣度，卻有無與倫比的強度。假如我們把李煜比喻為普照的佛光，那晏幾道就是那一束凝定的激光：是置人於死地的死光 —— 至少是致他自己於死地。他是無法超脫的，他糾纏得太深了。

還要說到秦觀。馮煦《宋六十一家詞選‧例言》中，把晏幾道和秦觀相提並論，說「淮海、小山，古之傷心人也」。但我們若細心辨聽他們哽咽一般的吟唱，我們會發現，小山是被外力損傷的，正如我們上文所述，他是被那麼幾個他不能忘懷的人弄傷的。所以，他更多的是寫傷心事、傷心人，是對外的。淮海則好像本來就是先天地帶來了一顆受傷的心，再用這顆受傷的心去感受這令人傷感的世界。所以，他才是直接寫自己的那一顆受傷的心，且是一種深深的內傷：

> 漠漠輕寒上小樓，曉陰無賴似窮秋，淡煙流水畫屏幽。
> 自在飛花輕似夢，無邊絲雨細如愁，寶簾閒掛小銀鉤。
> （《浣溪沙》）

純寫感受。蓋自然物自然而在，而不同的人對它們的「在」有不同的心理感受。即如「飛花」，一般人大約也就感受到它凋落之動態，而秦少游卻能感知到它的「自在」、它的如「夢」之「輕」；而「絲雨」，少游不僅可以在心裡測知它的幕天席地、「無邊」無際、籠罩宇宙，而且能感知到它的其「細」如「愁」。「寶簾」

之撩掛，卻有「閒」之意味；「畫屏」而有「幽」之況味。「曉陰」不僅「似窮秋」，且還「無賴」。秦觀把詞之細膩入微、刻骨銘心的優勢發揮得登峰造極。他寫的是眼中之物嗎？不，他寫的是心中之象。難怪馮煦《宋六十一家詞選‧例言》中說：「他人之詞，詞才也，少游，詞心也。得之於內，不可以傳。」是這樣的，少游之詞，出之於他的那顆敏感的心靈，對他而言，詞之創作，已與技巧及語言無關，他已先在內心裡把這宇宙一切心靈化了，所以對他而言，他所寫的一切，不是藝術的，而是真實的。在他那裡，世界就是他的心象，他的心象就是真實的世界。而這心象，又總是淒迷如夢，如煙，如幻，如電：

春去也，飛紅萬點愁如海。(《千秋歲》)
斜陽外，寒鴉數點，流水繞孤村。(《滿庭芳》)
霧失樓台，月迷津渡，桃源望斷無尋處。(《踏莎行》)

如果說，晏殊、歐陽修、蘇軾等人在人生絕境處總是別有洞天，在絕望之中終於掙脫而去；那麼，秦觀則是使人愈益深陷而不能自拔，他營造一種意境（如前所說，這也就是他的心象，是他的心靈世界），如蛛網一樣黏住我們的心智與情懷，又如同一個溺水而昏迷的人死死地抓住我們，讓我們與他一同下沉，直至一了百了，萬念俱灰。

太虛、方回、晏幾道諸人，皆脆弱敏感多情之人，都是執着而不知變通之人，都是鑽牛角尖之人，而這正是詞所需要的。或者說，他們的這種精神心理導向與詞之形式、性質，正相脗合，所以這幾個人的創作，一再重新印證、強調與張揚詞自身的特點。他們一往情深的心靈，他們一往不復的性格，正可以一針見血地寫出詞之心、宇宙之心，天地之不得已者。是的，北宋詞之傑出瑰偉處，就在於寫出了人類與宇宙相晤對時的感傷，寫出了人類之心與天地之心相遇之時，

感動激發而出的無奈、無聊、無助、無賴與無力，問題在於，這宇宙，是寓形於任何一個對象上的：一樹花枝，一川煙草，一抹斜陽，一聲鳥啼，萬點飛紅一杯酒，滿城風絮數點鴉，歌女婉轉的歌喉與靈動的手指，指尖上奏出飛散的音符，舞女的裙與飄帶、長袖，以及她們消逝在時光中幽怨的眼神、如花的容顏……

# 大眾歌手

　　說北宋詞，柳永（生卒年不詳，約在 980 年至 1053 年之間，據唐圭璋、蔡厚示、李國庭等推斷）是當之無愧的第一大家。可這「大家」那時候大家都不大喜歡他，首先是最最「大家」——皇帝老兒就不喜歡他，然後是晏殊、歐陽修、蘇軾等「大家」也不喜歡他。宋仁宗讀了他的《鶴沖天》「忍把浮名，換了淺斟低唱」後頗氣惱：如此漠視體制的尊嚴，把政府放在什麼地位？於是親自拿筆把柳永的名字從科舉榜上勾去，還說了一句頗下流的話：「且去淺斟低唱，何要浮名！」這是吳曾《能改齋漫錄》上的記載。胡仔《苕溪漁隱叢話》後集卷三十九引《藝苑雌黃》上的記載大概是另一版本：

> 柳三變……喜作小詞，然薄於操行。當時有薦其才者。上曰：「得非填詞柳三變乎？」曰：「然。」上曰：「且去填詞。」由是不得志，日與猥子縱遊娼館酒樓間，無復檢約，自稱云：「奉聖旨填詞柳三變。」

從他自稱「奉旨填詞」，可見這傢伙確是不大嚴肅。但這也是那「頗好詞」的仁宗皇帝「大家」逼的。我則有些喜歡這種調侃神聖的氣質。中國的知識分子，慣於在體制的框架內追尋自己的位置，三月無君，惶惶如也，柳永敢於宣稱「淺斟低唱」的體制外生活強於體制內的地位名聲，也算是有勇氣與見識。這也就使他與其他「知識分子」——士大夫們拉開了距離。

他把「政府」的尊嚴不放在眼裡，政府當然也排斥他：

> 柳三變既以詞忤仁廟，吏部不放改官。三變不能堪，詣政府。晏公曰：「賢俊作曲子麼？」三變曰：「只如相公亦作曲子。」公曰：「殊雖作曲子，不曾道彩線慵拈伴伊坐。」柳遂退。（張舜民《畫墁錄》）

沒官做，當然要找政府，但當時政府首腦是晏殊，晏殊雖亦作曲子，卻不喜歡柳永的曲子。兩者的區別即在於，晏詞雅，柳詞俗。當時後來，罵柳詞俗的人很多，「格固不高」、「韻終不勝」、「雜以鄙語」、「詞語塵下」（陳振孫、李之儀、李清照等人語）。

「彩線慵拈伴伊坐」是晏殊舉出的例子。全詞如下：

> 自春來，慘綠愁紅，芳心是事可可。日上花梢，鶯穿柳帶，猶壓香衾臥。暖酥消，膩雲嚲，終日懨懨倦梳裹。無那！恨薄情一去，音書無個。
> 早知恁麼，悔當初，不把雕鞍鎖。向雞窗，只與蠻箋象管，拘束教吟課。鎮相隨，莫拋躲。針線閒拈伴伊坐，和我。免使年少，光陰虛過。
> （《定風波》）

這是「小女人」詞。自溫庭筠至五代，這類「小女人」心理、「小女人」形象就一直有，但柳永是登峰造極。為什麼？因為前人是小令，寥寥數語，無論是刻劃心理，還是描摹形態，都點到為止；而柳詞則是慢調，他盡有鋪敘功夫，轉折騰挪，點染描畫。溫庭筠一句「懶起畫蛾眉，弄妝梳洗遲」十個字，在柳永這裡，改變成了整個上闋五十個字。他多了心理刻畫，多了情態描摹與環境烘托，「綠」前多了「慘」，「紅」前多了「愁」，「酥」前多了「暖」，「雲」前多

了「膩」，難怪晏殊把「針線閒拈伴伊坐」記成了「彩線慵拈伴伊坐」，「彩」寫線之色，「慵」則寫人之情態，晏殊記錯的地方，正是他對柳詞特徵把握很正確的表現 —— 如果讓晏殊來寫模仿柳永的詞，他會寫得比柳永還柳永呢。問題就在於，晏殊他們拒絕這樣寫，因為他們有士大夫的「雅」的堅持。柳永沒有這樣的堅持，他就是「俗」，並且決絕到底，俗到家了。他體現的是大眾的、世俗的審美眼光。在此詞這樣的一個女性形象裡，我們看不到什麼象徵，我們也不會產生什麼更寬廣的聯想。是的，柳永不要象徵，也不要我們聯想，他就是要直白地、露骨地寫一個小女人的心態，並且沒有什麼社會指涉。他甘心就這麼淺層次。或者說，在他的詞裡，表層之下，沒有深層。他不用比興，他只要賦 ——只要鋪敘，描摹，直抒胸臆。在這樣的詞裡，他不言志，不載道，只言情，而且是代他人寫情，揣摩一般人的一般情懷，而不是特殊的個體感受。可以說，他是作家中最沒有道德的 —— 我的意思是說，他的作品處在道德與不道德之間的那種狀態：他自覺地不去承擔道德的重荷，雖然他並不贊成不道德。實際上他可能意識到了這樣深刻的問題：在愛情上，道德是一個尷尬的角色，它不能不在場，卻又不能時時在場，它必須適時地迴避。它固然不能受到破壞，但不破壞它的前提是：當愛情發生的時候，它可能需要適當地迴避。

　　實際是，柳永的風格，是由他寫作的目的決定的。在他的《樂章集》裡，大多數作品都是為歌妓寫的，「教坊樂工，每得新腔，必求永為辭」（葉夢得《避暑錄話》）。他的作品有點像命題作文，更像是為人訂做，他是面向市場的，是由歌妓唱給客人聽的，而這些客人，比照一下今天 KTV 包廂中的常客，顯然是不雅的，是文化水平不高而享樂慾望極強的。所以，他《樂章集》中的東西，大都類似於我們今天流行歌曲的歌詞：抒發的是大眾情感、公共感受，而不是個性體驗。他要的是有更多的共鳴者，是要搜刮大眾人人心中所有、人人能理解的東西，把它變成歌詞，然後再得到他們的喝彩。應該說，柳永在這一點上很成功：

他的歌「聲傳一時」（《避暑錄話》），「傳播四方」（《能改齋漫錄》），上至禁中皇家後宮，中至文人士大夫，下至普通百姓、販夫走卒，甚至在西夏也有「凡有井水飲處，即能歌柳詞」的大名。他是那個時代通俗文藝的代表。而他偎紅倚翠，在「秦樓新鳳，楚觀朝雲」謀生涯的生存方式，也並不比吃體制飯的文人們下流 —— 他自己養活自己，沒有靡費納稅人的錢。

柳永當然也有受人稱賞的作品，那恰恰是寫他自己個性體驗的作品。如《雨霖鈴》：

> 寒蟬淒切。對長亭晚，驟雨初歇。都門帳飲無緒，留戀處、蘭舟催發。執手相看淚眼，竟無語凝噎。念去去、千里煙波，暮靄沉沉楚天闊。
>
> 多情自古傷離別。更那堪、冷落清秋節。今宵酒醒何處，楊柳岸、曉風殘月。此去經年，應是良辰好景虛設。便縱有、千種風情，更與何人說。

這首詞當是寫他自己的經歷。他離開京城開封，與情人分別，從那難捨難分看，離別當有不得已者在。柳永由於沒有生計，他總處在奔波之中，這種狀況，會讓人心理常在傷懷之中，更何況要與情人分別，又更何況在那冷落清秋時節，傍晚時分，秋雨之中！

他放筆而寫，盡情發露，顯豁直率，酣暢無餘，並且還大膽坦率，毫不遮掩，全不理睬那傳統的含蓄蘊藉、哀而不傷、溫柔敦厚的教訓。有場景描寫、動作描寫、情態描寫，還深入到人心；有心理活動描寫，有直說，如「便縱有、千種風情，更與何人說」，更多的是曲曲折折、輾轉騰挪，在賦體中平添波瀾。陳匪石《宋詞舉》中說他有「並句一轉」的手法：「對長亭晚」—— 方珍惜此時，卻又已「晚」，須動身了；「驟雨初歇」—— 驟雨突來，可以留人，卻眨眼又「歇」；「帳飲無緒，留戀處、蘭舟催發」——「帳飲」卻又「無緒」，「無緒」卻

又「留戀」,「留戀」卻又「催發」;「執手相看」的,卻是「淚眼」;離別要叮囑的,卻是「無語凝噎」。這種句法,不僅使平面的鋪敘有了曲折姿態,更是寫出了人生處處存在的壓抑感、催迫感,是與他的生存狀態和生存感受一致的。

不僅有轉折來生姿,還有「點染」來生色,難怪這首詞有如此的十分姿色。劉熙載《藝概》云:

> 詞有點染。耆卿《雨霖鈴》「念去去」三句,點出離別冷落;「今宵」二句,乃就上三句染之。

點筆明確顯豁,是意脈所在;染筆則濡染烘托,乃氣氛所繫。這是他對白描手法的發展。他的語言是俗白的,但意脈卻是曲折有致的。如果和前人小令相比較,我們發現,前人小令描繪的情境,往往是片斷的、瞬間的,靜態(特定狀態)的、單一的,蓄勢待發而未發的,又是戛然而止的,是對情境的描摹,對某一特定情感狀態的描摹,我們可以稱之為「描情」。柳永慢詞對情境的描繪,則往往是連串的、鏈條的、發展的,有情節有過程有結果的,延伸的、多重的、曲折多變又一瀉無餘的,是對情境的敘述,對情感發展的敘述,我們可以稱之為「敘情」。

柳永也有很士大夫文人化的東西,比如他的《八聲甘州·對瀟瀟暮雨》,其中「漸霜風淒緊,關河冷落,殘照當樓」就被蘇軾稱為「唐人佳處,不過如此」,這就是他的雅詞了。可見,他不是不能作這種雅詞,「使能珍重下筆,則北宋高手也」(周濟《介存齋論詞雜著》)。但他的特色,正在他的俗詞,是這些詞派定了他歌手的面目。他在鋪敘上的功夫、發展慢詞的功勞,又奠定了他在詞史上的地位。把周濟的話加兩個字倒正合適:使能「珍重」下筆,則北宋少一高手也。

他的名聲,使他成為一個不可忽視的存在。你可以在趣味上不喜歡他,也可

以像晏殊那樣利用自居體制高處的有利地位排斥他，使他生活困頓而得不到「政府」的承認，把他排除在士大夫的「圈子」外，但他在民間，創造了奇跡。這種奇跡是無所憑藉的。一個科考得意的人，其成功是在既定的框架內爬得高，其光環得之於體制的褒獎，包括相應的職位以及由此而得的物質報酬 —— 俸祿。而他的成功，是個人的成功。他的光榮來自民間，來自佈在人口的他的歌詞。這種成功，在那樣的時代往往是有名無實的 —— 有名聲而不實惠。柳永後來為了謀生，還是得改名換姓地去考試，然後得一屯田員外郎的小官職，此時大約五十五歲左右，已是暮年，最後貧病而死，是歌妓湊錢安葬了他。但他的名聲，還是使人有些眼紅。蘇軾曾批評秦觀學柳七作詞，秦觀予以否認，但秦觀詞受柳七的影響是不可否認的。而東坡自己，在作了一首得意的詞時，想到的，仍是柳七：

> 東坡在玉堂，有幕士善謳。因問：「我詞比柳詞如何？」對曰：「柳郎中詞，只好十七八女孩兒，執紅牙拍板，唱『楊柳岸，曉風殘月』。學士詞，須關西大漢，執鐵板，唱『大江東去』。」公為之絕倒。（俞文豹《吹劍續錄》）

這則故事至少透露了兩個信息：一是蘇軾是把柳永看作詞壇上的人物甚至對手的。被東坡這樣的人看作對手，這是莫大的榮耀，也可見東坡雖然不喜歡柳永，但也在內心裡不得不承認他的實際影響，不得不承認這個巨大的存在，甚至對柳永巨大的名聲有些複雜的情緒。其二，這個故事說明，柳、蘇之間的區別，在於風格上的不同。但從這個善謳的幕士舉的例子來看，蘇詞與柳詞風格不同者是為《念奴嬌·赤壁懷古》這樣的詞，而這樣的詞在蘇軾全部詞作中，數量極少。並且，這種風格的詞，此前已見於范仲淹《漁家傲·塞下秋來風景異》、王安石《桂枝香·金陵懷古》。可見，從總體上講，蘇詞對柳詞的否定，不在於所

謂豪放曠達對婉約細膩的風格上的否定，兩者的區別在於：當柳永甘心「媚俗」，以俗文學為自己的使命而基本放棄傳統文人的營生 —— 詩歌的創作（柳永現存詩歌，只有清代厲鶚在《宋詩紀事》卷十三中，保存他的三首詩及斷句一聯），並把詞向俗的方向發展而去時，蘇軾以正統文壇盟主的身份，自覺地加以抵制，並以自己的創作影響，試圖把詞拉回「詩」的軌道上來。在蘇軾那裡，詞與詩一樣，變成了言志的工具，是表達自己內心世界的工具，而不是文化市場上的商品。在東坡筆下，詞之所以無所不能，正是因為詞變成了詩。而詩，在中國的文化傳統中，更多的不是大眾賞愛的文藝形式，而是文人稱心如意的、順手的表達自己內心世界、宣泄自己壓抑情感的工具，是文人溝通世界、表白自己的窗口。所以，它往往是很私人的，是私人的情感、私人的思想、私下的非議或誹謗。不像俄羅斯的詩是屬於廣場的，中國古代的詩歌，更多的是屬於朋友之間的，是郵筒的、酒席的、夜話的。而作為歌曲的詞則是屬於大眾的、市場的，一句話，公共的。有意思的是，私人化的詩，其道德承擔卻是公共的，是作者表達自己道德立場、政治態度、人生境界、價值判斷等等的工具。大眾化的歌詞，要表達的，則恰恰是個體的情感體驗。

從花間「用資羽蓋之歡」的小眾，到柳永的「凡有井水飲處，即能歌」的大眾，總之，這是一種公共產品，它講究的不是事件的個性化特徵，而是情緒的共性化，它要揣摩的、寫出的，是人人心中所有而又人人筆下所無的，因為只有這樣才能招來喝彩。所以，走市場的柳永，其詞走的是「曲子詞」的路；而歐陽修以迄蘇東坡乃是使詞回到「詩」的路上來，力圖使詞也如詩一樣，成為士大夫文人的精神手杖。因此，東坡等人的詞是讓人讀的，柳永的詞是讓人唱的。柳永雖「詞語塵下」，卻是「協音律」的；而「不協音律」的東坡詞，則已不再是詞，只不過是長短不一、「句讀不葺之詩」罷了。李清照對蘇軾詞所做的價值判斷當然可以討論，但她對蘇詞的「事實判斷」卻極是正確。

# 英雄淚

在對詞的士大夫化上，還有比蘇軾走得更遠的，那就是辛棄疾。蘇軾把詞變成了詩，辛棄疾（1140年至1207年）把文引進了詞 —— 詞到了他，真個是無所不能了：抒情、敘事、論理，樣樣都行。辛棄疾是把詞這種文學形式之內在潛力挖掘最深而發揮最充分的偉大天才。是的，不是天才不能如此，他以後的崇拜者、追隨者，往往不免於粗豪叫囂，即可為反證。

辛棄疾有詞六百多首，是兩宋存詞最多的詞人，而在詞上的成就亦可推兩宋第一。「有心雄泰華，無意巧玲瓏」（《臨江仙》）的辛棄疾，再一次證明了文學的最高境界乃是作家的人格與胸襟，而不是什麼技巧。他的雄豪激烈的英雄情懷，不得施於疆場，乃以詞為「陶寫之具」，而創作出「橫絕六合，掃空萬古，自有蒼生以來所無」（劉克莊《辛稼軒集·序》）的詞作，成為中國詞史上最奇崛、最偉岸的景觀。

柳永是歌舞昇平時的流行歌詞的作者，東坡是士大夫文人，而辛棄疾則是國家危急存亡關頭的英雄。他生於淪陷區的山東歷城，高宗紹興三十一年（1161年）他二十二歲時，即能振臂一呼，嘯聚兩千人的隊伍在敵後抗金。加入耿京義軍後，說服耿京聯絡南宋，並受派遣南下與南宋聯絡，在建康受到巡幸到此的高宗的接見。但在返回山東時，卻獲知耿京已被叛徒張安國殺害，義軍亦已潰散。他立即率領五十名騎兵，直奔濟州（今山東鉅野），衝入有五萬人之眾的金兵營地，活捉張安國，縛於馬上，不眠不休，疾馳至臨安，將其處死。他的這種行

為，「壯聲英概，儒士為之興起，聖天子一見三嘆息」（洪邁《稼軒記》）。抓住叛徒，又身當極度危險境地，卻並不馬上處決，而是帶到南宋首都，可見他對於南宋政權的高度認可與尊敬。當時，他可能認為，有南宋政權的強大政治、軍事資源，有他的雄才大略，「把詩書馬上，笑驅鋒鏑」（《滿江紅》），「了卻君王天下事，贏得生前身後名」（《破陣子》），揮千軍萬馬，橫掃酋虜，收復失地，指日可待。但沒想到，他只被任命為小小的江陰僉判，後來雖然官職有所升遷，但都是在地方任職，而且每任時間都不長，從二十九歲到四十二歲，十三年竟調換了十四任官職。四十二歲，正當壯年，被彈劾罷職，閒居江西上饒帶湖十年，五十二歲起用，為福建提刑，三年後又被誣陷落職，再賦閒八年，六十三歲起用二年，六十六歲「英雄老矣」，回到鉛山故居，六十八歲時齎志而歿。

宋孝宗乾道五年（1169 年），三十而立的他，南歸七八年的他，突然發現，他並不是回到了自己的家，而只是一個頗受猜疑與防範的「歸正人」，是一個「江南遊子」：

> 楚天千里清秋，水隨天去秋無際。遙岑遠目，獻愁供恨，玉簪螺髻。落日樓頭，斷鴻聲裡，江南遊子。把吳鉤看了，闌干拍遍，無人會，登臨意。
> 休說鱸魚堪膾，儘西風，季鷹歸未？求田問舍，怕應羞見，劉郎才氣。
> 可惜流年，憂愁風雨，樹猶如此！倩何人，喚取紅巾翠袖，搵英雄淚！
> （《水龍吟·登建康賞心亭》）

這又是一篇登臨之作。辛棄疾來自北方敵佔區，他的故鄉在山東濟南，他從敵後抗金，然後南下，在宋廷中頗受猜忌和排擠，原本的抗金復國大志只能賦之於詞。現在他登上賞心亭，心中卻一點也沒有欣賞風景的閒趣，他的眼光不自覺地落到了北方 —— 好一片河山！但這些錦繡江山現在只能給他添愁 —— 因為它

們全在金人的鐵蹄底下！

他自稱「江南遊子」，顯然和南宋小朝廷已頗「見外」，他欄杆拍遍，這個小朝廷中怕也沒有人能理解他登臨望故國的萬丈雄心。他不願求田問舍，蔑視許氾，置疑張翰，但他又能如何？他已被捆住手腳，折斷翅膀，在落日樓頭，聽斷鴻聲聲，看故國江山，憂愁風雨，灑一把英雄淚。只是，何處有紅巾翠袖，來為他拭去這縱橫的憂國之淚？

國運如落日，己身為斷鴻，聲聲啼血，可憐無補！把欄杆拍遍，知音何在？寂寞而只有紅巾翠袖，南宋真無人矣！

宋孝宗淳熙三年（1176 年），辛棄疾任江西提點刑獄，駐節贛州時，至造口，作有《菩薩蠻·書江西造口壁》：

> 鬱孤台下清江水，中間多少行人淚？西北望長安，可憐無數山。
> 青山遮不住，畢竟東流去。江晚正愁余，山深聞鷓鴣。

據南宋羅大經《鶴林玉露》記載，南渡之初，金兵追擊隆祐太后至造口，不及而還。事隔四十餘年，辛棄疾任江西提點刑獄，親臨其地，撫今感昔，遂作此詞。金兵追太后至造口一事《宋史》無此記載，現代學者也不承認此事，但辛棄疾據傳說發感慨也很正常。

作為登臨之作，全篇似是寫景，實則句句議論。面對鬱孤台下的清江之水，作者一聲嘆問：中間多少行人淚？真有「一聲何滿子，雙淚落君前」的況味。下又接「西北望長安，可憐無數山」，一聲「可憐」，又有幾多痛惜！俯對清江而發問，遠望長安而嘆息，一邊是英雄憂國，一邊卻是奸人誤國，「青山遮不住，畢竟東流去」。既然南宋小朝廷從皇帝到大臣都一意投降求和，英雄也不能挽狂瀾於既倒，山中傳來鷓鴣聲聲，英雄辛棄疾憂憤深深……

宋孝宗淳熙六年（1179 年），辛棄疾由湖北轉運副使調任湖南轉運副使，繼任者王正之置酒小山亭為他送別，他即席為賦《摸魚兒》：

淳熙己亥，自湖北漕移湖南，同官王正之置酒小山亭，為賦。

更能消、幾番風雨，匆匆春又歸去。惜春長怕花開早，何況落紅無數。春且住，見說道、天涯芳草無歸路。怨春不語。算只有殷勤，畫簷蛛網，盡日惹飛絮。

長門事，準擬佳期又誤。蛾眉曾有人妒。千金縱買相如賦，脈脈此情誰訴？君莫舞，君不見、玉環飛燕皆塵土！閒愁最苦。休去倚危闌，斜陽正在，煙柳斷腸處。

辛棄疾是熔鑄英雄，他的詞是「豪放」的正宗，但他溫婉起來，也可使美人心折。更可貴的是他竟能在一篇之中，熔鑄「豪放」與「婉約」於一體，「斂雄心，抗高調，變溫婉，成悲涼」（周濟《宋四家詞選序論》），沉鬱頓挫，婉轉深沉，這真非大天才莫辦。

我們看他上片如何寫惜春之情。先是憐春、惜春，惜之甚，竟變為「怕春」，然後是勸春、留春，留春不住，又是怨春 —— 因愛而生怨。如此曲曲折折，斂蓄頓宕，百轉千迴，層層推進，在中國古代寫春的作品裡，這一段文字無疑屬上上品。

實際上這段春詞，又是象徵，這一片殘春，乃是南宋小朝廷半壁江山的象徵，那麼，他的怨也就有了現實政治的針對性了。據說宋孝宗見此詞「頗不悅」（羅大經《鶴林玉露》），宋孝宗治天下不行，讀詞倒是行家，如同宋神宗能讀懂蘇軾詞。宋家皇帝一直文化水平都挺高。

但孝宗雖不悅，卻並不懲辦辛棄疾，他應該也知道辛棄疾一片愛春惜春之

情。辛棄疾的怨，來自於愛，所謂「持重者多危詞，赤心人少甘語」（黃蓼園《蓼園詞選》）。

下片突然轉入懷古，給人以突然掉頭而去，不復相關的感覺。其實，如果我們領悟了上片殘春不過象徵南宋殘局，那麼下片說歷史故事，正是借古諷今。在這樣的殘局中，那一幫小人竟還要爭寵，真無心肝。所以辛棄疾一聲斷喝：君莫舞！君不見、玉環飛燕皆塵土 —— 你們不要猖狂！你們不知道那得志一時的楊玉環、趙飛燕，最終都化作糞土嗎？真是義正辭嚴。一番義憤之後，顧影自憐，卻又不免慨嘆「閒愁最苦」！閒愁最苦者，無權最苦也，不得大展抱負最苦也！

這首詞中有三個祈使句，拎出來，正好可作此詞的主題：

一是「春且住！」面對春（南宋朝廷）既愛又怨，愛，是因為南宋朝廷畢竟是漢人政權，是恢復中原的希望，怨是怨其不爭氣。所以，一聲「春且住」，是熱切盼望這個朝廷能振作起來。

二是「君莫舞！」這個「君」乃指政敵，指那些爭權奪利、不恤國事的主和派，作者對他們是毫不假以顏色，怒不可遏。

三是「休去倚危樓」。這是對自己，自憐自艾，顧影自憐。

全篇凡三轉，開合縱橫，而主線一以貫之。夏承燾評此詞曰「肝腸似火，色貌如花」，妙哉斯言！

當蘇、辛詞尤其是辛棄疾詞出現的時候，我們才發現，此前的詞，在表現形態及涉及生活的廣度和深度上是多麼貧乏，在表現人性時是多麼單調與脆弱。「絕不作妮子態」的辛詞，六百多首，組合而成的辛棄疾自身形象，英雄氣盛而又兒女情長，慷慨縱橫而又柔情萬種，豪宕而又精緻，跋扈而又無奈。果毅之資、剛大之氣、妖媚之態、體貼之狀，這種文學形象，不僅在詞史上，即在中國所有體式的文學史中，都是絕無僅有的。東坡有其磊落光明而無其悲涼慷慨，屈原有其忠憤而無其超脫，杜甫有其沉鬱而無其豪放，李白有其恣縱而無其小心，

陸游有其低回豪雄而無其放蕩明麗。難怪劉克莊說辛棄疾「橫絕六合，掃空萬古，自有蒼生以來所無」，這是說他的詞，卻也是說他的人。是的，此前的詞作裡，除了蘇軾，還沒有人像他那樣詞即是人，詞格即是人格。從男子作閨音的變態，到柳永的投合大眾趣味、公共情緒的歌詞，其間雖然亦有表現自我之作，但從沒有人像辛棄疾那樣，無一絲遊戲與玩笑；他的詞，純是自畫像，是自己思想、情感、遭際、生活的實錄，是自己的生活史、生命史、心靈史。蘇軾的詞裡還有不少遊戲之作、擬代之作。李煜的偉大在於從個別到一般，由個人不幸體驗到眾生的不幸與命運的無常；而辛棄疾的偉大則恰恰在執着於一己的悲憤、一己的精神、一己的人格，以一己的心靈感染我們。我當然不是指辛詞每一首都是直接寫自己，但我可以負責任地說，在他的詞裡總是能找到他，能發現他的影子，發現他的氣質，發現他性情、人格的烙印。他有着東坡的才氣，卻又比東坡多一分豪氣，而且，他又像柳永一樣傾注全力在詞上，不像東坡還主要去寫詩。這種情況下，他在詞作上的成就超過東坡而雄視歷代，就完全可以理解了。

如果說，在和平時代，需要晏殊這樣的太平宰相，作一些雅致平和的詞來點綴昇平，顯示宮廷的文化水準和藝術氛圍；需要柳永這樣的大眾歌手，作一些風流通俗的詞來點綴生活，滿足大眾的文化與精神需求；更需要蘇東坡這樣天才獨創的藝術家以他一流的作品來承繼文學傳統，反映時代精神，抒發士人情懷，那麼，在辛棄疾的時代，在那樣一個國家殘破、外患頻仍的時刻，則是需要英雄的時代。而包括岳飛、陸游和辛棄疾本人的出現又表明，這又是一個出現了英雄的時代。按說，這應該是一個大時代，有大風雲、大場景、大悲大喜、大起大落，但不幸的是，這又是一個扼殺英雄的時代，既殺之以鋌與刃，如殺岳飛，又殺之以排擠、壓制、猜忌、貶斥、投閒置散、剝奪機會，如殺陸游、辛棄疾。到末了兒，主宰這個時代的，恰恰是一小撮猥瑣、卑污、膽怯、奸詐的小人。「公卿有黨排宗澤，帷幄無人用岳飛。」（陸游《夜讀范至能〈攬轡錄〉言中原父老見使

者多揮涕感》）於是，這種大風雲、大場景，就只能成為文學上的幻象，既有陸游的「鐵馬冰河入夢來」（《十一月四日風雨大作》，他的另一首詩的題目就是這種英雄大業恍如一夢的真實寫照：「五月十一日夜且半，夢從大駕親征。盡復漢唐故地。見城邑人物繁麗，云：西涼府也。喜甚，馬上作長句，未終篇而覺，乃足成之。」），又有辛棄疾的「醉裡挑燈看劍，夢迴吹角連營」（《破陣子》）。陸游的「樓船夜雪瓜州渡，鐵馬秋風大散關」（《書憤》），只能是嚮往之景，辛棄疾的「八百里分麾下炙，五十弦翻塞外聲，沙場秋點兵」（《破陣子》），更只能是醉中幻想。而「了卻君王天下事，贏得生前身後名」（同上）的英雄事業，只能在白髮鬢影中悄悄消失。

據說人生有三福：威福、閒福與豔福。以辛棄疾旺盛的生命力、豐富的情懷與天賦的大才，他當然更傾向於威福與豔福。對威福的追求，體現在他一系列「壯詞」裡，一系列英雄詞裡。自然，他還應有不少的豔福，他不諱言他追求美色，喜歡美人。在他六十六歲任鎮江知府時，言官還彈劾他「好色」。唉，「試想英雄垂暮日，溫柔不住住何鄉？」（龔自珍）

> 東風夜放花千樹，更吹落，星如雨。寶馬雕車香滿路。鳳簫聲動。玉壺光轉，一夜魚龍舞。
> 蛾兒雪柳黃金縷，笑語盈盈暗香去。眾裡尋他千百度，驀然回首，那人卻在，燈火闌珊處。（《青玉案·元夕》）

他豈是永遠剛正怒目？亦又有一番柔腸在。這一個宋代的不知名的美人，她可能永遠都不知道，在元夕的晚遊中，她曾讓一位絕世的大英雄剛腸化為柔情，而這位大英雄的筆，讓她永垂不朽。

當他不得已「賣劍買鋤犁」，「卻將萬字平戎策，換得東家種樹書」的時候，

他竟也能享那閒福：

> 陌上柔桑破嫩芽，東鄰蠶種已生些。平岡細草鳴黃犢，斜日寒林點暮鴉。
>
> 山遠近，路橫斜，青旗沽酒有人家。城中桃李愁風雨，春在溪頭薺菜花。(《鷓鴣天》)

> 茅簷低小，溪上青青草，醉裡吳音相媚好，白髮誰家翁媼？
>
> 大兒鋤豆溪東，中兒正織雞籠。最喜小兒無賴，溪頭臥剝蓮蓬。(《清平樂·村居》)

如果說唐朝張志和的《漁歌子》還與王、孟的詩一樣，所寫仍是文人隱士的田園，那麼，辛棄疾的這類農村題材詞，則與范成大一樣，是將田園還給了它真正的主人 —— 農人。只是，辛詞比范詩更生動、更活潑，情緒上更快樂，更顯示出其真心的賞愛。大英雄，亦多愛！

而下一首《西江月·夜行黃沙道中》似更出名：

> 明月別枝驚鵲，清風半夜鳴蟬。稻花香裡說豐年，聽取蛙聲一片。
>
> 七八個星天外，兩三點雨山前。舊時茅店社林邊，路轉溪橋忽見。

「明月別枝」的「別枝」歷來有不同的解釋，有釋為「別一枝」的，有釋為「離別樹枝」的。如果把「別」理解為「別針」的「別」，意思就是明月別掛在樹枝上。但「別」的這種意思在古漢語裡不常見。我們還是取第二種解釋，「離別樹枝」。月亮落了，離別了樹枝，把枝上的烏鵲驚動起來。據說烏鵲對光線的感覺

極靈敏，日蝕月落，它們都會受驚。唐朝張繼《楓橋夜泊》「月落烏啼霜滿天」的「月落烏啼」也是描寫這種現象的，張繼直接寫到了「烏啼」，而辛棄疾卻只寫驚鵲不寫啼而啼自見，同時也與下文的「鳴蟬」不重複。這兩句寫清風、寫明月，清風明月也是人間最美好的事物，歷來為詩人所詠唱。「清風明月不用一錢買」（李白），「惟江上之清風，與山間之明月，耳得之而為聲，目遇之而成色」（蘇軾），清風明月代表的是一種恬靜的環境，一種嫻雅的生活態度。作者在這清風明月之際，夜行黃沙道中，聽烏鵲與鳴蟬，當然是別有一番趣味，但他看到的、聽到的還不只是這些，他還嗅到了稻花吐出的芳香，聽到了農民們的納涼夜話，他們在說着與豐收有關的話題，而周圍蛙聲四起…… 這四句，每句都寫了聲音：鵲聲、蟬聲、人聲、蛙聲，交織成夏夜交響曲，夏夜的氣氛是多麼熱鬧，夏夜的心情是多麼歡快！這是靜中的鬧，以鬧寫靜，又以靜襯鬧。不聲不響的夜行人 —— 作者，卻是無聲勝有聲：在這眾多的聲音裡，他只是一個旁聽者，但他的心情是多麼愉快呢！他在用心參與着這夏夜的合唱……

　　走着走着，走到一座小山前，突然覺得有星星點點的雨滴，再抬頭看看天，果然天上也佈起了烏雲，只在烏雲縫隙，還有那七八顆小星在閃爍，一場陣雨就要來臨。這對夜行來說，顯然是不利的，作者不免焦急起來，加快了腳步。就在這急迫之中，走投無路之際，路一轉，忽見溪邊的小橋，小橋的那邊就是一片社林，而社林旁邊，可不就是那熟識的茅店麼？這最後兩句，是一個倒裝句，目的不光為了詞律，更為了突出「忽見」，作者在急於尋求避雨之地時，忽見熟識的茅店，其心情之暢快、放鬆、長舒一口氣，盡在我們的意想之中，而我們還可以這樣回味：當作者坐在茅店裡的小桌旁，靜聽外面的風聲、雨聲，回味剛才聽到的鵲聲、蟬聲、人聲、蛙聲，又是多麼有滋有味的心情呢……

　　雖然蘇軾也曾有一組五首的《浣溪沙》，可以算是田園詞的開山，但我們仍然不能不推辛棄疾為田園詞的第一人。原因是，正如蘇軾之前既有范仲淹的《漁

家傲‧塞下秋來》、王安石的《桂枝香‧金陵懷古》，但豪放風格之確立、綺羅香澤之橫掃、向上一路之指出，仍不得不推蘇軾的《念奴嬌‧赤壁懷古》一樣，雖然有蘇軾《浣溪沙》在前，但我們仍以為，田園詞真正發生影響並深入人心，不得不自辛棄疾起。

# 醉翁與他的亭

　　北宋慶曆年間的那一場「新政」，對歐陽修來說，是一場考驗，既是政治考驗、道德考驗，也是智力與文章上的考驗。

　　慶曆三年（1043 年），范仲淹、韓琦並為樞密副使。范仲淹旋為參知政事，銳意改革，慶曆新政開始。此時歐陽修知諫院。「與天子爭是非者，諫官也。宰相尊，行其道；諫官卑，行其言」，這是十年前范仲淹為右司諫時，他寫〈上范司諫書〉表示祝賀時的句子。現在，范主政，行其道，他主諫，行其言，對於朝廷的內政外交，他無不極諫。現存於《奏議集》中這一時期的奏疏達十卷之多，顯示出了他對政治的關心程度，對政治問題的洞察力與處置力。不久，范仲淹等人便被夏竦及其黨羽造作輿論，攻擊為結朋黨，欲以此將范之新政人員一網打盡。歐陽修作為諫官，既上疏極言范（仲淹）、富（弼）、韓（琦）等人為國忠義，又進〈朋黨論〉以辨「君子之朋」與「小人之朋」的區別。〈朋黨論〉後來成為歐公論說文的重要作品。

　　其實，若歐公以〈朋黨論〉表明自己的政治立場，表明自己站在君子一邊，當無問題，但若就文章本身看，這篇名作還是有我們置喙的漏洞。首先，從立論看，他的議論並非新穎獨創，把人分為君子、小人，是中國文化的一貫傳統，把朋黨分為君子之朋與小人之朋，前有漢末黨錮群英以親身踐之，北宋初年王禹偁亦先有〈朋黨論〉，並已明言「夫朋黨之來久矣，自堯舜時有之。八元、八愷，君子之黨也；四凶族，小人之黨也」。可見歐公並無思想與學術的創新。

中國人的心靈

其次，就駁論言，對方既已指明范、富等為「朋黨」，歐公當力辯范、富等不為朋黨。歐公置此不顧，卻泛言什麼「君子之朋」與「小人之朋」，不僅有「王顧左右而言他」的嫌疑，又實際上等於在邏輯上先承認范、富之人果然是「朋黨」，這正中了敵人的圈套。而「君子之朋」與「小人之朋」的辨析，又並不能直接推導出范、富等人為「君子之朋」，至少從對手看來，范、富諸人並不是不證自明的君子。可見歐公此文，先是邏輯上的疏忽，失之東隅，又由於自身論點之間亦缺少關聯，不能「收之桑榆」。簡直可以說是一敗塗地。好在中國古人，大多的頭腦中道德觀念極強而邏輯思維能力不夠，對手在這方面也同樣糊塗，一見歐公「君子」、「小人」捲地罵陣而來，早已忘掉他已赤膊上陣如許褚，可以一箭斃命，反倒自己那邊辟易而退，遂令歐公一戰而勝，一戰成名，此文遂無端獲千載大名，至今仍被我們吟誦佩服。

因此，就文章本身立論的穩妥、論證的嚴密而言，這篇〈朋黨論〉是有可指摘之處的。若以邏輯嚴密、行文老辣言，他的另一篇〈縱囚論〉，當在〈朋黨論〉之上。有意思的是，〈縱囚論〉正是破除「道德迷信」的，與〈朋黨論〉祭起道德大旗以作虎皮，正好相反。從立意上講，〈縱囚論〉層層辯駁，從邏輯到心理，斬絕峻峭，雖不能徑因之成為文學，但其文章本身，確是風骨凜凜。僅從其在辯駁析理上不留一絲餘地與對手，與〈朋黨論〉之丟土失地、丟盔卸甲相比，正不知高明多少。

所以，我前文說這幾年對歐公而言是政治考驗、道德考驗與文章考驗，前兩樁考驗他都能得優，但後一樁考驗——文章考驗，就算我們顧及他的面子，也大概只能給他一個及格分。事實是，在他上〈朋黨論〉不久，范、韓諸人即被罷官，新政失敗。而他亦因立場鮮明招人嫉恨，並被人陷害，以「盜甥」之污水潑之，導致他丟官外貶，知滁州。這對歐公而言，當然是莫大的侮辱，但對他的道德自信，卻也是一次嘲諷，一記當頭棒。人們把這種「小人之尤者」也未必能做

的醜事栽贓給他，他的內心必受極大震撼。雖然後來官方以文件形式還了他一個清白，但我們知道，這類事，是說不清的。歐陽修也只能棄京官而外任，去滁州尋找山水之樂去了。

中國的各地中，有些地方與文學的緣分特別深厚，如柳州（柳宗元）、杭州（白居易、蘇軾）、黃州（蘇軾），滁州也算一個，在唐代即有韋應物在此盤桓，寫有《滁州西澗》等名作，現在歐陽修又來了：

> 昔讀韋公集，固多滁州詞。
> 爛熳寫風土，下上窮幽奇。
> 君今得此郡，名與前人馳。

這是歐公的好朋友梅堯臣《寄滁州歐陽永叔》詩中的幾句。不像是在向他表示同情與安慰，倒好像是因為他能去滁州而祝賀他。下面還有勉勵的：

> 不書兒女書，不作風月詩。
> 唯存先王法，好醜無使疑。
> 安求一時譽，當期千載知。

還是希望他以道自任 —— 歐公是提倡「文以載道」的。在公共生活中，他是凜然的，但私下裡，他又有大量的風月兒女之作，後來收在《六一詞》中的，一點也不大丈夫，而非常的「小女人」。大概梅堯臣不大喜歡歐公的這些東西，而且，據說，他的「盜甥」之誣，也來自於他的一首詞，故梅堯臣以此誡之。當然，生活還是要愜意的：

此外有甘脆，可以奉親慈。

山蔬采筍蕨，野膳獵麞麋。

鱸膾古來美，梟炙今且推。

夏果亦瑣細，一一舊頗窺。

圓尖剝水實，青紅摘林枝。

又足供宴樂，聊與子所宜。

這樣好的生活，朝廷又有什麼可羨慕？況且你是一身污泥濁水，正需要這山野之風水的洗濯：

慎勿思北來，我言非狂癡。

洗慮當以淨，洗垢當以脂。

此語同飲食，遠寄入君脾。

梅堯臣的這首詩還真夠囉唆的，但這也體現了一個好朋友的關心吧。反正歐公到滁州，比起柳宗元到柳州，甚至比後來蘇軾到黃州，都更快地找到了感覺，找到了快樂，這倒是事實。這可能與他比較世俗、比較平易的個性有關。

歐陽修被當時人稱為當代韓愈，他也以此自許。但他實比韓愈有趣味、懂生活，不像韓愈那樣自高自大、師心自用，他比較有性情，這從他的《六一詞》中可以看出，他內心實有一腔深情在，有一腔癡情在，有一腔體貼心在。他是公共生活中的大丈夫，卻也是私人生活裡的小兒女，恩怨爾汝，卿卿我我。他並不放棄他的自我生活的趣味，甚至沾沾自喜於這種生活及趣味，並向我們炫耀。在滁州，他直接又間接地造了兩個亭：一為豐樂亭，一為醉翁亭（醉翁亭雖非他自建，卻是智仙為他所築，也是因緣於他）。為此，他還寫有兩篇名文，一為〈豐

樂亭記〉，一為〈醉翁亭記〉。

〈豐樂亭記〉的名聲不及〈醉翁亭記〉大，但若就文章本身看，其含蓄蘊藉氣象，如真金璞玉，反倒顯得〈醉翁亭記〉如水晶琉璃，色彩斑斕，而少溫潤之氣質。〈豐樂亭記〉先敘亭之緣起，由豐山清泉可以「俯仰左右，顧而樂之」，乃「闢地以為亭」，下面若掉尾而去，不說亭而說滁州歷史，從五代干戈，到太祖遣將平滁，至今故老無在，可見承平日久，「百年之間，漠然徒見山高而水清」，民無外事，安於田畝，樂生送死，「孰知上之功德，休養生息，涵煦於百年之深也」，這固是歌功頌德之文，但卻在不知不覺中令人信服。最後寫到自己：「日與滁人仰而望山，俯而聽泉……因為本其山川，道其風俗之美，使民知所以安此豐年之樂者，幸生無事之時也。」主題很大，歌開國之功，頌承平之世，兼寫自己拱手而治，卻無一絲張揚，起承轉合盡在不知不覺之中。這篇文章，真正是聖賢之文。

歐陽修比韓愈有藝術趣味，而且還不吝嗇才華去追求這種趣味。〈醉翁亭記〉的意義就在於，他大張旗鼓地宣傳了自己個人的「樂」，雖然他的樂也有來自於他人之樂（樂其樂），以及在自己的政績中、在「滁人」的樂中找到自己樂的味道，有傳統「與民同樂」的影子，但是，畢竟他敢於把追求個人的「樂」公開宣佈，這與〈岳陽樓記〉褒憂而貶樂，有絕大的區別。范為前輩，歐為後代，兩代之間，分野已殊。總之，如果說「豐樂亭」還是歐公道德生活的象徵的話，那麼，「醉翁亭」則已是歐公自己藝術生活的象徵。

滁州四面環山，而西南諸峰尤美，其中蔚然而深秀的琅琊山更是自古有名。琅琊山有一泉曰釀泉，潺潺瀉出於兩峰之間，泉上有一亭翼然，為山僧智仙所築。歐公自到此州，恍若大徹大悟，常常到此亭中開宴會，以醉求樂。此前的壯年雄心（作〈醉翁亭記〉時四十歲）好像一夜消歇，而代之以聊作曠達、自得其樂的遊戲人生態度。他「日與滁人仰而望山，俯而聽泉」（〈豐樂亭記〉），才

四十歲，便自號「翁」，而且還是一個糊塗顛頂的「醉翁」，連他自己到了老年真正到來時，回首往事，都覺得當初太遊戲人生了。《贈沈遵》：「我時四十猶強力，自號醉翁聊戲客。」不是「戲客」，是在戲自己。《贈沈博士歌》：「我昔被謫居滁山，名雖為翁實少年。」少年而自稱為「翁」，很有一種就此卸下重擔，只圖快活輕鬆的不負責任心態。

有了這種心態，當然就寫下了輕鬆而帶明顯遊戲色彩的〈醉翁亭記〉。了解了歐陽修的這種心態，我們也就能讀懂讀透他這篇被人稱頌備至的名文。

把他這篇寫於 1046 年的〈醉翁亭記〉，與范仲淹寫於同一年的〈岳陽樓記〉做一比較，我們能看出，同樣在談憂樂，范仲淹側重於談「憂」，並推崇這種憂國憂民之「憂」；而歐陽修此文雖然不乏「與民同樂」的人格精神，卻已側重在談「樂」，並沉湎於這種世俗生活的輕鬆快樂，以此為生活 —— 甚至精神生活的最高境界。

這是復歸真實親切的人生，還是一種精神的滑坡？范文正公挑起了重擔，歐陽文忠公則卸下了這副重擔，在滁州這個「地僻而事簡」的小地方，沒事偷着樂去了。

他曾是洛陽花下客，頗風流，頗閒情逸致，著《洛陽牡丹記》，這是花；後又自號醉翁，這是酒；晚年又自號六一居士，謂「吾《集古錄》一千卷，藏書一萬卷，有琴一張，有棋一局，而常置酒一壺；吾老於其間，是為六一」，這又是琴、棋、書、酒，一老翁沉於其間，迷於其間，這確是藝術化的人生，在這樣藝術化的人生中，他有了「資閒談」的《六一詩話》，這是中國歷史上第一部以「詩話」命名的詩話。這種藝術人生，是韓愈不敢想像的。可以說，歐陽修的這種生活態度與生活方式，是後來明清士大夫講究趣味、情調的先聲。

蘇洵曾自信最為了解歐公的文章：「執事之文章 …… 竊自以為洵之知之特深，愈於天下之人。」他把歐陽修的文章與孟子、韓愈的相比較：

孟子之文，語約而意盡，不為巉刻斬絕之言，而其鋒不可犯。

　　韓子之文，如長江大河，渾浩流轉，魚黿蛟龍，萬怪惶惑，而抑遏蔽掩，不使自露，而人望見其淵然之光，蒼然之色，亦自畏避，不敢迫視。

　　執事之文，紆徐委備，往復百折，而條達疏暢，無所間斷；氣盡語極，急言竭論，而容與閒易，無艱難勞苦之態。

　　此三者，皆斷然自為一家之文也。（〈上歐陽內翰書〉）

　　這段評論確實很準確地抓住了三者的藝術特徵，而表達上也極生動。若讓我來比較這三者的文風，我則以為，孟子是天真的，其天性的善與道德上的正氣是他文章的靈魂，他是一個為天地立心、為生民立命、為萬世開太平的人物，他是毫無心機的，沒有城府的，也無一絲私心與小心，他是純粹的大。而韓愈則是世故的，與世推移的，他有點像孔子曾批評過的，仁心只是「日月而至焉」，好在他寫文章時 —— 主要是寫載道的文章時，就正是仁心鼓蕩的時候，所以，他的文章都是振振有詞的，但他的行事，與孟子相比還是有距離的。他有不少機巧之心，有些小心。如果說孟子是思想家，韓愈大概可以算是個學問家、衛道者，若讓我來安排孔廟，孟子可作配享，而韓愈則是護法。

　　歐陽修又疏遠了些。雖然他也是所謂「蓄道德而能文章者」（曾鞏對他的評價），但他的「道」與韓愈的「道」相比，內涵要大一些，姿態卻又低一些，不僅有古來聖賢之道，且有國計民生之理（他頗重視史事，不大空談心性，這正是他較韓愈為親切的地方），有個人生活之關注。但這一對「道」的疏遠，則又使得他比韓子顯得大氣，顯得包容，顯得含蓄，顯得從容不迫。孟子因天真而可愛，歐公因平易、生活化而可親，韓愈則有點讓人敬而遠之。歐公在說理時，往往是樸素的、感性的、日常的，而不是思辨的、玄學的。蘇軾就有不少玄而又玄的東西，而歐公的文章就沒有這些東西，比如蘇軾的〈書六一居士傳後〉：

居士可謂有道者也……挾五物而後安者，惑也；釋五物而後安者，又惑也。且物未始能累人也，軒裳圭組且不能為累，而況此五物乎？物之所以能累人者，以吾有之也。吾與物俱不得已而受形於天地之間，其孰能有之？而或者以為己有，得之則喜，喪之則悲。今居士自謂六一，是其身均與五物為一也。不知其有物耶，物有之也？居士與物均為不能有，其孰能置得喪於其間？故曰：居士可謂有道者也。雖然，自一觀五，居士猶可見也；與五為六，居士不可見也，居士殆將隱矣。

這一段話，把歐陽修的「六一」寓意深文周納，說得頗妙，卻也頗玄。其實，歐陽修大概沒想這麼多，他就是喜歡這五件東西，再加上一個自己，共同構成一個小小的玩樂世界，老於其間，玩物而終。他是一個感性的人，所以，他的文章，好就好在感性。這與蘇軾的文章以思辨之妙取勝者不同。歐公也說理，但他的那些理還停留在格言階段，不像蘇軾講的那些道理，非要有特別的境界、悟性與修養不能體會，如他的《新五代史·伶官傳·序》中所說的道理，都並不深奧，但管用，對普通人有警示，這是他樸實的一面。他喜歡講人情，而不大喜歡說物理，而蘇軾是喜歡先物理而後人情的，由物理而演繹到人情的。

歐公又是感慨萬端之人，以至於一部《五代史》在他那裡，變成了一部「嗚呼史」。他有着史的大興趣，可能即是因為歷史上有那麼多可供感慨的材料，讓他過一把感慨的癮，嗚呼個夠。李塗《文章精義》說歐公「此老文字，遇感慨處便精神」，真是看穿了他。但他的感慨，往往也就是樸素的生活道理，並沒有玄學的味道。所以，他的那些名作，都是可以作中學教材的 —— 一是文字好，可為中學生範文；一是道理好，可為中學生訓誡。他的〈秋聲賦〉算是講玄理的文章，但仍是莊子遺意，這一方面證明了歐公之不以思辨見長，又可見他從人情出發、以感慨取勝的特點，他的文章是感染人而不是說服人：

歐陽子方夜讀書，聞有聲自西南來者，悚然而聽之，曰：「異哉！」初淅瀝以蕭颯，忽奔騰而砰湃，如波濤夜驚，風雨驟至。其觸於物也，鏦鏦錚錚，金鐵皆鳴；又如赴敵之兵，銜枚疾走，不聞號令，但聞人馬之行聲。余謂童子：「此何聲也？汝出視之。」童子曰：「星月皎潔，明河在天。四無人聲，聲在樹間。」

　　余曰：「噫嘻，悲哉！此秋聲也，胡為乎來哉？蓋夫秋之為狀也，其色慘淡，煙霏雲斂；其容清明，天高日晶；其氣慄冽，砭人肌骨；其意蕭條，山川寂寥。故其為聲也，淒淒切切，呼號憤發。豐草綠縟而爭茂，佳木蔥蘢而可悅，草拂之而色變，木遭之而葉脫。其所以摧敗零落者，乃其一氣之餘烈。夫秋，刑官也，於時為陰；又兵象也，於行為金。是謂天地之義氣，常以蕭殺而為心。天之於物，春生秋實。故其在樂也，商聲主西方之音，夷則為七月之律。商，傷也，物既老而悲傷；夷，戮也，物過盛而當殺。嗟乎！草木無情，有時飄零。人為動物，惟物之靈，百憂感其心，萬事勞其形，有動於中，必搖其精。而況思其力之所不及，憂其智之所不能，宜其渥然丹者為槁木，黟然黑者為星星。奈何以非金石之質，欲與草木而爭榮？念誰為之戕賊，亦何恨乎秋聲？」

　　童子莫對，垂頭而睡。但聞四壁蟲聲唧唧，如助余之嘆息。


文章開頭對秋聲的描摹，有觸耳驚心之感，後接寫秋色、秋容、秋氣、秋意，都摹聲狀物，渲染襯托，使人心動。自然之秋，乃造化之運，為生為殺，其皆出於勢不可不如此而非有心戕物。人為萬物之靈，竟然不自覺，而使「百憂感其心，萬事勞其形」，至於心勞精竭，為圖一時之榮，竟捐百年之身，此人心之「秋」乃最可怕者。其實人生之中，無時不秋，無處不秋，而人脆弱的生命，就這樣日復一日、無一時停歇地受此無聲之秋的戕賊，終期於盡！

莊子〈齊物論〉有云：

　　一受其成形，不亡以待盡。與物相刃相靡，其行盡如馳，而莫之能止，不亦悲乎！終身役役而不見其成功，苶然疲役而不知其所歸，可不哀邪！人謂之不死，奚益！其形化，其心與之然，可不謂大哀乎？人之生也，固若是芒乎？其我獨芒，而人亦有不芒者乎？

茫茫人生，誰非迷茫者？歐公〈秋聲賦〉實脫胎於此。

　　〈秋聲賦〉的優點，在於感慨萬端而以很感性的筆墨來展現他的感慨，但正像章培恆、駱玉明先生主編的《中國文學史》中提到的，其中僅有的一小節理性化的文字則正是全文的不和諧處，這一段就是「夫秋，刑官也」至「物過盛而當殺」這一節。這種不和諧，使我們順暢的閱讀慣性猛然頓折，本該流暢的、一氣呵成的文章流程被截斷，閱讀的快感喪失，本來我們一邊讀一邊擊節——他的節奏已經統御了我們，但他自己卻突然卡住了，如同破損的磁帶，突然之間「嘔啞嘲哳難為聽」，經過了這難受的一段之後，才在「嗟夫！草木無情，有時飄零」那裡又踏上了正常的節拍。

　　平易的歐公，也許可以談道理，卻實在是不大擅長談玄理。

# 縹緲孤鴻

我們大多都知道蘇軾的這樣一個名言：

　　吾上可陪玉皇大帝，下可以陪卑田院乞兒。眼前見天下無一個不好人。

東坡先生果然平等而愛人。我想「眼前見天下無一個不好人」是一極高境界，表明他已超越了動輒從道德角度，對人下判斷的中國知識傳統。是的，對人做道德評判是我們的一貫傳統，雖然這一方法極不科學，往往看人看走了眼，甚至差之毫釐，失之千里，但我們仍樂此不疲。我們應該知道，人的行為更多地受各種外在環境的支配，而道德選擇只是其中一個方面 —— 並且我們不可能要求人只做道德選擇。東坡之「眼前見天下無一個不好人」，正可能是他對人的人生選擇有了更多的寬容與同情之理解。「中國之君子，明於知禮義，而陋於知人心」，這從春秋時期即落下的毛病，其病根，也即是這種察人方法。

　　但我們還要知道東坡先生的另一面：好罵。這被他的同代人作為他文章的缺點提出來的特點，則正是東坡先生脾氣的活寫真。他說他眼中無一個不好人，但並不表明他沒有是非，更不表明在他眼裡這世界一切可愛。不，不可愛的人與不可愛的事到處都有。我等俗人碰到了，往往隱忍不發，甚至一些當代肉頭作家還把這鼓吹為修養。大家視東坡先生的修養如何？但他一遇到這類事便會罵。他生性不耐煩，我覺得「不耐煩」也是人性純潔的標誌。他說他碰到不喜歡的人與

事，就「如蠅在食，吐之乃已」。反過來想，能把蠅子吞下肚去的，大概不是修養高，而正可能是人噁心。偉大的作家一定具備看似矛盾的兩點：一是他須具有慈悲心腸，有廣大的憐憫與推己及人的寬容；二是他又須具有嫉惡如仇、路見不平拔刀相鬥的大無畏精神。莊周先生不正是這樣的人？孟軻先生不正是這樣的人？魯迅先生不正是這樣的人？東坡先生也具有這類品質。

當然，這後一點往往給作家帶來很多的麻煩。但人生在世，以一個性存在於廣大的世間，豈能沒有麻煩？豈能沒有與他人及社會的衝突？恰恰相反，人格越偉大，衝突越激烈，麻煩越大。魯迅先生生前死後，被一些人纏鬥不休，輕薄不休，即是一例。好在魯迅先生生在民國，那帝制已被推翻，皇帝老兒做了日本人的小丑，那些人沒辦法告他「謗訕朝廷」，只說他拿盧布 —— 這當然也可以讓蔣介石先生生殺心，事實上蔣也確下過殺心，但畢竟魯迅先生有「且介亭」，可以「躲進小樓成一統」。而東坡先生在那「溥天之下，莫非王土，率土之濱，莫非王臣」的鐵屋子裡，是無處可躲的，當他一再作詩，對他所見所聞的王安石新法流弊進行批評時，御史台的小官僚便有了莫大的「道德義憤」—— 作為臣子，怎麼能謗訕聖上？舒亶在上給皇帝的表狀中詰問道：「軾之所為忍出於此，其能知有君臣之義乎？」所以他「不勝忠憤懇切之至」地要求神宗「付軾有司論，如大不恭，以戒天下之為人臣子者」（見朋九萬《東坡烏台詩案》）。於是，皇帝派人趕往湖州，革去剛剛到湖州上任的蘇軾的官職，押回京師審問。這就是有名的「烏台詩案」（烏台是御史台的代稱）。

蘇軾於元豐二年（1079 年）七月二十八日被捕，八月十八日被關進監獄，在接下來的四個多月裡，受到了非人的折磨與羞辱。好在宋代有不殺士人的傳統，王安石在恰當的時候提醒了一下皇帝，並且神宗皇帝也不算昏君暴君，故蘇軾歷九死而終於一生。到十二月二十九日，判決書下來了，貶為黃州團練副使，限制居住，不得擅離，並且無權簽署公文。第二天，也就是除夕這一天，出獄，

在牢中關了四個月零十二天。再一日，即元豐三年（1080年）一月一日，新春初一前往黃州。蘇軾一生中政治上最黑暗的歲月到來了，但他文學上最輝煌的時刻恰在此時此地開始。

剛到黃州時，他沒有住處，便暫時寓居在定惠院。

缺月掛疏桐，漏斷人初靜，誰見幽人獨往來，縹緲孤鴻影。

驚起卻回頭，有恨無人省。揀盡寒枝不肯棲，寂寞沙洲冷。

（《卜算子·黃州定惠院寓居作》）

幽人是誰？作者？他人？孤鴻？「影」是什麼影？是「孤鴻」之影？抑或「孤鴻」本來即是「幽人」之影？關於本篇的主旨，說法很多，其實，不過是東坡先生「自寫在黃州之寂寞」（黃蓼園《蓼園詞選》）。你看他的意象，月為缺月，桐為疏桐，這世界就這樣稀疏、零落、殘缺。人為幽人，鴻為孤鴻，一分伶仃，十分孤傲，是世界拋棄了他，還是他自絕於世界？「幽人」已寂寥，卻又「獨往來」，躡手躡腳，是怕驚動世界，還是怕驚醒自己的寂寞？幽人獨往來，卻又「誰見」，躲躲閃閃，是無顏見世界，還是不忍見世界？已然安靜，卻又「驚起」，是幽人驚了世界，還是世界驚了幽人？「驚起卻回頭」，這一回頭，是對這世界回眸一笑，告知世界「我欲乘風歸去」，還是在疑惑「又恐瓊樓玉宇，高處不勝寒，起舞弄清影，何似在人間」，到底有留戀？可這份纏綿卻又「有恨無人省」，哪怕我們捨不得這世界，這世界又何曾是我們的巢穴？哪怕我們願意棲止在這個世界，可這世界之枝，是「寒」的，是讓我們「心寒」的。我們不肯棲，卻又在不肯棲之前，已是「揀盡寒枝」，且還要「揀」下去。可見我們的纏綿，可見我們的不捨，可見我們的耐心，又可見我們多麼寒心！

幽人無事不出門，偶逐東風轉良夜。

參差玉宇飛木末，繚繞香煙來月下。

江雲有態清自媚，竹露無聲浩如瀉。

已驚弱柳萬絲垂，尚有殘梅一枝亞。

清詩獨吟還自和，白酒已盡誰能借。

不辭青春忽忽過，但恐歡意年年謝。

自知醉耳愛松風，會揀霜林結茅舍。

浮浮大甑長炊玉，溜溜小槽如壓蔗。

飲中真味老更濃，醉裡狂言醒可怕。

但當謝客對妻子，倒冠落佩從嘲罵。（《定惠院寓居月夜偶出》）


　　這一次他是明確地告訴了我們他自己就是「幽人」了。這幽人在夜半三更時幽幽地走出屋子，來追逐清風，沐浴月輝，讓靈魂從桎梏中出來放放風，此刻，他看到的世界一片寧靜，這萬籟俱寂的夜的宇宙，是屬於他一個人的。這世界仍是那麼豐富，有詩意，但他的心境，卻已被破壞 —— 他不無後悔地想起自己醉中的失態，以及妻子的嘲罵。

　　他那「可怕」的醉裡狂言是什麼？大約總是「罵人」吧。他從烏台詩案一出來，他的弟弟蘇轍就指着嘴巴暗示他從此以後要管住自己的嘴巴。但他真是無可救藥。蘇軾之可愛，不僅在於他境界高，還在於他從不作「高人」姿態。這種真實真醇，是他的天性，也可能是從陶淵明那裡悟來的。

　　初到黃州的蘇軾，一如初到永州的柳宗元，還沒有和貶謫之地建立感情。黃州作為流放地，這是他苦難與失敗的象徵，是人生黑暗的象徵。


　　江城地瘴蕃草木，只有名花苦幽獨。

……

也知造物有深意，故遣佳人在空谷。

……

陋邦何處得此花，無乃好事移西蜀。

寸根千里不易致，銜子飛來定鴻鵠。

天涯流落俱可念，為飲一樽歌此曲。

（《寓居定惠院之東，雜花滿山，有海棠一株，土人不知貴也》）

在他的想像中，大約他也如同一株名花，為幽獨地遺落「陋邦」而苦。此詩境界未必高，但情懷真實。

後得故人馬正卿幫助，「為郡中請故營地數十畝，使得躬耕其中」。他為之作《東坡八首》。他是陶淵明之後，親執耒鍤的詩人。「東坡」的別號，亦由此來。實際上，在中國民間，「蘇東坡」比「蘇軾」更為知名。這是元豐四年（1081年）的事。

「東坡」自此便成蘇軾在黃州生存之依靠，無論是物質的，還是精神的。他不僅自己在上面勞動，甚至弄得「墾闢之勞，筋力殆盡」。而且閒暇時，還在上面徜徉，躺在上面看雲捲雲舒，農人會提醒他不要睡得太沉，以免牛羊踩着他。

夜飲東坡醒復醉，歸來彷彿三更。家僮鼻息已雷鳴。敲門都不應，倚杖聽江聲。

長恨此身非我有，何時忘卻營營。夜闌風靜縠紋平。小舟從此逝，江海寄餘生。（《臨江仙·夜歸臨皋》）

他在東坡與人飲酒，醉醺醺地在月下回到家門口，卻又在敲門不應之下，回

轉身來，靜聽江水之聲。這事件的小小轉折，使他沒能進屋睡覺，而是在月色、江聲以及人類的鼾聲中靜觀世界，並了悟「此身」的荒謬。我們當感謝這貪睡的家童，是他促成了這首詞的誕生。

這首詞的最後兩句竟促成了一個謠言：蘇軾作此詞的第二天，便盛傳蘇軾掛冠江邊，拿舟長嘯而去。由於蘇軾到黃州是限制居住，當地官吏負有監守義務，郡守徐君猷聽到傳言又驚又怕，趕緊命駕探訪；至蘇軾住處，則蘇軾「鼻鼾如雷，猶未興也」，方才放下心來（據葉夢得《避暑錄話》）。其實徐太守是太認真了，也太不了解蘇軾了。「小舟從此逝，江海寄餘生」，此處固不為佳，但何處可供安身？哪裡去尋找那個可以安身立命的「江海」？這話本來即是說說，聊舒人生鬱悶而已。

同年的三月七日，蘇軾與朋友們去沙湖，歸途中遇雨，而雨具卻被先行者帶走，一時大家都很狼狽。但只有他不以為意：人生的大風大浪都經歷過，這點風雨算什麼呢？

　　莫聽穿林打葉聲，何妨吟嘯且徐行。竹杖芒鞋輕勝馬，誰怕？一蓑煙雨任平生。

　　料峭春風吹酒醒，微冷，山頭斜照卻相迎。回首向來蕭瑟處，歸去，也無風雨也無晴。（《定風波》）

我們可以從中讀出蘇東坡對人生中碰到無聊傾軋的輕蔑，可以從中讀出他的傲慢與坦蕩，當然還有大自信：既是道德上的自信，也是智力上的自信，這種「吟嘯且徐行」的人生太高貴，太優越了，李定、舒亶等等一幫小人無端加之的種種打擊與碾壓，不僅不能使他氣餒與不安，倒更使他堅定與寧靜。人生固有「蕭瑟」、「狼狽」之時，但是當我們的心靈足夠堅定與超脫，就「也無風雨也無

晴」，蘇軾的這種心態當然是自足的，自涉的，但同時也是他涉的，因為這簡直是視對方如無物，這是無以復加的大輕蔑：輕蔑對手，輕蔑人生的一切挫折，甚至輕蔑命運 —— 我自有我的堅定。

後來的章惇就是從蘇軾的從容裡感受到了對自己的輕蔑，從而被激怒，把蘇軾從惠州貶到海南以泄憤。

七月十六日，一場赤壁夜遊，〈赤壁賦〉誕生。如果說，賦這種文學形式，自枚乘、司馬相如以來便帶有原罪的話，那麼，只要有一篇〈赤壁賦〉，就可贖盡一切罪愆。有了〈赤壁賦〉，誰還能說「賦」這種形式不能與詩、詞、曲及散文、傳奇並肩而立，自立於文學之林？

這是畫意、詩情與哲學水乳交融的美文，在 1082 年的農曆七月十六日夜，大自然奉獻出諸如清風、明月、流水，而蘇子則參之以萬端感懷與透徹的智慧。他無比的寂寞、失意與被遺忘的恐懼都得到充分的展現。全文由樂到樂極生悲，再到「喜」，是他幾年來內心世界矛盾鬥爭而終至於平靜又不平靜的縮影。是的，這是一篇心靈之文，是心靈的外化。偉大的作家總是在寫自己的心靈，在自己的心靈與現實的接觸點上做出大文章，屈原、陶淵明、李白和杜甫，莫不如此。

開頭一節寫赤壁夜遊，天上一輪，地下萬頃，如夢如幻，如詩如畫，「清風徐來，水波不興」，「白露橫江，水光接天」，縱一葦小舟而凌茫茫萬頃，又如神如仙，如醉如癡。「此在」的一切讓他飄飄欲仙，於是「飲酒樂甚，扣舷而歌」。這一歌，便是樂極生悲的楔子。「渺渺兮予懷，望美人兮天一方」。「此在」的一切讓他迷戀，可他仍在眺望遠方，他的心在那「天一方」的「美人」—— 實即能救他出此禁錮之地的神宗皇帝 —— 身上。所以，我們說，他的心靈，是平靜的，又是不平靜的。東坡的麥苗秀秀，可以娛心悅意，卻不能讓他心滿意足。他還缺少成就感。他還缺少事業。在赤壁，在這一曾經「一時多少豪傑」的地方，

在這一成就英雄與事業的地方，對比前人的輝煌與煊赫，遭受嚴重挫折的他不免顧影自憐，心理失衡，最終引出有名的「水月之辯」，在哲學的安慰下，重新得到心靈的平衡。

大約也寫於此時此刻的詞《念奴嬌・赤壁懷古》表達了同樣的主題：

> 大江東去，浪淘盡，千古風流人物。故壘西邊，人道是、三國周郎赤壁。亂石穿空，驚濤拍岸，捲起千堆雪。江山如畫，一時多少豪傑。
>
> 遙想公瑾當年，小喬初嫁了，雄姿英發。羽扇綸巾，談笑間、檣櫓灰飛煙滅。故國神遊，多情應笑我，早生華髮。人生如夢，一尊還酹江月。

對比手法的精彩運用是此詞的重要特點，可以說，對比在此詞中不僅是修辭手法，而且還是謀篇佈局的關鍵。具體來說對比在此詞中表現為三個方面。

就人物言，是古今人物對比：古代的周瑜少年得志，功業蓋世，而今日的自己老來荒唐，一事無成。

就赤壁言，是古赤壁與今赤壁的對比：當初（赤壁大戰時）的赤壁是英雄雲集，天下注目，而今日的赤壁則是唯我獨在，被人遺忘。

即便是「遊」，也是身遊與神遊的對比：對今赤壁，是身遊，一切寓之於目，亂石穿空，驚濤拍岸，浪花千疊，大江滔滔。是以景物勝，但景中自然含有六朝舊事隨流水，惟有青山如壁的感慨。對古赤壁，當然是「神遊」，作者一邊以目觀今赤壁之風光，一邊遙想當年英雄，那些已被時光淘盡的英雄人物，盡在懷想中復活。

在這些對比中，比出了人生感慨，比出了今不如昔，比出了自己的渺小與失敗，比出了心理上的嚴重失衡。怎麼辦？「人生如夢，一尊還酹江月」，以一杯酒澆滅一切 —— 蘇軾本來就有極強的自我調節能力。

這一年注定成為中國歷史上的文學年，到了十月，蘇軾的〈後赤壁賦〉誕生。由於〈前赤壁賦〉太優秀傑出，太有名了，人們有意無意地忽略了這寫於同年十月十五日的〈後赤壁賦〉。其實這一篇賦，自有自己拓出的意境，正如寫於七月十六日夜秋涼中的〈前赤壁賦〉還帶着夏的餘溫，還有未盡的熱情，這寫於冬季的〈後赤壁賦〉則盡帶冬的寒涼，冷靜、客觀、峻刻而悲愴。全賦可分為四段。

是歲十月之望，步自雪堂，將歸於臨皋。二客從予過黃泥之坂。霜露既降，木葉盡脫。人影在地，仰見明月，顧而樂之，行歌相答。已而嘆曰：「有客無酒，有酒無餚，月白風清，如此良夜何？」客曰：「今者薄暮，舉網得魚，巨口細鱗，狀似松江之鱸。顧安所得酒乎？」歸而謀諸婦。婦曰：「我有斗酒，藏之久矣，以待子不時之需。」

從雪堂歸臨皋，中間這一段木葉盡脫的黃泥之坂因為有明月、有朋友、有心境而變得極有詩意。明月在上，人影在地，詩情畫意，不禁且行且歌。但他們還是很快發現了在這「有」中的「無」：雖有客，卻無酒；便有酒，也無餚。這豈不辜負了月白風清？可是，這缺憾很快就得到了彌補：佳客有魚，賢妻有酒。人生亦有如意事！

於是攜酒與魚，復遊於赤壁之下。江流有聲，斷岸千尺，山高月小，水落石出。曾日月之幾何，而江山不可復識矣！

文章若至此結束，雖不能說太好，也是見好就收，因為既一切皆「有」，下文能寫出的，也就是如何消受這既「有」的一切：月白風清，美酒佳餚，還有賢

妻良朋的關照與陪伴。如此，蘇子在黃州真不乏絕，不，真是極其豐富。但這樣寫來，就極有可能落入〈前赤壁賦〉的思路：天地之間，物各有主，我享我有。但蘇子居然在第三節毫無道理地轉折而去，竟然轉出一片新天地：

> 予乃攝衣而上，履巉巖，披蒙茸，踞虎豹，登虯龍；攀棲鶻之危巢，俯馮夷之幽宮。蓋二客不能從焉。劃然長嘯，草木震動，山鳴谷應，風起水湧。予亦悄然而悲，肅然而恐，凜乎其不可留也。反而登舟，放乎中流，聽其所止而休焉。時夜將半，四顧寂寥。適有孤鶴，橫江東來。翅如車輪，玄裳縞衣，戛然長鳴，掠予舟而西也。

從敘事言，這一段有一大問題：上文寫到攜酒與魚，與朋友復遊赤壁，下文應寫如何與朋友飲酒食魚，共遊赤壁。可這一段卻寫他突然抽身而去，既不寫魚與酒，亦不及客，直與上文事不相關，只寫他自己獨自「攝衣而上」，一路披荊斬棘，履險涉難，一意孤行，固執己見，直至弄得「二客不能從焉」。他突然對酒、對魚、對客都沒了興致，他從這些「有」中剝離了出來，剝離出赤條條孤獨獨的一個人：一切都去了，只剩自己，他頓然失去了尋歡作樂的興致，而去追尋那份孤獨。月白風清沒了，美酒佳餚沒了，同遊的朋友沒了，只有自己獨步孤絕之境，「悄然而悲，肅然而恐」──此境界方為人生真相也！

　　但此境界可偶一睹其猙獰而崢嶸面目，豈可久留？蘇子畢竟世俗。所以他「反而登舟」，又回到朋友中間，但他顯然已沒有與他們打成一片的心境。他的心仍在孤遊，此時竟心靈感應一般，一孤鶴橫江東來，戛然哀鳴，掠舟而西。這真是一鶴麼？抑或是心靈的幻影？

　　第一段、第二段，寫尋歡作樂的興致，如此大張旗鼓，似乎不得目的，決不收兵，而終至於如此偃旗息鼓，大家興味索然，情趣全無，相對漠漠，無一言

可記，最後作鳥獸散。蓋他未及「對酒當歌」，即已悟徹「人生幾何」啊。李白尋歡作樂，蓋源自他天真的心靈：他真誠地相信人生本該如此，作為大自然的孩童，這人生一場，如同遊園，當以尋歡作樂為目的。「陽春借我以煙景，大塊假我以文章」，萬物皆備於我，我何為不樂？他是熱情洋溢的。蘇軾尋歡作樂，則自有其理性在，自有其思考在。蓋其自知人生不過爾爾，則何為不樂？人生終不脫苦海，何為不自己找一點快樂？

> 須臾客去，予亦就睡。夢一道士，羽衣翩仙，過臨皋之下，揖予而言曰：「赤壁之遊樂乎？」問其姓名，俛而不答，「嗚呼！噫嘻！我知之矣！疇昔之夜，飛鳴而過我者，非子也耶？」道士顧笑，予亦驚寤。開戶視之，不見其處。

他回到了現實，「須臾客去，予亦就睡」，何其蕭條，甚至頗為無聊，激情如此容易消退，而消退之後則如此落落。好在還有一夢，聊可慰寂寥之懷。偏雙方各有一問，而雙方又各自不答：他不答道士，道士亦不答他，只相視一笑，而已莫逆於心 —— 在「驚寤」之後，開戶視之，看到了什麼？空寥寥的天地，本來無一物！

如果說〈前赤壁賦〉是寫因曠達而樂，人生何處不可歡；那麼，這〈後赤壁賦〉則是寫悄然而悲：人生到頭一場空。

赤壁之遊樂乎？此真一自古大問題。寫完〈後赤壁賦〉後，差三天一整年的「元豐六年十月十二日」，蘇軾又寫了一篇短小的筆記：

> 元豐六年十月十二日，夜，解衣欲睡，月色入戶，欣然起行，念無與為樂者，遂至承天寺尋張懷民。懷民亦未寢，相與步於中庭。庭下如積水空

明，水中藻、荇交橫，蓋竹柏影也。何夜無月？何處無竹柏？但少閒人如吾兩人耳。（〈記承天寺夜遊〉）

經過一番磨難與昇華，在黃州的蘇軾果然脫胎換骨，這篇承天寺夜遊寫得如此從容，如此平和。解衣欲睡時，見月色入戶，便欣然起行，興致挺好。但「念無與為樂者」，便隱隱透出寂寞之感。尋到張懷民，兩人相與步於中庭，卻似乎都在沉默，似乎是為了不打破這無邊的寂靜。這月夜的靜謐如此美好，誰忍心破壞？但也讓人隱隱覺得這兩人心中各有隱痛，各自在月下咀嚼。

最後的議論真是意味深長，何處無美景？只是缺少有閒人，缺少那悠閒賞景的心境。這已經夠有哲理了。但再往深處一想，這兩個「閒人」，真的那麼嫻雅嗎？這個「閒」字裡面，是不是也有「投閒置散」的無奈與牢騷？

發牢騷而能如此羚羊掛角，無跡可求，是一等牢騷。

十一年之後，蘇軾被貶惠州，寓居惠州嘉祐寺，山上有一亭，叫松風亭，他想去遊玩。

余嘗寓居惠州嘉祐寺，縱步松風亭下，足力疲乏，思欲就林止息，望亭宇尚在木末，意謂是如何得到？良久，忽曰：「此間有什麼歇不得處？」由是如掛鉤之魚，忽得解脫。若人悟此，雖兵陣相接，鼓聲如雷霆，進則死敵，退則死法，當什麼時也不妨熟歇。（〈記遊松風亭〉）

此地有什麼歇不得處？是的，我們可以記着他曾說「小舟從此逝，江海寄餘生」，嚇得徐太守以為他真的在此處安身不得而遠遁了。但人生在世，此處彼處，有何區別？我們還知道他不久就要離開黃州去汝州了，以後又去了更多的地方，還被流放到嶺南，甚至海南島，他曾說過「我生天地間，一蟻寄大磨」（《遷

居臨皋亭》）。當他到海南時，他還曾寫過一則寓言，說覆杯水於坳堂之上，浮小草其上，一個小蟻抱草求救，須臾水乾，遇他蟻，泣曰：「沒想到還能相見。」哎，人生真如一夢。但我們還是回到他的年輕時期，他在二十四歲時即已寫下這樣的句子，像是他一生的讖言：

> 人生到處知何似，應似飛鴻踏雪泥。
>
> 泥上偶然留指爪，鴻飛那復計東西。
>
> 老僧已死成新塔，壞壁無由見舊題。
>
> 往日崎嶇還知否，路長人困蹇驢嘶。（《和子由澠池懷舊》）

我們不斷從此處移到彼處，此處為何不能歇？為何我們總要生活在別處？這個大疑問，蘇子已發出，並且，已給出答案。

# 菊花與刀

在中國歷代的女作家中，李清照算是最傑出的一位。無論是個人才華，還是實際成就，她都是無與倫比的。無與倫比的還有她那自由灑脫的個性：她不大委屈自己，為人不隱忍，為文不隱晦，寫作就是表現自我，表現自我的情懷。她的寫作，開始得很早，大約十三四歲即開始了，從少女的情竇初開到少婦的閨中思怨再到寡婦的哀婉淒切，她都坦蕩蕩地寫出來，這樣的女性，在中國這樣的文化傳統中，也難得一見。

要說明的是，才女不光要有才，還要有良好的教育。中國古代的才女，都有一個能提供她們受教育的家庭，漢之班昭、晉之左棻、劉宋之鮑令暉等等，無不如此。班昭是班固的妹妹，左棻是左思的妹妹，鮑令暉是鮑照的妹妹，唯獨李清照沒有這樣類似的一個出色的哥哥，但她卻有更好的：她有一個學者的父親，有文才的母親，更重要的是有一個好丈夫。她的丈夫趙明誠是太學生，金石學家，撰有《金石錄》。趙卒後數年，李清照撰有《金石錄·後序》，其中講到他們夫婦二人鬥茗，情深意切，充滿懷念的感傷：

> 每獲一書，即共同校勘，整集題籤。……余性偶強記，每飯罷，坐歸來堂，烹茶，指堆積書史，言某事在某書某卷第幾頁第幾行，以中否角勝負，為飲茶先後。中即舉杯大笑，至茶傾覆懷中，反不得飲而起。甘心老是鄉矣。故雖處憂患困窮而志不起。

我相信李清照的學問定不及她丈夫，但「性偶強記」的她在這樣的「鬥茗」中未見得就輸給趙明誠。若論藝術才華，李清照當然在趙明誠之上：趙明誠也曾暗中較過一把勁，但卻輸了，且輸得一敗塗地，心悅誠服 ——

> 易安以《重陽‧醉花陰》詞至明誠。明誠嘆賞，自愧弗逮，務欲勝之。一切謝客，忘食忘寢者三日夜，得五十闋，雜易安作，以示友人陸德夫。德夫玩之再三，曰：「只三句絕佳。」明誠詰之，曰：「莫道不消魂，簾捲西風，人比黃花瘦。」正易安作也。（伊世珍《瑯嬛記》）

這裡提到的《醉花陰‧重陽》，又叫《醉花陰‧九日》，原詞如下：

> 薄霧濃雲愁永晝，瑞腦消金獸。佳節又重陽，玉枕紗廚，半夜涼初透。
> 東籬把酒黃昏後，有暗香盈袖。莫道不消魂，簾捲西風，人比黃花瘦。

趙明誠遊宦在外，李清照獨守空房，乃作此詞寄趙明誠，從內容上講，是閨怨老題材，從性質上講，乃是妻子寄給丈夫的家信，其讀者本來只該是一個人，即趙明誠，而不是我們這些廣大讀者，以此角度去讀，方知其妙。

上闋寫她 —— 一貴族人家少婦獨守空房的無聊賴與無心情：為長長的白天而愁，看着香料慢慢地成灰；為長長的夜晚而愁，抱着玉枕，獨宿紗廚（櫥），不勝寒涼，天卻不亮 —— 白天盼天黑，夜裡盼天亮，實際上就是盼着你歸來呀！我們讀這樣的詞，有偷看別人情書的惶恐與竊喜。下闋更露骨了，直寫自身的形象：暗香盈袖，此香是花香，也是少婦的體香；人比黃花，花瓣長垂，人體苗條，花與人同飲秋風而銷魂。總之是寫自己的美麗、多情，卻又為思念所苦，是楚楚可憐者對所愛者的乞憐。趙明誠豈能不因此而頓生憐香惜玉之情？

就藝術言，這首詞整體上都在追求消瘦的效果。蓋愁與瘦，本即有因果關係。纖弱多愁的女子，花瓣長垂的菊花，都給人瘦削之美感。

王闓運《湘綺樓詞選‧前編》說此詞：「此語若非出女子自寫照，則無意致。」其實，李清照詞之一大價值與意義，正在於「女子自寫照」。哪怕是她的一些擬代之作，也是以女子之心度女子之腹，且她自己是秉性極敏感、內心極豐富的女子，比起那些「男子作閨音」，更親切、真實而不矯情。

我們看一首可能是她作於十六歲左右的詞《點絳唇》：

> 蹴罷鞦韆，起來慵整纖纖手。露濃花瘦，薄汗輕衣透。
> 見有人來，襪剗金釵溜，和羞走。倚門回首，卻把青梅嗅。

前面寫出了天真活潑、嬌態可掬的少女形象，後面則刻劃出少女情竇初開之時獨特的心理活動：既已「和羞走」，卻又「倚門回首」，這一羞，一回首，內心世界便掀起一角，大有「簾捲西風」的妙處。此前的花間諸人，也有類似寫法，如：

> 石榴裙帶，故將纖纖玉指，偷撚雙鳳金線。（歐陽炯《賀明朝》）
> 水上遊人沙上女，回顧，笑指芭蕉林裡住。（歐陽炯《南鄉子》）
> 玉纖遙指花深處，爭回顧，孔雀雙雙迎日舞。（李珣《南鄉子》）

但這是男子寫「她」，是以男人的眼光與審美態度來審視客體。李清照卻是「自寫照」，寫「我」，自然更為跳蕩鮮活，且有道德上的意義。我前面說到，李清照的心靈是自由奔放不拘謹的，道德上亦是坦蕩從容不遮掩的，她如此寫自己的少女情懷，在古代，是大逆不道的，王灼《碧雞漫志》便說她的這類詞作：「閭巷荒淫之語，肆意落筆，自古縉紳之家能文婦女，未有如此無顧藉也。」是的，

我們知道班昭是頗「道德」的，她還專門著過《女誡》，左棻、鮑令暉也是「賢淑」的，所以班、左都能入宮。而李清照則頗不屑於這些道德戒律，她的「無顧藉」，一方面是她才情勃發而不可自抑，另一方面，也是她心地光明，無所愧疚。飲酒賦詩遊玩，她的生命真如爛漫的春花，自自然然地開，從從容容地開，搖曳生姿而不作態，顧盼自雄而不自戀。她尊重生命自身的律令，敏銳地感受生命、自然、人情，她快樂而平和，自得而自足。在歷代女作家中，能與李清照比才華者，大約只有一個張愛玲，兩者相像的地方太多，包括一次刻骨銘心的愛戀及其淒涼結局。但與李清照比性情，張愛玲就差得遠。張愛玲陰冷、褊狹、尖刻，自私而不自覺，李清照則陽光、和藹、柔媚，多愛而不放肆。她無張愛玲的深刻老辣，張愛玲也沒有她的仁愛溫婉。張愛玲是解剖生活，審視眾生；她是享受生活，審美萬象。張愛玲是病態的，她是健康的。張的文章是冷箭，她的詞則是明槍。張愛玲的不幸出自她陰冷的性格，李清照晚年雖極其不幸，卻仍然沒有改變她溫煦的性格。李清照之「無顧藉」，正是她的可貴處。也因了這份自由無礙的心境，她才寫得出那麼自由灑脫的詞。無論小令、無論慢詞，在她筆下，都一樣含蓄蘊藉又自由暢達。也正是她之「無顧藉」，她才敢於寫《詞論》，將歷代詞人指點評論。她評南唐二主是「亡國之音哀以思」，評柳永是「變舊聲作新聲」卻又「雖協音律，而詞語塵下」；北宋一些雞零狗碎的小詞人，雖然「時時有妙語」，卻「破碎何足名家」。即便是晏殊、歐陽修、蘇軾這樣的人物，她也不怯，既承認他們「學際天人」，又批評他們「不協音律」，是「句讀不葺之詩」，而晏幾道、賀鑄、秦觀諸人也各有其不足：晏無鋪敘，賀乏莊重，秦少故實，黃庭堅卻又用典太多。在中國古代，女性作家倒有些，女性批評家卻只李清照一人，這正與她「無顧藉」的個性有關。她的丈夫趙明誠評她是「清麗其詞，端莊其品，歸去來兮，真堪偕隱」（〈題李清照三十一歲自畫像〉），趙明誠對自己這樣無顧忌地評點古人、無顧忌地暴露自己的妻子是致敬而熱愛的，願與她一

同隱居，固然，若有這樣一位女子偕隱，隱居生活當不寂寞，當不艱苦。

可是事情往往有大謬不然者，他們的這種詩酒學問的生活很快就到了頭。1126 年，「胡兵忽自天上來」，靖康之難發生，國破；夫婦顛沛流離，所藏各類書籍及字畫古玩，十去八九，1129 年 8 月，趙明誠暴病而死，家亡。

對這一段血淚交織的歷史，李清照的《金石錄・後序》載之甚詳。自此，「物是人非事事休」，四十五歲，中年喪偶，國破家亡，漂泊異鄉，過去美好的生活如夢如影，而未來的二十多年則要她慢慢煎熬着去過。過去她守着「瑞腦消金獸」，她知道在這瑞腦香料燃盡之時，總會等到丈夫的歸來，這苦悶還只是生離之悲，是希望；而現在，在一聲聲數着梧桐葉上滴下的水滴聲中，她知道，她等來的只是漫漫的死別之悲，是絕望 —— 我們看她的晚年名作《聲聲慢・尋尋覓覓》：

> 尋尋覓覓，冷冷清清，淒淒慘慘戚戚。乍暖還寒時候，最難將息。三杯兩盞淡酒，怎敵他、晚來風急！雁過也，正傷心，卻是舊時相識。
>
> 滿地黃花堆積，憔悴損，如今有誰堪摘！守着窗兒，獨自怎生得黑！梧桐更兼細雨，到黃昏、點點滴滴。這次第，怎一箇愁字了得！

身如明日黃花，心似枯井死灰。秋風吹來，尋尋覓覓，卻尋出這一番次第，真非一個「愁」字了得！

上片寫到了大雁，下片寫到了黃花，這兩個意象是理解此詞內涵的關鍵詞。抬頭看大雁，大雁從故國故土飛來，故因舊時相識而傷心；低頭看落花，落花正似自己日漸衰老的容顏，因憔悴損傷無人愛憐而痛苦。自身的不幸和國家的殘破融為一體，頗像安史之亂以後的杜甫詩歌。

還要注意的是開頭一連十四個疊字，「尋尋覓覓」寫外部動作，是「居則忽

忽若有所亡，出則不知其所往」（司馬遷〈報任安書〉）之後的近乎神經質的動作。「冷冷清清」既是此在的環境，也可以理解為「尋尋覓覓」的結果，本意可能要尋一點樂子，卻發現 —— 實際上是再次證實了 —— 周邊環境如此「冷冷清清」，她不免「淒淒慘慘戚戚」。這三組六個疊字，由輕轉重，由淺入深，到「戚戚」時，我們似乎已經聽到了她那難以抑制的哭泣聲。前人對此評價很高：羅大經《鶴林玉露》評其「能創意出奇」，徐釚《詞苑叢談》讚為「真如大珠小珠落玉盤」。總之，這種手段非天賦極高者莫辦。

我們要注意到，黃花的意象在她的前後期詞裡是連貫的，李清照的潛意識裡，黃花就是她的前世今生。從《醉花陰·重陽》中乞憐撒嬌的黃花到《聲聲慢·尋尋覓覓》中委棄於地的黃花，就是這朵黃花的歷史。秋風來了，霜降來了，金人的鐵騎和戰刀來了，山河破碎風飄絮，一朵嬌弱的黃花，也不得不面對自己的命運。

# 野唱

王國維曾把元曲與唐詩、宋詞等列為「一代之文學」，但這「元曲」，似是主要指元雜劇，而元散曲雖可以說是元代最熱鬧的文體，如「芳草碧連天」，但其真正的成就怕還不能達到詩詞的境界。元雜劇則真正是偉大的，給它多高的評價都不過分。

元曲包括元雜劇與散曲，而散曲又分小令與套數。曲之小令與詞之小令是相類的，或者說，詞之小令就是曲之小令的祖先，這種小令是單一而簡短的抒情、議論類的歌曲，一般只有一個曲牌（除帶過曲 ── 北曲中常用、集曲 ── 南曲裡常見、重頭 ── 若干小令合詠一事外）。而套數者，顧名思義，是兩個以上的曲牌組合成的一套曲子。如此說來，元散曲中的小令與詞在形制上沒甚大區別，有自己特色的，就是套數。

雖然元散曲中的小令在形制上與詞沒有大區別，風格上卻很不相同。當然我是指原汁原味的散曲，後來散曲越來越向詩詞靠攏，自當別論。是的，詞有一個逐漸向詩靠攏的過程，曲又有一個逐漸向詞靠攏的過程。詞靠向詩，由於其形制上的區別，它終究是詞；而曲靠向詞，則往往真的是泯滅了自己。這是後話。

元曲有自己的味道。鍾嗣成說它有「蛤蜊味」（《錄鬼簿‧序》），何良俊說它有「蒜酪味」、「風味」（《四友齋叢說》）。這些都是很好的比喻。它確實不是那種雅兮兮的東西。它不僅不是士大夫的 ── 雖然它的作者有不少是「公卿大夫居要路者」（《錄鬼簿》），而且也不是白領的；它是潑辣的、孟浪的、衝動的。

如果說，文以氣為主，那麼，唐詩、宋詞有天真氣，而元曲則有無賴氣 —— 無賴氣息確實是元曲的一種氣質，也是它的魅力，比如詩詞講比興，講含蓄，講言有盡而味無窮，而元曲則如潑婦罵街，菜刀砧板乒乓響，唾沫星子四下飛，如何惡毒、如何解恨、如何淋漓如何來，斬盡殺絕才解恨。唐詩、宋詞、元曲皆有自身的氣質：唐詩有英雄氣，宋詞有才子氣，而元曲確實是有無賴氣。至於明清詩詞，則大多近乎無氣，若有，也更多是酸腐氣，所以不足觀 —— 這當然是我個人很意氣的意見，很不適合講文學史，會貽誤讀者，但「意見」者，「臆見」也，一己之意、一孔之見、一時之見也，況且我也不是在宣佈科研結論，又不是在做教材，請大家允許我偶爾胡說一通罷。

最富有自身氣質的散曲仍推雜劇大家關漢卿的作品，他的《南呂一枝花・不伏老》，那種死纏爛打、撒潑逞能、好勇鬥狠而又睥睨傳統的「無賴氣」，讓我們讀得酣暢淋漓且痛快無比。是的，讀他的這首名作必須是有一個大的參照系才能明瞭其意義、價值與人格精神的，我們必須在傳統士大夫人格及其審美標準、道德理想的反襯下，才能明瞭他的革命性、破壞性：

【南呂一枝花】攀出牆朵朵花，折臨路枝枝柳。花攀紅蕊嫩，柳折翠條柔，浪子風流。憑着我折柳攀花手，直煞得花殘柳敗休。半生來折柳攀花，一世裡眠花臥柳。

【梁州】我是個普天下郎君領袖，蓋世界浪子班頭。願朱顏不改常依舊，花中消遣，酒內忘憂。分茶竹，打馬藏鬮；通五音六律滑熟，甚閒愁到我心頭！伴的是銀箏女銀台前理銀箏笑倚銀屏，伴的是玉天仙攜玉手並玉肩同登玉樓，伴的是金釵客歌金縷捧金樽滿泛金甌。你道我老也，暫休。佔排場風月功名首，更玲瓏又剔透。我是個錦陣花營都帥頭，曾玩府遊州。

【隔尾】子弟每是個茅草岡、沙土窩初生的兔羔兒乍向圍場上走，我是

個經籠罩、受索網、蒼翎毛老野雞蹅踏的陣馬兒熟。經了些窩弓冷箭蠟槍頭，不曾落人後。恰不道「人到中年萬事休」，我怎肯虛度了春秋。

【尾】我是個蒸不爛、煮不熟、捶不扁、炒不爆、響噹噹一粒銅豌豆，恁子弟每誰教你鑽入他鋤不斷、斫不下、解不開、頓不脫、慢騰騰千層錦套頭？我玩的是梁園月，飲的是東京酒，賞的是洛陽花，攀的是章台柳。我也會圍棋、會蹴踘、會打圍、會插科、會歌舞、會吹彈、會咽作、會吟詩、會雙陸。你便是落了我牙、歪了我嘴、瘸了我腿、折了我手，天賜與我這幾般兒歹症候，尚兀自不肯休。則除是閻王親自喚，神鬼自來勾，三魂歸地府，七魄喪冥幽，天哪，那其間才不向煙花路兒上走！

事實上，他這首曲子給我們的，就是那種肆意破壞的快感，他確實在恣意逞快。我用「無賴氣」來形容元曲，至少是元曲中最富有原創性的那一類著作，除了說明它的市井味、撒潑腔、耍賴態、浪子狀，還指的是「無賴」一詞的本意：無所依賴。這是傳統價值崩潰的時代，是讀書人失去了身份、失去了精神家園、失去了自身角色定位的時代，既然如此，也就不需要裝腔作勢、拿着捏着、藏着掖着，就讓皮袍下的那個「小」字肆無忌憚地跑出來又怎樣？就讓人性中的那些真實而不大崇高的東西展露出來又怎樣？這個社會既然不給我們權利，也就不能要求我們道德；我們既不能對社會有責任，也就無須承擔倫理上的重負。元散曲中往往無顧忌地表明自己是真小人，而不像在詩詞、散文中存在着大量的偽君子。為什麼？在台上，當然要人模人樣，端着擺着，不然憑什麼發號施令，憑什麼坐擁高官厚祿？在台下，自可以掉臂來去，風言風語，反正我已一無所有，我當然可以我行我素。

「憑着我折柳攀花手，直煞得花殘柳敗休」，簡直是惡。如果說，在美學上，「以醜為美」可以遠溯老子、莊子，且在後來詩詞中屢屢出現並得到認可的

話；那麼，在道德上「以惡為善」則只有在元曲這種特殊的藝術形式裡，才能露頭並得到喝彩。好像散曲就是供人胡說八道的東西，就是我們道德狂歡的場所；正如最初的詞，似乎就是供人情慾藏身的「租界」。元雜劇中的男主人公大都是浪子，好人壞人都有浪子特徵。好浪子如張君瑞是風流才子，任情倜儻，憐香惜玉。壞浪子如魯齋郎、周舍，以及各色衙內，是權豪勢要，縱慾無羈，暴戾恣睢。是的，好浪子的特徵在於一個「浪」字，而壞浪子則在於一個「戾」字，但他們的「攀出牆朵朵花，折臨路枝枝柳」、「折柳攀花，眠花臥柳」的「浪子風流」是一致的。這又正是傳統道德中不折不扣的「惡」。「萬惡淫為首」啊！如果沒有元散曲，這種人欲之「惡」，是無論如何也不可能成為文學作品中的正面東西，堂堂正正且大張旗鼓地表現出來。這種「不以為恥，反以為榮」的精神狀態，既是反叛，也是宣泄。反叛的是幾千年的抑情文化，宣泄的是幾千年壓抑的情感，當然，還有對現實的憤怒，對自身處境的不滿！

這是鮮活的生命，充溢着慾望，因而顯示出生命的極度旺盛甚至興奮，所以，在傳統士大夫那裡被假惺惺地貶低的世俗享受，在這裡都得到了誇張式的表達與肯定。情慾、物慾的滿足是他最大的成就感，這也是對傳統士大夫「修身齊家治國平天下」的嘲弄與解構 —— 是的，元散曲是中國歷史上的「解構主義」，它解構了崇高，解構了價值，解構了傳統，解構了生命應該承擔的一切社會性責任，「糟醃兩個功名字，醅淹千古興亡事，曲埋萬丈虹霓志」（白樸《仙呂·寄生草·飲》），而只把生命當作享樂的載體。我發現，在元散曲裡，「快活」一詞出現的頻率很高。姑且舉幾例：

> 適意行，安心坐，渴時飲飢時餐醉時歌，困來時就向莎茵臥。日月長，天地闊，閒快活！
>
> 舊酒投，新醅潑，老瓦盆邊笑呵呵，共山僧野叟閒吟和。他出一對雞，

我出一個鵝，閒快活！（關漢卿《南呂·四塊玉·閒適》）

想人生七十猶稀……風雨相催，兔走烏飛，子細沉吟，都不如快活了便宜。（盧摯《雙調·蟾宮曲》）

……綽然一亭塵世表，不許俗人到……這一塔兒快活直到老。（張養浩《雙調·雁兒落兼清江引》）

甚至有人要「每日家叫三十聲閒快活」（王德信《中呂·朝天曲·詠四景·夏》）。他們就用這種「快活」取代了「功名」，張君瑞、崔鶯鶯也是把快活看作高於功名的。「閒快活」都是些什麼呢？就是關漢卿所說的圍棋、蹴踘、雙陸，就是分茶、竹、打馬、藏鬮，就是那攀花折柳的放蕩生活，這是滿含着庸俗氣味的快活，但卻如此生機勃勃，這是中國文學中少見的俗人的快樂、俗人生活的趣味。

草茫茫秦漢陵闕，世代興亡，卻便似月影圓缺，山人家堆案圖書，當窗松桂，滿地薇蕨。侯門深何須刺謁，白雲自可怡悅。到如今世事難說，天地間不見一個英雄，不見一個豪傑！（倪瓚《雙調·折桂令·擬張鳴善》）

這後兩句倒真是大英雄的口吻，一筆掃倒古往今來千古江山的袞袞英雄，這是文化英雄！誰給了他這樣大的自負啊？當然是他選擇的那種「快活」的生活方式。他否定英雄，且這種否定完全不是陳子昂式的寂寞失意、蘇東坡式的頹廢落魄、辛棄疾式的憤怒感慨，恰恰相反，他告訴我們，這世界沒有了英雄，沒有了豪傑，俗人可以活得更快活，更自在。一對雞，一個鵝，幾卷書，窗前松桂、野地薇蕨，庸人如同韓愈筆下的凡馬，簡陋的物質即可以滿足，即可以快活！因為俗人心胸有限：渴時飲飢時餐、醉時歌困時臥，有日月朝暮懸，有天地掌着生死

權，為何不快樂？為何還要英雄來攪這天地的大局？

這種對「英雄豪傑」的鄙夷正來自於對現實生活中所謂大人物的認識。現實生活確實一再告訴我們：那些煊赫的、有頭有臉的人物，往往不過是狗熊。倪瓚所擬的張鳴善原作《雙調・水仙子・譏時》開頭是這樣的：

> 鋪眉苦眼早三公，裸袖揎拳享萬鍾。胡言亂語成時用。大綱來（大致，大概，大多意）都是烘，說英雄誰是英雄？五眼雞岐山鳴鳳，兩頭蛇南陽臥龍，三腳貓渭水飛熊。

從現實人物罵到歷史豪傑。而罵現實時，明顯帶着元代社會的特色：文化水平較低的族群憑着政治上的優勢佔據高位。所以，元人欣賞陶淵明卻嘲弄屈原：

> 不達時皆笑屈原非，但知音盡說陶潛是。（白樸《仙呂・寄生草・飲》）

> 楚懷王，忠臣跳入汨羅江。離騷讀罷空惆悵。日月同光。傷心來笑一場。笑你個三閭強。問甚不身心放。滄浪污你？你污滄浪？（貫雲石《雙調・殿前歡》）

> 楚離騷，誰能解。就中之意，日月明白。恨尚存，人何在。空快活了湘江魚蝦蟹。這先生暢好是胡來。怎如向青山影裡，狂歌痛飲，其樂無涯。（張養浩《中呂・普天樂》）

屈原的行為被他們「笑」，甚至嘲弄：「滄浪污你？你污滄浪？」，「這先生暢好是胡來」。悲劇的崇高化為一笑。但他們解構了屈原是真，又何嘗真明白了陶潛

的精髓？陶淵明是大的，他們是小的，陶淵明骨子裡的樸素，他們是學不到也不願學的。

　　當然他們也不可能一直這麼「快活」，但他們有「鴕鳥政策」。

　　　　夜長怎生得睡着，萬感縈懷抱。
　　　　伴人瘦影兒，惟有孤燈照。
　　　　長吁氣，一聲吹滅了。（鍾嗣成《雙調‧清江引‧情》）

　　　　雲籠月，風弄鐵，兩般兒助人凄切。
　　　　剔銀燈欲將心事寫，長吁氣一聲吹滅。（馬致遠《雙調‧壽陽曲》）

　　但是消解了崇高，消解了價值，消解了自身的責任，消解了痛苦 —— 這一切都消解了以後，往往也就消解了激情，所以，關漢卿以後，如他這般激情滿懷、自信自大的人少見了，激情四溢的曲子也少見了，曲子少了激情，不光是少了野味，更少了感動人心的力量。元散曲中大量的隱逸閒適題材就屬於這一類，這一類中好作品數量極少，像馬致遠的《雙調‧夜行船‧秋思》，該是這類作品中的佼佼者：

　　　　【夜行船】百歲光陰一夢蝶，重回首往事堪嗟。今日春來，明朝花謝，急罰盞夜闌燈滅。
　　　　【喬木查】想秦宮漢闕，都做了衰草牛羊野。不恁麼漁樵沒話說。縱荒墳，橫斷碑，不辨龍蛇。
　　　　【慶宣和】投至狐蹤與兔穴，多少豪傑。鼎足雖堅半腰裡折。魏耶？晉耶？

【落梅風】天教你富，莫太奢。沒多時好天良夜。富家兒更做道你心似鐵。爭辜負了錦堂風月。

【風入松】眼前紅日又西斜，疾似下坡車。不爭鏡裡添白雪，上床與鞋履相別。休笑巢鳩計拙。葫蘆提一向裝呆。

【撥不斷】利名竭，是非絕。紅塵不向門前惹，綠樹偏宜屋角遮，青山正補牆頭缺。更那堪竹籬茅舍。

【離亭宴煞】蛩吟罷一覺才寧貼，雞鳴時萬事無休歇，何年是徹？看密匝匝蟻排兵，亂紛紛蜂釀蜜，急攘攘蠅爭血。裴公綠野堂，陶令白蓮社。愛秋來時那些，和露摘黃花，帶霜分紫蟹，煮酒燒紅葉。想人生有限杯，渾幾個重陽節？人問我頑童記者：便北海探吾來，道東籬醉了也。

生命是有限的，但世界是無限的，世間的美酒無限，可人生的杯子容量有限。在對人生有限、造物無盡的體認裡，馬致遠告訴我們，我們這有限的生命，就是來分這造物的一杯羹的，既如此，我們就要用足、用盡這生命的杯子而不能讓它有空餘。

值得注意的是他對世象的描寫：「密匝匝蟻排兵，亂紛紛蜂釀蜜，急攘攘蠅爭血。」這不僅是在解構「事業」，還在揭露所謂的英雄功業，不過是爭名逐利而已。於國於民而言，他們有什麼功，又有什麼業？

對這種所謂英雄功業做最徹底揭露的，當數張養浩的《中呂·山坡羊·潼關懷古》：

峰巒如聚，波濤如怒。山河表裡潼關路。望西都，意躊躇，傷心秦漢經行處，宮闕萬間做了土。興，百姓苦！亡，百姓苦！

這是元散曲中最具思想深度的作品，最具有社會、歷史思考價值的作品，而且，在元散曲一派詼諧、調侃嘲弄、嬉皮笑臉、一無正經中，它也是難得的嚴肅作品。

同樣表達對皇權的否定的，還有睢景臣的名作《般涉調‧哨遍‧高祖還鄉》。那是一篇極搞笑的作品，卻又寓諧於莊，寫出「真命天子」的流氓無賴真面目，這種「蛤蜊」味十足的文體，是元曲的原始風味。

從觀念與趣味上講，元散曲表達的不再是詩詞中所展現的貴族士大夫的思想觀念、審美觀念與人生趣味（也許隱逸類作品還有些近似 —— 但元散曲中的隱逸是隱在市朝中的，與他們常常標榜的陶淵明之隱於山林田園仍然不同）。他們沒有士大夫的道德堅持或道德矯情，沒有那種清高雅致的審美趣味，他們是民間的、俗世的、樸實的甚至庸俗的。打個不大恰當的比喻，如果詩詞是大賓館中的大席，那麼元曲就是當街的大排檔。我們在排檔旁就餐時，能聽得到鍋碗瓢盆的交響，聞得到油氣的飄蕩，還有攬客的招呼、絡繹不絕的人流 —— 生活就在身邊。

與此相關的是，元曲中表現的智慧，也不是那種士大夫式的思考與領悟，而仍然是民間的，是普通人的基本生活信條與小聰明 —— 也許這恰是大聰明，平實易行，樸素實用，他們對生活的觀察與領悟是這樣直截了當 ——

> 寧可少活十年，不可一日無權，大丈夫時乖命蹇。有朝一日天隨人願，賽田文養客三千。（嚴忠濟《越調‧天淨沙》）
>
> 不讀書有權，不識字有錢。不曉事倒有人誇薦。老天只恁忒心偏。賢和愚無分辨。折挫英雄，消磨良善，越聰明越運蹇。志高如魯連，德過如閔騫，依本分只落的人輕賤。（無名氏《中呂‧朝天子‧志感》）

這種議論口吻，是民間的，直白、真實，而又有一些庸俗與不負責任。為什麼？因為當他們這樣痛詆社會時，也否定了道德與一般價值堅持，他們「真」有餘，而「善」不足，對正面的價值，缺少迴護。實際上，消解價值的最後往往也就消解了激情，只有冷嘲而沒有熱諷，只有冷笑而沒有熱淚，只有鄙夷而沒有反抗，甚至，很多時候，當不正當的東西變成常態時，就會讓人覺得它是合理的，於是揭露過後就沒有了批判，甚至反而是認可，至多是只有心理上的不平衡，而缺少道義上的憤怒。

從藝術上講，元散曲只有保持自己的特色，才有自己的地位。後期元散曲在風格上一再向詩詞靠攏，像張可久的作品在後來影響甚大，也就是因為他是驅使元散曲向雅化道路發展的關鍵人物。我們現在在一般文學選本上經常看到的，像馬致遠的《天淨沙・秋思》、張養浩的《山坡羊・潼關懷古》，都是在風格上完全詩詞化的。所以，讀元散曲不大好讀選本，因為不少編選者總以詩詞的風格、趣味來選曲，元散曲自己的面目反而模糊了。

但從思想內容上講，元散曲如一味保持那種非主流的姿態、說風涼話的立場、解構崇高的態度，也就缺少詩詞能達到的深度、厚度與分量。畢竟，深刻而理性的思考是對人生苦難、社會責任的主動承擔，是一切偉大作品的必備條件。拒絕這些，一味追求一己的「閒快活」，可能是求到了一時的「快活」，卻不能使自己「自重」；可能使自己的生活有所謂的「質量」，卻不能使自己的生活有「分量」。正如叔本華曾說過的，人性越完善，痛苦越深刻，反過來，我們也可以說，拒絕道義與倫理上的痛苦，便也阻塞了人格上升的通道。所以，我們看到，在元散曲裡，沒有出現像詩詞中曾經出現過真正偉大的作品。或許是元散曲這種先天的風格與體制，使它不能出現深刻展現人生悲劇與生命荒涼、揭示世界荒誕、顯示人性深度以及在這一深度上相應的痛苦的震撼人心之作。從作品上講，像有着充沛的激情與反叛精神的關漢卿的《南宮一枝花・不伏老》，有着深

刻的歷史思考與認識的張養浩的《潼關懷古》，這一類太少了。在散曲作家裡，也沒有出現過像詩詞中的屈原、阮籍、陶淵明、李白、杜甫、李煜、蘇軾、辛棄疾這樣的人物 —— 一句話，元散曲沒有大家，也沒有偉大的作品。唐詩、宋詞、元散曲，在這一中國古代抒情詩歌的文學序列中，元散曲無疑是慚愧的。

# 浪子偉人

　　對中國而言，元代是第一個由少數民族執政的時代。北宋的滅亡，南宋的傾覆，可以說是自炎黃以來，漢族在與周邊少數民族的衝突中第一次整體上的失敗。這不僅是軍事上的失敗，大多也是文化失敗的預警：宋代的文化在中國歷史上是一次轉折。此前的漢文化，乃是外向的或主要外向而輔之以內省的，是功利的；而宋代的文化則顯然傾向於內向、思辨與審美。雖然那時，甚至直到滿人入關、漢族執政權力再次旁落時，蒙古人和滿人，包括當時所有周邊少數民族的文化水準及社會狀態皆在漢族之下，但漢族的文化優勢已不能確保其軍事上的優勢，文化的秉性已不能保持民族的活力、創造力甚至自我保護能力，卻是毋庸諱言的事實。鴉片戰爭的爆發及中華民族的整體失敗，乃是這種文化在世界範圍內已屈居第二流的鐵證。問題僅僅在於，由於這最後一次較量的對手，來自於一個相對於我們更為先進的文化與社會文明，使我們不得不承認我們全面的落後，才終於使我們警醒過來。

　　因此，元代的統治者在入主中原之初，頗為藐視漢文化，便有其心理上的依據。在他們那裡，蒙古騎兵軍事上的優勢以及宋兵的不堪一擊，都給他們留下鮮明的印象，他們很容易把這種軍事上的優勢轉變為心理上的優勢，從而轉變為幻象中文化上的優勢，甚至轉變為社會進步層級上的優勢：元代的統治者曾經想把農田改變為牧場，把農業社會改變為畜牧業社會，就是明證。客觀地說，元代統治者的執政能力與他們的軍事能力相比，尚有相當的差距。他們由於缺少文化上

中國人的心靈

的理想，所以也就沒有什麼政治上的理想，好像只是有君臨天下的權慾滿足感。我們當然不是說在統治集團中找不出有文化有理想的人，但他們作為一個集團或執政民族，整體文化水平還不足以使他們保持文化上的理性以及政治上的遠見。他們對他的征服區域的統治，實際上是用落後的方式，讓社會文明嚴重退化和野蠻化。

他們對待文化人的態度就是典型例證。

在傳統社會中，士為四民之首。籠絡士人，是籠絡民心的抓綱之舉，綱舉目張。不僅漢族的統治者知道這一點，後來入關的滿族統治者對這一點的理解甚至更為透徹，執行得也更為徹底、更有效。當代學者已經發現中國封建社會的長期穩定與科舉制息息相關，而科舉制實際上就是籠絡士人的制度，皇權用制度的形式與士人分享國家的權力以及因此而來的利益。但元代統治者在這一點上卻做得極不自覺，他們竟有近八十年廢止科舉的記錄，這實際上既是放棄了文明社會重要標誌的常規教育，也是政治特權的象徵：國家政權已不需要甚至不允許廣泛的參與，而只是被特權階級壟斷。這種做法的直接後果便是教育的荒廢和文明的倒退。讀書人既失去了向上的路徑，便也失去了傳統的身份。「士」在元雜劇中被稱為「細酸」，非常形象地展示了他們物質的窮乏與精神的病弱。其社會地位甚至被排在娼妓之後，僅在乞丐之前：「九儒十丐」。這種說法雖未必能得到確證，但那個時代，文化及其承載者、傳播者被國家體制與社會極端擠兌而至可悲境地，卻也是不爭的事實。

由是，在元代，傳統的文學樣式，如詩詞、散文，一片荒蕪，也就可以理解。我們應該明白，詩詞也好，散文也好，它們是貴族化的文學，是士大夫的手藝，是士大夫抒情言志、載道授業的工具，是他們表達自己、吹噓道統的工具。在元代，既已沒有了士大夫，當然也就沒有了詩與散文，不僅沒有了創作者，也沒有了閱讀欣賞者。有閱讀能力的人是有的，但有閱讀興趣的人卻少 —— 沒有

了相同的生活與相同的追求，便沒有了相同的感覺。這對中國的社會傳統而言，實在是亙古未經之大變局；對中國的傳統社會而言，也是完全不同的面貌：詩歌、散文這類需要有較高文化修養的人，才能閱讀與欣賞的文體幾近消歇，而雜劇這種大眾性的通俗文學卻勃然興起。即便是詩歌一屬的散曲，也自有一番「大蒜味」：這正是那底層社會的聲氣口吻。

就雜劇言，第一大家乃是關漢卿（約 1225 年至約 1300 年）。漢卿乃是其字，號己齋叟，大都（今北京）人。他一生創作的雜劇有六十七種之多，今存十八種，即《竇娥冤》、《魯齋郎》、《救風塵》、《望江亭》、《蝴蝶夢》、《金線池》、《謝天香》、《玉鏡台》、《單鞭奪槊》、《單刀會》、《緋衣夢》、《五侯宴》、《哭存孝》、《裴度還帶》、《陳母教子》、《西蜀夢》、《拜月亭》、《詐妮子》。當然，其中若干種，是否關漢卿所作，亦有不同意見。

王國維說關漢卿的創作是「一空依傍，自鑄偉詞」，「曲盡人情，字字本色」（《王國維戲曲論文集》）。要注意這「自鑄偉詞」可是當年劉勰標榜屈原的。關氏的雜劇，確實是中國古代戲劇走向成熟，且成為前無古人的高峰的一面旗幟，就總體成就而言，他的戲劇創作在中國，至少到今天，我們不僅可以說他是前無古人，也可以說他是後無來者的。他是不世出的大才子、大英雄，當然，我們知道，他自己不這麼看，他把自己看成浪子，是那麼沾沾自喜的浪子。我們看他的「自畫像」《南呂一枝花·不伏老》，可以發現，這是全新的知識分子形象，是那個時代的新人類。他的氣質、趣味、性情，已與傳統士大夫截然不同。他生命力旺盛，他慾望強烈，他玩世不恭 —— 他不知道那個時代有什麼值得他恭敬。他放蕩不羈 —— 他也不知道那個時代有什麼可以羈縻他：富貴地位名聲都沒了，他還有什麼顧忌？有忌才有羈。恰好如此，他反而沒了思想上的禁忌，他成了思想上特行獨立的大丈夫，一邊放浪形骸，一邊自吹自擂，這裡有反叛，有挑戰，有輕蔑，有不屑，他肯定自己的同時也推翻了別人。他「躬踐排場，面傅粉墨，

以為我家生活，偶娼優而不辭」（臧晉叔《元曲選》），他「驅梨園領袖，總編修師首，捻雜劇班頭」（賈仲明《凌波仙詞》）。藏污納垢、混跡世俗而不以為意者，大英雄也，有主心骨、大主見者也。他行跡不潔，但有真良知、真仁慈、真憐憫，對弱小者有真呵護，對醜惡有殺伐心，尤其是這種殺伐之心，真真不易，與大多數傳統文人之懦弱，有大不同。傳統文人不乏對弱勢群體的同情心，甚至往往還氾濫着廉價的同情心，但卻常常嚴重缺乏對強暴勢力的殺伐心。關漢卿的這種殺伐心，在中國古代文人那裡，是稀有元素。這種殺伐心後來傳給施耐庵，變本加厲，而成一腥風血雨之《水滸傳》，此是後話。

另一方面，需要說明的是，關漢卿畢竟不是徐渭式的狂狷之士，他只是一個淪落世俗的天才。由於他天性頑強，是「蒸不爛、煮不熟、捶不扁、炒不爆、響噹噹一粒銅豌豆」，他不但沒有被壓迫而變態，反而愈挫愈奮，生命的枝丫四處自由伸展蓬蓬勃勃，所以他沒有徐渭的心理病態，沒有徐渭的尖酸刻薄，沒有徐渭的過激反應、沒事找事，他自有其厚道的一面，他既毫不妥協，顛倒是非，卻也有厚人倫、正風俗的淳樸思想。他更不像徐渭那樣，內心充滿怨毒，充滿失敗感，發而為文也就是自我的號叫，眼睛只盯着自己，好像世界上只有他才是最大的冤屈者。所以徐渭不會有太多的對別人的同情心，他只是一個控訴者，是明代的「祥林嫂」（他們還真是老鄉）。關漢卿則是一個英雄，眼睛盯着天下的不平，心裡裝着仁愛與仇恨，手心裡都是汗。所以他不僅自己在潛意識裡做着英雄，在文字上打家劫舍、替天行道，就是他塑造的人物，也往往具有英雄的氣質、英雄的膽略、英雄的壯舉。他的幾乎所有雜劇中都體現着他的英雄豪放：不僅是《單刀會》中關羽這樣的歷史英雄，還有《救風塵》中趙盼兒這樣的風塵妓女，《望江亭》中譚記兒這樣的再嫁寡婦，即便是《竇娥冤》中安分守己、認命的小寡婦竇娥，也能在生命的最後，爆發出感天動地的英雄氣概。我們從這些人物的氣概上，可以想像得出關漢卿的血性豪情：

【駐馬聽】水湧山疊，年少周郎何處也？不覺的灰飛煙滅。可憐黃蓋轉傷嗟，破曹的檣櫓一時絕，鏖兵的江水猶然熱。好教我情慘切！（帶云）這也不是江水，（唱）二十年流不盡的英雄血！（《單刀會》）

這真是比蘇軾的《念奴嬌・赤壁懷古》還要悲愴滄桑、慷慨低回、殺氣滿紙卻又悲憫滿懷。

且看趙盼兒在決心搭救宋引章智鬥周舍前的唱詞：

【雙雁兒】我着這粉臉兒搭救你女骷髏，割捨的一不做二不休，拼了個由他咒也波咒。不是我說大口，怎出得我這煙月手！（《救風塵》第二折）

這「煙月手」在正義復仇之時，其力量不亞於關公之青龍偃月刀！

【滾繡球】有日月朝暮懸，有鬼神掌着生死權。天地也只會把清濁分辨，可怎生糊突了盜跖顏淵？為善的受貧窮更命短，造惡的享富貴又壽延。天地也，做得個怕硬欺軟，卻元來也這般順水推船。地也！你不分好歹何為地？天也！你錯勘賢愚枉做天！哎，只落得兩淚漣漣。（《竇娥冤》第三折）

感天動地竇娥冤，在竇娥臨死三樁誓願感天動地之前，這柔弱的女子已經在那裡咒天罵地了！這是徹底的反抗，是斬盡殺絕，沒有一點商榷，只是一筆推倒的全盤否決 —— 對了，在第四折裡，竇娥的鬼魂就這樣唱：

【收江南】呀，這的是衙門從古向南開，就中無個不冤哉！

這是斬盡殺絕 —— 斬盡殺絕從古至今的一切冠冕堂皇、仁義道德、百宋千元、三墳五典。然後，她馬上又這樣要求她的父親 ——

【鴛鴦煞尾】從今後把金牌勢劍從頭擺，將濫官污吏都殺壞！

這又是斬盡殺絕！關漢卿的殺伐之氣來源於民間的衝天怨氣，是世道對我們的斬盡殺絕，是我們對斬盡殺絕的世道的斬盡殺絕！是仇恨入心發了芽，是血仇報復，是冤鬼索債！

　　人們都注意到了關漢卿雜劇語言的「本色」，所謂「本色」者，不僅是王國維所說的「曲盡人情」，而更是他無文人口吻與嘴臉。他立足於市民階層，立足於「草根」，立足於普通人群。他筆下的人物，除極少數如關羽、張飛，其他皆是他自己虛構的下層人民，所以王國維要說他「一空依傍」。他這樣的大英雄有的是絕大的創造，有的是絕大的本領，而無須什麼借鑒與依託。他的創作源泉即在於當時的社會現實，即在於那個貪官污吏與流氓地痞把天地弄得暗無天日的時代。他就這樣搏土為人、無中生有、噓枯吹生 —— 給他一把浸透血淚的現實土壤，他就這樣搏出那麼多有血有肉、氣韻生動的人物，永遠控訴那個黑暗的世道。關漢卿的良知、仁慈以及他更可貴的殺氣 —— 因為這一點恰是中國士大夫文人缺少的 —— 都可以讓我們說，他不僅是那個時代雜劇的領袖人物，他也是那個時代的良心。他的雜劇，是那個時代的正義，是那個時代最為缺少的公理，是對那個時代的末日審判！

　　在關漢卿那裡，傳統的抒情藝術變成了敘事藝術，而士大夫式寫實的敘事變成了虛構的敘事。由於是虛構的，他就可以精騖八極、心遊萬仞，於是我們看到，關劇總是洋溢着巨大的激情，在這一點上，他與莎士比亞極其相似：激情四溢的台詞與矛盾衝突攢集的敘事水乳交融，人物內心的矛盾與人物關係的

矛盾縱橫交錯，強烈的抒情性顯示出人物強大的生命激情，而這強大的激情與世界、與命運的矛盾終於激起了觀眾和讀者強烈的情緒參與。關劇中洋溢着的激情終於催生出處處瀰漫的浪漫精神，我們會自然注意到關劇的結尾往往是浪漫主義的。但是，事實是，關劇的浪漫是無所不在的：幾乎可以這樣說，沒有浪漫，關劇幾乎無法推進與展開，正如在重重黑暗與重重壓力的現實中生活，沒有一些浪漫幾乎不可能打開一線生機一樣；沒有浪漫，關劇中的人物不可能成為英雄，而只能成為默默忍受、悄悄毀滅的弱者。所以，我們看到，在關劇中，既有對黑暗現實的令人窒息的描摹，又有對決不屈服的尊嚴、人性的熱情謳歌。他寫出了這個世界無處不在的死亡陷阱，他又寫出了這個世界觸處皆春的微微生機。一方面，我們在關劇中深切地感受到死亡的戕殘；可另一方面，我們又能發現，正義的力量更勇武百倍！這些描寫往往是超現實的，正是在超現實的描寫中，尤其是在超現實的結尾中，他「超度」了現實：他讓醜惡的現實最終失敗，而弱者獲得勝利，被侮辱者獲得尊嚴，被壓迫者獲得翻身，甚至冤鬼也能得伸冤屈，復仇成功。

關漢卿也是寫情高手，像他的《拜月亭》就被列入元代四大愛情劇。但他好像不大喜歡寫那貴族人家的愛情，《詐妮子》中婢女燕燕愛上的就只是一個小千戶，而主人公也只是個妮子、婢女，真正的小姐鶯鶯倒被當作了配角。縱觀關漢卿的作品，以女性為主角的佔了絕大多數，其中又主要是下層婦女。他寫女性，並不在閨閣，也不僅局限於一己之兒女私情，他把她們放到社會這個大場景中，讓她們在其中受煎熬、顯才幹，他不僅寫出她們的可愛與美麗，他還寫她們的可敬可佩，寫出她們的豪傑之氣、壓倒鬚眉的豪爽與仗義。他筆下的女人，其氣質做派，完全不同於傳統文學中的樣子，他雜劇中的女人，與宋詞中的女人，簡直是完全不同的類屬。他沒有把她們僅僅作為愛情、婚姻與家庭的對象，更不把她們當成弱者。他終究不是言情劇的寫手，他是個真正的作家。

中國人的心靈

如果說關漢卿是站在平民的立場上，反抗現實中的橫暴與醜惡；那麼，王實甫則用才子佳人的形式，反抗文化傳統觀念中的霸道與野蠻。《西廂記》的題材從表面上看實在很脂粉氣，張生與鶯鶯這對男女也顯得有些弱不禁風，但他們的行為卻極具叛逆，他們的勇氣與強大在於他們敢於受情慾的引領，在私下結合。說起來挺有趣：他們遂了自己的情慾，便成了叛逆英雄，這很划算了。事實是，王實甫想告訴我們，在那樣不人道的時代，在那樣不人道的文化與道德下，我們接受自身情慾的引導而行一回「人道」，越一次軌，我們就能成為英雄。而張生、鶯鶯他們發生這樣風流韻事的場所是「莊嚴妙境」的佛寺，時間則是在鶯鶯父喪期間，王實甫也忒刻薄 —— 這當然也是斬盡殺絕的表現。

　　當然，王實甫的《西廂記》，來自於唐代元稹的《會真記》，後又經金代董解元的《西廂記諸宮調》，他是在前人基礎上的再創造，由小說（傳奇）到說唱文學，至他，便成了戲劇。「願天下有情人都成了眷屬」，這是那時代驚世駭俗的一聲，是人性的復歸。與哲學上越來越反人性的趨勢相反，文學總是人性的最後避難所。

　　與王實甫《西廂記》題材來源於唐代一樣，白樸的《梧桐雨》寫李隆基、楊玉環的愛情，來源於唐代的真人真事（其實，《西廂記》的母題 —— 元稹的《會真記》亦是自傳性質的真人真事），以及包括白居易《長恨歌》在內大量的歷代相關作品。《牆頭馬上》也來自於白居易的一首詩《井底引銀瓶》，並且也在結局上做了大團圓式的改造。與關漢卿、白樸一樣被列入元劇四大家的還有馬致遠（另一人或為王實甫，或為鄭光祖），他有《漢宮秋》一劇，這已是從唐代延伸到漢代。而更古老的題材是紀君祥的《趙氏孤兒》，這是《左傳》、《史記·趙世家》都有記載真實的歷史悲劇、歷史壯劇，其事實本身即已具備戲劇的一些基本要素，情節緊張緊湊，矛盾激烈尖銳，人物慷慨悲壯。王國維《宋元戲曲考》將之與關漢卿《竇娥冤》並列，並說：「劇中雖有惡人交構其間，而其蹈湯赴火者，

仍出於其主人翁之意志，即列之於世界大悲劇中，亦無愧色。」確實，論悲劇感慨人心、激人奮發的力度以及對世界與人生悲劇主題探究之深度言，元雜劇中，確以這兩劇最為出色。

# 文化豪傑

　　中國的散文（駢文除外），依我的理解，就其精神氣度與形態風度言，大致可以分為這麼一些重要的時期：先秦諸子（《左傳》、《戰國策》之類，其作者仍是子家），兩漢史傳（司馬遷與班固），唐宋古文（中間有一個耀眼的亮色：晚唐小品文），晚明小品文，清之桐城派，「五四」新文學。1949年至今，雖亦略有名家，且往往得一時之譽，但怕還不能有自己的面目與主腦。

　　在以上這一鏈條中，就風格言，先秦諸子、司馬遷自是黃鐘大呂，無師無友，無復依傍，自鑄偉詞，卓絕千古。唐宋古文則代聖賢立言，為生民立命，文以載道，一派莊肅，又時見性情。桐城派則是一派頭巾氣，拘拘於門庭，規矩方圓，方正得可以。這數家可以算是古代散文的名門正派，華屋堂堂，望之儼然。晚唐小品文被魯迅譽為「一塌糊塗的泥塘中的鋒芒與光彩」，是諷刺性雜文的典範，罵人罵世罵缺德，刺古諷今嘲風俗，其文章如匕首，似投槍，短小精悍，章法隨意，極刻薄，極厭世。但究其實質，仍是道德衛士，遵循的仍是文須有益於世道這樣的基本原則。

　　只有晚明小品文是逸出中國古代散文常軌的另類、異端，它既不像諸子、太史公、韓柳歐蘇那樣正面提倡社會價值，也不像陸龜蒙、皮日休、羅隱那樣反面批判以矯正世風。既不像前者那樣充滿希望，也不像後者那樣滿懷絕望，既不像前者那樣熱情洋溢，也不像後者那樣冷漠刻毒。他們都是負責任的。晚明小品文是不負責任的文章。即便與形態相近的晚唐小品文相比，同是小品文，晚唐的

小品文是面向大眾和社會的，而晚明小品文則更多的是面向小眾和人生的。晚唐小品文是為大眾吶喊的，而晚明小品文則是一小撮精神貴族的淺斟低唱與人生感悟。感慨社會與感慨人生是不一樣的，感慨社會是對公共生活的關注，其指向是現實的政治問題；感慨人生往往更傾向於私人生活關懷，其指向是人生的哲學問題。從這個意義上講，晚唐的陸龜蒙、皮日休、羅隱等人，就其創作動機言，仍是正統儒家的批判現實主義，自覺地承擔着道德的義務，並且在事實上，他們的創作也正出自於他們的道德痛苦，出自於他們強烈的道德訴求。而晚明的小品文，則正由於作者公開鼓吹拋棄人生的道德義務與現實責任，而成就其自身的特色。所以，晚明的小品文是中國古代文學的另類、異端，其道德上的破壞遠超過駢文 —— 駢文只不過是往往追尋美的形式而去，是對道德義務與現實責任的疏忽；而晚明小品文則是公開的叛變，另立山頭，打出自己的旗號。駢文只不過是專注於自身的形式美而忽略了道德上的意義，如同一個少女穿梳打扮，一心讓自己扮靚扮酷以追求回頭率，而沒有更多莊嚴的道德自覺。晚明小品文則是建立在成熟的思想基礎之上的：這種思想，即以藐視崇高、嘲弄價值、放棄責任、追求一己之適意為旨歸。

這種情況的出現是有其必然的。其出現在晚明，尤其如此。儒學經程朱以後，愈益沉重、古板、教條、反人性，愈益原教旨化、絕對道德化。明代王學的出現，尤其是李贄的出現，是對壓迫的反抗，是心理的減壓。李贄雖最終被迫害致死，但他大多是扛住了黑暗的閘門，放一些有靈性的孩子們出去了。被他點化、頓悟自己心靈的「孩子」中就有公安派的三袁兄弟，尤其是袁宏道。

老大袁宗道給李贄寫信討教，這樣說：

> 不佞讀他人文字覺懣懣，讀翁片言隻語，輒精神百倍。（《白蘇齋類集》卷十四）

老小袁中道，專為李贄作傳，〈李溫陵傳〉是李贄最好的「畫像」，為我們留下這古代文化英雄的凜凜風貌。

三袁之中，袁宏道悟性最高，文人氣質最濃，對文章的美學追求也最用力，他於李贄，更是別有一番感激在：

> （中郎）既見龍湖（李贄），始知一向掇拾陳言，株守俗見，死於古人語下，一段精光，不得披露。至是浩浩焉如鴻毛之遇順風，巨魚之縱大壑。能為心師，不師於心；能轉古人，不為古轉。發為語言，一一從胸襟流出，蓋天蓋地，如象截急流，雷開蟄戶，浸浸乎其未有涯也。（《珂雪齋集》卷十八〈吏部驗封司郎中中郎先生行狀〉）

公安三袁等士大夫之所以喜歡李贄，就在於李贄能在沉悶的文化空氣中別開生面，給他們以新的視界、新的價值觀與審美觀。

但非常奇怪的是，包括公安三袁在內的晚明文人，在一陣歡呼李贄為他們打破了思想的牢籠，砸碎了束縛他們行為手腳的鐐銬後，離開了戰場，尋歡作樂去了，過自己的小日子去了。這一點在袁小修的〈李溫陵傳〉中表現得最明顯。小修佩服李贄，景仰李贄，但對李贄卻是「不能學者有五，不願學者有三」。五個不能學的是什麼呢？

一是李贄的「為士居官，清節凜凜」。而「吾輩隨來輒受，操同中人」。

二是「不入季女之室，不登冶童之床」。而「吾輩不斷情慾，未絕嬖寵」。

三是李贄「深入至道，見其大者。而吾輩株守文字，不得玄旨」。

四是李贄「自少至老，惟知讀書。而吾輩汩沒塵緣，不親韋編」。

五是李贄「直氣勁節，不為人屈。而吾輩膽力怯弱，隨人俯仰」。

三個不願學，一是李贄「好剛使氣，快意恩仇」。二是李贄既已離仕而隱，

卻不能遁跡山林，而是流連人世，禍逐名起。三是「細行不修，任情適口」。

也許是小修用反襯手法來寫李贄之超絕凡人，但也正好暴露出「吾輩」——晚明一般文人心智上的小巧而乏大，品行上的自私而少德，生活中的墮落而自瀆，膽力上的怯懦而欠剛。所以，他們只是在李贄攻克的地方，建立舞榭歌台，歌舞昇平；而在李贄戰死的地方，他們很見機地轉移話題，開始討論人生的風韻與幸福。

所以，在晚明文人中，要找有才華的，大有人在，但要找有風骨的，大約只有一個李贄。要找文章寫得好的，找文人，觸目皆是，那也真是一個才子輩出的時代，但要找真有思想與見識的，大約也只有一個李贄。並且這李贄平時雖個性極強，思想極鋒銳，但在生活中，卻絕不譁眾取寵。他的發言，雖然被陳腐的思想界當作奇談怪論，卻句句出自肺腑，出自他深思熟慮的思想，不像其他晚明文人，沒有真思想，卻總是追求語出驚人。我們可以比較一下同時代的另一個藝術天才徐渭。李贄是思想的大叛徒、真豪傑，與當世大謬，卻也能把官做到知府，朋友所在皆是；徐渭思想頗平庸，與當世大順，卻終身布衣，落落寡合，眾叛親離。李贄是未完成的聖人，而徐渭則是不得志的小人。

丈夫在世，當自盡理。我自六七歲喪母，便能自立，以至於今七十，盡是單身度日，獨立過時，雖或蒙天庇，或蒙人庇，然皆不求自來，若要我求庇於人，雖死不為也。歷觀從古大丈夫好漢盡是如此，不然，我豈無力可以起家，無財可以畜僕，而乃孤子無依，一至此乎？可以知我之不畏死矣，可以知吾之不怕人矣，可以知我之不靠勢矣。蓋人生總只有一個死，無兩個死也，但世人自迷耳。有名而死，孰與無名？智者自然了了。(《續焚書‧與耿克念》)

不畏死，不怕人，不靠勢，這是孟子「大丈夫」人格宣言以來最為昂揚的聲音、最無奴顏媚骨的聲音。「人生總只有一個死，無兩個死」，這是何等偉大的傲慢！傲慢到死，還怕什麼？實際上，正如孟子早就證明了的，死是人性的極限：超越了死，就獲得高貴；不能超越死，就會墮落。「死」是我們道德的最後屏障啊 —— 沒有什麼邪惡的力量可以穿越死亡來迫使我們就範，關鍵時刻，無法取勝的時候，只要我們跨出一步，站到死亡這邊，一切刺向我們的邪惡劍戟都會被死亡折回。所以，我們真的完全可以不屈服，只要我們願意跨出這一步。

周作人說「他信裡那種鬥爭氣氛也是前人所無」（《知堂序跋‧重印〈袁中郎全集〉序》），這話我覺得有些問題。這種鬥爭氣氛在前人那裡是有的，先秦諸子都是頭角崢嶸、面目猙獰的，鬥爭的性格是那時代的共性，即便往下，如嵇康這種人也是赴湯蹈火，狂顧頓纓而無一絲怯態的。實際上，說這種鬥爭的氣氛「後人所無」才對，李贄的追隨者，公安三袁就沒有這種精神，沒有這種鬥志。

他豈止像孟子？他還像莊子。〈與焦弱侯〉雖然較長，但我實在不能刪節，全引於下：

> 人猶水也，豪傑猶巨魚也。欲求巨魚，必須異水；欲求豪傑，必須異人。此的然之理也。今夫井，非不清潔也，味非不甘美也，日用飲食非不切切於人，若不可缺以旦夕也。然持任公之釣者，則未嘗井焉之之矣。何也？以井不生魚也。欲求三寸之魚，亦了不可得矣。
>
> 今夫海，未嘗清潔也，未嘗甘旨也。然非萬斛之舟不可入，非生長於海者不可以履於海。蓋能活人，亦能殺人，能富人，亦能貧人。其不可恃之以為安，倚之以為常也明矣。然而鷗鵬化焉，蛟龍藏焉，萬寶之都，而吞舟之魚所樂而遊遨也。彼但一開口，而百丈風帆並流以入，曾無所於礙，則其腹中固已江、漢若矣。此其為物，豈豫且之所能制，網罟之所能牽耶！自生自

死，自去自來，水族千億，惟有驚怪長太息而已，而況人未之見乎！

余家泉海，海邊人謂余言：「有大魚入港，潮去不得去。呼集數十百人，持刀斧，直上魚背，恣意砍割，連數十百石，是魚猶恬然如故也。俄而潮至，復乘之而去矣。」然此猶其小者也。乘潮入港，港可容身，則茲魚亦苦不大也。余有友莫姓者，住雷海之濱，同官滇中，親為我言：「有大魚如山，初視，猶以為雲若霧也。中午霧盡收，果見一山在海中，連亘若太行，自東徙西，直至半月日乃休。」則是魚也，其長又奚啻三千餘里者哉！

嗟乎！豪傑之士，亦若此焉爾矣。今若索豪士於鄉人皆好之中，是猶釣魚於井也，胡可得也！則其人可謂智者歟！何也？豪傑之士，決非鄉人之所好，而鄉人之中亦決不生豪傑。古今賢聖皆豪傑為之，非豪傑而能為賢聖者，自古無之矣。今日夜汲汲，欲與天下之豪傑共為賢聖，而乃索豪傑於鄉人，則非但失卻豪傑，亦且失卻賢聖之路矣。所謂北轅而南其轍，亦又安可得也！吾見其人決非豪傑，亦決非有為聖賢之真志者。何也？若是真豪傑，決無有不識豪傑之人；若是真志要為聖賢，決無有不知賢聖之路者。尚安有坐井釣魚之理也！


這是豪傑的讚歌，這是中國的「超人」，我幾乎要說李贄就是中國的尼采。但我又覺得這樣說委屈了李贄。首先是李贄在世比尼采早三百多年（尼采生於1844年，李贄生於1527年），其次是，尼采生活於歐洲這樣有着學術自由傳統的地域，而李贄卻生於政治專制一統、思想獨尊儒術、道統制錮天下的中國。也就是說，歐洲的土壤誕生尼采的思想，是自然的過程與結果；中國的土壤出現李贄，不能不說是個奇跡。雖然李贄之前已有相當的思想資源，但李贄之橫空出世，萃拔於世，仍有他天賦的獨特血性在。他的著作《焚書》、《續焚書》，是中國古代文化的另類，卻也是中國古代文化的光榮。我們浩如煙海的經學著作豈止

是汗牛充棟，它們也「汗」了我們學者的筋骨，充塞了我們學者的心智，使其疲憊，使其愚盲，使其自大，使其無知，使其拾人牙慧而咂咂有味，踵人履跡而唯唯諾諾。在這樣的文化氛圍中，有《焚書》、《續焚書》的出現，豈不是奇跡？這樣的書出現在這樣的國度，豈不是該焚之禁之？

> 自古以來，小人之無忌憚，而敢於叛聖人者，莫甚於李贄。然雖奉嚴旨，而其書之行於人間自若也。（顧炎武《日知錄》卷十八）

天啟五年（1625年）九月，四川道御史王雅量疏奉旨「李贄諸書怪誕不經，命巡視衙門焚毀，不許坊間發賣，仍通行禁止」。

> 而士大夫多喜其書，往往收藏，至今未滅。（顧炎武《日知錄》卷十八）

自名曰「焚書」，皇帝要焚，大臣要焚，但就是沒能焚，而是「行於人間」、「至今未滅」，真是天不滅斯文，為吾民族留一絲不竭的血性之氣。孟子曰：

> 待文王而後興者，凡民也；若夫豪傑之士，雖無文王猶興！（《孟子·盡心上》）

# 不緊要之人

　　「公安三袁」中的老大袁宗道（伯修），曾著一文〈讀陶淵明傳〉，對靖節先生的人品出處發表了迥異於人的見解。我們知道，至少自蕭統《陶淵明集・序》開始，陶淵明就已成為一種道德符號，成為中國傳統文化的典型代表，成為中國文人的道德英雄。但袁伯修卻對此發表了他獨特的看法，他認為陶之隱逸田園，不是為了道德上的清高，而是為了身心的安逸。這種看法倒也不算太壞，甚至可以說是頗合乎陶淵明自己一再申明的本意。但他說陶淵明的行為「與世人奔走祿仕，以饜吻者等耳」，就顯得很沒分曉。他接着說：「淵明豈以藜藿為清，惡肉食而逃之哉？疏粗之骨，不堪拜起；慵惰之性，不慣薄書。」如此而已。「譬如好色之人，不幸稟受清羸，一縱輒死，欲無獨眠，亦不可得，蓋命之急於色也。」也就是說，淵明只是兩害相權取其輕，兩欲相較就其重而已。他之放棄官場，乃是出於不得已。

　　這顯然是對陶淵明道德價值的貶低。

　　伯修此文，是對道德化生活的否定，或者說，是對生活中的道德事件與道德人物的否定。他從自然人性出發，只承認人出自本性的追求，而道德追求，或追求道德上的自我完善，是與人的本性相違背的。這實際上也是與傳統儒家 —— 無論是孟子一派還是荀子一派 —— 唱反調。

　　不從道德角度來解釋人的行為，是合理的，陶淵明自己也不從道德角度來說明自己的歸隱田園。不對人作道德的要求，也是可貴的，因為人的行為動機總是

出於人的自我實現，而非為了道德實現。但若再往前一步，否定人生有境界高低之別，則不僅不合事實、不公平，也會帶來嚴重後果。

　　伯修在三袁之中是最拘謹的一位，尚且如此，中郎、小修更是有過之而無不及。對陶淵明形象道德價值的貶低甚至否定，體現出他們的精神向度，此前還沒有任何一個時代的知識分子，在整體上如此蔑視傳統的價值觀念，如此貶低傳統道德人物的道德價值。從李贄之貶損孔孟到三袁之重釋陶潛，邏輯思路是貫通的，但社會影響卻不大一樣：李贄有更多思想解放的意義，三袁則更多道德破壞。李贄解放的是人的思想，三袁解放的更多的是人的慾望。傳統儒家的價值觀，是講究道義、操守，講究對世道人心的引導與拯救，講究承擔與堅持；傳統道家的價值觀包括那些隱士的價值觀，是講究淡泊、清高，在濁世中保有一份清白，在物質的匱乏中以肉體慾望的犧牲來換取道德上的自足。他們在某些時候，甚至可以看成是政治上的反對派、現實的批判者、當權者的敵人，這種角色使他們雖然退避山林江河，卻仍是社會中重要的角色，承擔着重要的道德負擔，這就是他們的價值所在。

　　而晚明文人，卻完全是新類型，是士這一階層在歷史發展過程中的新品種：他們既否定儒家的社會承擔，又輕薄道家的個人操守，他們只認人性中自然欲求的一面，放縱，窮奢極欲。一切享受，物的享受與色的享受，只要身體允可，即縱情享受，恬不知恥；一切責任與義務，只要心有所煩，即棄之如敝屣，且還要大張撻伐。這是反道德的生活方式，其代表人物，當推袁宏道。

　　袁宏道曾寫〈人日自笑〉詩，描述自己的形象：

　　　　是官不垂紳，是農不秉耒。是儒不吾伊，是隱不蒿萊。是貴著荷芰，是賤宛冠佩。是靜非杜門，是講非教誨。是釋長鬢鬚，是仙擁眉黛。（《袁宏道集箋校》卷三十三）

「自笑」，是自我談侃，我們從中可以看到，他自己都無法為他的社會形象作一定位。但即便如此，他卻也並不惶恐與迷惘，恰恰相反，他頗得意，他在這四不像式的人格形象中，擺脫了任何一個社會角色所承擔的社會責任，卻又從這任何一個社會角色中得到相應的地位、權利、享受甚至道德庇護。他一生服膺李贄，把李贄看成是為他思想上開路之人，但他絕不像李贄那樣在思想戰線上衝鋒陷陣；他推重徐渭，把徐渭看成是藝術上的大師，但他絕不在性情上如徐渭那樣孤傲狂放，更不會在人生際遇上像徐渭那樣落魄潦倒；他與湯顯祖也保持着友誼，但他也不要像湯顯祖那樣陷入情與理的衝突，把當代思想與哲學當作自己的敵人，要與之做較量。這可以看成是他的聰明，他不要衝突，不要鬥爭，不要崇高，他只是隨心所欲，至於在他隨心所欲時是否逾了矩，他毫不在意：因為，他已經在思想上沒了規矩。

與世無爭，隨緣任化，追求適意適性，自適自足而不他涉，此種人生智慧在他那裡特受表彰，不僅作為智慧，甚至上升為道德人品。他在給徐漢明的一封信中，把世間人分為四種：玩世、出世、諧世、適世。前三種他都予以智識上的貶低，而獨推崇「適世」——

　　獨有適世一種其人，其人甚奇，然亦甚可恨。以為禪也，戒行不足；以為儒，口不道堯、舜、周、孔之學，身不行羞惡辭讓之事。於業不擅一能，於世不堪一務，最天下不緊要人。雖於世無所忤違，而賢人君子則斥之惟恐不遠矣。弟最喜此一種人，以為自適之極，心竊慕之。(《袁宏道集箋校》卷五〈徐漢明〉)

這種人之所以受推崇，就是因為是「自適之極」。自己把自己的小日子過得適意，是他們唯一優點，而涉他性優點，卻全不相關。不堪一務，不擅一能，表明

他們已退出社會公共生活，不能再為大眾提供事務的服務；而不禪、不儒、不道，不學堯舜周孔之學，不行羞惡辭讓之事，又表明他們連精神的感召力也徹底放棄，而以做「天下不緊要人」沾沾自喜。我們知道，任何一個社會，其知識分子，不外乎兩種職能：承擔國家事務、技術性工作和承擔社會的價值（所謂「仁以為己任」）、傳承民族文化。這些都是「天下緊要」之務，所以知識分子也因此成為天下緊要之人。知識分子變成了社會、國家的「不緊要之人」，這個社會會怎樣呢？知識分子自己又怎樣呢？

這樣的精神境界，我們固然可以說他們對傳統有反叛之功，對當時的專制政體與專制思想有「解構」之力。與明代專制漸深相應，文人對體制的厭惡與逃避態度也越來越強烈，而且這種逃避與厭惡態度已不像前人那樣是由於特定的人事關係不睦，或政見相左，或小人當道，以及特定的黑暗年代的官場危機（所謂「天下無道」），而是對一般體制的逃避。他們逃避的不是「非常態」的無道的官場，恰恰是「常態」的官場。由此可見，體制自身的桎梏已使人難以忍受，體制已越來越非人性化，所以，才有晚明文人對體制的集體文化聲討與道德否定，最終集體叛逃。但是，「解構主義」之最致命的弱點在於，他們可以解構觀念，但不能解構問題。社會問題、道德問題、民生問題等等，都不是解構主義所能解決的。袁宏道所處的時代，思想的僵化與文化的保守固然需要解構，而且這種保守僵化的思想觀念在與專制整體相互表裡、得到專制政體的支撐的時候，用解構主義的方法使其失去崇高與價值尊嚴，失去統帥人心的力量，是最為經濟之方。但是，袁宏道所處的時代，也是社會問題成堆的時代，即便是中郎自己，在「蒔花種竹，賦詩聽曲，評古董真贋，論山水佳惡」的「快活度日」時，「一見邸報，必令人憤發裂眥。時事如此，將何底止」（《袁宏道集箋校》卷五十五〈與黃平倩〉）。當中郎把他的創作取向圈定為對個體生命、生活中「趣」事的玩味的時候，我們也可以反問：生活中「無趣」的一面呢？對這些「無趣」的一面你何以

處之？一個有一流才情、一流見識的文人，一位據說還頗有治國才具的士人（袁宗道的〈寄三弟〉、袁小修的〈吏部驗封司郎中中郎先生行狀〉都誇過他的為官之才），在公共事務中退卻，而以插花藝術為津津樂道之事，即便是技進乎道，也不能不說是逃避責任，自私屠頭。

所以，晚明以中郎為代表的，講究閒適、趣味的小品文，相對於此前的先秦諸子、太史公、韓柳歐蘇等人，是一個大變化。諸子至歐蘇，乃是士或士大夫之文，而中郎之文，乃文人之文。傳統的「文以氣為主」也一變而為「文以韻為優」，有無「浩然之氣」不重要了，只要有趣味即可。傳統的「道德文章」，一變而為「趣味文章」。這種文字，輕靈可喜，卻也輕浮可厭；充滿雅趣，卻也因為過度追求從而物極必反，墮為惡俗。中郎等的晚明小品文，初讀幾篇，覺得辨麗可喜，讀多了，就會發現他們的做作、矯情、輕狂刻意、誇飾變態、自私自戀、自得自慰。人性中可厭的一面嶄露無遺。我們看他的名作〈滿井遊記〉：

> 燕地寒，花朝節後，餘寒猶厲。凍風時作，作則飛沙走礫。局促一室之內，欲出不得。每冒風馳行，未百步輒返。
>
> 廿二日，天稍和，偕數友出東直，至滿井。高柳夾堤，土膏微潤，一望空闊，若脫籠之鵠。於是，冰皮始解，波色乍明，鱗浪層層，清澈見底，晶晶然如鏡之新開，而冷光之乍出於匣也。山巒為晴雪所洗，娟然如拭，鮮妍明媚，如倩女之面而髻鬟之始掠也。柳條將舒未舒，柔梢披風，麥田淺鬣寸許。遊人雖未盛，泉而茗者，罍而歌者，紅裝而蹇者，亦時時有。風力雖尚勁，然徒步則汗出浹背。凡曝沙之鳥，呷浪之鱗，悠然自得，毛羽鱗鬣之間，皆有喜氣。始知郊田之外未始無春，而城居者未之知也。
>
> 夫能不以遊墮事，而瀟然於山石草木之間者，惟此官也。而此地適與余近，余之遊將自此始，惡能無記？己亥之二月也。

袁宏道的文章，妙處往往只在語言的韻味，此篇亦然。作為遊記，其紀遊有始無終，頗顯做作，其寫景雜沓而無章法，其議論如「始知郊田之外未始無春，而城居者未之知也」，更甚無謂，此前若不知郊外有春，遊的動機何來？一般城居者更未必不知郊田有春。即便如此，這樣的議論也可有可無。結尾處「余之遊將自此始」，乃生硬模擬柳宗元〈始得西山宴遊記〉結尾之「然後知吾嚮之未始遊，遊於是乎始」而又不倫不類 —— 因為柳宗元此篇而後，續有七篇，統稱「永州八記」，此篇乃八篇之始，故「始」字有交代。且柳氏謫永州，以戴罪之身而惶惶不安，遊山玩水之間正見其鬱悶磊落之氣，故文章氣韻生動，畫意中有內心真情。袁宏道此篇除卻無關宏旨亦不疼不癢的一些「韻味」外，所有的，也就是亦官亦隱的「閒適」，甚為無聊。我說他無聊還有一個不大不小的佐證：他的「山巒為晴雪所洗，娟然如拭，鮮妍明媚，如倩女之面而髻鬟之始掠也」幾句，被林紓痛訾為「以香奩之體為古文」（《春覺齋論文》）。而動輒以美人設喻，正是中郎的不能讓人恭維的癖好。

中郎極推崇李贄，極推崇徐渭。但他在骨子裡與這兩人有大不同。就晚明思想格局而言，李贄是打江山者，打江山者艱苦卓絕，便見其衝鋒陷陣，折衝樽俎與人鬥，梟梟狂辯，喇喇不休，性情亦堅忍狠毒，斬盡殺絕。中郎則是坐江山者，便見其閒花野草，遊山玩水，吃吃喝喝與人戲，風花雪月，閒言碎語，其性情亦婉媚柔順，便辟巧佞。如果說李贄是思想的鬥士，中郎則只是精神的貴族。徐渭呢，作為現實中的失敗者，苦大仇深，但此深仇大恨亦自成就一段苦大仇深的文字。我們看中郎在〈徐文長傳〉中對徐文長詩的評價：

> 如嗔如笑，如水鳴峽，如種出土，如寡婦之夜哭，羈人之寒起。

他能準確體會出徐文長詩歌中所包含的生活的艱辛、怨恨、委屈，被遺忘被拋棄

的憤怒與反抗，如水鳴峽，寫出了徐文長詩歌中的壓迫感、擠壓感，生命在擠壓中扭曲而形成的張力；如種出土，又寫出了徐文長詩歌中的衝突感，頑強的生命與壓力之間的較量，一種不甘沉淪、不甘消亡、努力出頭的慾望。寡婦夜哭，羈人寒起，苦寒之氣，達於紙背。但中郎本人的文章卻只一派平和。李贄、徐渭的文章使人咬牙切齒，扼腕嘆息，而中郎則只能使人推杯換盞，吹吹拍拍。他在對趣味的追求中恰恰抽掉了精神的力量。是的，以袁中郎為代表的晚明小品文，是缺少精神力量的，缺少價值上的堅持的，是不能為社會提供什麼公共價值的。極力鼓吹晚明小品文的周作人，甚至把晚明小品文與「五四」新文化運動中的文學特徵相提並論，說「今次的文學運動和明末的一次，其根本方向是相同的」（《中國新文學源流》）。這實在是荒唐之見。「五四」新文學是有主張的，有主義的，是面向人生的，是救世的而不是個人逍遙的，是有破壞有建設的。有無精神力量，有無價值提倡與堅持，是「五四」新文學與晚明小品文深刻的區別，後期的周作人已頹唐到連這一點都看不出或不願意承認了。

和傳統散文相比，晚明小品文也顯示出其瑣碎來。高貴，或理想上的、道義上的堅持與弘揚，是傳統散文的身份，這種高貴，就使得散文也成為貴族化的文學樣式，是並非什麼人都能作的，是「道德文章」，是必須有自身的道德修養才能從事的散文創作，這是「士大夫之文」。而晚明之小品文，平易近人，是其優點，而且，它沒有身份，一般人只要有一些文字上的修養與靈性，都可以作，我們可以把它稱之為「文人之文」。

晚明小品文的最大貢獻，即在於它把文章前面的「道德」二字革去了，解放了文章，使文章成為大眾抒發感情、表達性靈的隨意工具。如同皇帝放出宮女，使她們出宮外嫁了。士大夫之文需要修養，需要見解，需要對經典的熟悉，需要學問，並且，在寫作時，還需要一種姿態，一種正襟危坐、坐而論道的姿態。而晚明小品文的文人之文則只需要心性上的一點穎悟，精神上的一點感動，甚至，

只是語言上的一點靈感，一句格言，一段感慨，即可敷衍成文。因為這樣，所以「小」，所以「品」，所以大眾化。去除散文的貴族化，使其下降為大眾娛情抒懷的工具；去除散文的「載道」、代聖賢立言等等道德負擔，使其成為日常瑣碎生活的記錄，家常俚語的記敘，私人生活的伴侶，私人情懷的寄託 —— 使散文由公共生活領域轉到私人生活領域，由道德文章變為性情文章，由聖賢的傳聲筒變為個人的聲口，由國家意志與價值的喉舌變為個人情懷的載體，這確是晚明小品文的功勞。

# 民間的三國

中國人喜歡自詡有「五千年的文明」，這裡面除了自豪，說出了事實，也是頗自卑的自傲，很類似阿Q「我們先前闊多啦」的名言。但另一方面，大多數中國人對這「五千年文明」卻不能「如數家珍」，「家珍」倒是真的，只是他不大能數。

但中國歷史上的三國時期可能是個例外，大凡中國人，說到這個時代，大都能記住一些人物，甚至這些人物的個性、業績、出身及下場都能熟悉，並且還能牽動他們的愛憎，引起他們強烈的道德情感。事實上，在「五千年的文明史」中，英雄輩出的時代，風雲變幻的時代，驚采絕豔的時代，並非只有三國，春秋戰國、五代十國，包括所有朝代的興亡時期，都有其精彩的事與精彩的人，都有毀滅與建造、殺戮與呵護、狼煙與牧歌。還有，那幾乎在所有的亂世都會集中出現的、最令人熱血沸騰的英雄與美女。但人們就是最熟悉三國。為什麼呢？無他，有《三國演義》耳。

是的，《三國演義》敘述的，首先是三國時期的歷史，是正史中斑斑在案的。人們說它是「七分史實，三分虛構」，可那「三分虛構」又是些什麼內容呢？大都是現代讀者一讀可知其虛假的神仙巫術之類，什麼孔明借東風、關公顯聖、八陣圖等等，另外還有什麼「草船借箭」、「空城計」啊等等，神是神了，但卻也不可信了。所以，這「三分」價值不大，而價值大的，恰是史實，是來自於陳壽的《三國志》及其比原文還要豐富的裴松之之注。可能是最早版本的明嘉靖本

《三國志通俗演義》，題著「晉平陽侯陳壽史傳，後學羅本貫中編次」。羅貫中只是對陳壽的「史傳」做點「編次」的工作，正可見《三國演義》與「史」的關係。

但這個題詞有着羅貫中很大的自謙，他的「編次」之功實在不能小視。簡言之，人們熟悉三國的歷史，大多數不是由於他們讀了陳壽的《三國志》，而倒是讀了 —— 或者是聽了據此編次的《三國志通俗演義》。通俗者，通於俗也，三國故事不僅是學者歷史研究的資料，而且是世俗大眾的談資。演義者，演繹也，推演事實而顯出意義也，演的是事，卻事中有義。那麼，《三國志通俗演義》，給予大眾的，就不僅是歷史，而且是歷史的意義，是歷史的道德意義、政治意義，還有軍事意義。

這就涉及小說《三國演義》與史著《三國志》的區別。既然前者的事實絕大多數來源於後者，虛構的部分又不大精彩，何以前者有大影響於世俗大眾，而後者則只能局限在學術圈子裡？把這個問題講清了，《三國演義》的價值也就清楚了。

我們知道，《三國志》的體例是沿襲司馬遷《史記》的紀傳體，也就是說，把歷史故事分解到每個歷史人物身上。這種做法，就人物言，當然其一生的歷程很清楚，很適於人以文傳。但就事件言，則不免盲人摸象之嫌，也就是說，在人物傳記中所記之事，必是與此人有關的部分，其他與之無關的部分，只能忽略或簡略，從而不能得其全體。此前的編年體在這一點上也好不到哪裡去：因為事件被時間分割了，被同時發生的諸多事件攪亂了，羼雜了，前因後果的脈絡就模糊了。作者也不能聚精會神來描述，同時，他的敘述激情也被切割了。可見，紀傳體與編年體，一照顧到了人物，一照顧到了歷史（時間），損害的都是事件的發生、發展、結果的起承轉合。於是又有紀事本末體，試圖從事件的角度來展開敘述，但史學畢竟是史學，學術的文體風格與細節的缺失，使得這種敘述往往是鬆散的、拖沓的、缺少生氣的，像司馬遷那樣的文章天才是可遇而不可求的（這也

就是楚漢之際的故事也能深入人心的原因）。文學手段的缺乏，不是換體制就可以彌補的。

《三國演義》正是在這一點上有了它自己的創造。首先，它以事件的發生、發展為線索，並輔之以細節的刻畫和懸念的設置，總是既能保持文章的節奏，又時時設置閱讀的懸念與高潮 —— 這當然有它來自於話本的優勢，但在小說中，它聰明地保持了這一點並發揚光大。要做到這些，使每個事件都完整生動，使多個事件又能有機組合、整體推進，這種剪裁取捨的功夫實在了不得。一部《三國志》，再加上裴松之注中保存大量已失傳古書中的材料，這些材料要全部推倒，重新組合，並且弄成現在這個生動活潑的樣子，真是非一流功夫莫辦。

當然，這樣大的工作，也實在不是一人能完成的，實際上，在羅貫中之前，已有大量的相關民間三國故事流傳。據胡適的推測，在元代至少有：（1）呂布故事。（2）諸葛亮故事。（3）周瑜故事。（4）劉、關、張故事。（5）關羽故事。（6）曹操、管寧等小故事。「最可注意的是曹操在宋朝已成了一個被人痛恨的人物，諸葛亮在元朝已成了一個足智多謀的軍師，而關羽已成了一個神人」（《三國志演義·序》）。20 世紀 20 年代，日本鹽谷溫氏發現的《三國志平話》，鄭振鐸先生說它「結構很宏偉，描寫雖粗枝大葉，有時卻也十分生動。後來的《三國志通俗演義》的骨架已完全建立於此了」。而後，「羅貫中氏出來，依據着陳壽的史傳，將虞氏本的《平話》完全改寫過，而成為《三國志通俗演義》一書」（〈《三國志演義》的演化〉）。可見，「《三國志演義》不是一個人作的，乃是五百年的演義家的共同作品」（胡適《三國志演義·序》），「但主要的創作勞動不得不歸於羅貫中」（劉大杰《中國文學發展史》）。

但羅貫中的大功績顯然還不在此處，材料的整理剪裁特其形而下的東西，而價值觀、道德觀的整合才是其形而上的東西。我們不難發現，《三國演義》的道德水準與趣味都是民間的，這不僅可以解釋《三國演義》為什麼能夠流行、能夠

暢銷，而且還能看出羅貫中在面對一大堆民間三國的資料時，他也面對着浸透其中的民間趣味與道德觀。他最終決定接納這些觀點，並把它們重新貫穿到他的敘述中去。與《三國志平話》相比，羅貫中刪去了一些太過荒誕不經的東西，而增加了歷史故事（主要來自陳壽的《三國志》及其注）、詩詞與表章書札，這顯然是他文人的思想及趣味所致，但他仍然保留了一些荒誕的東西，比如把諸葛亮寫得如妖、如道士，手段都並不高明，但卻符合民間的趣味。就趣味言，「狀諸葛之多智而近妖」，是最典型的表現；其他如關公顯聖、孫策斬于吉等章節描寫，也顯然是民間的口吻。就道德觀言，講義氣，講知恩圖報，講報應不爽，尤其是講正統觀念，都帶有明顯普通民眾的樸素道德觀色彩，「三絕」之諸葛亮的「智絕」，關雲長的「義絕」，曹孟德的「奸絕」，更帶有民間的判斷力、鑒賞力的印記。

當然，羅貫中在三國故事中演繹出來的「義」還不僅如此。他的成功還在於他把民間的樸素道德觀與傳統文化中的價值觀整合起來。這集中體現在他對曹操的否定（下面我們要特別加以說明）與對劉備的歌頌上。事實上，否定曹操並不是他的目的，把曹操寫得醜陋一些只是修辭上的需要，他需要曹操作為襯托：襯托出劉備的明君形象。所以，把劉備的形象加以改造，借歷史上劉備的皮囊來寄託他的「明君」理想，才是他的真目的。於是，「歷史」的、真實的劉備消失了，「文學」的、理想的劉備誕生了。不少學者都曾為這一點憤憤不平：歷史上的劉備其實是一個並不光彩的角色，他自身的行跡已經可以證明他不是一個道德型的人物，他只是一個亂世梟雄。如果他真像作者所描寫的那樣，凡事都以忠義為手段，以道德為目的，曹操肯定不會把他當作最大的危險人物，因為這樣的人物在那個時代幾乎注定是走投無路的。邱吉爾曾說過：「一個政治家如果完全信守諾言，就如同嘴上叼着橫木穿過樹林。」但羅貫中卻把一切美德都往劉備的身上堆砌，幾乎使他成為一個假冒偽劣工程。此即「欲顯劉備之長厚而似偽」（魯迅）。

事實上，這個「偽」，既有劉備的「虛偽」在，更有羅貫中的「人為」在。可以這樣說，《三國演義》中的劉備是繼孔孟塑造的唐堯、虞舜、商湯、周武之後，又一聖君形象，羅貫中確有繼孔孟之後再樹楷模的雄心。只不過不幸的是，由於歷史上的劉備實在不能讓人太恭維，而其現實的功業又實在不能讓人太佩服，所以，才使得劉備的形象沒有上升到與堯舜等人相侔的位置。這當然還因為歷史記錄的完備，《三國志》等嚴肅史學著作已經把劉備的行徑記錄得斑斑在案，不像唐堯虞舜的史實，渺茫得任由孔孟捏造。

但是，羅貫中也有他的成功：通過他的生花妙筆，在一般大眾眼裡，劉備成了他們具體可感的明君，一個在歷史上真實存在的明君。可以這樣說，劉備的所謂「明君」形象，成了我們這個古老民族的道德幻象，一種精神撫慰，一劑靈魂的鎮痛藥。

必須指出的是，對劉備這一「明君」幻象的塑造，不僅是中國民間的道德訴求，更是中國傳統文化的文化訴求。這是「內聖外王」之學在文學形象中的生動體現。所以，這是民間訴求與以士大夫為代表的文化訴求相結合的產物。有意味的是，讓人覺得「偽」的劉備形象，其實正是這種文化幻象的必然形態。以道德人格自詡的劉備，其所作所為的「不道德」，其實更甚於曹操。在投奔劉表之前，他簡直形同政治乞丐、軍事乞丐，他投靠過袁紹、曹操、呂布、公孫瓚……但他吃誰的飯就砸誰的碗，大講忠義並以此獲得關羽、張飛及後來諸葛亮等人無限忠誠的他，自己卻對所投靠的主人毫無忠誠可言：無路可走時，勉從虎穴暫棲身；一有機會時，便立馬走人，並且還帶走對方的軍馬。而投奔劉表之後，他最終獲得的兩塊根據地 —— 荊州和益州，恰恰都是搶自正宗的劉氏皇帝家族成員 —— 也就是說，他沒有奪回劉家失去的一寸土地，他只是擅長窩裡鬥。佔荊州時，連蒙帶騙加無賴，與孔明一起，把個忠厚的魯肅玩得團團轉 —— 試問《三國演義》的讀者，在對荊州的佔有和討還之際，在劉備、孔明

和代表東吳的魯肅之間，哪個才是真正的忠厚與誠實？孔明是智慧的象徵，但這智慧在用作對付魯肅這樣的厚道人時，便顯示出其不可愛的一面。攻益州時，劉備碰到的是比魯肅還要愚拙憨厚的劉璋，而他對劉璋的所作所為實在是為人所不齒。——試問《三國演義》的讀者，在讀到這一段時，又做何感想？

羅貫中顯然在這裡也無法從道德角度給出客觀的判斷。但他畢竟不是在做客觀冷靜的理性分析和科學論證，他是寫小說，他可以運用文學的方法左右讀者的感情。他是這樣做的：他先在前提上確定劉備是明君，然後他的所作所為當然都是道德的，並且凡是支持他的（比如劉璋手下那些吃裡扒外的小人）都是正面人物，凡是反對他的（比如反對劉璋請劉備入川的那些明白忠義之士），哪怕不好遽下「反面人物」的結論，也淡化處理。在這裡，羅貫中顯然是矛盾的：忠於劉備的人是忠臣，忠於劉璋的人呢？不忠於劉備的人是壞人，是奸邪，不忠於劉璋的人呢？我們在這裡顯然看了了純粹的道德評價和道德立場的矛盾與漏洞。張松、法正等人，對劉備而言，當然是忠臣、功臣；但對劉璋而言，則顯然是亂臣、奸臣、叛臣！

同樣的矛盾也出在對曹操手下人的判斷上：凡支持曹操的當然是壞人，而不是忠臣；凡反對曹操的，如孔融、禰衡又都成了道德之士。《三國演義》也是一個矛盾重重的《三國演義》啊！

《三國演義》塑造了一個「明君」的形象，但也只能做到在抽象上肯定其明君形象，在具體的行跡上，卻又不得不寫出劉備手段之不光彩、道德之不完善。這實際上可以引發我們更深入地思考並對儒家的道德政治、內聖外王理論作出否定的判斷。這或許是《三國演義》中更有啟示的東西，是生活中深刻的矛盾在小說中的客觀反映（羅貫中主觀上當然是想掩蓋這種矛盾）。實際上，中國歷史上對曹操與劉備二人的評價，是深刻地體現出道德判斷的荒謬的：對歷史有推動、對當時的人民有大功勞的曹操，在「正統觀」等道德觀念的左右下，得到的卻是

道德上的負分；而劉備這樣並不真正高尚其志、清潔其行的人物，就因為他姓劉並反覆宣揚自己是「皇室之胄」，從而成為「正統觀」維護的對象，而得到了極高的道德分值。

現代讀者讀《三國演義》，對劉備的佩服與情感和古代讀者會有很大的不同，我自己的閱讀經驗也是這樣：我在上小學時讀《三國演義》，真如蘇東坡在《東坡志林·途巷小兒聽說三國語》中所云：「聞劉玄德敗，顰蹙有出涕者；聞曹操敗，即喜唱快。」後來上大學讀，這種傾向性就淡多了。此次為寫此文又重讀一遍，感覺竟然幾乎完全顛倒了：看到劉備倒霉，就有幸災樂禍的心理；看到曹操失敗，倒平添一段惋惜。所以我前面說，羅貫中罵曹操，不是其真心，他只不過要藉此反襯曹操的敵手劉備。事實是，《三國演義》以赤壁之戰為界，此前寫得最生動者為曹操，此後寫得最傳神者為孔明。此前的天下主宰是曹操，此後運籌天下大勢的就是孔明。孔明出山後，羅貫中才找到一個可以以之為道德坐標的人物。此前反對曹操的人物，如馬忠、董承，都毫無分量，不僅沒有實力的分量，也沒有道德分量，其他軍閥，如袁紹、袁術、呂布，更是毫無道德上的立足點。動輒大笑的曹操與動輒涕哭的劉備相比，哪一個更讓人喜歡，這不是很難的題目。而且，我還發現，即便是羅貫中，他對曹操也是抽象地否定、具體地肯定。比如說，他寫劉備愛民，總讓人覺得做作，有做戲給人看的成分。如曹操大軍南下時，為了突出劉備的深得民心與保民而王，他寫百姓拖家帶口跟隨劉備，這實在讓人匪夷所思，除非這些百姓希望置身於最危險的戰場，否則此時最安全的地方應該是遠離劉備的地方，這種歷史的虛誇實在不高明。可他寫曹操時，除了寫曹操討徐州陶謙時的一段，寫出了盛怒下的曹操殘民以逞，其他時候，只要有所攻伐，都會寫到曹操馬上傳令：毋害百姓。簡言之，一部《三國演義》，何嘗刻意描寫曹操殘害百姓？

張冥飛《古今小說評林》說到《三國演義》寫曹操，有這樣一段話：

中國人的心靈

統觀全書，是曹操寫的最好。蓋奸雄之為物，實在是曠世而不一見者。劉先主奸而不雄，孫伯符雄而不奸，兼之者獨一曹操耳⋯⋯書中寫曹操，有使人愛慕之處，如刺董卓、贖文姬等事是也；有使人痛恨處，如殺董妃、弒伏后等事是也；有使人佩服處，如哭郭嘉、祭典韋，以愧勵眾謀士及眾將，借督糧官之頭，以止軍人之謗等事是也。又曹操之機警處、狠毒處、變詐處，均有過人者；即其豪邁處、風雅處，亦有非常人所能及者。蓋煮酒論英雄及橫槊賦詩等事，皆其獨有千古者也。

其中寫曹操令人愛慕處、佩服處、機警處、豪邁處、風雅處且不論，即以令人痛恨處之殺董妃、董承、伏后、伏完，也不是一個道德鑒定就可以是非立判的。是董妃、伏后先要殺曹操，才招致曹操殺害的，並且在那樣的局面下，殺了曹操，於天下蒼生何益？朝廷難道會由此安定嗎？獻帝於此會樹立權威嗎？董承、伏完之流，有能力與威望震懾天下軍閥嗎？北方不會重新四分五裂？朝廷不會重新飄搖如轉蓬？況且漢廷自順帝以來，有幾個安分守己不弄權的外戚？事實上，當時的真英雄，是有見於此的，所以諸葛亮才會在赤壁之戰後放走曹操。應該說，這才是真正大政治家的眼光、胸懷與道德。

《三國演義》不僅給了我們一個明君的幻象，滿足了我們的聖君夢，《三國演義》還是我們的英雄夢（無數英雄）、忠臣夢和智慧夢（集於諸葛亮一身），是民族道德觀、價值觀的形象體現，是民族英雄觀、智慧觀的形象展現。《三國演義》的文學成就是可疑的，它塑造人物形象的手法也不高明，比如有不少學者就談到《三國演義》中的人物形象不是典型，而是類型，不是個性，而是類型中的共性，但這正是《三國演義》成功的秘訣所在，因為它不是要提供文學形象，它要提供的是大眾偶像，是讓所有人都能理解、體會和討論的公共形象。用一個典型的文學術語來說，它不是要塑造「這一個」，它是要塑造「這一類」。它在這

方面實在是太成功了。它所塑造的那些人物形象，幾乎承載了所有人的道德夢想與人生夢想，並且幾乎所有人 —— 包括販夫走卒，都能理解與言說，從而使得它在大眾中得到幾乎無所不至的傳播。這種傳播上的成功，也是中國其他古典小說，包括《水滸傳》、《西遊記》這樣英雄傳奇與神魔鬼怪都望塵莫及的。

《三國演義》的語言也是半文半白的，所謂「文不甚深，言不甚俗」（蔣大器《三國志通俗演義·序》），而不像《西遊記》、《紅樓夢》等純用白話。《西遊記》的語言是下層的、粗俗的，趣味卻是士人的、上層的；《三國演義》的語言是上層的，趣味卻是下層的。《西遊記》的道德見識極高，《三國演義》的道德觀念卻極庸常。對傳統道德而言，《西遊記》是批判的、破壞的、嘲弄的，是看穿的；而《三國演義》卻是歌頌的、鞏固的、鼓吹的，是幼稚的。但這都並不妨礙它的成功，並不妨礙它成為一部成功的小說，因為，它集中地用生動鮮活的形象展示了一個民族的諸多夢想。

# 快意恩仇

　　關於《水滸傳》的主題，是 20 世紀後半期以來學者最為關心的話題，說一句不中聽的話，「《水滸傳》的主題問題」已經成為一大批學者的「飯碗問題」，通過這個假設的問題，一大批人解決了自己的飯碗問題、位子問題、車子問題、房子問題。但這樣一部數十萬言的長篇小說，其創作者（據胡適之先生的觀點，是「四百年裡的『梁山泊故事』的結晶」）真的就抱定一個目標 —— 主題，鍥而不捨地去表現它？四百年，無數的書會才人、民間藝人，包括施耐庵、羅貫中等人，都是衝着一個主題來加工、塑造、雕琢？

　　在學者提出的種種「主題」裡，「農民起義說」是 20 世紀下半葉最主流的觀點。我不想去細看學者那些給他們帶來上述種種好處的論文及其提出的論據，我只相信一點良知判斷：我本人通讀《水滸傳》至少四遍以上，斷章截句地讀的更多（我完全出於愛好，有時僅僅是隨便翻翻，就不忍釋手，一直讀了下去），但如果不是看學者的論文，我根本想不到什麼「農民起義」問題。這可能是我天資愚拙，缺少做學問的能力，但我想，不做學問也罷，這樣的學問不做也罷。施耐庵也好，羅貫中也好，書會才人也好，他們弄出這部精彩華章《水滸傳》，絕不是為了讓人去做學問，一定是讓人覺着好玩，讓人覺着他們有這一肚皮的牢騷與錦繡。金聖嘆曾這樣說：

　　　　施耐庵 …… 只是飽煖無事，又值心閒，不免伸紙弄筆，尋個題目，寫

出自家許多錦心繡口。（《讀第五才子書法》）

這又好像太「為藝術而藝術」了。照我看來，《水滸傳》雖然不一定像《史記》那樣是司馬遷「一肚皮宿怨發揮出來」，其作者也定有一肚皮的仇，一肚皮的恨，一肚皮的無聊賴，一肚皮的沒奈何，一肚皮的沒分曉，一肚皮的沒辦法。當然，還有那大才子的一肚皮的錦繡。沒有這些，《水滸傳》的文字裡為何總透出讓人放聲一哭的悲涼？那一幫生龍活虎的人，叱咤風雲的人，偏播弄出這一片悲涼慘淡的世界。那一種熱鬧裡，那一種繁華裡，那一種生動裡，那一種頑強裡，卻總有一種蕭肅，一種無奈，一種灰心，一滴隨時滴落的眼淚。一百零八人的生命如夏花般燦爛，而一百零八人的世界卻如秋草般衰颯！

你看他寫林教頭風雪山神廟，林教頭與差撥一同來大軍草料場交割：

正是嚴冬天氣，彤雲密佈，朔風漸起，卻早紛紛揚揚捲下一天大雪來。

交割完草料，老軍收拾行李，臨了說道：「火盆、鍋子、碗碟都借與你。」淡淡的溫情裡掩不住英雄的可憐。交割完畢，老軍和差撥向營裡來，撇下這東京八十萬禁軍教頭一人在這荒涼的大雪天裡，而那草屋「四下里都崩壞了，又被朔風吹撼，搖撼得動」。這裡何等可憐？更可憐的，還是那大英雄的小心：

這屋如何過得一冬？待雪晴了，去城中喚個泥水匠來修理。

真令人放聲一哭！這間破草屋簡直可以看成是這個殘破世界的象徵，這破世界讓我們如何過得一生？而且這破世界又哪裡容得我們修理？那背後的大陰謀正要修理我們哩。讓林沖過不完一冬的，哪裡是這搖撼得動的草屋？一會兒，這草屋將

和他一起化為灰燼。他兀自不知，還在想着委曲求全。還在想着將就着在這寒涼的世界尋些溫暖 —— 這不就是我們的生態的象徵？

他出去沽酒。酒是我們和這世界妥協的理由和條件。酒調動的是我們自身的體溫，卻讓我們感謝世界的溫暖。林沖冷了，便去包裹裡取些碎銀子，把花槍挑了酒葫蘆，將火炭蓋了，取氈笠子戴上，拿了鑰匙出來，把草廳門拽上；出到大門首，把兩扇草場門反拽上鎖了，這一連串動作表現出的是林沖對這個世界的小心。他幾乎是賠着小心呵護着這世界上的雜什。而這些雜什好像是他生命的依靠。然後他帶了鑰匙信步投東。—— 雪地裡踏着碎瓊亂玉，迤邐背着北風而行。


那雪正下得緊。


雖然這世界如此寒涼，如此殘破，如此寂寥，如此不適合人類居住，但我們仍呵護它，仍委屈暫住，願意和它和平共處。我們不要衝突，我們要求和。「將火炭蓋了」，我們很擔心這世界出什麼意外，我們希望它平安，希望這秩序延續，哪怕這秩序對我們並不公正有利。「拿了鑰匙」、「帶了鑰匙」，我們深信這世界的大門隨時會為我們而開，讓我們棲身，哪怕那棲身之地並不如意。我們握住了鑰匙，似乎就握住了我們和這世界的契約，我們可以隨時打開它，而它也隨時讓我們委身立命。但，「那雪正下得緊」。我們腳踏積雪，背倚北風，幾乎是在這風雪世界裡擠出一條道。


看那雪，到晚越下得緊了。


但這雪之冷，比人心之冷還差得遠。「因這場大雪」，倒「救了林沖的性命」。陸虞侯帶着高太尉鈞旨，與差撥、富安三人雪夜潛到草料場，要放一場大

火燒死林沖。剛才的大雪，我們已痛感水深，誰料接下來的一場大火，是這般的火熱！這個世界啊，對待我們，豈不就是水深火熱？剛才的林沖為何不抱怨？我們為何不抱怨？就是因為我們害怕有更大的災難在某處潛伏。我們已不奢望這世界變得稍好，我們只祈願它不要變得更壞。對這個世界的道德品質，我們已經完全沒有了信心。不過，自然之母往往仁慈 —— 大雪壓倒了草廳，林沖不得已拽出一條絮被去那古廟裡安身，躲過這場大劫。在洞悉了這場陰謀後，他手刃三人，然後 ——

> 再穿了白布衫，繫了褡膊，把氈笠子帶上，將葫蘆裡冷酒都吃盡了。被與葫蘆都丟了不要，提了槍，便出廟門投東去。

這是寫林沖「出行」，從他萬分依戀、半生癡夢中走出。他終於幡然醒悟，在大夢中哭醒來，徹底絕望，從而決絕遠去。而以「冷酒」煞尾，既是印證那人間的寒涼，又讓我們讀着感同身受。此時，此前鄭重其事的鑰匙當然已經無用，這個世界不是對我們關上了門，而是這個世界根本就沒了門。我們要做的事，不是去找一把鑰匙，然後緊緊捏住它，像握住我們的命運，然後試着打開某扇門。我們要做的事，是給這個世界造一扇門，然後讓它適合人類居住。「被與葫蘆都丟了不要」，心中了無牽掛，身外一絲不掛，身如飄蓬，心如死灰，曾經的小心在意，曾經的委曲求全，曾經的逆來順受，都灰飛煙滅。「被與葫蘆」是安寢與享受，這兩樣象徵他與這個世界和諧共處的東西被丟棄；「提了槍」，「槍」是衝突與決殺，這一樣象徵他和這個世界決絕與為仇的東西卻被握在手中。從此，花槍上挑着的，就不再是酒葫蘆，而是人頭了。

被逼鋌而走險的林沖，出了廟門投東去。投何處去？何處可以安身？在柴進那裡，他請求柴進周濟，「教小人安身立命」。在嚴密搜捕之中，柴進那裡也難

以安身。他只能去梁山泊。

但為落魄秀才王倫把持的梁山泊，還不能是天下落難英雄的安身立命之地。施耐庵把王倫的身份安排成「落第窮儒」（林沖罵王倫語），是否也是對建立在儒家政治構想基礎上的世俗政權又一次揶揄？林沖罵王倫：「這梁山泊便是你的？」正可移將來罵皇帝：「這天下便是你的？」所以林沖要火拚王倫，李逵要殺了皇帝。誰讓這世界與我們如此對立？

林沖的經歷被當作「官逼民反」的典型事例。實際上，水滸一百零八人中，並非都是被官逼反，有些是天生要反，如李逵；有些是人生波折，落草為寇；還有不少倒是被宋江、吳用逼反的。但林沖的例子仍有其典型意義，因為林沖的經歷告訴我們，天下最凶險之地，乃是官場，幾乎是死門；而生門所在，恰是江湖。施耐庵「獨能破千古習俗，冒不韙，以廟廷為非，而崇拜草野之英傑」（眷秋《小說雜評》）。胡適也說：「金聖嘆不知施耐庵只是借他發揮他的一肚皮宿怨，故削去招安以後的事，做成一部純粹反抗政府的書。」（《〈水滸傳〉考證》）水滸者，水濱也，王化之外也！人之生門也！

金聖嘆盛讚《水滸傳》作者「其才如海」：

> 江州城劫法場一篇，奇絕了，後面卻又有大名府劫法場一篇，一發奇絕。潘金蓮偷漢一篇，奇絕了，後面卻又有潘巧雲偷漢一篇，一發奇絕。景陽崗打虎一篇，奇絕了，後面卻又有沂水縣殺虎一篇，一發奇絕。真正其才如海。劫法場，偷漢，打虎，都是極難題目，真是沒有下筆處，他偏不怕，定要寫出兩篇。

其實，寫出兩篇的豈止是這樣單純的事件與場景？他更出色的是寫出兩種以上類似的人生體驗卻又各有其滋味！他在剛剛寫完林沖的可憐後（六至十一回），馬

上接着寫楊志的故事（十一至十六回）。「梁山泊林沖落草，汴京城楊志賣刀」，這第十一回的題目見出施耐庵的藝高膽大：這邊剛落草，那邊又賣刀，一波未歇，一波又起，且一樣寫英雄可憐，似乎他還嫌林沖的故事沒賺夠我們的眼淚，定要我們新淚痕壓舊淚痕，為這淹賽的人生，再溫一壺酒，再拍一次案，再灑一把淚，再殺一回人！也為施耐庵的天才，再叫一回絕！

在楊志的故事裡，我們可以看到，壓迫我們的不僅有高俅這樣的政治流氓及其所代表的體制，甚至市井流氓、潑皮牛二也不給我們活路，這世界已無道到荒涼的地步。看楊志在東京鬧市裡被一個潑皮糾纏，最後不得不性起殺了他，感覺到的真是莫名的悲哀。施耐庵心中有多少人生況味？他要捏造多少人物，多少故事，才能一瀉胸中積鬱？

明人小說中，寫市井人物當首推《金瓶梅》，但我要說，《水滸傳》的作者在這方面一點也不遜色，他只是不着意罷了。他要寫一百零八個英雄好漢，當然把這些市井人物僅作陪襯。可以這樣說，如果《金瓶梅》中的市井人物可以奪得最佳男女主角獎，那麼，在《水滸傳》中，這些市井人物絕對可以奪得最佳男女配角獎。被李贄稱讚為文字「斷有鬼神之助」的第二十回「虔婆醉打唐牛兒，宋江怒殺閻婆惜」中，寫虔婆、寫婆惜是何等手段？「不惟能畫眼前，且畫心上；不惟能畫心上，且並畫意外。」（李贄語）這是對生活中人物真正深入了解之後才能寫出的文字。中國古代的士大夫，從小讀聖賢書，皆是高頭講章，然後科舉為官，更是官腔官調；其賦詩言志，亦是士大夫情懷，其作文載道，更是代聖賢之言。事實上，要了解中國歷史，比如要了解元明時代的中國，讀士大夫的詩詞、散文，遠不如讀小說，在小說裡（包括「三言二拍」），才可以看到當時社會的真情況，風俗的真狀態，道德人倫的真情形。像這一回寫虔婆、寫婆惜，不僅如金聖嘆所說「寫淫婦便寫盡淫婦，寫虔婆便寫盡虔婆」，而且，還寫盡市井人情世故，寫盡口舌中陷阱、言辭間刀鋒，「刁時便刁殺人，淫時便淫殺人，狠

時便狠殺人」，堂堂大宋，皇皇華夏，簡直是殺人放火的所在！

　　當然，《水滸傳》不光寫出人世的寒涼，他還寫出這寒涼中的一絲暖意。一百零八人，其社會身份，不過是強盜，其可貴者，其為人所首肯心儀者，正是他們灑向人間的那一絲溫暖。魯達在這方面是一個典型，他救金翠蓮父女，拳打鎮關西，被容本一迭聲讚為「仁人，智人，勇人，聖人，神人，菩薩，羅漢，佛」。看過那一段文字，覺得這樣的讚語一點也不過分。

　　這個粗魯人，救金翠蓮時，何等精細？放走金老兒父女，送他們上路回老家，尚怕店小二追趕，便搬條凳子在那裡坐了兩個時辰，「約莫金公去得遠了，方才起身」。這是何等溫情？何等呵護？然後，猛起身，「徑到狀元橋來」，六個字何等可怕可驚！我們知道，殺伐開始了。慈悲溫情過後，一道殺氣衝天而起。正義豈能無殺心？無殺伐心的人如何能真成佛？魯達尋到那惡霸「鎮關西」，卻又不即開打，而是消遣他一早晨，直到飯罷時候。如此消遣，除了是為了激怒鄭屠好揍他，也是為了捱時光，讓金老兒父女遠走高飛。最後，一頓痛快淋漓的罵，三記勾魂奪魄的拳，送那惡人也上了路，回了他該去的老家。這就是愛恨情仇，且無一絲私心雜念，以魯達為代表的除暴安良的行為，是這個冷酷世界的一點餘溫，是這個垂死世界的一點奄奄氣息……

　　後來救林沖，魯達一樣極精細。聽說林沖被冤，他「憂得你苦」，然後是打聽、尋覓、擔憂、尾隨，暗中保護。當薛霸的水火棍往林沖腦袋劈下來，林沖淚如雨下之時，「那條鐵禪杖飛將來，把水火棍一隔，丟去九霄雲外，跳出一胖大和尚來」，面對受盡折磨的林沖，魯達開口兩字，便是「兄弟……」這時，誰的眼淚在飛？除了林沖，還有魯達，除了魯達，還有五百年的讀者！

　　是的，「兄弟」是《水滸傳》中最動情的兩個字，武大對武松一口一聲這麼叫，直叫得人心惶惶，淒淒慘慘。武大被害，武松殺嫂、殺西門慶祭奠，灑淚道：「哥哥，靈魂不遠，早生天界，兄弟與你報仇，殺了姦夫和淫婦，今日就行

燒化。」又是哥哥，又是兄弟，且一場兄弟就此了結，讀得人閣淚濛濛。忽然之間伶仃為孤兒的武松，身披枷鎖，充軍滄州，令人難以為懷。到十字坡，遇張青夫婦，親之愛之，武松「忽然感激張青夫妻兩個」，結拜為兄，算是才亡一兄，又結一兄，才稍微寬緩了我們那顆懸掛的心。

最讓人熱血與熱淚一起飛迸的是顧大嫂的一聲「兄弟」。無親無故的解珍、解寶兄弟為惡紳毛太公毛仲義父子並女婿王正、節級包吉陷害，押在死牢，要取他們兩人性命。在讀者絕望之際，卻絕地逢生般地牽扯出一個顧大嫂來。作為二解的表姐，這顧大嫂得樂和的報信，「一片聲叫起苦來」，可憐兄弟二人，可曾得到過什麼人的憐惜與牽掛？什麼人會因為他們的遭際而叫苦？顧大嫂的一片叫苦聲，是這死亡世界的一線生機！當顧大嫂一片聲叫起苦來時，我們讀者也就在心中叫一聲「有救了」。為了詐來大伯孫立一同劫獄救人，顧大嫂假說病重，騙得孫立探視，孫立問顧大嫂得的什麼病，顧大嫂道：「害些救兄弟的病。」試問天下有幾人還能生這樣高尚而感人的病？見孫立糊塗，顧大嫂道：「伯伯，你不要推聾裝啞。你在城中豈不知道他兩個？是我兄弟，偏不是你兄弟！」

我們也要問，偏顧大嫂有兄弟，你我無兄弟？她有至親至愛、牽腸掛肚的「他兩個」，我們的兄弟有哪幾個？我們又是誰心中牽掛的那一個？

大家商議已定，顧大嫂假作送飯的，走到獄中，包吉呵斥，顧大嫂一蜇蜇向他靠近，待到近前，猛然掣出兩把明晃晃的尖刀來，大叫一聲：「我的兄弟在哪裡？」

在淚光中，我要應：兄弟在這裡，我的顧大嫂在哪裡？

這是千古兄弟！千古顧大嫂！

「兄弟」一詞，在漢語的密林裡深藏，卻在《水滸傳》裡熠熠生輝！這個詞的分量，從沒有像在《水滸傳》中那麼重，那麼引人唏噓。英文版賽珍珠譯的《水滸傳》，題目就叫 *All Men are Brothers*（四海之內皆兄弟）。是的，一部《水

濟傳》寫的是義氣，那感人處，就是這兄弟情。

　　和《三國演義》相比，《水滸傳》的語言更勝一籌，不獨為其更傳神，更生動，更富暗示和指示，且更能體現人物心理與內在分寸，魯迅曾說，《水滸傳》乃為「市井細民寫心」，即此謂也。我以為，語言是一個作家的寫作能力和一部作品的藝術水準的最核心指標。從這一點說，我認為《水滸傳》的價值在《三國演義》之上，也在《西遊記》之上，且不在《金瓶梅》之下。

　　說《水滸傳》之文學價值在《三國演義》之上，還有一個更能為一般人感受得到與接受的區別，那就是《三國演義》的人物大都是類型化的，而《水滸傳》則做到了個性化，金聖嘆於此嘆慨再三：「《水滸》所敘，敘一百八人，人有其性情，人有其氣質，人有其形狀，人有其聲口。」（《水滸傳》序三）又云：「別一部書，看過一遍即休，獨有《水滸傳》，只是看不厭，無非為他把一百八個人性格都寫出來。《水滸傳》寫一百八個人性格，只是一百八樣。」（〈讀第五才子書法〉）他還舉例：

　　　　《水滸傳》只是寫人粗鹵處，便有許多寫法。如魯達粗鹵是性急，史進粗鹵是少年任氣，李逵粗鹵是蠻，武松粗鹵是豪傑不受羈靮，阮小七粗鹵是悲憤無說處，焦挺粗鹵是氣質不好。

　　《水滸傳》是一流作品，金聖嘆是一流讀者，一流作品而逢一流讀者，是大幸。我建議讀《水滸傳》者，一定要讀金聖嘆的評注本（明崇禎貫華堂刻本，俗稱「金本」），《水滸傳》的妙處，金聖嘆固然沒有說完，但金聖嘆已基本說到。順便說一句，金聖嘆始作《水滸傳》評注時，年方十二歲，無任何頭銜。

# 西遊去

　　《西遊記》在中國文學史上出現是大可驚異的事。蓋國人忠厚敦實，重實在而少玄想，安土而重遷，父母在而不遠遊，我們的生活總是腳踏實地的，我們的精神也是循規蹈矩的。其實，國人對自己一生的各個不同階段都有安排，日程緊迫，而沒有留下遊覽四方的餘暇。即如《西遊記》所敘西遊之人，除豬八戒在高老莊留下一個家眷外（其實這家眷也只是他自己念念不忘，對方未必把他當女婿），其他三人，都了無牽掛。說得再直白一些，他們四人，至少三「人」都不是「人」──兩個來自天上，一個是石頭縫裡蹦出來的。而那一個人，卻又是人中的「異類」：和尚。和尚是四大皆空的。如此這般，這四位方才有這樣長年在外遊蕩的可能。他們這樣的近乎浪漫的西遊，對於生活在自給自足的封建小農經濟環境下，裹足不前的古代讀者，是多麼巨大的精神誘惑啊！

　　《西遊記》之怪異還不僅在此。其最大的另類之處在於它實在是遊戲筆墨。這與傳統文學之重道德教訓相比，面目頗獨特。所以，讀《西遊記》，也要換一副眼光、換一副心腸才能看出其價值，看出其韻味。胡適說：「幾百年來，讀《西遊記》的人都太聰明了，都不肯領略那極淺極明白的滑稽意味和玩世精神，都要妄想透過紙背去尋那『微言大義』。」（〈《西遊記》考證〉）魯迅在此基礎上，更明確地說「此書則實出於遊戲」（《中國小說史略》）。這兩位的眼光不僅空前，而且從此後數十年的學界研究，尤其是 1949 年以後的研究來看，簡直是要絕後。1949 年以後，各家紛紛，卻都把《西遊記》附庸於庸俗社會學，對其主

題、人物做社會學的指認，遂產生一大堆假問題、偽學問。比如有關《西遊記》的主題，一種流行一時的觀點就說是階級鬥爭，是壓迫與反抗，是統治階級與勞動人民的對立，等等。與之相關，就是大鬧天宮的孫悟空遂在七十二變之外，又加了一變：變成了農民起義的英雄。此後孫悟空之皈依唐僧，保其西天取經，一路降妖捉怪，又在假問題上衍生出了新的假問題：孫悟空後來的皈依，是投降了統治者，還是其鬥爭的延續？那一路上的妖魔鬼怪，是孫悟空原先的同類、同志、同伴，還是貪官污吏、流氓地痞？如此推衍下去，我們總有無限的「問題」需要研究，但這樣的研究有什麼意義呢？

《西遊記》的故事，由三大部分構成：前七回，寫孫悟空大鬧天宮，是他掙得一個出身與名頭。他雖從石頭縫中蹦出，但他仍要社會的資歷與出身，這樣才好闖蕩江湖。第八至十二回寫唐太宗入冥，是寫唐僧取經的緣起，也是寫唐僧的出身與名頭，這樣取經才有嚴肅與重要性質。第十三至一百回全書結束，先是唐僧與孫悟空 —— 一個最正派嚴肅、循規蹈矩的和尚與一個最邪門搗蛋、惹是生非的潑皮合作，西遊取經開始。接着，在途中，師徒二人又收八戒、沙僧，西遊遂成四遊。並且由於多了性格的組合、映襯、對比與衝突，其趣味性大大增強，作者的幽默感遂得以淋漓盡致地發揮。

四人組成的取經小分隊共歷所謂八十一難，分屬四十一個故事。從小說結構上講，它與《水滸傳》很相似，都是單線發展的線形結構形式，是串聯的。每個故事都有相對的獨立性，一個故事完成了，再發生下一個故事。從時間上講，有先後的次序。但從邏輯上講，這些故事又可以是沒有先後的，是並聯的，好像是那八十一難並列放在那裡，反正都得過。這時間上的有先後與邏輯上的無先後，又從本質上決定了《西遊記》與《水滸傳》在結構上內在的巨大差異：在《水滸傳》中，前一個故事對後一個故事是有影響的，水滸英雄的人生經歷是循邏輯展開的；而在《西遊記》中，至少從第十三回開始的四十一個故事之間，是沒有

互相影響的，前面的故事與後面的故事基本上不相關（紅孩兒的故事與鐵扇公主的故事之間的關聯幾乎是個偶然）。這些故事在時間的鏈條上次第展開，獨自成立，完然自足。所以，對西遊的這四個人物而言，取經的過程不是他們人生的展開，因為這四十一個故事，實際上就一個故事，那就是：西遊取經。所以從情理上講，一個一以貫之的人物基本性格是必需的，如有變化，也須有所交代，有些契機。實際上，在這一點上，《西遊記》的作者是沒有問題的，雖然他也有不少細節比較粗糙，有些勉強，但他筆下的人物，不但唐僧、豬八戒、沙僧的性格前後是統一的，就連那善於變化的孫悟空，其性格特徵前後也是統一的。問題在於我們的研究把問題弄得複雜了。比如，當我們一定要把孫悟空大鬧天宮說成是農民起義，說成是反抗壓迫、反抗黑暗、追求自由，甚至提高到要改天換地的時候，我們就不能很好地說明他後來的行為 —— 他皈依了佛，並且與玉帝老兒及其所代表的天庭保持了相當好的關係，玉帝老兒及其代表的體制，成了他斬妖除魔的得力助手與強大的體制支援。為了圓前面的謊，我們只好硬着頭皮說：孫悟空變節了，投降了，背叛了。這是一個更大的謊。問題就出在我們對「大鬧天宮」理念式的拔高上。這種特別現代化的、時髦的、上刻「反抗壓迫，追求自由」八個金光閃閃大字，我們學術作坊製作的高帽子，不適合這猴頭。這猴頭當初只是胡鬧，他哪有那麼多哲學化的思想？他既沒有浮士德式觀念的困擾，更沒有斯巴達克斯式的現實壓迫。他何曾感受到過壓迫？又有誰到花果山、水簾洞中壓迫過他？他在那裡稱王稱霸，拉幫結派，吃喝玩耍，日子過得十分的「自由」自在，誰剝奪他的幸福生活？誰動了他的奶酪？沒有。沒有壓迫，哪來的反抗？沒有約束，哪來的爭取自由？這猴頭只是自己的生命力太旺盛，而要和這個世界搗搗亂。這搗亂，也帶有十分的惡作劇性質，而沒有什麼「革命綱領」與革命目標的，他只要做「齊天大聖」，要與玉帝老兒等齊而已，這只是典型的「無厘頭」，沒大沒小。他在花果山做老大，不過癮了，要和更大的較較勁，顯擺顯擺。他也

沒說要做「滅天大聖」、「毀天大聖」。

　　爭論得烏煙瘴氣的還有孫悟空的階級屬性問題，有說他是勞動人民的，因為他機智勇敢，有很大本領（胡念貽〈《西遊記》是怎樣的一部小說〉）—— 你看這是什麼邏輯？有說他是新興市民的，因為他有突破封建束縛，獲得發展自由、貿易自由的進步要求（朱彤〈論孫悟空〉）—— 這樣的論調簡直匪夷所思。又有人說孫悟空是當時封建當權派的反對派、激進派，是中小地主的化身（簡茂森〈孫悟空形象的階級屬性〉）—— 這樣的結論只能讓我們丈二和尚摸不着頭腦。唉，我們的學術研究，這幾十年，都在幹些什麼？

　　用這種眼光來讀《西遊記》是無聊的，無趣的。這麼一部如此有趣的書，被我們這麼一糟蹋，糟蹋得我們毫無心情。

　　實際上，《西遊記》是全新的東西，是作者的遊戲筆墨，我們也就要用遊戲的心態去讀。文學的花園那麼大，為什麼裡面的花朵不可以多一些品類？中國古代文學裡，道德上「正經」的東西那麼多，代聖賢立言的東西那麼多，為什麼就不能有一兩部不正經的？況且，大凡不正經裡往往有着另外的大正經。

　　你看它的名字，就叫「西遊記」，而不是什麼一本正經的「取經記」、「鬥魔記」、「斬妖記」、「成佛記」。它就是要告訴我們，這是「遊」，這師徒四人，固然有一取經的大目標、大理想，但在作者那裡，實際上不過是一個「遊西」的小由頭，他真正寫得津津樂道、讓我們讀得津津有味的，不是師徒四人取經的所謂堅定堅韌，不是什麼辛苦勞累，不是什麼苦難歷練，不是什麼終獲正果，這些當然是題中應有之義，也是一般讀者可以體會得到的道德教訓，但作者真正傾力要寫的，讀者讀得興味盎然的，是師徒四人路途中的「趣味」。在作者筆下，連精魅妖魔都是一些有趣味的精魅妖魔，有幽默感的精魅妖魔。完全的惡，讓我們起道德殺心的妖怪，除了「白骨精」這樣的少數，幾不存在。魯迅說的「神魔皆有人性，精魅亦通世故」，把神魔精魅寫得「有人性」，「通世故」，這哪是什麼

道德面孔？就這一點說，它是超越《水滸傳》的。《水滸傳》中的惡人，是讓我們起斬盡殺絕之心的，不稍有一點同情與寬貸。而《西遊記》中的妖怪，幾乎成了遊戲的另一方，而對遊戲的結果，由於作者預設的結局太明顯，讀者也不會有什麼閱讀的緊張感，對出乎意料的結局也就較少期待，閱讀的快感就不是來自什麼懸念與結局，而是轉向了對過程本身的欣賞：這是輕鬆的，愉快的，哪怕再緊張，也近乎插科打諢的。於是，傳奇不見了，「家常」突現了。傳奇卻家常，傳奇的架子，家常的細節，這才是《西遊記》的最大看點。且看這段：

　　　　三藏卻坐在他門樓裡竹床之上，埋怨道：「徒弟呀，你兩個相貌既醜，言語又粗，把這一家兒嚇得七損八傷，都替我身造罪哩！」八戒道：「不瞞師父說，老豬自從跟了你，這些時俊了許多哩。若像往常在高老莊走時，把嘴朝前一撬，把耳兩頭一擺，常嚇殺二三十人哩。」行者笑道：「呆子不要亂說，把那醜也收拾起些。」三藏道：「你看悟空說的話。相貌是生成的，你教他怎麼收拾？」行者道：「把那個耙子嘴，揣在懷裡，莫拿出來；把那蒲扇耳，貼在後面，不要搖動，這就是收拾了。」那八戒真個把嘴揣了，把耳貼了，拱着頭，立於左右。行者將行李拿入門裡，將白馬拴在椿上。（第二十回）

即便在生死關頭，作者也不是調動我們的閱讀緊張，而是讓我們粲然。比如第七十七回，師徒四人俱被那青獅、白象、大鵬三魔頭擒住，在要被蒸熟的關頭：

　　　　只聞得那老魔……叫：「小的們，着五個打水，七個刷鍋，十個燒火，二十個抬出鐵籠來，把那四個和尚蒸熟，我兄弟們受用，各散一塊兒與小的們吃，也教他個個長生。」八戒聽見，戰兢兢的道：「哥哥，你聽。那妖精

計較要蒸我們吃哩！」行者道：「不要怕，等我看他是雛兒妖精，是把勢妖精。」沙和尚哭道：「哥呀！且不要說寬話，如今已與閻王隔壁哩！且講什麼『雛兒』，『把勢』。」說不了，又聽得二怪說：「豬八戒不好蒸。」八戒歡喜道：「阿彌陀佛，是那個積陰騭的，說我不好蒸？」三怪道：「不好蒸，剝了皮蒸。」八戒慌了，厲聲喊道：「不要剝皮！粗自粗，湯響就爛了！」老怪道：「不好蒸的，安在底下一格。」行者笑道：「八戒莫怕，是『雛兒』，不是『把勢』。」沙僧道：「怎麼認得？」行者道：「大凡蒸東西，都從上邊起。不好蒸的，安在上頭一格，多燒把火，圓了氣，就好了；若安在底下，一住了氣，就燒半年也是不得氣上的。他說八戒不好蒸，安在底下，不是雛兒是甚的！」八戒道：「哥啊，依你說，就活活的弄殺人了！他打緊見不上氣，抬開了，把我翻轉過來，再燒起火，弄得我兩邊俱熟，中間不夾生了？」

臨死之前，不討論如何逃生，而是討論死法，這是大幽默，亦是大自在。就閱讀效果講，這樣寫法，有效地緩解了讀者的緊張情緒，並且給讀者一個暗示：這師徒四人定會遇難呈祥，逢凶化吉，而此刻的一切，都不過是供大家一笑而已！

　　第二十三回「三藏不忘本，四聖試禪心」，這可算是一堂嚴肅的道德測試課。四位菩薩化成母女四個，要試這師徒四位的禪心。可是我們的閱讀快感與興奮點全不在四菩薩裝扮的美女「色」的誘惑，也不在四位取經僧的「德」的堅拒，恰恰相反，我們完全被四位取經僧逗樂了。在美女面前，三藏笨拙，行者機智，沙僧忠樸，八戒活泛。尤其是八戒在女色面前不能自持，慾心難忍，卻又遮遮掩掩，寫得一片燦爛。他先是催促師父拿主意，是留還是行，用意當然是想讓師父決定留下來，師徒四人就地娶那母女四人，後來在行者說讓他留下時，他扭扭捏捏地道：「哥啊，不要栽人麼。大家從長計較。」後來悟淨又說讓他留下給人家做女婿，他還扭捏道：「兄弟，不要栽人，從長計較。」當悟空直接說破他的心

思，這呆子道：「胡說！胡說！大家都有此心，獨拿老豬出醜。常言道：『和尚是色中餓鬼。』那個不要如此？都這麼扭扭捏捏的拿班兒，把好事都弄裂了⋯⋯」

豬八戒的形象曾讓批評家很為難，曾有人撰文予以徹底否定，說他的一切行為皆可笑、可鄙（張默生〈談《西遊記》〉）。若從道德角度言，他的行為確實很醜陋、很自私，但作者顯然把他的道德之醜變成了審美之醜。我們讀《西遊記》，對豬八戒的這些醜陋，不特不那麼厭惡反感，倒常常覺得可笑甚至可愛，《西遊記》之可讀性，一大半倒是來自於這個夯貨呆子。我們可能是從他的言行裡，看出了人性。他的呆，正由於他不虛偽。或者說，他強烈的慾望催促他直奔主題，根本無法掩飾，無法虛偽。他好貨（在耳朵裡藏錢），好色（大凡美色，哪怕情知是妖精，他也不能自持），偷懶，貪吃，逃避義務，追求安逸⋯⋯舉凡這一切人性的缺點，不也潛伏在我們的意識深處，不也是我們的生物指令，不也在我們自己身上一再冒頭？我們在豬八戒身上看到的，正是我們自身熟悉而又不敢示眾的，現在由這個夯貨呆子表現出來，如同我們自己曝曬自己的隱私，卻又借了別人的名頭，當然非常愜意。正如我們在孫悟空身上看到的，是我們自大的夢想一樣；我們在豬八戒身上看到的，正是我們自卑的現實。猴子是精神的，理性的；八戒是肉體的，感性的。猴子代表着我們精神的超越，八戒則代表着我們肉體的貪嗔。孫悟空的形象滿足我們的英雄夢、崇高夢、事業夢、成就感，我們在想像中與他一同披荊斬棘，壯志遠征，豪情滿懷；而豬八戒的形象則滿足我們的享樂夢、安逸夢、安全感、幸福感。又正如那個不安分的猴子最大的理想就是做個英雄、做個超人一樣，這個天蓬元帥，似乎最大的理想就是做個平凡的人，過凡人的生活，享受凡人的幸福。所以，他在高老莊，很是勤謹，「掃地通溝、搬磚運瓦、築土打牆，種麥插秧，創家立業」。對那高小姐，他要讓她「穿的錦，戴的金，四時有花果享用，八節有蔬菜烹煎」。這不就是人間的小丈夫麼？在第二十三回「四聖試禪心」時，當那菩薩假裝的寡婦對他說女兒可能嫌他

醜時，他說：

> 娘，你上復令愛，不要這等揀漢。想我那唐僧，人才雖俊，其實不中
> 用。我醜自醜，有幾句口號兒⋯⋯ 我雖人物醜，勤緊有些功。若言千頃
> 地，不用使牛耕。只消一頓鈀，佈種及時生。沒雨能求雨，無風會喚風。房
> 舍若嫌矮，起上二三層。地下不掃掃一掃，陰溝不通通一通。家長里短諸般
> 事，踢天弄井我皆能。

唐僧曾說他是「兩個耳朵蓋着眼，愚拙之人」（第三十二回），他確實是兩
眼向下，腳踏實地，特別安心於平常的生活與幸福。所以，對於取經之事，他是
一直視之為苦差事的，因而總是怨聲載道，甚至，在他的潛意識裡，可能還巴望
着師父死掉：

> 假若師父死了，各人好尋頭幹事。若是未死，我們好竭心盡力。（第
> 二十一回）

在第三十七回，鬼王夜謁唐三藏，三藏驚醒 ——

> 慌得對着那盞昏燈，連忙叫：「徒弟，徒弟！」八戒醒來道：「什麼『土
> 地土地』？當時我做好漢，專一吃人度日，受用腥膻，其實快活；偏你出
> 家，教我們保護你跑路！原說只做和尚，如今拿做奴才，日間挑包袱牽馬，
> 夜間提尿瓶務腳！這早晚不睡，又叫徒弟作甚？」

一旦師父遇險，他就嚷嚷着分行李 —— 不光對取經大業的失敗滿不在乎，

對師父的生死不大關心，還念念不忘那一點行李，也真是憊懶 —— 把白馬賣了，給師父做口棺材，埋掉，然後各人散伙，你往流沙河，還去吃人，我往高老莊，看看我渾家 —— 這是他時常對沙和尚說的話。其實，在他看來，這世界本來很平凡，有着平凡的幸福，都是什麼唐僧，無事生非，惹出這一段波折，讓好好的生活橫生這許多煩惱，許多痛苦。所以，他急着要給唐僧送終，以便回到生活的常態中去。

於是我們看到了這樣一幅絕妙的畫圖 —— 那是第七十六回，孫悟空被青獅怪一口吞下，八戒以為猴子就此由和尚變成了青獅怪的「大恭」；溜回去又吵着分行李。待孫行者制服了青獅怪，回來時 ——

> 遠遠的看見唐僧睡在地下打滾痛哭；豬八戒與沙僧解了包袱，將行李搭分兒，在那裡分哩。

這畫面真夠殘忍，殘忍得超過全書任何一處對妖怪的描寫。但這恰恰是人性！對人性善意的調侃，從而讓我們會心而笑。這種輕鬆、幽默又不乏教益的閱讀經驗，在中國古代文學作品中，是稀有的，《西遊記》提供給我們了。

實際上，正如《西遊記》的妖怪不是完全的惡，作者對它們不是完全的恨一樣，《西遊記》中也沒有作者完全佩服的正面人物。猴子是「潑猴」，是「潑皮」，既藉小妖之口，說他「沿路上專一尋人的不是」（第六十二回），又讓土地爺說他「一生好吃沒錢酒，偏打老年人」（第七十二回）。「弼馬溫」的稱呼更是刻意的調侃。唐僧的形象就更差勁，他沒用、肉頭、糊塗、膽小、軟弱，對着妖怪，大叫：「大王饒命！大王饒命！」以至於被行者埋怨：「天下也有和尚，似你這樣皮鬆的卻少。」（第五十六回）對徒弟，也說：「你若救得我命，情願與你做徒子徒孫也。」（第七十八回）所以，不但八戒說他沒用，就連最忠心耿耿的行

者，也罵他是「晦氣轉成的唐三藏，災殃鑄就的取經僧」（第八十三回），甚至詛咒他：「我那師父，不聽我勸解，就弄死他也不虧！」（第六十五回）但我們若仔細一點琢磨，就能感覺出，作者把這些弱點放在行者、唐僧身上，往往只是把他們作為寄託，他只是要藉此罵世而已，只是藉此調侃人性而已。筆觸由社會層次而轉到人性層次（遠遊從某種意義上說，也就象徵着對社會的疏離，對背景的淡化），由反映社會問題、社會矛盾，而轉向透視人性的矛盾，人性的優點和缺點；文風也由面向社會時往往不能避免的緊張、嚴肅一變為面向自然人性時的輕鬆活潑，由嚴峻的社會批判一變為對人性的輕鬆調侃，由向外界的橫眉冷對，到向內心的溫煦的自我觀照，道德的意義退化了，精神品質的一面凸顯了。《西遊記》在語言上可能比不上《水滸傳》，但在見識上，在觀念上，卻似乎又在《水滸傳》之上。

# 慾與死

　　在中國文學史上，真正稱得上初具小說架勢的是魏晉「志怪」（順便說一句，同時的所謂「志人」小說，如劉義慶之《世說新語》，其實無論從哪方面講，都應該是散文而不能稱作小說，我不知道為什麼現在一般的文學史，都把紀實而非虛構的《世說新語》稱作「小說」）。而代表短篇小說豐潤成熟的，是唐人「傳奇」。可見，「小說」這個很古老的詞（它是先秦諸子之一家），當它具備了今天文學範疇中「小說」概念所必需的內涵時，它就是「志怪」，就是「傳奇」，記錄怪異，傳播神奇，炫人耳目，奪人視聽，是其主要特點。妖怪神靈，固是其常見主角；即便是寫人，也是寫怪異之事，神奇之跡，非日常生活與平淡事件。直到長篇小說出來，從歷史演義到神魔小說，到英雄傳奇，「非日常化」是「小說」這一文學樣式的基本藝術特徵。我們知道，至少到杜甫時，日常生活便已成為詩歌的描摹對象，且這一特徵在宋、明的詩人那裡發揚光大，使詩歌成為士大夫日常生活的記錄與心靈花盆。散文這種與實用關係極深的文體更是如此。也許是小說屬虛構文體，凌空蹈虛，不僅給了作家以裝神弄鬼以動視聽的條件，也是其不得不如此的原因：既是虛構的，如果還像生活那樣平淡，誰會感興趣？要知道，長篇小說從說唱文學而來，說的不比唱的還好聽，誰還來聽？

　　詩歌與散文，既是作家自身生活的記錄，自身心靈的表現，我們除了有通過詩文來窺探作者內心的興趣外，我們還要從那裡面找「自我」。因為，我們相信 —— 事實上也是這樣 —— 它的作者的心靈和我們是相通的。但我們在讀小

說時的閱讀期待不是這樣的，我們想看到一個令我們吃驚的故事，我們是在小說裡找「他者」。當長篇小說的最初傳播方式是說與唱時，這樣的期待就更容易地從接受形式上得到印證：我們是去聽一個「他者」的故事，這故事有我們所沒有的經驗，可以滿足我們的好奇心。

但小說要成熟，成為一種反映生活、表達感情的工具，它就不能局限於一隅。它不能總是依靠傳奇性的情節來吸引人，它必須具有自己的魅力與誘力，它必須顯示出，哪怕沒有傳奇，沒有神怪，僅僅有筆墨，就能吸引人。它甚至必須是抒情的。是的，真正偉大的小說本質上不是敘事，敘事只是其形式，或者說手段，它的本質是抒情。並且，它不能永遠依靠書會才人的嘴巴與琴弦。它畢竟是文字，它要以文字直接面對受眾。與詩歌、散文一樣，它必須精煉自己的語言，使之純粹而富有表現力，使之哪怕僅僅依靠語言的張力，就可以承載讀者沉甸甸的審美欲求。

中國古代小說從「非日常化」轉向「日常化」，從「說」到「讀」，完成這樣轉變的，就是《金瓶梅》。

《金瓶梅》還有很多的第一：第一部由文人獨立完成的小說，一部無復依傍的小說，它只是借了《水滸傳》中潘金蓮、武大郎、西門慶、武松那一節的內容，然後就敷衍開去。第一部以「家庭生活」為主題，以日常市民生活為主題的作品。第一部以婦女為主角，努力表現女性的小說。它的題目，就是以書中三個主要女性 —— 潘金蓮、李瓶兒、龐春梅的名字合成的。

和《三國演義》、《水滸傳》、《西遊記》相比，《金瓶梅》有更多的抒情性。如果說前三者更多的是作者表達對生活的認識，表達理性的觀念和追求，那麼，《金瓶梅》的作者似乎沒有什麼「觀念」要表達，以至於我們無法確定它的主題，甚至無法弄明白這個我們尚不能確定是誰的作者，為什麼要花這樣大的心血，用這樣大的才華來寫這樣一部小說。事實上，作者可能只是有一腔悲哀無處傾訴，

王鍾麒在〈中國三大家小說論贊〉中說：「彼（王世貞）以為中國之人物，之社會，皆至污極賤，貪鄙淫穢，靡所不至其極，於是而作是書。」他說作者是王世貞倒未必可信，但他說作者是因為有感於中國社會、人物骯髒至極乃作此書，倒是事實。平子《小說叢話》說：「《金瓶梅》一書，作者抱無窮冤抑，無限深痛，而又處黑暗之時代，無可與言，無從發泄，不得已借小說以鳴之。」為《金瓶梅詞話》作序的「欣欣子」稱此書的宗旨是「明人倫，戒淫奔，分淑慝，化善惡」，這顯然是向傳統道德討得通行證的自我標榜。因為，在小說的敘述與描寫本身那裡，我們幾乎看不到作者對西門慶這樣人物的刻意醜化，恰恰相反，作者把他寫成了一個舉止得體、言語有禮、對朋友慷慨大度、對一般人彬彬有禮的人物。說句不大尊重的話，西門慶比之今天中國以至全世界的商人，其道德如何？今天的商人，對女性的佔有，對權力的侵蝕，對社會風氣的敗壞，都要大大超過西門慶了吧？作者有意加以醜化的人物，只有兩個：潘金蓮與龐春梅。即便是龐春梅，在西門慶死後，她的一些表現也不全是醜惡的，她對吳月娘一家的照拂，對陳敬濟的深情，對潘金蓮的關心，都還寫出了她有情有義的一面。這部書中，固然沒有一個正面人物，但要說到徹頭徹尾的反面人物，大概也只有一個潘金蓮。沒有一個正面人物，正是作者徹底的現實主義的表現啊！在那樣的社會裡，會有出淤泥而不染的市井人物嗎？所以，我曾擬用「不道德的《金瓶梅》」為題來寫這篇文章，因為我覺得《金瓶梅》的作者，其最大的特點，即是擺脫了一般站在道德立場來創作「道德形象」，並對之做道德標榜道德批評的傾向，這與「欣欣子」的宣稱恰恰相反。有意思的正在這兒：這樣的題材，本來確實是最好的道德性題材，是可以用來宣揚「福善禍淫」等等觀念的好素材，但在作者的敘述過程中，我們看不到明顯的道德批判的痕跡，作者嚴格遵守生活自身的面目與邏輯來寫，他是一個偉大的現實主義者，甚至，我們可以說他是堅定的自然主義者——他堅持寫生活中的自然狀態，他堅持寫「本來是什麼」，而不是試圖去寫「應該

是什麼」。他寫的人物，不是道德觀照下的人物，而是生活中實在的人物。一句話，他寫的是自然的人，而非道德的人。僅此一點，就使他與中國傳統的文學觀念拉開了距離，使他成為另類。

但有意思的是，這看似純粹客觀、不帶主觀觀念的寫作，卻又透露出巨大的悲哀與絕望。這顯然是由於他所描寫的那樣的社會，那樣的人生，那樣的生活，那樣的人物，都是令人感到絕望的。我們在西門慶的尋歡作樂裡，總能感受到那迫近的大限，好似在末日狂歡；我們在潘金蓮膨脹的肉慾及肉慾滿足裡，感受到的不是生命力，而是死亡的陰影。他們在「做愛」，卻也是在「作死」。越是瘋狂，死亡的陰影越是迫近。有些人認為《金瓶梅》中的色情描寫可以刪去，且刪去之後不會減損《金瓶梅》的價值，反而會使之更純粹，我不贊成這種看法，因為就我的閱讀感受而言，我正是在那看似津津有味的性事描寫中，看到死亡猙獰的大口。這是慾的宣泄，卻也是死的吞噬，這樣一種對性慾滿足的解渴般的追求，以及滿足過程中的恣意逞快、無所不為，讓我們覺得那是可怕的心理，是沒有明天的末日感。

在潘金蓮身上，這種表現尤其明顯。她幾乎是沒有心肝，只有肉慾。她幾乎是沒有其他任何興趣、任何關愛、任何追求、任何牽掛，她不追求其他的生活舒適，不貪財，不好飲食，她對西門慶說：「奴家又不曾愛你錢財，只愛你可意的冤家，知重知輕性兒乖。」（第八回）直至被趕出門，她也仍是一貧如洗。她罵自己的老母，惡毒尖刻，如罵僕婦；丟自己的私生子入毛司，毫不動情，如棄垃圾；對被她鴆死的武大，她沒有任何愧疚；對佔有她，給她性滿足的西門慶，她也談不上什麼愛。在西門慶疲憊不堪之時，她竟然把三粒淫藥一齊灌給他，使得西門慶油盡燈枯，奄奄一息。此時的她，毫不覺得愧疚，在吳月娘等妻妾為救西門慶而「對天發願」時，唯獨她與李嬌兒不願做。並且，到了晚上，這個毫無人性的性虐狂還騎到西門慶身上強做，弄得西門慶「死而復甦者數次」，徹底

要了西門慶的命。當初她「騎在武大身上」毒死武大，此時又「騎在西門慶身上」弄死西門慶，兩任丈夫，都是死於她的淫！她只有性。這一點正是她與李瓶兒的區別：李瓶兒也追求性，也風流，第二十九回吳神仙相她面，說她「眼光如醉，主桑中之約，眉黛麤生，月下之期難定」，但她既嫁西門慶，滿足了她的性慾之後，她搖身一變，竟為一極賢惠極多情極溫柔的「德婦」，嫁西門慶後，她不但再沒有什麼「桑中之約」，而且為了息事寧人，還常常勸西門慶去潘金蓮房中過夜，受了潘金蓮那麼多的陷害也只是忍住不說。自第三十回李瓶兒生子至第六十二回李瓶兒死，這段時間的李瓶兒，表現出的是一個忍辱負重、委曲求全、相夫教子的賢良婦人形象。李瓶兒之死，也是作者寫得最為用力，甚至是極為動情的大事，連西門慶這樣的「打老婆的班頭，降婦女的領袖」，也都為李瓶兒深深感動，為她的死深深悲慟，口口聲聲只叫：「我的沒救的姐姐！有仁義好性兒的姐姐！怎麼閃了我去了？寧可叫我西門慶死了罷。我也不久活於世了，平白活着做什麼！」在房裡離地跳得有三尺高，大放聲號哭。吳月娘也拉淚哭涕不止。不獨西門慶哭她是「有仁義好性兒」，連應伯爵、謝希大二人也哭她是「我那有仁義的嫂子」，被潘金蓮和孟玉樓罵：「賊油嘴的囚根子，俺每都是沒仁義的？」不獨生前，即使在她死後，作者還寫她多次託夢西門慶，對西門慶戀戀不捨，關懷備至。李瓶兒前後性情的變化，是壓抑的人性得到解放之後人性復歸正常、復歸善良的典型。潘金蓮的形象，則似乎又說明了無限膨脹、永不滿足的人欲若不能有所節制與昇華，會何等的可怕。在第二十九回，吳神仙為西門慶一家老小相面，「叫潘金蓮過來。那潘金蓮只顧嘻笑，不肯過來」。她是一個不信鬼不信神的頑劣之人。待吳神仙對她的品性與命運做了全盤否定與警告後，她完全置之不理，毫無悚懼。當天中午，即與西門慶共浴蘭湯，效魚水之歡。潘金蓮是《金瓶梅》中寫得特別讓人厭惡的人物，在她身上幾乎沒有一絲正面的品性，她完全是原慾狀態的動物，沒有人之所以為人的一切正面社會屬性。

現代的讀者對潘金蓮往往給以足夠的 —— 我以為是過多的同情，甚至已到了矯情的地步。這是哲學的矯情，思想的做作。人們為她辯護的理由按前後順序有二：當初鴆殺武大郎，乃是由於不合理的制度，使她遭受性壓抑；後來嫁西門慶，又由於那樣妻妾成群的家庭，使她深感多重壓抑，包括性壓抑，從而反抗。如果這種辯護有道理的話，那任何犯罪都可以開脫，因為，在任何一種社會環境與個人環境下，我們都不可能完全隨性適意，而那些障礙我們隨性適意的外在東西，就自然成為反抗的理由。比如，現代社會的性壓抑未必比古人輕，那些感受到壓抑的人難道都因此具有了放縱自己危害別人的道德通行證？所以，對潘金蓮這樣一個有幾條人命在身的人物來說，我們還是不翻案為好。

事實上，《金瓶梅》中的性描寫及對人性原慾的誇張性描寫，既是當時（明代中期）反動、腐朽的東西的反映，卻也是當時進步、新興的東西的反映；既是當時社會荒淫、人欲橫流的反映，也是當時進步思潮的反映。李贄等人鼓吹「好貨好色」，並把它作為人的自然欲求加以肯定，在哲學層面上，具有強烈的反理學意義；而在世俗層面上，就往往被庸俗化理解，從而表現為道德上的失控。這實在是沒有宗教屏障的國家道德體系的致命弱點。就這一點而言，《金瓶梅》是寫出了「國民性」的，吾國吾民，無宗教信仰，一旦失控，往往觀念上無惡不可作，事實上無惡不作。西門慶弄死武大，氣死花子虛，殘害蔣竹山，讓來旺兒入官、宋惠蓮上吊、宋惠蓮父親宋仁冤死 …… 欺男霸女，他何曾有過愧疚？何曾有過悚懼？不但他沒有，他周圍的人有沒有覺得他作惡？不但他周圍的人，就是一般大眾，又有誰有什麼根據去指責他，起訴他？恰恰相反，他被當作成功人士，受人尊敬與仰慕，當然更多的是巴結。他死後，又出了個張二官，又成了人人羨慕的人物。應伯爵等人馬上就又麇集到他身邊，幫他鼓吹，幫他策劃，甚至策劃把潘金蓮弄來，全不念當初西門慶對他們的恩德。這確實是恩斷義絕的社會，我們只崇尚權力。既然權力已為他收買，不能管轄他，他便能也不受道德上

的譴責。

現在不少學者還指出了西門慶這類奸商如何用金錢侵蝕了封建秩序，侵蝕了國家權力，這當然是對的。《金瓶梅》中也確實用不少的篇幅寫到了西門慶如何交通官場，甚至巴結到蔡京這樣級別的高官。但這只是一方面。從另一個角度說，在那樣的體制下，不，在所有的權力社會裡，商人能否通過合法而道德的手段獲得利潤？結論當然是否定的。所以，是商人的金錢侵蝕了權力，還是權力社會中權力的運作導致了商人的非法與缺德？這是一個倒果為因的問題。國家權力對社會公共資源的過度攫取與佔有，才是一切不道德的根源。商人也是權力的受害者。

人們習慣於把「四大奇書」放到一起來做比較。《金瓶梅》和其他三部是有大區別的。就作者的心境說，《金瓶梅》的作者最為絕望。《三國演義》最後寫到國家成了一統；《西遊記》最後寫到了師徒四人成了「正果」；《水滸傳》比較悲哀，但也寫了這些英雄最後的「招安」，按宋江的意思，其實也就是作者的意思，這也是一個結果。但《金瓶梅》的最後是死亡：《金瓶梅》中的人，死的死，逃的逃，西門慶這顯赫一時的家族，幾無子遺，官哥兒死，孝哥兒遁，金人大兵南下，白茫茫大地真乾淨。這是《紅樓夢》的先聲。

《金瓶梅》借《水滸傳》中的一個由頭，敷衍而成一派錦繡文章，但它與《水滸傳》是何等不同呵！《水滸傳》是恨，是憤，是仇；《金瓶梅》是悲，是哀，是冤。《水滸傳》是專打天下不平人；《金瓶梅》是專寫天下不平人。像西門慶這樣的人物，在《水滸傳》裡，定是被英雄痛揍的人物，在《金瓶梅》裡，倒成了主角。《水滸傳》是怒，《金瓶梅》是怨。《金瓶梅》的作者是沒有理想的，這社會、這人生的光明在哪裡？他看不到，想不出，他只有一絲福善禍淫的平實觀念，所以他是寫實的，近乎自然主義，雖冤痛極深，揭露極深，而沒有憤怒，或者，他已沒有力氣憤怒，沒有支持他憤怒的前提。《水滸傳》中有邪惡，亦有正義，且

正義之遇邪惡，雖有冤抑或屈折，而終於獲勝，所以報大仇，雪大恥，伸大冤，令讀者讀之熱血賁張，攘臂欲鬥。《水滸傳》中有鎮關西，就有魯提轄；有鎮關西的欺男霸女，即有魯提轄的三拳頭。有西門慶與潘金蓮殺武大郎，即有打虎的武二郎；有高俅父子斬盡殺絕，即有柴大官人接濟救助；有殷天錫，即有李逵；有牛二，即有楊志；有毛太公父子，即有顧大嫂夫妻。說白了，有朝廷，即有水滸，有官場，即有江湖，有鳳城春色，即有山東煙水寨。即便什麼也沒有了，插翅難逃了，也還有「天可憐見」。這世界仍有一出路，供無路可走之人奔逸。有水泊梁山，供林沖一類末路英雄安身立命。

而《金瓶梅》怎麼樣？有了潘金蓮、西門慶，而那武二郎報復的刀子卻擦身而過，有驚無險。你看那第十回的標題，是何等令人氣餒？「義士充配孟州道，妻妾玩賞芙蓉亭」，正義被社會充軍發配了，邪惡在尋歡作樂。這不是正義的失手，而是正義的失守。這世界已完全被邪惡與醜陋統治。待到武二郎再回來，那西門慶早已死去，似乎連死神都站在邪惡一邊，幫助他們避開那正義的刀子。是的，與《水滸傳》、《西遊記》、《三國演義》的正邪二元對立模式不同，在《金瓶梅》中，只有邪惡，而沒有了正義，其偶存之良善，亦只是作為被摧折的對象存在。更可悲的事實是，那些被西門慶摧殘的對象，尤其是被他玩弄的女子，無論是僕婦、貴婦，還是煙花女子，又何曾是良善。這真正叫人氣餒。

《水滸傳》寫英雄，《金瓶梅》寫俗人。《水滸傳》寫傳奇，《金瓶梅》寫風俗。《水滸傳》寫江湖，《金瓶梅》寫市井。《水滸傳》寫男人，《金瓶梅》寫女人。《水滸傳》寫毀家紓難，多少英雄衝冠一怒，一把火燒盡家園而奔江湖；《金瓶梅》寫為家聚斂，西門慶娶孟玉樓，娶李瓶兒，收留女婿，箱籠纍纍進門，家業如火上添油。所以，說《水滸傳》是反家庭的，不算太錯，而《金瓶梅》則一典型之家庭小說。另外，《水滸傳》中有大人格，如魯達、李逵、武松，可以使人仰慕；《金瓶梅》則只有俗人味，只能使人感慨。《水滸傳》的英雄總是做出驚天動地的

大事，而《金瓶梅》的俗人總是想方設法讓自己舒舒服服。特別要說明的是，水滸英雄中，大多是不近女色的，他們一邊有太多的義氣，一邊又好像都沒有「性慾」。而《金瓶梅》中的「鳥男女」，卻唯「性慾」滿足是求，性的滿足甚至發洩幾乎成了他們證明自己存在的唯一方式。慾與死，因此成了《金瓶梅》的主題。

# 拍案嘆世

　　中國古代文學中，創作的主體是士大夫，其代表性文體是詩歌（包括詞、散曲）、散文，小說、戲劇不僅後起，其地位也是很晚才得以確立，而其地位的確立，既是靠這類文體取得不可忽視的實績，也是靠這類文體的風格、趣味之漸近於士大夫。《紅樓夢》已是很士大夫口味的小說了。

　　詩詞散文之類，從來都是士大夫表達自我的工具，這類文學樣式，幾乎被他們壟斷為這個社會階層的心靈桄杖。即便是在一些所謂反映民生疾苦的作品裡 —— 這類被我們稱之為現實主義的作品成為中國古代文學的主流。我們看到的，仍是士大夫的道德情懷，是他們的眼光，他們的判斷，是他們在秉持着傳統中的正義對社會問題發言。我們看到他們施予的同情，卻看不到被同情者的心靈與感受。

　　不可否認的是，在唐詩宋詞的高度繁榮與巨大成就的背後，社會中絕大多數人的喜怒哀樂、生老病死卻被遮蔽了。我們在唐詩宋詞中看到的，是那個時代士大夫的生活與情懷，我們沒有看到的，是那個時代普通大眾的精神與生活。雖然唐詩宋詞的作者面極廣，甚至有不少出身下層，但整體而言，《全唐詩》與《全宋詞》所表達的，仍然只是那個時代佔人口總數較少的士大夫階層的情感、理智與審美觀、價值觀、世界觀。這不能不說是那個時代的遺憾。但在明代，這個情況有了改變。我們不僅可以讀高啟的詩，讀歸有光的散文，讀公安三袁、張岱的小品文及隨筆，以此了解這些士大夫在那個時代的生活狀態、精神狀態，我們還

能深入到那個時代一般民眾的生活中，那個時代最深厚、最基部的東西被我們發覺了，我們看到了那個時代一般人的生活與靈魂 —— 這全是因為有了馮夢龍的「三言」和凌濛初的「二拍」，雖然他們這些稱之為「話本」的短篇小說往往取材於前代，但我相信，其基本生活狀貌與喜怒哀樂，定是明代的，或者是與明代相同的。

「三言」的編纂者馮夢龍（1574 年至 1646 年），字猶龍，乃是一個思想上特立獨行的人物，其出身也是士大夫之家，書香門第，並且自身也頗有才情：「才情跌宕，詩文麗藻，尤明經學。」（《蘇州府志》卷八十一〈人物〉）但科舉上甚不得意，五十七歲時（崇禎三年，1630 年）才選為貢生。清兵入關，他刊印傳達抗戰消息的小冊子散佈，唐王即位於福建時，被任命為壽寧縣知縣。明亡，他亦死，有人認為他是殉難而死，有人認為他是憂憤而死。

他是一個思想上和出處行為上的大英豪，乃是由於他出身於士大夫階層而無士大夫氣，明於經學而又無經師味。他蔑視禮教，褻瀆聖賢，肯定人欲，提倡「情教」，倡立女權，反對婚姻包辦及男尊女卑。以上任何一點，都可以證明他的獨特與勇氣，更何況他幾乎在所有「原則」問題上都與傳統作對，都與時代作對。他是有自己思想體系和行為準則的思想鉅子啊！在文學上，他是詩人，並有《七樂齋稿》，但卻「善為啟顏之辭，間入打油之調，不得為詩家」（朱彝尊《明詩綜》卷七十一）。這「打油調」就不是士大夫的正經面孔了，就不是正經的「詩家」了。他「擅詞曲，有《雙雄記傳奇》，又刻《墨憨齋傳奇定本十種》，頗為當時所稱。其中之《萬事足》、《風流夢》、《新灌園》皆己作；亦嗜小說，既補《平妖傳》，復纂三言」（魯迅《中國小說史略》）。這「擅詞曲」、「嗜小說」倒是他的真興趣，他「不得為詩家」，是因為他無詩情，他只有俗情。我們看他在「三言」眾多故事中大量插引詩詞，但卻毫無士大夫情調，他喜歡的那些詩，都是慨嘆世道人心的，直白而俗，並不見什麼「意境」。由此也可見他對詩詞的鑒

　　　　　　　　　　　　　　　中國人的心靈

賞，其眼光，其趣味，也是俗人的。他還勸「沈德符以《金瓶梅》鈔付書坊板印」（《中國小說史略》）。可見他頗有商業頭腦，在那個時代，他一點也不冬烘。他對民間文學突出的興趣，在士大夫中頗為罕見。除了上述他的作品外，他還纂輯文言小說及筆記《情史》、《古今譚概》、《智囊》和散曲選集《太霞新奏》，收錄編印民歌《桂枝兒》、《山歌》等，這是多大的成績？心血固不待言，這需要多大多恆久的興趣、愛好來支撐？中國文學史上，像這樣功勳卓著的人物，並不多見呵！

「三言」是他最有名的作品，是《喻世明言》、《警世通言》、《醒世恆言》三部小說集的總稱。其中，《喻世明言》又稱《古今小說》。其實，《古今小說》乃是「三言」的通稱。也就是說，《古今小說》內含「三言」，事實上，其中第一部《喻世明言》出版時，就用的這個通稱。每集四十篇，共一百二十篇，包含了對宋元明以來話本的匯輯、修改，以及根據文言筆記、傳奇小說、戲曲、歷史故事、社會傳聞的敷衍與再創作。這三部白話小說集，從其取名，即可知馮夢龍的創作旨趣與救世情懷。顯然，相對於傳統士大夫，他的眼光是向下的。傳統士大夫的生活場景一般是兩個：魏闕與江湖。在魏闕，他們衣冠楚楚與衮衮諸公對，與帝王將相對；在江湖，他們大袖飄飄與遷客騷人對，與僧道隱士對，偏偏沒有普通大眾。他們「處江湖之遠則憂其君」，眼光是向上的；而他們「居廟堂之高」時，雖然標榜「則憂其民」，但那種居高臨下的「關心」與「同情」，是政治的、政策的，眼光是模糊的、整體的，正如在高空中俯瞰森林，甚至會為森林灑下雨露以滋其發育成長，但卻並不能細察其間的枝柯籐蔓以及其間的龍蛇出沒，與文學的審美觀照與體察了不相關。所以，我們從他們的作品中，不大能考見他們同時代一般民眾的生活與心理，這不能不說是中國古代文學的一大遺憾。

但馮夢龍的眼光是向下的，他自己就身處市井之中，他雖則做過短期的縣令，但我們真見不出他的魏闕情結與江湖瀟灑。他在傳統士大夫中的兩大生活場

景之外，找到了自己的生活平台：市井。他關注着市井的人生百態，從中找到了無限的人生感慨與審美意趣。一般研究者頗關心這部小說集的「喻」、「警」、「醒」，認為這是他想把小說當成比「喻」，來「警」、「醒」讀者（趙景深〈談明代短篇小說〉），又很關心「明」、「通」、「恆」三字，「明者，取其可以導愚也。通者，取其可以適俗也。恆則習之而不厭，傳之而可久，三刻殊名，其義一耳」（轉引自石昌渝《中國小說源流論》）。這些研究與闡釋都很有意義，也很有見識。但我則很關注這三部小說名稱中一個不變的字：「世」。世者，世道也，世俗也，俗世也，世人也，人世也。他似乎認識到了，真正的世道人心，恰在愚夫愚婦組成的市井之中，是他們組成了世界、世俗、世道與人世。於是他不談政治，不談心性，他只說世道人心，而由於他的立足點與取例在於愚夫愚婦的市井，所以，他通達寬容，絕不作道學家的誅心之論，他知道道德的基本水準在哪裡，在市井小民的日常生活中，在他們的言談舉止裡，在他們的各種利害選擇裡，而不在道學家的高頭講章裡。多年前，我曾詢及一位專門研究明代小說的學者，我說，能否比較一下理學家理論上的道德提倡與明代小說中（主要就是「三言二拍」）體現當時社會的真實道德水準，這位學者對這個題目不感興趣，但我覺得這樣的題目一定有其意義與啟發。

馮夢龍的「三言」緊緊抓住這一個「世」字，一百二十篇小說都是在反映這個「世」字。他編集的故事是以普通大眾、愚夫愚婦為對象的，這不再是士大夫之間互相傳誦、互相品評、互相唱和、互相揄揚的所謂抒情言志、內聖外王、心性理念，不抽象，不深奧，不高深。它是膚淺的，從語言到思想都是淺白的，這不是馮夢龍的智力與才氣上的不足，因為這正是他的追求。王陽明主張須做得個愚夫愚婦方可與人講學，愚夫愚婦最喜歡的東西，能理解的東西，就是這種膚淺直白的通俗小說。所以，我們說，馮夢龍的濟世情懷不是「致君堯舜上」，而是要通過這個可以直通世俗的「通俗」小說，來「再使風俗淳」。要救世，他不從

魏闕入手，顯示自己的政績；他也不去江湖招搖，彰顯一己的「道德」；他就從市井入手，為改變風俗而苦口婆心。是的，他沒有士大夫人人都或多或少具有的「聖賢心」，他就只有這一唸唸在茲的「婆婆心」和絮絮叨叨的苦口。凌濛初在《二刻拍案驚奇》卷十二裡，有這樣的一段話：

> 從來說的書，……最有益的，論些世情，說些因果，等聽了的觸着心裡，把平日邪路念頭化將轉來。這個就是說書的一片道學心腸，卻從不曾講着道學。

這是他的自道，也正是馮夢龍的「道學心腸」，是馮夢龍手低眼高處。

從文學生態上講，詩、詞、散文，是士大夫自產自銷的，一般平民百姓很羨慕很敬仰他們的這種高雅，卻又生疏於這種高雅，他們可能會喜歡一些富有哲理的詩詞，但不大能理解一些有高深意境的作品。實際上，要讀得懂並且喜歡中國的古典詩詞，是必須先經過一種士大夫式的人格修煉和專業訓練的。只有先行具有了士大夫的那種心態、情懷、觀照世界的方式，才能去欣賞他們的詩歌。但馮夢龍編纂的通俗小說則是面向市場的，作為商品的。文學第一次成為一般消費品 ── 我是說以文字的形式 ── 馮夢龍的「三言」確實是使文學從書場到了案頭，讓書卷成為商品，讓文學成為消費品。

通俗小說是文學價值與商品價值兩結合的產物。我們知道，「三言」中，有很多是馮夢龍改纂古代筆記、史書而成，這絕不僅僅是一般的情節的衍生與再創造。實際上我們應該注意到的是，他改筆記、史傳為話本，乃是對語境的改換、對讀者的改換：前者的讀者是小眾，是士大夫；後者的讀者是大眾，是市井細民百姓。文雅的變成了俗白的，簡潔的變成了翔實的，直接的變成了曲折的 ──是大眾的趣味與欣賞水平在悄悄地塑造着新型的文學，馮夢龍是大眾的審美趣味

塑造出來的時代文化英雄。

在「三言」裡，文學主人公由士大夫變成了商人、手工業者、小販，經商與治生取代了讀書與仕宦，一朝中舉、學優而仕也變為經商致富、發跡變泰。修身齊家治國平天下變為養家餬口、生兒育女的衣食道路。尤其值得一提的是，「三言」中的道德主體乃是一般細民百姓，他們身上體現出來的優良品質正成為那時代的道德基礎，他們身上體現出來的各種道德信念，比如商業倫理、家庭觀念、愛情觀與性道德，是如此真誠而不虛偽，如此切近人生、人性而具有蓬勃的生命力……

和前代的志怪與傳奇相比，通俗小說也有本質的變化。它是現實的而非傳奇的，其故事過程曲折生動，或有因緣巧合、有偶然，而其結局往往非常現實而可信。必然寓於偶然之中，這是近代小說的基本特徵 —— 既是形式特徵更是人文特徵。我們注意到，即使是晚出的《聊齋誌異》，也希望在超現實的世界中實現人生的欲求。而「三言」則就是在現實中實現它。因而它是樂觀的、向上的，對幸福與成功的追求是可預期的。對人生艱難的一面它一點也不諱言，恰恰相反，在讀「三言」時，我們常常能感覺到一般人人生的無奈與艱辛，甚至是虛無。但「三言」的作者卻並不由此悲觀厭世，他似乎以此為生活的常態，而並不大驚小怪，並不特別感傷，他平靜地接受它並享受它。這與我們前面說到的，馮夢龍不是詩人，較少士大夫情懷，是一致的。

「三言」作為小說，其藝術性自不待說，其中有些篇章及其中的人物，已成為中國文學史上耳熟能詳的故事與文學人物。如〈蔣興哥重會珍珠衫〉、〈滕大尹鬼斷家俬〉、〈金玉奴棒打薄情郎〉(以上《喻世明言》)，〈老門生三世報恩〉、〈玉堂春落難逢夫〉、〈白娘子永鎮雷峰塔〉、〈杜十娘怒沉百寶箱〉(以上《警世通言》)，〈賣油郎獨佔花魁〉、〈喬太守亂點鴛鴦譜〉、〈施潤澤灘闕遇友〉、〈十五貫戲言成巧禍〉(以上《醒世恆言》)，都是雋永的故事與可愛可親的人物。

「三言」分別刊刻於天啟元年（1621 年）前後、天啟四年（1624 年）和天啟七年（1627 年）。1628 年，即「三言」的最後一集《醒世恆言》刊刻一年後，凌濛初編著的《初刻拍案驚奇》刊行，《二刻拍案驚奇》亦於四年後的 1632 年刊行。人稱「二拍」，亦各四十卷。魯迅先生說：「《醒世恆言》版行之際，此（即二拍）適出而爭奇。然敘述平板，引證貧辛，不能及也。」（《中國小說史略》）魯迅先生指出其「爭奇」的創作動機，也正說明了它是受「三言」的影響而出現。並且它基本上是個人創作，是一部個人的白話小說專集。這就很能體現它的價值。而且它雖然更有一些福善禍淫、忠孝節義之類的陳腐說教，但它的思想似乎比「三言」更激進。「三言」尚言義，而「二拍」直取利；「三言」的愛情往往寫妓女，「二拍」的愛情往往寫良家婦女 —— 這就幾乎是自己逼着自己對女性貞節必須更為寬容，對女性的自覺意識更為關注、更予以尊重，從而，凌濛初多對失節婦女予以諒解、同情，這在中世紀頗為不易。

　　當然，正如魯迅先生所說，就語言的生動與張力而言，它較之「三言」是遜色的。

# 人為什麼墮落

　　一個民族，如果在世俗政權之外，沒有更高的信仰，是可怕的。一個民族中的人，如果除了追求世俗政權的承認，追求體制中的地位及其相關的利益，別無更高的精神支撐，也不免要墮落。所以，孔子才說「士志於道」，而且即使是做官、出仕，也是「行其義」。孟子更明確地提出在世俗政權的「人爵」之外，要有「天爵」，而追求這種精神層面的「天爵」，是人的最高使命，人爵，只是追求天爵的額外獎賞罷了。先知先覺通過自身的修煉性命，敏銳地發覺了這個道德的大玄機：沒有信仰的追求，沒有精神的崇拜，一個民族就沒有精神力量；只有升官發財的世俗追求，只有成功發達的功利理性，一個民族必然日趨下流。事實上，雖然我們是一個不斷強調禮義廉恥的民族，但揆諸歷史，我們可能不得不承認，我們民族的整體道德水準一直並不高，而且隨着專制統治的日趨強化，權力對社會人生的侵蝕日趨全面，我們的整體道德水準也日趨下降，整個民族越來越沒有體面、尊嚴與光榮，而諂諛、狹媚、虛偽、奴顏媚骨、奸詐陰險卻日益滋蔓。明清時期的中國，就是我們民族奴性日深、體面與尊嚴漸失的時代，生長於清代的吳敬梓假托明代背景的小說《儒林外史》，給我們描寫的，就是這樣一個下流的世界及蠅營於其中的眾多下流胚。在這部小說裡，我們可以看到人性的骯髒醜陋、卑鄙下作，看到是什麼東西促成了人的墮落 —— 那就是無孔不入的世俗權力及人對體制的屈從和膜拜。體制地位至高無上的價值觀直接否定了彼岸價值，從而導致一個民族徹底失去了信仰的力量，徹底拒絕了信仰女神對我們的向

中國人的心靈

上提攜，在煉獄之中，我們已經滿足。

在全書的第一回「說楔子敷陳大義，借名流隱括全文」中，提及明太祖議定取士之法是「三年一科，用五經、四書、八股文」，作者藉王冕之口評點說：「這個法卻定的不好！將來讀書既有此一條榮身之路，把那文行出處都看得輕了。」

最後一回，第五十五回（臥閑堂本），作者更自己出面議論：

> 論出處，不過得手的就是才能，失意的就是愚拙；論豪俠，不過有餘的就會奢華，不足的就見蕭索。憑你有李、杜的文章，顏、曾的品行，卻是也沒有一個人來問你。所以那些大戶人家，冠、昏、喪、祭，鄉紳堂裡，坐著幾個席頭，無非講的是些升、遷、調、降的官場；就是那貧賤的儒生，又不過做的是些揣合逢迎的考校。

這是前後的呼應。

一切以世俗「成功」為最高目標、最終目標，而這世俗成功，又不過是「功名富貴」四個字，是這四個字所代表的物質享受、社會地位和名望 —— 而這「名望」，或者說受人傳揚與尊敬的東西，不是人格修養，不是知識智慧，不是道德水平，仍然是一個人在這個高度體制化了的社會中，所盤踞的位置以及與此地位相關聯的攫取社會資源的能力與事實。我們尊敬什麼人？我們尊敬有權勢、有錢財的人。我們懼怕什麼人？我們懼怕有權勢、有錢財的人。什麼人可以驕人？有權勢、有錢財的人。貧諂富驕不僅成為這個社會的黑暗現狀，而且獲得了充分合理的證明，獲得了全社會的認可，獲得了道德上的通行證、榮譽證、資格證。《儒林外史》所寫者，即是這樣的一個社會，即是在這樣一個社會中的蠅營狗苟的芸芸眾生。

閑齋老人序云：

其書（《儒林外史》）以功名富貴為一篇之骨：有心豔功名富貴而媚人下人者；有倚仗功名富貴而驕人傲人者；有假托無意功名富貴自以為高，被人看破恥笑者，終乃以辭卻功名富貴，品地最上一層，為中流砥柱。

其書開篇寫一夏總甲，已是體制高塔之最底層，但仍意氣揚揚、洋洋自得且傲慢驕人；其書中間寫一牛浦郎，讀書學寫詩，只是想以此「相與老爺」，他在甘露庵老和尚處偷得客死此處的牛布衣詩集，見題目上都寫着：「呈相國某大人」，「懷督學周大人」，「婁公子偕遊鶯脰湖分韻」，「兼呈令兄通政」，「與魯太史話別」，「寄懷王觀察」，其餘某太守、某司馬、某明府、某少尹，不一而足。

其書末尾寫一妓女聘娘，見嫖客是官，便歡喜不盡，曲意逢迎侍候，至夜夢做了官太太。這是貫穿全書的諷刺，體制對人的控制、對人性的戕害，以及導致全社會的日趨下流狎媚，躍然紙上。

我們看看牛浦郎的一段：

浦郎自想：「這相國、督學、太史、通政以及太守、司馬、明府，都是而今的現任老爺們的稱呼，可見只要會做兩句詩，並不要進學、中舉，就可以同這些老爺們往來，何等榮耀！」因想：「他這人姓牛，我也姓牛。他詩上只寫了牛布衣，並不曾有個名字，何不把我的名字，合着他的號，刻起兩方圖書來印在上面，這兩本詩可不算了我的了！我從今就號做牛布衣！」當晚回家盤算，喜了一夜。（第二十一回）

臥閒草堂評牛浦郎是「世上第一等卑鄙人物，真乃自己沒有功名富貴，而慕人之功名富貴者」。牛浦郎年齡小小即無一絲天真，一開始即無任何體面的思想與志趣，行為惡劣，品性下流。偷竊，冒名頂替，休妻娶妻，只把這世界當成他招

搖撞騙的大舞台，而問題在於他果然處處得手，時時順遂，往往逢凶化吉，遇難呈祥。可見這個社會已經沒有一點自我淨化的功能，一絲殘渣與骯髒都不能過濾與截留。與他一樣令人厭生百端的還有一個嚴貢生，這傢伙不特和牛浦郎一樣下流，還比牛浦郎陰險，比牛浦郎虛偽。吳敬梓刻劃人物用力最多而又最成功的，除了周進、范進，便是這個嚴貢生。他騙詐窮鄉鄰王小二的一頭豬，還唆使自己幾個如狼似虎的兒子，把這個王小二「拿拴門的閂，趕面的杖，打了一個臭死，腿都打折了」。又詐騙鄉下老人黃夢統的銀子，還把黃夢統的驢子和米糧都搶到家中。兩人告到縣衙，他自知理虧，無法狡辯，三十六計，走為上計，捲捲行李，一溜煙急走到省城去了，把這官司丟給兄弟二老官嚴大育、嚴監生。嚴監生出錢替他了了這場官司（第五回）。嚴監生死後，他從省裡科舉了回來，得了嚴監生死前送給他的「簇新的兩套緞子衣服，齊臻臻的二百兩銀子」，卻還怪這位兄弟辦事不濟：「若是我在家，和湯父母（湯知縣）說了，把王小二、黃夢統這兩個奴才，腿也砍折了！一個鄉紳人家，由得百姓如此放肆！」（第六回）後來他狡計詐騙船家，欺凌弟婦，強佔家產，十足的無賴惡棍。而這無賴惡棍，卑鄙下流之徒，偏偏是被前任周學台舉了「優行」，又替他「考出了貢」（第六回）的人，這社會的評價系統還有什麼可信？這樣內心骯髒之人，卻常常有一種自我不凡的狂妄：

> 自古道：「公而忘私，國而忘家。」我們科場是朝廷大典，你我為朝廷辦事，就是不顧私親，也還覺得於心無愧。（第六回）

這是多大的道德招牌？從小的方面說，小心處往往有大道理，低賤人往往戴高帽子，這固是一個人的虛偽無恥處。但若細細一想，像嚴貢生這樣的人，多行不義，卻毫無愧疚，怕也不僅僅是由於他個人品行上的麻木與無恥，而是體制上的

道貌岸然已然遮隔了私密處的淫狎惡行。不僅一個人的地位是由體制給的，而且一個人的體面與品行，也由體制給予了。這是一個社會徹底爛掉的原因，也是一個社會徹底爛掉的結果。

比較一下《金瓶梅》中的西門慶和《儒林外史》中的嚴貢生是有意思的。西門慶和嚴貢生都是作者着力描寫的壞人，而且，嚴貢生是比西門慶更醜陋得多，更墮落得多的下流胚。西門慶處處有厚道在，在為人處世上常常有私德在，而嚴貢生則無處不可厭，在為人處事上已一無是處。西門慶可以說是無惡不作，而嚴貢生則是無作不惡 —— 即是說，西門慶固然是作惡多端，多惡的事也能做得出，但尚不是事事惡，時時惡；而嚴貢生則舉凡行動言語，無不是惡。問題還在於，這種人，偏偏是體制認可的「優行」之人！

兩者的一個大區別就顯示出來了：西門慶在小說所描寫的社會語境中，就是一個壞人；而嚴貢生在小說所描寫的語境中，卻是一個受人尊敬、被體制認可的鄉紳。這不僅體現了《金瓶梅》與《儒林外史》手法上的差異：《金》是批判，而《儒》是諷刺。更深刻的啟示是：就這兩個人物而言，《金瓶梅》是寫一個壞人，而《儒林外史》是寫一個壞價值。好的價值會判斷出壞人，而壞的價值則不能。

匡超人是作者刻意描寫的又一典型人物。這個本性純樸的人，只因了嚮往體制，試圖通過科舉走進體制以謀求體制許諾的功名富貴，便自踏上科舉之途的那一刻起，一天天墮落起來，他在體制中的升遷過程就是在道德上墮落的過程，地位、官職的提升與道德的墮落同步。作者用這個形象，生動而深刻地說明了，當體制至高無上，體制不再作為人類走向彼岸的階梯，體制自身成為目的與終極關懷時，體制階梯上的上升之路，就是道德人品上的墮落之路。體制的階梯如果不通向上帝，必通向魔鬼，不通向天國，必通向地獄 —— 別無他路。

關於《儒林外史》的主題，歷史上有不同的指認。上引閒齋老人認為是反「功名富貴」（閒齋老人《儒林外史》序）。王仲麟認為是「痛社會之混濁」（《中

國歷代小說史論》）。胡適先生更進一步認為是「批判明朝科舉用八股文的制度」，且指出科舉功名是「專制君主困死人才的唯一妙法」（〈吳敬梓評傳〉）。客觀地說，「功名富貴」說有較大的包容性，而反科舉反禮教則有其深刻性。我以為，《儒林外史》主題之深刻、偉大、廣博，在於它的「反體制」思想，是體制造成了儒林整體的墮落，使之日趨醜陋。所以，《儒林外史》便成了儒林醜史。周進、范進這樣沒有真學問也沒有什麼劣跡惡行的人，是體制把他們逼得可憐又可鄙，這是中國明清時代的「變形記」。寫出儒林之墮落、蛻變，吳敬梓是中國古代的卡夫卡。

由功名富貴到科舉制度到體制，是一條相互串聯的枷鎖。體制通過科舉支付富貴，欲求富貴者，也通過科舉而進入體制。社會就這樣帶上了腳鐐手銬。人類當然不可能沒有體制，但體制的無限膨脹，以致壟斷了社會的所有資源 —— 無論物質資源還是精神資源，則無疑是中國明清以後社會的一大特徵。體制以外沒有成功，體制以外沒有光榮，沒有體面，沒有尊嚴，沒有地位，沒有肯定，沒有追求，沒有結局，沒有出路。這種高度壟斷的體制，無孔不入的體制，擠佔了所有社會空間，終於使中國這個文明古國，變成了一個狎媚的世界，一個鬼魅的世界，一個醜陋的世界！

寫出這樣的大主題，寫出了這樣的既屬於中世紀，又警醒現代社會、警醒整個人類歷史的大主題，《儒林外史》不僅可以稱得上是中國古代一流的小說，即使放入世界文明史中，也是一部警醒人生的藝術大呂！

胡適先生把《儒林外史》定義為「諷刺小說」（〈五十年來中國之文學〉）；而魯迅先生更說「在中國歷來作諷刺小說者，再沒有比他更好的了」（《中國小說的歷史變遷》第六講），並且指出了它「戚而能諧，婉而多諷」的特點，其寫人狀物，「燭幽索隱，物無遁形，凡官師，儒者，名士，山人，間亦有市井細民，皆現身紙上，聲態並作，使彼世相，如在目前」（《中國小說史略》）。吳敬

梓的語言，是一流的，是足可以和《水滸傳》的作者一較高下的。

　　但總體而言，這部小說似有前緊後鬆的弱點，前面的精彩篇章、精彩細節紛見迭出，令人目不暇接而又意味盎然，且語言老辣，爐火純青，而從第二十四回鮑文卿出場起，後面的章節就有了一些拖沓，有了一些湊合，而且不少章節人物都似脫離了儒林，如第二十五至二十七回。問題是，他寫到儒林時才格外有精神，因為這才是他熟悉的生活。從第三十七回寫到郭孝子以後，儒林似乎成了水滸，而吳敬梓說故事的能力顯然不及羅貫中，郭孝子的故事說得如同兒戲，而且經不起推敲處亦頗多。如郭孝子深山遇虎，不僅虎及怪獸寫得奇怪、死得蹊蹺，而且，郭孝子見老虎走遠，他不遠逃，而是爬上大樹等虎回來，顯然不合情理。後又在老和尚處見一隻獨角怪獸，這還不算，後來竟然又跳出一隻老虎，而這老虎竟被郭孝子一個噴嚏嚇得跌進冰澗，凍死在那裡。再往下，郭孝子竟然傳授強盜武藝；嗣後又輕易地見了尋訪二十多年的父親。這些，都讓讀者覺得作者的技拙。確實，吳敬梓的優長在語言、細節，缺點在不會講故事。

　　另外，全書還有一些硬傷，如蕭雲仙打瞎了響馬賊頭趙大，身背禪林的老和尚，竟「一口氣跑了四十里」才放下，這匪夷所思的寫法只為前面有一個交代，「這四十里內，都是這賊頭舊日的響馬黨羽」。而蕭雲仙精力已倦，在一個小店內坐下時，見到一個頭戴孝巾，身穿白布衣服，腳下芒鞋，形容悲戚，眼下許多淚痕的郭孝子。不料這個本來蕭瑟落魄的郭孝子，竟然出人所料地向他笑道：「清平世界，蕩蕩乾坤，把彈子打瞎人的眼睛，卻來這店裡坐的安穩！」他哪有這份心情呢？更何況他從何處得知四十里以外發生的事呢？從細節到情節，都很矛盾而不真實了。

　　關於《儒林外史》的結構問題，是歷來評論家特別關注的題目，「全書無主幹，僅驅使各種人物，行列而來，事與其來俱起，亦與其去俱迄，雖云長篇，頗同短制」（《中國小說史略》）。這是對《儒林外史》結構特點的客觀描述，大約

是魯迅先生對《儒林外史》格外青睞，所以，他對這個特點做了這樣的評價：

> 但如集諸碎錦，合為帖子，雖非巨幅，而時見珍異，因亦娛心，使人刮目矣。(《中國小說史略》)

但客觀地說，這樣的結構給了作者太大的自由，使他不免有些隨意與草率，有些地方的承接就顯得突兀而不合常理，使讀者的閱讀期待大受挫折。如第三十八回，從在四川的郭孝子突然轉寫陝西老和尚，其間的過渡只是郭孝子的一封信，頗為突兀。再如第四十一回，寫沈瓊枝被兩個官差押回，船上見到兩個婊子、一個漢子，作者就丟掉前面大張旗鼓地寫來的沈瓊枝，說起兩婊子來，顯得好沒道理。這樣唐突讀者，三番五次地硬牽着讀者的鼻子走，逼讀者轉彎抹角，這都是由於他自己太自由、太沒約束的緣故。

因為，讀者讀到此處，一定對沈瓊枝的命運發生牽掛：這樣一個獨來獨往、敢作敢為又有一些唐突的女子，她被押解回去以後，又會怎樣？等待她的，是什麼樣的命運？但吳敬梓顯然對沈瓊枝的命運並不關心，但他應該理解讀者對沈瓊枝的關心啊，況且這種關心還是你自己挑起的。事實上，吳敬梓不關心他筆下任何人的命運，包括杜文卿、遲衡山、莊徵君、虞博士這一類人物，在他筆下，一概沒有個了局，一概沒有個下場，死活不管，活不見人，死不見屍。這種對人物命運的漠不關心，在小說這類敘事作品中極為罕見。

這樣太自由地寫一處丟一處，拐一處撇一處，甚至使作者草菅人命起來：寫一個人，要丟開他而又丟不開，放在手邊敘述起來又嫌礙手礙腳時，作者便讓他死。讓作者這樣弄死的人，在一部《儒林外史》中，有數十個之多，有時甚至直接讓人絕戶：那嚴監生一家，轉眼之間，死了三個人，丟下一個小寡婦哀哀無告。這吳敬梓好心硬。

# 繁華憔悴

　　王國維曾不無誇張地說，納蘭性德為「北宋以來，一人而已」（《人間詞話》）。其原因在於，納蘭在藝術上有大創造，乃「以自然之眼觀物，以自然之舌言情」。事實上，王國維的這種說法可能受納蘭自己的影響，納蘭自己即認為詞濫觴於唐人，極盛於北宋，而南渡以後，可置之勿論。他的座師徐乾學也說他「好觀北宋之作，不喜南渡諸家」（〈納蘭君墓誌銘〉）。王國維推許納蘭「以自然之眼觀物，以自然之舌言情」，固與他的詞學理論所推崇者相符，但把納蘭推到「北宋以來，一人而已」的高度，一筆抹倒李清照、辛棄疾諸人，總顯不大公平。事實上，納蘭詞中，除了哀感頑豔、真切自然之風格外，還有梗概不平的豪宕之作，這一類作品的風格，恰恰頗似辛派詞人，所以，清人徐釚就指出，納蘭「詞旨嶔奇磊落，不啻坡老、稼軒」（徐釚《詞苑叢譚》卷五）。他在不平之氣鼓蕩之下一氣呵成的作品，與北宋（除蘇軾外）諸家頗不類。小令作者二晏、歐陽、方回、秦觀等固不論，長調作者中，柳永一味鋪陳，轉折有餘而暢達不足，周邦彥吞吞吐吐，語氣拗折而氣息奄奄，兩者固有納蘭不及之優點，亦有不及納蘭之缺點。相反，正是在他不喜歡的南渡諸家那裡，尤其是辛幼安的詞作裡，才可以找見他的那種調子。試看他的一首《金縷曲·贈梁汾》：

　　　　德也狂生耳。偶然間、緇塵京國，烏衣門第。有酒惟澆趙州土，誰會成生此意。不信道、遂成知己。青眼高歌俱未老，向樽前，拭盡英雄淚。君不

見，月如水。

　　共君此夜須沉醉。且由他、蛾眉謠諑，古今同忌。身世悠悠何足問，冷笑置之而已。尋思起、從頭翻悔。一日心期千劫在，後身緣、恐結他生裡。然諾重，君須記。

　　此詞從風格到句式，到用典，甚至一些句子，比如「拭盡英雄淚」、「蛾眉謠諑」等，都化自辛棄疾。而正是這首詞，給他帶來了巨大的聲響，「都下競相傳寫，於是教坊歌曲間，無不知有《側帽詞》（按：《飲水詞》的前稱）者」（徐釚《詞苑叢譚》）。

　　注意這首詞的開頭「德也狂生耳」，這種直抒胸臆式的開頭，在納蘭詞中常見，如《金縷曲·寄梁汾》的開頭「木落吳江矣」，《瑞鶴仙》的開頭「馬齒加長矣」，《風流子》的開頭「平原草枯矣」，都是典型的辛棄疾式的。可惜的是，他還不具備辛棄疾那種剽悍強戾之氣，他「狂」得還不夠。他也不如李清照那樣一味自憐，他也「慘」得不夠，所以，這類風格的作品，在他的集子中，還不算太多。在他的集子中，最常見的，是那種淒豔的作品，是那些「哀怨騷屑，類憔悴失職所為」的作品。這類作品，「哀感頑豔」（馮金伯《詞苑萃編》卷八引陳維崧語），「婉麗淒清，使讀者哀樂不知所主」（顧貞觀《通志堂詞·序》）。但這類作品，又頗有些像南渡後的李清照，看他的這首《憶桃源慢》：

　　斜倚薰籠，隔簾寒徹，徹夜寒如水。離魂何處，一片月明千里。兩地淒涼多少恨，分付藥爐煙細。近來情緒，非關病酒，如何擁鼻長如醉？轉尋思、不如睡也，看道夜深怎睡。

　　幾年消息浮沉，把朱顏頓成憔悴。紙窗淅瀝（一作「風裂」），寒到個人衾被。篆字香消燈炧冷，不算淒涼滋味（一作「忽聽塞鴻嘹唳」）。加餐

千萬，寄聲珍重，而今始會當時意。早催人、一更更漏，殘雪月華滿地。

我們是不是從中看出南渡後李清照的味道？連句子都直接拿來了：「非關病酒。」南渡後的李清照是喪夫，而他是亡妻。喪夫的李清照是如明日黃花，飄零江南，而今有誰堪摘？亡妻的納蘭，視息人世，亦覺人生無味。

他的那些悼亡之作被評為「如寡婦夜哭，纏綿幽咽，不能終聽」（李慈銘《越縵堂讀書記》）。如這首《青衫濕·悼亡》：

> 青山濕遍，憑伊慰我，忍便相忘。半月前頭扶病，剪刀聲、猶在銀缸。憶生來，小膽怯空房。到而今，獨伴梨花影，冷冥冥、盡意淒涼。願指魂今識路，教尋夢也迴廊。
>
> 咫尺玉鉤斜路，一般消受，蔓草殘陽。判把長眠滴醒，和清淚，攪入椒漿。怕幽泉，還為我神傷。道書生薄命宜將息，再休耽、怨粉愁香。料得重圓密誓，難禁寸裂柔腸。

納蘭性德是天生貴冑、錦衣玉食之人，而且他自己天分極高，仕途極順，人際關係極好，按一般世俗觀點，他的人生幾乎是完滿的，但他偏偏常在憂患中，「愁似湘江日夜潮」（《憶王孫·西風一夜》）。

> 予生未三十，憂愁居其半。心事如落花，春風吹已斷。（《擬古》）

難怪張芑川發問：「為甚麟閣佳兒，虎門貴客，遁入愁城裡？」（《百字令》）有人統計過，在納蘭現存的三百多首詞裡，用「愁」字九十次，「淚」字六十五次，「恨」字三十九次，「斷腸」、「傷心」、「惆悵」、「淒涼」等字眼，觸目皆是

（黃天驥《納蘭性德和他的詞》）。

　　學術界對納蘭的這種「性近悲涼」精神狀態的成因，做了種種說明，有說他是「生就肝腸」，天性如此（張芑川《百字令》），有說是「家族世仇」，是「民族仇怨」，是「末世悲涼」，是「理想破滅」。我的意見是，根據他的精神狀態，他可能有着憂鬱症的病狀。所以，雖在花團錦簇之中，烈火烹油之時，他仍然「料也覺，人間無味」（《金縷曲·亡婦忌日有感》），甚至一睡而不願醒來，「解道醒來無味」（《如夢令·萬丈穹廬人醉》）。當然，這種憂鬱症病狀，不僅由於生理上的問題，更多的是由於社會問題。一種社會狀態，延續了兩千年，總會讓人厭倦。因為這樣的社會，哪怕穩定，哪怕舒適，它也不能給人提供精神上的新鮮感，從而使人喪失了精神上的追求，沒有精神探索的生活是無聊的，沒有激情的生活是令人厭倦和頹唐的。況且，這種表面的繁榮，總隱藏着巨大的危機，表面的穩定，擋不住宿命般必將到來的崩潰，因為，這種盛衰興亡，甚至改朝換代，已經經歷無數次了，熟諳歷史而又生性敏感的納蘭，他不可能看不到歷史上那麼多煊赫一時的家族與風光一時的人物，最後幾乎無一例外地不能逃脫覆亡的命運。「朱丹吾轂，一跌將赤吾之族」（揚雄〈解嘲〉）的故事，是不斷地用鮮血來重寫的。尤其是他看到自己的父親，雖權傾一時，卻大肆貪贓弄權，最終垮台的命運幾乎是鐵定的。面對這一切，純潔而敏感的納蘭，不患上憂鬱症，倒是不正常的。

　　從這個角度看，納蘭生活的煊赫家庭，他至孝至愛的權傾朝野的父親明珠，納蘭供職的朝廷，他至忠至敬的所謂雄才大略的皇帝玄燁，這一切，都是某種可怕的歷史場景的重現。而且，父親和皇帝，他孝與忠的對象，恰恰又構成了他生命中不可承受之重：他對他們同時又是怨與怕，他愛父親，卻又不能不對父親的齷齪苟且滿懷怨恨；他敬玄燁，卻又不能不對這個掌握他及他家族命運的無情帝王充滿恐懼。家庭與朝廷，父權與君權，是他道義名分上必須尊敬愛戴的。他

們的所作所為，卻又是不值得尊敬與愛戴的。這是多麼巨大的心理重負？極純潔的人偏生極骯髒之地，極善良的人偏目睹極酷毒之事，極愛美之人偏處極醜陋之側。目睹戕賊而不能止，身經酷毒而不能言，反而要強顏歡笑，伴虎侶狼，人何以堪？再加上他初戀摧挫，愛妻早逝，凡此種種，加之於一位多情善感、情懷高潔、慕善親賢的青年身上，他的精神，不可能不受致命的摧殘。

納蘭作為一介貴公子，他受人傾慕的，不僅是他的才華，而且還有他的人品，他對愛情，對友情都極忠極純，對父親他是大孝，對皇帝他也是大忠。徐乾學〈納蘭君墓誌銘〉記其孝曰：「太傅（納蘭父明珠）嘗偶恙，日侍左右，衣不解帶，顏色黝黑，及愈乃復初。」記其忠曰：「其在上前，進反曲折有常度，性耐勞苦，嚴寒執熱，直廬頓次，不敢乞休沐自逸。」記其悌曰：「友愛幼弟，弟或出，必遣親近傔僕護之，反必往視，以為常。」梁佩蘭在〈祭文〉中說他「黃金如土，惟義是赴。見才必憐，見賢必慕。生平至性，固結於君親，舉以待人，無事不真」。可以說，納蘭性德是一個為人及修養特別注意的人，他非常願意演好自己的每一個角色，這與他對人生的基本判斷非常矛盾：一方面，他認識到人生的荒謬與無意義，另一方面卻又恪盡自己做人的種種責任；一方面，他認識到社會上普遍的道德虛偽，對儒家道德觀念有着深切的懷疑，另一方面卻又對這些道德規範身體力行。這種矛盾的做法又導致了這樣有些黑色幽默的情景：一個道德化的人與一個不道德的社會，一個道德化的社會角色存在於一個不道德的社會關係中。可以想見的是，在這樣的社會關係中，他這樣的潔身自好、寧願以不對等的付出來面對他人的人，是何等的痛苦。這應該是深陷「愁城」並因而形成他哀感頑豔詞風的一大原因。

並且，由此出發，我們也可以合乎邏輯地想像出，他為什麼對友情與愛情那麼執着與癡迷。可以說，友情是中國古代倫常規範中最少外在強制約束，而最多寬鬆自由的關係。譚嗣同在對舊倫常規範做毫不留情的衝決的時候，卻對舊道德

中「朋友之道」予以充分肯定，原因也就是朋友關係出於自主自願，而這正是封建倫常中其他關係缺乏的東西：

> 五倫中於人生最無弊而有益，無纖毫之苦，有淡水之樂，其惟朋友乎！……所以者何？一曰平等，二曰自由，三曰節宣惟意。總括其義，曰不失自主之權而已矣。（《仁學》下）

在其他諸如君臣關係、父子關係中心力交瘁的納蘭性德，在朋友關係中找到了自己。至於愛情，這種男女之「愛」，與其他社會關係中的「敬」、「孝」、「忠」、「悌」也有極大的不同，它首先是雙向對等的，且是發自內心而非外在的義務，他在其中找到了溫暖，找到了真正被愛的感覺，也印證了自己的價值，所以他在《金縷曲·未得長無謂》中宣稱要「暫覓個柔鄉避」，「但有玉人常照眼，向名花美酒拼沉醉。天下事，公等在」，他要在溫柔鄉裡避世，要在名花美酒中沉醉，天下事，拱手給人了。他在寄嚴繩孫的手簡裡，也說：

> 弟胸中塊壘，非酒可澆。庶幾得慧心人以晤言消之而已。淪落之餘，久欲葬身柔鄉，不知得如鄙人之願否耳？（《致嚴繩孫五簡·第二簡》）

又云：

> 弟是以甚慕魏公子之飲醇酒、近婦人也。（同上）

夏承燾先生說，納蘭之欲葬身柔鄉，「便是他一切情詞豔語的思想底裡」（夏承燾〈《詞人納蘭容若手簡》前言〉）。但我們必須看到，他在這柔鄉裡，並不

如魏公子之無情，亦不似漢武帝之有欲，他是純情的，同情的，無論是對前妻盧氏，還是對繼室官氏，他都情深誼長，以致我們現在無法判斷他那些深致綿長的愛情詞是寫給哪一位夫人的。而且，還必須說明白的是，他在個人的性道德上，是近乎無懈可擊的。他的愛情詞，不是像柳永那樣寫給歌兒舞伎的，他可能有婚外的感情（可能有初戀的情人），但他沒有婚外的放蕩。在這方面，他幾乎是潔身自好的，這與他在其他社會關係中恪守儒家規範相一致。當他在其他社會關係中感到的是掣肘和骯髒時，他在愛情與友情中找到的是自由與純潔，他也極力維護這種自由與純潔，把它們看作是他尚能棲身這個世界的理由。他需要友誼的溫暖，需要愛情的甜美，在這個世界上，似乎只有這二者，是他能夠把握和願意握持的。

從另一方面講，愛，其實是愛者的自我需要，而不是對被愛者的義務。所以，從道德角度闡述愛，總是扞格不入的。納蘭對妻子的愛，對戀人的愛，更多的是出自他這顆渴望有所歸宿的內心，正如陶淵明愛田園、謝靈運愛山水一樣。所以，他的專一與不濫，與其說是道德約束，不如說是他自身因缺少安全感而對一切不穩定東西的天然恐懼：在專一中，他獲得了安全的保障，專一是他為獲得安全而交納的保護費 —— 上升了說，他何嘗不希望玄燁皇帝對他家族的信任和寵愛也是專一而穩定的！

實際上對納蘭性情成因的探索並不重要，重要的是納蘭詞為我們提供了什麼，在文學史上，他有什麼貢獻，換句話說，他對豐富我們這個民族的心靈，做了什麼，他對我們這個民族的審美，提供了什麼樣的樣本。對他這方面的評價，相差很大，最高的，是王國維，認為他是北宋以來第一人；低的，只認為他是一個一般的詞作者。在這類意見裡，陳子展的話很有意思：

> 恰好他的愛妻死了，悼亡嘆逝，不覺流露於字裡行間，罩上了很濃厚的

感傷氣氛，可以傳染讀者。恰好他常常陪侍皇帝出巡打獵，引起了他邊塞荒涼之感，也足以動人。同時他是由科舉出身的貴公子，自命風雅，肯和許多名士往來；他又救了一個遭難的文人吳季子，所謂熱情俠氣，也成了他詞裡的一部分；加上他的不幸短命；這樣，他就成為一代無雙的詞人了。（陳子展《中國文學史講話》）

這段話中的事實，實際上不能說明納蘭詞之藝術成就，因為凡此種種，本身並不能決定一個人心靈的深度，境界的高度和思想的廣度。同樣的事，不同悟性的人，會達到不同的深度。而納蘭恰恰是具有非凡悟性的人。不少人喜歡把納蘭和李煜比，而我以為，兩者在風格上或很相似，在把具體事件的感受最終上升到人生感慨上也很一致，但兩者的路徑卻很不相同。李煜是向事件開拓的人。他前期寫宮廷生活，寫與大小周后的愛情，向宮廷生活要靈感，他把那些事寫得花團錦簇；後期寫亡國，寫囚虜生活，把亡國大事反覆寫，向亡國大事要題材，把這些事寫得一派狼藉。而納蘭是向內心開拓的人，他一生中值得寫的大事與李煜相比太少了，或者說，太平常了，和一般人比，或者還有些驕傲的地方，比如出塞、下江南，和李煜比，他只能拱手稱臣，他的那些事，只能是黯然失色。李煜有現實的大磨難、大變遷、大跌宕，納蘭的生活，縱有些苦痛，也是人之常情（這正是陳子展對他不以為然的地方）。但問題恰恰在於，他就對這些人之常情極敏感，他就從這些人之常情中，人生的常見遺憾中，看出人生的大悲劇、大荒謬、大空虛、大無聊；換句話說，他從日常生活中看出了悲劇。所以，他把自己花團錦簇的生活，弄得一片荒涼。其實，看不見荒涼，就是繁華，若是你的眼光很不幸透過了這層繁華，就看見了荒涼。所以，李煜的悲劇，是事的悲劇，而納蘭的悲劇，則是「幾乎無事的悲劇」。李煜的悲劇，是個別的悲劇，他的可貴在於他從自己個別的悲劇中找到一般的人生悲劇，他通過主題的昇華，上升為普遍人生

的苦痛，這是他的偉大，是他的深度與廣度。而納蘭的悲劇，本來就是一般的悲劇，就是我們所有人所有的生活中常見的悲劇，他不需要李煜主題的昇華，他就在日常生活中發現了生命的苦痛，無所逃乎天地之間的苦痛，這是徹底絕望。是對生活的徹底絕望，對世界的徹底絕望。絕望到根本無須其他什麼重大打擊和挫折，無須什麼重大變故與失去，我們已然一無所有，我們已然被打倒。我們的日常生活，就是悲劇。

一個社會在僵死的過程中，一些最敏銳的感官，總是最先死亡。納蘭就是這樣的感官。

陳廷焯說：「詞興於唐，盛於宋，衰於元，亡於明，而再振於我國初，大暢厥旨於乾嘉以還也。」（《白雨齋詞話》卷一）事實上，乾嘉以後的詞作，殊不足道，而清初所謂「三大家」中的另兩家陳維崧、朱彝尊，也不能和納蘭相比，真正值得我們記起的，在清代也就一個納蘭，而且納蘭之後，再無大家，再無名作。詞作為一種文體，走到納蘭，就走完了它的生命歷程，而由這樣一位憔悴天才來謝幕，是詞體的光榮，留給我們的，卻是生命的刻骨傷感。

# 天下一聊齋

在中國古代小說傳統中，「志怪」一類歷史最為悠久，漢代即有類似著作，而魏晉之《搜神記》等志怪小說，成為當時小說的唯一成果（所謂「志人」一類，如劉義慶《世說新語》，只是紀實的隨筆、散文，而非出自虛構的小說）。唐人小說中，「傳奇」一語與「志怪」，從構詞法上即可見出兩者的關係。宋代以後白話形式的話本出現，這類以文言形式敘寫神怪故事的「小說」終於式微。但不料在清初，一山東淄川縣的村學究、窮經生，蒲松齡蒲留仙，卻出人意料地創作出一部包含四百九十多短篇的《聊齋誌異》，使這一小說之流大放異彩，志怪一類，終於在最後時刻，成就了正果。

但我們若要充分認識《聊齋誌異》的成就，那我們就必須認清它與它那些前身的不同，從而發現，在種類的蛻變中，志怪的蛹變成了美麗的蝴蝶。

首先，從思想內容上說，《聊齋誌異》的「誌異」與魏晉之「志怪」有了大不同。六朝志怪之「志」，乃是如《漢書》的「志」的體例一樣，是「如實記錄」的意思，而聊齋先生「誌異」之「志」，卻已有很多是自己的虛構和創作了。既是虛構，就必有用意，就必有主觀故意，有主觀要表達的東西。六朝「志怪」，是搜集記述歷代「怪異非常之事」，其對這些「怪異非常之事」的認識，是把它們當成實有之事、實際發生之事的，所以，雖然在敘述中或有明白曉暢生動活潑之文筆追求，但於基本事實卻是照着史筆的規矩，如「實」直錄的。也就是說，六朝「志怪」的虛構，發生在「志」之前，在「志」之於書籍，錄之於文字之前。

當干寶等人用筆墨來「志」這些傳說或從其他典籍中轉錄這些故事時，這些故事已經是一個既成的「事實」，所以，在他們的心裡，是把這些也當作「史」的，只不過是「非常」之史罷了。干寶《搜神記·敘》中就明白地證明，搜記這類神怪之事，正是為了「發明神道之不誣」。若在採自前代典籍中有「失實」之處，也是前代典籍妄載，非自己的罪過，「若使採訪近世之事，苟有虛錯，願與先賢前儒分其譏謗」。雖然這些志怪之事最初的出現乃是出自人的幻想和想像，但在干寶等人看來，這卻是實際發生過的，他們只是「搜」而「記」之而已。

但《聊齋》中「志」的故事，卻與之大不同。《聊齋誌異》中的故事來源，有出自歷代典籍及傳奇故事的，有出自民間傳說的，有出自朋友的提供的，這與六朝志怪大致相同。不同的是，蒲留仙先生對這些故事的態度不再是一個「史家」的態度，照單全錄，無所改竄與損益，恰恰相反，他往往對這些故事進行文學化的加工，按照自己的理解與思路，按照一定的明確的主題與思想，對這些故事作藝術處理，從而主題更突出，情節更曲折，思想更深刻，寓意更明確，情感更強烈。雖然蒲松齡未能對所有的故事都做這樣的工作，以致還有大量的（約佔總篇幅的一半）簡略的、不具備故事情節的奇異傳聞的記錄，被紀昀譏諷為「一書而兼二體」，但我們完全可以把這些粗陳梗概的短章看作是他搜羅保存的原始材料，只是他還沒有來得及加工，或已無力進行加工。把這些東西和記敘委曲、摹繪如生的篇什做一個比較，反而讓我們能看出蒲松齡的雕繢刻鏤之工，脫胎換骨之巧，推陳出新之奇，化腐朽為神奇之妙。

同時，在《聊齋誌異》中還有不少完全出自作者自創的篇什，這些作品不再是「記」，而是「創」，不再是「述」，而是「作」，是他有意識結撰的奇異故事，是通過想像來進行的文學創作。如果說，六朝志怪對奇異故事之「搜」、「記」、「志」，乃是出自與史家相同的思路，雖然抑或有使讀者「遊心寓目」的想法，但主要仍只是把這些故事當作歷史的一部分的話；那麼，蒲松齡之有意識地通過

想像來結撰這些奇異故事，描摹這些花妖狐怪，就一定有他純粹個人的意志在，情感在，動機在。更何況，《聊齋誌異》中還有不少篇章，既無鬼神，亦無花精狐狸，只是普通人的瑰偉之行，出眾之才，美好之德，這與傳統志怪，更是大不相同。蒲松齡自己在《聊齋誌異》的結尾中自述其創作動機：

> 獨是子夜熒熒，燈昏欲蕊。蕭齋瑟瑟，案冷疑冰。集腋為裘，妄續幽冥之錄；浮白載筆，僅成孤憤之書。寄託如此，亦足悲矣！

二知道人的《〈紅樓夢〉說夢》，比較蒲松齡、曹雪芹曰：「蒲松齡之孤憤，假鬼狐以發之 …… 曹雪芹之孤憤，假兒女以發之，同是一把辛酸淚也。」余集的《聊齋誌異‧序》云：

> 先生少負異才，以氣節自矜，落落不偶，卒困於經生以終。平生奇氣，無所宣洩，悉寄之於書。故所載多涉詭荒忽不經之事，至於驚世駭俗，而卒不顧。嗟夫！世固有服聲被色，儼然人類，叩其所藏，有鬼蜮之不足比，而豺虎之難與方者。下堂見蠆，出門觸蠚，紛紛沓沓，莫可窮詰。惜無禹鼎鑄其情狀，鐲鏤決其陰霾，不得已而涉想於杳冥荒怪之域，以為異類有情，或者尚堪晤對；鬼謀雖遠，庶其警彼貪淫。嗚呼！先生之志荒，而先生之心苦矣。

久困場屋、懷才不遇的蒲留仙，三十年在縉紳人家坐館，既獲一相對安定之生活，可以安心創作《聊齋誌異》，但那青燈古卷寂寥寒窗之苦，有志不獲騁之痛，怕也是「念此懷悲淒，終曉不能靜」（陶淵明《雜詩》）吧。「驚霜寒雀，抱樹無溫；吊月秋蟲，偎闌自熱。知我者，其在青林黑塞間乎！」（蒲松齡〈聊齋

自志〉）孤獨、寂寞，「不堪悲情向人說，呵壁自問靈均天」（高鳳翰〈聊齋誌異題辭〉）。在館東畢際有家的石隱園裡，這個受壓抑、被遺忘的天才，夜闌人靜之時，神遊八極，他不滿足於自己所處的世界，不滿於這個世界的無聊、空虛、無刺激少激情、平淡而無味、庸常而無聊，乃以自己的筆，自創一世界，自為一世界，此中充滿神奇意外，此中充滿詩情畫意，此中一切不可能皆為可能，一切不可為皆為可為，一切幻影都成了現實，一切玄想都能夠實現，一切愛有結果，一切情有着落，一切罪有報應，一切善有酬答，冤有了頭，債有了主。這個世界第一次有了正義，有了明白，有了說法。最高的文學境界，或是從實在中看出虛無，如莊周、曹雪芹；或是從虛無中造出實有，這在中國文學史上，大概只有屈原與蒲松齡了。

　　就這一點說，《聊齋誌異》又是對唐傳奇的超越。唐傳奇以「傳」達「奇」異自炫，較少作者自身的經驗、體會與情感的加入。而在石隱園中過着苦行僧般生活的蒲松齡 —— 他自己就說過他是苦行僧托生，這實際上就是他對自己「久以鶴梅當妻子，且將家舍作郵亭」（《家居》）的坐館生活的自嘲 ——「石丈猶堪文字友，薇花定結喜歡緣」（《逃暑石隱園》），他用文字自慰，用文字締結那想像中的「喜歡緣」，從而，他的作品，不再以情節之奇、構想之幻來炫人耳目，他是用這些幻想的故事來表達他一腔落寞無處排遣的情懷。假幻設以寓意，才是他的真目的。志怪也好，誌異也好，傳奇也好，都退居二線，成為手段；「寓意」，寄託自己的情志與孤憤，成了目的，這使得《聊齋誌異》有了詩的特徵。關於這一點的一個證據是，《聊齋誌異》中不少篇目，其寓意已經不是社會意義上的社會批判、政治批判與文化批判，而是審美意義上的人生感慨、人性描述與自我抒懷。這一點，更是六朝志怪想都沒想過的，唐人傳奇中，這類作品也是個意外。

　　就藝術上說，正如魯迅所指出的，《聊齋誌異》的最大特色在於「用傳奇法，

而以志怪」。所謂「傳奇法」，即是「描寫委曲，敘次井然」，「使變幻之狀，如在目前」，「出於幻域」卻又能「頓入人間」（《中國小說史略》）。他又把《聊齋誌異》與此前的「志怪群書」比較，而見出其藝術上的進步：

　　明末志怪群書，大抵簡略，又多荒怪，誕而不情。《聊齋誌異》獨於詳盡之處，示以平常，使花妖狐魅，多具人情，和易可親，忘為異類，而又偶見鶻突，知復非人。（《中國小說史略》）

　　魯迅先生在《聊齋誌異》研究史上，是一個改變輿論的人物，他對《聊齋誌異》思想內容與藝術成就的客觀評價，一下子使人認清了《聊齋誌異》對中國小說的偉大貢獻。「用傳奇法，而以志怪」，是說出了《聊齋誌異》在敘事上對傳統志怪小說「簡略」的革命，一變而為詳盡委曲，層次井然，脈絡清晰，細節生動，委婉有致；「出於幻域」、「頓入人間」，是說出了《聊齋誌異》在內容上對傳統志怪小說「荒怪」的革命，變而為「示以平常」；從「誕而不情」變為「花妖狐魅，多具人情」，「能世故，使人覺得可親，並不覺得可怕」（魯迅《中國小說的歷史的變遷》第六講）。

　　《聊齋誌異》寫愛情，是中國古代文學中最純美的愛情，因為它所寫的大都是花妖狐魅的愛情，在脫離人形之後，她們也擺脫了人間的種種禮教約束和利害算計，她們一任感情之真，或溫柔，或熱烈，或幽然，或開朗，或天真憨態、明淨無邪，或毅然決然、勇敢無懼。所以，如果說南北朝樂府詩中的女人是中國詩歌史上最美麗的女人，那麼《聊齋誌異》中的女人，即是中國小說史上最美麗的女人。蒲松齡是一個非常性情的人，他在創造這些美麗的女性時，會不知不覺地愛上他筆下的這些女子，從而用他的生花妙筆，把她們寫得色貌如花又肝腸似火。這些女性，已是詩意化的女性，甚至她們的性愛，也是詩意化的性愛。比較

一下《聊齋誌異》寫性與《金瓶梅》寫性，是很有意義的。《金瓶梅》把性寫得那麼不堪，那麼充滿肉慾與死亡的氣息，是要以此表現出生活的齷齪與人性的墮落，是要寫出絕望，寫出居高臨下的憐憫。而《聊齋誌異》中的性，寫得那麼熱烈，那麼強烈，那麼一見鍾情、一觸即發，那麼令人銷魂，那麼純潔美麗，是要寫出希望，寫出對美好性愛的瞻望般的慕羨。《金瓶梅》是厭惡的，《聊齋誌異》是愛好的。《金瓶梅》要向我們展示的，是生命的陷溺，是生活的無聊賴；蒲松齡要給我們表達的，是生命的美好，是生活的有盼頭。你看《葛巾》中寫常大用與牡丹花神葛巾的性愛：

> 乃攬體入懷，代解裙結。玉肌乍露，熱香四流，偎抱之間，覺鼻息汗薰，無氣不馥。

但蒲松齡在寫出這種歡愛與熱烈時，仍然為我們預設了最終歸於空虛的結局，令人悵悵。常大用與葛巾的那場熱烈之愛，是以葛巾姊妹「俱渺矣」結局的。並且葛巾姊妹所生之子，亦擲地「並沒」。俱渺，並沒，真有春夢了無痕之感。

寫得最為傷感的，乃是〈香玉〉。這一篇傑作，寫出了人生的美好與繁華，然後又讓這一切於無聲無息中消逝無痕。蒲留仙先生無中生有的手段，出生入死的悟性，有情無情的變幻，在此篇中得到了充分展現。

膠州人黃生在勞山下清宮中築舍讀書。宮中有一棵高二丈的耐冬，一棵高丈餘的白牡丹，耐冬花神名叫絳雪，牡丹花神名叫香玉。黃生愛上了香玉，香玉主動來相就，兩相歡好，夙夜必偕。

後即墨藍氏掘白牡丹移去，白牡丹在藍家「日就萎悴」。黃生痛不欲生，作哭花詩五十首，「日日臨穴」，涕洟其處，而絳雪亦來相伴。黃生說：「香玉吾愛妻，絳雪吾良友也。」

後來耐冬又要被人砍伐，黃生急忙制止了砍伐者，救下了耐冬，入夜，絳雪來謝。黃生說：「今對良友，益思豔妻。久不哭香玉，卿能從我哭乎？」二人乃往，臨穴灑涕。至一更向盡，絳雪收淚勸止，乃還。

黃生的癡情感動了花神，花神準備讓香玉重生舊穴中。夜來相見，「生覺把之若虛，如手自握」，「偎傍之間，彷彿以身就影」。原來，當初香玉為花神，故形體凝定，現在是花鬼，故形體虛散也。香玉淒淒地對黃生說，我們今日相聚，你千萬不要當真，就當是一場美夢吧。「生悒悒不歡，香玉亦俯仰自恨。」為了使美夢成真，香玉告訴黃生，你每天給我澆一杯白蘞屑加少許硫磺水，一年以後我可以重生。黃生第二天果然看到一株牡丹花萌芽生出。於是「日加培溉，又作雕欄以護之」。黃生歸家，也拿出金錢給道士，囑他朝夕培養之。至第二年四月，黃生回來時，他看到的是：

> 則花一朵，含苞未放；方流連間，花搖搖欲拆；少時已開，花大如盤，儼然有小美人坐蕊中，才三四指許；轉瞬間飄然已下，則香玉也。笑曰：「妾忍風雨以待君，君來何遲也！」

這花瓣展開的剎那，就是世界的再造。蒲松齡此時可不就是一個藝術的造物主？在他給我們展開的花瓣中，我們有了一切！

我們可以想見，寂寂深夜，蒲松齡寫出這樣的句子時，他抬起頭，望望窗外無邊的黑暗，他的眼前展開了一朵大花，這朵大花，就開放在黑夜的心臟，他一定是微笑着，淚光點點⋯⋯

黃生指牡丹花為誓：「我他日寄魂於此，當生卿之左。」後十餘年，黃生病，其子哀傷，他卻笑曰：「此我生期，非死期也，何哀為！」並對道士說，他日如果牡丹花旁有一赤芽，一放五葉，就是我。不久，黃生死。第二年，果然有一棵

赤芽生於牡丹花側。道士以為異,益灌溉之,三年高數尺,拱把之粗,但不花。

若小說至此結束,蒲松齡給我們留下的,就是關於愛的執着與永恆的寓言。但是,蒲松齡真是一位「忍人」,他幾乎是不動聲色地寫下了以下句子:

> 老道士死,其弟子不知愛惜,因其不花,斫去之。白牡丹亦憔悴,尋死;無何,耐冬亦死。

這是寫出上面那樣熱烈氣息文字的蒲松齡麼?他為何突然冷峻到冷酷?是他無邊的慈悲催生了這樣神奇的大花,還是他徹骨的悲涼,讓這朵花最終凋逝?

一場歡愛,一場轟轟烈烈,一場如火如荼,一場如花似錦,而終於消於無痕,形跡不存,念想亦無。這世界曾經開出如此絢爛,而終歸於如此寂滅!

駱玉明先生在《簡明中國文學史》的相關章節中,提到《聊齋誌異》中的〈綠衣女〉一篇,在敘述了故事的凄然結局之後,有如下精當的議論:

> 一個微弱的生命被殘暴的外力所窺伺着,卻不顧危險,仍然要獲得哪怕短暫的歡愛。在這縹緲的故事中,哀傷的詩意令人難忘。

唉,蒲松齡的《聊齋誌異》,豈不就是「志」下這些異常的、縹緲的故事?這些故事豈不是這個世界難得一見(所以為異)的詩意?這些花妖狐精,豈不就是人中的異類、人中的卓異?《聊齋誌異》的「異」,原來就是指我們無聊生活中的變異,是我們平淡生活中的奇異,是我們平庸族類中的卓異,是我們生命中的奇跡!

# 心靈死亡

在中國文學史上，沒有哪一個文學流派產生過像桐城派那樣大的影響，沒有一個文學流派像桐城派那樣流佈久遠 —— 它幾乎和清王朝同始同終，「天下文章，其出於桐城乎！」（姚鼐《劉海峰先生八十壽序》引程魚門、周書昌語）——也沒有一個文學流派像桐城派那樣橫遭王朝覆滅、文化衰頹，以致人們把它和一個腐朽的王朝、一種沒落的文化一起否定。它不僅與這個被人唾棄的王朝一樣，承擔着人們憤怒的斥責，也與一個為人詬病的文化，一起承擔着民族衰敗的罪責。在「西學東漸」的大背景下，一大批和桐城派作家相比，眼界更開闊、思慮更深刻的學術大師、思想巨人，對它進行了毫不留情的思想否定與藝術否定，它幾乎被當作一個文化垃圾。一直到 20 世紀 80 年代以後，對它一絲同情的聲音才得以出現，而這一同情的聲音卻因為缺少思想與理論上的新穎與深刻，僅憑一些不關痛癢的學術上的例證，在承認批判者基本價值立場的前提下，試圖為桐城派做一點無罪的辯護。顯然，這些略顯膽怯和底氣不足的聲音，尚不能起到為它洗刷近百年垢癥的作用。

不可否認的是，如果我們有一個基本的前提，那就是，散文是一個民族、一個時代認知能力的體現、道德情感的體現，那麼，從這個角度觀察，我們就不能不說，綿延二百多年的桐城派文章，於提高民族的認知能力了無作為，了無貢獻，甚至，它還起着相反的作用，那種陳腐的、僵化的文風與道德觀念麻痺了人們的思想，麻木了人們的道德情感，障礙着人們的認知。所以，我們看到，對桐

城派最激烈的否定，大都來自於那些新文化運動的幹將，來自於那些思想啟蒙者，錢玄同在1918年7月2日〈寄胡適之〉的信中，稱桐城派是「選學妖孽，桐城謬種」，即直指其「以不通之典故與肉麻之句調，戕賊吾青年」，而傅斯年對桐城派更是一筆抹殺：

> 桐城家者，最不足觀，循其義法無適而可。言理則但見其庸訥而不暢微旨也，通情則但見其陳死而不移人情也，紀事則故意顛倒天然之次敍，以為波瀾，匿其實相，造作虛辭，曰不如是不足以動人也。故析理之文，桐城家不能為，則飾之曰，文學家固有異夫理學也；疏政之文，桐城家不能為，則飾之曰，文學家固有異夫樸學也；抒情之文，桐城家不能為，則飾之曰，古文家固有異夫駢體也。舉文學範圍內事，皆不能為，而忝言曰文學家。其所謂文學之價值，可想而知。（〈文學革新申義〉）

無論錢玄同還是傅斯年，我們很明顯地感覺出他們的言論中的激烈情緒。當時支持桐城派的則是林紓等人，林紓頑固的守舊立場與衛道面孔，恰恰是幫了桐城派的倒忙。

應該說，對桐城派的否定，往往有理論的依據與思想的前提；而對桐城派的支持，則至多是在理論上與思想上同意前者之後，做一些學術上可憐的辯護，這種辯護我們可以稱之為「招安的辯護」──自己先立足於反面角色，然後力證自己罪不至死。

比如說，桐城派的批判者和否定者認為，一種文學，若與反動的政治實體相依存，則其價值就是負面的，而桐城派則正是「和封建統治者一個鼻孔出氣，以維護反動統治為己任的」（敏澤《中國文學理論批評史》）。如果我們表述得理論化一些，確實可以說，桐城派的「文統」、程朱的「道統」，與康雍之時的「政

統」，是三者統一的、相通的。「桐城文派的產生，就其歷史淵源來說，是清王朝政策的產物……從它一開始，就在政治思想方面具有正統性和保守性。終清之世，桐城派代有傳人，聲勢浩大，但它所能吸引的，始終只限於正統封建知識分子。」（王凱符、漆緒邦《桐城派文選》前言）

支持與肯定桐城派者，並不能否定這種前提，他們只是小心翼翼地證明：桐城派並非始終與統治者一個鼻孔出氣，他們也有反對的聲音，也有抗議，也有怨有怒。但客觀地說，這種辯護，就桐城派全體來說，是非常無力的。因為個別的不滿之辭、怨懟之聲、不平之鳴，並不足以證明整體的立場與價值取向。

還有一種辯護，我把它稱為「有害的辯護」，那就是所謂桐城派在散文史上「振衰救弊」的說法。我以為，這是從思想前提上就站不住腳的說法。徐凌雲、許善述〈評桐城派的古文運動〉中說：「清代桐城派古文運動……在文壇上起着振衰救弊的進步作用。」這樣的說法，不過是重彈蘇軾對韓愈所謂「文起八代之衰」的老調。問題是，從文學角度言，什麼是衰？什麼是弊？韓愈之前的八代文章，自有其文學面目與文學價值，桐城派之前的文章，也未必就是衰，就是弊，桐城派的文章相對於它們，未必就是興，就是盛。從邏輯上說，這種觀點，是在未經論證之前，就假設了桐城派是文學的興盛的前提，把要論證的結果先當作已然的事實，再用它來作為前提推出結論——這太違背基本的邏輯原則了。事實上，無論是蘇軾的韓愈「文起八代之衰」還是什麼桐城派「振衰救弊」，不過是文學復歸道統的另一種說法而已，真正的問題是，叛離道統即是衰敗？回到老路就是救弊？所以，對桐城派做這種辯護，與上述的「招安的辯護」相比，幾乎是「有害的辯護」，因為這是對文學本質認識的倒退，是思想的倒退、觀念的倒退。

判斷桐城派在歷史上進步與否，還有一個很好的參照系：那就是明末清初的思想解放及其餘波流緒，其中方以智還是桐城派的鄉黨，後來的戴震也與姚鼐有往還。非常奇怪的是，桐城派的這些人竟然與這些思想了無相關。一邊是啟蒙，

一邊卻是麻痺，從這個角度看，桐城派在思想上的倒退是如此明顯。在桐城派的代表作家那裡，即使有反清思想，也無反封建思想，一部《南山集》，我們找不到一絲對封建思想體系和封建制度、封建政治的批判，而方苞更是直接謾罵黃宗羲，自稱要「助流政教」的他，即使有所批判和揭露，如〈獄中雜記〉，也只是一些細枝末節的、局部的、具體的問題，而其動機，也還是要達到「官恥貪欺，士敦志行，民安禮教，吏稟法程」（〈請定經制札子〉）。比較一下方以智、黃宗羲、戴震等人充滿批判激情的文章和深含革命思想的學術，高下立判。

劉大櫆在桐城派中可以說「稍有思想」（劉師培《論文雜記》），在某些地方甚至也可直逼黃宗羲、戴震諸人，但他的那些議論雖尖刻，卻無邏輯，雖不乏深刻，卻沒有一以貫之的理路。所以即便是這位被吳孟復稱之為「桐城派中最有思想之人物」（《桐城文派述論》引述劉師培等語而綜述之），也是破碎何足名家。

至於姚鼐，這位不僅無思想，連牢騷也沒有的人物，除了維風俗明道義，幾不知文章還有其他功用，連曾國藩也都一面尊他為「聖哲」，一面也說他「有序之言雖多，有物之言則少」。

要對桐城派做出恰當評價，還有一個非常好的參照系：那就是與他們同一時期並同是鄉梓的吳敬梓（文木先生）。當文木先生用他那絕世的大創造《儒林外史》證明他的識見、剖析那個時代、拷問靈魂、鞭撻人性時，這一幫喋喋不休的理論家、學問家，除了滿嘴義理，滿嘴仁義道德、教化人倫，他們的創造在哪裡？他們的文學才能在哪裡？

在與上述黃宗羲、戴震、吳敬梓比較之後，我們可以給桐城派比較準確的定位：桐城派既不是思想流派、學術流派，也不是文學流派，在這些方面它都不夠格。桐城派只是一個文章流派。從這個角度認識桐城派，我以為是比較恰當的 —— 既不過分貶低它，給它恰當的評價；又不刻意勉強拔高它，使它在名不副實的位置，面對強大的參照系時尷尬萬分。我這樣給它定位，是出自對它的溫

情——因為我是兩害相權取其輕：與其讓它在文學的家族裡做龜孫子，受盡羞辱，不如讓它挪個地方，到文章的地盤裡佔一山頭。它作為文學流派，有太多的不足，以至於不夠格；它作為文章流派，卻具有太多的優點，幾乎是古代文章學的頂峰。

在我所讀過的有關桐城派的評論文章裡，吳孟復先生的《桐城文派述論》是最紮實的，他對桐城派是真有體會，對它的好處是真能明白，所以他能把桐城派的優點與貢獻如數家珍。

他的著作，以「桐城文派」定義桐城派，非常準確。桐城派的優點，是作為文章的優點；桐城派的缺點，是作為文學的缺點。如果我們認識到這是一個文章流派而不是文學流派，我們才可以對它有恰當的評價。

說它不是文學，是因為它的文章學問化、倫理化、政治化、格式化、標準化。這種傾向在韓愈那裡就有了，自韓愈以後，我們的散文便一直扭扭捏捏，在意志、激情與義理之間徬徨。但韓愈是一個有性情、有大才的人物，所以，他尚可以在他引導而來的懸崖邊上立足，並且出人意料地成為一道風景。但有幾人能在懸崖邊上從容不迫？後來的曾鞏、宋濂等人已經有些窘迫，好在他二位還有學問上的定力，尚不致傾覆。桐城派的代表人物，既無韓愈的激情與大才，又少了曾鞏、宋濂的學問，散文只能一落千丈。作為文學的散文，這種學術化、學問化，是民族性情枯竭的標誌；而倫理化、政治化，又是民族思想僵化的標誌；格式化、標準化，則又是民族創造力量被耗竭的標誌。桐城派的創作衝動來自於學問，來自於聖賢著作，來自於所謂義理玄想，來自於衛道熱情，卻很少來自於現實，更少來自於心靈對現實活潑潑的映照。即使從理論貢獻上講，方苞的所謂「義法」觀，也不能算是創造，只能說是強調，是提醒，是要求，因為，我們可以反問，在方苞強調「義法」之前，誰的文章無物？什麼樣的文章無序？誰反對過文章的有物有序？當然，在方苞看來，符合或宣傳儒家義理、聖賢語錄才叫

「言有物」，這是思想上的束縛；只有摒除個人激情及個性化表述，代之以心平氣和的內斂而壓抑的文風，才叫作「言有序」，這是藝術上的倒退。實際上，桐城派從理論到實踐，都是反文學的，舉凡有趣，有情，有味，有意，有個人性情創見，而不依傍聖賢語錄的，全在他們的否定之列。規矩多了，個性少了，法度嚴了，激情沒了，只剩下「義」，只剩下「法」。法者，閫也，罰也，規矩方圓也。義者，宜也。在生活中，他們不選擇他們想做的，只選擇他們該做的；在思想上，他們不思想他們要想的，只思想他們該想的，而且還要想出他們該想的；在文學上，他們不是表達他們想表達的，而是表達他們認為應該表達的 —— 這樣說他們也許不服氣，他們會認為那些就是他們想表達的，那是因為他們已經把自己修煉成自覺，聖賢語錄已經主宰了他們，而且是他們自己理解的聖賢。他們理解的聖賢，往往比聖賢還要聖賢，道德上比聖賢還要苛刻。中國的道統與政統，從韓愈的古文理論到明代的八股文，再到桐城派文章，終於完成了對知識分子的心靈塑造，完成了對他們的精神控制，可以說是大獲全勝。傳統文論中的「文氣」說，也成了迂腐氣、學究氣，一派義理與教訓，卻又總是空洞而不得要領，獨獨沒有了作家自身的生命之氣，沒有了真正的道德勇氣。

文學是什麼？至少不是義理，至少不是標準化的敘述，不僅是合乎主流的觀點，也不僅是修辭。不少桐城派的鼓吹者，往往拿桐城派在修辭上的貢獻來說明他們的文學價值。我要說的是，有些修辭上的貢獻，並不能表明它是文學，更不能證明它在文學上的價值。很簡單，即使是科學論文，也要求言有物、言有序，也要求修辭，要求表達的技巧，但那與文學作品又有什麼關係？可以說，桐城派是非文學的，反文學的，卻又是以散文的面目出現的，所以，它比八股文更可惡；因為若八股文是文學對面的敵人，那麼，桐城派文章就是打入文學內部的奸細。

文學固然離不開描摹現實，但文學更多的是表達願望，表達和引導嚮往，因

此，想像力是文學重要的元素。恰恰相反，桐城派文章毫無想像力：無文學想像力，無生活想像力，無精神想像力，無理想想像力，這樣的文章，烏得謂之文學？

我們一直欠缺比較純粹的文學意識，一旦那種真正的文學作品出現，我們就馬上驚呼文章的衰頹，必須有什麼人出來振衰起弊。所以，我們有的常常是僵化的文章意識。用文章來要求文學，文學就像一個灰姑娘，必須削自己的足，去適文章的履。我們要明白，文學是想像的，更多的是表達想像中的生活，而文章是學問的、實證的，是要表達現實的真實狀態。文學是精神的，文章是物質的；文學是情感的，文章是理智的。這兩者本來各有自己的領域，可以互相尊重，但總有一些毫無文學感覺的人，拿文章來要求文學，並陰謀取文學而代之，他們終於成功了 —— 在清代，二百多年，幾乎少有文學性散文，而有的就是那面目可憎、語言乏味的桐城派文章。桐城派作為文章流派而非文學流派，它的可惡，不在於它對文章提出了那些「標準」，這些標準對文章而言，其實是非常重要的、必要的；它的可惡，在於它把文學推下懸崖，自己冒充文學，讓一個時代的人類情感無棲息之地。

# 中國悲劇

在中國古代文學作品中，真正的悲劇作品很少見。並不是我們的生活中沒有悲劇，也不是我們看不到悲劇或在文學作品中排斥悲劇，而是我們總要在悲劇事件的結尾給它安上一個「光明的尾巴」。這種做法很受現當代批評家的批評，他們認為這種做法實際上就是消解了悲劇，至少是減少了悲劇的力度及對於人的震撼和淨化。這種說法當然是對的。比如王國維就在《紅樓夢評論》裡說：

> 吾國人之精神，世間的也，樂天的也，故代表其精神之戲曲小說，無往而不著此樂天之色彩，始於悲者終於歡，始於離者終於合，始於困者終於亨，非是而欲饜閱者之心，難矣！

但我以為，這可能要從我們缺少宗教這一點來理解。因為我們沒有宗教，沒有救贖，沒有來生的許諾，我們可能真的需要在此生就實現終極正義，否則我們會陷入絕望，而且還會引發絕大的道德危機。要知道，沒有宗教的我們，其道德基礎就是理性的，而不是宗教式的非理性的，所以，我們的正義必須是我們能理解、能看得見的。魯迅先生在談到《紅樓夢》那些沒出息的續改之作時，頗憤激地說：

> 或續或改，非借屍還魂，即冥中另配，必令「生旦當場團圓」才肯放手者，乃是自欺欺人的癮太大，所以看了小小的騙局，還不甘心，定須閉眼胡

說一通而後快。(〈墳‧論睜了眼看〉)

「當場團圓」的「胡說」，確實是「自欺欺人」，但也是沒有辦法的選擇，「福善禍淫」的「現世報」幾乎是我們不得已的選擇。但這樣一來，我們也就沒有了西方意義上的 —— 也就是古希臘意義上的悲劇作品了。

　　但中國文學有中國文學的特點。由於我們有如此悠久而持續的文學史 —— 遠遠超過古希臘的歷史，以及遠遠超過古希臘的作者與受眾，如此豐富的文學作品，如此巨大的成就，我們完全有資格有能力有必要有責任建立我們自己的文學評價標準。比如，關於悲劇，如果我們理解為悲劇乃是由於人類自身意志與歷史的矛盾衝突，並最終招致必然失敗，是人類自身激情與命運的較量，是人性的弱點或優點在人生歷程中的必然體現，而西方的悲劇形式是《伊底帕斯》，是《安蒂岡妮》，是《李爾王》、《羅密歐與茱麗葉》、《馬克白》，那麼，我們的悲劇不是一種文體，不是一個事件，而是一種瀰漫於作品中的情緒：傷感。是的，傷感是中國文學的最高境界、最深意蘊，是中國人體認命運的獨特方式。

　　悲劇是文學的最高形式。體現在中國文學上，傷感就是中國文學的最本質特徵。在中國人的感受裡，一切美好的東西幾乎都是令人傷感的，因為我們窺見了繁華背後的憔悴。所以，與王國維不同的是，我以為，中國人骨子裡就是悲劇性的。只是，一個出乎意料的結果是，由於我們能充分體認到世界的荒謬與人生的悲涼，我們在日常表現上，往往倒是樂觀的。讀一讀莊子、陶淵明、蘇東坡，我們能充分感受到這一點，二者之間的邏輯過渡自然得很。

　　在這個意義上，我們會突然發現，《紅樓夢》是中國文學史上最偉大的作品，因為：一，它是最能集中體現中國傳統文學「傷感」特徵的作品；二，它又是能完全符合西方悲劇定義的作品。純粹、圓融，粹集中西，它是世界文學史上最偉大的作品，幾乎無與倫比。

說《紅樓夢》是符合西方定義的悲劇，王國維已經說明。他說：「《紅樓夢》一書，與一切喜劇相反，徹頭徹尾之悲劇也。」並且說它是「天下之至慘」的悲劇：

第一種之悲劇，由極惡之人，極其所有之能力，以交構之者。第二種，由於盲目的運命者。第三種之悲劇，由於劇中之人物之位置及關係而不得不然者；非必有蛇蠍之性質與意外之變故也，但由普通之人物，普通之境遇，逼之不得不如是。(《中國人的境界》)

在王國維看來，這第三種悲劇，不像前兩種悲劇是由於「蛇蠍之人物與盲目之命運」造成的，而是「人生之所固有」的「非例外之事」，這種不幸，卻又「無不平之可鳴」，所以是「天下之至慘」的悲劇。魯迅先生的「幾乎無事的悲劇」，也是對這種人生悲劇的準確概括。實際上，我們情緒上的「傷感」，就是對人生與命運的種種「無所逃乎天地之間」(莊子語) 的不幸與缺憾，不能付之於「不平之鳴」，而只能發為一聲嘆息。嘆息過後，並無反抗與不平，有的是認命與無奈。這種認命式的無奈傷感，瀰漫於中國古典文學的各類文體，成為中國古代文學的基本情感特徵。王國維繼而這樣分析《紅樓夢》中寶黛愛情悲劇的成因：

賈母愛寶釵之婉，而懲黛玉之孤僻，又信金玉之邪說，而思厭寶玉之病；王夫人固親於薛氏；鳳姐以持家之故，忌黛玉之才而虞其不便於己也；襲人懲尤二姐、香菱之事，聞黛玉「不是東風壓倒西風，就是西風壓倒東風」(第八十一回) 之語，懼禍之及，而自同於鳳姐，亦自然之勢也。寶玉之於黛玉，信誓旦旦，而不能言之於最愛之祖母，則普通之道德使然；況黛玉一女子哉！由此種種原因，而金玉以之合，木石以至離，又豈有蛇蠍之人

物，非常之變故，行於其間哉？不過通常之道德，通常之人情，通常之境遇為之而已。因此觀之，《紅樓夢》者，可謂悲劇中之悲劇也。（同上）

相對於後來的「紅學家」在《紅樓夢》中劃分「好人」、「壞人」的做法，我從我的閱讀感受出發，頗認同王國維氏的觀點。我並不覺得賈府裡有多少且多壞的人物，那些被紅學家一致否定的人物，如賈政、鳳姐、襲人，也不過就是一般人啊。他們道德上固然不高尚，但他們的缺點，卻也是在基本的人性範圍之內。也正是因為如此，這些普通道德水準的人造成的悲劇，才是最令我們感慨萬端，卻又冤無頭債無主啊。我們對這樣的悲劇，除了感傷，還能怎樣？

曹雪芹幾乎是毫不節制地在小說中宣泄着他的感傷。寶玉和黛玉，是感傷之主角。事實上，在寶玉、黛玉的思想與心理裡，我們已經明顯感覺到他們對未來的悲觀，他們的無奈、無力與無方向，他們知道他們是沒有未來的。第十九回裡，寶玉對襲人說：

> 只求你們看守着我，等我有一日化成了飛灰，—— 飛灰還不好，灰還有形有跡，還有知識的。—— 等我化成一股輕煙，風一吹就散了的時候兒，你們也管不得我，我也顧不得你們了，憑你們愛那裡去那裡去就完了。

在第三十六回，他又說：

> 我此時若果有造化，趁着你們都在眼前，我就死了，再能夠你們哭我的眼淚，流成大河，把我的屍首漂起來，送到那鴉雀不到的幽僻處去，隨風化了，自此再不托生為人，這就是我死的得時了。

在第五十七回，紫鵑騙寶玉說老太太為他定了琴姑娘。寶玉道：

> 我只願這會子立刻我死了，把心迸出來，你們瞧見了。然後連皮帶骨，
> 一概都化成一股灰，再化成一股煙，一陣大風，吹得四面八方，都登時散
> 了，這才好！

在襲人聽來，當然是「瘋話」，但這卻正是他內心絕望的表示。

小小寶玉，何處來偌大寂寞？蓋「悲涼之霧，遍佈華林，然呼吸而領會之
者，獨寶玉而已」（魯迅《中國小說史略》）。

呼吸如此悲涼之霧，寶玉的愛，乃是痛中的愛、絕望中的愛、猶疑中的愛、
寒涼中的愛，是靈魂之愛、精神之愛。他是愛情上的哈姆雷特：愛還是不愛，
這是一個問題。所以我們看他一面全身心投入，無比體貼與溫柔，一面則時時覺
得這愛「無立足境」。人站在哪裡不是深淵？寶玉的四周已然塌陷，愛已是一座
孤島。

在這個意義上，我們也許能理解，為什麼他雖然有時不免對着寶釵豐腴的玉
臂呆想，甚至想「這膀子要是長在林妹妹身上就好了」，有着情慾的一面，但他
真正心儀的，仍是能給他靈魂以滋養與安撫的黛玉。對他來說，愛是由於孤獨，
由於絕望，由於寂寞，由於徬徨，由於靈魂的無着落。這世界中，大概只有那小
兒女的一絲閒愁，一點恩愛，才是值得牽掛的，否則，他只能是一絲不掛，他最
後的出場，只光着頭，赤着足，倏然而逝，莫知所終。這一通靈的石頭，不是無
才補天，而是天已無可補。

這個十幾歲的少年，內心如此絕望，但對人對事，卻非常體貼關照，「每日
甘心為諸丫頭充役」（第三十六回）。可是，他常感到「這個心使碎了，也沒人
知道」（第三十一回）。「我有一個心，前兒已交給林妹妹了，他要過來，橫豎給

我帶來，還放在我肚子裡頭」（第九十七回）。魯迅亦說他「愛博而心勞，而憂患亦日甚」（《中國小說史略》）。

第十九回，寶玉撞見茗煙與一個女孩子偷情，一時禁不住大叫「了不得」，踹門進去，卻並不責罰，只叫那女孩子快跑，那女孩子飛快跑出去，寶玉又趕出去叫道：「你別怕，我不告訴人！」急得茗煙在後叫：「祖宗，這分明是告訴人了！」

只這「你別怕，我不告訴人」一句，他內心之良善、為他人考慮，躍然紙上。他很怕這女孩子想不開，很怕這女孩子羞愧，怕她忐忑恐懼，故趕出來，用一句話寬她的心。

只是，如此良善的人，卻被成人世界裡判為不肖子，要大張撻伐，最後只能做了和尚，遁世而去，弄得紅樓一夢成佛影。

> 襲人便自己細細的想：「寶玉必是跟了和尚去。上回他要拿玉出去，便是要脫身的樣子。被我揪住，看他竟不像往常，把我混推混搡的，一點情意都沒有。後來待二奶奶更生厭煩，在別的姊妹跟前，也是沒有一點情意：這就是悟道的樣子。」（第一百二十回）

大有情變大無情了。也難怪，晴雯死了，黛玉死了，鳳姐死了，賈母死了，元春死了，探春、迎春、惜春，嫁的嫁了，出家的出家了，史湘雲不再來了，大觀園關門了 …… 皇帝隆恩大赦，賈政的世界還在，但寶玉的世界沒了，對他而言，白茫茫大地真乾淨了，俗緣已畢，還不快走？

如果說寶玉是善，黛玉就是真，是美。她眼裡揉不得一點沙子，心中容不得一點污濁，只能「質本潔來還潔去」。她有對一切虛偽近乎過敏的感受力、洞徹力，卻沒有一絲容忍度。在曹雪芹的心目中，也只有這樣冰清玉潔的真，才能配

得上那至純無邪的善。但這只能是理想，是讓我們傷感的理想。

寶釵雖然不失溫柔大方、聰明伶俐，但她真不及黛玉，善不如寶玉。金釧兒投井死了，寶玉「恨不得也身亡命殞」（第三十三回）。襲人「想素日同氣之情，不覺流下淚來」。王夫人也自認為「豈不是我的罪過！」不覺流下淚來。而寶釵為了寬王夫人的心，竟然是：

> 寶釵笑道：「姨娘是慈善人，固然是這麼想。據我看來，他並不是賭氣投井，多半他下去住着，或是在井傍邊兒玩，失了腳掉下去的。他在上頭拘束慣了，這一出去自然要到各處去玩玩逛逛兒，豈有這樣大氣的理？縱然有這樣大氣，也不過是個糊塗人，也不為可惜。」王夫人點頭嘆道：「雖然如此，到底我心裡不安！」寶釵笑道：「姨娘也不勞關心。十分過不去，不過多賞他幾兩銀子發送他，也就盡了主僕之情了。」

此時還能「笑」，而且如此為強勢者開脫，確實令人覺得她心腸忒硬。這是她不及寶黛之處，她比起寶黛，當是差一個境界的人物。

脂硯齋在四十二回前總評中說：「釵、玉名雖兩個，人卻一身。」寶釵、黛玉兩人的氣質、體質、秉性、品性，有天壤之別，但因作為金陵十二釵之首，在判詞中也是兩位一體。王崑崙《紅樓夢人物論》說釵黛之分別為：

> 寶釵在做人，黛玉在做詩，寶釵在解決婚姻，黛玉在進行戀愛；寶釵把握着現實，黛玉沉酣於意境，寶釵有計劃地適應社會法則，黛玉任自然地表現自己的性靈。寶釵代表當時一般婦女的理智，黛玉代表當時閨閣中知識分子的情感。

總之，寶釵代表着對現世生活的屈從與追隨，代表着物質世界及其對人的誘惑以及壓迫，代表着體制與社會規則；而黛玉則代表着人性中桀驁不馴的東西，代表着自由與反抗。事實上，在人性中，對自由的嚮往以及對歸屬感、安全感的追求是同時並存的。我們既需要個性的空間與獨立，以發展自己；也有對群體的依附與追隨，以保護自己。更何況人生的價值往往需要在人群中才能得到確認，從這個意義上講，釵黛合一就不難理解了，釵黛對寶玉而言同具吸引力也就不難理解了。當然，正如我們看到的，在二者之間，寶玉更傾心的是黛玉，這也是因為人性中更傾向於自由，在二者不可皆得的情況下 —— 也就是在寶釵的豐腴手臂不可能長到黛玉身上的情況下，我們會捨膀子而取性靈，捨群體而就自由。但是，體制力量的強大，非個體所能抗衡，恰恰相反，個體往往成為玩偶。林黛玉焚稿斷癡情，薛寶釵出閨成大禮，在寶玉失卻通靈寶玉而癡傻的情況下，一場由成人世界操縱的、以成人世界的價值觀決定的婚姻大事，也暗暗地卻緊鑼密鼓地進行了。這是成人世界對少年世界的集體施暴，區別只在於，黛玉是被拋棄的 —— 整個婚事操辦過程包括她彌留之際，賈母、王夫人、鳳姐等代表着賈府從而代表着體制的這些人，沒有一人到她身邊，哪怕是臨終關懷也沒有。寶釵是主動繳械的 —— 當薛姨媽問她自己的意見時，她竟感覺很吃驚：「媽媽這話說錯了，女孩兒家的事情是父母作主的，如今我父親沒了，媽媽應該作主的，再不然問哥哥。怎麼問起我來？」（第九十五回）當然，這裡面也有正合她的心意的成分在，她也樂得做個貞靜柔順之人。寶玉是被欺騙的 —— 從頭至尾，他都滿心歡喜於他與林妹妹的結合，而欺騙是天衣無縫、滴水不漏的：心思縝密的鳳姐甚至想到了扶新娘寶釵的人都要用黛玉的丫鬟！

　　與黛玉相比，寶釵並不惡，與其相對的，是「偽」。這「偽」，主要還不是「虛偽」之「偽」，而是「人為」之「偽」，如同荀子的「人性惡，其善者偽也」、「性無偽則不能自美」之「偽」。如果說黛玉是一任自己的真心真意顯露，不憚

以自己的真面目見人，從而落下個心胸狹窄、尖酸刻薄的評價；那麼，寶釵就是能掩飾、節制自己的感情與好惡，從而與成人世界取得了最大限度的和解，並因此得到了成人世界的一致讚譽，這也是她最終能夠在成人世界佔主導、起支配作用的，賈府戰勝黛玉而成為「寶二奶奶」的原因。可悲的是，雖然她未必不愛寶玉，也把這椿婚姻看作是她幸福與人生成功的保障，但客觀地說，她並沒有在這場愛情角逐中有過什麼主動的挑戰行為，她很有心計，卻也並沒有在這件事情上用什麼心計，她沒有為取得寶玉的歡心而刻意做什麼，她只是為取得成人世界的認可而刻意約束着自己，這就是她的「偽」。王崑崙說，她要的是婚姻，黛玉要的是愛情。這倒未必對。正確的說法是，她得到了婚姻，而黛玉得到了愛情。但得到了愛情卻失去了婚姻，得到了婚姻卻未必有愛情，這二位一體之人，都在第九十七回有了大收煞：林黛玉焚稿斷癡情，是徹底的「毀」，卻也是最後的「成」，她償還神瑛侍者淚債的心願終於完成；薛寶釵出閣成大禮，是「寶二奶奶」的「成」，卻也是「毀」，她從此徹底失去了她自以為可以掌握而世俗的幸福。這時她才發現，寶玉不但不是她幸福的保障，恰成為她一生不幸的根源，寶玉在她那裡真的成了假寶玉、真孽障。成人世界給予她們的一樣是毀滅。

# 後　記

　　大概 2003 年吧，我的老師賀聖遂先生在復旦大學出版社做社長，他給我一個任務：從名家名著的角度，寫一本獨特的文學史。我當時既受寵若驚，又戰戰兢兢。但不管如何惶恐，我還是得硬着頭皮去做，因為這裡有老師的信任和期待。

　　雖然那時我做着系主任，很忙且很煩，不能專心也不能靜心，但我還是很上心且用心，大約用了三年的時間，終於寫出了現在這個樣子。其實，還有很多可以寫的章節，比如唐朝詩人裡還有好多值得寫的，元明清詩人裡戲劇家裡有很多值得寫的，但我都對他們拱拱手，道聲對不起，以後再來拜訪了。

　　這本書初版在復旦大學出版社，書名很樸實，就叫《中國文學史品讀》。

　　但它太不像文學史了，雖然有着文學，且有着時間的順延，甚至還有着具意識的前後傳承的勾勒。

　　所以，再版時，就改名叫《中國人的心靈：三千年理智與情感》，其實，初版時我就想叫這個名字的，但想到賀聖遂老師叫我寫的是文學史，就還是把它叫作文學史了。

　　這本書在這麼多年裡不溫不火。總有人在讀，總有人在不同的場合拿出這本書來讓我簽名，並表示特別喜歡這本書。對此，我是相信的，因為，它確實是一本特別、別緻的我個人的文學史，裡面有我對歷史上那些文人和他們作品的心靈感應。

　　這一切讓我相信：一切自有因緣，人生終歸美好。

2018 年 5 月 18 日凌晨，於浙江永康康庭賓館

責任編輯：許正旺
書籍設計：吳冠曼

| | |
|---|---|
| 書　　名 | 中國人的心靈：三千年理智與情感 |
| 著　　者 | 鮑鵬山 |
| 出　　版 | 三聯書店（香港）有限公司 |
| | 香港北角英皇道 499 號北角工業大廈 20 樓 |
| | Joint Publishing (H.K.) Co., Ltd. |
| | 20/F., North Point Industrial Building, |
| | 499 King's Road, North Point, Hong Kong |
| 香港發行 | 香港聯合書刊物流有限公司 |
| | 香港新界大埔汀麗路 36 號 3 字樓 |
| 印　　刷 | 美雅印刷製本有限公司 |
| | 香港九龍觀塘榮業街 6 號 4 樓 A 室 |
| 版　　次 | 2019 年 5 月香港第一版第一次印刷 |
| 規　　格 | 16 開（170 × 240 mm）480 面 |
| 國際書號 | ISBN 978-962-04-4402-9 |

© 2019 Joint Publishing (H.K.) Co., Ltd.

Published & Printed in Hong Kong